Patricia Cornwell

Brandherd

Patricia Cornwell

BRANDHERD

Thriller

Aus dem Amerikanischen
von Karin Kersten

Bechtermünz

Titel der Originalausgabe: Point of Origin
Originalverlag: G. P. Putnam's Sons, New York

Genehmigte Lizenzausgabe
für Weltbild Verlag GmbH, Augsburg

Aus dem Amerikanischen von Karin Kersten
Umschlaggestaltung: DYADEsign, Düsseldorf
Umschlagmotiv: Mauritius, Mittenwald
Gesamtherstellung: Clausen & Bosse, Leck
Printed in Germany
ISBN 3-8289-0458-0

2004 2003 2002 2001

Die letzte Jahreszahl gibt
die aktuelle Lizenzausgabe an.

Barbara Bush
in dankbarer Bewunderung und herzlicher Zuneigung
gewidmet.

»Eines jeden Werk wird sichtbar werden;
denn der Tag des Herrn wird es erweisen,
er offenbart sich ja im Feuer,
und wie beschaffen das Werk des Einzelnen ist –
das Feuer wird es erproben.«

Korinther I/3, 13

Tag 523,6

One Pheasant Place
Kirby, Frauentrakt
Ward's Island, NY

Hey, DOC
Tick Tock
Sägte Bein, Feuer rein.

Immer noch allein
Mit FIB dem Lügenschwein?
Die Uhr macht tock, BIG DOC.

Sprüh dunkles Licht und Schrecken auf die Gleise
GKSFWFY will alle Fotos dieser Reise.

Besuchen Sie wir. Etage vier. SIE tauschen mit wir.

TICK TOCK DOC! (Hat Lucy Bock?)

LUCY-BOO in TV-Kanal Vier. Flieg durchs Fenster. Komm mit wir.
Hey, Scheißbulle, steh früh auf. Ich lach und sing. Selbes Ding.
LUCY LUCY LUCY und wir!

Wirst schon sehen!

Carrie

1

Benton Wesley zog sich gerade in meiner Küche die Laufschuhe aus, als ich auf ihn zustürzte. Das Herz schlug mir vor Angst, Hass und schrecklicher Erinnerung fast bis zum Hals. Carrie Grethens Brief hatte in einem Stapel Post und Unterlagen gelegen, den ich erst einmal ungeöffnet beiseite geschoben hatte, bis vor einem Augenblick, als ich beschlossen hatte, mir in der Ungestörtheit meines Hauses in Richmond, Virginia, eine Tasse Zimttee zu machen. Es war Sonntagnachmittag, der achte Juni, vierzehn Uhr zweiunddreißig.

»Ich nehme an, sie hat ihn dir ins Büro geschickt?«

Er wirkte nicht beunruhigt, als er sich niederbeugte und sich die weißen Nike-Socken von den Füßen rollte.

»Rose liest keine Post, die als persönlich und vertraulich gekennzeichnet ist«, fügte ich hinzu. Er wusste das, und mir pochte das Blut in den Adern.

»Sollte sie vielleicht besser. Du scheinst eine Menge Fans da draußen zu haben.«

Ich beobachtete ihn, wie er die bleichen Füße auf den Boden setzte, die Ellenbogen auf die Knie stützte und den Kopf gesenkt hielt. Schweiß rann ihm über Schultern und Arme, die wohlgeformt waren für einen Mann seines Alters, und mein Blick wanderte von den Knien zu den schlanken Fesseln hinab, an denen sich noch das Muster seiner Socken abzeichnete. Er fuhr sich mit den Fingern durch das feuchte, silbergraue Haar und lehnte sich auf seinem Stuhl zurück.

»Herrje«, murmelte er, während er sich das Gesicht und den Hals mit einem Handtuch abwischte. »Ich bin zu alt für diesen Mist.«

Er holte tief Luft und atmete langsam aus, mit wachsendem Unmut. Die Armbanduhr, die ich ihm zu Weihnachten geschenkt hatte, eine Breitling Aerospace aus rostfreiem Stahl, lag auf dem Tisch. Er nahm sie und ließ sie um sein Handgelenk schnappen.

»Verdammt noch mal. Solche Leute sind schlimmer als ein Krebsgeschwür. Lass mich mal sehen«, sagte er.
Der Brief war handgeschrieben, in bizarren roten Blockbuchstaben, und am oberen Seitenrand befand sich die unbeholfene Zeichnung eines Vogels mit Schopf und langen Schwanzfedern. Darunter, rätselhaft, das lateinische Wort *ergo*, d. h. *folglich*, mit dem ich in diesem Zusammenhang überhaupt nichts anzufangen wusste. Mit spitzen Fingern entfaltete ich das Blatt, schlichtes weißes Schreibmaschinenpapier, und legte es vor ihn auf den alten französischen Frühstückstisch aus Eichenholz. Ohne das Dokument zu berühren, das möglicherweise noch als Beweisstück dienen würde, nahm er aufmerksam Carrie Grethens merkwürdige Worte in sich auf und begann, sie in die Datenbank seines Gehirns einzufügen.
»Der Poststempel ist New York, und natürlich hat es im Zusammenhang mit ihrem Prozess dort einiges an Presse gegeben«, sagte ich in dem verzweifelten Wunsch, der Wahrheit nicht ins Auge sehen zu müssen. »Vor zwei Wochen erst ist ein sensationsheischender Artikel über sie erschienen. Praktisch jeder hätte den Namen Carrie Grethen aus dieser Quelle erfahren können. Mal abgesehen davon, dass die Anschrift meiner Dienststelle jedermann zugänglich ist. Vermutlich stammt dieser Brief gar nicht von ihr. Vermutlich ist er von irgendeinem Verrückten.«
»Er ist wahrscheinlich von ihr.« Er las weiter.
»Du meinst, sie könnte so was aus der geschlossenen Abteilung einer forensischen Psychiatrie verschicken, ohne dass es jemand kontrollieren würde«, entgegnete ich, während die Angst mir das Herz zuschnürte.
»Saint Elizabeth's, Bellevue, Mid-Hudson, Kirby.« Er schaute nicht auf. »Die Carrie Grethens, die John Hinckley juniors, die Mark David Chapmans sind Patienten, keine Häftlinge. Sie genießen die gleichen bürgerlichen Rechte wie wir, während sie in Strafvollzugsanstalten und forensischen Psychiatrien herumhocken, pädophile Anschlagbretter fürs Internet entwerfen und per E-Mail Serienkillertips verkaufen. Und höhnische Briefe an Chief Medical Examiners verschicken.«

Seine Stimme klang jetzt aggressiver, seine Worte schärfer. In Bentons Augen war Hass, als er endlich den Blick hob und mich ansah.

»Carrie Grethen macht sich über dich lustig, Big Chief. Über das FBI. Über mich«, fuhr er fort.

»*FIB*«, murmelte ich und hätte das bei anderer Gelegenheit sogar komisch gefunden.

Wesley stand auf und warf sich das Handtuch über die Schulter.

»Nehmen wir also mal an, sie war es«, fing ich wieder an.

»Sie war es.« Er schloss jeden Zweifel aus.

»Na gut. Dann steckt aber mehr dahinter als ein bisschen Spott, Benton.«

»Klar. Wir sollen nicht vergessen, dass sie und Lucy ein Verhältnis hatten, etwas, das die Öffentlichkeit noch nicht weiß – noch nicht«, sagte er. »Jedenfalls beweist dieser Brief, dass Carrie Grethen noch nicht damit fertig ist, anderer Menschen Leben zu ruinieren.«

Es war mir unerträglich, auch nur ihren Namen zu hören, und dass sie es geschafft hatte, in mein West-End-Zuhause einzudringen, machte mich rasend. Sie hätte ebenso gut mit uns am Frühstückstisch sitzen und die Luft mit ihrer verdorbenen, bösartigen Anwesenheit verpesten können. Ich sah ihr herablassendes Lächeln und ihre merkwürdig hellen Augen vor mir und fragte mich, wie sich die fünf Jahre hinter Gittern und der ständige Umgang mit geisteskranken Verbrechern wohl auf ihr Äußeres ausgewirkt haben mochten. Carrie war nicht wahnsinnig. War es nie gewesen. Sie war ein entgleister Charakter, eine Psychopathin, ein gewalttätiges Wesen ohne jedes Gewissen.

Ich blickte hinaus auf den Zierahorn in meinem Garten, der im Wind schwankte, und auf die unvollendete Mauer, die mich nur unzureichend vor meinen Nachbarn verbarg. Das Telefon läutete, und ich zögerte abzunehmen.

»Dr. Scarpetta«, sagte ich, während ich beobachtete, wie Bentons Blick abermals jene rote Kugelschreiberschrift abtastete.

»Yo«, ertönte Pete Marinos vertraute Stimme. »Ich bin's.«

Captain Marino war Leiter der Mordkommission beim Police

Department von Richmond, und ich kannte ihn gut genug, um seinen Tonfall einschätzen zu können. Schon wappnete ich mich innerlich gegen weitere schlechte Nachrichten.
»Was gibt's?«, fragte ich ihn.
»Ein Gestüt in Warrenton ist letzte Nacht in Flammen aufgegangen. Vielleicht haben Sie in den Nachrichten davon gehört«, sagte er. »Ställe, an die zwanzig Spitzenpferde und das Wohnhaus. Alles niedergebrannt bis auf die Grundmauern.«
Bis jetzt ergab das alles noch keinen Sinn. »Marino, seit wann rufen Sie mich an, wenn es irgendwo gebrannt hat? Mal abgesehen davon, dass Sie in Northern Virginia gar nichts verloren haben.«
»Von nun an ja«, erwiderte er.
Meine Küche schien klein und stickig zu werden, während ich auf den Rest wartete.
»Das ATF hat gerade eben das NRT alarmiert«, fuhr er fort.
»Das heißt, uns.«
»Bingo. Ihren und meinen Arsch. Gleich morgen früh.« Das National Response Team, abgekürzt NRT, die Spezialeinheit des Bureau of Alcohol, Tobacco and Firearms (ATF), kam zum Einsatz, wenn Kirchen oder Geschäftshäuser brannten, bei Bombenexplosionen und sonstigen Katastrophen, für die das ATF zuständig war. Marino und ich gehörten zwar nicht unmittelbar zum ATF, es war jedoch nichts Ungewöhnliches, dass diese und andere Polizeieinheiten uns bei Bedarf rekrutierten. In jüngster Zeit hatte ich das World-Trade-Center- und das Oklahoma-City-Bombenattentat und den Absturz der TWA-Maschine zu bearbeiten gehabt. Ich hatte bei der Identifizierung der Branch Davidianer in Waco mitgeholfen und die Verstümmelten und Toten untersucht, die auf das Konto des Unabombers gingen. Ich wusste aus leidvoller Erfahrung, dass das ATF mich nur dann zu einem Einsatz hinzuzog, wenn Menschen zu Tode gekommen waren, und wenn Marino ebenfalls angefordert wurde, lag der Verdacht nahe, dass es sich um Mord handelte.
»Wie viele?« Ich langte nach meiner Schreibunterlage.
»Es geht nicht darum, wie viele, Doc. Es geht darum, *wer*. Der Besitzer der Farm ist nämlich Kenneth Sparkes, der Medienmo-

gul, er und kein anderer. Und gegenwärtig sieht's so aus, als hätt' er's nicht geschafft.«

»O Gott«, murmelte ich, und schlagartig verfinsterte sich meine Welt. »Und das wissen wir genau?«

»Na ja, er wird jedenfalls vermisst.«

»Würde es Ihnen etwas ausmachen, mir zu erklären, warum ich das gerade jetzt erfahre?«

Ich fühlte Wut aufsteigen und war kurz davor, sie an ihm auszulassen, denn sämtliche unnatürliche Tode in Virginia gehörten in meinen Zuständigkeitsbereich. Ich hätte nicht erst von Marino über diesen Fall informiert werden dürfen und ärgerte mich über mein Northern-Virginia-Büro, das mich nicht zu Hause angerufen hatte.

»Nun regen Sie sich mal nicht über Ihre Docs in Fairfax auf«, sagte Marino, der meine Gedanken lesen zu können schien. »Fauquier County hat das ATF gebeten, zu übernehmen, sodass das der normale Gang war.«

Es gefiel mir zwar immer noch nicht, aber es war an der Zeit, zur Sache zu kommen.

»Ich darf wohl annehmen, dass man noch keine Leiche entdeckt hat«, sagte ich und schrieb schnell mit.

»Zum Teufel, nein! Damit dürfen Sie sich amüsieren.«

Ich ließ den Kugelschreiber einen Augenblick auf dem Notizblatt ruhen. »Marino, wir haben es mit dem Brand eines allein stehenden Privathauses zu tun. Selbst wenn Verdacht auf Brandstiftung besteht und der Fall exponiert ist, sehe ich nicht, wieso das ATF sich dafür interessiert.«

»Whiskey, Maschinengewehre, vom An- und Verkauf von Klassegäulen ganz zu schweigen; und schon sind wir bei einem Unternehmen«, antwortete Marino.

»Na großartig«, murmelte ich.

»Das können Sie laut sagen. Die Sache ist ein verdammter Alptraum. Der Fire Marshal wird Sie im Laufe des Tages anrufen. Packen Sie besser gleich Ihr Zeug zusammen. Der Hubschrauber erwartet uns vor Tagesanbruch. Ungünstiges Timing, wie immer. Schätze, dass Sie Ihren Urlaub abschreiben können.«

Benton und ich wollten eigentlich am Abend nach Hilton Head fahren und eine Woche Urlaub am Meer machen. Wir hatten in diesem Jahr noch keine Zeit für uns allein gehabt und waren beide ausgelaugt und mit unseren Kräften am Ende. Ich mochte ihm nicht in die Augen blicken, nachdem ich aufgelegt hatte.

»Es tut mir Leid«, sagte ich zu ihm. »Du wirst wohl mitbekommen haben, dass da ein Riesenunglück passiert ist.«

Ich zögerte, während ich ihn beobachtete. Er wollte mich nicht ansehen und fuhr fort, Carrie Grethens Brief zu entziffern.

»Ich muss da hin. Gleich morgen früh. Vielleicht kann ich ja Mitte der Woche zu dir stoßen.«

Er wandte sich ab, weil er davon nichts hören wollte.

»Bitte, versteh doch«, sagte ich zu ihm.

Er schien mich nicht zu hören, und ich wusste, er war schrecklich enttäuscht.

»Du hast doch diese Torso-Morde bearbeitet«, sagte er, während er las. »Diese Verstümmelungen in Irland und hier. ›Abgesägtes Bein‹. Dabei phantasiert sie über Lucy und masturbiert. Kommt unter der Bettdecke jede Nacht mehrmals zum Orgasmus. Angeblich.«

Sein Blick wanderte weiter den Brief hinab, während er mit sich selbst zu sprechen schien.

»Sie sagt, sie hätten immer noch ein Verhältnis, Carrie und Lucy«, murmelte er. »Dieses *Wir*-Gerede ist ihr Versuch, einen Fall von Persönlichkeitsspaltung vorzutäuschen. Sie sagt, sie ist nicht anwesend, wenn sie ihre Verbrechen begeht. Jemand anders begeht sie. Verschiedene Persönlichkeiten. Ein vorhersehbares und langweiliges Plädoyer auf Unzurechnungsfähigkeit. Ich hätte gedacht, sie wäre ein bisschen origineller.«

»Sie ist absolut zurechnungsfähig«, antwortete ich in einer Anwallung neuen Zorns.

»Du und ich, wir wissen das.« Er trank Evian aus einer Plastikflasche. »Woher kommt eigentlich der Name *Lucy Boo*?«

Ein Tropfen Wasser rann ihm das Kinn hinab, und er wischte ihn mit dem Handrücken weg.

Ich stockte einen Augenblick. »Ein Kosename, mit dem ich

meine Nichte angeredet habe, bis sie in den Kindergarten kam. Dann wollte sie nicht mehr so genannt werden. Manchmal rutscht er mir noch heraus.« Ich schwieg erneut, als ich mich erinnerte, wie sie damals war. »Ich vermute, dass sie Carrie von diesem Kosenamen erzählt hat.«

»Na ja, wir wissen, dass es eine Zeit gab, da Lucy Carrie ziemlich vertraut hat.« Benton stellte nur fest, was ohnehin nicht zu übersehen war. »Sie war Lucys erste Geliebte. Und wir wissen auch, dass man das erste Mal nie vergisst, egal wie lausig es war.«

»Die meisten Menschen wählen sich allerdings fürs erste Mal keinen Psychopathen aus«, sagte ich und konnte es immer noch nicht fassen, dass meine Nichte Lucy genau das getan hatte.

»Die Psychopathen sind wir, Kay«, sagte er, als hätte ich diesen Vortrag noch nie gehört. »Der attraktive, intelligente Mensch, der im Flugzeug neben dir sitzt, hinter dir in der Schlange steht, dir an einem x-beliebigen Ort begegnet, über das Internet Kontakt zu dir aufnimmt. Brüder, Schwestern, Klassenkameraden, Söhne, Töchter, Liebhaber. Sehen aus wie du und ich. Lucy hatte keine Chance. Gegen eine Carrie Grethen konnte sie nicht das Geringste ausrichten.«

Auf dem Rasen hinter meinem Haus wuchs zuviel Klee, aber das Frühjahr war unnatürlich kühl und ideal für meine Rosen gewesen. Jetzt krümmten sie sich und erzitterten im stürmischen Wind, und blasse Blütenblätter sanken zu Boden. Benton Wesley, der pensionierte Chef der Profiling-Abteilung des FBI, dort, wo die Täterprofile erstellt wurden, fuhr fort, seine Gedanken zu entwickeln.

»Carrie will Fotos von Gault. Fotos vom Tatort, Autopsiefotos. Du bringst ihr die, und im Gegenzug wird sie dir Einzelheiten liefern, die die Ermittlungen betreffen, forensische Juwele, die dir vermutlich entgangen sind. Solche, die der Anklage helfen könnten, wenn der Fall nächsten Monat zur Verhandlung kommt. Darüber spottet sie, dass dir etwas entgangen sein könnte. Dass es in irgendeiner Weise mit Lucy zusammenhängen könnte.«

Seine Lesebrille lag zusammengelegt neben seinem Tischset, und er entschied sich, sie aufzusetzen.
»Carrie möchte, dass du sie besuchen kommst. In Kirby.«
Sein Gesicht war angespannt, während er mich über die Brillengläser hinweg ansah.
»Das *ist* sie.«
Er zeigte auf den Brief.
»Sie taucht wieder auf. Ich wusste es.« Seine Stimme klang erschöpft.
»Was meint Carry mit dem dunklen Licht?«, fragte ich und stand auf, weil ich keinen Augenblick länger sitzen bleiben konnte.
»Blut.« Er schien sich ganz sicher zu sein. »Als du Gault in den Oberschenkel gestochen und seine Arterie getroffen hast und er verblutet ist. Oder verblutet wäre, wenn nicht der Zug den Rest erledigt hätte. Temple Gault.«
Er nahm seine Brille wieder ab, weil er innerlich aufgewühlt war. »Solange Carrie Grethen ihr Unwesen treibt, tut er es auch. Die bösen Zwillinge«, setzte er hinzu.

Tatsächlich waren sie keine Zwillinge gewesen, sondern hatten sich nur beide das Haar gebleicht und fast bis auf die Kopfhaut abrasiert. Sie waren von vorpubertärer Magerkeit und waren auf dieselbe geschlechtslose Weise gekleidet, als ich sie zuletzt in New York gesehen hatte. Sie hatten gemeinsam gemordet, wir hatten sie in der Bowery geschnappt, und ich hatte Temple Gault im U-Bahn-Tunnel getötet. Ich hatte nicht vorgehabt, ihn zu berühren oder zu sehen oder auch nur ein einziges Wort mit ihm zu wechseln, denn meine Mission in diesem Leben war es nicht, Verbrecher zu fassen und justiziablen Mord zu begehen. Doch Gault hatte es so gewollt. Er hatte es darauf angelegt, denn von meiner Hand zu sterben hieß, mich auf ewig an ihn zu ketten. Ich kam von Temple Gault nicht los, obwohl er seit fünf Jahren tot war.
Grausige Bilder quälten mich, von zerfetzten Gliedmaßen, die verstreut entlang blitzender Stahlgleise lagen, von wimmelnden

Ratten umgeben, die aus dem tiefen Schatten hervorhuschten, um sich über sein Blut herzumachen.
In meinen Alpträumen waren seine Augen eisblau, und die Iris war wie in Moleküle zersprungen, und ich hörte herandonnernde Züge, die Augen hatten wie Vollmonde und mich blendeten mit ihrem grellen Licht. Noch mehrere Jahre, nachdem ich ihn getötet hatte, vermied ich es, Autopsien an Opfern von Zugunglücken vorzunehmen. Mir war das gesamte gerichtsmedizinische System Virginias unterstellt, sodass ich Fälle an meine Stellvertreter delegieren konnte, und genau das hatte ich auch getan. Selbst jetzt konnte ich Seziermesser mit ihrem kalten, scharfen Stahl noch nicht wieder mit dem gelassenen Blick von früher ansehen, weil Gault mich in die Situation gebracht hatte, ihm ein solches Messer ins Fleisch zu jagen, und ich es getan hatte. In Menschenmengen erblickte ich Männer und Frauen, die wie er waren, und nachts schlief ich näher bei meinen Pistolen.
»Benton, warum duschst du nicht, und dann sprechen wir in aller Ruhe über unsere Pläne für die nächste Woche«, sagte ich und schüttelte Erinnerungen ab, die mir unerträglich waren. »Ein paar Tage für dich allein, Lesen, Strandspaziergänge machen, das wäre doch genau das, was du brauchst. Und einsame Radtouren liebst du doch sowieso. Vielleicht täte es dir ganz gut, ein bisschen für dich allein zu sein.«
»Lucy muss Bescheid wissen.« Er stand ebenfalls auf. »Im Augenblick ist Carrie zwar eingesperrt, aber sie wird noch mehr Ärger machen, der Lucy mit hineinzieht. Genau das verspricht sie in ihrem Brief an dich.«
Er verließ die Küche.
»Noch mehr Ärger kann einem doch kein Mensch machen!«, rief ich ihm nach und schluckte die aufsteigenden Tränen hinunter.
Benton blieb stehen.
»Sie kann deine Nichte in den Prozess hineinziehen. Ihr Privatleben öffentlich machen, überall in den Schlagzeilen: *New York Times,* Presseagenturen, *Hard Copy, Entertainment Tonight.*

Rund um die Welt: *FBI-Agentin war lesbische Geliebte von geisteskranker Serienmörderin …«*

»Lucy hat das FBI, mit all seinen Vorurteilen und Lügen, und seiner ewigen Sorge, nach außen als das mächtige *Bureau* gut dazustehen, doch längst verlassen.« Tränen schossen mir in die Augen. »Da ist nichts mehr übrig. Nichts, was sie noch tun könnten, um sie seelisch fertig zu machen.«

»Kay, hier geht es um weit mehr als nur um das FBI«, sagte er und klang resigniert.

»Benton, fang nicht wieder an …« Ich konnte nicht zu Ende sprechen.

Er lehnte in der Tür, die zu meinem Wohnzimmer führte, dem großen Zimmer, in dem ein Feuer im Kamin brannte, denn es war an diesem Tag nicht wärmer als 16 Grad geworden. Sein Blick war gequält. Er mochte es nicht, wenn ich so mit ihm redete, und es drängte ihn nicht, in die Abgründe seiner eigenen Seele zu blicken. Es widerstrebte ihm, sich auszumalen, zu welchen Bösartigkeiten Carrie imstande wäre, und selbstverständlich sorgte er sich auch um mich. Ich würde in Carries Prozess als Zeugin vorgeladen werden. Ich war Lucys Tante. Vermutlich würde meine Glaubwürdigkeit als Zeugin angezweifelt, meine Aussage wertlos und mein Ruf ruiniert sein.

»Lass uns heute Abend essen gehen«, schlug Benton in freundlicherem Ton vor. »Wo möchtest du hingehen? Ins ›La Petite‹? Oder Bier und Barbecue bei ›Benny's‹?«

»Ich taue irgendwas auf.« Ich wischte mir die Augen. Die Stimme versagte mir. »Ich bin nicht sehr hungrig. Du?«

»Komm mal her«, sagte er liebevoll.

Ich fiel in seine Arme, und er drückte mich an seine Brust. Er schmeckte salzig, als wir uns küssten, und wie immer überraschte mich die geschmeidige Festigkeit seines Körpers. Ich lehnte den Kopf an seine Brust, und mein Haar verhakte sich in seinen Bartstoppeln, die so weiß waren wie der Strand, den ich diese Woche nicht sehen würde. Keine langen Spaziergänge im nassen Sand und keine langen Gespräche beim Abendessen im »La Polla« oder »Charlie«.

»Ich glaube, ich sollte hinfahren und mir anhören, was sie will«, murmelte ich schließlich in seinen warmen, feuchten Hals.
»Kommt überhaupt nicht in Frage.«
»New York hat die Autopsie von Gault gemacht. Die Fotos davon habe ich nicht.«
»Carrie weiß verdammt genau, welcher Pathologe Gaults Autopsie gemacht hat.«
»Weshalb fragt sie mich dann, wenn sie es weiß?«, murmelte ich.
Ich hielt die Augen geschlossen, während ich an ihn gelehnt stand. Er schwieg einen Augenblick, küsste wieder meinen Kopf und strich mir übers Haar.
»Du weißt doch, weshalb«, sagte er. »Sie will dich manipulieren, dich nach ihrer Pfeife tanzen lassen. Was Menschen wie sie am besten können. Sie will, dass du ihr die Fotos besorgst. Damit sie sehen kann, wie man aus Gault Hackfleisch gemacht hat, damit sie sich an ihren Phantasien aufgeilen kann. Irgendwas hat sie vor, und das Verkehrteste, was du tun könntest, wäre, in irgendeiner Weise auf sie einzugehen.«
»Und dies GKSWF irgendwas wie aus einem persönlichen Notizbuch?«
»Weiß ich nicht.«
»Und One Pheasant Place – Fasanenplatz Nr. 1?«
»Keine Ahnung.«
Wir standen lange im Eingang dieses Hauses, das ich immer noch ohne jede Einschränkung als meines betrachtete. Benton parkte sein Leben bei mir, wenn er nicht in diesem oder einem anderen Land als Berater in komplizierten, abartigen Fällen unterwegs war. Ich wusste, es störte ihn, dass ich ständig *ich* und *meins* sagte, obwohl wir nicht verheiratet waren und nichts von allem, was wir besaßen, uns gemeinsam gehörte. Ich hatte die Lebensmitte hinter mir und war nicht bereit, mein Einkommen mit irgendjemandem zu teilen, Liebhaber und Familie eingeschlossen. Das klang selbstsüchtig, und vielleicht war es das auch.
»Was soll ich denn morgen machen, wenn du nicht da bist?«, kam Benton auf das leidige Thema zurück.

»Nach Hilton Head fahren und Lebensmittel einkaufen«, antwortete ich. »Dafür sorgen, dass jede Menge Black Bush und Scotch da sind. Mehr als gewöhnlich. Und Sonnencreme mit Schutzfaktor 35 und 50 und Pecannüsse aus South Carolina, Tomaten und Vidalia-Zwiebeln.«

Mir standen wieder Tränen in den Augen, und ich räusperte mich.

»Sobald ich kann, nehme ich ein Flugzeug und komme nach, aber ich habe keine Ahnung, welche Ausmaße dieser Fall in Warrenton noch annehmen wird. Wir haben das doch alles schon tausendmal durchgemacht. Es ist doch nichts Neues. Die Hälfte der Zeit kannst du nicht weg, die restliche Zeit ich nicht.«

»Kann es sein, dass wir was falsch machen«, flüsterte er mir ins Ohr.

»Irgendwie scheinen wir es nicht anders zu wollen«, erwiderte ich und empfand vor allem ein überwältigendes Schlafbedürfnis. »Vielleicht.«

Er beugte sich zu meinen Lippen hinab und ließ seine Hände zu bevorzugten Stellen meines Körpers gleiten.

»Vor der Suppe könnten wir doch ins Bett gehen.«

»Irgendetwas sehr Böses wird während dieses Prozesses geschehen«, sagte ich. Ich hätte mich ihm gerne hingegeben, hatte jedoch nicht den Eindruck, dass ich dazu imstande war.

»Wir alle wieder in New York. Das *Bureau*, du und Lucy, vereint bei Carries Prozess. Ich bin sicher, dass sie während der vergangenen fünf Jahre an nichts anderes gedacht hat und Ärger machen wird, so viel sie kann.«

Ich löste mich von ihm, als Carries spitzes, verzerrtes Gesicht plötzlich aus einem dunklen Winkel meines Bewusstseins hervorsprang. Ich erinnerte mich an die Zeit, als sie umwerfend hübsch war und mit Lucy nachts auf einem Picknicktisch in der Nähe des Schießstandes der FBI Academy in Quantico saß und rauchte. Immer noch hatte ich im Ohr, wie sie einander mit leisen, neckenden Stimmen aufzogen, und sah ihre erotischen Küsse vor mir, lange leidenschaftliche Küsse, und Hände, die sich in Haare verkrallten. Ich wusste noch, mit welch eigenartigem Gefühl im Bauch ich lautlos davoneilte, ohne dass sie ahnten, was ich gesehen hatte. Carrie hatte mit ihrem Werk begonnen, das Leben meiner einzigen Nichte zu ruinieren, und nun kam das groteske Finale.

»Benton«, sagte ich, »ich muss mich um meine Sachen kümmern.«

»Wie wär's, wenn ich mich um deine Sachen kümmere.«

In dem hungrigen Verlangen nach nackter Haut hatte er Schicht für Schicht meine Kleidung beiseite geschoben. Er begehrte mich immer umso mehr, je weniger harmonisch es zwischen uns war.

»Ich kann dich jetzt nicht beruhigen«, flüsterte ich. »Ich kann dir nicht versichern, dass alles gut wird, denn das wird nicht der Fall sein. Anwälte und Medien werden über Lucy und mich herfallen. Sie werden Kleinholz aus uns machen, und Carrie wird vielleicht ungeschoren davonkommen. So sieht's aus!«

Ich umfasste sein Gesicht.

»Wahrheit und Gerechtigkeit. Auf die amerikanische Art«, schloss ich.

»Hör auf.«

Er erstarrte und sah mich durchdringend an.

»Fang nicht wieder damit an«, sagte er. »Früher warst du nicht so zynisch.«

»Ich bin nicht zynisch, und ich bin auch nicht diejenige, die mit irgendetwas angefangen hat!« Ich wurde immer wütender. »Ich habe nichts mit einem elfjährigen Jungen angefangen, ihm Stücke aus dem Fleisch geschnitten und ihn dann nackt mit einer Kugel im Kopf neben einem Müllcontainer liegen lassen. Und dann einen Sheriff und einen Gefängniswärter getötet. Und Jayne – Gaults eigene Zwillingsschwester. Erinnerst du dich, Benton? Erinnerst du dich? Central Park am Weihnachtsabend. Abdrücke nackter Füße im Schnee und ihr gefrorenes Blut, das aus einem Brunnen tropfte!«

»Sicher erinnere ich mich. Ich war ja dort. Ich kenne die Einzelheiten genauso gut wie du.«

»Nein, kennst du nicht.«

Wütend entzog ich mich ihm und brachte meine Kleidung in Ordnung.

»Du musst doch deine Hände nicht in ihre zerstörten Körper stecken, sie berühren und ihre Wunden vermessen«, sagte ich. »Du hörst sie doch nicht sprechen, wenn sie tot sind. Du siehst doch nicht die Gesichter der Menschen, von denen sie geliebt wurden, und die nun in meinem armseligen, ungemütlichen Wartezimmer sitzen, um sich grausame, unaussprechliche Neuigkeiten anzuhören. Du siehst nicht, was ich sehe. O nein, du doch nicht, Benton Wesley. Du siehst nur säuberliche Akten, Hochglanzfotos und verlassene Tatorte. Du verbringst mehr Zeit mit den Killern als mit denen, die durch sie ihr Leben verloren haben. Und vielleicht schläfst du ja auch besser als ich. Vielleicht träumst du noch, weil du keine Angst davor haben musst.«

Wortlos verließ er mein Haus, weil ich zu weit gegangen war. Ich war unfair und gemein gewesen, und was ich gesagt hatte, traf nicht einmal die Wahrheit. Benton kannte nichts anderes als unruhigen Schlaf. Er warf sich hin und her, murmelte vor sich hin und tränkte die Laken mit kaltem Schweiß. Er träumte nur selten, oder wenigstens hatte er gelernt, sich nicht daran zu erinnern. Ich stellte Salz- und Pfefferstreuer auf die Ecken von Carrie Grethens Brief, damit er sich nicht wieder zusammenfaltete. Ihre spöttischen Worte, die mir so sehr zugesetzt hatten, waren von nun an Beweismittel und durften weder angefasst noch sonst einer Einwirkung ausgesetzt werden.

Magnesiumpulver oder Luma Lite würden vielleicht ihre Fingerabdrücke auf dem billigen, weißen Papier zum Vorschein bringen, Proben ihrer Handschrift könnten Übereinstimmungen mit ihrer gekritzelten Botschaft ergeben. Dann könnten wir beweisen, dass sie diese verdrehte Botschaft kurz vor ihrem Mordprozess am Obersten Gerichtshof von New York City verfasst hatte. Die Geschworenen würden erkennen, dass sie sich nach fünf Jahren psychiatrischer Behandlung auf Kosten steuerzahlender Bürger nicht geändert hatte. Dass sie keine Reue empfand. Dass sie sich noch immer an ihren Untaten weidete.

Ich war überzeugt, dass Benton irgendwo in der Nachbarschaft war, denn ich hatte seinen BMW nicht wegfahren hören. Ich rannte die frisch asphaltierten Straßen entlang, vorbei an großen stuckverzierten Villen aus rotem Klinker, bis ich ihn unter Bäumen entdeckte, von wo er reglos auf einen felsigen Abschnitt des James River hinausstarrte. Das Wasser sah frostig aus wie Glas, und Zirruswolken bildeten verwischte kalkige Streifen am verblassenden Himmel.

»Sobald ich wieder beim Haus bin, breche ich nach South Carolina auf. Ich bringe die Wohnung in Ordnung und besorge dir deinen Scotch«, sagte er, ohne sich umzudrehen. »Und Black Bush.«

»Du brauchst doch heute Abend noch nicht zu fahren«, sagte ich und traute mich nicht, näher zu ihm hinzugehen, als das schräg einfallende Licht sein vom Wind bewegtes Haar beleuchtete. »Ich muss morgen früh aufstehen. Du kannst doch mit mir zusammen aufbrechen.«

Er schwieg und starrte zu einem Weißkopfadler hinauf, der mir gefolgt war, seit ich das Haus verlassen hatte. Benton hatte sich zwar eine rote Windjacke übergezogen, doch wie er dort stand in seinen klammen Laufshorts, die untergeschlagenen Arme an die Brust gepresst, sah er aus, als ob er frieren würde. Sein Adamsapfel bewegte sich, als er schluckte, und sein Schmerz strahlte von einem verborgenen Punkt, den wohl nur ich sehen durfte. In Augenblicken wie diesen wusste ich nicht, weshalb er es mit mir aushielt.

»Glaube nicht von mir, dass ich eine Maschine bin, Benton«, sagte ich leise zum millionsten Mal, seit ich ihn liebte.

Immer noch antwortete er nicht. Das Wasser hatte kaum die Kraft, stadtwärts zu fließen, und plätscherte träge dahin, während es sich ahnungslos auf das Getöse der Staustufen zu bewegte.

»Ich schlucke so viel, wie ich kann«, erklärte ich. »Ich schlucke mehr, als die meisten Menschen verkraften können. Erwarte nicht zu viel von mir, Benton.«

Der Adler kreiste über den Wipfeln der hohen Bäume, und Benton klang versöhnter, als er endlich sprach.

»Auch ich schlucke mehr, als die meisten Menschen verkraften können«, sagte er. »Teilweise, weil du es tust.«
»Ja, das stimmt für uns beide.«
Ich trat ganz nah hinter ihn und schob meine Arme um das glatte, rote Nylon über seinen Hüften.
»Das weißt du auch verdammt genau.«
Ich schlang die Arme fest um ihn und grub mein Kinn in seinen Rücken.
»Einer deiner Nachbarn beobachtet uns«, sagte er. »Ich kann ihn hinter seiner Terrassentür sehen. Wusstest du schon, dass du in deiner piekfeinen Wohngegend einen Spanner hast?«
Er legte seine Hände über meine und spielte gedankenverloren mit meinen Fingern.
»Klar, wenn ich in deiner Nähe wohnte, würde ich auch zum Spanner«, setzte er hinzu, und sein Tonfall verriet mir, dass er lächelte.
»Du wohnst doch hier.«
»Hm, hm. Ich schlafe hier bloß.«
»Lass uns über morgen sprechen. Wie immer werden sie mich so um fünf am Eye Institute aufgabeln«, erklärte ich ihm. »Ich denke, wenn ich um vier aufstehe …« Ich seufzte und fragte mich, ob das Leben immer so sein würde. »Du solltest über Nacht bleiben.«
»Ich stehe sicher nicht um vier auf.«

2

Der Morgen erwachte unerfreulicherweise auf einem flachen Feld, das sich im ersten Licht blau zu färben begann. Ich war um vier Uhr aufgestanden und Benton ebenfalls, weil er spontan beschlossen hatte, dass er doch lieber mit mir zusammen aufbrach. Wir hatten uns flüchtig geküsst und einander kaum angesehen, als wir zu unseren Wagen gingen, denn ein kurzer Abschied fiel immer leichter als einer, der sich schleppte. Als ich jedoch die West Cary Street in Richtung Huguenot Bridge entlangfuhr, schien eine bleierne Schwere von meinem Körper Besitz zu ergreifen, und ich fühlte mich auf einmal ausgelaugt und traurig.
Wie ich aus Erfahrung wusste, war es unwahrscheinlich, dass ich Benton diese Woche sehen würde, und so würde es auch keine Erholungspause und keine Bücher und kein langes Ausschlafen geben. Brandschauplätze waren immer eine knifflige Angelegenheit, und darüber hinaus würde ein Fall, in den eine wichtige Persönlichkeit aus einem Nobelvorort von D.C. verwickelt war, mir zusätzlich politische Scherereien und einen Haufen Papierkram eintragen. Je mehr Aufsehen ein Todesfall verursachte, desto mehr öffentlichen Druck konnte ich erwarten.
Das Eye Institute war unbeleuchtet. Es war nicht etwa eine medizinische Forschungsstätte und auch nicht zu Ehren irgendeines Wohltäters oder einer bedeutenden Persönlichkeit namens *Eye* benannt. Mehrmals im Jahr kam ich hierher, um meine Brillengläser anpassen oder einen Sehtest machen zu lassen, und es war jedes Mal seltsam, in unmittelbarer Nähe eines Gebäudes zu parken, wo ich oft in die Lüfte abhob, dem Chaos entgegen. Ich öffnete meine Wagentür, als das vertraute, ferne Geräusch des Hubschraubers sich über dunkles Wipfelgewoge heranbewegte, und stellte mir verbrannte Knochen und Zähne vor, die in geschwärztem, durchweichtem Schutt herumlagen. Ich stellte mir Sparkes' elegante Anzüge und sein markantes Gesicht vor, und mich packte kaltes Entsetzen.

Die Kaulquappensilhouette flog unter einem gerade abnehmenden Mond heran, während ich die wasserdichten Reisetaschen und den verschrammten Halliburton-Flugzeugkoffer aus Aluminium herausholte. Er enthielt meine gesamten gerichtsmedizinischen Instrumente und Hilfsmittel inklusive der Fotoausrüstung. Zwei Pkws und ein Lieferwagen verlangsamten ihre Fahrt auf der Huguenot Road – Vorboten des morgendlichen Stadtverkehrs, deren Fahrer einem tief fliegenden Hubschrauber vor der Landung einfach nicht widerstehen konnten. Die Neugierigen bogen auf den Parkplatz ein und stiegen aus, um auf den Helikopter zu starren, der in einem weichen Bogen die Luft durchschnitt, um Stromleitungen auszuweichen und Wasserlöcher, Unrat und allzu sandigen Boden zu vermeiden.

»Wird wohl Sparkes sein, den sie herbringen«, sagte ein alter Mann, der in einem rostigen Plymouth-Wrack gekommen war.

»Könnte auch ein Organ sein, das sie herfliegen«, meinte der Fahrer des Lieferwagens, während er mir flüchtig den Blick zuwandte.

Ihre Worte wurden davongetragen wie dürres Laub, als der schwarze Bell Long-Ranger in geneigtem Winkel herandonnerte und unter präzisen Leuchtsignalen zur Landung ansetzte. Meine Nichte Lucy, die Pilotin, schwebte kurz in einem Wirbelwind von frisch gemähtem Gras, das in weißes Landelicht getaucht war, und setzte sanft auf. Ich griff nach meinen Habseligkeiten und stapfte in den Wind, der mir um die Ohren schlug. Das Plexiglas war so dunkel gefärbt, dass ich nicht hindurchsehen konnte, als ich die hintere Tür öffnete, doch ich erkannte den dicken Arm, der hinunterlangte, um mein Gepäck zu greifen. Ich kletterte hinauf, während weitere Autofahrer ihre Fahrt verlangsamten, um die Aliens zu beobachten, und Goldfäden sich durch die Wipfel zu weben begannen.

»Ich hab mich schon gefragt, wo Sie stecken«, schrie ich fast, um das Knattern der Rotoren zu übertönen, während ich meine Tür verriegelte.

»Ich bin am Flughafen zugestiegen«, antwortete Pete Marino, als ich mich neben ihn setzte. »Das ist näher.«

»Ist es nicht.«

»Auf jeden Fall haben sie da Kaffee und 'n Klo«, sagte er, und ich wusste, die Reihenfolge ging anders. »Ich nehme an, Benton ist ohne Sie in Urlaub gefahren«, setzte er hinzu, um abzulenken.

Lucy gab Gas, und die Blätter drehten sich schneller.

»Ich kann Ihnen gleich sagen, ich hab ein ungutes Gefühl«, ließ er mich in seinem griesgrämigen Ton wissen, als der Hubschrauber leicht wurde und zu steigen begann. »Wir dürfen uns auf einiges gefasst machen.«

Marino war als Beamter der Mordkommission auf den Tod spezialisiert, konnte aber mit der Möglichkeit seines eigenen Ablebens überhaupt nicht umgehen. Er befand sich nicht gern in der Luft, schon gar nicht in einem Ding, das weder Flugbegleiter noch Flügel hatte. Die *Richmond Times Dispatch* lag in wirrem Durcheinander in seinem Schoß, und er weigerte sich, auf die rasch zurückweichende Erde und die ferne Silhouette der Stadt zu schauen, die sich langsam vor dem Horizont wie ein aufstehender Riese erhob.

Auf der Titelseite war der groß aufgemachte Bericht über das Feuer, zu dem auch eine aus großer Höhe aufgenommene AP-Luftaufnahme von Ruinen gehörte, die in der Dunkelheit schwelten. Ich las den Bericht Zeile für Zeile, erfuhr jedoch nichts Neues, denn die Titelgeschichte bestand überwiegend aus aufgewärmten Mutmaßungen, über Sparkes' angeblichen Tod, über seine Macht und seinen üppigen Lebensstil in Warrington. Ich hatte zwar nichts von seinen Pferden gewusst und folglich auch nicht, dass eins mit dem Namen Wind einmal als letztes beim Kentucky Derby eingelaufen war und eine Million Dollar wert sein sollte. Ich war jedoch nicht überrascht. Sparkes war immer schon unternehmungslustig gewesen, sein Ego so gigantisch wie sein Stolz. Ich legte die Zeitung auf den Sitz gegenüber und stellte fest, dass Marinos Sicherheitsgurt geöffnet war und auf dem Boden als Staubfänger diente.

»Was passiert, wenn wir plötzlich in schwere Turbulenzen geraten und Sie gerade nicht angeschnallt sind?« Ich sprach laut, um den Turbinenmotor zu übertönen.

»Dann verschütte ich meinen Kaffee.« Er rückte die Pistole an seiner Hüfte zurecht. Sein Khakianzug spannte an ihm wie eine Wurstpelle kurz vorm Platzen. »Falls Sie es nach all den Leichen, die Sie aufgeschnitten haben, noch nicht gemerkt haben sollten, Doc, wenn dieser Vogel abschmiert, wird Sie ein Sicherheitsgurt auch nicht retten. Und Airbags auch nicht – wenn es welche gäbe.«

In Wahrheit hasste er alles, was seine Körpermitte einschnürte, und er hatte sich angewöhnt, seine Hosen so tief zu tragen, dass ich mich wunderte, wie seine Hüften sie halten konnten. Papier knisterte, als er zwei Spritzkuchen aus einer Tüte fischte, die grau war vor Fett. Eine Zigarettenschachtel wölbte seine Hemdtasche, und sein Gesicht hatte die charakteristische Röte von erhöhtem Blutdruck. Als ich von meiner Heimatstadt Miami nach Virginia gezogen war, war er Inspektor bei der Mordkommission gewesen, ein Mann so unerträglich wie begabt. Ich erinnerte mich an unsere ersten Begegnungen in der Leichenhalle, als er mich mit Mrs. Scarpetta ansprach, meine Mitarbeiter tyrannisierte und sich bei den Beweisstücken bediente, wie es ihm gerade passte. Er hatte Kugeln an sich genommen, noch ehe ich sie etikettieren konnte, bloß um mich wütend zu machen. Er hatte mit blutigen Handschuhen Zigaretten geraucht und Witze über Leichen gerissen, die einmal lebendige menschliche Wesen gewesen waren.

Ich schaute aus meinem Fenster auf die vorbeigleitenden Wolken. Wie rasch die Zeit vergangen war. Marino war fast fünfundfünfzig, ich konnte es nicht glauben. Mehr als elf Jahre hatten wir uns fast täglich gegeneinander verteidigt und geärgert.

»Auch einen?« Er hielt einen Spritzkuchen in einem Stück Wachspapier empor.

»Ich will ihn nicht einmal ansehen«, sagte ich uncharmant.

Pete Marino wusste, wie sehr seine gesundheitsschädlichen Laster mich beunruhigten, er versuchte einfach nur meine Aufmerksamkeit zu erregen. Vorsichtig verrührte er noch mehr Zucker in seinem Kaffee, indem er, die Turbulenzen ausnutzend auf seinen dicken Ellbogen gestützt, den Plastikbecher auf und ab bewegte.

»Wie steht's mit Kaffee?«, fragte er mich. »Ich gieß noch welchen ein.«
»Nein, danke. Wie wär's mit einem Update?«, kam ich zur Sache, denn meine Anspannung wuchs. »Wissen wir seit gestern Abend schon mehr?«
»Das Feuer schwelt noch an manchen Stellen. Vor allem in den Ställen«, sagte er. »Viel mehr Pferde, als wir dachten. Müssen zwanzig gewesen sein, die da draußen zu Tode geschmort sind, Vollblüter, Reitpferde und zwei Fohlen mit Rennpferdstammbäumen. Und natürlich haben Sie von dem einen gehört, das beim Derby gelaufen ist. Allein die Versicherungssumme! Ein so genannter Zeuge hat behauptet, sie hätten geschrien wie Menschen.«
»Was denn für ein Zeuge?« Zum ersten Mal, dass ich davon hörte.
»Da haben sich alle möglichen Wichtigtuer gemeldet und behauptet, sie hätten dies gesehen und wüssten das. Immer derselbe Scheiß, wenn ein Fall 'ne Menge Aufsehen erregt. Und man braucht ja wohl kein Augenzeuge zu sein, um zu wissen, dass die Pferde geschrien und die Stalltüren einzutreten versucht haben.« Seine Stimme wurde granithart. »Den Hurensohn kriegen wir, der das gemacht hat. Wollen wir doch mal sehen, wie er das findet, wenn ihm der Arsch in Flammen steht.«
»Wir wissen doch noch gar nicht, ob es da einen Hurensohn gibt, jedenfalls ist es nicht erwiesen«, erinnerte ich ihn. »Bis jetzt hat noch niemand gesagt, dass es Brandstiftung war, obwohl ich mir natürlich denken kann, dass man Sie und mich nicht gerufen hat, damit wir mal an die frische Luft kommen.«
Er richtete seine Aufmerksamkeit auf die Aussicht vor seinem Fenster.
»Ich hasse es, wenn Tiere die Leidtragenden sind.« Er verschüttete Kaffee auf sein Knie. »Mist.« Wütend starrte er mich an, als ob mich irgendeine Schuld träfe. »Tiere und Kinder. Schon der Gedanke lässt mich kotzen.«
Der berühmte Mann, der vielleicht im Feuer umgekommen war, schien ihn nicht weiter zu kümmern, doch ich kannte Marino gut genug, um zu wissen, dass er seine Gefühle immer so

ausrichtete, wie er sie am besten ertragen konnte. Er verabscheute Menschen nicht halb so sehr, wie er andere glauben machen wollte, und als ich mir konkret vorstellte, was er gerade eben geschildert hatte, sah ich Vollblüter und Fohlen, denen die nackte Angst in den Augen stand.

Ich fand es unerträglich, mir Schreie vorzustellen, panisches Hufeschlagen und splitterndes Holz. Flammen waren wie Lava über die Farm in Warrenton mit dem herrschaftlichen Haus, den Ställen, dem fassgereiften Whiskey und der Waffensammlung hinweggewalzt. Das Feuer hatte nichts übrig gelassen als die nackten Mauern.

Ich blickte an Marino vorbei ins Cockpit, wo Lucy ins Funkgerät sprach und Kommentare an ihren ATF-Kopiloten abgab, während beide mit einem Kopfnicken auf einen Chinook-Hubschrauber unterhalb des Horizonts und ein Flugzeug wiesen, das so weit weg war, dass es aussah wie ein Glassplitter. Die Sonne stieg langsam höher, und es fiel mir schwer, mich zu konzentrieren, während ich meine Nichte beobachtete und der alte Schmerz zurückkehrte.

Sie hatte das FBI verlassen, weil es das FBI so wollte. Sie hatte ihr selbst entwickeltes Computersystem, das mit künstlicher Intelligenz arbeitete, aufgegeben, und die Roboter, die sie programmiert hatte, und die Hubschrauber, die sie für ihr geliebtes *Bureau* zu fliegen gelernt hatte. Lucy hatte sich von ihrem eigenen Herzen getrennt und war für mich seither nicht mehr erreichbar gewesen. Mir war nicht danach, mit ihr über Carrie zu sprechen.

Stumm lehnte ich mich zurück und begann, meine Notizen zum Warrenton-Fall durchzusehen. Schon vor langer Zeit hatte ich gelernt, mich ohne Rücksicht auf meine Sorgen oder Stimmungen auf einen Punkt zu konzentrieren. Ich spürte, wie Marino wieder zu mir rüberstarrte, während er die Zigarettenschachtel in seiner Hemdtasche berührte, um sich zu vergewissern, dass er nicht ohne sein Suchtmittel war. Das Knattern und Flattern der Rotorblätter wurde laut, als er sein Fenster aufschob und eine Zigarette aus der Schachtel klopfte.

»Lassen Sie's«, sagte ich, während ich umblätterte, »denken Sie nicht mal dran.«
»Ich sehe kein Rauchverbot«, sagte er und schob sich eine Marlboro in den Mund.
»Das sehen Sie doch nie, und wenn alles damit voll gepflastert ist.« Ich widmete mich weiter meinen Notizen und stutzte bei einer Äußerung, die der Fire Marshall gestern am Telefon gemacht hatte.
»Brandstiftung zum eigenen Vorteil?« Ich blickte auf. »Soll heißen, der Besitzer, Kenneth Sparkes, wäre dann vielleicht aus Versehen von seinem selbst gelegten Feuer überwältigt worden? Worauf stützte sich diese Behauptung?«
»Sparkes – Funken – wenn so kein Brandstifter heißt?«, sagte Marino. »Er muss der Schuldige sein.« Lustvoll inhalierte er den Rauch. »Und wenn er es ist, hat er bekommen, was er verdient. Sie wissen doch, man kriegt sie zwar von der Straße runter, die Straße aber nicht aus ihren Köpfen raus.«
»Sparkes ist nicht auf der Straße aufgewachsen, und übrigens war er Rhodes-Stipendiat.«
Marino ignorierte meine Antwort. »Ich weiß noch, wie dieser Scheißkerl nichts Schöneres kannte, als in seinem Presse-Imperium die Polizei runterzuputzen. Jeder wusste, dass er in Kokain und Frauen machte. Bloß dass wir es nicht beweisen konnten, weil keiner gewagt hat, den Mund aufzumachen.«
»Ganz richtig, keiner konnte es beweisen«, sagte ich. »Und Sie können doch nicht jemanden bloß wegen seines Namens oder seiner Verlagspolitik der Brandstiftung verdächtigen.«
»Zufällig haben Sie's hier aber mit einem Experten in Sachen komische Typen und deren Namen zu tun. Sag mir, wie du heißt, und ich sage dir, welchen Hau du hast.« Marino schenkte sich Kaffee nach und nahm einen tiefen Zug. »*Butcher* der Serienkiller. *Childs* der Pädophile. *Mr. Bury*, der seine Opfer auf Friedhöfen verbuddelte. Und dann *Dr. Gay* – hat fünf Schwule ermordet. Hat denen die Augen ausgestochen. Erinnern Sie sich an Cross?« Er sah mich an. »Vom Blitz getroffen. Der Blitz hat sämtliche Kleidungsstücke von dem über den

Parkplatz vor der Kirche geblasen und ihm die Gürtelschnalle magnetisiert.«
Ich wollte mir das alles so früh am Morgen nicht anhören und griff nach einem Kopfhörer, damit ich Marino ausblenden und stattdessen mithören konnte, was im Cockpit geredet wurde.
»Ich möchte ja nicht gerade vor 'ner Kirche vom Blitz getroffen werden, damit da alle wer weiß was reinlesen können«, fuhr Marino fort.
Er schenkte sich noch mal Kaffee ein, als hätte er keine Probleme mit Prostata und Blase.
»Ich hab die ganzen Jahre eine Liste geführt. Hab ich nie wem erzählt. Nicht mal Ihnen, Doc. Man schreibt solchen Scheiß nicht auf, nur um ihn wieder zu vergessen.« Er nippte an seiner Tasse. »Ich glaube, dass es dafür einen Markt gibt. Könnte vielleicht eins von diesen Büchlein werden, die es an der Supermarktkasse zu kaufen gibt.«

Ich setzte die Kopfhörer auf, blickte aus dem Fenster und beobachtete, wie stille Felder und ländliche Anwesen sich langsam in Häuser mit großen Scheunen und langen, geteerten Zufahrten verwandelten. Kühe und Kälber bildeten schwarz gefleckte Muster auf eingezäunten Grasflächen, und ein Schlepper wirbelte Staub auf, während er langsam an Feldern vorüberfuhr, die von Heu bedeckt waren.
Langsam verwandelte sich die Landschaft zum wohlhabenden Warrenton, wo die Verbrechensrate niedrig war und zu den herrschaftlichen Häusern nicht nur Hunderte von Morgen Land, sondern auch Gästehäuser, Tennisplätze, Schwimmbäder und edle Reitställe gehörten. Wir flogen flach über private Landebahnen und Seen mit Enten und Gänsen. Auch Marino stierte hinaus.
Unsere Piloten schwiegen eine Weile, warteten darauf, in den Sendebereich des Bodenfunks zu kommen. Dann hörte ich Lucys Stimme. Sie wechselte die Frequenz und begann zu sprechen.
»Echo Eins, hier Helikopter 9-1-9 Delta Alpha. Teun, hören Sie mich?«

»Bestätigt, 9-1-9 Delta Alpha«, ertönte die Stimme von T. N. McGovern, der Einsatzleiterin.
»Wir befinden uns 10 Meilen südlich, fliegen ein, um zu landen. Passagiere an Bord«, sagte Lucy, »geschätzte Landezeit etwa 8 Uhr.«
»Verstanden. Hier oben fühlt sich's an wie Winter und wird überhaupt nicht wärmer.«
Lucy wechselte auf die Frequenz des Automated Weather Observation Service, kurz AWOS genannt, und ich hörte eine lange automatische Ansag: die aktuellsten Daten wie Windrichtung, Sichtverhältnisse, Bewölkung, Temperatur, Taupunkt und Luftdruckverhältnisse. Ich war nicht gerade begeistert zu hören, dass die Temperatur um 5 Grad Celsius gefallen war, seit wir von zu Hause aufgebrochen waren, und stellte mir vor, dass Benton jetzt unterwegs in den Süden war.
»Dort drüben regnet es«, sagte Lucys Kopilot in sein Mikrofon.
»Das ist mindestens zwanzig Meilen westlich, und der Wind kommt aus Ost«, sagte Lucy. »Tolles Juniwetter.«
»Sieht so aus, als käme da wieder ein Chinook in unsere Richtung, unterhalb des Horizonts.«
»Dann machen wir uns mal besser bemerkbar«, sagte Lucy und wechselte wieder die Frequenz. »Chinook über Warrenton, hier Heli 9-1-9 Delta Alpha, sind Sie auf dieser Frequenz? Wir sind in Richtung 3 Uhr von Ihnen, 2 Meilen nördlich, 1000 Fuß Höhe.«
»Wir sehen Sie, Delta Alpha«, antwortete der Doppel-Rotor-Army-Hubschrauber, der nach einem Indianerstamm benannt war. »Guten Flug noch.«
Meine Nichte drückte zweimal kurz den Sendeknopf. Ihre ruhige, tiefe Stimme, die durch den Äther schnitt und von den Antennen Fremder zurückgeworfen wurde, klang fremd in meinen Ohren. Ich hörte weiter mit und schaltete mich ein, sobald es ging.
»Was höre ich da von Wind und Kälte?«, fragte ich und starrte auf Lucys Hinterkopf . »Zwanzig, in Böen fünfundzwanzig aus Ost«, hörte ich sie in meinem Kopfhörer sagen. »Wird noch schlimmer. Seid ihr okay dahinten?«

»Uns geht's prima«, sagte ich und musste wieder an Carries wahnsinnigen Brief denken.
Lucy flog im blauen ATF-Drillichanzug, eine Cébé-Sonnenbrille verdunkelte ihre Augen. Sie hatte sich das Haar wachsen lassen, das anmutig in Locken bis auf ihre Schultern fiel. Mit seinem exotischen Glanz erinnerte es mich an rotes Jarrah-Holz und glich so gar nicht meinen eigenen silberblonden Strähnen. Ich stellte mir den leichten Druck ihrer Hand auf den Steuerknüppel vor, während sie die Pedale betätigte, um den Hubschrauber in der Geraden zu halten.
Sie hatte das Fliegen so leicht gelernt wie alles andere, das sie je versucht hatte. Ihre Flugscheine für den privaten und den gewerblichen Flugverkehr hatte sie mit der Mindestzahl der geforderten Flugstunden gemacht und als Nächstes die Fluglehrerprüfung abgelegt, weil es ihr Vergnügen machte, andere von ihren Talenten profitieren zu lassen.
Ich brauchte keine Ankündigung mehr, dass wir das Ziel unserer Reise bald erreicht hätten, als wir Wald überflogen, in dem gefällte Bäume kreuz und quer umherlagen wie aufs Geratewohl hingeworfene Teile eines Holzbaukastens. Feldwege und schmale Straßen wanden sich durch die Landschaft, und hinter sanften Hügeln verwandelten graue Wolken sich in undeutliche Säulen müden Rauchs, die ein todbringendes Inferno zurückgelassen hatten. Kenneth Sparkes' Farm war eine erschreckende schwarze Grube; die verbrannte Erde einer immer noch schwelenden Schlächterei.
Das Feuer hatte eine mörderische Spur gezogen, und aus der Luft folgte mein Blick den Verwüstungen, die aus prächtigen Steingebäuden, Ställen und Scheunen verkohlte Mauern gemacht und das ganze Gelände entblößt hatten. Löschwagen waren an mehreren Stellen über den weißen Zaun hinweggerollt, der das Anwesen umgab, und hatten ganze Morgen sorgfältig gepflegten Rasens aufgewühlt. Meilenweit zogen sich Weideland und eine schmale öffentliche Asphaltstraße dahin, dann kam ein Tochterwerk der Virginia Power und noch weiter hinten andere prächtige Wohnhäuser.

Um kurz vor acht hatten wir Sparkes' privilegierten Wohnsitz in Virginia erreicht und landeten weit genug von den Ruinen entfernt, dass der Wind unserer Rotorblätter sie unbehelligt ließ. Marino stieg aus und ging ohne mich weiter. Ich wartete darauf, dass unsere Piloten den Hauptrotor abgestellt und sämtliche Hebel umgelegt hatten.

»Danke fürs Mitnehmen«, sagte ich zu Special Agent Jim Mowery, der heute neben Lucy gesessen hatte.

»Sie ist geflogen.«

Er ließ die Gepäckklappe aufspringen.

»Ich bind ihn fest, falls ihr gleich losziehen wollt«, sagte er zu meiner Nichte.

»Sieht so aus, als bekämst du das Ding allmählich in den Griff«, zog ich Lucy auf, während wir losgingen.

»Ich schlag mich so durch«, meinte sie. »Komm, lass mich eine der Taschen tragen.«

Sie nahm mir meinen Aluminiumkoffer ab, der in ihrer festen Hand nicht viel zu wiegen schien. Wir gingen nebeneinander her, gleich gekleidet, wenn ich auch weder Pistole noch Funkgerät bei mir hatte, beide in stahlkappenverstärkten Stiefeln, die schon ziemlich abgenutzt waren und sich bereits zu schälen begannen. Schwarzer Matsch saugte sich an unseren Sohlen fest, als wir uns der kleinen grauen Traglufthalle näherten, die während der nächsten paar Tage unsere Kommandozentrale sein würde. Daneben geparkt stand der große, weiße Pierce-Supertruck mit dem Siegel des Department of the Treasury, den Warnblinklampen und der leuchtend blauen Aufschrift *ATF Explosives Investigation.*

Lucy lief einen Schritt vor mir her, ihr Gesicht von einer dunkelblauen Schirmmütze überschattet. Sie war nach Philadelphia versetzt worden und würde bald von D.C. wegziehen, und allein bei dem Gedanken fühlte ich mich alt und verbraucht. Sie war erwachsen. Sie war genauso erwachsen geworden, wie ich es in ihrem Alter gewesen war, und ich wollte nicht, dass sie noch weiter wegzog. Doch das hätte ich ihr nicht gesagt.

»Das hier sieht ziemlich übel aus.« Sie eröffnete das Gespräch.

»Zumindest ist der Keller nicht tief, aber es gibt nur eine Öffnung. Also steht das meiste Löschwasser da unten drin wie in einem Teich. Wir haben bereits einen Laster mit Pumpen angefordert.«

»Wie tief?«

Ich dachte an die Tausenden von Gallonen Wasser aus den Löschschläuchen und stellte mir eine kalte schwarze Brühe vor, in der es von bedrohlichem Treibgut nur so wimmelte.

»Kommt drauf an, wo du den Fuß hinsetzt. Wenn ich du wäre, hätte ich diesen Einsatz nicht angenommen«, sagte sie auf eine Weise, dass ich mich unerwünscht fühlte.

»Doch, hättest du«, sagte ich gekränkt.

Lucy hatte noch nie einen Hehl daraus gemacht, wie wenig sie davon hielt, mit mir gemeinsam einen Fall zu bearbeiten. Sie war nicht unhöflich, tat jedoch oft so, als kenne sie mich kaum, wenn sie mit ihren Kollegen zusammen war. Ich erinnerte mich noch an frühere Jahre, als ich sie an der Uni besuchte und sie nicht wollte, dass andere Studenten uns zusammen sahen. Ich wusste, dass sie sich meiner zwar nicht schämte, mich aber als einen überwältigenden Schatten wahrnahm, der auf ihr Leben fiel, obwohl ich mich sehr angestrengt hatte, das zu vermeiden.

»Hast du schon fertig gepackt«, fragte ich sie mit einer Ungezwungenheit, die unecht war.

»Erinnere mich bloß nicht daran«, sagte sie.

»Aber du willst immer noch hin.«

»Na klar. Es ist eine großartige Chance.«

»Ja, das ist wahr, und ich freue mich sehr für dich«, sagte ich.

»Wie geht es Janet? Ich weiß, das muss schwer für sie sein ...«

»Es ist ja nun nicht so, dass wir in verschiedenen Hemisphären sein werden«, schnitt mir Lucy das Wort ab.

Ich wusste es besser und sie auch. Janet war FBI-Beamtin. Die beiden waren seit Beginn ihrer Ausbildung in Quantico ein Paar. Mittlerweile arbeiteten sie für verschiedene Polizeieinheiten und würden nun bald auch in verschiedenen Städten wohnen. Es war durchaus möglich, dass der Verlauf ihrer Karriere ihre Beziehung für alle Zeit beenden würde.

»Meinst du, wir können uns heute irgendwo eine Minute stehlen, um miteinander zu reden?«, fragte ich nach einer Weile, während wir uns einen Weg zwischen Pfützen suchten.
»Bestimmt. Wenn wir hier fertig sind, trinken wir zusammen ein Bier, falls wir in dieser Pampa eine offene Kneipe finden«, antwortete sie gegen den stärker werdenden Wind.
»Mir ist es gleich, wenn's spät wird«, setzte ich hinzu.
»Da wären wir«, murmelte Lucy mit einem Seufzer, als wir uns dem Zelt näherten. »He, Leute«, rief sie, »wo geht's denn hier zur Party?«
»Du bist schon mittendrin.«
»Doc, machen Sie neuerdings auch Hausbesuche?«
»Iwo, sie ist nur der Babysitter von Lucy.«
Abgesehen von Marino und mir war das NRT bei diesem Einsatz mit neun Männern und zwei Frauen vertreten, die Einsatzleiterin McGovern inbegriffen. Wir trugen alle die gleichen vertrauten, dunkelblauen Drillichanzüge, die verschlissen und geflickt und so abgetragen wie unsere Stiefel waren. Einige der Beamten waren laut schwatzend um die hintere Ladeklappe des Supertrucks versammelt. Sein Inneres war mit blankem Aluminium verkleidet. Es gab Regale und Klappsitze, die Fächer außen waren mit Rollen von gelbem Absperrband, Kehrschaufeln, Spitzhacken, Scheinwerfern, Reisigbesen, Brechstangen und einer Motorsäge bepackt.
Abgesehen von Computer, Kopierer und Faxgerät, war unser mobiles Hauptquartier mit hydraulischem Streu- und Spritzgerät, Ramme, Schlagbohrer und Seitenschneider ausgerüstet, kurz, mit allem, was dazu dienen konnte, Hindernisse zu beseitigen oder menschliches Leben zu retten. Tatsächlich fiel mir kaum etwas ein, das der Truck nicht hatte, außer vielleicht einer Kombüse und, wichtiger noch, einer Toilette.
Ein paar Beamte hatten damit begonnen, Stiefel, Harken und Schaufeln in Plastikwannen mit seifigem Wasser zu reinigen. Das war ein nicht enden wollendes Unterfangen, und bei kaltem Wetter wurden Hände und Füße nie trocken oder warm. Damit bei Gerichtsverhandlungen bezüglich der Spuren von Brandbe-

schleunigern keine falschen Schlüsse gezogen werden konnten, wurden sogar die Auspuffrohre der Lkws gewaschen, um Ölreste zu entfernen. Sämtliche anderen Geräte wurden statt mit Benzin durch Strom oder per Hydraulik angetrieben.

McGovern saß an einem Tisch im Innern des Zeltes. Sie hatte die Reißverschlüsse ihrer Stiefel geöffnet und hielt eine Schreibunterlage auf den Knien.

»Also dann«, wandte sie sich an ihr Team. »Das meiste haben wir ja schon auf der Feuerwache besprochen, wo ihr leider ohne anständigen Kaffee und Donuts auskommen musstet«, und sie setzte mit Rücksicht auf die gerade erst Eingetroffenen hinzu: »Doch gehen wir das Ganze noch einmal durch. Was wir bis jetzt wissen, ist, dass das Feuer vermutlich vorgestern Abend, am Siebten, um zwanzig Uhr ausgebrochen ist.«

McGovern war ungefähr in meinem Alter und in der Außenstelle von Philadelphia stationiert. Ich sah sie an, erkannte in ihr Lucys neue Mentorin und spürte, wie ich mich verkrampfte.

»Jedenfalls ist das die Zeit, als im Haus der Feueralarm losging«, fuhr McGovern fort. »Als die Feuerwehr eintraf, stand das Haus bereits in Flammen. Die Ställe brannten. Die Löschwagen konnten letztlich nicht nah genug heranfahren, um irgendetwas zu unternehmen, sondern sich nur ringsum aufstellen und die Flammen ersäufen. Oder es jedenfalls versuchen. Schätzungsweise befinden sich ungefähr dreißigtausend Gallonen Wasser im Untergeschoss. Das heißt etwa sechs Stunden, um es vollständig herauszupumpen, wenn alle vier Pumpen arbeiten und wir nicht alle naselang eine Verstopfung haben. Und nebenbei gesagt, Strom gibt es keinen, aber die lokale Feuerwehr ist so freundlich, im Innern des Hauses Lichter aufzustellen.«

»Wie lang war denn die Zeit zwischen Alarm und Eintreffen der Löschwagen?«, fragte Marino.

»Siebzehn Minuten«, antwortete sie. »Sie mussten erst mal die Leute zusammentrommeln. Das läuft hier alles auf freiwilliger Basis.«

Jemand stöhnte laut.

»Nun seid mal nicht so streng mit ihnen. Sie haben jeden Tankwagen in der Gegend genutzt, um Wasser herzubringen, das war also nicht das Problem«, wies McGovern ihre Mannschaft zurecht. »Das Ding ging hoch wie ein Heuschober, und es war zu windig für Schaum, obwohl der, wie ich glaube, sowieso nichts genützt hätte.« Sie stand auf und ging auf den Supertruck zu. »Ausschlaggebend ist, dass es sich um ein schnelles, heißes Feuer gehandelt hat. Das können wir mit Bestimmtheit sagen.«

Sie öffnete eine rot getäfelte Tür und begann, Harken und Schaufeln zu verteilen.

»Was hingegen den Brandherd oder die Brandursache betrifft, tappen wir völlig im Dunkeln«, fuhr sie fort. »Es wird jedoch angenommen, dass Kenneth Sparkes, der Zeitungstycoon, im Haus war und es nicht nach draußen geschafft hat. Weshalb wir ja auch den Doc hergeholt haben.«

McGovern sah mich direkt an. Ihr Blick war so durchdringend, dass ihm schwerlich etwas entgehen konnte.

»Weshalb nehmen wir an, dass er zu der Zeit im Haus war?«, fragte ich.

»Erstens wird er vermisst. Und dann steht hinterm Haus ein ausgebrannter Mercedes. Wir haben die Fahrgestellnummer noch nicht überprüft, nehmen jedoch an, dass es seiner ist«, antwortete einer der Brandermittler.

»Und der Hufschmied, der seine Pferde beschlägt, war zwei Tage vor dem Feuer gerade erst hier gewesen, am Donnerstag, dem Fünften, und da war Sparkes zu Hause, und nichts deutete darauf hin, dass er irgendwohin wollte.«

»Wer hat sich denn um seine Pferde gekümmert, wenn er unterwegs war?«, fragte ich.

»Das wissen wir nicht«, sagte McGovern.

»Ich hätte gern den Namen und die Telefonnummer des Hufschmieds«, sagte ich.

»Kein Problem. Kurt?«, sagte sie zu einem ihrer Beamten. »Ich hab sie.« Er blätterte in einem Spiralblock. Seine jungen Hände waren grob und rau von der jahrelangen Arbeit.

McGovern holte hellblaue Helme aus einem anderen Fach und

warf sie den Leuten zu, während sie jedem einzelnen seine Aufgabe zuteilte.

»Lucy, Robby, Frank, Jennifer, ihr seid mit mir zusammen in dem Loch. Bill, Sie halten sich zur allgemeinen Verfügung, und Mick wird ihm helfen, da das heute Bills erster NRT-Einsatz ist.«

»Der Glückliche.«

»Oha, eine Jungfrau.«

»Lasst den Scheiß, Leute«, sagte Bill. »Meine Frau hat heute ihren Vierzigsten. Sie wird nie wieder ein Wort mit mir reden.«

»Rusty hat die Verantwortung für den Truck«, fuhr McGovern fort. »Marino und Doc Scarpetta kommen zum Einsatz, wie sie gebraucht werden.«

»Hatte Sparkes irgendwelche Drohungen erhalten?«, fragte Marino, weil es sein Job war, von Mord auszugehen.

»In dem Punkt wissen wir auch nicht mehr als Sie«, sagte Brandermittler Robby.

»Und was hat es mit diesem angeblichen Zeugen auf sich?«

»Der hat sich telefonisch gemeldet«, erklärte er. »Ein Mann, er wollte seinen Namen nicht nennen, und der Anruf kam von auswärts, sodass wir keinen Anhaltspunkt haben. Keine Ahnung, ob das ernst zu nehmen ist.«

»Aber er hat doch gesagt, er hätte die Pferde gehört, als sie starben«, hakte ich nach.

»Ja. Hätten geschrien wie menschliche Wesen.«

»Hat er denn erklärt, wie er ganz nah dran sein konnte, um das zu hören?« Ich begann wieder, mich aufzuregen.

»Er hat behauptet, er hätte das Feuer von weitem gesehen und sei rangefahren, um es aus der Nähe zu beobachten. Behauptet, er hätte fünfzehn Minuten zugeschaut und sich dann schleunigst aus dem Staub gemacht, als er die Feuerwehr anrücken hörte.«

»Das ist mir neu, und es gefällt mir gar nicht«, sagte Marino düster. »Was er sagt, deckt sich mit der Zeit zwischen Alarm und Eintreffen der Feuerwehr. Und wir wissen ja, wie gern diese Brandstifter noch am Tatort herumlungern, um ihre Feuer brennen zu sehen. Haben Sie 'ne Ahnung, welche Hautfarbe?«

»Ich habe nicht länger als dreißig Sekunden mit ihm gesprochen«, antwortete Robby. »Er hatte jedoch keinen auffälligen Akzent. Sprach leise und sehr ruhig.«

Für einen Augenblick herrschte Schweigen, denn die Enttäuschung, nicht zu wissen, wer dieser Zeuge war und ob es ihn wirklich gab, war groß. McGovern kehrte zu ihrem Dienstplan für den Tag zurück.

»Johnny Kostylo, unser geschätzter Öffentlichkeitsreferent in Philadelphia, wird sich um die Medien und die lokalen Größen kümmern, etwa um den Bürgermeister von Warrenton, der schon aufgekreuzt ist, weil er nicht will, dass seine Stadt in ein schiefes Licht gerät.«

Sie blickte von ihrem Klemmbrett auf und musterte unsere Gesichter.

»Einer unserer Versicherungsspezialisten ist unterwegs«, fuhr sie fort, »und Pepper wird in Kürze eintreffen, um uns zu helfen.«

Mehrere Beamte quittierten die Mitteilung mit anerkennenden Pfiffen für Pepper, den Brandermittlungshund.

»Und Gott sei Dank hat Pepper mit Alkohol nichts am Hut.« McGovern setzte ihren eigenen Helm auf. »Da drin gibt's nämlich etwa tausend Gallonen Bourbon.«

»Wissen wir darüber schon mehr?«, fragte Marino. »Wissen wir, ob Sparkes das Zeug vielleicht selbst hergestellt und verkauft hat? Ich meine, das ist 'ne Wahnsinnsmenge Alk für einen einzigen Kerl.«

»Allem Anschein nach hat Sparkes so ziemlich alles eingesammelt, was im Leben gut und teuer ist.« McGovern sprach, als sei Sparkes mit Sicherheit tot. »Bourbon, Zigarren, automatische Waffen, teure Pferde. Wir wissen nicht, inwieweit das alles legal war, was einer der Gründe ist, weshalb ihr beiden hier seid und nicht die vom FBI.«

»Tut mir ja Leid, dass ich das sagen muss, aber die Feebs schnüffeln hier bereits herum. Wollen wissen, wie sie sich nützlich machen können.«

»Wie lieb von ihnen.«

»Vielleicht können sie uns ja zeigen, wo's langgeht.«
»Wo sind sie?«, fragte McGovern.
»In einem weißen Suburban etwa eine Meile die Straße runter. Es sind drei. Sie drücken sich da in ihren FBI-Flakjacken herum und sprechen bereits mit den Medien.«
»Mist. Immer da, wo die Kameras sind.«
Gestöhne und abfälliges Gelächter über die Feebs, wie das ATF die FBI-Beamten abfällig nannte. Es war kein Geheimnis, dass die beiden Einheiten der Bundespolizei einander nicht grün waren und das FBI sich gewohnheitsmäßig alle Federn an den Hut steckte, wenn sie ihm auch nicht immer zukamen.
»Wo wir gerade von Nervensägen sprechen«, meldete sich ein anderer zu Wort, »das Budget Motel nimmt keine American-Express-Karten. Wir haben uns schon den Mund fusselig geredet – sollen wir jetzt unsere eigenen Kreditkarten benutzen?«
»Und obendrein gibt es nur bis sieben Uhr Zimmerservice.«
»Ist sowieso ein Scheißladen.«
»Gibt's irgendeine Aussicht, dass wir umziehen können?«
»Ich kümmere mich drum«, versprach McGovern.
»Dafür lieben wir Sie ja so.«
Ein knallrotes Feuerwehrauto holperte die ungeteerte Zufahrt herauf und wirbelte Staub und Steinchen auf. Es war die erwartete Hilfe, die mit dem Abpumpen des Wassers aus der Brandruine beginnen sollte. Zwei Feuerwehrleute in beschichteten Anzügen und hohen Gummistiefeln stiegen aus und besprachen sich kurz mit McGovern, ehe sie mehrere Schläuche entrollten, die an Filter angeschlossen waren. Sie legten sie sich über die Schultern, schleppten sie ins Innere der steinernen Hülle des Hauses und ließen sie an vier verschiedenen Stellen ins Wasser fallen. Dann kehrten sie zum Löschwagen zurück, stellten schwere, tragbare Prosser-Pumpen auf den Boden und schlossen Verlängerungskabel an den Generator an. Bald wurde der Motorenlärm sehr laut. Die Schläuche schwollen an mit schmutzigem Wasser, das durch sie hindurchschoss und sich auf den Rasen ergoss.
Ich nahm mir schwere Segeltuch-Feuerhandschuhe und einen gummierten Mantel und regulierte den Riemen meines Helms.

Dann begann ich, meine treuen Red-Wing-Stiefel zu säubern, indem ich sie durch kaltes Seifenwasser zog, das jedoch sofort durch die Zungen eindrang und die Schuhbänder durchweichte. Ich hatte nicht daran gedacht, mir seidene Skiunterwäsche anzuziehen, weil Juni war. Das war ein Fehler gewesen. Der Wind wehte jetzt stark aus nördlicher Richtung, und jeder Tropfen Nässe schien meine Körpertemperatur um ein weiteres Grad zu senken. Ich hasste es, frieren zu müssen. Ich hasste es, meinen Händen nicht trauen zu können, weil sie entweder steif vor Kälte oder dick behandschuht waren. McGovern kam auf mich zu, als ich mir in die Hände blies und mir den schweren gummierten Mantel bis zum Kinn zuknöpfte.

»Es wird ein langer Tag werden«, sagte sie erschauernd. »Was ist bloß mit dem Sommer los?«

»Teun, ich lasse Ihretwegen meinen Urlaub ausfallen. Sie zerstören mein Privatleben.« Sie sollte es nicht leicht mit mir haben.

»Immerhin haben Sie eins.« Auch McGovern begann, ihre Stiefel zu säubern.

Teun war in Wirklichkeit ein eigenartiges Hybrid aus den Initialen T. N., hinter denen sich irgendetwas Südlich-Grässliches verbarg wie Tina Nola, so hatte ich jedenfalls gehört. Solange ich beim NRT war, hatte sie Teun geheißen, und so nannte ich sie auch. Sie war geschieden, eine fähige Frau, gut gebaut und fit, mit hohen Backenknochen und ausdrucksstarken grauen Augen. McGovern konnte ziemlich wild werden. Ich hatte sie schon Feuer spucken und ein Zimmer in ein Flammenmeer verwandeln sehen. Aber sie konnte auch großzügig und nett sein. Sie hatte eine Spezialbegabung für Brandstiftung, und man sagte ihr nach, dass sie die Brandursache allein aufgrund der Schauplatzbeschreibung intuitiv erkannte.

Ich zog mir mühsam zwei Paar Latexhandschuhe über, während McGoverns Blick den Horizont absuchte. Lange Zeit verweilte er auf dem geschwärzten Grund mit den Mauern aus Granit, die daraus emporragten. Ich folgte ihrem Blick zu den niedergebrannten Ställen und hörte im Geiste Schreie und panisch gegen die Stallwände schlagende Hufe. Für einen Augenblick schnürte sich mir die Kehle zu. Ich hatte die aufgeschürften, zu Klauen erstarrten Hände von Lebendbegrabenen gesehen und die Verletzungen von Opfern, die sie sich im Kampf mit ihren Mördern zugezogen hatten. Ich kannte mich aus mit dem Kampf des Lebens gegen das Sterbenmüssen und konnte doch gerade diesen Film nicht ertragen, der in meinem Kopf ablief.

»Verfluchte Reporter.« McGovern starrte zu einem kleinen Hubschrauber empor, der niedrig über unsere Köpfe hinwegflog. Es war ein weißer Schweizer ohne Kennzeichnung. Soweit ich sehen konnte, waren keine Kameras installiert. McGovern trat vor und zeigte mit schwungvoller Geste auf jeden einzelnen Medienvertreter im Umkreis von fünf Meilen.

»Der Van dort«, klärte sie mich auf. »Rundfunk, irgend so ein hinterwäldlerischer Lokalsender mit so 'ner Prominudel namens Jezebel, die ergreifende Geschichten über das Leben, ihren verkrüppelten Sohn und seinen dreibeinigen Hund namens Sport erzählt. Ein anderer Sender steht da drüben. Und der Ford Escort auf der anderen Straßenseite ist irgend so ein Käseblatt. Wahrscheinlich eine Klatschpostille aus D.C. Dann haben wir noch die *Post.*« Sie wies auf einen Honda. »Auf die müssen sie aufpassen. Das ist die Brünette mit den Beinen. Können Sie sich vorstellen, hier draußen im Rock rumzulaufen? Vielleicht glaubt sie ja, dass die Jungs dann mit ihr reden. Aber die haben Besseres zu tun. Vielleicht funktioniert's bei den Feebs.«

Sie drehte sich zum Supertruck um und griff sich eine Hand voll Latexhandschuhe. Ich grub die Hände tiefer in die Taschen meiner Drillichhose. Ich war an McGoverns Tiraden gegen die Einseitigkeit und Verlogenheit der Medien gewöhnt und hörte kaum mehr hin.

»Und dies ist nur der Anfang«, fuhr sie fort. »Diese Medienmaden werden bald überall herumwimmeln, nicht nur die paar. Man braucht keinen Pfadfinder, um sich vorzustellen, wie dieses Haus hier gebrannt hat und die armen Pferde umgekommen sind.«

»Sie scheinen ja heute vergnügter als gewöhnlich«, sagte ich ironisch.

»Schön wär's.«
Sie hatte einen Fuß auf die polierte Heckklappe des Supertrucks gesetzt, als ein alter Kombi angefahren kam. Pepper, der Brandstiftungshund, war ein schöner, schwarzer Labradorretriever. Er trug ein ATF-Abzeichen am Halsband und lag zweifellos behaglich zusammengerollt auf dem warmen Beifahrersitz und wartete, bis wir ihn brauchten.
»Wie kann ich mich nützlich machen?«, fragte ich McGovern, »außer Ihnen aus dem Weg zu gehen, bis Sie mich brauchen?«
Sie starrte in eine andere Richtung. »Wenn ich Sie wäre, würde ich's mir bei Pepper im Wagen gemütlich machen oder im Truck. Beide sind geheizt.«
McGovern hatte schon früher mit mir zusammengearbeitet und wusste, dass ich mir nicht zu schade war, in einen Fluss zu tauchen und Brandschutt oder Bombentrümmer zu sortieren, wenn es nötig war. Sie wusste, dass ich wusste, wie man eine Schaufel hält, und nicht herumzusitzen pflegte. Ich verübelte ihr die Bemerkung und hatte das Gefühl, dass sie irgendwas gegen mich hatte. Ich wandte mich um, um sie erneut anzusprechen, und stellte fest, dass sie völlig reglos dastand, wie ein Vorstehhund vor der Ente. Ihr Gesicht zeigte einen ungläubigen Ausdruck, während sie weiter auf irgendeinen Punkt am Horizont starrte.
»Du meine Güte«, murmelte sie.
Ich folgte ihrem Blick und entdeckte ein schwarzes Fohlen, das knapp hundert Meter weg gleich jenseits der rauchenden Stallruinen stand. Das prachtvolle Tier wirkte, von uns aus betrachtet, wie aus Ebenholz geschnitzt, und ich konnte das Zucken der Muskeln und des Schwanzes erkennen, mit dem es unsere Aufmerksamkeit zu erwidern schien.
»Die Ställe«, sagte McGovern in ehrfürchtigem Staunen. »Wie ist denn er bloß davongekommen?«
Sie schaltete ihr Funkgerät ein.
»Teun an Jennifer«, sagte sie.
»Höre.«
»Werfen Sie mal einen Blick in Richtung Ställe. Sehen Sie dahinter dasselbe wie ich?«

»Zehn-vier. Habe das vierbeinige Objekt gesichtet.«
»Sorgen Sie dafür, dass die Leute in der Umgebung Bescheid wissen. Wir müssen herausfinden, ob das Objekt ein Überlebender von hier ist oder ein Ausreißer von anderswoher.«
»Geht in Ordnung.«
McGovern stapfte davon, eine Schaufel über der Schulter. Ich beobachtete, wie sie in die stinkende Grube stieg und die Schaufel in der Nähe dessen, was einst die breite Eingangstür gewesen zu sein schien, in den Boden stieß. Das kalte Wasser stand ihr bis zu den Knien. In der Ferne verschwammen die Konturen des schwarzen Pferdes und waberten, als wäre es aus Feuer. Ich stapfte in durchweichten Stiefeln los, meine Finger wurden immer steifer. Es war bloß eine Frage der Zeit, wann ich ein Klo brauchen würde, das, wie gehabt, ein Baum, ein Erdhügel, eine Ackerfurche sein würde, jedenfalls etwas, das den Anschein erweckte, eine todsichere Deckung zu bieten, und in dessen Umkreis sich meilenweit kein Mann befinden dürfte.
Ich betrat das stehen gebliebene steinerne Gemäuer nicht sofort, sondern umkreiste es langsam von außen. Das Einstürzen noch vorhandener Gebäudeteile war eine offenkundige außerordentliche Gefahr an solchen Schauplätzen massiver Zerstörung, und obwohl die zweigeschossigen Mauern einigermaßen stabil wirkten, wäre es mir lieber gewesen, wenn man sie mit dem Bagger eingerissen und weggekarrt hätte. Ich setzte meine Besichtigung im steifen, kalten Wind fort. Mir schwand der Mut bei der Frage, wo ich anfangen sollte. Der Aluminiumkoffer zerrte an meinen Schultern, und die Vorstellung, dass ich einen Rechen durch die verwässerten Überreste ziehen sollte, jagte mir einen stechenden Schmerz durch den Rücken. Ich war mir sicher, dass McGovern mich beobachten würde, um zu sehen, wie lange ich durchhielt.
Durch die klaffenden Fenster- und Türöffnungen konnte ich in die rußige Grube sehen, auf deren schwarzer Oberfläche Tausende Bandstahldauben von Whiskeyfässern lagen. Ich stellte mir fassgereiften Bourbon vor, der in brennenden weißen Eichenholzfässern explodierte, sich als Feuerstrom durch die Tür ergoss und hangabwärts auf die Ställe zufloss, die Kenneth Sparkes'

kostbare Pferde beherbergt hatten. Während die Spurensicherung sich an ihre Aufgabe machte herauszufinden, wo das Feuer seinen Anfang genommen hatte und, so war zu hoffen, was seine Ursache gewesen war, stieg ich durch Pfützen und trat auf alles, das stabil genug aussah, um mein Gewicht zu tragen.
Überall gab es Nägel, und mit einem Buckman-Universalwerkzeug, das Lucy mir geschenkt hatte, zog ich einen von ihnen aus meinem linken Stiefel. Im steinernen Rechteck einer Türöffnung in der Vorderfassade des einst herrschaftlichen Hauses blieb ich stehen. Minutenlang stand ich und schaute. Anders als viele Ermittlungsbeamte machte ich nicht ununterbrochen Fotos, wenn ich mich in einen Tatort hineinarbeitete. Ich hatte gelernt, mir die Zeit zu nehmen, meine Augen vorausgehen zu lassen. Während ich in aller Ruhe den Blick schweifen ließ, fielen mir einige Dinge auf.
Von der Frontseite des Hauses aus hatte man – vermutlich – einen spektakulären Ausblick gehabt. Von den oberen Stockwerken, die nicht mehr existierten, sah man auf Bäume und über sanfte Hügel und konnte Pferde beobachten, die ihr Besitzer kaufte, eintauschte, züchtete und verkaufte. Man nahm an, Kenneth Sparkes sei am Abend des siebten Juni, als das Feuer ausbrach, zu Hause gewesen, und ich erinnerte mich, dass das Wetter klar und ein wenig wärmer gewesen war; es hatte nur ein schwacher Wind geweht, und es war Vollmond gewesen.
Ich ließ meinen Blick über die leere Hülle dessen gleiten, was einmal ein prächtiges Haus gewesen sein musste, und begegnete durchweichten Couchteilen, Metall, Glas, geschmolzenen Resten von Fernsehern und anderen elektrischen Geräten. Es gab Hunderte von verkohlten Büchern, dazu Bilder, Matratzen und Möbel. Alles war von den oberen Stockwerken heruntergefallen und lag nun schichtweise und mit Wasser vollgesogen im Keller. Ich versuchte, mir Sparkes an dem Abend vorzustellen, als der Feueralarm losging, und ich sah ihn in dem Wohnzimmer mit der schönen Aussicht oder aber in der Küche, vielleicht mit Kochen beschäftigt. Doch je mehr ich zu ergründen versuchte, wo er sich aufgehalten haben mochte, desto weniger verstand ich,

weshalb er nicht entkommen war, es sei denn, er wäre durch Alkohol oder Drogen außer Gefecht gewesen oder hätte versucht, das Feuer zu löschen, bis das Kohlenmonoxid ihn überwältigt hatte.
Lucy und ihre Kollegen befanden sich auf der anderen Seite der Grube, wo sie gerade den Sicherungskasten aufbrachen, der unter dem Einfluss von Hitze und Wasser sofort zu rosten begonnen hatte.
»Viel Glück«, ertönte McGoverns Stimme, als sie näher an sie heranwatete. »Aber das war's diesmal bestimmt nicht.«
Sie sprach weiter, während sie gleichzeitig das geschwärzte Gestell eines Bügelbretts beiseite schleuderte. Das Bügeleisen und was von seiner Schnur übrig geblieben war folgten. Sie beförderte Fassdauben mit dem Fuß aus dem Weg, als wäre sie wütend auf den unbekannten Urheber dieser ganzen Schweinerei.
»Habt ihr die Fenster gesehen? Das zerbrochene Glas liegt innen. Man könnte meinen, dass jemand eingebrochen ist?«
»Nicht unbedingt.« Es war Lucy, die antwortete, während sie hockend den Sicherungskasten begutachtete. »Von innen trifft Wärme auf das Glas, es heizt sich auf und dehnt sich schneller aus als außen, verursacht ungleichmäßigen Druck und Wärmerisse, die sich deutlich von denen bei mechanischer Zertrümmerung unterscheiden.«
Sie reichte McGovern, ihrer Ausbilderin, eine gezackte Glasscherbe.
»Rauch dringt raus«, fuhr Lucy fort, »und Atmosphäre strömt ein – Druckausgleich. Es heißt also nicht, dass jemand eingebrochen ist.«
»Sie kriegen eine Zwei plus«, sagte McGovern zu ihr.
»Von wegen. Ich kriege eine Eins.«
Mehrere Beamte lachten.
»Aber ich muss Lucy zustimmen«, sagte einer von ihnen. »Ich seh so weit keinerlei Anzeichen für einen Einbruch.«
Die Teamleiterin verwandelte unseren Katastrophenschauplatz in ein Klassenzimmer für ihre Certificated Fire Investigators, ihre Brandermittler, in spe.

»Sie erinnern sich doch – wir haben davon gesprochen, dass Rauch durch Ziegelsteinwände dringt«, fuhr sie fort und zeigte auf bestimmte Stellen im Stein, wo die Wand zuvor an die Zimmerdecke gestoßen war. Die Stellen sahen aus, als wären sie mit Stahlbürsten geschrubbt worden. »Oder ist das Erosion, hervorgerufen vom Wasserdruck?«

»Nein, der Mörtel ist teilweise weggefressen. Das kommt vom Rauch.«

»Richtig. Vom Rauch, der durch die Fugen dringt.« McGoverns Ton war nüchtern. »Das Feuer sucht sich seinen eigenen Weg. Und unten an den Wänden – hier und hier und hier«, zeigte sie, »ist der Stein sauber gebrannt, frei von Verbrennungsrückständen oder Ruß. Außerdem gibt es geschmolzenes Glas und geschmolzene Kupferrohre.«

»Es hat mit einem Kleinbrand angefangen, im ersten Stock«, sagte Lucy, »dem eigentlichen Wohnbereich.«

»Genauso seh ich's auch.«

»Und die Flammen sind zehn Fuß hoch geschlagen und haben auf das zweite Geschoss und das Dach übergegriffen.«

»Wozu eine ganz anständige Menge Brennbares nötig gewesen wäre.«

»Brandbeschleuniger. Aber glaubt nicht, auch nur einen kleinen Hinweis in dem Scheiß zu finden.«

»Vergesst nichts«, mahnte McGovern ihr Team. »Und wir wissen auch gar nicht, ob ein Beschleuniger notwendig war, weil wir nicht wissen, was für einen Brandstoff der Boden abgegeben hat.«

Sie arbeiteten unter Geplatsche weiter, besprachen sich dabei und waren die ganze Zeit vom Geräusch herabtropfenden Wassers und der rumpelnden Pumpen umgeben. Ich interessierte mich für die Sprungfedern, die sich in meinem Rechen verfingen, und ging in die Hocke, um sie mit den Händen von Steinen und verkohltem Holz zu befreien. Man musste immer damit rechnen, dass womöglich jemand im Bett von den Flammen überrascht worden war. Ich spähte hinauf zu dem, was einmal die oberen Stockwerke gewesen waren, und setzte meine Ausgrabungen fort, förderte jedoch nichts auch nur entfernt Menschliches zutage, nur die durchgeweichten, sauren Überreste all dessen, was in Kenneth Sparkes' vornehmer Behausung ruiniert worden war. Einige seiner früheren Besitztümer schwelten immer noch auf Haufen vor sich hin, die nicht vollständig unter Wasser standen, doch das meiste, was ich zusammenharkte, war kalt und durchdrungen vom übelkeitserregenden Geruch verbrannten Bourbons.

Unsere Sichtungsarbeiten gingen den ganzen Vormittag weiter, und während ich mich Quadratmeter für Quadratmeter durch ekelhaftes Zeug arbeitete, tat ich das, worauf ich mich am besten verstand. Ich befühlte alles, und wenn ich einen Umriss ertastete, der mich beunruhigte, zog ich die schweren Feuerhandschuhe aus und befühlte ihn gründlich mit meinen nur von Latexhandschuhen geschützten Fingern. McGovern und ihre Mannschaft waren überall verteilt und mit ihren eigenen Vermutungen beschäftigt, und es war fast Mittag, als sie wieder zu mir gewatet kam.

»Na, halten Sie durch?«

»Danke, ich halte mich auf den Beinen.«

»Nicht schlecht für eine Schreibtischdetektivin.« Sie lächelte.

»Ich nehm das mal als Kompliment.«

»Sehen Sie, wie gleichmäßig das Ganze verbrannt ist?« Sie wies mit einem rußgeschwärzten, behandschuhten Finger um sich. »Vollbrand, konstant bis in den letzten Winkel des Hauses. Flammen so heiß und hoch, dass sie die beiden oberen Stockwerke verbrannt haben und so gut wie alles, was darin war. Hier haben wir es nicht mit irgendeinem Kurzschluss zu tun, einen versehentlich angelassenen Lockenstab oder Öl, das in Brand geraten ist. Dahinter steckt ein großer und intelligenter Plan.«

Mir war im Lauf der Jahre schon öfter aufgefallen, dass Leute, die Brandbekämpfung machten, über Feuer sprachen, als handelte es sich um etwas Lebendiges, ein Wesen mit einem eigenen Willen und einer eigenen Persönlichkeit. McGovern begann, an meiner Seite zu arbeiten, und was sie nicht beiseite schleudern konnte, das häufte sie in einer Schubkarre auf. Ich polierte etwas,

das sich als Stein herausstellte, aber auch ein Fingerknochen hätte sein können, und sie wies mit dem hölzernen Ende ihres Rechens in den wolkenbedeckten Himmel.
»Das oberste Stockwerk wird als letztes eingestürzt sein«, erklärte sie mir. »Mit anderen Worten, die Trümmer vom Dach und vom ersten Stock müssten hier unten zuoberst liegen. Das ist vermutlich das Zeug, in dem wir gerade herumwühlen.« Sie stieß mit dem Rechen gegen einen verdrehten Eisenträger, der einmal das Dach gestützt hatte. »Genau«, fuhr sie fort. »Deshalb liegt hier überall Isolierzeug und Schiefer herum.«
Und so ging es weiter, und keiner machte länger als eine Viertelstunde Pause. Die örtliche Feuerwehr versorgte uns laufend mit Kaffee, Mineralwasser und Sandwiches und hatte Quarzlampen aufgestellt, sodass wir in unserem nassen Loch genügend Licht hatten. An jeder Seite saugte eine Prosser-Pumpe Wasser durch ihren Schlauch und spie es außerhalb der Granitmauern wieder aus, und nachdem schon Tausende Gallonen ausgepumpt waren, schienen unsere Bedingungen sich immer noch nicht wesentlich verbessert zu haben. Es dauerte Stunden, bis der Pegel merklich sank.

Um halb drei konnte ich es nicht mehr aushalten und ging wieder hinaus. Ich hielt kurz Ausschau nach der verdächtigsten Stelle, und die befand sich unter den ausladenden Ästen einer großen Tanne in der Nähe der rauchenden Ställe. Meine Hände und Füße waren taub, doch unter der schweren Schutzkleidung schwitzte ich, während ich mich hinhockte und nervös den Blick schweifen ließ, für den Fall, dass es irgendjemandem einfiele, meine Richtung einzuschlagen. Dann wappnete ich mich für den Anblick der Ställe, die ich jetzt einen nach dem anderen abgehen wollte. Der Gestank des Todes stach mir in die Nase und schien sich in meinem Schädelinnern festzusetzen.
Die Pferde boten einen jämmerlichen Anblick, wie sie da aufeinander getürmt lagen, die Vorderbeine angewinkelt, die Haut aufgeplatzt vom Anschwellen und Schrumpfen kochenden Fleischs. Stuten, Hengste, Wallache waren bis auf die Knochen verbrannt,

und immer noch stieg Rauch von den Kadavern auf wie von verkohltem Holz. Ich hoffte nur, dass sie einer Kohlenmonoxidvergiftung erlegen waren, ehe die Flammen sie erreicht hatten.
Ich zählte neunzehn Kadaver, darunter zwei Jährlinge und ein Fohlen. Der Gestank von verbranntem Pferdehaar und Tod nahm mir den Atem und umhüllte mich wie ein schwerer Mantel, als ich über den verschmutzten Rasen wieder auf die ausgebrannten Mauern des Wohnhauses zuging. Am Horizont beobachtete mich wieder der einzige Überlebende, der, vereinsamt und gänzlich reglos, ein Bild der Trauer bot. McGovern stieß und schaufelte und schleuderte immer noch Trümmer aus dem Weg, und ich sah ihr an, dass sie müde wurde, was mich ungemein freute. Der Tag war mittlerweile weit fortgeschritten. Der Himmel war dunkler geworden und der Wind schneidender.
»Das Fohlen ist immer noch da«, sagte ich zu ihr.
»Wenn es bloß reden könnte.« Sie richtete sich auf und massierte sich das Kreuz.
»Es läuft doch nicht grundlos frei herum«, sagte ich. »Es ist unsinnig anzunehmen, dass es von allein dort rausgekommen sein könnte. Ich hoffe, irgendjemand hat die Absicht, sich um das Tier zu kümmern?«
»Wir arbeiten daran.«
»Könnte nicht einer der Nachbarn helfen?« Ich ließ nicht locker, weil das Pferd mir wirklich ans Herz ging.
Sie bedachte mich mit einem langen Blick und wies mit dem Finger nach oben.
»Hauptschlafzimmer und -bad waren genau hier über uns«, verkündete sie, während sie eine zerbrochene Marmorplatte aus dem schmutzigen Wasser hob. »Messingarmaturen, Marmorboden, Massagedüsen vom Jacuzzi. Der Rahmen eines Oberlichts, das übrigens zur Zeit des Brandes geöffnet war. Wenn Sie eine gute Handbreit nach links fassen, stoßen Sie unmittelbar auf die Überreste der Badewanne.«
Der Wasserpegel sank nun kontinuierlich, während die Pumpen saugten und auf dem Rasen kleine Flüsse entstehen ließen. In unserer Nähe zogen Brandermittler ein Stück antiken Eichen-

holzboden aus dem Wasser, der an der Oberfläche bis auf wenige Stellen stark verkohlt war. Auch dies ein weiterer Beweis dafür, dass der Brandherd im ersten Stock im Hauptwohnbereich zu suchen war, etwa an der Stelle, wo wir Messinggriffe von Schränken und Mahagonimöbeln und Hunderte von Kleiderbügeln fanden. Wir gruben uns durch verbranntes Zedernholz und die Überreste von Herrenschuhen und -kleidung aus den Schränken des Ankleidezimmers.

Gegen fünf Uhr war das Wasser um einen weiteren Fuß gefallen und hatte eine Landschaft bloßgelegt, die mit ihren verkohlten Gehäusen von Elektrogeräten und den Couchrahmen wie eine verbrannte Müllhalde aussah. McGovern und ich gruben immer noch im Bereich des Hauptbadezimmers, fischten Medizinfläschchen und Shampoos und Body Lotions heraus, als ich endlich einen ersten schrecklichen Blick auf das Angesicht des Todes warf. Sorgfältig wischte ich den Ruß von einer gezackten Glasscheibe.

»Ich glaube, wir haben was«, sagte ich, und meine Stimme schien vom tropfenden Wasser und den saugenden Pumpen verschluckt zu werden. McGovern richtete ihre Taschenlampe auf meine Hände und erstarrte.

»Mein Gott«, sagte sie entsetzt.

Milchige tote Augen schimmerten uns durch ein tropfnasses Stück Glas entgegen.

»Ein Fenster, vielleicht eine gläserne Duschtür ist auf die Leiche gefallen und hat immerhin etwas von ihr davor bewahrt, bis zur Unkenntlichkeit zu verbrennen«, sagte ich.

Ich schob noch mehr zerbrochenes Glas beiseite, und es verschlug McGovern vorübergehend die Sprache, als sie auf einen grotesk entstellten Leichnam starrte, der, wie ich sofort wusste, nicht der von Kenneth Sparkes war. Der obere Teil des Gesichts war flach gegen dickes, gesprungenes Glas gepresst, und die Augen waren von einem stumpfen, bläulichen Grau, weil ihre ursprüngliche Farbe herausgekocht worden war. Sie spähten unter dem verbrannten Jochbein zu uns empor. Strähnen von langem, blondem Haar hatten sich gelöst und waberten gespenstisch im abfließenden, schmutzigen Wasser, und es gab weder Nase noch Mund, nur kreideweiße, kalzinierte Knochen und Zähne, die verbrannt waren, bis an ihnen nichts Organisches mehr übrig geblieben war.

Der Hals war teilweise unversehrt, der Rumpf von noch mehr zerbrochenem Glas bedeckt, und mit dem gekochten Fleisch verschmolzen war ein dunkler Stoff, der eine Bluse oder ein Hemd gewesen war. Ich konnte die Webart noch erkennen. Gesäß und Hüften waren ebenfalls unter dem Glas verschont geblieben. Das Opfer hatte Jeans getragen. Die Beine waren bis auf die Knochen verbrannt, doch Lederstiefel hatten die Füße geschützt. Unterarme und Hände fehlten, und ich konnte keine Spur der dazugehörigen Knochen finden.

»Wer zum Teufel ist das?«, fragte McGovern erstaunt. »Hat Sparkes mit jemandem zusammengelebt?«

»Ich weiß nicht«, sagte ich und schöpfte mehr Wasser weg.

»Können Sie sagen, ob die Leiche weiblich ist?«, fragte McGovern, während sie sich darüber beugte, die Taschenlampe immer noch in der Hand.

»Ich würde das nicht vor Gericht beschwören wollen, ohne sie näher untersucht zu haben. Doch ja, ich glaube, sie ist weiblich«, antwortete ich.

Ich blickte hoch in den Himmel und stellte mir das Badezimmer vor, in dem die Frau wahrscheinlich gestorben war. Dann holte ich die Kameras aus meinem Koffer hervor, während mir das kalte Wasser um die Füße schwappte. Pepper, der Brandhund, und sein Hundeführer erschienen gerade in der Türöffnung, und Lucy und die anderen Beamten kamen herbeigewatet, als sich die Neuigkeit von unserm Fund auch schon wie ein Lauffeuer herumsprach. Ich dachte an Sparkes. Nichts hier ergab einen Sinn. Alles was feststand war, dass eine Frau sich in der Brandnacht in seinem Haus aufgehalten hatte. Ich fürchtete, dass seine Überreste sich ebenfalls irgendwo hier drinnen befinden würden.

Die Beamten kamen näher, und einer von ihnen brachte mir einen Leichensack. Ich entfaltete ihn und machte weitere Aufnahmen. Das Fleisch war mit dem Glas verschmolzen und würde davon abgelöst werden müssen, das würde ich im Leichenschauhaus erledigen, und ich erteilte die Anweisung, alles im Umkreis der Leiche Befindliche ebenfalls sicherzustellen und einzuschicken.

»Jetzt brauche ich Ihre Hilfe«, sagte ich in die Runde. »Wir benötigen ein Unterlegbrett und ein paar Planen, und einer muss das örtliche Bestattungsinstitut herrufen, das für die Bergung von Leichen zuständig ist. Wir werden einen Lieferwagen brauchen. Seien Sie vorsichtig, das Glas ist scharf. Wie die Leiche auch, unter den gegebenen Umständen. Gesicht nach oben, genau wie sie jetzt liegt, damit wir den Körper nicht zu sehr belasten und die Haut zerreißen. So ist es gut. Und jetzt machen Sie den Sack weiter auf. So weit es überhaupt geht.«

»Der wird nicht groß genug sein.«

»Vielleicht könnten wir ja mehr Glas an den Rändern wegbrechen«, schlug McGovern vor. »Hat jemand einen Hammer dabei?«

»Nein, nein. Decken wir sie einfach nur zu, wie sie ist.« Ich erließ weitere Anordnungen, denn jetzt hatte ich das Kommando. »Legen Sie die Planen drüber, und bedecken Sie auch die Kanten, um Ihre Hände zu schützen. Haben alle ihre Handschuhe an?«

»Ja.«

»Für diejenigen, die nicht mithelfen – es gibt eventuell noch eine weitere Leiche. Also werden wir weitersuchen.«

Ich war angespannt und reizbar, während ich darauf wartete, dass die beiden Beamten mit einem Unterlegbrett und blauen Plastikplanen zurückkehrten.

»Okay«, sagte ich. »Dann heben wir sie mal hoch. Ich zähle bis drei.«

Wasser schwappte und spritzte, als vier von uns versuchten, einen sicheren Halt zu finden und das schlüpfrige, nasse Glas zu fassen, das scharfkantig genug war, um Lederhandschuhe zu durchschneiden.

»Los geht's«, sagte ich. »Eins, zwei, drei – hoch.«

Wir legten die Leiche in die Mitte des Unterlegbrettes. Ich bedeckte sie, so gut ich konnte, mit den Planen und zog die Gurte fest. Mit kleinen, zögernden Schritten tasteten wir uns durch das Wasser, das uns nun nicht mehr über die Stiefel lief. Von den Prosser-Pumpen und dem Generator ging ein pochendes Gesumm aus, das wir jedoch kaum bemerkten, als wir unsere morbide Fracht an die leere Öffnung heranbeförderten, die einst eine Tür gewesen war. Ich roch gekochtes Fleisch und Tod und den ätzenden Modergeruch von Stoff, Essen, Möbeln und allem, was in Kenneth Sparkes' Haus verbrannt war. Ich war außer Atem und betäubt von Stress und Kälte, als ich in das bleiche Licht des rasch vergehenden Tages trat.

Wir setzten den Leichnam auf dem Boden ab, und ich bewachte ihn, während das übrige Team mit seiner Suche fortfuhr. Ich hob die Planen und warf einen eindringlichen, langen Blick auf dies klägliche, entstellte menschliche Wesen. Meinem Aluminiumkoffer entnahm ich eine Taschenlampe und eine Lupe. Glas war um den Kopf und den Nasenrücken herum geschmolzen, und Stückchen von rosafarbenem Material und Asche hatten sich in ihrem Haar verfangen. Ich benutzte die Lampe und das Vergrößerungsglas, um Stellen der Haut zu untersuchen, die verschont geblieben waren, und fragte mich, ob es Einbildung war, als ich einen Bluterguss im verbrannten Gewebe im linken Schläfenbereich, etwa drei Zentimeter unter dem Auge, zu erkennen glaubte.

Lucy stand auf einmal neben mir, und in einem schimmernden, dunkelblauen Van näherte sich das Wiser Funeral Home.

»Was gefunden?«, fragte Lucy.

»Ich kann es nicht mit Sicherheit sagen, doch das sieht nach einem Bluterguss aus, der sich gegen das Austrocknen und Aufplatzen der Haut behauptet hat.«

»Aufplatzen der Haut vom Feuer, willst du sagen.«

»Ja. Das Fleisch gart und dehnt sich aus und bringt dabei die Haut zum Platzen.«

»Genau wie beim Brathuhn im Backofen.«

»Genau so«, sagte ich.

Schäden an Haut, Muskeln und Knochen werden leicht mit Verletzungen verwechselt, die auf Gewalteinwirkung zurückgehen, wenn man nicht mit den Auswirkungen von Feuer vertraut ist. Lucy hockte sich dichter neben mich. Ihr Blick ruhte weiter auf der Leiche.

»Seid ihr da drinnen auf irgendetwas Neues gestoßen?«, fragte ich sie. »Keine weiteren Leichen, hoffe ich.«

»Bis jetzt nicht«, sagte sie. »Es wird bald dunkel, und dann wird uns nichts anderes übrig bleiben, als den Brandort zu sichern, bis wir morgen früh weitermachen können.«

Ich blickte auf, als ein Mann im Nadelstreifenanzug aus dem Leichenwagen stieg und sich Latexhandschuhe überzog. Geräuschvoll zog er eine Bahre aus dem Wagen, und Metall klackte, als er die Beine herausklappte.

»Wollen Sie heute Abend schon drangehen, Doc?«, fragte er mich, und ich wusste, dass ich ihn schon irgendwo gesehen hatte.

»Schaffen wir sie nach Richmond, und ich fange morgen früh an«, sagte ich.

»Das letzte Mal, dass ich Sie gesehen habe, war bei der Moser-Schießerei. Das junge Mädchen, um das sie sich gekloppt haben, sorgt in unserer Gegend immer noch für Ärger.«

»Ach ja, stimmt.« Ich erinnerte mich undeutlich, denn es gab so viele Schießereien und so viele Menschen, die die Gegend unsicher machten. »Danke für Ihre Hilfe«, sagte ich.

Wir hoben die Leiche an, indem wir an den Nähten des schweren Vinylbeutels anfassten. Dann senkten wir die menschlichen Überreste auf die Bahre, und sie glitt in den Leichenwagen. Er schlug die Hecktüren zu.

»Ich hoffe, dass das nicht Kenneth Sparkes ist«, sagte er.

»Noch keine Identifizierung«, erklärte ich.

Er seufzte und schob sich auf den Fahrersitz.

»Jedenfalls will ich Ihnen eins sagen«, er ließ den Motor an. »Egal, was die Leute reden. Er war ein anständiger Mensch.«

Ich schaute ihm nach, als er davonfuhr, und spürte, dass Lucys Blick auf mir ruhte. Sie berührte meinen Arm.

»Du bist erschöpft«, sagte sie. »Warum bleibst du nicht über

Nacht, und ich fliege dich morgen früh zurück? Wenn wir noch irgendwas finden, gebe ich dir gleich Bescheid. Es bringt nichts, wenn du hier noch weiter rumstehst.«

Ich hatte ein schwieriges Stück Arbeit vor mir, und das Vernünftigste wäre gewesen, sich gleich wieder auf den Weg nach Richmond zu machen. Doch wenn ich ehrlich sein sollte, war mir nicht danach zumute, jetzt in meine leere Wohnung zurückzukehren. Benton war mittlerweile schon auf Hilton Head, und Lucy blieb in Warrenton. Es war zu spät, um noch irgendwelche Freunde zu besuchen, und ich wäre auch zu kaputt gewesen für höfliche Unterhaltung. Es war eine dieser Situationen, bei denen mir um alles in der Welt nichts einfiel, womit ich mich hätte trösten können.

»Teun hat uns eine bessere Unterkunft besorgt, und ich habe noch ein zweites Bett im Zimmer, Tante Kay«, setzte Lucy mit einem Lächeln hinzu und zog einen Wagenschlüssel aus der Hosentasche.

»Jetzt bin ich also wieder Tante Kay.«

»So lange niemand in der Nähe ist.«

»Ich muss unbedingt etwas essen«, sagte ich.

3

Wir kauften uns Whopper und Pommes frites in einem Drive-in-Burger-King am Broadview; es war dunkel draußen und sehr kühl. Entgegenkommende Scheinwerfer taten mir in den Augen weh, und keine noch so große Dosis Motrin hätte etwas gegen den stechenden Schmerz in meinen Schläfen und die Angst in meinem Herzen auszurichten vermocht. Lucy hatte ihre eigenen CDs mitgebracht und spielte eine davon ziemlich laut, während wir in einem gemieteten schwarzen Ford LTD durch Warrenton fuhren.

»Was hörst du denn da«, fragte ich, um auf diese Weise meine Missbilligung zum Ausdruck zu bringen.

»Jim Brickman«, sagte sie liebenswürdig.

»Wohl kaum«, sagte ich über Flöten und Trommeln hinweg. »Kommt mir wie Native American vor. Und vielleicht könnten wir es ein wenig leiser stellen?«

Stattdessen stellte sie es lauter.

»David Arkenstone. *Spirit Wind.* Damit du den Kopf ein bisschen frei kriegst, Tante Kay. Dies hier heißt *Destiny*.«

Lucy fuhr wie der Wind, und ich fing an, meinen Gedanken freien Lauf zu lassen.

»Du wirst mir unheimlich«, sagte ich, während ich mir Wölfe und nächtliche Lagerfeuer vorstellte.

»Bei seiner Musik geht es ausschließlich darum, Verbindungen herzustellen, den eigenen Weg und positive Energie zu finden«, fuhr sie fort, während die Musik lebhaft wurde und Gitarren hinzukamen. »Findest du nicht, dass das passt?«

Ich musste über ihre komplizierte Erklärung einfach lachen. Lucy musste immer wissen, wie und aus welchem Grund etwas funktionierte. Die Musik war allerdings tatsächlich beruhigend, und ich spürte, wie meine Beklommenheit einer gewissen Beruhigung wich und meine Stimmung sich besserte.

»Was glaubst du denn, was da passiert ist, Tante Kay?«, brach Lucy auf einmal den Bann. »Ich meine, im tiefsten Innern?«

»Im Moment kann man unmöglich etwas sagen«, antwortete ich ihr, wie ich jedem anderen geantwortet hätte. »Und wir sollten uns keinen Vermutungen hingeben, auch nicht, was das Geschlecht der Leiche oder die zur Brandzeit im Haus anwesenden Personen betrifft.«

»Teun geht bereits von Brandstiftung aus und ich auch«, stellte sie sachlich fest. »Das Merkwürdige ist nur, dass Pepper nirgends, wo wir es erwartet hatten, Alarm geschlagen hat.«

»Wie etwa beim Badezimmer im ersten Stock«, sagte ich.

»Nichts zu finden. Der arme Pepper hat geackert wie ein Hund und nichts zu fressen bekommen.«

Der Labradorretriever war von klein auf mit Hilfe von Futterbelohnungen darauf trainiert worden, Kohlenwasserstoffpetroleumdestillate wie etwa Kerosin, Benzin, Feuerzeuggas, Verdünner, Lösungsmittel und Lampenöl aufzuspüren. Sie alle waren für einen Brandstifter, der mit nur einem Streichholz ein großes Feuer legen wollte, eine mögliche, sogar gängige Wahl. Wenn Brandbeschleuniger dieser Art vergossen werden, bilden sie Pfützen und fließen weiter, während ihre Dämpfe brennen. Die Flüssigkeit tränkt Stoffe, Bettzeug oder Teppiche. Sie rinnt unter Möbel oder in die Fußbodenritzen. Sie ist nicht wasserlöslich oder leicht wegzuspülen, und wenn Pepper also nichts dergleichen gerochen hatte, bestanden gute Aussichten, dass auch nichts da war.

»Was wir genau feststellen müssen, ist, was sich alles in dem Haus befunden hat, damit wir beginnen können, die Menge der Brennlast zu errechnen«, fuhr Lucy fort, während die Musik zu Geigen wechselte und Gitarren und Trommeln trauriger wurden. »Dann beginnen wir allmählich ein präziseres Bild davon zu gewinnen, was und wie viel nötig war, um ein Feuer von solchem Ausmaß in Gang zu bekommen.«

»Was wir haben, sind geschmolzenes Aluminium und Glas und eine unglaublich verbrannte Leiche in den Bereichen von Oberschenkeln und Oberarmen, und an allen Stellen, die durch die Glastür nicht verschont blieben«, sagte ich. »Das macht auf mich den Eindruck, dass das Opfer lag, möglicherweise in der Badewanne, als sie das Feuer erreicht hat.«

»Es wäre doch merkwürdig anzunehmen, dass das Feuer in einem Marmorbad losgegangen sein soll«, sagte meine Nichte.
»Was ist mit der Elektrik? Wäre das eine Möglichkeit?«, fragte ich, als das rotgelbe Leuchtschild unseres Motels vielleicht eine Meile vor uns über dem Highway in Sicht kam.
»Also, die gesamte elektrische Anlage des Hauses war auf den neuesten Stand gebracht. Als das Feuer die Kabel erreichte und die Isolierung durch die Hitze beschädigt wurde, berührten die Drähte einander, es kam zum Kurzschluss, und die Sicherungen knallten durch«, sagte sie. »Genau das würde ich auch erwarten, ob das Feuer nun gelegt worden ist oder nicht. Es ist schwer zu sagen. Es gibt noch 'ne Menge Sachen, die man genauer ansehen muss, und die Labors werden das ihre tun. Doch was immer das Feuer in Gang gesetzt hat, hat dafür gesorgt, dass es schnell ging. Das kann man an manchen Stellen des Fußbodens erkennen. Da gibt es eine scharfe Trennlinie zwischen wirklich stark verkohltem und unverbranntem Holz, und das bedeutet: heiß und schnell.«
Ich erinnerte mich an das Holz neben der Leiche, das genauso aussah, wie sie es gerade beschrieben hatte. Es hatte nur schwarze Blasen auf der Oberseite, im Gegensatz zu anderen Stellen, wo es durch und durch verkohlt war.
»War das Holz auch vom ersten Stock?«, fragte ich, während mein heimlicher Verdacht, was diesen Fall betraf, sich immer mehr verdichtete.
»Wahrscheinlich. Außerdem wissen wir auch so, dass es schnell gegangen sein muss, da wir wissen, wann der Alarm losging und was die Feuerwehrleute siebzehn Minuten später vorfanden.« Sie schwieg einen Augenblick und fuhr dann fort: »Das Badezimmer, der eventuelle Bluterguss in der Nähe ihres linken Auges. Was kann das heißen? Vielleicht hat sie ja gebadet oder geduscht? Dann überwältigt sie das Kohlenmonoxid, und sie fällt und schlägt sich den Kopf an?«
»Nur, dass sie vollständig bekleidet war, als sie starb«, erinnerte ich sie. »Einschließlich der Stiefel. Wenn der Rauchmelder losgeht, während du in der Wanne oder unter der Dusche bist, wirst

du dir wohl schwerlich die Zeit nehmen, dich von Kopf bis Fuß anzuziehen.«

Lucy drehte die Musik noch lauter und regulierte die Bässe. Glöckchen klingelten zu den Trommeln, und ich musste seltsamerweise an Weihrauch und Myrrhe denken. Ich sehnte mich danach, mit Benton in der Sonne zu liegen und zu schlafen. Ich sehnte mich danach, den Ozean über meine Füße schwappen zu spüren, während ich auf meinem morgendlichen Spaziergang den Strand erkundete, und ich erinnerte mich an meine letzte Begegnung mit Kenneth Sparkes. Ich rechnete damit, dass als Nächstes seine Überreste auftauchen würden.

»Das hier heißt *Die Wolfsjagd*«, sagte Lucy, während sie in eine Shell-Tankstelle einbog und vor dem weißen Backsteingebäude mit dem Shop hielt. »Und vielleicht ist es ja das, was wir gerade machen, hm? Den großen, bösen Wolf jagen.«

»Nein«, sagte ich, während sie parkte. »Ich glaube, wir suchen nach einem Drachen.«

Sie zog sich eine Nike-Windjacke über ihre Pistole und ihren Drillichanzug.

»Du hast nichts gesehen«, sagte sie, während sie ihre Tür öffnete. »Teun würde mir in den Arsch treten, dass ich bis zum Mond flöge.«

»Du bist zu viel mit Marino zusammen gewesen«, sagte ich, denn der kümmerte sich herzlich wenig um die Vorschriften und war dafür bekannt, dass er im Kofferraum seines zivilen Dienstwagens Bier nach Hause schaffte.

Lucy ging hinein, und ich bezweifelte, dass sie mit ihren schmutzigen Stiefeln, den ausgeblichenen Hosen mit den auffällig vielen Taschen und dem hartnäckigen Brandgeruch irgendjemanden zu täuschen vermochte. Ein Keyboard und eine Kuhglocke begannen einen andersartigen Rhythmus auf der CD, während ich im Wagen wartete und mich nach Schlaf sehnte. Lucy kehrte mit einem Sechserpack Heineken zurück, und wir fuhren weiter, während ich unter Flöten- und Schlagzeugklängen dahindämmerte, bis mich plötzlich auftauchende Bilder aus dem Sitz hochfahren ließen. Ich sah entblößte kalkweiße Zähne vor mir und tote Augen von der graubläulichen Farbe hart gekochter Eier. Haar waberte und schwebte wie schmutzige Maisfäden in schwarzem Wasser, und krakeliertes, geschmolzenes Glas bildete ein raffiniertes glitzerndes Netz über dem, was vom Körper übrig geblieben war.

»Ist alles in Ordnung?« Lucy sah mich besorgt von der Seite an.

»Ich glaube, ich war eingeschlafen«, sagte ich. »Es fehlt mir nichts.«

Johnson's Motel lag unmittelbar vor uns auf der anderen Seite des Highway. Es war ein Steingebäude mit einer rotweißen Markise, und das rotgelbe Neonschild davor verhieß, es sei vierundzwanzig Stunden geöffnet und vollklimatisiert. Die BELEGT-Hälfte des weithin sichtbaren Leuchtschildes war dunkel, eine erfreuliche Nachricht für diejenigen, die einen Platz zum Übernachten suchten. Wir stiegen aus, und eine Matte vor dem Eingang begrüßte uns mit einem HALLO. Lucy läutete. Eine dicke, schwarze Katze kam an die Tür, und dann öffnete uns eine dicke Frau, die aus dem Nichts gekommen zu sein schien, und ließ uns eintreten.

»Es müsste ein Zweibettzimmer für uns reserviert sein«, sagte Lucy.

»Das Zimmer muss bis elf geräumt sein«, erklärte die Frau, während sie den Tresen umrundete. »Ich kann Ihnen die Fünfzehn geben, das ist ganz am Ende.«

»Wir sind vom ATF«, sagte Lucy.

»Das habe ich mir fast schon gedacht, Honey. Die andere Dame war gerade hier. Es ist alles bezahlt.«

Ein Schild über der Tür besagte »Keine Schecks«, hieß jedoch Mastercard- und Visa-Besitzer willkommen, und ich dachte an McGovern und ihre organisatorische Findigkeit.

»Brauchen Sie zwei Schlüssel?«, fragte die Motelangestellte, während sie eine Schublade öffnete.

»Ja, Ma'am.«

»Das wär's dann, Honey, und zwei schöne Betten sind auch drin. Falls ich nicht da bin, wenn Sie aufbrechen, lassen Sie die Schlüssel einfach auf dem Tresen.«

»Sicherheit wird hier offenbar großgeschrieben«, sagte Lucy scherzhaft.
»Und ob. Wir haben an jeder Tür 'ne Zweifachverriegelung.«
»Wie lange gibt's denn Zimmerservice?« Lucy hatte offenbar Spaß an dem Geplänkel.
»Bis der Cola-Automat vorm Eingang seinen Dienst quittiert«, sagte die Frau mit einem Zwinkern.
Sie war mindestens sechzig, hatte rotgefärbtes Haar, Hängebacken und einen gedrungenen Körper, der ihre braunen Polyesterhosen und den gelben Pullover bis auf den letzten Zentimeter ausfüllte. Es war nicht zu übersehen, dass sie eine Vorliebe für schwarzweiße Kühe hatte. Es gab geschnitzte und solche aus Keramik. Sie standen auf Borden und Tischen und hingen an den Wänden. Ein kleines Aquarium war von einer ungewöhnlichen Population aus Kaulquappen und Elritzen besetzt, und ich konnte mir nicht verkneifen, sie darauf anzusprechen.
»Eigene Zucht?«
Sie bedachte mich mit einem verlegenen Lächeln. »Die fange ich in dem Teich hinterm Haus. Eine davon hat sich vor kurzem in einen Frosch verwandelt und ist ertrunken. Ich hab nicht gewusst, dass Frösche nicht unter Wasser leben können.«
»Ich geh mal eben telefonieren«, sagte Lucy und öffnete die Tür vor dem Windfang. »Und übrigens – wo ist denn eigentlich Marino abgeblieben?«
»Ich glaube, ein paar von den Jungs sind irgendwo essen gegangen«, sagte ich.
Sie verschwand mit unserer Burger-King-Tüte, und ich hatte den Verdacht, dass sie Janet anrufen würde und unsere Whopper kalt geworden waren, bis wir uns ihnen widmen konnten. Während ich am Tresen lehnte, fiel mein Blick auf den unordentlichen Schreibtisch der Motelangestellten auf der anderen Seite. Darauf lag die Lokalzeitung mit der Schlagzeile auf der ersten Seite: FARM VON MEDIENMOGUL DURCH BRAND ZERSTÖRT. Außerdem erkannte ich in ihrem Durcheinander eine Zeugenvorladung, öffentliche Ausschreibungen von Belohnungen für Hinweise, die zur Ergreifung von Mördern führten, begleitet von

Konterfeis von Vergewaltigern, Dieben und Mördern. Dessen ungeachtet war Fauquier das typische ruhige County, dessen einlullende Ereignislosigkeit die Menschen dazu verführte, sich in Sicherheit zu wiegen.

»Ich hoffe doch, Sie arbeiten nachts nicht ganz allein«, sagte ich zu der Motelangestellten, denn es war nun einmal meine unausrottbare Angewohnheit, Sicherheitstipps zu verteilen, ob sie erwünscht waren oder nicht.

»Ich hab doch Pickle«, sagte sie in liebevollem Ton und sprach offensichtlich von ihrer dicken schwarzen Katze.

»Ein interessanter Name.«

»Wehe, man lässt ein offenes Glas mit Pickles stehen – sofort ist sie drin. Taucht einfach die Pfote ein, schon seit sie ein kleines Kätzchen war.«

Pickle saß in einer Türöffnung, die, so vermutete ich, in die Privaträume der Angestellten führte. Die Augen der Katze waren starr wie Goldmünzen auf mich gerichtet, während ihr flaumiger Schwanz zuckte. Sie wirkte gelangweilt. Die Türglocke ging, und die Motelangestellte schloss einem Mann im Unterhemd auf, der eine durchgebrannte Glühbirne in der Hand hielt.

»Sieht so aus, als hätte sie schon wieder ihren Geist aufgegeben, Helen.« Er reichte ihr die Trophäe.

Sie verschwand in einer Kammer und kam mit einem Karton Glühbirnen wieder heraus. Noch immer wartete ich darauf, dass Lucy die Telefonzelle verlassen würde, damit ich selbst telefonieren konnte. Ich warf einen Blick auf die Uhr und war mir sicher, dass Benton mittlerweile auf Hilton Head angekommen sein musste.

»Hier, Big Jim.« Sie gab ihm im Austausch für die kaputte eine neue Glühbirne. »Hat die auch sechzig Watt?« Sie warf mit zusammengekniffenen Augen einen Blick darauf. »Hm, hat sie. Bleiben Sie ein bisschen länger?« Sie hörte sich an, als hoffte sie das.

»Weiß der Geier.«

»Ach herrje«, sagte Helen. »Dann stehen die Dinge wohl immer noch nicht allzu gut.«

»Wann taten sie das je?« Kopfschüttelnd ging er in die Nacht hinaus.
»Wieder Krach mit seiner Frau«, bemerkte Helen, die Motelangestellte, während sie ebenfalls den Kopf schüttelte. »Klar, er ist nicht das erste Mal hier, was mit ein Grund ist, weshalb sie so viel Krach haben. Hätte nie gedacht, dass so viele Eheleute einander betrügen. Die Hälfte der Kundschaft hier besteht aus Leuten, die nur drei Meilen weg wohnen.«
»Und die können Ihnen nichts vormachen«, sagte ich.
»So ist es. Aber das geht mich nichts an, solange sie nicht das Zimmer zerlegen.«
»Sie sind ja hier nicht weit von der Farm, die abgebrannt ist«, sagte ich dann.
Ihre Züge belebten sich sichtlich. »Ich hab an dem Abend gearbeitet. Die Flammen schossen empor, als wäre ein Vulkan ausgebrochen.« Sie gestikulierte heftig. »Alle, die im Haus waren, standen draußen und haben zugesehen und die Sirenen gehört. Die armen, armen Pferde. Ich komme gar nicht darüber weg.«
»Kennen Sie Kenneth Sparkes denn?« Ich sprach die Frage aus, noch während sie mir in den Sinn kam.
»Ich kann nicht behaupten, ihn je persönlich gesehen zu haben.«
»Und von einer Frau, die bei ihm wohnte?«, fragte ich. »Haben Sie was davon gehört?«
»Nur, was die Leute so reden.« Helen blickte auf die Tür, als könne dort jede Sekunde jemand auftauchen.
»Beispielsweise?«, hakte ich nach.
»Na ja, Mr. Sparkes ist ein ziemlicher Gentleman, sie wissen schon«, sagte Helen. »Nicht, dass das hier gut angekommen wäre, doch er ist ja nicht irgendwer. Er mag eben junge, hübsche Dinger.«
Sie dachte einen Moment nach und sah mich dann an. Vor dem Fenster flatterten Nachtfalter.
»Manche haben sich aufgeregt, wenn er wieder mal 'ne Neue hatte«, sagte sie. »Egal, was die Leute sagen, aber das ist hier eben immer noch alter Süden, wissen Sie.«
»Irgendjemand Besonderes, der sich aufgeregt hat«, fragte ich.

»Na ja, die Jackson-Jungs. Die stecken ständig in irgendwelchen Schwierigkeiten«, sagte sie und beobachtete immer noch die Tür. »Die mögen nun mal keine Farbigen. Und sich mit 'ner hübschen, jungen Weißen zeigen – das tut er nun mal gern ... Na, es gab halt Gerede. Ich will's mal so ausdrücken.«

Ich stellte mir Angehörige des Ku-Klux-Klan mit brennenden Kreuzen vor und Verfechter der Überlegenheit der weißen Rasse mit Gewehren. Ich hatte schon erlebt, was Hass ist. Ich hatte den größten Teil meines Lebens meine Hände in Blutbäder getaucht, die er angerichtet hatte. Beklommen wünschte ich Helen, der Motelangestellten, eine gute Nacht. Ich bemühte mich, keinen voreiligen Zusammenhang zwischen Vorurteilen und Brandstiftung herzustellen, und darüber zu spekulieren, wer das Opfer war, auf das sie abgezielt hatten, das vielleicht Sparkes hätte sein sollen und nicht die Frau, deren Leiche zur Stunde unterwegs nach Richmond war. Vielleicht hatten die Eindringlinge es auch nur auf Sparkes' Besitztümer abgesehen und gar nicht gewusst, dass jemand zu Hause war.

Der Mann im Unterhemd stand in der Telefonzelle, als ich hinaustrat. Geistesabwesend hielt er seine neue Glühbirne in der Hand und sprach mit leiser, eindringlicher Stimme. Als ich vorbeiging, wurde er gerade laut.

»Verdammt noch mal, Louise! Das sage ich ja. Nie hörst du auf zu zetern«, knurrte er in den Hörer. Ich beschloss, Benton später anzurufen.

Ich schloss die rote Tür zu Zimmer 15 auf. Lucy saß in einem Schaukelstuhl, über einen Spiralblock gebeugt, machte sich Notizen und rechnete. Sie tat so, als hätte sie nicht auf mich gewartet, hatte ihr Fast-Food-Dinner jedoch nicht angerührt, dabei wusste ich, sie war halb verhungert. Ich nahm die Whopper und die Pommes frites aus dem Beutel, stellte das Essen auf einen Tisch in ihrer Reichweite und legte Servietten dazu.

»Alles ist kalt«, sagte ich einfach nur.

»Man gewöhnt sich dran.« Ihre Stimme war distanziert und zerstreut.

»Möchtest du zuerst duschen?«, fragte ich höflich.
»Geh ruhig«, sagte sie, stirnrunzelnd in ihre Mathematik vertieft.
Unser Zimmer war für seinen Preis beeindruckend sauber. Es war in Brauntönen gehalten, und der Zenith-Fernseher war fast so alt wie meine Nichte. Es gab chinesische Papierballons und Wandleuchten mit langen Quasten, Porzellanfigürchen, Stillleben in Öl und Bettüberwürfe mit Blumenmuster. Der Teppichboden war etwas Dickes, Zotteliges mit indianischem Muster, und die Tapete schmückten Motive einer Waldlandschaft. Das Mobiliar war aus einem Holzimitat und so dick mit Klarlack überstrichen, dass man kaum die künstliche Maserung erkennen konnte.
Ich inspizierte das Bad und schätzte, dass seine weißen und stumpfrosa Fliesen aus den fünfziger Jahren stammten. Auf der Ablage standen Zahnputzbecher aus Styropor, und am Waschbecken lagen winzige, eingewickelte Stückchen Seife, Marke Lisa Luxury. Doch die einzelne rote Plastikrose, die in einem Fenster stand, rührte mich am meisten. Irgendwer hatte versucht, mit wenig Mitteln alles zu tun, damit der Gast sich gut behandelt fühlte, und ich bezweifelte, dass die Mehrzahl der Gäste das überhaupt bemerkte oder Wert darauf legte. Vor vierzig Jahren hätte eine derartige Erfindungsgabe und Aufmerksamkeit vielleicht eine Rolle gespielt, als die Menschen noch zivilisierter waren, als sie es jetzt zu sein schienen.
Ich klappte den Klodeckel herunter und setzte mich, um mir die schmutzigen, nassen Stiefel auszuziehen. Dann kämpfte ich mit Knöpfen und Haken, bis meine Kleider in einem welken Häufchen auf dem Boden lagen. Ich duschte, bis mir warm war und ich mir den Geruch von Feuer und Tod abgewaschen hatte. Lucy arbeitete an ihrem Laptop, als ich in einem alten T-Shirt des Medical College of Virginia ins Zimmer zurückkehrte und mir ein Bier aufmachte.
»Um was geht's denn?«, fragte ich und setzte mich auf die Couch.
»Ich rechne nur ein bisschen herum. Ich weiß nicht genug, um ernsthaft was rauszubekommen«, antwortete sie. »Aber das war

ein verdammt großes Feuer, Tante Kay. Und es sieht nicht so aus, als wäre es mit Benzin in Gang gesetzt worden.«
Ich hatte dazu nichts zu sagen.
»Und jemand ist darin umgekommen. Hässlicherweise im Badezimmer. Wie konnte das passieren? Und wann? Um acht Uhr abends?«
Ich wusste es nicht.
»Wie soll man sich das vorstellen? Sie ist da drin und putzt sich die Zähne, und da geht der Feueralarm los?«
Lucy starrte mich bohrend an.
»Und dann was?«, fragte sie. »Sie bleibt einfach da und stirbt?« Sie schwieg einen Augenblick und dehnte die schmerzenden Schultern.
»Sag du es mir, Boss. Du bist die Expertin.«
»Ich habe auch keine Erklärung dafür, Lucy«, sagte ich.
»Nun hören Sie sich das an, meine Damen und Herren. Die weltberühmte Expertin Dr. Kay Scarpetta weiß es auch nicht.« Sie wurde sauer. »Neunzehn Pferde«, fuhr sie fort. »Wer hat sich um die gekümmert? Hatte Sparkes keinen Pferdepfleger? Und wieso hat eins dieser Pferde, dieser kleine schwarze Hengst, entkommen können?«
»Wie willst du denn wissen, dass das ein Er ist?«, erwiderte ich, als es klopfte. »Wer ist da?«, fragte ich durch die Tür.
»Yo. Ich bin's«, antwortete Marino kurz angebunden.
Ich ließ ihn herein und sah seinem Gesicht an, dass er Neuigkeiten hatte.
»Kenneth Sparkes ist gesund und munter«, verkündete er.
»Und wo steckt er?« Einmal mehr war ich zutiefst verwirrt.
»Anscheinend war er außer Landes und flog gleich zurück, als er die Nachricht erhielt. Er hält sich in Beaverdam auf und scheint nicht die geringste Idee zu haben, auch nicht wer das Opfer ist«, erzählte uns Marino.
»Wieso denn in Beaverdam?«, fragte ich und rechnete durch, wie lang die Fahrt in jenen entlegenen Teil von Hanover County dauern würde.
»Seine Trainerin lebt da.«

»Seine was?«
»Die Trainerin seiner Pferde. Nicht seine eigene wie beim Gewichtheben oder so.«
»Verstehe.«
»Ich mach mich morgen etwa um neun auf den Weg«, sagte er zu mir gewandt. »Entweder Sie fahren nach Richmond oder Sie kommen mit mir.«
»Ich habe eine Leiche zu identifizieren, also muss ich mit ihm sprechen, ob er nun behauptet, was zu wissen oder nicht. Also werd ich wohl mitkommen«, sagte ich, während ich Lucys Blick auffing. »Hatten Sie sich vorgestellt, dass unsere tollkühne Pilotin uns dort rauswirft, oder ist es Ihnen gelungen, einen Wagen zu organisieren?«
»Ich verzichte diesmal lieber auf das Vögelchen«, gab Marino zurück. »Und muss ich Sie daran erinnern, dass Sie Sparkes bei Ihrem letzten Plausch ziemlich die Laune verdorben haben?«
»Daran kann ich mich nicht erinnern«, sagte ich und tat es wirklich nicht, denn ich hatte Sparkes bei mehr als einer Gelegenheit verärgert, als wir uneins darüber gewesen waren, welche Details der Ermittlungen zur Veröffentlichung in der Presse freigegeben werden sollten.
»Er aber garantiert, Doc. Kriegt man hier nun ein Bier oder nicht?«
»Ich kann mir gar nicht vorstellen, dass Sie nicht Ihren eigenen Vorrat mitgebracht haben«, sagte Lucy und nahm auf den Tasten klappernd die Arbeit an ihrem Laptop wieder auf.
Er ging zum Kühlschrank und bediente sich.
»Wollen Sie zum Feierabend meine Meinung hören?«, sagte er. »Es ist immer noch dieselbe.«
»Und die wäre?«, fragte Lucy, ohne aufzublicken.
»Sparkes steckt hinter dem Ganzen.«
Er legte den Flaschenöffner auf den Couchtisch. An der Tür blieb er stehen, die Hand auf dem Knauf.
»Zum einen, weil es sich doch allzu günstig getroffen hat, dass er plötzlich im Ausland war, als es passierte«, sprach er weiter und gähnte. »Also hat er für die Drecksarbeit jemand angeheuert. –

Geld.« Er fischte eine Zigarette aus dem Päckchen in seiner Hemdtasche und schob sie sich zwischen die Lippen. »Das ist sowieso das Einzige, was diesen Scheißkerl je interessiert hat. Geld und sein Schwanz.«
»Herrgott noch mal, Marino«, beschwerte ich mich.
Ich wollte, dass er den Mund hielt, und ich wollte, dass er ging. Doch er ignorierte meinen Wink.
»Die schlimmste Nachricht ist, dass wir jetzt zu allem anderen wahrscheinlich einen Mord am Hals haben«, sagte er, als er die Tür aufmachte. »Was bedeutet, dass ich an diesem Fall kleben bleiben werde wie die Fliege am Fliegenfänger. Und dasselbe gilt für euch beide. Schöner Mist.«
Er holte sein Feuerzeug hervor, die Zigarette bewegte sich mit seinen Lippen.
»Das ist so ziemlich das Letzte, worauf ich im Augenblick Lust habe. Wisst ihr überhaupt, wie viele Leute das Arschloch wahrscheinlich auf der Gehaltsliste hat?« Marino konnte nicht aufhören. »Richter, Sheriffs, Fire Marshals ...«
»Marino«, unterbrach ich ihn, weil er alles nur noch schlimmer machte. »Sie ziehen voreilige Schlüsse, dass einem schwindelig wird.«
Er zeigte mit der unangezündeten Zigarette auf mich. »Warten Sie's ab«, sagte er im Hinausgehen. »Egal wie Sie's anstellen – Sie werden überall in Wespennester stechen.«
»Ich bin daran gewöhnt«, sagte ich.
»Das glauben Sie vielleicht.«
Die Tür knallend, verließ er das Zimmer.
»He, lassen Sie die Angeln dran«, rief Lucy ihm nach.
»Willst du die ganze Nacht auf dem Laptop herumhämmern?«, fragte ich sie.
»Nicht die ganze.«
»Es wird langsam spät, und es gibt etwas, das wir beide besprechen müssen«, sagte ich und hatte Carrie Grethen wieder in meinem Kopf.
»Und wenn ich dir nun sage, dass ich keine Lust dazu habe?« Lucy scherzte nicht.

»Das würde auch nichts ändern«, gab ich zurück. »Wir müssen reden.«
»Nur damit du's weißt, Tante Kay, wenn du dich über Teun und Philly auslassen willst …«
»Bitte?«, fragte ich verblüfft. »Wie kommst du denn jetzt auf Teun?«
»Ich merke doch, dass du sie nicht magst.«
»Das ist doch absolut lächerlich.«
»Ich kenne dich«, fuhr sie fort.
»Ich habe nichts gegen Teun, und sie ist für dieses Gespräch von keiner Bedeutung.«
Meine Nichte verstummte. Sie begann, sich die Stiefel auszuziehen.
»Lucy, ich habe einen Brief von Carrie bekommen.«
Ich wartete ab, erhielt jedoch keine Antwort.
»Es ist ein höchst seltsames Schreiben. Drohend, stichelnd. Es kommt aus dem Kirby Forensic Psychiatric Center in New York.«
Ich schwieg erneut einen Augenblick, während Lucy einen Stiefel auf den flauschigen Teppich fallen ließ.
»Im Prinzip lässt sie uns wissen, dass sie die Absicht hat, uns während ihres Prozesses einen Haufen Ärger zu machen«, erklärte ich. »Nicht dass uns das sonderlich überraschen müsste. Doch, na ja, ich …« Ich stockte. Lucy zog sich ungeduldig die nassen Socken aus und massierte ihre bleichen Füße. »Wir müssen einfach nur auf alles gefasst sein, weiter nichts.«
Lucy öffnete ihren Gürtel und den Reißverschluss ihrer Hose, als hätte sie kein Wort gehört. Sie zog sich das schmutzige T-Shirt über den Kopf und warf es auf den Boden, zog alles aus bis auf den Sport-BH und den Baumwollslip. Mit großen Schritten ging sie ins Badezimmer. Ihr Körper war schön und geschmeidig, und ich saß und starrte ihr wie betäubt nach, bis ich Wasser laufen hörte.
Es war, als hätte ich ihre vollen Lippen und Brüste und ihre Arme und Beine, die wohlgeformt und dabei kraftvoll waren wie der Bogen eines Jägers, niemals wirklich bemerkt. Oder vielleicht hatte ich mich auch einfach nur geweigert, sie als jeman-

den anders wahrzunehmen, jemand, der von mir getrennt war, ein sexuelles Wesen, weil ich es vorgezogen hatte, sie oder ihre Art zu leben nicht zu verstehen. Ich war beschämt und verwirrt, als ich mir sie einen elektrisierenden Augenblick lang als Carries geschmeidige, hungrige Liebhaberin vorstellte. Es erschien mir nicht sonderlich abwegig, dass eine Frau Lust haben sollte, meine Nichte zu berühren.

Lucy ließ sich Zeit beim Duschen, und ich wusste, dass das absichtlich geschah. Sie wusste, was wir zu besprechen hatten, und nun dachte sie nach. Ich argwöhnte, dass sie wütend war, und sah voraus, wie sie ihre Wut an mir auslassen würde. Doch als sie später herauskam, trug sie ein Philadelphia-Fire-Marshal-T-Shirt, das mich nur noch düsterer stimmte. Sie verströmte Kühle und roch nach Zitronen.

»Nicht dass es mich etwas anginge«, sagte ich und starrte auf das Logo auf ihrer Brust.

»Teun hat es mir geschenkt«, antwortete sie.

»Aha.«

»Und du hast ganz Recht, Tante Kay, es geht dich nichts an.«

»Ich frage mich bloß, warum du nicht lernst ...«, fing ich an, inzwischen selbst von Zorn gepackt.

»Was lernst?«

Ihre vorgetäuschte Ahnungslosigkeit legte darauf an, sich zu ärgern, sich ausgeschlossen zu fühlen und dass man sich dämlich vorkam.

»Nicht mit Leuten zu schlafen, mit denen du zusammenarbeitest.«

Ich hatte meine Gefühle nicht mehr im Griff und befand mich auf einem gefährlichen Gleis. Ich war unfair, ließ mich ohne ernsthafte Beweise zu vorschnellen Schlüssen hinreißen. Doch es war die Angst um Lucy, die mich trieb und die vor nichts mehr Halt machte.

»Jemand schenkt mir ein T-Shirt, und schon schlafe ich mit dieser Person? Hm. Das nenne ich eine hieb- und stichfeste Schlussfolgerung, Dr. Scarpetta«, sagte Lucy und wurde zusehends wütender. »Und außerdem, du hast es gerade nötig, dich darüber aufzuregen, dass jemand mit einem Kollegen schläft. Mit wem lebst denn du praktisch zusammen, bitte schön?«

Ich war überzeugt, Lucy wäre in die Nacht hinausgestürmt, wenn sie angezogen gewesen wäre. Stattdessen kehrte sie mir den Rücken zu und starrte auf die zugezogenen Vorhänge vor dem Fenster. Sie wischte sich die Tränen der Empörung vom Gesicht, und ich versuchte zu retten, was von diesem Augenblick, der eine völlig unbeabsichtigte Wende genommen hatte, noch zu retten war.

»Wir sind beide müde«, sagte ich leise. »Es war ein schrecklicher Tag, und nun hat Carrie genau das bekommen, was sie wollte. Sie hat uns gegeneinander aufgehetzt.«

Meine Nichte rührte sich nicht von der Stelle und sagte keinen Ton, während sie sich erneut das Gesicht wischte. Ihr Rücken war mir zugekehrt wie eine abweisende Mauer.

»Ich habe damit keineswegs sagen wollen, dass du mit Teun schläfst«, fuhr ich fort. »Ich wollte dich doch nur vor Kummer und Chaos bewahren ... Ich meine, ich kann mir eben vorstellen, dass so was passieren könnte.«

Sie wandte sich um und starrte mich herausfordernd an.

»Was willst du damit sagen – *du kannst dir vorstellen, dass so was passieren könnte?«*, wollte sie wissen. »Ist sie lesbisch? Ich kann mich nicht erinnern, dass sie so was gesagt hätte.«

»Vielleicht ist das Verhältnis zu Janet ja zur Zeit nicht rosig«, fuhr ich fort, »und Menschen sind nun mal Menschen.«

Sie setzte sich ans Fußende meines Bettes, und es war deutlich, dass das Thema für sie noch nicht beendet war.

»Soll heißen?«

»Genau, was ich sage. Ich bin ja nicht in einer Höhle geboren. Teuns Geschlecht ändert daran für mich gar nichts. Ich habe nicht die mindeste Ahnung, was ihre Neigungen betrifft. Doch wenn ihr euch nun zueinander hingezogen fühlt? Wäre das vielleicht verwunderlich, so attraktiv wie ihr beide seid? Ihr seht blendend aus, seid beeindruckende Frauen, ungeheuer gescheit, ungeheuer mutig. Ich gebe nur zu bedenken, dass sie deine Ausbilderin ist, Lucy.«

Das Blut pochte mir in den Adern, als meine Stimme eindringlicher wurde.
»Und was ist dann?«, fragte ich. »Willst du vielleicht von einer Bundesbehörde zur nächsten ziehen, bis du dich endgültig ins Abseits gevögelt hast? Darum geht's mir, ob dir das gefällt oder nicht. Und es ist das letzte Mal, dass ich die Sprache darauf bringe.«
Meine Nichte starrte mich einfach bloß an, während ihre Augen sich abermals mit Tränen füllten. Diesmal wischte sie sie nicht fort, und sie rollten ihr die Wangen hinab und tropften auf das Hemd, das Teun McGovern ihr geschenkt hatte.
»Es tut mir Leid, Lucy«, sagte ich sanft, »ich weiß, dass du kein leichtes Leben hast.«
Wir schwiegen, während sie sich abwandte und weinte. Ein tiefer, langer Atemzug ließ ihre Brust erbeben.
»Hast du je eine Frau geliebt?«, fragte sie mich.
»Ich liebe dich.«
»Du weißt genau, was ich meine.«
»Verliebt war ich in keine«, sagte ich. »Jedenfalls nicht dass ich wüsste.«
»Das hört sich ziemlich ausweichend an.«
»Das war nicht beabsichtigt.«
»Könntest du?«
»Was könnte ich?«
»Eine Frau lieben«, sagte sie beharrlich.
»Ich weiß nicht. Ich fange an zu glauben, dass ich überhaupt nichts weiß.« Das war so aufrichtig, wie ich es fertig brachte. »Vielleicht ist der Teil meines Gehirns versperrt.«
»Das hat mit deinem Gehirn nichts zu tun.«
Ich wusste nicht recht, was ich sagen sollte.
»Ich habe mit zwei Männern geschlafen«, sagte sie. »Ich kenne also den Unterschied, nur zu deiner Information.«
»Lucy, du musst deinen Fall nicht vor mir rechtfertigen.«
»Mein Privatleben sollte aber kein Fall sein.«
»Es fehlt aber nicht mehr viel«, kam ich auf mein eigentliches Thema zurück. »Was glaubst du denn, wie Carries nächster Schachzug aussehen wird?«

Lucy machte noch ein Bier auf und vergewisserte sich mit einem Blick, dass ich auch noch versorgt war.
»Wird sie Briefe an die Medien schicken?«, spekulierte ich für sie. »Unter Eid lügen? Die Anklagebank nutzen, um in allen leuchtenden Einzelheiten auszubreiten, was ihr beiden je gesagt und getan und geträumt habt?«
»Wie zum Teufel soll ich das wissen?«, sagte Lucy abwehrend. »Sie hat fünf Jahre nichts weiter zu tun gehabt, als nachzudenken und zu planen, während wir anderen einiges um die Ohren hatten.«
Lucy stand auf und begann, im Zimmer auf und ab zu gehen.
»Du hast ihr einmal vertraut«, fuhr ich fort. »Du hast ihr alles Mögliche anvertraut, und die ganze Zeit war sie Gaults Komplizin. Du warst ihre Pipeline, Lucy, in unsere Herzen hinein.«
»Ich bin wirklich zu müde, um darüber zu sprechen«, sagte sie.
Doch sie würde darüber sprechen müssen. Ich war fest entschlossen, was das betraf. Ich stand auf und machte das Deckenlicht aus, weil es mir immer schon leichter gefallen war, in einer weich gezeichneten Umgebung aus Licht und Schatten zu sprechen. Dann schüttelte ich die Kissen auf ihrem und meinem Bett auf und schlug die Decken zurück. Zuerst folgte sie meiner Aufforderung nicht, sondern tigerte noch eine Weile auf und ab, während ich schweigend zusah. Dann setzte sie sich zögernd auf ihr Bett und lehnte sich zurück.
»Lass uns mal einen Augenblick von deinem Ruf absehen«, begann ich mit ruhiger Stimme. »Lass uns davon sprechen, um was es bei dem Prozess in New York eigentlich geht.«
»Ich weiß, worum es dabei geht.«
Ich wollte sie gewissermaßen auf das vorbereiten, was mir auf der Seele brannte, und hob die Hand, um sie zum Zuhören zu bewegen.
»Temple Gault hat in Virginia wenigstens fünf Menschen getötet«, fing ich an, »und wir wissen, dass Carrie wenigstens an einem dieser Fälle beteiligt war, weil wir die Szene auf Video haben, wie sie dem Mann gerade eine Kugel in den Kopf jagt. Du erinnerst dich daran.«

Sie schwieg.
»Du warst mit im Zimmer, als wir diese grauenhaften Bilder in leuchtenden Farben im Fernseher angeschaut haben«, fuhr ich fort.
»Das weiß ich doch alles.«
Zorn kroch wieder in Lucys Stimme.
»Wir haben das schon zehntausendmal durchgekaut.«
»Du hast ihr sozusagen beim Töten zugeschaut«, fuhr ich fort.
»Diese Frau war deine Geliebte, als du gerade mal neunzehn warst und naiv und ein Praktikum an der ERF machtest und CAIN programmiert hast.«
Ich merkte, dass sie sich in dem Maße in sich verkroch, wie mein Monolog für sie schmerzlich wurde. Die ERF war die Engineering Research Facility des FBI, die Abteilung, in der das FBI sein Criminal-Artificial-Intelligence-Network-Computersystem stehen hatte, das unter der Abkürzung CAIN bekannt war. Lucy hatte CAIN ersonnen und war die treibende Kraft hinter seiner Entstehung gewesen. Jetzt war ihr der Zugang dazu verwehrt, und sie konnte es nicht ertragen, auch nur den Namen zu hören.
»Du hast dabei zugeschaut, wie deine Geliebte getötet hat, nachdem sie dich zuvor auf ihre kaltblütige, vorsätzliche Weise an sich gebunden hatte. Du hattest keinerlei Chance gegen sie«, sagte ich.
»Warum tust du das?« Lucys Stimme klang gedämpft, weil sie das Gesicht auf den Arm gelegt hatte.
»Nennen wir's eine Art Realitätsprüfung.«
»Die brauche ich nicht.«
»Ich glaube doch. Und übrigens, wir werden nicht einmal in die persönlichen Details gehen, die sowohl Carrie als auch Gault über mich erfahren haben. Und das bringt uns nach New York, wo Gault seine eigene Schwester und mindestens einen Polizeibeamten ermordet hat. Neue kriminologische Beweise zeigen, dass er das nicht allein getan hat. Carries Fingerabdrücke wurden später auf einigen von Jayne Gaults persönlichen Besitztümern entdeckt. Als Carrie in der Bowery geschnappt wurde, war

Jaynes Blut an ihrer Hose. Soweit wir wissen, hat Carrie auch da den Abzug betätigt.«
»Wahrscheinlich hat sie das getan«, sagte Lucy. »Darüber bin ich bereits im Bilde.«
»Aber nicht über Eddie Heath. Erinnerst du dich noch an den Karamellriegel und die Dosensuppe, die er im *7-Eleven* gekauft hat? Die Tragetasche, die man neben seinem sterbenden, verstümmelten Körper gefunden hat? Carries Daumenabdruck ist später darauf entdeckt worden.«
»Das glaube ich einfach nicht!« Lucy war entsetzt.
»Das ist noch nicht alles.«
»Warum hast du mir das denn nicht schon früher erzählt? Sie hat also alles mit ihm zusammen gemacht. Und ihm damals wahrscheinlich auch geholfen, aus dem Gefängnis auszubrechen.«
»Das steht für uns außer Zweifel. Die beiden waren schon Bonnie und Clyde, lange bevor du sie kennen gelernt hast, Lucy. Sie hat bereits getötet, als du siebzehn warst und noch nie geküsst hattest.«
»Wie willst du denn das wissen?«, sagte meine Nichte in kindischem Trotz.
Eine Weile sprach keine von uns.
Dann sagte Lucy, und ihre Stimme bebte: »Du glaubst also, sie hat zwei Jahre damit verbracht, irgendeinen Weg zu ersinnen, mich kennen zu lernen und meine … Und die Dinge zu tun, die sie getan hat, um mich …«
»… dich zu verführen«, unterbrach ich sie. »Ich weiß nicht, ob sie das so lange im Voraus geplant hat. Ehrlich gesagt, es ist mir auch gleich.« Meine Empörung wuchs. »Wir haben bereits Himmel und Hölle in Bewegung gesetzt, um sie wegen dieser Verbrechen nach Virginia ausgeliefert zu bekommen, und wir schaffen es nicht. New York will sie nicht gehen lassen.«
Das Bier, das ich in der Hand hielt, war schal und vergessen, als ich die Augen schloss und mir blitzlichtartig Bilder der Toten durchs Hirn zuckten. Ich sah Eddie Heath gegen einen Müllcontainer gelehnt, das Blut seiner Wunden vom Regen verwässert,

und den Sheriff und den Gefängniswärter, die von Gault und wahrscheinlich auch Carrie getötet worden waren. Ich hatte ihre Leichen berührt, Zahnschemata angefertigt und ihre Qual in Diagramme und Autopsieprotokolle übertragen. Ich konnte es nicht ändern: Ich wollte, dass Carrie starb, für das, was sie ihnen, meiner Nichte und mir angetan hatte.

»Sie ist ein Monster«, sagte ich, und meine Stimme bebte vor Schmerz und Zorn. »Ich werde alles daransetzen, damit sie bestraft wird.«

»Warum predigst du mir das alles vor?«, sagte Lucy, und ihre Stimme war laut und aufgebracht. »Glaubst du etwa, ich will das nicht auch?«

»Davon bin ich überzeugt.«

»Ich täte nichts lieber, als einfach nur den Schalter betätigen oder ihr die Nadel in den Arm stechen.«

»Lass nicht zu, dass eure frühere Beziehung dich Recht und Gesetz aus dem Blick verlieren lässt, Lucy.«

»Himmel Herrgott.«

»Du hast ohnehin schon einen Kampf auszufechten, der deine Kräfte zu übersteigen droht. Und wenn du die Perspektive verlierst, wird Carrie bekommen, was sie will.«

»Herrgott noch mal«, sagte Lucy wieder. »Ich will nichts mehr davon hören.«

»Willst du wissen, was sie will?« Ich war noch nicht bereit, es gut sein zu lassen. »Ich kann es dir genau sagen. Manipulieren. Das, was sie am besten kann. Und dann? Sie wird für unzurechnungsfähig und damit für nicht schuldig erklärt werden, und der Richter wird sie nach Kirby zurückschicken. Dann wird es ihr auf einmal dramatisch besser gehen, und die Ärzte von Kirby werden entscheiden, dass sie nicht geisteskrank ist. Zwei Fliegen mit einer Klappe: Sie kann nicht zweimal für dasselbe Verbrechen vor Gericht gestellt werden, und sie wird wieder auf der Straße landen.«

»Wenn sie auf freien Fuß kommt«, sagte Lucy kalt, »werde ich sie finden und ihr das Gehirn aus dem Kopf blasen.«

»Was ist denn das für eine Antwort?«

Ich beobachtete ihre Silhouette, aufrecht gegen das Kissen gelehnt auf ihrem Bett. Sie war stocksteif, und ich hörte an ihrem Atem, wie der Hass in ihr zu pochen begann.
»Der Welt wird es egal sein, mit wem du geschlafen hast oder schläfst, solange es dir selbst egal ist«, sagte ich, ruhiger geworden, zu ihr. »Im Grunde glaube ich, dass die Geschworenen verstehen werden, wie das damals passieren konnte. Als du so jung warst. Und sie älter und ein brillanter Kopf und so überwältigend gut aussah. So charismatisch war und fürsorglich, während sie deine Ausbilderin war.«
»Wie Teun«, sagte Lucy, und ich konnte nicht heraushören, ob sie sich über mich lustig machte.
»Nur dass Teun keine Psychopathin ist«, sagte ich.

4

Am nächsten Morgen schlief ich in dem gemieteten LTD ein, und als ich aufwachte, fuhren wir an Maisfeldern und Silos entlang und an Baumgruppen, die so alt wie der Bürgerkrieg waren. Marino fuhr, und wir kamen an endlosen Morgen von Land vorbei, das nur von Stacheldraht umgeben und von Telefondrähten durchschnitten war, und an beflaggten Vorgärten mit bunt bemalten Briefkästen. Es gab Teiche und Flüsschen und Farmen und Viehweiden mit hohem Gras. Am häufigsten begegneten uns kleine Häuser mit schiefen Zäunen und durchhängenden Wäscheleinen, an denen die verwaschenen Kleidungsstücke im Wind wehten.

Ich hielt mir die Hand vor den Mund und wandte den Kopf ab, als ich gähnen musste, denn ich hatte es immer schon als ein Zeichen von Schwäche betrachtet, müde oder gelangweilt zu wirken. Binnen weniger Minuten bogen wir nach rechts auf die Beaverdam Road ab, und eine Herde Kühe kam in unser Blickfeld. Die Scheunen waren grau verwittert, und anscheinend kamen die Leute hier nie auf die Idee, ihre schrottreifen Lastwagen wegzuschleppen. Der Eigentümer der Hootowl Farm wohnte in einem weitläufigen weiß gestrichenen Backsteinhaus, dessen Fenster auf endloses Weideland und Zäune hinausgingen. Der Tafel zufolge, die an der Hausfront angebracht war, war das Haus 1730 erbaut worden. Jetzt hatte es einen Swimmingpool und eine Satellitenschüssel, groß genug, um Signale aus anderen Galaxien zu empfangen.

Betty Foster kam heraus, um uns zu begrüßen, noch ehe wir ausgestiegen waren. Sie war eine Frau in den Fünfzigern mit scharf geschnittenen, aristokratischen Zügen und einer sonnengebräunten Haut, die von tiefen Falten durchzogen war. Ihr langes, weißes Haar war zum Knoten gebunden. Ihr federnder, athletischer Gang war jedoch der einer Frau, die halb so alt war, und ihre Hand fühlte sich fest und kräftig an, als sie meine schüttelte und mich mit einem schmerzvollen Blick aus ihren haselnussbraunen Augen ansah.

»Ich bin Betty«, sagte sie. »Und Sie müssen Dr. Scarpetta sein. Und Sie Captain Marino.«

Sie schüttelte auch seine Hand, und ihre Bewegungen waren flink und selbstbewusst. Betty Foster trug Jeans und ein ärmelloses Hemd aus Jeansstoff. Ihre braunen Stiefel waren zerschrammt und schlammverkrustet. Hinter ihrem gastfreundlichen Auftreten verbargen sich andere Gefühle, und sie wirkte, als hätte unser Anblick sie ein wenig aus dem Konzept gebracht, und sie wüsste nicht so recht, wo sie anfangen sollte.

»Kenneth ist auf der Reitbahn«, sagte sie. »Er wartet bereits auf Sie, und ich will Ihnen auch gleich sagen, dass er schrecklich durcheinander ist. Er hat diese Pferde geliebt, eins wie das andere, und natürlich ist er völlig niedergeschlagen, dass in seinem Haus jemand gestorben ist.«

»In welcher Beziehung stehen Sie denn zu ihm?«, fragte Marino, als wir auf dem staubigen Weg auf die Ställe zugingen.

»Ich ziehe seit Jahren seine Pferde für ihn auf und bilde sie aus«, sagte sie. »Schon seit er wieder nach Warrenton zurückgezogen ist. Er hatte die feinsten Morgans im ganzen Staat. Und Reitpferde und Vollblüter.«

»Er hat Ihnen seine Pferde hierher gebracht?«, frage ich.

»Manchmal hat er das getan. Manchmal waren es Jährlinge, die er von mir gekauft und mir einfach für zwei Jahre zur Ausbildung hier gelassen hat. Danach hat er sie dann in seinen Stall geholt. Oder er hat Rennpferde gezüchtet und sie verkauft, wenn sie alt genug waren, um fürs Rennen ausgebildet zu werden. Und ich bin auch zu seiner Farm rausgefahren, manchmal zwei- oder dreimal die Woche. Vor allem habe ich ihn beraten.«

»Und er hat keinen Pferdepfleger?«, fragte ich.

»Der letzte hat vor einigen Monaten aufgehört. Seitdem hat Kenny die meiste Arbeit selbst gemacht. Er kann ja nicht einfach jeden x-Beliebigen einstellen. Er muss vorsichtig sein.«

»Ich wüsste gern mehr über den Pferdepfleger«, sagte Marino und machte sich Notizen.

»Ein reizender alter Knabe mit einem sehr schwachen Herzen«, sagte sie.

»Es kann sein, dass ein Pferd das Feuer überlebt hat«, eröffnete ich ihr.

Sie sagte zunächst nichts dazu, und wir näherten uns einer großen roten Scheune und einem »Achtung, bissiger Hund«-Schild, das an einem Zaunpfahl befestigt war.

»Es ist ein Fohlen, glaube ich. Schwarz«, fuhr ich fort.

»Ein Stutenfohlen oder ein Hengstfohlen?«, fragte sie.

»Ich weiß nicht. Das Geschlecht konnte ich nicht erkennen.«

»Und hatte es eine Sternblesse?«, fragte sie und meinte den weißen Fleck auf der Stirn mancher Pferde.

»So nah war ich nicht dran«, erklärte ich ihr.

»Na ja, Kenny hat ein Fohlen, das Windsong heißt«, sagte Foster. »Die Mutter, Wind, ist beim Derby gelaufen. Sie ist zwar Letzte geworden, aber überhaupt drin zu sein, war gut. Und dazu der Vater, der ein paar hoch dotierte Rennen gewonnen hat. Windsong war also wahrscheinlich das wertvollste Pferd in Kennys Ställen.«

»Tja, Windsong ist vielleicht irgendwie rausgekommen«, sagte ich wieder, »und dadurch verschont geblieben.«

»Ich hoffe, er läuft nicht immer noch da draußen herum.«

»Falls das so ist, wird es nicht mehr lange so bleiben. Die Polizei weiß über ihn Bescheid.«

Marino war an dem Pferd, das überlebt hatte, nicht sonderlich interessiert, und wir betraten die Reithalle. Das Geräusch von Hufen und das Glucken von Bantamhähnen und Guineahennen, die frei herumliefen, nahmen uns in Empfang. Marino hustete und blinzelte, weil die Luft von rotem Staub geschwängert war, den der leichte Galopp einer kastanienbraunen Morgan-Stute aufwirbelte. Die Pferde in ihren Boxen schnaubten und wieherten, als Pferd und Reiter vorbeikamen, und wenn ich Kenneth Sparkes in seinem englischen Sattel auch wieder erkannte, so hatte ich ihn doch noch nie in schmutzigen Jeans und Stiefeln gesehen.

Er war ein ausgezeichneter Reiter, und als er im Vorbeireiten meinen Blick auffing, gab er kein Zeichen des Erkennens oder

der Erleichterung von sich. Ich wusste augenblicklich, dass er uns nicht hier haben wollte.
»Können wir irgendwo mit ihm reden?«, fragte ich Foster.
»Draußen gibt es Stühle.« Sie wies in die Richtung. »Oder Sie können mein Büro benutzen.« Sparkes trieb das Pferd an und donnerte an uns vorbei, und die Guineahühner hoben ihre gefiederten Röcke, um aus dem Weg zu eilen.
»Wussten Sie irgendetwas von einer jungen Dame, die bei ihm in Warrenton wohnte?«, fragte ich, als wir wieder nach draußen gingen. »Haben Sie jemals eine gesehen, als Sie mit seinen Pferden arbeiteten?«
»Nein«, sagte Foster.
Wir nahmen uns Plastiksessel und setzten uns mit dem Rücken zur Reithalle, den Blick auf den Wald gerichtet.
»Doch weiß der Himmel, Kenny hatte früher schon Freundinnen, und ich weiß nicht über jede Bescheid«, sagte Foster, wandte sich in ihrem Sessel um und warf einen Blick zurück in die Reithalle. »Wenn Sie sich, was Windsong betrifft, nicht täuschen, ist das Pferd, auf dem Kenny jetzt sitzt, das einzige, was ihm geblieben ist. Black Opal. Wir nennen es Pal, weil das kürzer ist.«
Marino und ich antworteten nicht. Wir drehten uns um. Sparkes war vom Pferd gestiegen und reichte die Zügel einem von Fosters Pferdepflegern.
»Gut gemacht, Pal«, sagte Sparkes und tätschelte den hübschen Hals und den Kopf des Pferdes.
»Hat es einen besonderen Grund, dass dieses Pferd nicht bei den anderen auf seiner Farm war?«, fragte ich Foster.
»Es hat noch nicht ganz das Alter. Es ist ein knapp dreijähriger Wallach, der noch Ausbildung braucht. Deshalb ist er noch hier – zu seinem Glück.«
Für einen kurzen Augenblick verzog ihr Gesicht sich vor Schmerz, und sie blickte rasch weg. Dann räusperte sie sich und stand aus ihrem Sessel auf. Sie entfernte sich, als Sparkes aus der Reithalle trat und seinen Gürtel und seine Jeans zurechtrückte. Ich stand auf, und Marino und ich schüttelten ihm respektvoll die Hand. Er schwitzte durch ein verwaschenes rotes Hemd und

wischte sich das Gesicht mit einem gelben Halstuch ab, das er gerade aufgeknotet hatte.

»Bitte nehmen Sie doch Platz«, sagte er huldvoll, als gewährte er uns eine Audienz.

Wir setzten uns wieder, und er nahm sich einen Stuhl und drehte ihn so, dass er uns anblickte. Die Haut spannte um seine Augen, die entschlossen blickten, aber blutunterlaufen waren.

»Lassen Sie mich Ihnen gleich sagen, wovon ich in diesem Augenblick, wo ich hier in diesem Stuhl sitze, felsenfest überzeugt bin«, sagte er. »Dieses Feuer war kein Unfall.«

»Um das herauszufinden, sind wir hier, Sir«, sagte Marino höflicher als gewöhnlich.

»Ich glaube, das Motiv ist rassistischer Natur.« Sparkes' Kinnmuskeln begannen zu spielen, und seine Stimme klang zornig. »Und die – wer immer *die* sind – haben vorsätzlich meine Pferde ermordet und alles zerstört, was ich liebe.«

»Wenn das Motiv Rassenhass war«, sagte Marino, »weshalb haben die sich denn dann nicht vorher vergewissert, dass Sie zu Hause waren?«

»Manche Dinge sind eben schlimmer als der Tod. Vielleicht wollen sie, dass ich lebe, damit ich leide. Man braucht bloß eins und eins zusammenzuzählen.«

»Das versuchen wir ja«, sagte Marino.

»Versuchen Sie gar nicht erst, mir das anzuhängen.«

Er zeigte mit dem Finger auf uns beide.

»Ich weiß doch genau, wie Leute wie Sie denken«, fuhr er fort. »Ha. Ich habe meine Farm samt meinen Pferden des Geldes wegen abgefackelt. Jetzt hören Sie mir mal gut zu.«

Er beugte sich zu uns rüber.

»Ich erkläre Ihnen hiermit, dass ich das nicht getan habe. Niemals täte, niemals tun könnte, niemals tun werde. Ich habe mit dem, was passiert ist, nichts zu tun. Ich bin hier das Opfer und kann wahrscheinlich von Glück sagen, dass ich noch am Leben bin.«

»Reden wir doch einmal über das andere Opfer«, ergriff ich ruhig das Wort. »Eine weiße Person weiblichen Geschlechts mit langem, blondem Haar, wie es bislang aussieht. Gibt es noch ir-

gendjemanden, der an jenem Abend in Ihrem Haus gewesen sein könnte?«
»Niemand hätte sich in meinem Haus aufhalten dürfen!«, rief er.
»Wir mutmaßen, dass diese Person im zentralen Wohnbereich im ersten Stock gestorben sein könnte«, fuhr ich fort. »Möglicherweise im Badezimmer.«
»Wer immer sie gewesen ist, sie muss eingebrochen sein«, sagte er. »Oder vielleicht war sie ja diejenige, die das Feuer gelegt hat, und ist dann nicht mehr rausgekommen.«
»Es gibt keinerlei Beweis dafür, dass jemand eingebrochen ist, Sir«, erwiderte Marino. »Und falls Ihre Alarmanlage eingeschaltet war, so ist sie an dem Abend nicht ausgelöst worden. Nur der Feueralarm.«
»Das verstehe ich nicht.« Sparkes schien die Wahrheit zu sagen. »Selbstverständlich habe ich die Alarmanlage eingeschaltet, ehe ich weggefahren bin.«
»Und Sie waren wohin unterwegs?«, bohrte Marino.
»Nach London. Ich kam dort an und wurde sofort benachrichtigt. Ich habe Heathrow gar nicht erst verlassen und sofort den nächsten Flieger zurück genommen«, sagte er. »In D.C. bin ich nur gelandet und dann direkt hierher gefahren.«
Er starrte ausdruckslos zu Boden.
»Gefahren womit?«
»Mit meinem Cherokee. Ich hatte ihn auf dem Dulles-Langzeitparkplatz abgestellt.«
»Sie haben den Parkschein noch?«
»Ja.«
»Was ist denn mit dem Mercedes hinter Ihrem Haus?«, fuhr Marino fort.
Sparkes runzelte die Stirn. »Was für ein Mercedes? Ich besitze keinen Mercedes. Ich habe immer nur amerikanische Autos gekauft.«
Mir fiel ein, dass das eines seiner Prinzipien war, die er immer lauthals vertreten hatte.
»Hinter dem Haus steht ein Mercedes. Er ist ebenfalls stark verbrannt, sodass wir noch nicht viel darüber sagen können«, sagte

Marino. »Doch er sieht mir nicht nach einem neueren Modell aus. Eine Limousine, ein bisschen kastenförmig, wie sie früher waren.«

Sparkes schüttelte einfach nur den Kopf.

»Dann müssen wir uns fragen, ob das das Auto des Opfers war«, folgerte Marino. »Vielleicht jemand, der Sie unerwartet besuchen gekommen ist? Wer hatte sonst noch einen Schlüssel zu Ihrem Haus und kannte den Code Ihrer Alarmanlage?«

»Meine Güte«, sagte Sparkes und war sichtlich am Überlegen. »Josh hatte einen. Mein Pferdepfleger. Eine durch und durch ehrliche Haut. Er hat aus gesundheitlichen Gründen zu arbeiten aufgehört, und ich hab mir nicht die Mühe gemacht, die Schlösser auszutauschen.«

»Sie müssen uns sagen, wo wir ihn finden können«, sagte Marino.

»Er würde niemals ...«, fing Sparkes an, unterbrach sich jedoch, und sein Gesicht nahm einen ungläubigen Ausdruck an. »Mein Gott«, murmelte er mit einem abgrundtiefen Seufzer. »Großer Gott.«

Er sah mich an.

»Sie sagen, sie war blond?«, fragte er.

»Ja«, sagte ich.

»Können Sie mir sonst noch was über ihr Aussehen sagen?« In seiner Stimme begann Panik mitzuschwingen.

»Schien schlank zu sein, möglicherweise weiß. Jeans, irgendein Hemd und Stiefel. Schnürstiefel, keine Cowboystiefel.«

»Wie groß?«, wollte er wissen.

»Das kann ich nicht sagen. Nicht, ehe ich sie untersucht habe.«

»Irgendwelcher Schmuck?«

»Ihre Hände waren nicht mehr da.«

Er seufzte wieder, und als er sprach, bebte seine Stimme. »War ihr Haar ziemlich lang, bis zum halben Rücken, und hatte einen sehr blassen Goldton?«

»So sieht es gegenwärtig aus«, erwiderte ich.

»Es hat da eine junge Frau gegeben«, begann er und räusperte sich mehrere Male. »Mein Gott ... Ich habe ein Haus in

Wrightsville Beach, und dort habe ich sie kennen gelernt. Sie studierte oder jedenfalls ab und zu. Es hat nicht lange gehalten, vielleicht sechs Monate. Und sie war auch mit mir auf der Farm, mehrere Male. Dort habe ich sie auch zum letzten Mal gesehen, und irgendwann habe ich Schluss gemacht, weil die Beziehung nicht von Dauer sein konnte.«

»Besaß sie einen alten Mercedes?«, fragte Marino.

Sparkes schüttelte den Kopf. Er bedeckte das Gesicht mit den Händen, während er um Fassung rang.

»Einen von diesen komischen Volkswagen. Hellblau«, brachte er mühsam heraus. »Sie hatte überhaupt kein Geld. Ich habe ihr am Schluss welches gegeben, ehe sie ging. Tausend Dollar in bar. Ich habe ihr geraten, die Uni fertig zu machen. Ihr Name ist Claire Rawley, und vermutlich hätte sie einen meiner Ersatzschlüssel an sich nehmen können, ohne dass ich das gemerkt hätte, während sie auf der Farm war. Vielleicht hat sie auch gesehen, wie ich den Alarmcode eingegeben habe.«

»Und Sie haben seit mehr als einem Jahr keinen Kontakt zu Claire Rawley gehabt?«

»Nicht den geringsten«, antwortete er. »Das scheint mir schon so lange zurückzuliegen. Es war so eine blöde Geschichte, wirklich. Ich habe sie nämlich Surfen gesehen und sie am Strand angesprochen, in Wrightsville. Ich muss sagen, sie war die bestaussehende Frau, der ich je begegnet bin. Für eine Weile hatte ich völlig den Verstand verloren, doch irgendwann bin ich wieder zur Besinnung gekommen. Es gab da jede Menge Komplikationen und Probleme. Claire brauchte jemanden, der sich um sie kümmerte, und die Rolle konnte ich nicht übernehmen.«

»Ich muss alles über sie wissen, was Sie mir erzählen können«, sagte ich eindringlich. »Alles über ihre Herkunft, ihre Familie. Alles, was helfen könnte, die Leiche zu identifizieren oder aber Claire Rawley als Opfer auszuschließen. Selbstverständlich werde ich mich auch an die Universität wenden.«

»Die traurige Wahrheit ist, Dr. Scarpetta«, sagte er zu mir, »dass ich eigentlich kaum etwas über sie weiß. Unsere Beziehung war hauptsächlich sexuell, wenn ich sie auch mit Geld unterstützt

und ihr bei ihren Problemen zu helfen versucht habe, so gut ich konnte. Sie war mir nicht gleichgültig.« Er machte eine Pause. »Doch es war nie etwas Ernsthaftes, jedenfalls nicht von meiner Seite aus. Ich meine, eine Heirat kam nicht in Betracht.«
Er musste das nicht weiter erläutern. Sparkes hatte Macht. Er verströmte sie und hatte von jeher fast jede Frau bekommen, die er hatte haben wollen. Doch ich verspürte jetzt keinerlei Drang, das zu verurteilen.
»Es tut mir Leid«, sagte er und stand auf. »Ich kann Ihnen lediglich sagen, dass sie mehr oder minder eine gescheiterte Künstlerin war. Eine Möchtegern-Schauspielerin, die ihre Zeit überwiegend mit Surfen und Strandlaufen verbrachte. Und nachdem ich eine Zeit lang mit ihr zusammen gewesen war, ging mir auf, dass irgendetwas mit ihr nicht stimmte. Dieser Mangel an Motivation, ihre ganze Art zu handeln – manchmal war sie geradezu sprunghaft, dann wieder schien ihr jeder Antrieb zu fehlen.«
»War Alkoholmissbrauch im Spiel?«
»Kein chronischer. Er hat zu viel Kalorien.«
»Drogen?«
»Das war's, was ich zu vermuten begann. Und ich konnte mir nicht leisten, damit in Berührung zu kommen. Ich weiß es nicht.«
»Sie müssen mir ihren Namen buchstabieren«, sagte ich.
»Bevor Sie wieder abziehen«, schaltete Marino sich ein, und ich erkannte eine aggressive Schärfe in seinem Tonfall, »sind Sie sicher, dass dies nicht so eine Art Selbstmörder-Attentat gewesen sein könnte? Sie vernichtet alles, was Ihnen gehört, und geht gleichzeitig selbst in Flammen auf? Sind Sie sicher, dass sie keinen Grund dazu hatte, so etwas zu tun, Mr. Sparkes?«
»So wie es aussieht, gibt es überhaupt nichts, dessen ich sicher sein könnte«, antwortete Sparkes und blieb nahe dem offenen Scheunentor stehen.
Marino stand ebenfalls auf.
»Tja, das reimt sich alles nicht recht zusammen, nichts für ungut«, sagte Marino. »Und dann muss ich die Belege für Ihre London-Reise sehen. Und für den Dulles Airport. Und außerdem

weiß ich, dass das ATF zu gern Näheres über Ihren Keller voller Bourbon und automatischer Waffen wüsste.«

»Ich sammle Waffen aus dem Zweiten Weltkrieg, und sie sind alle registriert und legal«, sagte er mühsam beherrscht. »Den Bourbon habe ich von einer Brennerei in Kentucky gekauft, die vor fünf Jahren dichtgemacht hat. Sie hätten ihn mir nicht verkaufen dürfen, und ich hätte ihn nicht kaufen sollen. Doch sei's drum.«

»Ich glaube, das ATF hat größere Sorgen als Ihre Bourbonfässer«, sagte Marino. »Wenn Sie mir also diese Belege aushändigen könnten, würde ich das zu schätzen wissen.«

»Kommt als Nächstes eine Leibesvisitation, Captain?« Sparkes' Blick war hart.

Marino starrte zurück, während die Guineahühner vorbeizuckten wie Breakdancer.

»Sie können sich mit meinem Anwalt in Verbindung setzen«, sagte Sparkes. »Und dann werde ich Ihnen gern behilflich sein.«

»Marino«, ich merkte, es war an der Zeit, dass ich mich einschaltete, »wenn Sie mich eine Minute mit Mr. Sparkes allein lassen würden?«

Marino war verblüfft und ziemlich sauer. Ohne ein weiteres Wort stiefelte er davon, und mehrere Hühner zuckelten hinterher. Sparkes und ich standen einander gegenüber. Er war ein beeindruckend gut aussehender Mann, groß und schlank, mit dichtem, grauem Haar. Seine Augen waren pechschwarz, seine Züge aristokratisch. Er hatte eine gerade Jeffersonsche Nase, und seine dunkle Haut war so glatt wie die eines Mannes, der nur halb so alt war wie er. Seine Art, die Reitpeitsche zu umklammern, schien seiner Stimmung zu entsprechen. Kenneth Sparkes war zur Gewalt fähig, hatte ihr jedoch niemals nachgegeben, jedenfalls soweit ich wusste.

»Also schön. Was wollen Sie mir sagen?«, fragte er argwöhnisch.

»Ich wollte nur sichergehen, dass unsere Differenzen in der Vergangenheit ...«

Er schüttelte den Kopf und ließ mich nicht ausreden.

»Was vergangen ist, ist vergangen«, sagte er knapp.

»Nein, Kenneth, ist es nicht. Und Sie sollen wissen, dass ich Ihnen gegenüber keine bösen Gefühle hege«, erwiderte ich. »Das, was jetzt geschieht, hat damit nichts zu tun.«

Als er noch aktiver an der Herausgabe seiner Zeitungen beteiligt gewesen war, hatte er mich im Grunde des Rassismus bezichtigt, als ich Statistiken über Schwarze-gegen-Schwarze-Mordtaten veröffentlicht hatte. Ich hatte die Bürger darüber aufgeklärt, wie viele dieser Gewalttaten mit Drogen oder Prostitution zusammenhingen oder einfach nur mit dem schieren Hass eines Schwarzen gegen einen anderen.

Seine eigenen Reporter hatten mehrere meiner Äußerungen aus dem Kontext gerissen und den Rest verdreht, und am Ende des Tages hatte Sparkes mich in sein pompöses Downtown-Büro beordert. Ich würde niemals vergessen, wie ich in sein Mahagoniambiente voll von Blumensträußen und Kolonialmöbeln und -lampen geführt worden war. Er hatte mir befohlen, als wäre er dazu berechtigt gewesen, künftig mehr Einfühlungsvermögen gegenüber den Schwarzamerikanern an den Tag zu legen und meine bigotten pseudoprofessionellen Behauptungen öffentlich zu widerrufen. Als ich ihn jetzt ansah, mit seinem verschwitzten Gesicht und dem Mist an den Stiefeln, hatte ich nicht das Gefühl, mit demselben arroganten Menschen zu sprechen. Seine Hände zitterten, seine stolze Haltung schien zu zerbrechen.

»Werden Sie mich wissen lassen, was Sie herausfinden?« fragte er hoch erhobenen Hauptes, während ihm die Tränen in die Augen stiegen.

»Ich werde Ihnen alles sagen, was ich kann«, versprach ich ausweichend.

»Ich möchte nur wissen, ob sie es ist und dass sie nicht gelitten hat«, sagte er.

»Die meisten Menschen, die im Feuer umkommen, leiden nicht. Das Kohlenmonoxid macht sie bewusstlos, ehe die Flammen sie erreichen. Gewöhnlich ist dieser Tod friedlich und schmerzlos.«

»Gott sei Dank.«

Er blickte zum Himmel empor.

»Herrgott, ich danke dir«, murmelte er.

5

Ich kehrte an jenem Abend rechtzeitig zum Essen nach Hause zurück, ohne Lust zu kochen. Benton hatte drei Nachrichten hinterlassen, und ich hatte noch auf keine einzige geantwortet. Ich fühlte mich seltsam. Ich hatte zwar das merkwürdige Gefühl nahenden Unheils, zugleich war mir jedoch seltsam leicht ums Herz, ein Gefühl, das mich dazu trieb, mich in die Gartenarbeit zu stürzen, und so rupfte ich Unkraut und schnitt Rosen für die Küche, bis es dunkel wurde. Die Rosen, die ich wählte, waren rosa und gelb und noch kaum aufgegangen, wie Flaggen vor dem Aufziehen. In der Abenddämmerung ging ich zu einem Spaziergang hinaus und sehnte mich nach einem Hund. Eine Weile war meine Phantasie damit beschäftigt, sich auszumalen, welchen Hund ich wohl nehmen würde, wenn das für mich möglich und praktisch gewesen wäre.

Ich entschied mich für einen pensionierten Greyhound, der von der Rennbahn und vor der sicheren Einschläferung gerettet werden würde.

Natürlich war mein Leben viel zu unruhig, als dass ich mir ein Haustier hätte halten können. So weit war ich mit meinen Überlegungen gediehen, als einer meiner Nachbarn aus seinem prachtvollen Haus herauskam, um mit seinem kleinen, weißen Hund spazieren zu gehen.

»Guten Abend, Dr. Scarpetta«, sagte der Nachbar mit einem düsteren Gesichtsausdruck. »Wie lange sind Sie denn diesmal in der Stadt?«

»Wenn ich das wüsste«, sagte ich, in Gedanken noch bei meinem Greyhound.

»Ich habe von dem Brand gehört.«

Er war ein pensionierter Chirurg. Er schüttelte den Kopf.

»Armer Kenneth.«

»Dann kennen Sie ihn also?«

»Oh ja.«

»Das ist wirklich eine üble Geschichte. Was ist denn das für eine Sorte Hund?«
»Das ist eine Promenadenmischung. Ein bisschen von allem«, erklärte mein Nachbar.
Im Weitergehen zog er eine Pfeife heraus und steckte sie an. Zweifellos ließ seine Frau ihn im Haus nicht rauchen. Ich ging an den Häusern meiner Nachbarn entlang, die alle unterschiedlich und dann doch wieder alle gleich waren, weil sie sämtlich entweder Klinker- oder Stuckvillen und nicht gerade alt waren. Es passte irgendwie dazu, dass das träge Stück Fluss hinter dem Villenviertel noch immer genauso über die Felsen hinwegfloss wie seit zweihundert Jahren. Richmond stand nicht gerade im Ruf eines rasanten Wandels.
Als ich die Stelle erreichte, wo ich Benton gefunden hatte, als er böse auf mich war, stellte ich mich neben denselben Baum, und bald schon war es zu dunkel, um einen Adler oder einen Felsen im Fluss erkennen zu können. Eine Weile stand ich so und starrte die Lichter meiner Nachbarn an. Ich hatte plötzlich nicht mehr die Energie, mich von der Stelle zu bewegen, während ich darüber nachdachte, ob Kenneth Sparkes nun Opfer oder Mörder war. Dann ertönten schwere Schritte auf der Straße hinter mir. Erschrocken fuhr ich herum und griff nach dem Behälter mit Pfefferschotenspray, der an meinem Schlüsselbund befestigt war.
Marinos Stimme folgte rasch seine ausladende Silhouette.
»Doc, Sie sollten so spät nicht hier draußen sein«, sagte er.
Ich war zu ausgepumpt, um ihm zu verübeln, dass er sich erlaubte, eine Meinung dazu zu haben, wie ich meinen Abend zu verbringen hatte.
»Wie haben Sie denn erfahren, dass ich hier bin?«
»Von einem Ihrer Nachbarn.«
Es war mir im Grunde gleichgültig.
»Mein Wagen steht gleich da drüben«, fuhr er fort. »Ich fahre Sie nach Hause.«
»Marino, kann ich denn nie einen Augenblick meine Ruhe haben?«, fragte ich ohne Groll, denn ich wusste, dass er es gut mit mir meinte.

»Nicht heute Abend«, sagte er. »Ich habe einige wirklich schlechte Neuigkeiten und stelle mir vor, dass Sie sich dazu vielleicht lieber setzen wollen.«

Ich dachte sofort an Lucy und spürte, wie mir die Knie weich wurden. Ich schwankte und legte ihm die Hand auf die Schulter, während die Welt in meinem Kopf in tausend Stücke zu zerspringen schien. Ich hatte immer gewusst, dass der Tag kommen würde, an dem mir jemand die Nachricht von ihrem Tod überbringen würde, und ich konnte weder sprechen noch denken. Mir schwindelte, und es riss mich tiefer und tiefer in den dunklen, schrecklichen Strudel hinab. Marino packte meinen Arm, um mich im Gleichgewicht zu halten.

»Herrje«, rief er. »Kommen Sie, ich bringe Sie zum Auto, und dann setzen Sie sich erst mal hin.«

»Nein«, brachte ich mühsam heraus. Ich musste Klarheit haben. »Wie geht es Lucy?«

Er stand einen Augenblick stumm und schien verwirrt.

»Na, sie weiß es noch nicht, es sei denn, sie hat es in den Nachrichten gehört«, antwortete er dann.

»Was weiß sie noch nicht?«, fragte ich, als mein Blut wieder zu fließen schien.

»Carrie Grethen ist aus Kirby geflohen«, teilte er mir mit. »Irgendwann heute am späten Nachmittag. Sie haben es erst gemerkt, als es Zeit war, die weiblichen Insassen zum Abendessen runterzubringen.«

Wir gingen rasch auf seinen Wagen zu, während die Angst ihn wütend zu machen begann.

»Und Sie laufen hier im Dunkeln herum, mit nichts bewaffnet als einem Schlüsselbund«, fuhr er fort. »Scheiße. Das gottverfluchte Miststück. Machen Sie das nie wieder, hören Sie? Wir haben keine Ahnung, wo das Weib ist, doch eins steht fest: Solange die draußen ist, sind Sie nicht sicher.«

»Kein Mensch auf der Welt ist sicher«, murmelte ich, während ich in seinen Wagen stieg und an Benton dachte, der allein am Strand war.

Carrie Grethen hasste ihn fast so sehr wie mich, oder jedenfalls war das meine Überzeugung. Benton hatte ihr Täterprofil erstellt und den Angriff in jenem Spiel geleitet, das schließlich zu ihrer Ergreifung und Temple Gaults Tod führte. Benton hatte jedes nur erdenkliche Hilfsmittel des *Bureau* angewandt, um Carrie hinter Schloss und Riegel zu bringen, und bis heute war er erfolgreich gewesen.

»Könnte sie irgendwoher wissen, wo Benton ist?«, fragte ich, während Marino mich nach Hause fuhr. »Er ist allein in einem Ferienort auf einer Insel. Wahrscheinlich unternimmt er Spaziergänge am Strand, ohne seine Waffe mitzunehmen, weil er gar nicht auf die Idee kommt, dass jemand hinter ihm her sein könnte ...«

»Da kenne ich noch jemand«, fiel Marino mir ins Wort.

»Ein Punkt für Sie.«

»Mit Sicherheit weiß Benton bereits Bescheid, doch ich werde ihn anrufen«, sagte Marino. »Und ich kann mir beim besten Willen nicht vorstellen, woher Carrie von Ihrer Wohnung auf Hilton Head wissen sollte. Die hatten Sie ja damals noch gar nicht, als Lucy ihr Ihre ganzen Geheimnisse ausgeplaudert hat.«

»Das ist nicht fair«, sagte ich, während er in meine Einfahrt bog und abrupt anhielt. »Lucy hat das nicht gewollt. Sie hat nie unloyal sein oder mir schaden wollen.«

Ich hatte die Hand auf dem Türgriff.

»Jetzt ist es sowieso egal, was sie gewollt hat.«

Er blies seinen Rauch aus dem Fenster.

»Wie ist Carrie denn rausgekommen?«, fragte ich. »Kirby liegt schließlich auf einer Insel und ist nicht leicht zugänglich.«

»Das weiß niemand. Ungefähr vor drei Stunden sollte sie mit allen anderen liebreizenden Damen zum Abendessen runtergehen, und da haben die Wärter gemerkt, dass sie weg war. Paff, einfach spurlos verschwunden, und ungefähr eine Meile von Kirby entfernt gibt es eine alte Fußgängerbrücke, die über den East River nach Harlem reinführt.«

Er warf seinen Zigarettenstummel auf meine Einfahrt.

»Gegenwärtig sieht es so aus, als könnte sie die Insel nur auf diesem Weg verlassen haben. Die Polizei ist überall präsent, und sie haben Hubschrauber eingesetzt, für den Fall, dass sie sich immer noch irgendwo auf der Insel versteckt. Aber ich glaube das nicht. Ich glaube, dass sie die Flucht lange vorbereitet hat und alles nach einem präzisen Plan ablief. Na schön, wir werden von ihr hören. Darauf können wir wetten.«

Ich war zutiefst beunruhigt, als ich ins Haus trat, sämtliche Türen verriegelte und die Alarmanlage einschaltete. Dann tat ich etwas, was für mich ungewöhnlich war und mich zusätzlich nervös machte. Ich holte meine Neun-Millimeter-Pistole aus einer Schublade in meinem Arbeitszimmer und überprüfte jeden einzelnen Schrank im Haus, im Erdgeschoss wie im oberen Stockwerk. Mit hämmerndem Herzen trat ich in jede Türöffnung, die Pistole fest mit beiden Händen umspannt. Mittlerweile war Carrie Grethen zu einem Monster mit übernatürlichen Kräften geworden, und ich stellte mir bereits vor, dass sie jegliches Sicherheitssystem zu überwinden imstande wäre und genau dann aus dem Schatten gleiten würde, wenn ich mich in Sicherheit wiegte und gar nicht mehr an sie dachte.

Wie es aussah, war ich die einzige Anwesende in meinem zweistöckigen Klinkerhaus, und so nahm ich ein Glas roten Burgunder mit ins Schlafzimmer und zog mir den Morgenrock an. Ich rief Benton erneut an, und es überlief mich kalt, als er nicht abnahm. Ich versuchte es noch mal, als es fast Mitternacht war, und er antwortete immer noch nicht.

»Du lieber Gott«, sagte ich laut, allein in meinem Zimmer.

Das Lampenlicht war weich und warf Schatten von antiken Kommoden und Tischen, die ich sämtlich bis auf das alte graue Eichenholz abgebeizt hatte, weil mir die Risse und Sprünge, die die Zeit hinterlassen hatte, besonders gefielen. Die blassrosa Vorhänge regten sich im Luftzug, der aus den Lüftungsschlitzen hereindrang, und jede Bewegung, egal welche Erklärung es dafür gab, zerrte an meinen Nerven. Mit jedem Augenblick, der verging, wuchs meine Angst, während ich versuchte, Bilder einer Vergangenheit zu unterdrücken, die ich mit Carrie Grethen teilte. Ich hoffte, Benton würde anrufen. Ich sagte mir, dass ich mir unnütze Sorgen um ihn machte und mir einfach nur Schlaf fehlte. Also versuchte ich, Seamus Heaneys Gedichte zu lesen, und döste mitten in dem Gedicht »Der Blinker« ein. Das Telefon läutete zwanzig Minuten nach zwei, und mein Buch glitt zu Boden.

»Scarpetta«, sagte ich hastig in den Hörer, während mein Herz pochte, wie es das immer tat, wenn ich aus dem Schlaf gerissen worden war.

»Kay, ich bin's«, sagte Benton. »Entschuldige, dass ich so spät noch anrufe, aber ich habe befürchtet, dass du mich vergeblich zu erreichen versucht hast. Irgendwie hat mein Anrufbeantworter sich ausgeschaltet, und, na ja, erst bin ich essen gewesen und dann über zwei Stunden am Strand spazieren gegangen. Um nachzudenken. Du hast die Neuigkeit ja wohl gehört.«

»Ja.« Ich war auf einmal ganz wach.

»Alles in Ordnung bei dir?«, fragte er, denn er kannte mich gut.

»Ich habe heute Abend, ehe ich zu Bett gegangen bin, jeden Zentimeter meines Hauses abgesucht. Ich habe meine Pistole rausgeholt und in jedem Schrank und hinter jedem Duschvorhang nachgesehen.«

»Das habe ich mir schon fast gedacht.«

»Es ist ein Gefühl, als wüsste man, dass eine Briefbombe unterwegs ist.«

»Nein, das trifft es nicht, Kay. Weil wir weder wissen, ob überhaupt eine kommt, noch wann und in welcher Form. Wenn wir's nur wüssten. Doch das gehört zu ihrem Spiel. Uns was zu raten zu geben.«

»Benton, du weißt doch, welche Gefühle sie dir gegenüber hegt. Es gefällt mir nicht, dass du allein dort bist.«

»Möchtest du, dass ich nach Hause komme?«

Ich überlegte und fand keine brauchbare Antwort.

»Ich fahre noch in dieser Minute los«, setzte er hinzu, »wenn du das wirklich möchtest.«

Dann erzählte ich ihm von der Leiche in der Ruine von Kenneth Sparkes' herrschaftlichem Haus und erging mich in einem endlosen Bericht über Warrenton und über mein Treffen mit dem Tycoon auf der Hootowl-Farm. Ich redete und erklärte, während er geduldig zuhörte.

»Was ich sagen will, ist«, schloss ich, »dass sich diese Geschichte als schrecklich verzwickt, ja äußerst merkwürdig herauszustellen beginnt und so viel zu tun ist. Es bringt nichts, wenn dir der Urlaub auch noch verdorben wird. Und Marino hat Recht. Es gibt keinen Grund zu vermuten, dass Carrie über unsere Wohnung auf Hilton Head Bescheid weiß. Wahrscheinlich ist es für dich dort sicherer als hier, Benton.«

»Ich wäre nur froh, wenn sie herkäme.« Seine Stimme hatte einen stählernen Klang. »Ich würde sie mit meiner Sig Sauer empfangen, und dann könnten wir dieser Sache endlich ein Ende machen.«

Ich wusste, es war ihm ernst mit seinem Wunsch, sie zu töten, und das war in gewisser Weise der schlimmste Schaden, den sie hatte anrichten können. Es war nicht Bentons Art, sich nach Gewalt zu sehnen; zuzulassen, dass ein Schatten des Bösen, das er verfolgte, auf sein Gewissen und sein Herz fiel, und während ich zuhörte, erkannte ich schuldbewusst, dass das für mich genauso galt.

»Siehst du, wie destruktiv das ist?«, sagte ich aufgebracht. »Wir sitzen hier und reden davon, dass wir sie erschießen, auf den elektrischen Stuhl schnallen, ihr eine tödliche Injektion verpassen wollen. Sie hat es geschafft, uns ihren Willen aufzuzwingen, Benton. Denn ich muss zugeben, dass es mein größter Wunsch im Leben ist, sie tot zu sehen.«

»Ich glaube, ich sollte doch besser nach Hause kommen«, sagte er wieder.

Wir legten bald danach auf, und Schlaflosigkeit erwies sich als der einzige Feind dieser Nacht. Sie brachte mich um die wenigen Stunden bis Tagesanbruch und riss mir das Hirn in bruchstückhafte Träume voller Angst und Grauen. Ich träumte, ich hätte mich auf dem Weg zu einer wichtigen Verabredung verspätet und steckte im Schnee fest, außer Stande auch nur eine Telefonnummer zu wählen. In meinem Zustand zwischen Schlafen und Wachen vermochte ich in Autopsien keine Antworten mehr zu finden und hatte das Gefühl, mein Leben sei vorbei, und dann wieder gelangte ich plötzlich an den Schauplatz eines schrecklichen Autounfalls und war wie gelähmt und unfähig, den blutüberströmten Menschen im Innern der Wagen zu helfen. Ich warf mich von einer Seite auf die andere und rückte ruhelos Kissen und Decken zurecht, bis der Himmel rauchblau wurde und die Sterne verloschen. Ich stand auf und machte Kaffee.

Mit eingeschaltetem Radio fuhr ich zur Arbeit und lauschte immer wieder den Durchsagen, die das Feuer in Warrenton und die Leiche betrafen, die man gefunden hatte. Man erging sich in wilden Spekulationen darüber, ob es sich hierbei um den berühmten Medienmogul handelte, und ich fragte mich, ob Sparkes seiner Lage nicht auch eine komische Seite abzugewinnen vermochte. Ich hätte zu gern gewusst, warum er die Presse nicht längst darüber aufgeklärt hatte, dass er quicklebendig war, und wieder trübten Zweifel mein Bild von ihm.

Dr. Jack Fieldings roter Mustang parkte hinter unserem neuen Gebäude in der Jackson Street, das zwischen den restaurierten Reihenhäusern von Jackson Ward und dem Campus des Medical College of Virginia lag, das Teil der Virginia Commonwealth University war. Mein neues Gebäude, in dem zugleich die gerichtsmedizinischen Laboratorien untergebracht waren, war das Kernstück eines etwa sieben Hektar großen Geländes, das Biotech Park hieß und aus lauter sich rasant entwickelnden biotechnologischen Instituten bestand.

Wir waren gerade erst vor zwei Monaten von unserer alten Adresse an diese neue umgezogen, und ich war noch dabei, mich an das moderne Glas- und Klinkergebäude zu gewöhnen, dessen Fenstereinfassungen das Einzige waren, das an die einstige Architektur des Viertels erinnerte. Unsere neue Arbeitsstätte war hell, hatte einen hellbraunen Kunstharzboden und Wände, die sich problemlos abspritzen ließen. Es gab immer noch eine Menge auszupacken und zu sortieren und wieder einzuräumen, und sosehr es mich freute, endlich ein modernes Leichenschauhaus zu haben, fühlte ich mich heute von allem mehr überfordert denn je. Die tief stehende Sonne schien mir in die Augen, als ich den Wagen auf dem Chefparkplatz in der Tiefga-

rage abstellte. Ich schloss eine Hintertür auf und betrat das Gebäude.
Der Flur war makellos sauber und roch nach industriellem Geruchsentferner, und immer noch standen Kisten mit Kabeln und Schaltbrettern und Farbeimern an den Wänden. Fielding hatte den Edelstahlkühlraum aufgeschlossen, der größer war als die meisten Wohnzimmer, und die Türen zum Autopsiesaal aufgemacht. Ich steckte meine Schlüssel in die Handtasche und steuerte auf die Spinde zu, wo ich aus meiner Jacke schlüpfte. Ich knöpfte den OP-Mantel bis zum Hals zu und tauschte die Pumps gegen die unansehnlichen, schwarzen Reeboks, die ich als meine Autopsieschuhe bezeichnete. Sie waren bespritzt und fleckig und garantiert ein biologisches Risiko, verliehen meinen alles andere als jugendlichen Beinen und Füßen jedoch den nötigen Halt und verließen das Leichenschauhaus nie.
Der neue Autopsiesaal war viel größer als der vorherige, wie auch seine ganze Raumaufteilung besser war. Es gab keine großen Edelstahltische mehr, die im Boden verankert waren. Die fünf neuen Tische ließen sich beiseite schieben, wenn sie nicht gebraucht wurden, und aus dem Kühlraum herausrollen, und die an die Wände montierten Sektionsbecken waren für Rechts- wie für Linkshänder gleichermaßen geeignet. Unsere neuen Tische hatten ausziehbare Ablagen, sodass wir unseren Rücken schonen konnten, wenn wir Leichen anheben oder bewegen wollten, und es gab Absaugvorrichtungen, die nicht verstopfen konnten, Spülvorrichtungen für Augen und ein spezielles duales Absaugrohr, das mit der Belüftungsanlage des Gebäudes verbunden war.
Alles in allem hatte der Staat von Virginia mir fast alles gewährt, was ich benötigte, um das Virginia Medical Examiner System ins dritte Jahrtausend hinüberzugeleiten, doch in Wahrheit gab es nichts, das den Namen Veränderung verdient hätte. Jedenfalls nicht zum Besseren. Jedes Jahr untersuchten wir mehr Schäden, die das Werk von Kugeln und Messerklingen waren, immer mehr Leute strengten schikanöse Prozesse gegen uns an, und die Gerichte beugten das Recht, als sei es eine Selbstverständlich-

keit, weil Anwälte logen und Geschworene nicht mehr an Beweisen oder Fakten interessiert zu sein schienen.

Kühle Luft strömte mir entgegen, als ich die massive Tür des Kühlraums öffnete und an Leichensäcken, blutigen Plastikhauben und steif hervorragenden Füßen vorbeiging. Hände, die mit einer braunen Papiertüte versehen waren, bedeuteten einen gewaltsamen Tod, und die kleineren Säcke erinnerten mich an den Fall von plötzlichem Kindstod und den Zweijährigen, der im Swimmingpool der Familie ertrunken war. Meine Feuertote samt zerbrochenem Glas und allem war noch genau so umwickelt, wie ich sie zurückgelassen hatte. Ich rollte den Sektionswagen hinaus ins grelle fluoreszierende Licht. Dann wechselte ich erneut die Schuhe und ging ans andere Ende des ersten Stocks, wo, ein Stück weg von den Toten, unsere Büros und Besprechungszimmer lagen.

Es war fast halb neun, und Assistenzärzte und Büropersonal holten sich Kaffee und waren auf dem Flur unterwegs. Wir tauschten die üblichen distanzierten Begrüßungen, während ich auf Fieldings offene Tür zusteuerte. Ich klopfte einmal und ging hinein. Er telefonierte und kritzelte hastig Informationen auf einen Notizzettel.

»Noch mal, bitte«, sagte er mit seiner kräftigen, burschikosen Stimme, während er den Hörer zwischen Schulter und Kinn geklemmt hielt und sich geistesabwesend mit den Fingern durch das ungebärdige, dunkle Haar fuhr. »Wie war die Anschrift? Wie heißt der Beamte?«

Er sah nicht auf, solange er schrieb.

»Haben Sie eine Telefonnummer?«

Er wiederholte sie rasch, um sich zu vergewissern, dass er sie richtig verstanden hatte.

»Haben Sie eine Idee, woran sie gestorben sein könnte? Okay, okay. An welcher Querstraße ist das denn, und sehe ich Sie da in Ihrem Streifenwagen? Also gut, dann ziehen Sie mal wieder los.«

Fielding legte auf und sah für die frühe Stunde recht mitgenommen aus.

»Was haben wir da?«, fragte ich ihn. Das Tagesgeschäft war bereits in vollem Gange.

»Sieht wie Erstickung aus mechanischer Ursache aus. Weibliche Schwarze, die bereits wegen Alkohol- und Drogenmissbrauch auffällig geworden ist. Hängt aus dem Bett heraus, Kopf gegen die Wand, der Hals überstreckt in einem Winkel, der mit dem Leben nicht vereinbar ist. Sie ist nackt, also sehe ich sie mir wohl besser mal an, damit wir sicher sein können, dass es sich nicht um etwas anderes handelt.«

»*Irgendwer* sollte sie sich in der Tat ansehen«, stimmte ich zu.

Er verstand meinen Wink.

»Wir können ja Levine hinschicken, wenn Sie möchten.«

»Gute Idee, weil ich jetzt gleich mit dem Feuertod anfange und dabei gern Ihre Hilfe hätte.«

»Bin schon unterwegs.«

Fielding strich sich das Haar zurück und entfaltete seinen kraftstrotzenden Körper. Er trug eine Khakihose, ein weißes Hemd mit aufgerollten Ärmeln, Slipper und um die schmale Taille einen alten, geflochtenen Ledergürtel. Mittlerweile über vierzig, achtete er doch nicht weniger auf seine körperliche Verfassung, die noch genauso bemerkenswert war wie damals, als ich ihn kurz nach meinem Amtsantritt eingestellt hatte. Wenn ihm seine Fälle nur genauso sehr am Herzen lägen ... Doch er war mir stets ein respektvoller und zuverlässiger Mitarbeiter gewesen, und wenn er auch langsam und schematisch vorging, so war er doch genauso wenig anfällig für Mutmaßungen oder Fehler. Insgesamt hatte er sich als lenkbar, verlässlich und angenehm im Umgang bewährt, und ich hätte ihn nicht gegen einen anderen stellvertretenden Arzt eintauschen wollen.

Wir betraten gemeinsam das Besprechungszimmer, und ich nahm meinen Platz am Kopf des langen spiegelblanken Tisches ein. Schaubilder und Modelle von Muskeln und Organen und das anatomische Skelett waren der einzige Schmuck, abgesehen von denselben alten Fotos meiner männlichen Vorgänger, deren Blick schon in unserem vorigen Domizil auf uns geruht hatte. An diesem Morgen waren der Assistenzarzt, ein Stipendiat, meine drei Stellvertreter und Assistenten, der Toxikologe und meine Verwaltungsbeamten anwesend, wie es von ihnen erwartet wurde. Wir hatten eine Medizinstudentin vom Medical College of Virginia dabei, die ein Praktikum in ihrem Wahlfach ableistete, und einen Kriminalpathologen aus London, der durch die amerikanischen Leichenschauhäuser tourte, um sein Wissen über Serienmörder und Schusswunden zu erweitern.

»Guten Morgen«, sagte ich. »Gehen wir zuerst mal durch, was wir haben, und sprechen dann über unser Brandopfer und dessen Begleitumstände.«

Fielding begann mit dem Fall der Frau, deren Tod möglicherweise durch mechanisches Ersticken eingetreten war, und dann ging Jones, der Verwaltungsdirektor der Landeszentrale unserer Behörde, d. h. konkret des Gebäudes, in dem wir uns befanden, rasch unsere anderen Fälle durch. Wir hatten einen männlichen Weißen, der seiner Freundin fünf Kugeln in den Kopf geschossen hatte, ehe er sich das eigene irregeleitete Hirn weggeblasen hatte. Da waren der plötzliche Kindstod und der Tod durch Ertrinken und ein junger Mann, der sich möglicherweise gerade das Hemd ausgezogen und die Krawatte abgelegt hatte, als er mit seinem roten Miata an einen Baum gefahren war.

»Wahnsinn«, sagte die Medizinstudentin, die Sanford hieß. »Wie sind Sie denn darauf gekommen?«

»T-Shirt halb übergezogen, Hemd und Schlips zerknüllt auf dem Beifahrersitz«, erklärte Jones. »Sieht so aus, als wäre er gerade von der Arbeit gekommen und unterwegs in die Kneipe gewesen, um sich mit Freunden zu treffen. Wir hatten schon öfter solche Fälle – jemand zieht sich um, rasiert sich, schminkt sich, während er fährt.«

»Das sind dann diese Fälle, wo man sich auf dem Totenschein die Rubrik ›Todesursache: Eigene Blödheit‹ wünschen würde«, sagte Fielding.

»Höchstwahrscheinlich ist Ihnen allen bekannt, dass Carrie Grethen gestern Abend aus Kirby geflohen ist«, fuhr ich fort. »Auch wenn das nicht unmittelbar dieses Amt betrifft, so haben wir doch Anlass, mehr als nur ein bisschen besorgt zu sein.«

Ich bemühte mich, so sachlich wie möglich zu sprechen.
»Ich rechne damit, dass die Medien sich melden werden«, sagte ich.
»Ist bereits geschehen«, sagte Jones und spähte über seine Lesebrille zu mir hinüber. »Die Telefonzentrale hat seit gestern Abend fünf Anrufe erhalten.«
»Wegen Carrie Grethen?«, fragte ich sicherheitshalber nach.
»Ja, Ma'am«, sagte er. »Und vier weitere Anrufe wegen des Warrenton-Falls.«
»Dann kommen wir jetzt dazu«, sagte ich. »Aus diesem Amt werden keinerlei Informationen weitergegeben. Weder über die Flucht aus Kirby noch über das Opfer von Warrenton. Fielding und ich werden den größten Teil des Tages unten beschäftigt sein, und ich möchte keine Störungen, die nicht absolut dringlich sind. Dieser Fall ist ungeheuer heikel.«
Ich blickte in die Runde und sah überall ernste Gesichter, die aber lebhaftes Interesse verrieten.
»Gegenwärtig weiß ich nicht, ob wir es mit Unfall, mit Selbstmord oder Mord zu tun haben, und die Überreste sind noch nicht identifiziert. Tim«, wandte ich mich an den Toxikologen, »lassen Sie uns einen Test auf Alkohol und Kohlenmonoxid machen. Diese Dame könnte Drogenmissbrauch betrieben haben, also möchte ich auch einen Test auf Opiate, Amphetamine und Metamphetamine, Barbiturate, Cannabinoide, und zwar so schnell, wie Sie es irgend schaffen.«
Er nickte, während er mitschrieb. Ich blieb noch einen Augenblick, um die Zeitungsartikel zu überfliegen, die Jones für mich ausgeschnitten hatte, dann folgte ich dem Flur zurück zur Leichenhalle. Im Umkleideraum zog ich Rock und Bluse aus und holte mir aus einem Schrank einen Gürtel mit Sender, der von Lanier für mich maßgefertigt worden war. Der Gürtel wurde oberhalb der Taille unter einem langärmeligen blauen OP-Mantel getragen, sodass der Mikrofonschalter nicht mit blutigen Händen in Berührung kam. Als letztes klemmte ich das schnurlose Mikro an meinen Kragen, schnürte meine Autopsieschuhe ein zweites Mal zu, zog Überschuhe drüber und setzte Gesichtsschutz und OP-Maske auf.

Fielding erschien im selben Augenblick im Autopsiesaal wie ich.
»Schaffen wir sie zum Röntgen«, sagte ich.
Wir rollten den Stahltisch über den Flur ins Röntgenzimmer und hoben die Leiche und die daran haftenden Überreste aus dem Feuer an den vier Ecken der Plane an. Wir legten das Ganze auf einen Tisch unter den C-Arm des *Mobile Digital Imaging System*, das einen Röntgenapparat und ein Fluoroscop in einem einzigen computergesteuerten Gerät vereinte. Ich absolvierte die diversen Set-up-Prozeduren, schloss alle möglichen Verbindungskabel an und nahm die Steuerungseinheit mit Hilfe eines Schlüssels in Betrieb. Erleuchtete Segmente und eine elektronische Zeitmessung blinkten an der Kontrollleiste auf, und ich legte eine Filmkassette ein und trat ein Fußpedal, um den Videomonitor zu aktivieren.
»Schürze«, sagte ich zu Fielding.
Ich reichte ihm eine blaue, die mit Blei eingefasst war. Meine fühlte sich schwer wie mit Sand gefüllt an, als ich sie auf dem Rücken zuband.
»Ich glaube, wir sind so weit«, verkündete ich und drückte auf einen Knopf.
Indem wir den C-Arm bewegten, vermochten wir die menschlichen Überreste im Verhältnis eins zu eins unter vielen verschiedenen Gesichtswinkeln im Bild zu betrachten, nur dass das, was wir betrachteten, anders als beim Krankenhauspatienten nicht atmete oder pochte oder schluckte. Statische Bilder toter Organe und Knochen erschienen schwarzweiß auf dem Bildschirm, und ich sah keine Projektile oder Anomalien. Als wir den C-Arm noch ein wenig weiter schwenkten, entdeckten wir etliche Umrisse, hinter denen ich metallische Gegenstände vermutete, die sich mit den sonstigen Überresten vermischt hatten. Wir beobachteten unser Vorankommen auf dem Bildschirm, während wir mit den behandschuhten Händen gruben und sichteten, bis meine Finger sich um zwei harte Gegenstände schlossen. Der eine hatte Umfang und Form eines halben Dollars, der andere war kleiner und rechteckig.
»Was von einer kleinen silbernen Gürtelschließe übrig ist«, sag-

te ich und ließ meinen Fund in eine Kunststoffschachtel fallen, die ich mit einem wasserfesten Marker beschriftete.
Mein anderer Fund war leichter zu erkennen, und es kostete mich keine große Mühe, ihn als Armbanduhr zu identifizieren. Das Armband war verbrannt und das rußige Deckglas zersprungen. Das Zifferblatt faszinierte mich allerdings: Nach mehrfachem Abspülen erwies sich seine Farbe als ein sehr leuchtendes Orange, und darauf befand sich eine abstrakte Zeichnung.
»Sieht für mich aus wie eine Herrenuhr«, bemerkte Fielding.
»Auch Frauen tragen so große Uhren«, sagte ich. »Ich auch. Damit ich was erkennen kann.«
»Könnte das vielleicht 'ne Art Sportuhr sein?«
»Schon möglich.«
Wir drehten den C-Arm in alle Richtungen, und während die Röntgenstrahlen den Leichnam und den ganzen Schmutz und den verbrannten Stoff, die ihn umgaben, durchleuchteten, setzten wir unsere Ausgrabung fort. Ich stieß auf etwas, das der Form nach wie ein Ring aussah, der irgendwo unter der rechten Gesäßhälfte sein musste, doch als ich ihn zu greifen versuchte, war nichts da … Da die Leiche auf dem Rücken gelegen hatte, war ein großer Teil der hinteren Partien unversehrt geblieben, die Kleidung eingeschlossen. Ich schob die Hände unter das Gesäß und zwängte die Finger in die Gesäßtaschen der Jeans, aus der ich eine halbe Mohrrübe und so etwas wie einen schlichten Ehering hervorzog, der auf den ersten Blick aus Stahl zu sein schien. Dann erkannte ich, dass es Platin war.
»Der sieht auch aus, als gehörte er einem Mann«, meinte Fielding.
»Es sei denn, sie hatte richtig dicke Finger.«
Er nahm mir den Ring aus der Hand, um ihn näher zu betrachten. Der Gestank von verbranntem, verwesendem Fleisch stieg von dem Tisch auf, als ich noch weitere seltsame Hinweise darauf entdeckte, was diese Frau gemacht haben mochte, ehe sie starb. Da gab es dunkle, derbe Tierhaare, die an nassem, schmutzigem Jeansstoff hafteten, und wenn ich auch nicht sicher sein konnte, so war ich doch ziemlich überzeugt, dass es Pferdehaare waren.

»Nichts eingraviert«, sagte er und ließ den Ring in einer Beweistüte verschwinden.
»Nein«, bestätigte ich mit wachsender Neugier.
»Wenn man nur wüsste, weshalb sie ihn in der Hosentasche hatte, statt ihn zu tragen.«
»Gute Frage.«
»Es sei denn, sie hätte gerade irgendetwas gemacht, was sie veranlasst hat, ihn abzunehmen«, überlegte er laut. »Manche Leute nehmen doch ihren Schmuck ab, wenn sie sich die Hände waschen.«
»Vielleicht hat sie ja die Pferde gefüttert.«
Ich sammelte mehrere Haare mit der Pinzette ein.
»Vielleicht das schwarze Fohlen, das heil davongekommen ist?«, mutmaßte ich.
»Na schön«, sagte er und hörte sich äußerst skeptisch an. »Und dann was? Sie beschäftigt sich mit dem kleinen Kerl, füttert ihn mit Mohrrüben, und dann bringt sie ihn nicht in seine Box zurück? Wenig später steht alles in Flammen, einschließlich der Ställe und der Pferde in ihren Boxen? Doch das Fohlen entkommt?«
Er warf mir über den Tisch hinweg einen Blick zu.
»Selbstmord?«, spekulierte er weiter. »Und sie hat es nicht über sich gebracht, auch das Hengstfohlen umzubringen? Wie heißt es noch – Windsong?«
Im Augenblick ließ sich jedoch keine dieser Fragen beantworten, und so machten wir weiter Röntgenaufnahmen von Gegenständen und Pathologie, um zu einem endgültigen Fallbericht zu gelangen. Die meiste Zeit jedoch erforschten wir, was wir in Originalgröße auf dem Bildschirm sahen, und stießen dabei auf Nieten von Jeans und eine intrauterine Verhütungsvorrichtung, die nahe legte, dass sie sexuell mit Männern verkehrt hatte.
Zu unseren Funden gehörten ein Reißverschluss und ein geschwärzter Klumpen von Baseballgröße, der, wie sich herausstellte, aus einem kleingliedrigen stählernen Armband und einer Schlangenkette bestand, an der drei Kupferschlüssel hingen. Abgesehen von den Konfigurationen der Schädelknochen, die bei

jedem menschlichen Wesen so unverwechselbar sind wie die Fingerabdrücke, und einer einzigen Porzellankrone am rechten Schneidezahn entdeckten wir nichts irgendwie Auffälliges, das eine Identifizierung hätte ermöglichen können.

Es war fast zwölf, als wir sie über den Flur in den Autopsiesaal zurückrollten und ihren Tisch in die hinterste Ecke, wo wenig Betrieb war, an das Sektionsbecken heranschoben. An anderen Becken ging es laut und betriebsam zu. Wasser trommelte auf den Edelstahl, und Trittleitern wurden hin und her geschoben, während andere Ärzte Organe sezierten und wogen und ihre Befunde in winzige Mikros diktierten. Einige Ermittlungsbeamte schauten zu. Man unterhielt sich dabei auf die typisch respektlose Art und in Satzfetzen. Unsere Kommunikation war so zufällig und zerrissen wie die Leben unserer Fälle.

»'tschuldigung, aber ich muss mal gerade an deinen Platz.«

»Verdammt, ich brauch 'ne Batterie.«

»Was für eine?«

»Egal, Hauptsache sie passt in diese elende Kamera.«

»Macht zwanzig Dollar, bitte in die rechte Brusttasche.«

»Wahrscheinlich kein Raubüberfall.«

»Wer soll denn die Pillen hier zählen? Das ist ja 'ne ganze Ladung.«

»Dr. Scarpetta, wir haben gerade noch einen Fall reinbekommen. Möglicherweise Mord«, sagte ein Assistenzarzt laut, während er einen Hörer auflegte, der nur für saubere Hände bestimmt war.

»Den müssen wir eventuell bis morgen aufschieben«, antwortete ich angesichts des wachsenden Arbeitsanfalls.

»Wir haben die Pistole von dem Mord-mit-anschließendem-Selbstmord-Fall«, rief einer meiner Assistenten laut.

»Ungeladen?«, fragte ich zurück.

»Ja.«

Ich ging hinüber, um mich zu vergewissern, denn ich gab mich grundsätzlich keinen Vermutungen hin, wenn Feuerwaffen mit den Leichen hereinkamen. Der tote Mann war korpulent und trug noch seine Faded-Glory-Jeans, deren Taschen die Polizei nach außen gekehrt hatte. Potentielle Schmauchspuren an den

Händen waren durch braune Papiertüten geschützt, und Blut sickerte ihm aus der Nase, als man ihm einen Holzkeil unter den Kopf schob.

»Haben Sie etwas dagegen, dass ich mir die Pistole näher ansehe?«, fragte ich den Ermittlungsbeamten über das Kreischen einer Stryker-Säge hinweg.

»Bedienen Sie sich. Ich habe die Fingerabdrücke schon abgenommen.«

Ich nahm die Smith & Wesson und vergewisserte mich, dass wirklich keine Patrone mehr drin war. Ich betupfte die Schusswunde am Kopf, während Chuck Ruffin, der die Aufsicht in der Leichenhalle führte, mit ausholenden Bewegungen ein Messer an einem Wetzstein schärfte.

»Sehen Sie das Schwarze drum herum und den Abdruck der Mündung?«, sagte ich, während der Ermittlungsbeamte und ein Assistenzarzt sich tiefer herabbeugten. »Hier kann man das Korn sehen. Rechtshändig direkt aufgesetzt. Hier ist der Austritt, und an dem Rinnsal sieht man, dass er auf der rechten Seite gelegen hat.«

»So haben wir ihn auch gefunden«, sagte der Detective, während die Säge weiterkreischte und Knochenstaub durch die Luft waberte.

»Denken Sie dran, dass Sie Kaliber, Marke und Modell aufschreiben«, sagte ich, während ich mich wieder meiner eigenen traurigen Aufgabe zuwandte. »Und was haben wir für Munition – Bleikugel oder Hohlmantelgeschoss?«

»Kugel. Remington, neun Millimeter.«

Fielding hatte einen weiteren Tisch parallel zum ersten gestellt, ihn mit einem Tuch bedeckt und sämtliche Rückstände des Brandes darauf gehäuft, die wir bereits gesichtet hatten. Ich begann, die Länge ihrer böse verbrannten Oberschenkelknochen zu messen, weil ich ihre Körpergröße daraus zu erfahren hoffte. Der Rest ihrer Beine von knapp unterhalb der Knie bis zu den Fußgelenken fehlte, doch die Füße waren dank der Stiefel unversehrt geblieben. Außerdem fehlten Unterarme und Hände, die ebenfalls verbrannt waren. Wir sammelten Stofffetzen und zeichneten Diagramme und sicherten noch mehr Tierhaare und taten alles überhaupt Mögliche, ehe wir uns an die schwierige Aufgabe machten, das Glas zu entfernen.

»Lassen wir das warme Wasser laufen«, sagte ich zu Fielding. »Vielleicht bekommen wir es ja ab, ohne Haut zu zerreißen.«

»Das ist festgebacken wie so'n blöder Braten an der Pfanne.«

»Weshalb müsst ihr bloß immer alles mit was Essbarem vergleichen?«, ertönte eine tiefe, selbstsichere Stimme, die ich kannte. Teun McGovern kam in voller Leichenhaus-Schutzmontur auf unseren Tisch zu. Ihre Augen blickten konzentriert hinter ihrem Gesichtsschutz, und einen Augenblick lang starrten wir uns gegenseitig ins Gesicht. Ich war zwar nicht im Geringsten überrascht, dass das ATF einen Brandermittler geschickt hatte, der die Post-mortem-Untersuchung beobachten sollte. Aber McGovern hatte ich nun überhaupt nicht erwartet.

»Wie geht's in Warrenton?«, fragte ich sie.

»Wir kommen voran«, erwiderte sie. »Wir haben Sparkes' Leiche nicht gefunden, was sich insofern gut trifft, als er ja auch gar nicht tot ist.«

»Das nenne ich eine erfrischende Logik«, sagte Fielding.

McGovern stellte sich auf die freie Seite mir gegenüber, und der Abstand, den sie zum Tisch hielt, ließ darauf schließen, dass sie erst sehr wenig Autopsien mitgemacht hatte.

»Und was machen Sie da genau?«, fragte sie, als ich einen Schlauch in die Hand nahm.

»Wir wollen warmes Wasser zwischen Haut und Glas laufen lassen, in der Hoffnung, dass wir beides voneinander lösen können, ohne noch mehr Schaden anzurichten.«

»Und wenn das nicht klappt?«

»Dann haben wir hier eine große Schweinerei«, sagte Fielding.

»Dann benutzen wir ein Skalpell«, erklärte ich.

Das war jedoch nicht notwendig. Nach einigen Minuten eines konstanten, warmen Bades begann ich, sehr langsam und behutsam das dicke, zerbrochene Glas vom Gesicht der toten Frau abzulösen. Die Haut wurde dabei in alle Richtungen verzogen und gezerrt, sodass das Ganze einen noch grauenhafteren Anblick bot. Fielding und ich arbeiteten eine Weile ohne zu reden und legten vorsichtig Splitter und Scherben des gesprungenen Glases in eine Plastikwanne. Das dauerte etwa eine Stunde, und als wir fertig waren, war der Geruch stärker geworden. Was von der armen Frau übrig geblieben war, schien jammervoller und kleiner geworden zu sein, und die Entstellungen an ihrem Kopf sprangen noch mehr ins Auge.

»Mein Gott«, sagte McGovern, als sie näher trat. »Das ist das Abartigste, das ich je gesehen habe.«

Der untere Teil des Gesichts bestand aus verbrannten, kalkweißen Knochen, ein kaum als solcher erkennbarer menschlicher Schädel mit geöffneten Kiefern und bröckeligen Zähnen. Von den Ohren war das meiste weg, doch von den Augen aufwärts war das Fleisch gekocht und so bemerkenswert gut erhalten, dass ich sogar den blonden Flaum am Haaransatz erkennen konnte. Die Stirn war unversehrt, wenn auch durch die Entfernung des Glases leicht abgeschabt, sodass sie nicht mehr glatt war. Wenn es dort Falten gegeben hatte, so war das jetzt nicht mehr zu erkennen.

»Ich kann mir beim besten Willen nicht vorstellen, was zum Teufel das für ein Zeug ist«, sagte Fielding, als er kleine Stückchen eines Materials untersuchte, das mit dem Haar vermengt war. »Es ist überall, bis auf die Kopfhaut runter.«

Manches sah aus wie verbranntes Papier, andere kleine Stückchen hingegen waren in ihrem ursprünglichen Zustand erhalten und von einem künstlich wirkenden Pink. Ich kratzte ein wenig davon auf mein Skalpell und tat es in eine andere Schachtel.

»Sollen doch die im Labor sich die Zähne daran ausbeißen«, sagte ich zu McGovern.

»Absolut«, antwortete sie.

Das Haar war 47,5 cm lang, und ich hob eine Strähne für die DNS-Analyse auf, für den Fall, dass wir je einmal ein prämortales Vergleichsgewebe bekämen.

»Wenn wir sie unter den vermisst gemeldeten Personen suchen«, sagte ich zu McGovern, »und ihre Leute an irgendwelche Zahnbürsten herankommen, dann können wir nach Mundzellen suchen. Die bilden die Mundschleimhaut und lassen sich für einen DNS-Vergleich verwenden. Auch eine Haarbürste wäre gut.«

Sie notierte sich das. Ich rückte eine OP-Lampe näher an den linken Schläfenbereich heran und benutzte eine Lupe, um millimetergenau zu untersuchen, was sich wie ein Bluterguss an einer unversehrten Stelle im Gewebe ausnahm.

»Sieht ganz so aus, als hätten wir hier eine Verletzung«, sagte ich. »Definitiv keine geplatzte Haut oder sonst eine Einwirkung von Feuer. Möglicherweise ein Schnitt, der irgendwelche glänzenden Rückstände im Innern der Wunde hinterlassen hat.«

»Könnte sie denn vom Kohlenmonoxid überwältigt worden sein und sich beim Sturz den Kopf gestoßen haben?« McGovern stellte dieselbe Frage wie schon andere zuvor.

»Dann müsste sie allerdings auf etwas ungeheuer Scharfes gefallen sein«, sagte ich, während ich Aufnahmen machte.

»Lassen Sie mal sehen«, sagte Fielding, und ich reichte ihm die Lupe. »Ich sehe keine gerissenen oder gezackten Ränder«, bemerkte er, während er hindurchspähte.

»Nein, keine Risswunde«, stimmte ich zu. »Dies sieht mehr nach etwas aus, das mit einem scharfen Instrument zugefügt worden ist.«

Er gab mir die Lupe zurück, und ich bediente mich einer Kunststoffpinzette, um behutsam die glänzenden Rückstände aus der Wunde zu kratzen. Ich wischte sie auf ein Rechteck aus sauberem Mullstoff. Auf einem Tisch in der Nähe stand ein Sektionsmikroskop, und ich legte den Stoff auf den Objektträger und drehte die Lichtquelle so, dass sie die Rückstände ausleuchtete. Ich schaute durch das Okular und veränderte Grob- und Feineinstellungen.

Was man innerhalb des reflektierenden Lichtkreises sah, waren etliche silbrige Teilchen, die die gestreifte, abgeplattete Oberfläche von Metallspänen hatten, genau wie Späne von der Drehbank. Ich setzte eine Polaroid MicroCam vor das Mikroskop und machte hochauflösende farbige Sofortbilder.

»Sehen Sie mal«, sagte ich.

Fielding und dann McGovern beugten sich über das Mikroskop.

»Hat einer von Ihnen je so was gesehen?«, fragte ich.
Ich zog die Folie von den entwickelten Fotos ab, um sicherzugehen, dass sie alle brauchbar waren.
»Das erinnert mich an Lametta, wenn es alt und knittrig geworden ist«, meinte Fielding.
»Stammt von dem Gegenstand, der sie geschnitten hat, was immer es gewesen ist«, war alles, was McGovern dazu einfiel.
»Würde ich auch denken«, stimmte ich zu.
Ich entfernte das weiße Stoffviereck vom Objektträger und bewahrte die Späne zwischen Wattebäuschen auf, die ich in einer metallenen Beweiskapsel verschloss.
»Noch was fürs Labor«, sagte ich zu McGovern.
»Wie lange wird das denn dauern?«, wollte sie wissen. »Falls es irgendeinen Engpass geben sollte, könnten wir das auch in Rockville erledigen.«
»Es wird keinen Engpass geben.« Ich sah Fielding an und sagte: »Ich glaube, von jetzt an komme ich allein zurecht.«
»Okay«, sagte er. »Dann mach ich mich mal an die Nächste.«

Ich öffnete den Hals, um nach eventuellen Verletzungen der Organe und Muskeln zu sehen. Ich begann mit der Zunge, die ich entfernte, während McGovern weiter stoisch zusah. Es war eine üble Prozedur und nur was für starke Nerven.
»Nichts dran«, sagte ich, während ich die Zunge abspülte und mit einemTuch trocken tupfte. »Keine Bissmale, die auf Würgen schließen lassen. Keine anderen Verletzungen.«
Ich schaute in die schimmernden glatten Wände der Luftröhre hinein und fand keinen Ruß, was bedeutete, dass sie nicht mehr geatmet hatte, als Hitze und Flammen sie erreichten. Aber ich fand auch Blut, und das war eine weitere ominöse Neuigkeit.
»Noch eine prämortale Verletzung«, sagte ich.
»Kann nicht irgendwas auf sie draufgefallen sein, als sie schon tot war?«, fragte McGovern.
»So ist das nicht zustande gekommen.«
Ich trug die Verletzung in ein Diagramm ein und diktierte den Sachverhalt in das Aufnahmegerät.

»Blut in der Luftröhre bedeutet, dass sie es eingeatmet hat – oder angesaugt«, erklärte ich. »Was logischerweise bedeutet, dass sie noch atmete, als sie die Verletzung davongetragen hat.«

»Welche Art von Verletzung?«, fragte sie dann.

»Eine Stichverletzung. Die Kehle durchstochen oder durchgeschnitten. Ich sehe keine weiteren Anzeichen für Verletzungen an der Schädelbasis, an der Lunge oder am Hals, keine Quetschungen oder gebrochenen Knochen. Ihr Zungenbein ist intakt, und die Knochen des Kehlkopfes sind zusammengewachsen, was möglicherweise darauf schließen lässt, dass sie älter als zwanzig ist und höchstwahrscheinlich nicht mit den Händen oder einer Schlinge erwürgt wurde.«

Ich begann erneut zu diktieren.

»Die Haut unter dem Kinn und die Oberflächenmuskulatur sind weggebrannt«, sprach ich in das kleine Mikro an meinem Kittel. »Hitzekoaguliertes Blut in der distalen Trachea, in den primären, sekundären und tertiären Bronchien. Hämoaspiration und Blut im Ösophagus.«

Ich machte den y-förmigen Körperlängsschnitt, um den dehydrierten, zerstörten Körper zu öffnen, und größtenteils erwies sich die restliche Autopsie als Routine. Wenn die Organe auch gekocht waren, war ihr Zustand doch im Bereich des Erwartbaren, und die Fortpflanzungsorgane bestätigten das Geschlecht als weiblich. Auch im Magen hatte sie Blut; ansonsten war er leer und schlauchartig, was darauf schließen ließ, dass sie gewöhnlich nicht sehr viel gegessen hatte. Doch stieß ich auf keinerlei Krankheiten oder weitere alte oder frische Verletzungen.

Die Körpergröße ließ sich nicht mit letzter Gewissheit bestimmen, doch vermochte ich sie anhand der Tabellen von Trotter und Gleser zu schätzen, mit deren Hilfe man von der Oberschenkellänge auf die Statur des Opfers schließen kann. Ich setzte mich an einen Schreibtisch in der Nähe und durchblätterte Bass' *Human Osteology*, bis ich die entsprechende Tabelle für weiße Amerikaner weiblichen Geschlechts gefunden hatte. Ausgehend von einem fünfzig Komma zwei Millimeter Oberschenkelknochen-Durchmesser und einer Länge von einundfünfzig

Zentimetern, war eine Körpergröße von ein Meter achtundsiebzig anzusetzen.

Das Gewicht ließ sich nicht so exakt bestimmen, da es keinerlei Tabelle, kein Diagramm und keine wissenschaftliche Formel gab, die mir Aufschluss hätte geben können. Tatsächlich erschließen wir das Körpergewicht nur anhand der vorhandenen Kleidung, und in diesem Fall hatte das Opfer Jeans Größe acht getragen. Auf der Grundlage der Daten, die ich besaß, schätzte ich das Gewicht auf vierundfünfzig bis sechzig Kilo.

»Mit anderen Worten«, sagte ich zu McGovern, »sie war groß und sehr schlank. Wir wissen außerdem, dass sie langes, blondes Haar hatte, wahrscheinlich sexuell aktiv war, mit Pferden vertraut und bereits tot war, ehe das Feuer sie in Sparkes' Haus in Warrenton ereilte. Überdies weiß ich, dass sie eine bedeutende prämortale Verletzung am oberen Hals hat und ihr hier an der linken Schläfe eine Schnittwunde beigebracht wurde.« Ich zeigte mit dem Finger darauf. »Auf welche Weise ihr diese Verletzungen zugefügt wurden, kann ich Ihnen nicht sagen.«

Ich stand von meinem Stuhl auf und schob meine Unterlagen zusammen, während McGovern mich mit nachdenklichem Blick ansah. Sie nahm ihren Gesichtsschutz und den Mundschutz ab und band ihren Mantel auf.

»Wenn sie ein Drogenproblem hatte, gibt es dann irgendeine Möglichkeit, das festzustellen?«, fragte sie mich, während das Telefon läutete und läutete.

»Die Toxikologie wird uns mit Sicherheit sagen können, ob sie irgendwelche Drogen konsumiert hatte«, sagte ich. »Es könnten auch Kristalle in der Lunge sein oder kleine Fremdkörper von Trennmitteln wie Puder oder Fasern von der Watte, mit der man Unreinheiten aus Heroin herausfiltert. Leider fehlen die Partien des Körpers, wo man am ehesten Nadeleinstiche finden könnte.«

»Und was ist mit ihrem Gehirn? Würde chronischer Drogenmissbrauch dort irgendwelche Schäden anrichten, die Sie erkennen könnten? Beispielsweise, wenn sie angefangen hätte, schwere geistige Probleme zu haben, psychotisch geworden wäre und so fort? Es hört sich ja so an, als glaubte Sparkes, dass sie irgendeine seelische Krankheit gehabt hat«, sagte McGovern dann. »Wenn sie nun zum Beispiel depressiv oder manisch-depressiv gewesen wäre? Könnten Sie das feststellen?«

Der Schädel war inzwischen geöffnet, und die gummiartige, vom Feuer geschrumpfte Hirnmasse war seziert und lag noch auf dem Schneidebrett.

»Zunächst einmal«, antwortete ich, »sind post mortem keine Aufschlüsse mehr zu erwarten, weil das Hirn gekocht ist. Doch selbst wenn das nicht der Fall wäre und wir in der Lage wären, morphologische Korrelate zu speziellen psychiatrischen Syndromen zu finden, wäre das in den meisten Fällen immer nur reine Theorie. Eine Erweiterung des Spalts zwischen beiden Hirnhälften beispielsweise und eine reduzierte graue Masse infolge einer Schrumpfung könnten einen Hinweis geben, wenn man das Gewicht des Gehirns kannte, als sie noch gesund war. Dann könnte ich vielleicht sagen: Okay, ihr Gehirn wiegt jetzt hundert Gramm weniger als vorher, also könnte sie an einer Geisteskrankheit gelitten haben. Wenn sie aber keine Läsion bzw. eine alte Kopfwunde hat, die eventuell auf ein Problem schließen ließe, lautet die Antwort auf Ihre Frage: Nein ich kann es nicht sagen.«

McGovern schwieg, und es konnte ihr nicht entgangen sein, dass ich rein sachlich zu ihr war und nicht im Mindesten freundlich. Wenn mir mein reichlich sprödes Verhalten auch bewusst war, so war ich doch offensichtlich nicht imstande, mich etwas umgänglicher zu geben. Ich sah mich nach Ruffin um. Er war am ersten Sektionsbecken und nähte mit Hilfe von Nadel und Zwirn mit ausholenden Bewegungen einen y-förmigen Körperlängsschnitt zu. Ich winkte ihn heran und ging ihm entgegen. Er war zu jung, um sich den Kopf darüber zu zerbrechen, dass er jemals dreißig werden könnte, und hatte seine Ausbildung in einem OP und einem Bestattungsinstitut erhalten.

»Chuck, Sie können sie, wenn Sie hier fertig sind, wieder in den Kühlraum bringen«, sagte ich zu ihm.

»Ja, Ma'am.«

Er kehrte an seinen Arbeitsplatz zurück, um seine Arbeit zu beenden, während ich mir die Handschuhe von den Händen zerrte und sie mitsamt der Maske in eine der vielen roten Tonnen mit biologisch gefährlichem Abfall warf, die über den ganzen Saal verteilt standen.

»Gehen wir doch in mein Büro und trinken eine Tasse Kaffee«, schlug ich McGovern vor, ein Versuch, doch ein kleines bisschen umgänglicher zu sein. »Und dann können wir diese Diskussion zu Ende führen.«

Im Umkleideraum wuschen wir uns mit antibakterieller Seife, und ich zog mich um. Ich wollte McGovern zwar durchaus einige sachliche Fragen stellen, aber in Wahrheit war ich neugierig, was sie selbst betraf.

»Um noch mal auf die Möglichkeit einer drogeninduzierten Geisteskrankheit zurückzukommen«, sagte McGovern, als wir den Flur entlanggingen. »Viele von diesen Menschen haben doch selbstzerstörerische Züge, stimmt's?«

»Auf die eine oder andere Weise.«

»Sie sterben bei Unfällen oder begehen Selbstmord, und das führt uns zu der wichtigen Frage zurück«, sagte sie, »ob vielleicht in diesem Fall so etwas passiert ist? Kann es sein, dass sie in einem Anfall von Wahnsinn Selbstmord beging?«

»Ich weiß nur, dass sie Verletzungen hat, die ihr vor ihrem Tod zugefügt worden sind«, betonte ich noch einmal.

»Aber das könnte sie doch selbst getan haben, wenn sie nicht bei Verstand war«, sagte McGovern. »Gott weiß, was wir alles schon für Selbstverstümmelungen bei Psychotikern gesehen haben.«

Das stimmte. Ich hatte Fälle bearbeitet, bei denen Menschen sich selbst die Kehle durchgeschnitten oder sich selbst erdolcht oder sich die Glieder abgeschnitten hatten, oder sie hatten sich selbst in das Geschlechtsorgan geschossen oder waren in den Fluss gegangen, um sich zu ertränken. Ganz zu schweigen von den Fällen, wo jemand von hohen Gebäuden in den Tod gesprungen war, oder von Selbstopferungen. Die Liste der grauenhaften Dinge, die die Menschen sich selbst antaten, war unvorstellbar lang, und jedes Mal, wenn ich glaubte, jetzt sei mir nichts mehr fremd, lieferte man uns wieder eine neue Grässlichkeit ins Haus.

Das Telefon läutete, als ich mein Büro aufschloss, und ich konnte gerade noch rechtzeitig abnehmen. »Scarpetta«, sagte ich.

»Ich habe ein paar Resultate für Sie«, sagte Tim Cooper, der Toxikologe. »Äthanol, Methanol, Isopropanol und Aceton Fehlanzeige. Kohlenmonoxid weniger als sieben Prozent. Ich mache weiter mit den anderen Tests.«

»Danke. Was würde ich bloß ohne Sie machen?«, sagte ich.

Ich sah McGovern an, während ich auflegte, und teilte ihr mit, was Cooper gerade gesagt hatte.

»Sie war tot, ehe das Feuer ausbrach«, erklärte ich, »Todesursache sind Verblutung und Erstickung infolge Einatmung von Blut bei akuter Verletzung im Halsbereich. Was die Art und Weise angeht, so möchte ich die noch ausstehenden Ermittlungsergebnisse abwarten, doch ich denke, wir sollten das Ganze als Mordfall bearbeiten. Das Wichtigste ist erst mal, dass wir eine Identifizierung kriegen, und die werde ich jetzt so schnell wie möglich in Angriff nehmen.«

»Wenn ich es richtig verstehe, soll ich mir also vorstellen, dass diese Frau das Haus angezündet und sich vielleicht die Kehle durchgeschnitten hat, ehe das Feuer sie erreichte?«, sagte sie, plötzlich wütend.

Ich antwortete nicht, während ich den Kaffee für die Kaffeemaschine auf der Anrichte abmaß.

»Finden Sie das nicht ein bisschen weit hergeholt?«, fuhr sie fort.

Ich füllte Wasser aus der Flasche ein und drückte auf einen Knopf.

»Kay, kein Mensch wird etwas von Mord hören wollen«, sagte sie. »Wegen Kenneth Sparkes und dem, was das alles bedeuten würde. Ich hoffe, Sie sind sich im Klaren, was da auf Sie zukommt.«

»Und auf das ATF«, sagte ich und setzte mich hinter meinem hoffnungslos voll gepackten Schreibtisch.

»Hören Sie, mir ist egal, wer er ist«, gab sie zurück. »Ich mache jeden Job so, als ob ich die volle Absicht hätte, jemanden zu verhaften. Ich bin nicht diejenige, die auf politische Interessen Rücksicht nehmen muss.«

Aber ich war mit meinen Gedanken im Augenblick weder bei den Medien noch bei Sparkes. Ich dachte darüber nach, dass dieser Fall mich auf einer tieferen Ebene beunruhigte, und zwar auf eine Weise, die ich mir nicht erklären konnte.

»Wie lange werdet ihr noch am Tatort beschäftigt sein?«, fragte ich sie.

»Noch einen Tag. Höchstens zwei«, sagte sie. »Sparkes hat uns und der Versicherungsgesellschaft eine Inventarliste geliefert, und allein die antiken Möbel, der alte Holzfußboden und die Täfelung waren eine gewaltige Ladung Brennstoff.«

»Was ist denn nun mit dem Badezimmer im ersten Stock?«, fragte ich. »Wenn wir mal davon ausgehen, dass dort der Brandherd war.«

Sie zögerte. »Da liegt offensichtlich das Problem.«

»Genau. Wenn kein Beschleuniger verwendet wurde oder jedenfalls kein Petroleumdestillat, wie soll das denn gegangen sein?«

»Die Jungs zermartern sich das Hirn«, sagte sie. Sie klang frustriert. »Und ich ebenfalls. Wenn ich versuche, mir vorzustellen, wie viel Energie in so einem Raum benötigt würde, um Bedingungen zu schaffen, die das Feuer übergreifen lassen, dann fehlt es an brennbarem Material. Laut Sparkes gab es in dem Bad nichts als eine Badematte und Handtücher. Die Wandschränke und Armaturen waren maßgefertigt und aus gebürstetem Stahl. Die Dusche hatte eine Glastür, das Fenster hauchdünne Vorhänge.«

Sie schwieg eine Weile, während die Kaffeemaschine gurgelte.

»Also wovon sprechen wir?«, fuhr sie fort. »Fünf-, sechshundert Kilowatt für einen drei fünfzig mal vier Meter großen Raum? Klar, es gibt da noch eine andere Variable. Etwa, wie viel Luft durch die Türöffnung hereingeströmt ist ...«

»Wie steht es denn mit dem übrigen Haus? Sie haben doch gerade gesagt, da hätte es eine Menge brennbarer Masse gegeben?«

»Uns interessiert nur ein einziger Raum, Kay. Und das ist der Raum, wo das Feuer entstanden ist. Ohne einen Ursprung spielt die restliche Brandlast keine Rolle.«

»Verstehe.«

»Ich weiß, dass eine Flamme bis an die Decke des Badezimmers ging, und ich weiß, wie hoch die Flamme sein müsste und wie viele Kilowatt Energie für ein Übergreifen des Feuers benötigt würden. Und eine Bادematte und vielleicht noch ein paar Handtücher und Vorhänge hätten nicht entfernt ausgereicht, um etwas Derartiges in Gang zu setzen.«
Ich wusste, dass ihre technischen Gleichungen, die sie anstellte, mathematisch fundiert waren, und ich bezweifelte kein Wort von dem, was sie sagte. Aber darauf kam es nicht an. Ich saß immer noch mit demselben Problem da. Ich hatte Grund zu der Annahme, dass wir es mit einem Mord zu tun hatten und die Leiche des Opfers sich, als das Feuer ausbrach, im Hauptbadezimmer mit seinen nichtbrennbaren Marmorböden, großen Spiegeln und stählernen Wandschränken befunden hatte.
»Was ist denn mit dem geöffneten Oberlicht?«, fragte ich McGovern. »Passt das zu Ihrer Theorie?«
»Es könnte. Doch auch hier gilt, dass die Flammen erst mal hoch genug sein mussten, um das Glas zu zerbrechen, und dann wäre die Hitze durch die Öffnung entwichen wie durch einen Kamin. Jedes Feuer hat seinen eigenen Charakter, doch bestimmte Verhaltensweisen sind immer gleich, weil sie physikalischen Gesetzen unterworfen sind.«
»Verstehe.«
»Es gibt vier Stadien«, fuhr sie fort, als hätte ich nicht die geringste Ahnung von diesen Dingen. »Erst entsteht die Lohe oder die Säule aus heißem Gas, Flammen und Rauch, die vom Feuer aufsteigen. Das wäre der Fall gewesen, wenn, sagen wir, die Badematte im Bad Feuer gefangen hätte. Je höher die Gase über der Flamme, desto mehr kühlen sie ab und werden dichter. Sie vermischen sich mit Brand-Nebenprodukten und beginnen zu sinken, und der Zyklus wiederholt sich und erzeugt Rauchwirbel, der sich horizontal ausbreitet. Was als Nächstes hätte passieren sollen, wäre, dass diese heiße rauchige Schicht sich immer weiter gesenkt hätte, bis sie eine Öffnung fand, um abzuziehen – in diesem Fall dürfen wir annehmen, die Badezimmertür-Öffnung. Als Nächstes strömt die rauchige Schicht aus der Öffnung, wäh-

rend gleichzeitig frische Luft hereinströmt. Wenn das schnell genug geschieht, steigt die Temperatur an der Decke auf mehr als 600 Grad Celsius an, und wusch! – haben wir den klassischen Flashover – ein voll entwickeltes Feuer.«

»Ein voll entwickeltes Feuer im Badezimmer«, sagte ich.

»Und von dort aus greift es über auf andere sauerstoffangereicherte Räume, wo es genügend Brandlast gibt, damit das Haus bis auf die Grundmauern abbrennen kann«, erwiderte sie. »Es ist also nicht die Ausbreitung des Feuers, die mir Kopfzerbrechen macht. Es geht um den Brandherd. Wie gesagt, eine Badematte und Vorhänge hätten nicht ausgereicht, es sei denn, es wäre noch etwas anderes da gewesen.«

»Vielleicht war das ja der Fall«, sagte ich und stand auf, um Kaffee einzugießen. »Wie möchten Sie Ihren Kaffee?«

»Mit Milch und Zucker.«

Ihr Blick folgte mir.

»Aber nicht dies künstliche Zeug, bitte.«

Ich trank meinen schwarz und stellte die Becher auf den Tisch, während McGoverns Blick in meinem neuen Büro umherschweifte. Gewiss, es war größer, heller und moderner als das, was ich in dem alten Gebäude, Ecke Fourteenth und Franklin, gehabt hatte, doch in Wirklichkeit hatte ich keinen Raum dazugewonnen. Das Schlimmste war, dass ich mit einem Chefbüro geehrt worden war, einem Eckraum, der hauptsächlich aus Fenstern bestand, und jeder, der sich mit Ärzten auskennt, weiß, dass wir vor allem Wände für Bücherregale brauchen und nicht etwa kugelsichere Fensterfronten, mit Blick auf einen Parkplatz und den Petersburg Turnpike. Meine Hunderte von medizinischen, juristischen und kriminologischen Zeitschriften und dicken Fachbücher standen dicht gedrängt und, in manchen Fällen, sogar in Doppelreihen. Es war nichts Ungewöhnliches, dass Rose, meine Sekretärin, mich fluchen hörte, wenn ich ein Nachschlagewerk nicht finden konnte, das ich auf der Stelle benötigte.

»Teun«, sagte ich und nippte an meinem Kaffee, »ich möchte die Gelegenheit nutzen und Ihnen dafür danken, dass Sie sich um Lucy kümmern.«

»Lucy kümmert sich schon um sich selbst.«
»Das war aber nicht immer der Fall.«
Ich lächelte in dem Bemühen, etwas freundlicher zu sein und die Kränkung und die Eifersucht, die an meinem Herzen nagten, zu verbergen.
»Aber Sie haben Recht«, sagte ich. »Ich finde, sie macht ihre Sache mittlerweile großartig. Ich bin mir sicher, dass Philadelphia ihr gut tun wird.«
McGovern fing jedes Signal auf, das von mir ausging, und ich merkte ihr an, dass sie mehr mitbekam, als mir lieb war.
»Kay, sie hat keinen leichten Weg vor sich«, erklärte sie dann. »Ganz gleich, was ich tue.«
Sie schwenkte den Kaffee in ihrem Becher, als wollte sie gleich das erste Schlückchen eines edlen Tropfens probieren.
»Ich bin ihre Ausbilderin, nicht ihre Mutter«, sagte McGovern.
Diese Bemerkung ärgerte mich gewaltig, und es zeigte sich darin, dass ich abrupt den Hörer aufnahm und Rose anwies, keinerlei Anrufe durchzustellen. Ich stand auf und schloss meine Tür.
»Ich hoffe doch, sie lässt sich nicht in Ihre Außenstelle versetzen, weil sie eine Mutter braucht«, erwiderte ich kühl, als ich an meinen Schreibtisch zurückkehrte, der als Barriere zwischen uns diente. »So viel ist auf jeden Fall sicher: Lucy ist ein absoluter Profi.«
McGovern hob die Hand, um mich zu unterbrechen.
»Oh ja«, wehrte sie ab. »Selbstverständlich ist sie das. Ich will nur nichts versprechen. Sie ist ein großes Mädchen, aber sie wird auch ein paar große Hindernisse zu überwinden haben. Manche werden ihr ihre Vorgeschichte beim FBI ankreiden, weil sie von vornherein davon ausgehen, dass sie sich darauf wer weiß was einbildet und dabei noch nie irgendwelche Fälle bearbeitet hat.«
»Dieses Vorurteil dürfte sich nicht lange halten«, sagte ich, und ich merkte, wie schwer es mir fiel, ein objektives Gespräch über meine Nichte mit ihr zu führen.
»Oh, nicht länger, als bis sie zum ersten Mal miterleben, wie sie einen Hubschrauber landet oder einen Roboter programmiert, der eine Bombe entschärfen soll«, sagte sie in scherzhaftem Ton.

»Oder wie sie in null Komma nichts im Kopf mit *Q-Dot-Gleichungen* fertig wird, die wir anderen nicht einmal auf dem Taschenrechner hinkriegen.«

Q-Dot nannte man im Fachjargon die mathematischen Formeln, mit deren Hilfe man die Physik oder Chemie eines Feuers in Beziehung zu den Beobachtungen der Ermittler am Brandtatort oder den Zeugenaussagen setzte. Ich hatte allerdings meine Zweifel, dass Lucy sich durch die Fähigkeit, derart abgehobene Formeln im Kopf zu berechnen, viele Freunde machen würde.

»Teun«, sagte ich und schlug einen sanfteren Ton an, »Lucy ist anders, und das ist nicht immer gut. Im Grunde ist es in vieler Hinsicht genauso ein Handikap, ein Genie zu sein, wie ein Dummkopf.«

»Durchaus. Ich bin mir dessen weit mehr bewusst, als Sie sich das vielleicht vorstellen.«

»Solange Sie Verständnis dafür haben«, sagte ich, als überreichte ich ihr in diesem gemeinsamen Ringen um Lucys schwierige Entwicklung den Staffelstab.

»Und solange Sie Verständnis dafür haben, dass sie bislang wie alle anderen behandelt worden ist und auch künftig werden wird. Das heißt, ohne Rücksicht auf die Reaktionen ihrer Kollegen auf ihre Bürde, die sie mit sich rumschleppt, und zu der auch die Gerüchte gehören, die ihr Ausscheiden aus dem FBI und ihr angebliches Privatleben betreffen«, erklärte sie unumwunden.

Ich bedachte sie mit einem langen, eindringlichen Blick und fragte mich, wie viel sie wirklich über Lucy wusste. Falls McGovern nicht von irgendeinem Mitglied des *Bureau* ins Bild gesetzt worden war, konnte ich mir nicht vorstellen, dass sie etwas über die Affäre meiner Nichte mit Carrie Grethen und die möglichen Konsequenzen wusste, wenn der Fall vor Gericht kam; immer vorausgesetzt, Carrie wurde geschnappt. Der bloße Gedanke daran warf einen Schatten über diesen ohnehin schon düsteren Tag, und mein unbehagliches Schweigen forderte McGovern dazu heraus, ihrerseits etwas zu sagen.

»Ich habe einen Sohn«, sagte sie leise und starrte in ihren Kaffee. »Ich weiß also, was es heißt, Kinder erst großzuziehen und dann zu erleben, wie sie plötzlich verschwinden. Ihren eigenen Weg gehen und keine Zeit mehr für einen Besuch oder einen Anruf haben.«

»Lucy ist schon lange erwachsen«, sagte ich rasch, denn ich wollte nicht, dass sie mich bemitleidete. »Außerdem hat sie nie bei mir gelebt, nicht dauerhaft, meine ich. In gewisser Hinsicht war sie immer schon weg.«

McGovern lächelte jedoch nur, als sie aufstand.

»Ich muss mich um meine Truppe kümmern«, sagte sie. »Ich glaube, ich mache mich mal besser auf den Weg.«

6

Um vier Uhr war mein Stab im Autopsiesaal immer noch an der Arbeit, und ich ging hinein und hielt Ausschau nach Chuck. Er und zwei meiner Assistenzärzte arbeiteten an der Leiche der verbrannten Frau, entbeinten sie so gut es ging mit Hilfe von Kunststoffspateln, denn alles Härtere hätte die Knochen zerkratzen können.

Chuck schwitzte unter OP-Kappe und -maske, während er Gewebe vom Schädel kratzte. Seine braunen Augen hinter dem Gesichtsschutz wirkten ziemlich glasig. Er war groß und drahtig und hatte kurzes, sandfarbenes Haar, das dazu neigte, in alle Richtungen vom Kopf abzustehen, ganz gleich wie viel Gel er benutzte. Er war auf seine unerwachsene Art attraktiv, und nach über einem Jahr in diesem Job hatte er immer noch Angst vor mir.

»Chuck?«, sagte ich noch mal und beobachtete ihn bei einer der gruseligeren Aufgaben der Gerichtsmedizin.

»Ja, Ma'am.«

Er hörte auf zu schaben und blickte verunsichert zu mir empor. Der Gestank wurde mit jeder Minute schlimmer, da das ungekühlte Fleisch weiter verweste, und ich freute mich nicht auf das, was ich als Nächstes zu tun hatte.

»Ich will mich nur noch einmal vergewissern«, sagte ich zu Ruffin, der so groß war, dass er dazu neigte, eine gebeugte Haltung einzunehmen und den Kopf wie eine Schildkröte einzuziehen, wenn er mit jemandem sprach. »Unsere alten verbeulten Töpfe und Tiegel sind nach dem Umzug offenbar nicht wieder aufgetaucht.«

»Ich glaube, die sind irgendwo auf der Strecke geblieben«, antwortete er.

»Was wahrscheinlich das Beste war«, erklärte ich, »aber wiederum bedeutet, dass Sie und ich etwas zu erledigen haben.«

»Jetzt gleich?«

Er ließ sich das nicht zweimal sagen und war schon unterwegs zum Umkleideraum, um aus seiner dreckigen, stinkenden Arbeitskleidung herauszukommen und gerade so lange zu duschen, um sich das Shampoo wieder aus dem Haar zu spülen. Er schwitzte immer noch und sein frisch gewaschenes Gesicht war rosig, als ich ihm die Wagenschlüssel gab. Der dunkelrote Dienst-Tahoe stand in der Tiefgarage, und ich stieg auf der Beifahrerseite ein und ließ Ruffin fahren.

»Wir fahren zu Cole's Restaurant Supply, einem Großhandel für Gastronomieartikel«, teilte ich ihm mit, als er den kraftvollen Motor anließ. »Ungefähr zwei Blocks westlich der Parham, an der Broad. Nehmen Sie einfach die 64 und dann die Ausfahrt West Broad. Von da an dirigiere ich Sie.«

Er drückte einen Kontrollknopf an der Sonnenblende, und das Garagentor hob sich schwerfällig und ließ das Sonnenlicht herein, das ich den ganzen Tag nicht gesehen hatte. Die Stoßzeit hatte gerade begonnen, und in einer halben Stunde würde kein Durchkommen mehr sein. Ruffin fuhr wie eine alte Frau: Dunkle Gläser auf der Nase und vorgebeugt, blieb er strikt fünf Meilen unter dem Tempolimit.

»Sie können auch ein bisschen schneller fahren«, sagte ich so gelassen wie möglich. »Die machen um fünf zu, das heißt, wir müssen uns beeilen.«

Er trat aufs Gas, sodass wir unvermittelt vorwärts preschten, und fischte gleichzeitig im Aschenbecher nach Gebührenchips.

»Dürfte ich Sie mal was fragen, Dr. Scarpetta?«, sagte er.

»Bitte. Nur zu.«

»Es ist etwas ziemlich Merkwürdiges.«

Er schaute wieder in den Rückspiegel.

»Das macht nichts.«

»Wissen Sie, ich habe so einiges erlebt, im Krankenhaus und beim Bestattungsinstitut«, begann er nervös. »Und das hat mir alles überhaupt nichts ausgemacht, ja?«

An der Mautstelle fuhr er langsamer und warf einen Chip ein. Der rot gestreifte Balken ging hoch, und wir rollten gemächlich hindurch, während andere, die es anscheinend eiliger hatten als wir, an uns vorbeischossen.

»Das ist doch normal, dass das, was Sie jetzt erleben, Sie nicht kalt lässt«, vollendete ich seinen Gedanken für ihn, oder jedenfalls glaubte ich das.
Doch das war es nicht, was er mir hatte sagen wollen.
»Sehen Sie, meistens bin ich morgens doch vor Ihnen im Leichenschauhaus«, sagte er stattdessen, den Blick starr auf die Fahrbahn gerichtet. »Sodass ich derjenige bin, der die Anrufe annimmt und alles für Sie vorbereitet, nicht? Weil ich doch allein dort bin.«
Ich nickte und konnte mir absolut nicht vorstellen, worauf er hinauswollte.
»Na ja, vor etwa zwei Monaten, als wir noch in dem alten Gebäude waren, ging das schon los, dass das Telefon um halb sieben zu läuten anfing, gleich nachdem ich eingetroffen war. Und wenn ich dann abgenommen habe, war keiner dran.«
»Wie oft ist das denn vorgekommen?«, fragte ich.
»Vielleicht drei Mal die Woche. Manchmal jeden Tag. Und es passiert immer noch.«
Mittlerweile war ich ganz Ohr.
»Nach unserem Umzug also auch noch«, vergewisserte ich mich.
»Ja, klar, wir haben doch dieselbe Nummer«, erinnerte er mich.
»Ja, Ma'am. Tatsächlich ist es heute Morgen wieder passiert, und es fängt langsam an, mir etwas unheimlich zu werden. Ich frage mich, ob man die Anrufe nicht zurückverfolgen sollte, um rauszukriegen, was dahinter steckt.«
»Beschreiben Sie mir genau, was passiert, wenn Sie den Hörer abnehmen«, sagte ich, während wir mit der exakt zulässigen Höchstgeschwindigkeit die Interstate entlangfuhren.
»Ich sage ›Leichenschauhaus‹«, sagte er. »Und wer immer dran ist, sagt kein Wort. Es herrscht Stille, fast so, als wäre die Leitung tot. Also sage ich ein paar Mal ›Hallo?‹, und schließlich lege ich auf. Ich merke aber jedes Mal, dass jemand dran ist. Ich spüre das.«
»Warum haben Sie mir das denn nicht schon früher erzählt?«
»Ich wollte sichergehen, dass ich nicht überreagiere. Oder dass die Fantasie mit mir durchgeht, denn ich muss schon sagen, es ist

ziemlich unheimlich da drin, so früh am Morgen vor Sonnenaufgang, und kein Mensch da.«

»Und Sie sagen, vor etwa zwei Monaten hätte das angefangen?«

»So ungefähr«, sagte er. »Die ersten Male habe ich noch nicht so drauf geachtet.«

Ich war ärgerlich, weil er so lange gewartet hatte, um mir Meldung zu machen, doch es hatte keinen Zweck, jetzt noch darauf herumzureiten.

»Ich werde das Captain Marino melden«, sagte ich. »Unterdessen müssen Sie mir Bescheid geben, Chuck, wenn das wieder vorkommt, okay?«

Er nickte, und die Knöchel seiner Hände, mit denen er das Lenkrad umklammerte, traten weiß hervor.

»Gleich nach der nächsten Ampel müssen wir nach einem großen, beigefarbenen Gebäude Ausschau halten. Es steht auf der linken Seite, im 9000er-Block, gleich nach JoPa's.«

Es war noch eine viertel Stunde bis Ladenschluss, und auf Cole's Parkplatz standen nur noch zwei weitere Wagen, als wir dort hielten. Ruffin und ich stiegen aus, und wir betraten einen klimatisierten, kühlen weitläufigen Verkaufsraum, dessen Metallregale Gänge bildeten und bis zur Decke reichten. Sie waren bis obenhin voll gestellt mit allem, was zu einem Restaurant gehört, von übergroßen Kellen und Löffeln und Wärmevorrichtungen für Selbstbedienungstheken bis hin zu riesigen Kaffeemaschinen und Mixern. Ich interessierte mich jedoch für Kochgefäße, sah mich kurz um und fand die Abteilung, die ich brauchte, etwa in der Mitte des Raumes in der Nähe von elektrischen Bratpfannen und Messbechern.

Ich begann, riesige Aluminiumpfannen und -töpfe hochzuheben, als plötzlich ein Verkäufer auftauchte. Er war fast glatzköpfig, hatte einen fetten Bauch, und seinen rechten Unterarm zierte eine Tätowierung nackter Frauen, die Karten spielten.

»Kann ich Ihnen helfen?«, fragte er Ruffin.

»Ich brauche den größten Kochtopf, den Sie haben«, antwortete ich.

»Das wäre der Vierzig-Liter-Topf.«

Er langte zu einem Regalbrett hinauf, an das ich nicht herankam, und reichte Ruffin den monströs großen Topf.
»Einen Deckel brauche ich auch«, sagte ich.
»Der muss bestellt werden.«
»Und wie steht es mit irgendetwas Tiefem, Rechteckigem?«, fragte ich dann und dachte dabei an besonders lange Knochen.
»Da hätte ich eine Zwanzig-Liter-Auflaufform.«
Er langte in ein anderes Fach hinauf, und es schepperte, als er eine rechteckige Pfanne herunterhob, die wahrscheinlich für ganze Kübel Kartoffelbrei, Gemüse oder Fruchtpastete gedacht war.
»Und dafür haben Sie vermutlich auch keinen Deckel«, sagte ich.
»Doch.«
Deckel unterschiedlicher Größe klapperten, als er einen herauszog.
»Der hat hier eine Kerbe für die Kelle. Eine Kelle werden Sie vermutlich auch wollen?«
»Nein, danke«, sagte ich. »Einfach nur etwas Langes zum Umrühren, entweder aus Holz oder aus Plastik. Und hitzeresistente Handschuhe. Zwei Paar. Was sonst?«
Ich sah Ruffin an, während ich nachdachte.
»Vielleicht sollten wir noch einen Zwanzig-Liter-Topf nehmen, für die kleineren Sachen?«, überlegte ich.
»Das ist eine gute Idee«, stimmte er zu. »Der große Topf hier wird mächtig schwer sein, wenn er voll Wasser ist. Und es wäre doch unsinnig, ihn zu benutzen, wenn es ein kleinerer auch tut. Diesmal, denk ich, werden Sie allerdings den großen Topf brauchen, sonst geht nicht alles rein, oder?«
Der Verkäufer fand unsere nebulöse Unterhaltung offensichtlich verwirrend.
»Sagen Sie mir doch, was Sie kochen wollen, dann kann ich Ihnen vielleicht einen Rat geben«, bot er an, auch diesmal wieder an Ruffin gewandt.
»Ach, das ist ganz unterschiedlich«, antwortete ich. »Meist aber brauche ich dazu viel Wasser.«
»Ah, verstehe«, sagte er, obwohl das nicht der Fall war. »Tja, möchten Sie sonst noch etwas?«

»Das ist alles«, antwortete ich ihm mit einem Lächeln.
Am Tresen tippte er für einhundertsiebenundsiebzig Dollar Restaurantkochgeschirr ein, während ich in meiner Brieftasche nach meiner MasterCard kramte.
»Geben Sie zufällig Rabatt an Regierungsbehörden?«, fragte ich, als er meine Scheckkarte entgegennahm.
»Nein«, sagte er und rieb sich das Doppelkinn, während er stirnrunzelnd darauf nieder starrte. »Ich glaube, Ihren Namen habe ich schon in den Nachrichten gehört.«
Er starrte mich argwöhnisch an.
»Ich weiß.«
Er schnippte mit den Fingern.
»Sie sind doch die Dame, die vor ein paar Jahren für den Senat kandidiert hat. Oder war es für das Amt des Stellvertretenden Gouverneurs?«
»Ich nicht«, sagte ich. »Aus der Politik halte ich mich lieber raus.«
»Nicht nur Sie, ich auch«, sagte er laut, als Ruffin und ich unsere Einkäufe zur Tür trugen. »Das sind doch alles Gauner, einer wie der andere!«
Als wir ins Leichenschauhaus zurückkehrten, trug ich Ruffin auf, die Überreste der Brandleiche aus dem Kühlraum zu holen und sie mitsamt den neuen Töpfen in den Leichenraum zu fahren.
Ich sah flüchtig die Telefonnotizen durch, die überwiegend von Reportern stammten, und stellte fest, dass ich nervös an meinem Haar zupfte, als Rose in der Tür erschien, die unsere beiden Büros miteinander verband.
»Sie sehen aus, als hätten Sie einen schlimmen Tag gehabt«, sagte sie.
»Nicht schlimmer als gewöhnlich.«
»Wie wär's mit 'ner Tasse Zimttee?«
»Ich glaube nicht«, sagte ich, »aber danke.«
Rose legte mir einen Stapel Totenscheine auf den Schreibtisch. Sie vergrößerten nur den ständig wachsenden Stoß von Unterlagen, die ich abzeichnen oder unterschreiben musste. Rose trug

heute einen eleganten, marineblauen Hosenanzug und eine leuchtend purpurrote Bluse, dazu jedoch, und das war typisch, sportliche schwarze Schnürschuhe.

Rose war weit über die Pensionierungsgrenze hinaus, wenn man das ihrem Gesicht auch nicht ansah, das aristokratisch geschnitten und zart war. Ihr Haar war jedoch feiner und völlig weiß geworden, und die Arthritis zwickte sie in den Fingern, im Kreuz und in den Hüften und erschwerte es ihr mehr und mehr, am Schreibtisch zu sitzen und sich um mich zu kümmern, wie sie es seit meinem ersten Tag in diesem Job getan hatte.

»Es ist fast sechs«, sagte sie und sah mich freundlich an.

Ich warf einen flüchtigen Blick auf die Wanduhr, während ich bereits die Unterlagen zu überfliegen und zu unterschreiben begann.

»Ich habe heute Abend ein Dinner bei der Kirchengemeinde«, ließ sie mich diplomatisch wissen.

»Das ist schön«, sagte ich und runzelte die Stirn, während ich las. »Verdammt, wie oft muss ich Dr. Carmichael denn noch sagen, dass er als Todesursache nicht *Herzstillstand* eintragen soll! Herrgott, jeder stirbt schließlich an Herzstillstand. Man stirbt, das Herz versagt seinen Dienst, oder etwa nicht? Und die Nummer mit dem *Versagen der Atemorgane* hat er auch wieder gebracht, dabei habe ich ihm seine Totenscheine schon ich weiß nicht wie oft verbessert.«

Ich seufzte ärgerlich.

»Wie lange war er noch Medical Examiner in Halifax County?«, fuhr ich mit meiner Tirade fort. »Doch mindestens fünfundzwanzig Jahre, oder?«

»Dr. Scarpetta, vergessen Sie nicht, dass er eigentlich Geburtshelfer ist. Und obendrein ein hochbetagter«, erinnerte mich Rose. »Ein netter Mann, der nur nicht imstande ist, noch etwas Neues hinzuzulernen. Er schreibt seine Berichte immer noch auf der mechanischen Schreibmaschine, mit höher gesetzten Großbuchstaben und allem Drum und Dran. Und der Grund, weshalb ich das Gemeindeessen erwähnt habe, war, dass ich eigentlich in zehn Minuten dort sein muss.«

Sie schwieg und betrachtete mich über ihre Lesebrille hinweg. »Ich kann aber auch hier bleiben, falls Sie das möchten«, setzte sie hinzu.
»Ich habe noch ein paar Sachen zu erledigen«, teilte ich ihr mit. »Und das Letzte, was mir in den Sinn käme, wäre, einem kirchlichen Abendessen im Weg zu stehen. Ob nun Ihres oder sonst eins. Ich hab sowieso genug Ärger mit dem lieben Gott.«
»Dann wünsche ich Ihnen einen guten Abend«, sagte Rose. »Die Diktate sind in Ihrem Korb. Bis morgen dann.«

Nachdem ihre Schritte auf dem Flur verhallt waren, war ich von Stille umgeben. Das einzige Geräusch war das Geraschel der Papiere auf meinem Schreibtisch. Mehrmals dachte ich an Benton, schob den Wunsch, ihn anzurufen, jedoch beiseite, weil ich noch nicht bereit war, mich zu entspannen, oder weil ich mir jetzt noch keine menschlichen Regungen gestatten wollte. Es ist schließlich nicht ganz einfach, sich wie ein normaler Mensch zu fühlen mit normalen Empfindungen, wenn man vor der Aufgabe steht, menschliche Überreste in einem Gefäß zu kochen, das eigentlich ein großer Suppentopf ist. Ein paar Minuten nach sieben ging ich den Flur hinunter zum Aufbewahrungsraum für Leichenteile, kurz Leichenraum genannt, der zwei Türen vom Kühlraum entfernt auf der anderen Flurseite lag.
Ich schloss die Tür auf und betrat letztlich einen kleinen Autopsiesaal mit einer Kühlkammer und einer speziellen Entlüftungsanlage. Die Überreste der Leiche lagen auf einem mit Rollen versehenen Tisch und waren mit einem Tuch bedeckt. Der neue Vierzig-Liter-Topf war mit Wasser gefüllt und stand auf einem Elektrokocher unter einer chemisch imprägnierten Abzugshaube. Ich band mir die Maske vor, zog Handschuhe an und drehte den Kocher auf niedrige Hitze, damit die Knochen nicht noch mehr beschädigt würden. Ich schüttete zwei Messlöffel Waschmittel und eine Tasse Bleichmittellösung hinein, um die Ablösung von Bindegewebsfasern, Knorpeln und Fett zu beschleunigen.
Ich schlug das Tuch zurück und enthüllte Knochen, deren umge-

bendes Gewebe fast gänzlich entfernt worden war, die Extremitäten aufs Trostloseste gestutzt wie verbrannte Stöcke. Behutsam legte ich Oberschenkel und Schienbeine in den Topf, dann die Beckenknochen und Schädelteile. Wirbelsäule und Rippen folgten, während das Wasser heißer wurde und ein scharf riechender Dampf aufzusteigen begann. Ich musste ihre nackten, sauberen Knochen sehen, weil sie mir eventuell etwas verraten würden, und es gab einfach keinen anderen Weg, an sie heranzukommen.

Eine Weile saß ich in dem Raum, und die Abzugshaube sog geräuschvoll Luft ein, während ich in meinem Sessel vor mich hin döste. Ich war müde. Ich war emotional ausgewrungen und fühlte mich ungeheuer allein. Das Wasser wurde heiß, und das, was von einer Frau übrig geblieben war, von der ich glaubte, sie sei ermordet worden, begann, in dem Suppentopf zu garen, der der Person, die sie gewesen war, nur noch eine weitere gefühllose Kränkung und Demütigung zuzufügen schien.

»Mein Gott«, stöhnte ich, als hätte Gott mich womöglich doch hören können, »segne sie, wer immer sie sein mag.«

Es fiel schwer, sich vorzustellen, man selbst wäre auf ein paar Knochen reduziert, die in einem Topf kochen, und je mehr ich darüber nachdachte, desto depressiver wurde ich. Irgendwo hatte irgendjemand diese Frau geliebt, und sie musste in ihrem Leben irgendwas bewegt haben, ehe man sie auf so grausame Weise um ihren Körper und ihre Identität gebracht hatte. Ich hatte mich fast mein ganzes Leben gegen Hassgefühle gewehrt, doch mittlerweile hatte ich die Waffen gestreckt. Es stimmte, ich hasste sadistische, bösartige Menschen, deren Lebenszweck darin bestand, fremdes Leben zu foltern und an sich zu reißen, als hätten sie ein Anrecht darauf. Es stimmte zwar, dass Hinrichtungen mir sehr nahe gingen, aber nur deshalb, weil sie herzlose Verbrechen und ihre Opfer wieder auferstehen ließen, die die Gesellschaft schon fast vergessen hatte.

Dampf stieg auf in heißen, feuchten Schwaden und schwängerte die Luft mit einem Ekel erregenden Gestank, der geringer werden würde in dem Maße, wie der Garungsprozess voranschritt.

Ich stellte mir ein überschlankes, großes, blondes Wesen vor, ein Mädchen, das Jeans und Schnürstiefel trug und in der Gesäßtasche einen Platinring stecken hatte. Ihre Hände waren nicht mehr da, und vermutlich würde ich niemals herausfinden, ob der Ring an einen ihrer Finger gepasst hatte, doch wahrscheinlich war das nicht. Fielding hatte wohl Recht, und ich hatte eine weitere Frage an Sparkes zu richten.

Ich dachte an ihre Wunden und versuchte zu rekonstruieren, wie sie dazu gekommen sein mochte und warum ihre vollständig bekleidete Leiche in dem Badezimmer gelegen hatte. Dieser Ort war, wenn wir damit richtig lagen, überraschend und seltsam. Ihre Jeans war nicht geöffnet gewesen, denn als ich den Reißverschluss entdeckt hatte, war er zugezogen, und mit Sicherheit war ihr Gesäß bekleidet gewesen. Ausgehend von dem synthetischen Gewebe, das mit ihrer Haut verschmolzen war, hatte ich auch keinen Grund anzunehmen, dass ihre Brüste entblößt gewesen wären. Nicht dass irgendeiner dieser Befunde eine sexuell motivierte Tat ausgeschlossen hätte. Doch gewiss sprachen sie gegen eine solche.

Ich überprüfte durch einen Dampfschleier hindurch gerade den Zustand der Knochen, als das Telefon läutete. Ich fuhr zusammen, und mein erster Gedanke war, dass ein Bestattungsinstitut vielleicht eine Leiche einliefern wollte, doch dann ging mir auf, dass das blinkende Lämpchen eine der Leitungen zum Autopsiesaal war. Ich musste unwillkürlich daran denken, was Ruffin von den gespenstischen Anrufen am frühen Morgen gesagt hatte, und erwartete schon halb, dass am anderen Ende der Leitung Schweigen herrschen würde.

»Ja«, sagte ich unwirsch.

»Oje, wer hat Ihnen denn in die Suppe gespuckt?«, antwortete Marino.

»Ach so«, sagte ich erleichtert. »Entschuldigung, ich dachte, das wäre einer von diesen komischen Anrufen.«

»Was meinen Sie denn mit *komischen Anrufen*?«

»Später«, sagte ich. »Was gibt's?«

»Ich hocke hier auf Ihrem Parkplatz und hatte eigentlich die Hoffnung, Sie würden mich reinlassen.«

»Bin gleich unten.«

Ich war sogar hocherfreut, Gesellschaft zu bekommen. Ich lief zur Tiefgarage und drückte einen Knopf an der Wand. Die riesige Tür begann sich summend zu heben, und Marino tauchte darunter hindurch. Die dunkle Nacht zerfloss im Licht der Natriumdampflampen. Ich stellte fest, dass der Himmel voller Wolken war, die Regen verhießen.

»Was machen Sie denn hier noch so spät?«, fragte Marino auf seine übliche unwirsche Art und zog an seiner Zigarette.

»Mein Büro ist Nichtraucherzone«, erinnerte ich ihn.

»Als ob sich in dieser Bude noch irgendjemand über passives Rauchen Sorgen machen müsste.«

»Ein paar von uns atmen noch«, sagte ich.

Er schnippte die Zigarette auf den Zementboden und zermalmte sie gereizt mit dem Fuß, als hätten wir dies nicht schon hundert Mal durchgespielt, ja, als wäre es heute das allererste Mal. In Wirklichkeit war das eine unserer Standardnummern, die auf ihre verquere Art und Weise unsere enge Verbindung bekräftigten. Ich war mir völlig sicher, dass es Marinos Gefühle verletzt hätte, wenn ich ihm nicht ständig wegen irgendetwas in den Ohren gelegen hätte.

»Sie können mir in den Leichenraum folgen«, sagte ich zu ihm, »ich bin da nämlich gerade beschäftigt.«

»Wenn ich das gewusst hätte«, murrte er, »hätte ich das Ganze telefonisch erledigt.«

»Keine Sorge. So schlimm ist es gar nicht. Ich säubere bloß ein paar Knochen.«

»Mag sein, dass so was für Sie nicht schlimm ist«, sagte er, »aber ich habe mich nie an den Geruch von gekochten Menschen gewöhnen können.«

Wir betraten den Leichenraum, und ich reichte ihm eine OP-Maske. Ich überprüfte den Kochvorgang und schaltete die Hitze herunter, um zu vermeiden, dass das Wasser zu brodeln anfing und die Knochen gegeneinander und an die Wände des Kochtopfs schlugen. Marino drückte die Maske zusammen, sodass sie über Nase und Mund passte, und band sich am Hinterkopf eine lockere Schleife. Er erspähte eine Schachtel mit Einmalhandschuhen, griff sich ein Paar und zog sie über. Es war schon blanke Ironie, dass er besessen war von der Sorge, dass äußere Einflüsse seiner Gesundheit schaden könnten, während die größte Gefahr in Wahrheit von seiner Lebensweise ausging. Er schwitzte in seinen Khakihosen und einem weißen Hemd mit Krawatte vor sich hin und war offenbar irgendwann im Laufe des Tages einem Angriff mit Ketchup ausgeliefert gewesen.

»Ich habe ein paar interessante Dinge für Sie, Doc«, sagte er und lehnte sich gegen ein blitzblankes Becken. »Wir haben die Fahrgestellnummer von dem ausgebrannten Mercedes hinter Kenneth Sparkes' Haus überprüfen lassen, und sie gehört zu einem blauen 81er-Mercedes 240D. Der Kilometerzähler hat sicherlich schon mindestens zwei Mal auf Null gestanden. Der Fahrzeughalter ist eigenartigerweise ein Dr. Newton Joyce in Wilmington, North Carolina. Er steht zwar im Telefonbuch, doch ich habe ihn nicht erreichen können, es war nur der Anrufbeantworter dran.«

»In Wilmington ist Claire Rawley doch zur Uni gegangen, und nicht weit weg davon ist der Ort, wo Sparkes sein Haus am Meer hat«, erinnerte ich ihn.

»Eben. So gesehen weist alles immer noch in dieselbe Richtung.« Er starrte ausdruckslos auf den dampfenden Topf auf dem Kocher.

»Sie fährt mit einem fremden Auto nach Warrenton, kommt irgendwie in sein Haus rein, als er nicht da ist, wird ermordet und verbrennt in einem Feuer«, sagte er und rieb sich die Schläfen. »Ich sage Ihnen, das stinkt ungefähr so wie das, was Sie da gerade kochen, Doc. Irgendein wichtiges Stück fehlt in dem Ganzen, denn es passt alles nicht recht zusammen.«

»Und gibt es denn in der Gegend von Wilmington irgendwelche Rawleys?«, fragte ich. »Besteht die Aussicht, dass sie da Verwandte hat?«

»Da gibt's zwei Einträge, und keiner von beiden hat je von einer Rawley mit Vornamen Claire gehört«, sagte er.

»Was ist mit der Universität?«

»Bin noch nicht dazu gekommen«, antwortete er, während ich wieder einen prüfenden Blick in den Topf warf. »Ich dachte, das machen Sie.«

»Gleich morgen früh.«

»Sie wollen jetzt also die ganze Nacht hier rumsitzen und dies Zeug kochen?«

»Da Sie fragen«, erwiderte ich und stellte den Kocher ab, »das Zeug, wie Sie das nennen, muss sich jetzt erst mal setzen, sodass ich nach Hause gehen kann. Wie spät ist es eigentlich? Oh Gott, fast neun. Und morgen habe ich eine Verhandlung.«

»Dann nichts wie raus aus dem Laden«, sagte er.

Ich schloss die Tür des Leichenraums ab und öffnete erneut das Tor zur Tiefgarage. Am Himmel standen dunkle Wolkenberge, die vor dem Mond herjagten wie voll aufgetakelte Segelschiffe, und der heftige Wind machte hinter den Ecken des Hauses gespenstische Geräusche. Marino begleitete mich zu meinem Wagen und schien es nicht eilig zu haben, denn er holte seine Zigaretten hervor und zündete sich eine an.

»Ich möchte Ihnen ja keine komischen Ideen in den Kopf setzen«, sagte er, »doch ich glaube, da ist noch etwas, das Sie wissen sollten.«

Ich schloss meine Wagentür auf und schob mich hinter das Lenkrad.

»Ich wage nicht zu fragen«, sagte ich und meinte es ernst.

»Ich habe heute Nachmittag um halb fünf einen Anruf von Rex Willis von der Zeitung bekommen. Dem Chefredakteur«, sagte er.

»Ich weiß, wer das ist.«

Ich legte den Sicherheitsgurt an.

»Anscheinend hat er von einem anonymen Absender einen Brief erhalten, so etwa aufgemacht wie eine Presseerklärung. Was ziemlich Übles.«

»Worum geht es?« Ich war bereits alarmiert bis in die Haarspitzen.

»Tja, er stammt vermutlich von Carrie Grethen, und sie behauptet darin, sie wäre aus Kirby abgehauen, weil sie vom FBI geleimt worden wär und genau wüsste, dass man sie für etwas hinrichten würde, was sie nicht getan hat – wenn sie nicht geflüchtet wäre. Sie behauptet, zum Zeitpunkt der Morde hätten Sie mit dem Chefprofiler des Falles, mit Benton Wesley, ein Verhältnis gehabt, und sämtliche so genannten Beweise gegen sie seien getürkt, vorgeschoben – es sei eine Verschwörung zwischen Ihnen beiden gewesen, um dem Ansehen des *Bureau* zu nutzen.«

»Und wo ist das abgeschickt worden?«, fragte ich, während mein Blut in Wallung geriet.

»Manhattan.«

»Und es war ausdrücklich an Rex Willis gerichtet?«

»Yo.«

»Und selbstverständlich wird er das nicht veröffentlichen.«

Marino zögerte.

»Kommen Sie, Doc«, sagte er. »Wann hätte denn ein Zeitungsmensch mal irgendwas nicht veröffentlicht?«

»Herrgott noch mal!«, stieß ich hervor und ließ den Wagen an. »Sind die Medien denn komplett wahnsinnig geworden? Sie kriegen einen Brief von einer Geisteskranken und drucken ihn in der Zeitung ab?«

»Ich habe eine Kopie dabei, wenn Sie sie sehen möchten.«

Er zog ein zusammengefaltetes Blatt Papier aus der Gesäßtasche und reichte es mir.

»Das ist ein Fax«, erklärte er. »Das Original ist bereits im Labor. Die Dokumentanalyse will sehen, was sich damit anfangen lässt.«

Ich faltete das Blatt mit bebenden Händen auseinander und erkannte die säuberlichen Blockbuchstaben in schwarzer Tinte nicht wieder. Sie hatten so überhaupt nichts gemein mit den bizarren roten Blockbuchstaben in dem Brief, den ich selbst von Carrie erhalten hatte, und außerdem war der Inhalt dieses Schreibens absolut verständlich. Einen Augenblick überflog ich die lachhaften Behauptungen, die mit dem hauptsächlichen Vorwurf zusammenhingen, sie sei hereingelegt worden, bis mein Blick ruckartig vor dem letzten, langen Abschnitt innehielt.

Was Special Agent Lucy Farinelli betrifft, so hat sie nur deshalb eine erfolgreiche Karriere aufzuweisen, weil ihre Tante, Dr. Scarpetta, die überaus einflussreiche Gerichtsmedizinerin, jahrelang die Irrtümer und Verfehlungen ihrer Nichte gedeckt hat. Als Lucy und ich gemeinsam in Quantico waren, war sie es, die sich an mich herangemacht hat, und nicht umgekehrt, wie mit ziemlicher Sicherheit vor Gericht behauptet werden wird. Wenn es auch stimmt, dass wir eine Zeit lang ein Verhältnis miteinander hatten, so war das von ihrer Seite doch alles nur darauf berechnet, dass ich sie decken sollte, wenn sie, wie mehrmals geschehen, das CAIN-Programm verpfuscht hatte. Danach heimste sie die Anerkennung für eine Arbeit ein, die sie nie geleistet hatte. Ich versichere Ihnen, dies ist die heilige Wahrheit. Ich schwöre es bei Gott. Und ich bitte Sie, diesen Brief abzudrucken, damit jeder ihn lesen kann. Ich möchte mich nicht mein ganzes restliches Leben lang verstecken müssen, verurteilt von der Gesellschaft für Taten, die ich nicht begangen habe. Meine einzige Hoffnung, Freiheit und Gerechtigkeit zu erlangen, besteht darin, dass andere Menschen die Wahrheit erkennen und ihr Geltung verschaffen.
Erbarmen Sie sich meiner, Carrie Grethen

Marino rauchte wortlos, bis ich zu Ende gelesen hatte, dann sagte er: »Der Verfasser weiß einfach zu gut Bescheid. Deshalb habe ich keinen Zweifel, dass das Miststück den Brief geschrieben hat.«
»Erst schreibt sie mir einen Brief, der das Werk einer Geistesgestörten zu sein scheint, und dann lässt sie diesen folgen, etwas, das sich völlig vernünftig anhört?«, sagte ich, und mir war schlecht vor Aufregung. »Wie soll das denn zusammenpassen, Marino?«
Er zuckte mit den Schultern, und die ersten Regentropfen begannen zu fallen.
»Wenn Sie meine Meinung hören wollen«, sagte er, »sie hat Ihnen ein Zeichen geschickt. Sie wollte Ihnen klarmachen, dass sie mit den Leuten umspringen kann, wie sie will. Die kommt nur

auf ihre Kosten, wenn sie Ihnen das Leben zur Hölle machen kann.«
»Weiß Benton schon davon?«
»Noch nicht.«
»Und Sie glauben wirklich, dass die Zeitung das abdrucken wird?«, fragte ich noch einmal, in der Hoffnung, dass seine Antwort diesmal anders ausfallen würde.
»Sie wissen doch, wie so was läuft.«
Er ließ den Zigarettenstummel fallen, der Funken stiebend am Boden weiterglühte.
»Der springende Punkt ist doch, dass die berüchtigte psychopathische Killerin auf diese Weise Kontakt zu Ihnen aufnehmen konnte, während ungefähr die Hälfte aller Polizeikräfte hinter ihr her ist«, sagte er. »Und die andere schlechte Nachricht ist, dass wir nicht wissen können, ob sie denselben Brief nicht noch an andere geschickt hat.«
»Arme Lucy«, murmelte ich.
»Ja, oder sagen wir besser: arme Allgemeinheit«, antwortete Marino.

7

Schräg peitsche der Regen wie Nägel herab, als ich nach Haus fuhr. Ich konnte fast nichts erkennen. Das Radio hatte ich abgestellt, weil mein Bedarf an Neuigkeiten für heute gedeckt war, und ich war sicher, dies würde eine dieser Nächte werden, in denen ich zu aufgedreht war, um zu schlafen. Zweimal bremste ich bis auf 30 Meilen herunter, als meine schwere Mercedes-Limousine durchs Wasser schoss wie ein Rennboot. In Unebenheiten und Schlaglöchern auf der West Cary Street stand das Wasser wie in Badewannen, und die blauen und roten Warnleuchten, die durch den Wolkenbruch zuckten, mahnten mich, mir Zeit zu lassen.

Es war fast zehn, als ich endlich in meine Einfahrt bog, und ein mulmiges Gefühl beschlich mich, als der Bewegungsmelder vor meiner Garage dunkel blieb. Die Finsternis war vollkommen, und nur das Brummen meines Motors und das Trommeln des Regens sagten meinen Sinnen, in was für einer Welt ich mich gerade befand. Für einen Augenblick wusste ich nicht, ob ich mein Garagentor öffnen oder einfach davonpreschen sollte.

»Das ist ja lächerlich«, sagte ich laut zu mir selbst, während ich einen Knopf an der Sonnenblende drückte.

Das Tor reagierte nicht.

»Verdammt!«

Ich legte den Rückwärtsgang ein und setzte zurück, ohne die Auffahrt oder die Klinkereinfassung oder auch nur die Sträucher dahinter erkennen zu können. Der Baum, den ich streifte, war nur klein und richtete keinen Schaden an, doch war ich mir sicher, dass ich einen Teil des Rasens aufgewühlt haben musste, während ich zur Vorderseite meines Hauses steuerte, wo Timer im Innern wenigstens einige Lampen eingeschaltet hatten und das Licht im Foyer. Die Bewegungsmelder zu beiden Seiten der Haustür waren allerdings dunkel geblieben. Ich sagte mir vernünftigerweise, dass das Unwetter einen Stromausfall verur-

sacht haben musste und vermutlich irgendeine Sicherung durchgebrannt war.
Der Regen peitschte in meinen Wagen, als ich die Tür öffnete. Hastig griff ich nach Handtasche und Aktenmappe und eilte die Stufen empor. Als ich die Haustür öffnete, war ich durchnässt bis auf die Haut, und die Stille, die mich empfing, versetzte mich in ängstliche Anspannung. Die Lämpchen, die am Keypad der Tür aufleuchteten, bedeuteten, dass der Einbruchalarm ausgelöst worden war, oder vielleicht hatte ihn ja auch ein Stromstoß außer Gefecht gesetzt. Das spielte jedoch keine Rolle mehr. Mittlerweile war ich starr vor Angst und traute mich nicht, mich von der Stelle zu bewegen. So stand ich im Eingang, das Wasser tropfte auf den Hartholzboden, während ich fieberhaft überlegte, wo die nächste Pistole lag.
Ich konnte mich nicht erinnern, ob ich meine Glock-Pistole wieder in die Schublade der Küchentheke zurückgelegt hatte. Das wäre zweifellos näher als mein Büro oder mein Schlafzimmer, die auf der anderen Seite des Hauses lagen. Der Wind peitschte den Regen gegen Mauern und Fenster. Angestrengt horchte ich auf andere Geräusche, das Knarren eines Fußbodens im Obergeschoss oder Schritte auf einem Teppich. In einem Anfall von Panik ließ ich Aktenmappe und Handtasche einfach fallen und rannte durch das Esszimmer in die Küche. Die Beine versagten mir beinahe den Dienst. Ich riss die unterste Schublade der Küchentheke heraus und schrie beinah auf vor Erleichterung, als meine Hand an die Pistole stieß.
Eine Weile verbrachte ich wieder damit, mein Haus zu durchsuchen und in sämtlichen Räumen Licht zu machen. Beruhigt, dass ich keine unerwünschten Gäste hatte, überprüfte ich den Sicherungskasten in der Müllkammer und drückte die Sicherungen wieder ein, die herausgesprungen waren. Die Ordnung war wiederhergestellt, die Alarmanlage wieder in Betrieb, und so machte ich mir ein Glas Black Bush Irish Whiskey auf Eis und wartete, dass meine Nerven sich wieder beruhigten. Ich rief Johnson's Motel in Warrenton an, aber Lucy war nicht dort. Also versuchte ich es in ihrer Wohnung in D.C., und Janet nahm ab.

»Hi, hier Kay«, sagte ich. »Ich hoffe, ich habe niemanden geweckt.«
»Oh, hallo Dr. Scarpetta«, sagte Janet, die mich beharrlich nicht beim Vornamen nannte, obwohl ich sie schon x-mal dazu aufgefordert hatte. »Nein, nein, ich sitze hier bloß bei einem Bier und warte auf Lucy.«
»Ach so«, sagte ich, sehr enttäuscht. »Dann befindet sie sich auf dem Heimweg von Warrenton?«
»Sie bleibt aber nur ganz kurz. Sie sollten sich die Wohnung mal ansehen. Überall Kisten. Ein Chaos.«
»Wie verkraftest du das denn alles, Janet?«
»Das weiß ich selbst noch nicht«, sagte sie, und ich hörte das Zittern in ihrer Stimme. »Es wird eine Umstellung sein. Und das ist weiß Gott nicht das erste Mal.«
»Und ich bin überzeugt, ihr schafft das auch diesmal wieder mit Glanz und Gloria.«
Ich nippte an meinem Whiskey und glaubte selbst nicht an das, was ich gerade gesagt hatte, doch im Augenblick war ich einfach dankbar, eine warme, menschliche Stimme zu hören.
»Als ich verheiratet war – vor Urzeiten –, lebten Tony und ich gewissermaßen auf zwei völlig verschiedenen Ebenen«, sagte ich. »Doch wir haben es geschafft, Zeit füreinander zu finden und mit dieser Zeit etwas anzufangen.«
»Und außerdem haben Sie sich auch scheiden lassen«, gab sie in höflichem Ton zu bedenken.
»Nicht am Anfang.«
»Lucy braucht mindestens noch eine Stunde, bis sie hier ist, Dr. Scarpetta. Soll ich ihr irgendetwas ausrichten?«
Ich zögerte, weil ich nicht recht wusste, was ich sagen sollte.
»Ist alles in Ordnung?«, fragte Janet daraufhin.
»Eigentlich nicht«, sagte ich. »Vermutlich hast du es noch gar nicht gehört. Sie dann wahrscheinlich ebenso wenig.«
Ich gab ihr rasch eine Zusammenfassung von Carries Brief an die Presse, und nachdem ich fertig war, herrschte am anderen Ende der Leitung tödliches Schweigen.
»Ich erzähle dir das, damit ihr besser Bescheid wisst«, setzte ich

hinzu. »Sonst wacht ihr womöglich morgen früh auf und lest das in der Zeitung. Vielleicht hört ihr es heute Abend in den Spätnachrichten.«

»Es ist sehr gut, dass Sie mir das erzählt haben«, sagte Janet so leise, dass ich sie kaum hören konnte. »Und ich werde es Lucy wissen lassen, sobald sie zurück ist.«

»Sag ihr bitte, sie möchte mich anrufen, falls sie nicht zu müde ist.«

»Ja, sage ich ihr.«

»Gute Nacht, Janet.«

»Nein ist es nicht. Es ist überhaupt keine gute Nacht«, sagte sie. »Dieses Miststück hat uns jahrelang das Leben versaut. Auf die ein oder andere Weise. Und ich habe, verdammte Scheiße, die Nase voll. Entschuldigen Sie den Ausdruck.«

»Den benutze ich auch hin und wieder.«

»Ich war doch dabei, Himmelherrgott!« Sie begann zu weinen. »Carrie hatte sie doch total im Griff, diese manipulative Psychoziege. Lucy hatte nicht die geringste Chance. Mein Gott, sie war doch noch ein Kind, dieses Wunderkind, das wahrscheinlich auf dem College hätte bleiben sollen, wo sie hingehörte, statt in ein Praktikum bei diesem *Fucking Bureau of Investigation* zu gehen. Hören Sie, ich bin selbst immer noch beim FBI, ja? Aber das hindert mich nicht, den ganzen Mist zu sehen. Und Lucy haben sie nicht korrekt behandelt, was sie nur noch angreifbarer macht für alles, was Carrie ihr zufügt.«

Mein Whiskey war zur Hälfte ausgetrunken, aber nicht die gesamten Vorräte der Welt hätten mir im Augenblick helfen können, mich weniger elend zu fühlen.

»Sie darf sich auch nicht aufregen«, fuhr Janet fort, und die Offenheit, mit der sie auf einmal über Lucy sprach, erstaunte mich. »Ich weiß nicht, ob sie es Ihnen erzählt hat, ich glaube, nicht. Jedenfalls ist sie seit zwei Jahren in psychiatrischer Behandlung, Dr. Scarpetta.«

»Gut. Freut mich zu hören«, sagte ich, bemüht, mir meine Gekränktheit nicht anmerken zu lassen. »Nein, sie hat es mir nicht erzählt, doch das hätte ich von ihr auch nicht unbedingt erwar-

tet«, setzte ich im Tonfall absoluter Objektivität hinzu, während mein Schmerz immer größer wurde.
»Sie war suizidgefährdet«, sagte Janet. »Mehr als einmal.«
»Ich bin froh, dass sie in Behandlung ist«, war alles, was mir einfiel, während mir Tränen in die Augen stiegen.
Ich war am Boden zerstört. Warum hatte Lucy sich mir nicht anvertraut?
»Die meisten hoch begabten Menschen machen solche Tiefs durch«, sagte ich. »Ich bin nur froh, dass sie etwas dagegen unternimmt. Nimmt sie denn irgendwelche Medikamente?«
»Wellbutrin. Prozac hat sie völlig aus dem Gleichgewicht geworfen. In einer Minute völlig apathisch, dann wieder überdreht.«
»Ach ja.« Ich konnte kaum sprechen.
»Sie kann jetzt nicht schon wieder Stress oder irgendwelche Aufregungen oder Zurückweisungen gebrauchen«, fuhr Janet fort. »Sie wissen ja nicht, wie das abläuft. Irgendwas bringt sie aus der Fassung, und dann ist sie für Wochen am Boden, auf und ab, auf und ab, in der einen Minute ein Häufchen Elend, in der nächsten Mighty Mouse.«
Sie legte die Hand über die Muschel und putzte sich die Nase. Ich hätte gern den Namen von Lucys Psychiater erfahren, traute mich jedoch nicht zu fragen. Ich hätte gern gewusst, ob er Lucys Stimmungsschwankungen ohne weitere Diagnose einfach nur mit Medikamenten behandelte.
»Dr. Scarpetta, ich will nicht, dass sie …« Sie kämpfte gegen ihr Schluchzen an. »Ich will nicht, dass sie stirbt.«
»Das wird sie nicht«, sagte ich. »Das kann ich dir versprechen.«
Wir legten auf, und ich saß eine Weile auf dem Bett, immer noch angezogen, und hatte Angst einzuschlafen, denn ich war viel zu aufgewühlt. Eine Weile heulte ich vor Wut und Schmerz vor mich hin. Lucy konnte mich tiefer verletzen als irgendjemand sonst, und sie wusste das. Sie konnte mich völlig fertig machen und mir ungeheuer wehtun, und was Janet mir gerade erzählt hatte, hatte mich weitaus härter getroffen als je etwas zuvor. Ich musste an Teun McGoverns forschenden Blick denken, als wir uns in meinem Büro unterhalten hatten. Sie schien einiges über

Lucys Schwierigkeiten zu wissen. Hatte Lucy es ihr erzählt und mir nicht?

Ich wartete auf Lucys Anruf, doch er kam nicht. Da ich Benton nicht angerufen hatte, rief er um Mitternacht endlich selbst an.

»Kay?«

»Hast du's gehört?«, fragte ich erbittert. »Was Carrie gemacht hat?«

»Du sprichst von ihrem Brief?«

»Verdammt, Benton. Verdammt noch mal.«

»Ich bin in New York«, sagte er zu meiner Überraschung. »Das *Bureau* hat mich hergerufen.«

»Na gut. Da tun sie auch recht dran. Du kennst Carrie schließlich.«

»Leider.«

»Ich bin froh, dass du dort bist«, rief ich erleichtert. »Das kommt mir irgendwie sicherer vor. Ist das nicht die schiere Ironie? Seit wann ist man in New York sicherer?«

»Du klingst sehr aufgeregt.«

»Weißt du inzwischen irgendwas über ihren Aufenthaltsort?« Ich schwenkte schmelzende Eiswürfel in meinem Glas.

»Wir wissen, dass sie ihren letzten Brief aus einem Bezirk mit der Postleitzahl 10036 abgeschickt hat, das ist Times Square. Der Stempel ist vom 10. Juni, also von gestern.«

»Dem Tag, an dem sie geflohen ist.«

»Ja.«

»Und man weiß immer noch nicht, wie sie das gemacht hat.«

»Nein, immer noch nicht«, sagte er. »Es ist, als hätte sie sich über den Fluss gebeamt.«

»Nein, das bestimmt nicht«, sagte ich, müde und verstimmt. »Jemand hat sich um alles gekümmert und ihr wahrscheinlich geholfen. Sie hat sich schon immer darauf verstanden, Menschen für ihre Zwecke einzuspannen.«

»Die Abteilung Profiling hat unzählige Anrufe bekommen«, sagte er. »Allem Anschein nach hat sie flächendeckend zugeschlagen – an sämtliche großen Zeitungen geschrieben, inklusive *Post* und *New York Times*.«

»Und?«
»Und? Das ist ein allzu saftiger Brocken, als dass sie ihn in den Papierkorb werfen würden, Kay. Die Jagd auf sie hat Ausmaße angenommen wie beim Unabomber oder Cunanan, und jetzt schreibt sie an die Medien. Diese Geschichte wird ein Selbstläufer. Herrgott, die werden ihren Einkaufszettel abdrucken und ihre Rülpser im Radio übertragen. Für die ist sie Gold wert. Sie ist doch wie gemacht für die Titelseiten von Illustrierten, die ersten Drehbücher werden bereits geschrieben.«
»Ich will nichts mehr hören«, sagte ich.
»Ich vermisse dich.«
»Das würdest du nicht, wenn du in diesem Augenblick in meiner Nähe wärst, Benton.«
Wir sagten einander gute Nacht, und ich schüttelte das Kopfkissen in meinem Rücken auf und spielte mit dem Gedanken an einen weiteren Whiskey, ließ es dann aber lieber. Ich versuchte mir vorzustellen, was Carrie tun würde, und der verschlungene Pfad führte stets zu Lucy zurück. Irgendwie galt Carries ganzes Sinnen und Trachten Lucy, weil sie von Neid zerfressen war. Lucy war begabter, anständiger, überhaupt einfach besser, und Carrie würde nicht rasten und ruhen, bis sie sich diese energiegeladene Schönheit einverleibt und ihr den letzten Tropfen Lebens herausgesogen hätte. Mir wurde allmählich klar, dass es dazu nicht einmal Carries Anwesenheit bedurfte. Wir alle bewegten uns unaufhaltsam auf sie zu wie auf das schwarze Loch, und ihr Sog war erschreckend groß.
Mein Schlaf war qualvoll, und ich träumte von Flugzeugabstürzen und blutdurchtränkten Laken. Erst war ich in einem Auto und dann in einem Zug, und irgendwer war ständig hinter mir her. Als ich aufwachte, war es halb sieben, die Sonne kündigte sich an einem königsblauen Himmel an, und Pfützen blitzten im Gras. Ich nahm meine Pistole mit ins Bad, verschloss die Tür und ging kurz unter die Dusche. Als ich das Wasser abdrehte, horchte ich, um mich zu vergewissern, dass meine Alarmanlage sich nicht eingeschaltet hatte, und dann überprüfte ich die Alarmkontrolle in meinem Schlafzimmer, um sicherzugehen, dass die

Anlage noch in Funktion war. Gleichzeitig war ich mir bewusst, wie paranoid und geradezu irrational mein Verhalten war. Doch ich konnte es nicht ändern. Ich hatte Angst.

Auf einmal war Carrie überall. Sie war die dünne Frau mit Sonnenbrille und Baseballmütze, die meine Straße entlangging, oder der Fahrer, der dicht hinter mir an die Mautstelle fuhr, oder die Obdachlose in ihrem formlosen Mantel, die mich anstarrte, als ich die Broad Street überquerte. Sie war jede Weiße mit Punkhaarschnitt und Body Piercing, jede irgendwie geschlechtsunspezifisch oder merkwürdig gekleidete Person, und dabei musste ich mir immer wieder in Erinnerung rufen, dass ich Carrie mehr als fünf Jahre nicht gesehen hatte. Ich hatte keine Ahnung, wie sie jetzt aussah, und würde sie höchstwahrscheinlich gar nicht erkennen, bis es zu spät wäre.

Das Tor der Tiefgarage war geöffnet, als ich hinter meinem Dienstgebäude hielt. Bliley's Beerdigungsunternehmen lud gerade eine Leiche ins Heck eines blank polierten, schwarzen Leichenwagens, wie es dem unaufhörlichen Rhythmus von Anliefern und Abholen entsprach.

»Schönes Wetter heute«, sagte ich zu dem Angestellten des Bestattungsunternehmens in seinem gepflegten, dunklen Anzug.

»Gut, und wie geht's Ihnen«, lautete die Antwort eines Mannes, der schon lange nicht mehr zuhörte.

Ein zweiter korrekt gekleideter Mann stieg aus, um mit anzufassen, und dann klackten die Beine der Bahre, und die Hecktür wurde zugeschlagen. Ich wartete, bis sie wegfuhren, und ließ das große Tor hinter ihnen runter.

Mein erster Weg war in Fieldings Büro. Es war noch nicht ganz Viertel nach acht.

»Hallo, wie geht's?«, fragte ich, als ich an die offene Tür klopfte.

»Kommen Sie rein«, sagte er.

Er sah gerade die Bücher auf seinen Regalbrettern durch, und sein Laborkittel spannte um die kräftigen Schultern. Mein Stellvertreter hatte kein leichtes Leben, denn selten nur fand er Kleidung, die ihm nicht entweder zu weit oder zu kurz war, da er praktisch weder Bauch noch Hüften besaß. Ich erinnere mich noch an unser erstes Kollegenpicknick in meinem Haus, als er, lediglich mit abgeschnittenen Jeans bekleidet, in der Sonne gelegen hatte. Ich war verblüfft und gleichzeitig peinlich berührt, dass ich kaum meinen Blick von ihm abwenden konnte. Nicht dass er in mir irgendwie den Wunsch geweckt hätte, mit ihm ins Bett zu gehen, mich hatte vielmehr seine rohe physische Schönheit gefangen genommen, vorübergehend. Ich konnte einfach nicht fassen, dass jemand die Zeit fand, körperlich so auszusehen.

»Ich nehme an, Sie haben die Zeitung gelesen«, sagte er.

»Den Brief«, sagte ich, und meine Stimmung sank.

»Ja.«

Er zog ein veraltetes rechtsmedizinisches Handbuch heraus und legte es auf den Boden.

»Titelseite mit einem Foto von Ihnen und ein altes Fahndungsfoto von ihr. Tut mir Leid, dass Sie sich mit einer solchen Scheiße herumschlagen müssen«, sagte er und suchte unterdessen weiter nach anderen Büchern. »Die Telefone vorn im Büro klingeln ununterbrochen.«

»Was liegt denn heute Morgen an?« Ich wechselte das Thema.

»Ein Unfall gestern Nacht auf dem Midlothian Turnpike, Fahrer und Beifahrer tot. Es gibt Aufnahmen vom Unfallort, und DeMaio hat sie bereits in Arbeit. Nichts weiter.«

»Das reicht auch«, sagte ich. »Ich habe einen Verhandlungstermin.«

»Ich dachte, Sie hätten Urlaub.«

»Dachte ich auch.«

»Mal im Ernst. Der hat doch noch gar nicht richtig begonnen, wie? Hätten Sie deshalb von Hilton Head herkommen müssen?«

»Richter Bowls.«

»Ach du liebe Zeit«, sagte Fielding angewidert. »Wie oft hat er das jetzt schon mit Ihnen gemacht? Ich glaube, der wartet extra Ihre dienstfreien Tage ab, damit er Ihnen einen Gerichtstermin reinknallen und Ihnen alles vermasseln kann. Und dann? Sie überschlagen sich, um Ihre Aussage zu machen, und dann hält er Sie hier mit dem Fall so lange wie möglich fest.«

»Sie können mich anpiepen«, sagte ich.
»Und Sie dürfen raten, was ich tun werde.«
Er zeigte auf die Stöße von Akten, die sich wie ein Wasserfall auf seinen Schreibtisch ergossen.
»Ich bin so weit hinterher, dass ich einen Rückspiegel brauche«, scherzte er.
»Dann ist es wohl sinnlos, Sie zu drängen«, sagte ich.

Das John Marshall Courts Building war zu Fuß nur zehn Minuten von unserem neuen Gebäude entfernt, und ich dachte, ein bisschen Bewegung würde mir gut tun. Der Morgen war klar, die Luft kühl und rein, als ich dem Bürgersteig der Leigh Street folgte und dann in südlicher Richtung in die Neunte einbog. Ich kam am Polizeipräsidium vorbei, den Riemen der Umhängetasche über der Schulter und einen Ziehharmonikaordner unter dem Arm.
Der Fall, der heute Morgen zur Verhandlung anstand, war die banale Folge dessen, dass ein Drogendealer einen anderen umgebracht hatte, und ich wunderte mich, wenigstens ein Dutzend Reporter auf dem Flur vor dem Verhandlungssaal im dritten Stock anzutreffen. Zuerst glaubte ich, dass Rose mir einen falschen Termin eingetragen hätte, denn ich wäre nie auf die Idee gekommen, dass die Presse meinetwegen da sein könnte.
Doch kaum hatte die Meute mich erblickt, stürzte sie mit geschulterten Fernsehkameras, gezückten Mikrofonen und Blitzlicht auf mich zu. Erst war ich verblüfft, dann wurde ich wütend.
»Dr. Scarpetta, wie lautet Ihre Reaktion auf Carrie Grethens Brief?«, fragte ein Reporter von Channel 6.
»Kein Kommentar«, sagte ich, während ich mich fieberhaft nach dem Staatsanwalt umschaute, der mich als Zeugin geladen hatte.
»Was hat es denn mit dieser Anspielung auf eine Verschwörung auf sich?«
»Zwischen Ihnen und Ihrem Liebhaber vom FBI?«
»Es handelt sich doch wohl um Benton Wesley?«
»Wie reagiert Ihre Nichte darauf?«
Ich drängte mich an einem Kameramann vorbei. Die Nerven

drohten mir durchzugehen, und das Herz schlug mir bis zum Hals. Ich schloss mich in das fensterlose, kleine Zeugenzimmer ein und setzte mich auf einen Holzstuhl. Ich hatte das Gefühl, in der Falle zu sitzen, und kam mir obendrein vor wie ein Idiot. Es war mir unbegreiflich, wie ich so vernagelt gewesen sein konnte, nach allem, was Carrie angerichtet hatte, nicht mit der Presse zu rechnen. Ich öffnete den Ziehharmonikaordner und begann, diverse Berichte und Diagramme durchzugehen, die die Ein- und Austrittslöcher der tödlichen Kugeln zum Gegenstand hatten. Fast eine halbe Stunde saß ich in meinem luftlosen Kabuff, als der Staatsanwalt mich fand. Wir besprachen uns ein paar Minuten, bis ich in den Zeugenstand gerufen wurde.

Was nun folgte, war die Vollendung dessen, was wenig zuvor auf dem Flur geschehen war, und ich merkte, wie ich mich innerlich abkapselte, um halbwegs gegen das gewappnet zu sein, was nicht mehr und nicht weniger als ein schonungsloser Angriff war.

»Dr. Scarpetta«, sagte der Verteidiger Will Lampkin, der mir seit Jahren das Leben so schwer wie möglich zu machen versuchte, »wie viele Male haben Sie als Zeugin vor diesem Gericht gestanden?«

»Ich erhebe Einspruch«, sagte der Staatsanwalt.

»Abgelehnt«, sagte Richter Bowles, mein anderer Fan.

»Ich habe sie nicht gezählt«, antwortete ich.

»Aber Sie werden uns doch eine ungefähre Zahl angeben können? Mehr als ein Dutzend Mal? Mehr als hundertmal? Eine Million Mal?«

»Mehr als hundertmal«, sagte ich und spürte seine Blutgier.

»Und Sie haben den Geschworenen und den Richtern immer die Wahrheit gesagt?«

Lampkin ging langsam auf und ab, einen frommen Ausdruck in seinem wohlgenährten Gesicht, die Hände auf dem Rücken gefaltet.

»Ich habe immer die Wahrheit gesagt«, antwortete ich.

»Und Sie empfinden es in keiner Weise als anstößig, Dr. Scarpetta, mit dem FBI zu schlafen?«

»Ich erhebe Einspruch!« Der Staatsanwalt war aufgesprungen.

»Einspruch stattgegeben«, sagte der Richter, der auf Lampkin niederstarrte und ihn in Wirklichkeit zum Weitermachen ermuntern wollte: »Worauf wollen Sie hinaus, Mr. Lampkin?«

»Worauf ich hinauswill, Euer Ehren, ist ein Interessenkonflikt. Es ist allgemein bekannt, dass Dr. Scarpetta eine intime Beziehung zu mindestens einem Mitglied der Bundespolizei unterhält, mit dem sie bestimmte Fälle bearbeitet hat, und sie hat die Bundespolizei – das FBI ebenso wie das ATF – obendrein beeinflusst, was die Karriere ihrer Nichte betrifft.«

»Ich erhebe Einspruch!«

»Einspruch abgelehnt. Bitte kommen Sie zur Sache, Mr. Lampkin«, sagte der Richter, während er nach seinem Wasserglas griff und ihn im Grunde weiter anstachelte.

»Danke, Euer Ehren«, sagte Lampkin mit einer widerwärtigen Ehrerbietigkeit. »Was ich zu verdeutlichen versuche, ist ein altbekanntes Muster.«

Die vier Weißen und acht Schwarzen saßen mit höflicher Miene auf der Geschworenenbank und starrten abwechselnd von Lampkin zu mir, als verfolgten sie ein Tennismatch. Ein paar von ihnen blickten finster. Einer zupfte an einem Fingernagel herum, während ein anderer zu schlafen schien.

»Dr. Scarpetta, stimmt es nicht, dass Sie dazu neigen, Situationen in Ihrem Sinne zu manipulieren?«

»Ich erhebe Einspruch! Der Herr Kollege versucht, die Zeugin einzuschüchtern!«

»Abgelehnt«, sagte der Richter. »Dr. Scarpetta, bitte beantworten Sie die Frage.«

»Nein, dazu neige ich absolut nicht«, sagte ich nachdrücklich und sah die Geschworenen dabei an.

Lampkin nahm mit spitzen Fingern ein Blatt Papier von dem Tisch, an dem sein krimineller neunzehnjähriger Mandant saß.

»Der Zeitung von heute Morgen zufolge«, Lampkin war nun nicht mehr zu bremsen, »manipulieren Sie die Bundespolizei seit Jahren …«

»Euer Ehren! Ich erhebe Einspruch! Das ist ungeheuerlich!«

»Einspruch abgelehnt«, erklärte der Richter ungerührt.

»Hier heißt es schwarz auf weiß, sie hätten mit dem FBI konspiriert, um eine unschuldige Frau auf den elektrischen Stuhl zu bringen!«

Lampkin näherte sich den Geschworenen und wedelte ihnen mit dem fotokopierten Artikel vor der Nase herum.

»Euer Ehren, ich bitte Sie!«, rief der Staatsanwalt, der bereits sein Jackett durchgeschwitzt hatte.

»Mr. Lampkin, bitten fahren Sie mit Ihrem Kreuzverhör fort«, sagte Richter Bowles zu dem übergewichtigen, dickhalsigen Lampkin.

Was ich über Entfernungen und Schussbahnen und die lebenswichtigen Organe, die durch Zehn-Millimeter-Projektile getroffen worden waren, sagte, blieb für mich im Nebel. Ich konnte mich kaum an ein Wort meiner Aussage erinnern, nachdem ich die Treppen des Gerichtsgebäudes hinabgeeilt und, ohne aufzublicken, ins Freie gehastet war. Zwei hartnäckige Reporter folgten mir noch einen halben Block, gaben jedoch auf, als sie merkten, dass sie bei mir auf Granit bissen. Die Perfidie dessen, was mir soeben im Zeugenstand widerfahren war, ließ sich nicht in Worte fassen. Carrie hatte lediglich eine einzige kleine Breitseite abfeuern müssen, und ich war bereits verwundet. Ich wusste, es würde kein Ende nehmen.

Als ich die Hintertür zu meinem Gebäude aufschloss und aus dem gleißenden Sonnenlicht in die kühle, schattige Tiefgarage trat, war ich im ersten Augenblick fast blind. Ich öffnete die Tür, die ins Innere des Hauses führte, und war erleichtert, Fielding auf dem Flur auf mich zukommen zu sehen. Er trug einen frischen OP-Anzug, und ich vermutete, dass ein weiterer Fall hereingekommen war.

»Alles unter Kontrolle?«, fragte ich, während ich meine Sonnenbrille in die Handtasche steckte.

»Ein Selbstmord aus Powhatan. Ein fünfzehnjähriges Mädchen, das sich in den Kopf geschossen hat. Sieht so aus, als hätte ihr Daddy ihr den Umgang mit ihrem Nichtsnutz von Freund verbieten wollen. Sie sehen schrecklich aus, Kay.«

»Was kann man nach einem Haifischangriff anderes erwarten?«

»Es ist zum Kotzen. Gottverfluchte Anwälte. Wer war es denn diesmal?«
Er schien innerlich die Ärmel hochzukrempeln.
»Lampkin.«
»Ach je, der Schleimscheißer!« Fielding drückte meine Schulter. »Das wird schon wieder. Glauben Sie mir. Ganz bestimmt. Am besten, Sie ignorieren das Ganze und machen einfach weiter.«
»Ich weiß.« Ich lächelte ihm zu. »Ich bin im Leichenraum, falls Sie mich suchen.«
Das einsame Geschäft geduldigen Arbeitens an Gebeinen war eine willkommene Erlösung, denn ich wollte nicht, dass meine Mitarbeiter meine Niedergeschlagenheit und Angst bemerkten. Ich knipste die Lampen an und schloss die Tür hinter mir. Ich zog mir einen Kittel und zwei Paar Latexhandschuhe über, schaltete den Elektrokocher ein und nahm den Topfdeckel ab. Der Garprozess war, seit ich die Knochen gestern Nacht verlassen hatte, weiter fortgeschritten, und ich prüfte ihren Zustand, indem ich mit einem Holzlöffel draufdrückte. Dann breitete ich ein plastikbeschichtetes Tuch über einem Tisch aus. Der Schädel war während der Autopsie zersägt worden, und behutsam hob ich nun das tropfende Schädeldach und die Gesichtsknochen mit den kalzinierten Zähnen aus dem lauwarmen, fettigen Wasser.
Ich zog hölzerne Spatel Kunststoffspateln vor, um Gewebe von Knochen zu kratzen. Metallinstrumente kamen nicht in Frage, weil sie Schäden anrichten konnten, die uns hindern würden, echte Spuren von Gewaltanwendung zu finden. Ich arbeitete sehr sorgfältig, löste und entfernte Fleisch, während die anderen Skelettreste still in ihrem dampfenden Topf vor sich hin köchelten. Zwei Stunden lang säuberte und wässerte ich, bis mir Handgelenke und Finger schmerzten. Ich ließ das Mittagessen ausfallen, ich hatte nicht einmal daran gedacht. Es war beinahe zwei Uhr, als ich eine Kerbe unterhalb der Schläfenregion fand, wo ich den Bluterguss entdeckt hatte. Ich hielt inne und starrte ungläubig.
Ich zog die OP-Lampen näher heran und tauchte den Tisch in gleißendes Licht. Der Einschnitt im Knochen war sauber und verlief linear; er war nicht mehr als etwa dreieinhalb Zentimeter

lang und so flach, dass man ihn leicht hätte übersehen können. Das einzige Mal, dass ich eine ähnliche Verletzung gesehen hatte, war an den Schädeln von Menschen aus dem 19. Jahrhundert, die skalpiert worden waren. In solchen Fällen waren die Kerben oder Schnitte im Allgemeinen nicht am Schläfenbein zu finden gewesen, doch das musste nichts heißen.

Skalpieren war keine exakte chirurgische Prozedur, und alles war möglich. Obwohl ich keinen Beweis dafür gefunden hatte, dass dem Warrenton-Opfer Teile der Kopfhaut und des Haars fehlten, konnte ich doch auch das Gegenteil nicht beschwören. Mit Sicherheit war der Kopf, als wir die Leiche gefunden hatten, nicht intakt gewesen, und wenn eine Skalptrophäe gewöhnlich den Großteil des Schädels mit einbeziehen mochte, so konnte sie doch auch in einer einzigen abgeschnittenen Haarlocke bestehen.

Ich nahm den Telefonhörer mithilfe eines Handtuchs auf, weil ich mit meinen Händen nichts Sauberes anfassen konnte. Ich wählte die Nummer von Marinos Pager. Zehn Minuten wartete ich auf seinen Rückruf, während ich behutsam weiter schabte. Ich fand jedoch keine weiteren Spuren. Das bedeutete selbstverständlich nicht, dass es keine weiteren Verletzungen gegeben hatte, denn wenigstens ein Drittel der zweiundzwanzig Schädelknochen waren weggebrannt. Fieberhaft überlegte ich, was als Nächstes zu unternehmen wäre. Ich riss mir die Handschuhe herunter, schleuderte sie in den Abfalleimer und durchblätterte gerade mein Adressbuch, als Marino anrief.

»Wo zum Teufel stecken Sie?«, fragte ich, während der Stress einen Adrenalinstoß durch meinen Körper sandte.

»Im Liberty Valance beim Essen.«

»Danke für den schnellen Rückruf«, sagte ich gereizt.

»Mensch, Doc. Der Anruf muss irgendwo im All verschütt gegangen sein, denn ich habe ihn gerade erst erhalten. Was ist denn verdammt noch mal los?«

Ich hörte die Hintergrundgeräusche von Menschen, die tranken und Essen genossen, das garantiert deftig und kalorienhaltig und entsprechend schmackhaft war.

»Sind Sie in einer Telefonzelle?«

»Ja, und ich habe dienstfrei, nur dass Sie's wissen.«
Er nahm einen Schluck von etwas, das nur Bier sein konnte.
»Ich muss morgen nach Washington. Es hat sich etwas Wichtiges ergeben.«
»Uh, so was höre ich aber gar nicht gern.«
»Ich habe noch etwas entdeckt.«
»Sie werden's mir erzählen, oder muss ich die ganze Nacht im Zimmer auf und ab gehen?«
Er hatte getrunken, und ich wollte jetzt nicht mit ihm darüber sprechen.
»Hören Sie, können Sie mit mir kommen, vorausgesetzt, dass Dr. Vessey für uns Zeit hat?«
»Der Knochenmensch am Smithsonian?«
»Ich rufe ihn zu Hause an, sowie ich aufgelegt habe.«
»Ich habe morgen dienstfrei, also kann ich Sie wohl irgendwie unterbringen.«
Ich sagte nichts, während ich auf den köchelnden Topf starrte und die Wärmezufuhr ein klein wenig herunterschaltete.
»Mit einem Wort, Sie können auf mich zählen«, sagte Marino und trank erneut.
»Holen Sie mich zu Hause ab«, sagte ich. »Um neun.«
»Ich werde da sein, gestiefelt und gespornt.«
Als Nächstes wählte ich Dr. Vesseys Privatnummer in Bethesda, und er nahm nach dem ersten Läuten ab.
»Gott sei Dank«, sagte ich. »Alex? Kay Scarpetta.«
»Welche Überraschung! Wie geht's Ihnen?«
In den Augen gewöhnlicher Sterblicher, die ihr Leben nicht damit zubrachten, Menschen wieder zusammenzusetzen, wirkte er immer ein wenig abgehoben und unpraktisch. Dr. Vessey war einer der angesehensten Kriminalanthropologen der Welt, und er hatte mir schon viele Male geholfen.
»Mir wird's gleich wesentlich besser gehen, wenn Sie mir sagen, dass Sie morgen in der Stadt sind«, sagte ich.
»Ich stehe morgen mit Sicherheit im Geschirr.«
»Ich habe eine Kerbe an einem Schädel und brauche Ihre Hilfe. Ist Ihnen der Brand von Warrenton ein Begriff?«

»Wie könnte er nicht?«
»Gut. Dann verstehen Sie.«
»Vor zehn werde ich nicht da sein, und Parkplätze gibt's auch nicht«, erklärte er. »Neulich hatte ich es mit einem Sauzahn zu tun, an dem noch Aluminiumfolie klebte«, begann er geistesabwesend zu erzählen. »Ich nehme an, von einem Spanferkel, dessen Reste irgendwer im Garten verbuddelt hatte. Der Untersuchungsrichter von Mississippi hatte Mord dahinter vermutet, irgendeinen Kerl, dem man in den Mund geschossen hatte.«
Er hustete und räusperte sich laut. Ich hörte ihn irgendetwas trinken.
»Mir kommen immer noch gelegentlich Bärentatzen unter«, fuhr er fort, »die andere Untersuchungsrichter für menschliche Hände halten.«
»Ich weiß, Alex«, sagte ich. »Nichts hat sich geändert.«

8

Marino fuhr zeitig, um Viertel vor neun, in meine Einfahrt, weil er Kaffee und was zu essen wollte. Offiziell war er nicht im Dienst und trug daher Bluejeans, ein T-Shirt der Polizei von Richmond und Cowboystiefel, die ihre beste Zeit längst hinter sich hatten. Das wenige über die Jahre verbliebene Haar hatte er nass zurückgekämmt, und nun sah er aus wie ein bierbäuchiger, alter Junggeselle, der seine Freundin zu einem Besuch bei Billy Bob's abholen wollte.

»Wollen wir zu einem Rodeo?«, fragte ich ihn, als ich ihn hereinließ.

»Sie schaffen es wirklich jedes Mal, mir die Laune zu vermiesen.«

Er bedachte mich mit einem vergrätzten Blick, der mich unbeeindruckt ließ. Er meinte es nicht ernst.

»Na ja, ich meine nur, Sie sehen ziemlich cool aus, wie Lucy sagen würde. Ich habe Kaffee und Granola.«

»Wie oft muss ich Ihnen denn noch sagen, dass ich dies verwichste Vogelfutter nicht esse«, knurrte er, während er mir durchs Haus folgte.

»Na schön, und ich serviere nun mal keine Steak-und-Ei-Brötchen.«

»Wenn Sie's täten, würden Sie vielleicht nicht so viele Abende allein verbringen.«

»Auf den Gedanken bin ich noch gar nicht gekommen.«

»Hat der Smithsonier Ihnen vielleicht verraten, wo man da oben parken soll? Weil es in D.C. nämlich keine Parkplätze gibt.«

»Im ganzen Bezirk nicht? Da sollte der Präsident aber was unternehmen.«

Wir standen in meiner Küche. Die Sonne schien golden auf die Fenster des Nachbarhauses, und das Südfenster fing ein Bild des Flusses auf, der durch die Bäume glitzerte. Ich hatte letzte Nacht besser geschlafen, wenn ich auch keine Ahnung hatte, warum, es sei denn, mein Hirn wäre dermaßen überfrachtet gewesen, dass es einfach den Dienst aufgekündigt hatte. Ich konnte mich an keinen Traum erinnern und war dankbar dafür.

»Ich hab ein paar VIP-Parkerlaubnisscheine vom letzten Mal, als Clinton bei uns in der Stadt war«, sagte Marino und schenkte sich Kaffee ein. »Ausgestellt vom Bürgermeisteramt.«

Er schenkte mir ebenfalls Kaffee ein und ließ den Becher in meine Richtung schlittern wie einen Bierkrug auf der Kneipentheke.

»Ich hab mir gedacht, wenn die Cops Ihren Mercedes und die Parkscheine sehen, glauben sie vielleicht, wir hätten diplomatische Immunität oder so was«, fuhr er fort.

»Ich nehme doch an, Sie haben gesehen, was die den Autos da für Krallen an die Räder machen.«

Ich schnitt ein Mohnbrötchen auf und öffnete die Kühlschranktür, um seinen Inhalt in Augenschein zu nehmen.

»Ich habe Schweizer, Vermont Cheddar, Prosciutto.«

Ich zog eine andere Kunsstofflade auf.

»Und Parmiggiano reggiano – ich glaube, das passt nicht. Keinen Rahmkäse. Tut mir Leid. Aber ich habe, glaube ich, Honig, wenn Sie den lieber möchten.«

»Wie steht's mit einer Vidalia-Zwiebel?«, fragte er und schaute mir über die Schulter.

»Die können Sie haben.«

»Schweizer, Prosciutto und eine Scheibe Zwiebel ist genau das, was mir der Arzt verordnet hat«, sagte Marino tief befriedigt. »Das nenne ich ein Frühstück.«

»Keine Butter«, erklärte ich ihm. »Irgendwo muss ich die Grenze ziehen, damit ich mich nicht für Ihren plötzlichen Tod verantwortlich fühle.«

»Scharfer Senf tut's auch«, sagte er.

Ich strich pikanten gelben Senf auf eine Weißbrotscheibe, legte dann den Parmaschinken, die Zwiebelscheibe und den Käse drauf, und bis der Grilltoaster vorgeheizt war, konnte ich meine eigene Gier nicht mehr bezähmen. Ich machte dasselbe noch einmal für mich selbst zurecht und schüttete mein Granola in die Büchse zurück. Wir saßen an meinem Küchentisch, tranken kolumbianischen Kaffee und aßen, während das Sonnenlicht die Blumen in meinem Garten in schillernde Farben tauchte und der Himmel ein strahlendes Blau annahm. Um halb zehn waren wir auf der I-95 North und stießen bis Quantico auf wenig Verkehr. Als ich an der Ausfahrt zur FBI Academy und dem Stützpunkt des Marine Corps vorbeifuhr, überkam mich die Erinnerung an vergangene Zeiten, Erinnerungen an meine Beziehung zu Benton, als sie noch frisch war, und an meinen Stolz auf Lucys Leistungen bei einer Polizeibehörde, die noch immer der politisch korrekte Knabenclub war wie zu Hoovers Zeiten, nur dass die Vorurteile und die Machtspiele heutzutage verschleierter waren, da man vorging wie eine Armee in der Nacht, klammheimlich die Rechtsprechungsinstanzen auf seine Seite brachte und sich mit Erfolgen schmückte, wo immer man konnte, während man sich stetig an das Ziel, die offizielle Bundespolizei Amerikas zu werden, heranarbeitete.

Derlei Erkenntnisse waren für mich niederschmetternd gewesen und weitgehend unausgesprochen geblieben, da ich den einzelnen Beamten nicht verletzen wollte, der einen harten Job hatte und seine Seele für etwas gab, das er für eine ehrenwerte Aufgabe hielt. Ich spürte, dass Marino mich ansah, während er Asche aus seinem Fenster klopfte.

»Wissen Sie, Doc«, sagte er. »Vielleicht sollten Sie sich zurückziehen.«

Er sprach von meiner langjährigen Position als gerichtsmedizinische Beraterin des *Bureau*.

»Ich weiß, dass die in letzter Zeit andere Medical Examiners holen«, fuhr er fort. »Für ihre Fälle andere hinzuziehen, statt Sie zu rufen. Seien wir ehrlich, Sie sind seit über einem Jahr nicht in der Academy gewesen, und das ist kein Zufall. Die wollen mit Ihnen nichts mehr zu schaffen haben wegen dem, was sie Lucy angetan haben.«

»Ich kann mich nicht zurückziehen«, sagte ich, »weil ich nicht für sie arbeite, Marino. Ich arbeite für Cops, die bei ihren Fällen Hilfe benötigen und sich an das *Bureau* wenden. Es ist völlig ausgeschlossen, dass ich jemanden hängen lasse. Und außerdem laufen diese Dinge zyklisch ab. Direktoren und Generalstaatsanwälte kommen und gehen, und vielleicht stehen die Dinge ja eines Tages wieder besser. Außerdem sind Sie doch ebenfalls einer ihrer Berater, und Sie scheint man genauso wenig zu rufen.«

»Stimmt. Na ja, mir geht es wahrscheinlich nicht anders als Ihnen.«

Er warf seine Kippe weg, und sie segelte im Fahrtwind meines dahinrasenden Wagens davon.

»Das nervt, wie? Da rauffahren und mit gewissen Leuten zusammenarbeiten und im Konferenzraum Bier trinken. Mir geht die ganze Situation am Arsch vorbei, wenn Sie's wissen wollen. Leute, die Polizisten hassen, und Polizisten, die zurückhassen. Als ich angefangen habe, waren alle froh, wenn sie mich gesehen haben – alte Leute, Kinder, Eltern. Ich war stolz, meine Uniform anzuziehen, und hab jeden Tag meine Schuhe gewienert. Heute, zwanzig Jahre später, werfen sie in den Sozialwohnungsvierteln Steine nach mir, und normale Bürger antworten nicht einmal, wenn ich Guten Morgen sage. Ich reiße mir seit sechsundzwanzig Jahren den Arsch auf, und die befördern mich zum Captain und machen mich zum Leiter der Abteilung Ausbildung.«

»Das ist wahrscheinlich der Platz, an dem Sie am meisten Gutes bewirken können«, gab ich zu bedenken.

»Schon, aber deswegen bin ich da nicht gelandet.«

Er starrte aus seinem Wagenfenster und beobachtete, wie die grünen Autobahnschilder vorbeiflogen.

»Die schieben mich aufs Abstellgleis, in der Hoffnung, dass ich mich schleunigst pensionieren lasse oder sterbe. Und ich will Ihnen was sagen, Doc, ich denk 'ne Menge darüber nach. Wie das wäre, das Boot rauszuholen, fischen zu gehen, das Wohnmobil zu starten und loszufahren, vielleicht mal nach Westen, um den Grand Canyon zu sehen, Yosemite, Lake Tahoe, die ganzen Orte, von denen immer geredet wird. Doch wenn es so weit wäre, würde ich nichts mit mir anzufangen wissen. Also werde ich wohl einfach im Dienst ins Gras beißen.«

»Nicht in nächster Zeit«, sagte ich. »Und falls Sie aus dem

Dienst scheiden sollten, Marino, könnten Sie es doch machen wie Benton.«

»Ohne mich herabsetzen zu wollen, aber ich bin nicht der Beratertyp«, sagte er. »Das Institute of Justice und IBM werden so einen schlecht frisierten Knilch wie mich kaum anheuern wollen. Ganz egal, wie groß mein Wissen ist.«

Ich widersprach nicht und verfolgte das Thema auch nicht weiter, denn bis auf weniges stimmte alles, was er gesagt hatte. Benton war ein gut aussehender Mann von vollendeter Höflichkeit, der Respekt einflößte, sowie er ins Zimmer trat, und das war eigentlich schon der ganze Unterschied zwischen ihm und Pete Marino. Beide waren anständige Menschen, mitfühlend, wenn es darauf ankam, und Experten auf ihrem Gebiet.

»Also schön, wir müssen auf die 395 und rüber zur Constitution«, dachte ich laut vor mich hin, während ich die Schilder im Auge behielt und Drängler ignorierte, die mir an der Stoßstange klebten und irgendwann an mir vorbeischossen, weil ihnen die zulässige Höchstgeschwindigkeit nicht schnell genug war. »Was wir vermeiden sollten, ist zu weit zu fahren und auf der Maine Avenue zu landen. Das ist mir mal passiert.«

Ich setzte den rechten Blinker.

»An einem Freitagabend, als ich raufgefahren war, um Lucy zu besuchen.«

»'ne gute Methode, sich das Auto unterm Hintern wegklauen zu lassen«, meinte Marino.

»Hätte auch fast geklappt.«

»Kein Scheiß?« Er blickte zu mir herüber. »Und was haben Sie gemacht?«

»Die haben angefangen, meinen Wagen einzukreisen, also habe ich aufs Gas getreten.«

»Jemanden überfahren?«

»Fast.«

»Wären Sie weitergefahren, Doc? Ich meine, wenn Sie einen von denen überfahren hätten?«

»Solange noch wenigstens zwölf von seinen Kumpels übrig waren? Darauf können Sie Ihre Stiefel verwetten.«

»Falls Sie das beruhigt«, sagte er und blickte auf seine Füße nieder, »die Dinger taugen sowieso nicht mehr viel.«
Eine viertel Stunde später waren wir auf der Constitution und fuhren am Innenministerium vorbei. Das Washington Monument ragte über die Mall, wo Zelte aufgestellt waren, um afroamerikanische Kunst zu feiern, und Straßenhändler von kleinen Lastwagen herunter Krebse von der Ostküste und T-Shirts verkauften. Das Gras zwischen den Ständen mit dem knöcheltiefen Abfall vom Vortag bot einen deprimierenden Anblick, und alle naselang heulte ein Krankenwagen vorbei. Wir waren mehrere Male im Kreis gefahren; das Smithsonian lag in der Ferne zusammengerollt wie ein dunkelroter Drache. Es war kein Parkplatz zu finden, und typischerweise waren die Straßen entweder Einbahnstraßen oder endeten abrupt in der Mitte eines Blocks. Andere waren ganz gesperrt, und die genervten Pendler stellten sich stur, selbst wenn das bedeutete, dass man beim Wenden in das Hinterteil eines geparkten Busses hineinfahren musste.
»Wissen Sie, was wir jetzt tun?«, sagte ich und bog in die Virginia Avenue ein, »wir werden den Wagen am Watergate Hotel einem Hausdiener übergeben und uns ein Taxi nehmen.«
»Wer zum Teufel will denn in so einer Stadt wohnen?«, nörgelte Marino.
»Leider eine Menge Leute.«
»An einem so versauten Ort«, fuhr er fort. »Herzlich willkommen in Amerika.«
Der livrierte Hausdiener am Watergate war sehr entgegenkommend und schien es nicht weiter merkwürdig zu finden, dass ich ihm meinen Wagen gab und ihn bat, ein Taxi zu rufen. Meine kostbare Fracht lag auf dem Rücksitz, verpackt in einem stabilen Karton, der mit Styroporchips gefüllt war. Marino und ich wurden um kurz vor zwölf an der Ecke Twelfth und Constitution abgesetzt und stiegen die bevölkerten Stufen zum National Museum of Natural History hinauf. Die Sicherheitsmaßnahmen waren seit dem Bombenattentat von Oklahoma verschärft worden, und der Wärter teilte uns mit, dass Dr. Vessey herunterkommen und uns nach oben begleiten müsse.

Während wir warteten, wanderten wir in einer Ausstellung mit dem Namen *Juwele der Tiefsee* umher und musterten flüchtig dornige Austern aus dem Atlantik und Korallen aus dem Pazifik, während der Schädel eines Entenschnabelsauriers uns von der Wand herab beobachtete. Es gab Aale und Fische und Krebse in Gläsern zu besichtigen, Baumschlangen und eine Mosasaurusechse, die man in Kansas in einer Kalkschicht gefunden hatte. Marino begann sich bereits zu langweilen, als die blanken Messingtüren des Aufzugs sich öffneten und Dr. Alex Vessey heraustrat. Er hatte sich wenig verändert, seit ich ihn das letzte Mal gesehen hatte. Er war weißhaarig, zierlich und hatte diese anziehenden Augen, die, wie so häufig bei Genies, ständig irgendwo anders hin gerichtet waren. Sein Gesicht war gebräunt und hatte vielleicht ein paar Falten mehr, und immer noch trug er die schwarz gerahmte Brille mit den dicken Gläsern.

»Sie sehen gut aus«, sagte ich, als wir uns die Hände reichten.

»Ich bin gerade aus dem Urlaub zurück. Charleston. Das kennen Sie doch bestimmt?«, sagte er, während wir zu dritt in den Aufzug stiegen.

»Ja«, antwortete ich, »ich kenne den Chef der Gerichtsmedizin dort sehr gut. Sie erinnern sich an Captain Marino?«

»Selbstverständlich.«

Wir ließen den acht Tonnen schweren afrikanischen Elefanten, der in der Rotunde stand, drei Stockwerke unter uns. Kinderstimmen kamen emporgeschwebt wie rauchige Fetzen. Das Museum war im Grunde wenig mehr als ein riesiges Lagerhaus aus Granit. Über dreißig menschliche Skelette lagerten in grünen Holzschubladen, die vom Boden bis zur Decke reichten. Es war eine Sammlung mit Seltenheitswert, die dazu diente, Menschen der Vergangenheit, insbesondere amerikanische Ureinwohner, zu erforschen. Letztere hatten in jüngster Zeit ihre Entschlossenheit bekundet, die Gebeine ihrer Vorfahren zurückzufordern. Gesetze waren verabschiedet worden, und Vessey hatte auf dem Hügel, wie die Washingtoner das Capitol nennen, die Hölle durchgemacht, als er mit ansehen musste, wie sein Lebenswerk bereits mit einem Bein aus der Tür und auf dem Weg zurück in den nicht-mehr-wilden Westen war.

»Wir haben jetzt einen Repatriierungsstab, der Daten sammelt, die dann an diese oder jene Gruppe weitergeleitet werden«, sagte er, während wir ihn einen dämmerigen, lebhaft frequentierten Flur entlangbegleiteten. »Die entsprechenden Stämme müssen über das informiert werden, was wir besitzen, und die dürfen dann tatsächlich bestimmen, was zu geschehen hat. In ein paar Jahren wird unser Material der amerikanischen Indianer womöglich wieder in der Erde liegen, um dann, vermute ich, im nächsten Jahrhundert von Archäologen wieder ausgegraben zu werden.«

Er sprach weiter, während er uns führte.

»Die einzelnen Gruppen sind in letzter Zeit so in Rage, dass sie gar nicht erkennen, wie sehr sie sich selbst schaden. Wenn wir nicht von den Toten lernen, von wem dann?«

»Alex, Sie rennen bei mir offene Türen ein«, sagte ich.

»Na ja, also wenn mein Urgroßvater in einer dieser Schubladen steckte«, versetzte Marino, »ich weiß nicht, ob ich das so toll fände.«

»Aber der springende Punkt ist doch, dass wir nicht wissen, *wer* in diesen Schubladen steckt, und ebenso wenig wissen das die Leute, die sich jetzt aufregen«, sagte Vessey. »Was wir sicher wissen, ist, dass diese Beispiele uns geholfen haben, mehr über die Krankheiten der amerikanisch-indianischen Bevölkerung in Erfahrung zu bringen, was zweifellos von Nutzen für diejenigen ist, die sich jetzt bedroht fühlen. Ach, besser, ich fange gar nicht erst davon an.«

Vesseys Wirkungsstätte war eine Reihe kleiner, höchst unübersichtlicher Laborräume, in denen sich schwarze Arbeitsplatten, Becken und Tausende von Büchern und Kästen mit Dias und Fachzeitschriften drängten. Hier und dort waren die üblichen Schrumpfköpfe, zertrümmerten Schädel und diverse Tierknochen, die man fälschlich für menschliche Gebeine gehalten hatte, ausgestellt. An einer Korkpinnwand hingen große, erschütternde Fotos der Folgen von Waco, wo Vessey Wochen damit zugebracht hatte, die verwesenden, verbrannten Überreste von Branch Davidianern wieder zu finden und zu identifizieren.

»Und nun lassen Sie mal sehen, was Sie für mich haben«, sagte Vessey.

Ich setzte mein Paket auf eine Arbeitsplatte, und er schlitzte das Klebeband mit einem Taschenmesser auf. Styropor raschelte, als ich erst die Schädeldecke, dann die sehr zerbrechliche untere Partie des Schädels ausgrub, zu der die Gesichtsknochen gehörten. Ich legte alles auf ein sauberes blaues Tuch, und er knipste die Lampen an und holte eine Lupe.

»Genau hier.« Ich zeigte ihm den feinen Einschnitt im Knochen. »Er entspricht einem Bluterguss im Schläfenbereich. Doch drum herum war das Fleisch zu sehr verbrannt, um irgendeinen Aufschluss darüber zuzulassen, mit welcher Art von Verletzung wir es zu tun haben. Ich hatte keinen Anhaltspunkt, bis ich diese Stelle am Knochen gefunden habe.«

»Ein sehr gerader Schnitt«, sagte er, während er den Schädel langsam drehte, um ihn aus unterschiedlichen Gesichtswinkeln zu betrachten. »Und das kann nicht vielleicht zufällig während der Autopsie passiert sein, beispielsweise, als man die Kopfschwarte zurückgebogen hat, um die Schädeldecke zu entfernen?«

»Auf keinen Fall«, sagte ich. »Und wie Sie sehen können, wenn Sie die beiden Teile zusammensetzen« – ich setzte die Schädeldecke auf den unteren Teil –, »liegt der Schnitt etwa fünf Zentimeter unterhalb der Stelle, wo der Schädel während der Obduktion geöffnet worden ist. Und obendrein ist das ein Winkel, der unsinnig wäre, wollte man die Kopfschwarte zurückbiegen. Sehen Sie?«

Mein Zeigefinger war auf einmal riesig, als ich durch die Lupe schaute und ihn bewegte.

»Dieser Einschnitt verläuft vertikal statt horizontal«, schloss ich.

»Sie haben Recht«, sagte er, und sein Gesicht vibrierte vor Interesse. »Es wäre völlig unsinnig, die Autopsie damit in Verbindung zu bringen, es sei denn, Ihr Assistent wäre betrunken gewesen.«

»Könnte das nicht vielleicht eine Verletzung sein, die bei der Abwehr des Angreifers entstanden ist?«, gab Marino zu bedenken.

»Sie verstehen – wenn jemand mit dem Messer auf sie losgeht. Sie kämpfen miteinander, und sie bekommt einen Schnitt im Gesicht ab?«
»Das ist durchaus möglich«, sagte Vessey, während er fortfuhr, den Knochen Millimeter für Millimeter unter die Lupe zu nehmen. »Ich finde es jedoch merkwürdig, dass dieser Einschnitt so fein und so präzise ist. Und er scheint auch durchgehend dieselbe Tiefe zu haben, was ungewöhnlich wäre, wenn einer mit dem Messer auf jemanden losgeht. Im Allgemeinen müsste der Schnitt in den Knochen an der Stelle tiefer sein, wo die Klinge zuerst aufgetroffen ist, und dann in dem Maße flacher, wie das Messer weiter runtergewandert ist.«
Er machte es vor, indem er mit einem imaginären Messer durch die Luft schnitt.
»Außerdem dürfen wir nicht vergessen, dass eine Menge davon abhängt, in welcher Stellung der Angreifer sich zum Opfer befunden hat, als es den Schnitt abbekam«, bemerkte ich. »Stand das Opfer oder lag es? Befand der Angreifer sich vor oder hinter oder neben oder auf ihm?«
»Ganz richtig«, sagte Vessey.
Er ging zu einem dunklen Eichenschrank mit Glastüren, hob einen alten braunen Schädel aus einem Fach, brachte ihn zu uns herüber und reichte ihn mir. Er wies auf einen auffälligen, groben Einschnitt im parietalen und okzipitalen Bereich beziehungsweise auf der linken Seite, hoch oberhalb des Ohrs.
»Sie haben nach Skalpierungen gefragt«, sagte er zu mir. »Ein acht- oder neunjähriges Kind, erst skalpiert, dann verbrannt. Das Geschlecht kann ich nicht bestimmen, aber ich weiß, dass das arme Ding eine Infektion am Fuß hatte. Er oder sie konnte also nicht rennen. Derartige Schnitte und Kerben kommen beim Skalpieren ziemlich häufig vor.«
Ich hielt den Schädel in der Hand und stellte mir einen Augenblick vor, was Vessey gerade gesagt hatte: Ein am Boden kauerndes, verkrüppeltes Kind, dessen Blut zu Boden strömte, während sein schreiendes Volk massakriert wurde und das Lager in Flammen aufging.

»Scheiße«, murmelte Marino wütend. »Wie kann man denn einem Kind so was antun?«
»Wie kann man überhaupt so was tun?«, sagte ich und setzte, an Vessey gewandt, hinzu: »Der Schnitt an dem hier« – ich wies auf den Schädel, den ich mitgebracht hatte – »wäre aber für Skalpieren ungewöhnlich.«
Vessey holte tief Luft und atmete sie langsam wieder aus.
»Wissen Sie, Kay«, sagte er, »so was ist nie ganz genau dasselbe, sondern hängt immer von den Umständen ab. Es gab viele Methoden, wie die Indianer ihre Feinde skalpierten. Gewöhnlich wurde die Haut kreisförmig eingeschnitten bis auf den Knochen, sodass sie sich leicht von der Schädelwölbung entfernen ließ. Manchmal war es ein einfaches Skalpieren, dann wieder wurden Ohren, Augen, Gesicht und Hals mit einbezogen. Bei manchen Gelegenheiten wurden von demselben Opfer mehrfach Skalps genommen, oder vielleicht wurde auch nur die Skalplocke oder der kleine Bereich auf der Schädelplatte entfernt. Dann wieder, und das ist die Art und Weise, die man gewöhnlich in alten Western sieht, packte man das Opfer gewaltsam beim Haar und schnitt ihm die Haut mit einem Messer ab oder säbelte sie weg.«
»Trophäen«, sagte Marino.
»Das und zudem das wichtigste Machosymbol für Können und Mut überhaupt«, sagte Vessey. »Selbstverständlich gab es gleichzeitig kulturelle, religiöse und selbst medizinische Motive. In Ihrem Fall«, sagte er zu mir, »wissen wir, dass sie nicht erfolgreich skalpiert wurde, weil sie ihr Haar noch hatte, und darüber hinaus fällt mir auf, dass die Verletzung des Knochens sorgfältig mit einem sehr scharfen Instrument zugefügt worden ist. Einem sehr scharfen Messer. Vielleicht einer Rasierklinge oder einem Teppichmesser. Sie wurde zugefügt, während das Opfer noch lebte, und war nicht die Todesursache.«
»Nein, was sie getötet hat, ist ihre Halsverletzung«, stimmte ich zu.
»Weitere Schnitte kann ich nicht finden, außer eventuell hier.« Er führte die Lupe näher an das linke Jochbein bzw. den Wan-

genknochen heran. »Etwas sehr Schwaches«, murmelte er. »Zu schwach, als dass man sicher sein könnte. Sehen Sie es?«

Ich trat dicht neben ihn, um sehen zu können.

»Kann sein«, sagte ich. »Fast so fein wie ein Spinnwebfaden.«

»Genau. So schwach. Und vielleicht ist es ja nichts, doch interessanterweise befindet es sich in einem sehr ähnlichen Winkel wie der andere Schnitt. Vertikal statt horizontal oder diagonal.«

»Was sind denn das für abstruse Geschichten«, sagte Marino mit finsterer Miene. »Ich meine, betrachten wir das Ganze doch mal konkret. Was sollen wir denn hieraus folgern? Dass irgendein Irrer dieser Dame erst die Kehle durchgeschnitten und ihr dann das Gesicht verstümmelt hat? Und danach das Haus anzündete?«

»Das ist durchaus eine Möglichkeit, ja«, sagte Vessey.

»Also, damit jemand seinem Opfer das Gesicht verstümmelt, muss was Persönliches im Spiel sein«, fuhr Marino fort. »Wenn man es nicht gerade mit einem total Irren zu tun hat, gibt es keine Mörder, die die Gesichter von Opfern verstümmeln, zu denen sie keine persönliche Beziehung haben.«

»In der Regel ist das richtig«, stimmte ich zu. »Meiner Erfahrung nach trifft es nur dann nicht zu, wenn der Angreifer planlos ist und sich als Psychotiker entpuppt.«

»Wer immer Sparkes' Farm niedergebrannt hat, war alles andere als planlos, wenn Sie mich fragen«, sagte Marino.

»Sie ziehen also in Betracht, dass der oder die Täter in diesem Mordfall eher im Umkreis des Besitzers zu suchen sein könnten?«, fragte Vessey, der nun ganz langsam die Schädeldecke mit der Lupe absuchte.

»Wir müssen alles in Betracht ziehen«, sagte ich. »Doch mal abgesehen von einigen anderen Dingen, die dagegen sprechen – ich kann mir einfach nicht vorstellen, dass Sparkes selbst alle seine Pferde umgebracht hat.«

»Vielleicht musste er sie ja umbringen, um den Mord zu vertuschen«, meinte Marino. »Dann würden die Leute genau das sagen, was Sie eben gesagt haben.«

»Alex«, sagte ich, »wer immer ihr das angetan hat, hat alles darangesetzt, damit dieser Schnitt spurlos verschwand. Und wenn nicht eine Glastür auf sie gefallen wäre, wäre praktisch nichts von ihr übrig geblieben, das uns irgendeinen Anhaltspunkt für das geliefert hätte, was da vorgefallen ist. Wenn wir beispielsweise kein Gewebe gefunden hätten, hätten wir nicht erfahren, dass sie tot war, ehe das Feuer ausbrach, weil wir dann keinen Kohlenmonoxid-Test hätten machen können. Was wäre also passiert? Sie wäre als Unfalltod eingeordnet worden, es sei denn, wir hätten bewiesen, dass Brandstiftung vorlag, wozu wir bis jetzt nicht in der Lage sind.«

»Ich selbst habe keinerlei Zweifel daran, dass es sich hier um einen klassischen Fall von Brandstiftung zur Vertuschung eines Mordes handelt«, sagte Vessey.

»Weshalb soll einer aber dann noch am Tatort herumtrödeln, um jemand zu schneiden?«, sagte Marino. »Warum bringt er sie nicht um, fackelt die Bude ab und nimmt die Beine untern Arm? Und hinzu kommt, dass diese Irren, wenn sie jemanden verstümmeln, es drauf anlegen, dass die Leute ihr Werk auch bewundern. Herrje, die legen die Leichen in einem Park aus, an der Straßenböschung, auf einem Joggingpfad, mitten im Wohnzimmer, eben genau da, wo alle sie sehen können.«

»Vielleicht will diese Person ja nicht, dass wir etwas sehen«, sagte ich. »Und deshalb dürfen wir offiziell auch keinesfalls wissen, dass derjenige diesmal seine Visitenkarte hinterlassen hat. Und ich glaube, wir sollten die umfassendste Computersuche durchführen, zu der wir überhaupt imstande sind, um rauszufinden, ob irgendwo schon einmal etwas auch nur entfernt Ähnliches vorgekommen ist.«

»Wenn Sie das machen, beziehen Sie aber einen Haufen anderer Leute mit ein«, sagte Marino. »Programmierer, Analysten, die Typen, die die Computer beim FBI und in den großen Polizeipräsidien wie Houston, L.A. und New York bedienen. Ich garantiere Ihnen – irgendeiner hält nicht dicht, und als Nächstes kann man den ganzen Scheiß in den Nachrichten hören.«

»Nicht unbedingt«, sagte ich. »Kommt drauf an, wen man fragt.«

Wir ergatterten ein Taxi auf der Constitution und baten den Fahrer, aufs Weiße Haus zuzuhalten und dann quer durch zum 600. Block der Fifteenth Street zu fahren. Ich hatte die Absicht, Marino ins Old Ebbitt Grill einzuladen, und um halb sechs mussten wir auch nicht Schlange stehen, sondern bekamen sofort eine mit grünem Samt ausgeschlagene Nische. Ich hatte schon immer ein besonderes Vergnügen an den Buntglasfenstern, Spiegeln, Messinggaslampen mit den flackernden Flammen gehabt. Schildkröten, Wildschweine und Antilopen waren über der Bar angebracht, und die Barmänner schienen niemals müde zu werden, ganz gleich, welche Tageszeit es war.

Ein vornehm aussehendes Ehepaar hinter uns unterhielt sich gerade über Eintrittskarten zum Kennedy Center und über ihren Sohn, der im Herbst in Harvard anfangen sollte, während zwei junge Männer darüber debattierten, ob man das Mittagessen auf die Spesenrechnung setzen könne. Ich parkte meinen Pappkarton auf dem Stuhl neben mir. Vessey hatte ihn mit endlosen Metern Klebeband wieder verschlossen.

»Vielleicht hätten wir einen Tisch für drei verlangen sollen«, sagte Marino und sah den Karton an. »Sind Sie sicher, dass der nicht stinkt? Was, wenn jemand 'ne Mütze davon mitkriegt?«

»Der stinkt nicht«, sagte ich und schlug meine Speisekarte auf. »Und ich glaube, es wäre klug, das Thema zu wechseln, damit wir essen können. Der Burger hier ist so gut, dass sogar ich ab und zu schwach werde und ihn bestelle.«

»Ich sehe mir gerade die Fischkarte an«, sagte er daraufhin ungeheuer affektiert. »Können Sie mir da etwas empfehlen?«

»Rutschen Sie mir den Buckel runter, Marino.«

»Na schön, Sie haben mich überredet, Doc. Ich nehme einen Burger. Wenn der Tag bloß schon zu Ende wäre, sodass ich ein Bier dazu trinken könnte. Es ist eine Qual, in einen Laden wie diesen hier zu gehen und kein Black Jack oder ein schönes, kühles Helles trinken zu können. Ich wette, die machen hier Mint Juleps. Ich habe keinen getrunken, seit ich mit diesem Mädchen aus Kentucky ausgegangen bin. Sabrina. Erinnern Sie sich an sie?«

»Vielleicht, wenn Sie sie mir beschreiben«, sagte ich geistesabwesend, während ich mich umsah und mich zu entspannen versuchte.
»Mit der bin ich immer ins FOP gegangen. Einmal waren Sie mit Benton auch dort, und ich bin an Ihren Tisch gekommen und habe sie Ihnen vorgestellt. Sie hatte dies rötlich blonde Haar, blaue Augen und eine hübsche Haut. Sie lief wettbewerbsmäßig Rollschuh – erinnern Sie sich jetzt?«
Ich hatte keinen blassen Schimmer, von wem er sprach.
»Na gut« – er studierte immer noch die Speisekarte –, »es hat ja auch nicht sehr lange gehalten. Ich glaube, die hätte es keinen Tag mit mir ausgehalten, wenn ich nicht den Truck gehabt hätte. Wenn die da oben im Fahrerhaus thronte, hätte man denken können, die sitzt auf ihrem Festwagen bei der Rose Bowl Parade und winkt der Menge zu.«
Ich fing an zu lachen, und sein fassungsloses Gesicht machte es nur noch schlimmer. Ich lachte so sehr, dass mir das Wasser aus den Augen lief und der Kellner, der an den Tisch getreten war, beschloss, lieber später wiederzukommen. Marino wirkte ungehalten.
»Was ist denn mit Ihnen los?«
»Ich glaube, ich bin einfach nur müde«, sagte ich keuchend. »Und wenn Sie ein Bier möchten, nur zu. Sie haben heute Ihren freien Tag, und ich fahre.«
Das verbesserte seine Laune ganz gewaltig, und wenig später leerte er sein erstes halbes Samuel Adams, während sein Burger mit Schweizer Käse und mein Cäsar-Salat mit Huhn serviert wurden. Eine Weile aßen wir und unterhielten uns sporadisch, während die Leute um uns herum lautstark und ohne Pause redeten.
»Ich hab gefragt, ob du zu deinem Geburtstag irgendwo hinfahren willst«, sagte ein Geschäftsmann zu einem anderen. »Du hast doch die Angewohnheit, das Weite zu suchen.«
»Du redest schon wie meine Frau«, antwortete der erste Geschäftsmann kauend. »Sie tut so, als ginge ich nie mit ihr irgendwohin. Herrgott noch mal, dabei gehen wir fast jede Woche essen.«

»Im Fernsehen haben sie neulich behauptet, dass jeder Zehnte mehr Schulden hat, als er je zurückzahlen kann«, vertraute eine ältere Frau ihrer Begleiterin an, deren Strohhut in ihrer Nische am Garderobenhaken hing. »Was soll man bloß dazu sagen?«

»Das überrascht mich nicht im Geringsten. Es passt in die heutige Zeit.«

»Die haben hier zwar einen Parkdienst«, sagte der eine Geschäftsmann. »Aber ich gehe normalerweise trotzdem zu Fuß.«

»Auch nachts?«

»Tzzz! Du scherzt wohl? In D.C.? Bin doch nicht lebensmüde.«

Ich entschuldigte mich und ging nach unten zur Damentoilette, die geräumig und aus blassgrauem Marmor war. Es war sonst niemand dort, und so nahm ich die Behindertenkabine, wo ich jede Menge Platz hatte und mir unbeobachtet Hände und Gesicht waschen konnte. Ich versuchte, Lucy von meinem Handy aus anzurufen, doch das Signal schien von den Wänden abzuprallen. Kein Durchkommen. Also benutzte ich eine Zelle und war hocherfreut, sie zu Haus anzutreffen.

»Packst du gerade?«, fragte ich.

»Hörst du nicht den Hall?«

»Hm. Kann sein.«

»Ich höre ihn jedenfalls. Du solltest diese Wohnung sehen.«

»Wo du's sagst – ist euch nach Besuch?«

»Wo bist du denn?« Ihr Tonfall wurde argwöhnisch.

»Im Old Ebbitt Grill. In einer Telefonzelle neben den Toiletten, um es genau zu sagen. Marino und ich waren heute Mittag im Smithsonian, um Vessey zu sprechen. Ich würde gern vorbeikommen. Nicht nur, um dich zu sehen, sondern auch, weil ich etwas Berufliches zu besprechen habe.«

»Klar«, sagte sie. »Wir gehen nicht weg.«

»Kann ich irgendwas mitbringen?«

»Oh ja. Was zu essen.«

Es hatte keinen Sinn, mein Auto wiederzuholen, weil Lucy im nordwestlichen Teil der Stadt wohnte, gleich am Dupont Circle, wo das Parken genauso schwierig werden würde wie überall sonst. Marino pfiff vor dem Restaurant ein Taxi heran. Es hielt mit kreischenden Bremsen, und wir stiegen ein. Der Nachmittag war windstill, und die Flaggen hingen schlaff über Dächern und Rasenflächen, und irgendwo heulte unaufhörlich die Alarmanlage eines Autos. Wir mussten durch das Viertel der George Washington University fahren, am Ritz und an Blackie's Steakhouse vorbei, um in Lucys und Janets Gegend zu gelangen.

Es war eine Künstlergegend mit überwiegend homosexuellen Bewohnern, mit dunklen Bars wie The Fireplace und Mr. P's, die ständig überlaufen waren von gut gebauten, gepiercten Männern. Ich wusste das, weil ich in der Vergangenheit viele Male hier gewesen war, um meine Nichte zu besuchen, und mir fiel auf, dass der lesbische Buchladen weggezogen war. Und nicht sehr weit weg vom Burger King hatte offenbar ein neuer Bioladen aufgemacht.

»Sie können uns hier rauslassen«, sagte ich zu dem Taxifahrer.

Wieder trat er voll auf die Bremse und zog den Wagen ruckartig an den Bordstein.

»Scheiße«, sagte Marino, als das blaue Taxi davonpreschte. »Glauben Sie, dass es in dieser Stadt überhaupt noch irgendwelche Amerikaner gibt?«

»Wenn die Nicht-Amerikaner in Städten wie diesen nicht wären, dann wären Sie und ich nicht hier«, erinnerte ich ihn.

»Italiener sind was anderes.«

»Ach wirklich? Anders als was?«, fragte ich, während wir das D.C. Café im Block 2000 der P Street betraten.

»Anders als die hier«, sagte er. »Allein deshalb, weil unsere Landsleute, nachdem sie auf Ellis Island gelandet waren, Englisch gelernt haben. Und außerdem fahren sie keine Taxis, ohne zu wissen, wo zum Teufel sie hinfahren. He, dies Lokal sieht aber klasse aus.«

Das Café war rund um die Uhr geöffnet, und der Duft von gebratenen Zwiebeln und gebratenem Rindfleisch hing in der Luft. An den Wänden hingen Poster von Gyros, grünem Tee und libanesischem Bier, und ein gerahmter Zeitungsartikel verkündete stolz, dass die Rolling Stones hier einmal gegessen hätten. Eine Frau wischte langsam den Boden auf, als handelte es sich um die Mission ihres Lebens. Sie schenkte uns keine Beachtung.

»Machen Sie sich's gemütlich«, sagte ich. »Das dürfte keine Minute dauern.«

Er suchte sich einen Tisch, wo er rauchen konnte, während ich zum Tresen ging und die gelbe Speisekarte über dem Grill studierte.

»Ja bitte«, sagte der Koch, während er zischende Hacksteaks flachdrückte und bräunende Zwiebelringe umwendete und zerkleinerte.

»Einen griechischen Salat«, sagte ich, »und ein Hühnergyros im Pitateig, und … warten Sie mal.« Ich ließ den Blick schweifen. »Ich glaube, ein Kefte Kabob Sandwich. So heißt das bei Ihnen doch?«

»Zum Mitnehmen?«

»Ja.«

»Ich rufe Sie«, sagte er. Die Frau wischte immer noch den Boden auf.

Ich setzte mich zu Marino. Es gab einen Fernseher, und unter gewaltigem Geknister und Geflimmer lief gerade eine Folge von *Star Trek*.

»Es wird nicht mehr dasselbe sein, wenn sie in Philly ist«, sagte er.

»Nein.«

Ich starrte benommen auf die zerlaufene Gestalt Captain Kirks, der gerade seinen Phaser auf einen Klingonen gerichtet hielt, oder so was Ähnliches.

»Ich weiß nicht«, sagte er, stützte das Kinn auf die Hand und stieß den Rauch aus. »Irgendwie finde ich das einfach nicht gerecht. Sie hatte sich das schließlich alles selbst ausgedacht und hart dafür gearbeitet, so weit zu kommen. Ich geb nichts darauf, was sie über ihre Versetzung sagt. Ich glaube nicht, dass sie da hin will. Sie glaubt einfach nur, keine Wahl zu haben.«

»Ich bin mir auch nicht sicher, ob sie die hat, wenn sie auf dem Weg bleiben will, den sie gewählt hat.«

»Zum Teufel, ich glaube, dass man immer eine Wahl hat. Sehen Sie hier irgendwo einen Aschenbecher?«

Ich entdeckte einen auf dem Tresen und holte ihn.

»Jetzt mache ich mich auch noch zur Komplizin«, sagte ich.

»Sie nörgeln doch bloß an mir rum, damit Sie was zu tun haben.«

»Tatsächlich lege ich Wert darauf, dass Sie's noch 'ne Weile machen, wenn's recht ist«, sagte ich. »Ich habe den Eindruck, dass ich die Hälfte meiner Zeit damit verbringe, zu versuchen, Sie am Leben zu halten.«

»Das kann man wohl Ironie nennen, wenn man bedenkt, womit Sie Ihre übrige Zeit verbringen, Doc.«

»Ihre Bestellung!«, rief der Koch.

»Wie wär's, wenn Sie mir ein paar von den Baklava-Dingern mitbrächten – die mit den Pistazien.«

»Nein«, sagte ich.

9

Lucy und Janet wohnten in einem zehnstöckigen Mietshaus namens The Westpark, das sich in Block 2000 der P Street, ein paar Minuten von hier zu Fuß befand. Es war ein hellbrauner Ziegelbau mit einer Chemischen Reinigung im Erdgeschoss, unmittelbar neben der Embassy Mobile Station. Vor dem Haus standen Fahrräder, auf kleinen Balkonen saßen junge Mieter und tranken, rauchten und genossen den milden Abend, während irgendjemand auf einer Flöte Tonleitern übte. Ein Mann mit nacktem Oberkörper reckte den Arm heraus, um sein Fenster zuzuschließen. Ich drückte auf die Klingel von Apartment 503.

»Wer ist da?«, ertönte Lucys Stimme aus der Gegensprechanlage.

»Wir«, sagte ich.

»Und wer ist *wir*?«

»Die mit dem Abendessen. Es wird schon kalt«, sagte ich.

Das Türschloss klickte, und wir betraten die Lobby und nahmen den Fahrstuhl.

»Wahrscheinlich könnte sie für das, was sie hier bezahlt, in Richmond ein Penthouse bekommen«, bemerkte Marino.

»Etwa fünfzehnhundert im Monat für eine Zweizimmerwohnung.«

»Meine Fresse. Wie soll Janet das denn allein schaffen? Das *Bureau* kann ihr doch wohl nicht mehr als vierzig Riesen im Jahr zahlen.«

»Ihre Familie hat Geld«, sagte ich. »Sonst wüsste ich auch nicht, wie.«

»Ich kann Ihnen sagen, ich würde heutzutage nicht gern am Anfang meiner Laufbahn stehen.«

Er schüttelte den Kopf. Die Fahrstuhltür öffnete sich.

»In Jersey damals, als ich gerad mal angefangen hatte, hätte ich mich mit fünfzehnhundert ein Jahr über Wasser halten können. Das Verbrechen spielte noch nicht diese Rolle, und die Leute waren netter, selbst in meinem miesen Viertel. Und nun stehen wir beiden hier und arbeiten an so 'ner armen Lady, die jemand mit dem Messer bearbeitet hat und die obendrein noch verbrannt ist, und wenn wir mit ihr fertig sind, kommt schon der Nächste. Das ist wie bei diesem Wie-heißt-er-noch, der den großen Felsbrocken den Hang hinaufwuchtet, und jedes Mal, wenn er fast oben ist, rollt er ihm wieder runter. Im Ernst, Doc, ich frage mich, weshalb wir uns überhaupt die Mühe machen.«

»Weil es schlimmer wäre, wenn wir es nicht täten«, sagte ich und blieb vor der vertrauten, blassorangefarbenen Tür stehen. Ich läutete.

Ich hörte, wie der Sicherheitsriegel zur Seite glitt, und dann machte Janet uns auf. Sie war in FBI-Laufshorts und einem Grateful-Dead-T-Shirt, das nach einem Überbleibsel vom College aussah, und wirkte verschwitzt.

»Herein«, sagte sie lächelnd. Im Hintergrund lief laut Annie Lennox. »Irgendwas riecht hier gut«, sagte sie.

Die Wohnung bestand aus zwei Zimmern und zwei Bädern, das Ganze auf engstem Raum zusammengezwängt, und ging auf die P Street hinaus. Auf sämtlichen Möbeln stapelten sich Bücher und Kleidungsstücke, und am Boden standen Dutzende von Kartons. Lucy klapperte in der Küche herum, wo sie aus Wandschränken und Schubladen Geschirr, Besteck und Küchenkrepp zusammensuchte. Sie machte Platz auf dem Couchtisch und nahm mir die Tüten mit dem Essen ab.

»Du hast uns gerad noch mal das Leben gerettet«, sagte sie zu mir. »Ich hab langsam Unterzuckerung gekriegt. Übrigens – schön, dass Sie auch mitgekommen sind, Pete.«

»Mann, ist das 'ne Hitze hier.«

»So schlimm finde ich es gar nicht«, sagte Lucy, die ebenfalls schwitzte.

Sie und Janet füllten sich die Teller. Sie setzten sich auf den Boden und aßen, während ich auf der Lehne der Couch hockte und Marino sich einen Plastikstuhl vom Balkon hereinholte. Lucy trug Nike-Laufshorts und ein T-Shirt und war schmutzig von Kopf bis Fuß. Beide jungen Frauen sahen erschöpft aus, und ich hatte nicht die geringste Ahnung, wie es in ihrem Innern aussah. Mit Sicherheit machten sie eine schreckliche Zeit durch. Jede geleerte Schublade und jeder zugeklebte Karton musste ein weiterer Stich ins Herz, ein kleiner Tod für sie sein und das Ende eines Lebensabschnitts besiegeln.

»Wie lange habt ihr beiden jetzt hier gewohnt? Drei Jahre?«, fragte ich.

»Nahezu«, sagte Janet und nahm sich eine Gabel griechischen Salat.

»Und du wirst in der Wohnung bleiben?«, fragte ich sie.

»Fürs Erste ja. Ich habe eigentlich keinen Grund umzuziehen, und wenn Lucy ab und zu kommt, hat sie wenigstens ein Zimmer.«

»Ich komme sehr ungern auf dies unerfreuliche Thema zu sprechen«, sagte Marino, »aber gibt es irgendeinen Grund, dass Carrie wissen könnte, wo ihr beiden wohnt?«

Einen Augenblick aßen die beiden Frauen schweigend. Ich streckte die Hand nach dem CD-Player aus und drehte ihn leiser.

»Einen *Grund?*«, brach Lucy das Schweigen. »Weshalb sollte es denn einen Grund geben, dass sie irgendwas über mein derzeitiges Leben weiß?«

»Hoffen wir mal, dass es keinen gibt«, sagte Marino. »Doch darüber nachdenken müssen wir, ob euch beiden Hübschen das nun gefällt oder nicht. Das ist hier genau die Art Viertel, wo sie sich selbst niederlassen und wo sie hinpassen würde, und an Carries Stelle würde ich mich, wenn ich wieder auf freiem Fuß wäre, doch wohl fragen, wo Lucy steckt.«

Keine von beiden sagte ein Wort.

»Rauszufinden, wo Doc Scarpetta wohnt, ist kein großes Problem. Das kommt ja ständig in den Nachrichten, und wenn man sie gefunden hat, findet man auch Benton. Aber dich?«

Er zeigte auf Lucy.

»Du bist die eigentliche Herausforderung, weil Carrie mehrere Jahre eingesperrt war und du inzwischen umgezogen bist, hierher. Und jetzt ziehst du nach Philly, und Janet bleibt allein hier. Und ehrlich gesagt, auch das gefällt mir ganz und gar nicht.«

»Es steht doch keine von euch beiden im Telefonbuch, oder?«, fragte ich.
»Auf keinen Fall«, sagte Janet und stocherte lustlos in ihrem Salat.
»Was wäre denn, wenn sie hier im Haus anrufen und nach einer von euch beiden fragen würde?«
»Eigentlich sollen die keine Informationen über Mieter rausrücken«, sagte Janet.
»*Eigentlich sollen die nicht*«, sagte Marino höhnisch. »Na klar, diese Bude hier ist garantiert auf dem neusten Stand der Sicherheitstechnik. Hier leben ja auch alle möglichen wichtigen Persönlichkeiten, wie?«
»Wir können nicht die ganze Zeit rumsitzen und uns deshalb Sorgen machen«, sagte Lucy, die wütend zu werden begann. »Können wir nicht von was anderem reden?«
»Sprechen wir von dem Brand in Warrenton«, sagte ich.
»Gern.«
»Ich packe so lange im anderen Zimmer«, sagte Janet, wie es sich gehörte, da sie beim FBI war und mit diesem Fall nichts zu tun hatte.
Ich sah ihr nach, als sie in das andere Zimmer verschwand, und dann sagte ich: »Es hat während der Autopsie ein paar ungewöhnliche und beunruhigende Befunde gegeben. Das Opfer ist ermordet worden. Sie war tot, ehe das Feuer ausbrach, was zweifellos auf Brandstiftung deutet. Gibt es schon Fortschritte im Hinblick darauf, wie das Feuer gelegt worden sein könnte?«
»Nur rein rechnerische«, sagte Lucy. »Die einzige Hoffnung besteht in einer computergestützten Modellberechnung mit vorgegebenen Randbedingungen, das heißt aufgrund der Beweislage und des Brandortes sowie anderer Kenntnisse über Brandentstehung und -ausbreitung lediglich Indizien, da es keinerlei physikalische Beweise gibt, die auf Brandstiftung deuten. Ich habe eine Menge Zeit damit verbracht, mit *Fire Simulator* in meinem Computer herumzuspielen, und die Voraussagen laufen immer auf dasselbe hinaus.«
»Was zum Teufel ist denn *Fire Simulator*?«, wollte Marino wissen.

»Eine der Routineaufgaben in *FBEtool*, der Software, die wir für Modellrechnungen benutzen«, erklärte Lucy geduldig. »Zum Beispiel: Nehmen wir an, dass der Flashover bei sechshundert Grad Celsius – oder eintausendeinhundertundzwölf Grad Fahrenheit – erreicht wird. Also geben wir die Daten ein, die wir kennen, etwa Art und Größe der Luftzufuhr, Größe der Brandfläche, Energiezufuhr durch den vorhandenen Brennstoff, virtueller Brandherd, Raumverbindungsmaterialien, Wandverkleidungen etc. Und wenn das alles berücksichtigt ist, sollten wir eigentlich gute Voraussagen hinsichtlich des Tatverdächtigen oder des fraglichen Feuers erhalten. Und ratet mal! Ganz gleich, wie viele Algorithmen, Vorgehensweisen oder Computerprogramme man bei diesem Feuer hier durchprobiert, die Antwort ist immer die Gleiche. Es gibt keine logische Erklärung, wie ein Feuer dieser Intensität im Badezimmer ausgebrochen sein könnte.«

»Und dass der Brandherd dort zu suchen ist, steht außer Zweifel«, sagte ich.

»O ja«, sagte Lucy. »Wie ihr wahrscheinlich wisst, war das Badezimmer eine relativ neue Ergänzung, die vom Schlafzimmer abging. Und wenn man sich die Marmorwände und die Kuppeldecke, die wir entdeckt haben, ansieht, erkennt man so ein ganz schmales, scharf umrissenes V-Muster, dessen Spitze irgendwo zur Mitte des Fußbodens weist, höchstwahrscheinlich dorthin, wo der Badezimmervorleger lag, was bedeutet, dass das Feuer an dieser Stelle sehr schnell große Hitze entwickelt hat.«

»Reden wir mal von diesem berühmten Vorleger«, sagte Marino. »Man zündet ihn an, und was für eine Art Feuer bekommt man?«

»Eine träge Flamme«, antwortete Lucy. »Vielleicht einen halben Meter hoch.«

»Na ja, das kann's wohl nicht gewesen sein«, meinte ich.

»Und außerdem: wirklich aufschlussreich ist die Zerstörung des Daches direkt darüber. Hier haben wir es mit Flammen zu tun, die mindestens zweieinhalb Meter über den Brandherd ausgeschlagen sind und deren Temperatur etwa achthundert Grad erreicht haben muss, damit das Glas im Deckenfenster schmelzen konnte. Etwa achtundachtzig Prozent sämtlicher Brandstiftungen gehen vom Fußboden aus, mit anderen Worten, die Strahlungswärme …«

»Was ist denn nun wieder Strahlungswärme?«, wollte Marino wissen.

»Strahlungswärme hat die Form einer elektromagnetischen Welle und wird von einer Flamme nahezu gleichmäßig in alle Richtungen ausgesandt, sie beschreibt einen Kreis von dreihundertsechzig Grad. Könnt ihr mir so weit folgen?«

»Weiter«, sagte ich.

»Eine Flamme sendet außerdem Hitze in Form heißer Gase aus, die weniger wiegen als Luft – also steigen sie nach oben«, fuhr Lucy, die Physikerin, fort. »Wärmetransport, mit anderen Worten. Die Wärme steigt vom Brandherd auf, in diesem Fall dem Fußboden. Nachdem das Feuer jedoch eine Weile in Gang war und sich heiße Rauchgasschichten bildeten, war Strahlung die vorherrschende Form des Wärmetransports. Und ich glaube, in diesem Stadium gab die Tür der Duschkabine nach und fiel auf die Leiche.«

»Und was ist mit der Leiche?«, fragte ich. »Wo soll sie die ganze Zeit über gewesen sein?«

Lucy nahm sich einen Schreibblock von einem Karton herunter und klickte auf einen Kugelschreiber. Sie zeichnete den Grundriss eines Raumes mit einer Badewanne und einer Dusche und, mitten auf dem Fußboden, ein hohes, schmales Feuer, das bis zur Decke schlug.

»Wenn das Feuer genügend Kraft hatte, um Flammen bis an die Zimmerdecke zu schicken, sprechen wir von einer großen Strahlungswärme. Die Leiche musste schwer in Mitleidenschaft gezogen werden, es sei denn, es gab eine Barriere zwischen ihr und dem Feuer. Etwas, das Strahlungswärme und -energie absorbierte – wie etwa die Badewanne und die Tür der Duschkabine, die dann Teile der Leiche geschützt hätten. Ich glaube außerdem, dass die Leiche wenigstens ein kleines Stück vom Entstehungsbrand entfernt war. Von etwa einem Meter kann man wohl ausgehen, vielleicht auch von zwei Metern.«

»Ich sehe auch nicht, wie es sonst gegangen sein könnte«, stimmte ich zu. »Eindeutig hat irgendetwas erhebliche Teile der Leiche geschützt.«
»Genau.«
»Wie zum Teufel kriegt man eine derartige Fackel zustande, ohne irgendeine Form von Brandbeschleuniger?«, fragte Marino.
»Wir können nur hoffen, dass die Laboruntersuchungen noch irgendetwas ergeben«, antwortete meine Nichte. »Weil nämlich das Brennmaterial für das festgestellte Brandmuster nicht ausreichend gewesen sein kann, ist irgendetwas hinzugefügt oder modifiziert worden, was auf Brandstiftung schließen lässt.«
»Und nun arbeitet ihr an der finanziellen Überprüfung der Bücher«, sagte Marino zu ihr.
»Natürlich sind fast sämtliche Unterlagen von Sparkes verbrannt. Doch seine Buchhaltung und sein Wirtschaftsprüfer sind ziemlich hilfsbereit gewesen, das muss man dem Kerl lassen. Bisher gibt es keinerlei Anzeichen, dass er in finanziellen Schwierigkeiten steckte.«
Ich war erleichtert, das zu hören. Bislang sprach alles, was ich über diesen Fall wusste, dagegen, dass Kenneth Sparkes etwas anderes als ein Opfer war. Doch mit dieser Meinung stand ich weitgehend allein, davon war ich überzeugt.
»Lucy«, sagte ich, während sie ihre Gyros-Pita zu Ende aß, »ich glaube, wir sind uns alle einig, dass der Modus operandi bei diesem Verbrechen entscheidend ist.«
»Mit Sicherheit.«
»Nehmen wir an«, fuhr ich fort, »nur um es mal durchzuspielen, dass etwas Ähnliches schon mal vorgekommen ist, irgendwo anders. Dass Warrenton einfach zu einem Schema von Bränden gehört, die gelegt wurden, um Morde zu kaschieren, die derselbe Mensch begangen hat.«
»Das ist sicherlich möglich«, sagte Lucy. »Alles ist möglich.«
»Können wir danach suchen?«, fragte ich dann. »Gibt es irgendeine Datenbank, die ähnliche Vorgehensweisen bei Bränden miteinander in Verbindung bringen könnte?«

Sie stand auf und warf die Abfälle in einen großen Müllsack in der Küche.
»Wenn du das willst, können wir das«, sagte sie. »Mithilfe des *Arson Incident System*, AXIS.«

Ich war gut vertraut mit diesem System und dem neuen flächendeckenden Computernetzwerk des ATF namens ESA, was ein Akronym für *Enterprise System Architecture* war. Der Kongress hatte das ATF beauftragt, ein nationales Quellenverzeichnis über Brandstiftung und Sprengstoffattentate anzulegen. Zweihundertundzwanzig Branddezernate waren an ESA angeschlossen, und jeder Ermittlungsbeamte hatte, wo immer er sich befand, Zugang zur zentralen Datenbank, konnte sich mit seinem Laptop in AXIS einloggen, solange er über ein Modem oder eine sichere digitale Telefonleitung verfügte. Dazu gehörte auch meine Nichte.
Sie führte uns in ihr winziges Zimmer, das jetzt, bis auf ein paar Spinnweben in den Ecken und einigen Staubbällen auf dem abgetretenen Hartholzboden, deprimierend leer war. Der Sprungfederrahmen war nackt, die Matratze, die noch mit einem zerknitterten, pfirsichfarbenen Laken bezogen war, stand aufrecht an eine Wand gelehnt, und in einer Ecke zusammengerollt lag der bunte Seidenläufer, den ich ihr zum letzten Geburtstag geschenkt hatte. Leere Kommodenschubladen standen gestapelt auf dem Boden. Ihr Büro bestand aus einem Panasonic-Laptop, der auf einem Pappkarton stand. Der Portable steckte in einem haifischgrauen Stahl- und Magnesiumkoffer, der den militärischen Anforderungen an besondere Robustheit genügte, d.h. er war dampfdicht, staubdicht und überhaupt-alles-dicht und konnte vermutlich von einem Panzer fallen und von ihm überrollt werden, ohne Schaden zu nehmen.
Lucy setzte sich nach Indianerart davor, als wollte sie gleich dem großen Gott der Technologie huldigen. Sie drückte die Enter-Taste, um den Bildschirmschoner auszuschalten, dann ließ ESA Reihe um Reihe kobaltblauer Pixels aufleuchten, bis eine farbige Karte der Vereinigten Staaten auf dem Bildschirm erschien. Auf

Aufforderung gab Lucy ihren Benutzernamen und das Kennwort ein und überwand weitere Hürden, die der Sicherheit dienten, um sich in das System einzuloggen. Unsichtbar flog sie durch geheime Eingänge im Web und brachte eine Ebene nach der anderen hinter sich. Als sie Zugang zu dem Fallverzeichnis hatte, bedeutete sie mir, mich neben sie zu setzen.

»Ich kann dir einen Stuhl holen, wenn du möchtest«, sagte sie.

»Nein, das geht schon.«

Der Boden war hart und nicht gerade bequem für mein Kreuz. Aber ich war keine Spielverderberin. Eine Eingabeaufforderung verlangte, sie solle ein Wort oder Wörter oder Sätze eingeben, wonach das System die gesamte Datenbank durchsuchte.

»Mach dir keine Sorgen wegen der Eingaben«, sagte Lucy. »Die Textsuchmaschinen können mit ganzen Bewusstseinsströmen fertig werden. Wir können alles probieren – angefangen beim Durchmesser des Löschschlauchs, der verwendet wurde, bis hin zu den Baustoffen, aus denen das Haus bestand, den ganzen Informationen zum Brandschutz und dem Zeug, das in den vorgedruckten Formularen steht, die die Feuerwehr ausfüllt. Oder du kannst da auch mit deinen eigenen Schlüsselwörtern drangehen.«

»Versuchen wir doch mal *Tod, Mord, Verdacht auf Brandstiftung*«, sagte ich.

»*Weiblich*«, setzte Marino hinzu, »und *Reichtum*.«

»*Schnitt, Einschnitt, Bluterguss, schnell, heiß*«, spann ich meinen Faden weiter.

»Wie wär's mit *nicht identifiziert*«, sagte Lucy, während sie tippte.

»Gut«, sagte ich. »Und *Badezimmer* doch wohl auch.«

»Verdammt noch mal, gib mal *Pferde* ein«, sagte Marino.

»Machen wir den nächsten Schritt und starten einen Suchauftrag«, schlug Lucy vor. »Wir können jederzeit noch mehr Wörter ausprobieren, wenn uns welche einfallen.«

Sie startete eine Suche, dann streckte sie die Beine aus und ließ den Kopf zur Entspannung kreisen. Ich konnte Janet in der Küche abwaschen hören, und in weniger als einer Minute meldete der Computer, es seien 11873 Eintragungen durchsucht und 453 Suchwörter gefunden worden.

»Das reicht zurück bis 1988«, erklärte Lucy uns. »Und dazu gehören auch sämtliche Fälle außerhalb der USA, zu denen das ATF hinzugezogen worden ist.«

»Können wir die 453 Eintragungen ausdrucken?«, fragte ich.

»Na ja, der Drucker ist schon eingepackt, Tante Kay.« Lucy blickte entschuldigend zu mir empor.

»Und wie wär's damit, wenn du mir die Eintragungen per E-Mail auf meinen Computer spielst?«

Sie blickte unschlüssig.

»Ich denke, das lässt sich vertreten«, sagte sie dann, »solange du dafür sorgst, dass … Ach, was soll's.«

»Keine Sorge, ich bin an vertrauliche Informationen gewöhnt. Ich werde dafür sorgen, dass kein anderer drankommt.«

Ich wusste, dass das dumm war, noch ehe ich es ausgesprochen hatte. Lucy starrte sehnsüchtig auf den Monitor.

»Dies ganze Zeug ist SQL auf Unix-Basis.« Sie schien ins Leere zu sprechen. »Das macht mich rasend.«

»Also, wenn die nur etwas Grütze im Kopf hätten, dann hätten sie dich hier behalten und sich ihren Computerscheiß von dir machen lassen«, sagte Marino.

»Ich habe da kein Aufhebens drum gemacht«, sagte Lucy. »Ich versuche, meine Schulden zu bezahlen. Ich schicke dir die Unterlagen rüber, Tante Kay.«

Sie ging aus dem Zimmer. Wir folgten ihr in die Küche, wo Janet Gläser in Zeitungspapier rollte und sie sorgfältig in eine Gitterbox packte.

»Meinst du, wir könnten noch eine Runde um den Block gehen oder so was, ehe ich mich auf den Weg mache?«, fragte ich meine Nichte. »Und kurz was bereden?«

Sie bedachte mich mit einem Blick, der alles andere als vertrauensvoll war.

»Was denn?«, fragte sie.

»Ich werde dich vielleicht eine Zeit lang nicht sehen«, sagte ich. »Wir können uns auf den Balkon raussetzen.«

»Auch gut.«
Wir setzten uns auf weiße Plastikstühle, und ich schloss die Schiebetür hinter uns und schaute auf die Straße hinunter, die sich immer mehr zu beleben begann. Die Taxis waren alle irgendwohin unterwegs. Im Fenster von dem Lokal *The Flame* tanzte hinter der Scheibe ein Kaminfeuer, um das Männer im Dunkel saßen und miteinander tranken.
»Ich möchte nur wissen, wie es dir geht«, sagte ich zu ihr. »Ich habe nicht das Gefühl, dass du viel mit mir redest.«
»Dito.«
Sie starrte mit einem sarkastischen Lächeln ins Dunkle, und ich betrachtete ihr wunderschönes, ausdrucksvolles Profil.
»Mir geht es gut, Lucy. So gut, wie es mir eben geht, würde ich sagen. Zu viel Arbeit. Was hat sich sonst verändert?«
»Ständig sorgst du dich meinetwegen.«
»Das tue ich, seit du geboren bist.«
»Warum?«
»Irgendwer muss es ja tun.«
»Hab ich dir schon erzählt, dass Mutter sich liften lässt?«
Beim bloßen Gedanken an meine einzige Schwester versteinerte mein Herz.
»Letztes Jahr hat sie sich die Zähne überkronen lassen, und jetzt das«, fuhr Lucy fort. »Ihr derzeitiger Freund, Bo, hängt jetzt schon fast anderthalb Jahre bei ihr rum. *Wo gibt's denn so was?* Wievielmal kann man denn vögeln, bevor man wieder was festzurren und festnähen lassen muss?«
»Lucy.«
»Ach, jetzt tu bloß nicht so, Tante Kay. Du denkst doch genau wie ich über sie. Wie konnte ich bloß an ein solches Stück Scheiße von Mutter geraten?«
»Das hilft dir doch kein bisschen weiter«, sagte ich leise. »Versuch doch bitte, sie nicht zu hassen, Lucy.«
»Sie hat auch nicht eine Scheißsilbe darüber verloren, dass ich nach Philly gehe. Nie fragt sie nach Janet oder nach dir, wo wir schon dabei sind. Ich hol mir ein Bier. Willst du auch eins?«
»Nein, danke.«

Ich wartete im schwindenden Licht auf sie und beobachtete die Silhouetten der vorbeiströmenden Menschen. Manche waren laut und suchten die körperliche Nähe ihrer Begleiter, andere schienen bewusst für sich zu bleiben. Ich hätte Lucy gern danach gefragt, was Janet mir erzählt hatte, aber ich traute mich nicht, davon anzufangen. Lucy muss dir das von sich aus erzählen, mahnte ich mich, während die Ärztin in mir mich drängte, die Sache in die Hand zu nehmen. Lucy kam auf den Balkon zurück und öffnete eine Flasche Miller Lite.

»Also lass uns über Carrie reden, damit du ein ruhiges Gewissen hast«, erklärte Lucy in sachlichem Ton und trank einen Schluck. »Ich habe eine Browning High-Power und meine Sig vom ATF und eine Schrotflinte – Kaliber .12, sieben Schuss. Alles, was das Herz begehrt. Doch weißt du was? Ich glaube, die bloßen Hände würden mir genügen, wenn sie es wagen sollte, bei mir aufzukreuzen. Ich hab nämlich die Nase voll, verstehst du?«

Sie hob die Flasche erneut. »Irgendwann triffst du einfach eine Entscheidung und gehst weiter.«

»Was denn für eine Entscheidung?«, fragte ich.

Sie zuckte die Achseln.

»Du beschließt, dass du jemandem nicht noch mehr Macht einräumen kannst, als du es bereits getan hast. Du kannst nicht dein Leben damit zubringen, dich vor so jemandem zu fürchten oder ihn zu hassen«, erklärte sie ihre neu gewonnene Einsicht. »Also gibst du auf, in gewissem Sinne. Du gehst deiner Arbeit nach und weißt, wenn dieses Monster von einer Frau dir je wieder über den Weg läuft, dann sollte sie sich besser auf das Schlimmste gefasst machen.«

Sie starrte zum sichelförmigen Mond hinauf, und ich glaubte, dass sie Tränen wegblinzelte, doch sicher war ich mir nicht.

»Die Wahrheit ist, Tante Kay, ich könnte deren ganzen Computerkram mit einer Hand erledigen. Weißt du das?«

»Du könntest wahrscheinlich den gesamten Computerkram des Pentagon mit links erledigen«, sagte ich sanft, während mir das Herz immer schwerer wurde.

»Ich will nur keinen Druck machen.«

Ich wusste nicht, was ich darauf antworten sollte.
»Ich habe schon genügend Leuten auf den Schlips getreten, weil ich einen Hubschrauber fliegen kann und ... Na ja, du weißt schon.«
»Ich weiß, was du alles kannst, und die Liste wird wahrscheinlich nur länger werden, Lucy. Es ist ein einsames Geschäft, so zu sein wie du.«
»Hast du dich je so gefühlt?«, flüsterte sie.
»Nur mein ganzes Leben lang«, flüsterte ich zurück. »Und nun weißt du auch, weshalb ich dich immer so geliebt habe, wie ich es tue. Vielleicht verstehe ich das alles.«
Sie sah mich an. Dann streckte sie die Hand aus und berührte liebevoll mein Handgelenk.
»Fahr jetzt lieber los«, sagte sie. »Ich will nicht, dass du fährst, wenn du müde bist.«

10

Es war fast Mitternacht, als ich neben dem Wachhäuschen am Eingang zu meinem Villenviertel hielt. Der Dienst habende Wachmann kam heraus. Das war höchst ungewöhnlich, und ich fürchtete schon, er würde mir mitteilen, meine Alarmanlage hätte die halbe Nacht geheult oder es hätte wieder einmal irgendein Spinner durchzufahren versucht, um herauszufinden, ob ich zu Haus war. Marino, der während der letzten anderthalb Stunden vor sich hin gedöst hatte, fuhr hoch, als ich mein Fenster herunterließ.

»Guten Abend«, sagte ich zu dem Wachmann. »Wie geht's Ihnen, Tom?«

»Danke, prima, Dr. Scarpetta«, sagte er und beugte sich zur Fensteröffnung hinab. »Doch was Sie angeht, sind in den letzten Stunden ein paar ungewöhnliche Dinge vorgefallen, und ich dachte mir, dass irgendetwas nicht stimmt, als ich Sie immer wieder anzurufen versucht habe und Sie nicht zu Haus waren.«

»Was denn für Dinge?«, fragte ich und begann, mir alle möglichen Bedrohungen auszumalen.

»Erst sind fast gleichzeitig zwei Pizzaboten aufgekreuzt. Dann drei Taxis, um Sie zum Flughafen zu bringen, eins unmittelbar nach dem anderen. Und irgendwer wollte einen Bauschuttcontainer in Ihrem Garten abladen. Da ich Sie nicht erreichen konnte, habe ich sie alle wieder weggeschickt. Die haben alle behauptet, Sie hätten sie herbestellt.«

»Das habe ich mit Sicherheit nicht«, sagte ich mit dem allergrößten Nachdruck, denn ich war doch einigermaßen bestürzt. »Und in welchem Zeitraum hat sich das alles abgespielt?«

»Na, ich schätze mal, der Laster mit dem Container war so etwa um fünf Uhr heute Nachmittag hier. Alles andere kam danach.«

Tom war ein alter Mann, der wahrscheinlich überhaupt nicht gewusst hätte, wie er das Viertel verteidigen sollte, falls irgendwann einmal eine ernst zu nehmende Gefahr aufgetaucht wäre. Doch er war höflich und betrachtete sich als aufrechten Gesetzesdiener, er fühlte sich in seiner Fantasie wahrscheinlich gerüstet und kampferprobt. Um meine Sicherheit war er ganz besonders bemüht.

»Wissen Sie, wo die Burschen herkamen, die hier aufgekreuzt sind?«, fragte Marino laut vom Beifahrersitz.

»Domino's und Pizza Hut.«

Toms lebhaftes Gesicht war vom Schirm seiner Baseballmütze überschattet.

»Und die Taxis waren von Colonial, Metro und Yellow Cab. Die Baufirma war Frick. Ich war so frei, da mal anzurufen. Jeder von denen hatte Aufträge auf Ihren Namen, Dr. Scarpetta, einschließlich der Uhrzeit, wann Sie angerufen hatten. Ich habe alles aufgeschrieben.«

Tom konnte seine Zufriedenheit nicht verhehlen, als er aus der Gesäßtasche ein Stück Papier hervorholte und es mir reichte. Er hatte an diesem Abend eine bedeutendere Rolle gespielt als gewöhnlich und befand sich deshalb nahezu im Rausch. Ich knipste die Innenbeleuchtung meines Wagens an, und gemeinsam überflogen Marino und ich die Liste. Die Taxi- und Pizzabestellungen waren zwischen zehn nach zehn und elf aufgegeben worden, während der Container am frühen Nachmittag für den späten Nachmittag bestellt worden war.

»Zumindest bei Domino's haben sie gesagt, es wär eine Frau gewesen, die angerufen hat. Ich habe selbst mit der Bestellannahme gesprochen. Ein ganz junger Kerl. Wie er es darstellte, hätten Sie angerufen und einfach nur eine große, dicke Krustenpizza Supreme bestellt, die am Tor abgegeben werden sollte, von wo Sie sie dann abholen wollten. Seinen Namen habe ich mir ebenfalls aufgeschrieben.« Tom platzte fast vor Stolz. »Die Bestellungen sind also alle nicht von Ihnen, Dr. Scarpetta?«, fragte er sicherheitshalber noch einmal nach.

»Nein, Sir«, antwortete ich. »Und wenn hier heute Nacht noch irgendwer aufkreuzt, dann rufen Sie mich bitte umgehend an.«

»Und mich auch«, sagte Marino und kritzelte seine Privatnum-

mer auf eine dienstliche Visitenkarte. »Ist mir piepegal, wie spät es ist.«
Ich reichte Marinos Visitenkarte zu meinem Fenster hinaus, und Tom musterte sie gründlich, obwohl Marino schon x-mal durch dies Tor gefahren war.
»Alles klar, Captain«, sagte Tom mit einem nachdrücklichen Nicken. »Gut, Sir, sowie hier noch jemand auftaucht, gebe ich Laut, und wenn Sie wollen, kann ich die auch solange festhalten, bis Sie da sind.«
»Tun Sie das nicht«, sagte Marino. »Irgend so ein Bengel mit 'ner Pizza weiß ja doch nichts. Und falls es echten Ärger gibt, möchte ich nicht, dass Sie sich mit irgendjemandem anlegen, egal, wer das ist.«
Ich wusste genau, dass er an Carrie dachte.
»Ich bin ziemlich zäh. Aber Sie haben völlig Recht, Captain.«
»Sie haben ausgezeichnete Arbeit geleistet, Tom«, lobte ich ihn. »Ich kann Ihnen gar nicht genug danken.«
»Dafür bin ich doch da.«
Er drückte auf seinen verborgenen Kontrollknopf und ließ uns durch die Schranke.
»Ich höre«, sagte ich zu Marino.
»Irgend so ein Arschloch ärgert Sie«, sagte er, und seine Miene, die in Abständen vom Laternenschein in Licht getaucht wurde, war grimmig. »Versucht, Sie zu beunruhigen, Ihnen Angst einzujagen, Sie zu verarschen, und er macht das ungeheuer geschickt, muss man zugeben.«
»Sie glauben doch nicht, dass Carrie …«, setzte ich an.
»Ich weiß es nicht«, unterbrach Marino mich. »Doch es würde mich nicht überraschen. Ihr Viertel ist schließlich oft genug in den Nachrichten erwähnt worden.«
»Es wäre wahrscheinlich nützlich zu wissen, ob die Bestellungen hier am Ort aufgegeben worden sind«, sagte ich.
»Du lieber Himmel«, sagte er, während ich in meine Einfahrt bog und hinter seinem Wagen parkte. »Das hoffe ich nun wirklich nicht. Es sei denn, es gibt noch andere, die Sie auf den Arm nehmen wollen.«

»Wer will noch mal, wer hat noch nicht.«
Ich stellte den Motor ab.
»Ich kann auf Ihrer Couch übernachten, wenn Sie das möchten«, sagte Marino, als er seine Tür öffnete.
»Kommt gar nicht in Frage«, sagte ich. »Mir passiert schon nichts. Solange hier keine Bauschuttcontainer auftauchen. Dann hätte ich's mir mit meinen Nachbarn wohl endgültig verdorben.«
»Ich weiß sowieso nicht, warum Sie hier wohnen.«
»Doch, das wissen Sie.«
Er holte eine Zigarette hervor und hatte deutlich nicht die Absicht, irgendwohin zu gehen.
»Richtig. Der Wachmann am Tor. Genauso wirksam wie ein Placebo.«
»Wenn Sie nicht mehr Auto fahren wollen, werde ich Sie mit Vergnügen auf meiner Couch unterbringen.«
»Wer – ich?«
Er betätigte sein Feuerzeug und blies Rauch aus der offenen Wagentür.
»Um mich mache ich mir keine Sorgen, Doc.«
Ich stieg aus dem Wagen und stand wartend in der Einfahrt. Seine Gestalt wirkte massig und müde in der Dunkelheit, und auf einmal überwältigten mich Trauer und Zuneigung. Marino war allein und fühlte sich wahrscheinlich hundsmiserabel. Er konnte keine sonderlich erfreulichen Erinnerungen haben, so wie sein bisheriges Leben zwischen dem Job mit der täglichen Gewalt und seinem missglückten Privatleben verlaufen war. Ich vermutete, dass ich die einzige Konstante in seinem Leben war, und wenn ich gewöhnlich auch freundlich zu ihm war, so war ich doch nicht immer herzlich. Es war einfach nicht möglich.
»Kommen Sie schon«, sagte ich. »Ich mache Ihnen einen Toddy, und dann können Sie sich hier aufs Ohr hauen. Sie haben ja Recht. Vielleicht will ich ja doch nicht allein sein, wenn noch fünf Pizzalieferdienste und Taxis aufkreuzen.«
»Das meine ich doch auch«, sagte er mit vorgetäuschter kühler Professionalität.

Ich schloss meine Haustür auf und stellte die Alarmanlage ab, und wenig später saß Marino im großen Zimmer mit einem Booker's Bourbon auf Eis in meiner Couchlandschaft. Ich bereitete ihm sein Nest aus frisch duftenden Laken und einer flaumweichen Baumwolldecke, und eine Weile saßen wir im Dunkeln und redeten.

»Ist Ihnen je der Gedanke gekommen, dass wir am Ende verlieren könnten?«, murmelte er schläfrig.

»Verlieren?«, fragte ich.

»Na Sie wissen doch – *am Ende siegt immer das Gute*. Wie realistisch ist das? Für andere Menschen nicht sonderlich – denken Sie an die junge Dame, die in Sparkes' Haus verbrannt ist. Die Guten gewinnen nicht immer. Hm, hm, Doc. Einen Scheiß tun sie.«

Er setzte sich halb auf wie ein Kranker, trank einen Schluck Bourbon und rang nach Atem.

»Carrie denkt nämlich auch, dass sie gewinnen wird, falls Ihnen dieser Gedanke noch nie gekommen sein sollte«, setzte er hinzu. »Fünf Jahre Kirby sind eine arschlange Zeit, um seine Überzeugungen zu pflegen.«

Jedes Mal wenn Marino müde oder halb betrunken war, machte er gehäuften Gebrauch von Wortverbindungen mit *scheiß-* und *arsch-*. Wenn man ehrlich sein wollte, waren das tolle Wörter, die ausdrückten, was man fühlte, indem man sie einfach aussprach. Ich hatte ihm allerdings schon oft gesagt, dass es zweifellos Menschen gab, die Anstoß an seiner Vulgarität nahmen. Ich hingegen wusste, dass er mit solchen Ausdrücken nur seine Gefühle auf den Punkt bringen wollte.

»Ich kann mich auf die Vorstellung, dass Menschen wie sie am Ende gewinnen werden, nicht einlassen«, sagte ich leise und nippte an meinem roten Burgunder. »So werde ich niemals denken.«

»Traumtänzerei.«

»Nein, Marino. Zuversicht.«

»Yo.« Er trank wieder. »Ich scheiß auf Zuversicht. Wissen Sie eigentlich, wie oft ich miterlebt habe, wie irgendein Kerl einen

Herzanfall gekriegt hat und einfach tot umgefallen ist oder im Dienst getötet wurde? Wie viele von denen, glauben Sie, besaßen diese Zuversicht? Wahrscheinlich alle. Niemand glaubt, dass er sterben wird, Doc. Sie und ich glauben das auch nicht, da können wir wissen, so viel wir wollen. Meinen Sie etwa, ich wüsste nicht, dass ich jeden Tag ein Stückchen vom vergifteten Kuchen esse? Kann ich daran etwas ändern? Nö. Ich bin nur ein alter Sack, der jeden Tag seine Pappbrötchen mit Steaks und seinen Whiskey und sein Bier braucht. Ich hab's längst aufgegeben, auch nur einen Furz auf das zu geben, was die Ärzte sagen. So werde ich wohl demnächst im Sattel vornüberkippen und aus der ganzen Sache raus sein.«

Seine Sprache wurde undeutlich, und er begann, trübselig zu werden.

»Dann wird eine Hand voll Bullen zu meiner Beerdigung kommen, und Sie werden dem nächsten Leiter der Mordkommission, der des Weges kommt, erzählen, so schlimm sei das gar nicht gewesen, mit mir zusammenzuarbeiten«, fuhr er fort.

»Schlafen Sie jetzt, Marino«, sagte ich. »Und Sie wissen genau, dass das nicht meine Empfindungen sind. Ich darf nicht einmal daran denken, dass Ihnen etwas passieren könnte, Sie blöder Kerl.«

»Meinen Sie das im Ernst?« Seine Stimmung hellte sich ein wenig auf.

»Das wissen Sie doch verdammt gut«, sagte ich, und nun spürte ich meine Erschöpfung auch.

Er trank seinen Bourbon aus und ließ leise das Eis im Glas klirren, doch ich ging darauf nicht ein, weil er genug getrunken hatte.

»Wissen Sie was, Doc?«, sagte er mit schwerer Zunge. »Ich mag Sie wirklich sehr, auch wenn Sie eine scheiß Nervensäge sind.«

»Danke«, sagte ich. »Bis morgen früh dann.«

»Es ist schon morgen früh.«

Er klirrte noch einmal mit dem Eis.

»Schlafen Sie jetzt.«

Ich machte meine Nachttischlampe erst um zwei Uhr morgens aus. Gott sei Dank hatte Fielding diesmal Samstagsdienst im Leichenschauhaus. Es war fast neun, als ich mich dazu aufraffen konnte, die Füße aus dem Bett zu heben. Draußen in meinem Garten krächzten Vögel, und die Sonne ließ ihr Licht auf die Erde prallen wie ein übermütiges Kind seinen Ball. Meine Küche war so hell, dass sie fast weiß war, und die Geräte aus Edelstahl blitzten wie Spiegel. Ich machte Kaffee und war nach Kräften bemüht, meine Gedanken zu ordnen, als mir die Daten einfielen, die auf meinen Server geladen worden waren. Eben noch wollte ich die Schiebetüren und Fenster öffnen, um den Junimorgen hereinzulassen, da stand mir schon wieder Carries Gesicht vor Augen.

Ich ging ins große Zimmer, um nach Marino zu sehen. Er schlief, wie er lebte, im ständigen Kampf gegen seine physische Existenz, als sei sie der Feind. Die Decke lag praktisch in der Zimmermitte auf dem Boden, die Kissen waren zusammengeknautscht und die Betttücher um seine Beine gewickelt.

»Guten Morgen«, sagte ich.

»Noch nicht«, murmelte er.

Er drehte sich um und hieb das Kissen in die Form, die ihm zusagte. Er trug blaue Boxershorts und ein Unterhemd, das ungefähr zwei Handbreit zu kurz war, um seinen aufgeblähten Bauch zu bedecken, und einmal mehr wunderte ich mich darüber, dass Männer sich, anders als Frauen, nicht für ihr Fett genierten. Auf meine Art achtete ich sehr auf meine Figur, und wenn meine Kleider um die Taille eng zu werden begannen, beeinträchtigte das ganz allgemein mein Wohlbefinden und meine Libido.

»Sie können noch ein paar Minuten schlafen«, sagte ich zu ihm. Ich hob die Decke auf und breitete sie über ihn. Er fing sofort wieder zu schnarchen an wie ein verwundetes Wildschwein, und ich ging in die Küche und rief Benton in seinem New Yorker Hotel an.

»Hoffentlich habe ich dich nicht geweckt«, sagte ich.

»Genau gesagt, wollte ich gerade aufbrechen. Wie geht's dir?« Er klang herzlich, aber unaufmerksam.

»Es ginge mir besser, wenn du hier wärst und sie hinter Schloss und Riegel säße.«

»Das Problem ist, ich kenne ihr Verhaltensmuster, und sie weiß, dass ich es kenne. Sodass ich es ebenso gut auch gar nicht zu kennen brauchte, verstehst du, was ich meine?«, sagte er in dem beherrschten Ton, der bedeutete, dass er wütend war. »Letzte Nacht haben eine ganze Reihe von uns sich als Obdachlose verkleidet und sind in der Bowery in die U-BahnSchächte runtergegangen. Eine reizende Art, seinen Abend zu verbringen, wenn ich das hinzufügen darf. Wir haben noch einmal die Stelle besichtigt, wo Gault getötet worden ist.«

Benton achtete stets darauf zu sagen: *Wo Gault getötet worden ist* und nicht: *Wo du Gault getötet hast.*

»Ich bin davon überzeugt, dass sie dorthin zurückgekehrt ist und es wieder tun wird«, fuhr er fort. »Und nicht, weil sie ihn vermisst, sondern weil jede Erinnerung an die Gewaltverbrechen, die sie gemeinsam begangen haben, sie erregt. Der Gedanke an sein Blut erregt sie. Für sie ist das ein sexueller Kitzel, ein Machtrausch, auf den sie süchtig ist, und du und ich, wir wissen beide, was das heißt, Kay. Sie wird bald einen Schuss brauchen, wenn sie nicht bereits einen gehabt hat, von dem wir nur noch nichts mitgekriegt haben. Tut mir Leid, wenn ich so ein Schwarzmaler bin, doch ich hab so ein Gefühl, dass wir von ihr diesmal weit Schlimmeres zu erwarten haben als letztes Mal.«

»Es fällt mir schwer, mir vorzustellen, was es Schlimmeres geben könnte«, sagte ich, meinte es jedoch nicht wirklich.

Jedes Mal, wenn ich geglaubt hatte, schlimmer könnten Menschen nicht werden, taten sie genau das. Vielleicht war es nur, dass das primitive Böse in einer zivilisierten Gesellschaft, deren hoch entwickelte Mitglieder zum Mars flogen und über das Cyberspace miteinander kommunizierten, umso schockierender wirkte.

»Und bislang keine Spur von ihr«, sagte ich. »Nicht mal andeutungsweise.«

»Wir haben Hunderte von Fährten, die nirgendwohin führen. Das New Yorker Police Department hat, wie du weißt, ein Sonderkommando gebildet, und es gibt eine Kommandozentrale, die rund um die Uhr besetzt ist.«

»Wie lange wirst du noch dort bleiben?«

»Keine Ahnung.«

»Na, ich bin überzeugt, wenn sie noch in der Gegend ist, dann weiß sie verdammt genau, wo du dich aufhältst. Im New York Athletic Club beispielsweise, wo du immer hingehst. Nur zwei Häuser von dort, wo sie und Gault damals das Zimmer hatten.«

Ich regte mich schon wieder auf: »Ich nehme an, dass es der Einfall des *Bureau* war, dich in einen Haifischkäfig zu stecken und zu warten, dass sie dich holen kommt.«

»Ein guter Vergleich«, sagte er. »Hoffen wir, dass es funktioniert.«

»Und was wenn?«, sagte ich, während die Angst mir in die Adern kroch und mich noch wütender machte. »Ich wünschte, du würdest heimkommen und das FBI seine Arbeit machen lassen. Ich kann das einfach nicht fassen – du quittierst den Dienst, und ehe du dich's versiehst, sind die da und wollen dich als Köder benutzen ...«

»Kay ...«

»Wie kannst du das zulassen ...«

»So ist es nicht. Es ist meine Wahl, mein Job, den ich zu Ende bringen muss. Sie war von Anfang an mein Fall, und in meinen Augen ist sie es noch. Ich kann mich nicht am Strand entspannen, wenn ich weiß, dass sie frei herumläuft und wieder töten wird. Wie kann ich einfach wegsehen, wenn du, Lucy, Marino – wenn wir alle höchstwahrscheinlich in Gefahr sind?«

»Benton, jetzt werd aber nicht zum Captain Ahab, ja? Lass das nicht zur Besessenheit werden. Bitte.«

Er lachte.

»Du sollst mich ernst nehmen, verdammt noch mal.«

»Ich verspreche, mich von weißen Walen fern zu halten.«

»Du bist doch bereits wie der Teufel hinter einem her!«

»Ich liebe dich, Kay.«

Während ich durch den Flur zu meinem Arbeitszimmer ging, fragte ich mich, weshalb ich mir überhaupt die Mühe machte, ihm immer wieder mit derselben Leier zu kommen. Ich kannte sein Verhalten fast so gut wie mein eigenes, und die Vorstellung, er könnte sich auch nur um einen Deut anders verhalten, als er es jetzt tat, war ebenso unsinnig wie die, ich könnte einem anderen Gerichtsmediziner den Warrenton-Fall überlassen, bloß weil es mein Vorrecht war, es in dieser Lebensphase etwas ruhiger angehen zu lassen.

Ich schaltete das Licht in meinem geräumigen, holzgetäfelten Arbeitszimmer an und zog die Rouleaus hoch, um das Morgenlicht hereinzulassen. Mein Arbeitsbereich schloss unmittelbar an mein Schlafzimmer an, und nicht einmal meine Haushälterin wusste, dass sämtliche Fensterscheiben in meiner privaten Bleibe kugelsicher waren wie die in meinem Büro in der Stadt. Es waren nicht nur die Carries dieser Welt, die mir Sorgen machten. Leider gab es unzählige verurteilte Mörder, die mir die Schuld an ihrer Verurteilung gaben, und die meisten davon blieben nicht für immer eingesperrt. Ich hatte mehr als genug Briefe von Gewalttätern erhalten, die mir versprachen, mir einen Besuch abzustatten, wenn sie rauskämen. Ihnen gefiele mein Äußeres oder meine Art zu reden oder mich zu kleiden. Dazu wollten sie gern ihr Scherflein beitragen.

Die niederschmetternde Wahrheit war jedoch, dass man kein Kommissar oder Profiler oder Gerichtsmediziner zu sein brauchte, um ein potenzielles Ziel von Überfällen zu werden. Die meisten Opfer waren ungeschützt. Sie saßen in ihrem Auto oder kamen vom Einkaufen nach Hause oder überquerten einen Parkplatz – sie waren, wie es so schön heißt, einfach zur falschen Zeit am falschen Ort. Ich loggte mich in America Online ein und fand Lucys ATF-Datensammlung in meiner Mailbox. Ich gab den Druckbefehl ein und kehrte in die Küche zurück, um mir noch Kaffee zu holen.

Marino kam herein, als ich erwog, mir etwas zu essen zu machen. Er war angezogen, das Hemd hing ihm aus der Hose, und sein Gesicht war schmutzig von Bartstoppeln.

»Ich bin weg«, sagte er gähnend.

»Möchten Sie Kaffee?«

»Nö. Ich halte unterwegs irgendwo, wahrscheinlich am Liberty Valance«, sagte er, als hätten wir noch nie ein Wort über seine Ernähungsgewohnheiten verloren.
»Danke, dass Sie dageblieben sind«, sagte ich.
»Keine Ursache.«
Er winkte mir im Hinausgehen zu, und ich schaltete die Alarmanlage wieder ein. In mein Arbeitszimmer zurückgekehrt, fand ich den unaufhörlich wachsenden Papierstoß reichlich entmutigend. Nach fünfhundert Seiten musste ich das Papierfach des Druckers auffüllen, danach lief er noch weitere dreißig Minuten. Die Information umfasste die erwarteten Namen, Daten, Ortsangaben und Berichte der Ermittlungsbeamten. Zusätzlich gab es Zeichnungen der Brandschauplätze und Laborbefunde, und bei manchen Fällen waren Fotos eingescannt. Ich wusste, es würde mich mindestens den ganzen Tag kosten, mich durch diesen Stapel zu fressen. Schon jetzt konnte ich mich des Gefühls nicht erwehren, dass es sich hierbei möglicherweise um eine Schnapsidee handelte, die sich als Zeitverschwendung erweisen würde.
Kaum war ich mehr als ein Dutzend Fälle durchgegangen, als die Türglocke mich aufschrecken ließ. Ich erwartete niemanden, und in meinem entlegenen, abgeschotteten Viertel bekam ich fast niemals unangekündigten Besuch. Ich vermutete, dass es eins der Kinder aus der Nachbarschaft wäre, das Tombolalose oder Süßigkeiten verkaufte oder Abonnenten für Zeitschriften warb, doch als ich auf den Monitor meiner Videoanlage blickte, sah ich zu meinem Erstaunen Kenneth Sparkes vor meiner Tür stehen.
»Kenneth?«, sagte ich in die Sprechanlage, und es war meiner Stimme deutlich anzumerken, wie überrascht ich war.
»Dr. Scarpetta, entschuldigen Sie bitte«, sagte er und hob den Blick in die Kamera, »aber ich muss Sie wirklich sprechen.«
»Ich bin sofort da.«
Ich eilte durchs Haus und öffnete die Eingangstür. Sparkes sah abgekämpft aus in seinen zerknitterten Khakihosen und dem verschwitzten, grünen Polohemd. Er trug ein Handy und einen

Pager am Gürtel und unter dem Arm eine Reißverschlussmappe aus Krokodilleder.
»Bitte kommen Sie rein«, sagte ich.
»Ich kenne die meisten Ihrer Nachbarn«, sagte er. »Falls Sie sich wundern, wie ich am Pförtner vorbeigekommen bin.«
»Ich habe Kaffee fertig.«
Der Duft seines Eau de Cologne streifte mich, als wir die Küche betraten.
»Also noch mal, ich hoffe, Sie verübeln mir nicht, dass ich hier einfach so reinschneie«, sagte er, und seine Besorgnis schien echt. »Ich weiß einfach nicht, mit wem ich sonst reden sollte, Dr. Scarpetta, und ich hatte Angst, dass Sie ablehnen würden, falls ich Sie vorher gefragt hätte.«
»Das hätte ich wahrscheinlich getan.«
Ich holte zwei Becher aus einem Wandschrank.
»Wie möchten Sie Ihren Kaffee?«
»So wie er aus der Kanne kommt«, sagte er.
»Möchten Sie einen Toast oder irgendetwas?«
»Oh, nein. Aber vielen Dank.«
Wir setzten uns an den Tisch vor dem Fenster, und ich öffnete die Tür nach draußen, weil mein Haus mir auf einmal zu warm und beengt vorkam. Zweifel packten mich, als mir plötzlich wieder einfiel, dass Sparkes ein Mordverdächtiger und ich selbst tief in diesen Fall verwickelt war, und nun saß ich an einem Samstagvormittag mit ihm in meinem Haus. Er legte die Mappe auf den Tisch und zog den Reißverschluss auf.
»Sie wissen sicher über alles Bescheid, was im Zusammenhang mit einer Ermittlung steht.«
»Ich weiß eigentlich nie alles über irgendwas.«
Ich trank von meinem Kaffee.
»Ich bin nicht naiv, Kenneth«, sagte ich. »Beispielsweise weiß ich, dass Sie, wenn Sie nicht so viel Einfluss hätten, nicht in mein Viertel hineingekommen wären und jetzt nicht hier säßen.«
Er zog einen braunen Umschlag aus der Mappe und schleuderte ihn mir über den Tisch zu.
»Fotos«, sagte er leise. »Von Claire.«

Ich zögerte.
»Ich habe die letzten Nächte in meinem Haus am Meer verbracht«, fuhr er mit seiner Erklärung fort.
»In Wrightsville Beach?«
»Ja. Und da ist mir wieder eingefallen, dass ich diese Fotos in der Schublade eines Aktenschranks liegen hatte. Ich hatte sie nicht mehr angeschaut, ja, nicht einmal mehr an sie gedacht, seit wir uns getrennt haben. Sie stammen von irgendeinem Fototermin. An die Einzelheiten erinnere ich mich nicht, doch sie hat mir die Abzüge gegeben, als wir uns gerade erst kennen gelernt hatten. Ich glaube, ich habe Ihnen erzählt, dass sie ein bisschen als Fotomodell gearbeitet hat.«
Ich zog die Aufnahmen aus dem Umschlag. Es waren etwa zwanzig 18 x 24-Abzüge, und das oberste war beeindruckend. Es stimmte, was Sparkes mir auf der Hootowl-Farm gesagt hatte. Claire Rawleys Äußeres war einfach umwerfend. Ihr Haar reichte bis zum halben Rücken, es war vollkommen glatt und schien aus Gold gesponnen, wie sie da in Laufshorts und einem knappen T-Shirt, das kaum ihre Brüste bedeckte, am Strand stand. Am rechten Handgelenk trug sie etwas, das wie eine große Taucheruhr aussah, mit Plastikarmband und orangefarbenem Zifferblatt. Claire Rawley sah aus wie eine nordische Göttin; ihre Gesichtszüge waren sehr ausgeprägt und dabei fein geschnitten, der gebräunte Körper war athletisch und sinnlich zugleich. Hinter ihr lag ein gelbes Surfbrett im Sand, und im Hintergrund funkelte der Ozean.
Andere Aufnahmen waren an ähnlich fotogenen Schauplätzen aufgenommen. Auf manchen saß sie auf der Veranda eines heruntergekommenen romantischen Südstaatenherrenhauses oder auf einer Steinbank auf einem zugewucherten Friedhof oder in einem Garten, oder sie gab die Frau, die mit anpackte und auf einem der Kutter von Wilmington von wettergegerbten Fischern umgeben war. Einige Posen waren eher anzüglich und unnatürlich, doch das änderte auch nichts: Auf allen Fotos war Claire Rawley ein Kunstwerk der Natur, ein vollendetes Geschöpf, aus dessen Augen allerdings eine unvorstellbare Traurigkeit blickte.

»Ich wusste nicht, ob diese Fotos Ihnen irgendwie nützlich sein könnten«, sagte Sparkes nach langem Schweigen. »Schließlich weiß ich ja nicht, was Sie gesehen haben, ich meine, was … Na ja.«
Er klopfte nervös mit dem Zeigefinger auf den Tisch.
»In Fällen wie diesen«, erklärte ich ihm ruhig, »ist eine visuelle Identifizierung schlicht nicht möglich. Doch man weiß nie, wann etwas wie diese Fotos hilfreich sein könnte. Zumindest lässt nichts an diesen Aufnahmen darauf schließen, dass die Tote *nicht* Claire Rawley ist.«
Ich überflog die Fotos erneut, für den Fall, dass ich irgendwelchen Schmuck übersehen hätte.
»Sie trägt eine interessante Uhr«, sagte ich beim Durchsehen.
Er lächelte und starrte gedankenverloren. Dann seufzte er.
»Die habe ich ihr geschenkt. Eine von diesen trendigen Sportarmbanduhren, die bei Surfern sehr beliebt sind. Sie hatte irgend so einen ausgefallenen Namen. *Animal*? Könnte das hinkommen?«
»Könnte sein, dass meine Nichte so eine gehabt hat«, erinnerte ich mich. »Relativ preiswert? Achtzig, neunzig Dollar?«
»Ich weiß nicht mehr, was ich bezahlt habe. Aber ich habe sie in dem Surfshop gekauft, wo sie sich gern aufgehalten hat. Sweetwater Surf Shop an der South Lumina, wo Vito's, Reddog's und Buddy's Crab sind. Sie wohnte mit ein paar anderen Frauen dort in der Nähe. Ein altes, nicht gerade schönes Apartmenthaus in der Stone Street.«
Ich schrieb mir das auf.
»Immerhin lag es am Wasser. Und dort wollte sie sein.«
»Und wie steht's mit Schmuck? Erinnern Sie sich, ob sie irgendetwas Ungewöhnliches getragen hat?«
Er musste nachdenken.
»Vielleicht ein Armband?«
»Ich erinnere mich nicht.«
»Ihre Schlüsselkette?« Er schüttelte den Kopf.
»Einen Ring, trug sie den?«, fragte ich dann.
»Sie trug so modische Dinger ab und zu. Sie wissen schon – diese silbernen, die nicht viel kosten.«

»Wie steht's mit einem Platinring?«
Er zögerte, sichtlich verunsichert.
»Platin, sagen Sie?«
»Ja, und außerdem ziemlich groß.«
Ich starrte seine Hände an.
»Er könnte Ihnen sogar passen.«
Er lehnte sich in seinem Sessel zurück und sah zur Decke auf.
»Mein Gott«, sagte er. »Sie muss ihn sich genommen haben. Ich besitze einen schlichten Platinring, den ich immer getragen habe, als Claire und ich zusammen waren. Sie hat immer gescherzt, ich wollte damit wohl kundtun, dass ich mit mir selbst verheiratet sei.«
»Sie hat ihn aus Ihrem Schlafzimmer entwendet?«
»Aus einem Lederkästchen. Muss sie wohl.«
»Wissen Sie sonst noch von irgendetwas, das im Haus fehlt?«, fragte ich dann.
»Ein Stück aus meiner Waffensammlung ist nicht aufgefunden worden. Den ganzen Rest hat das ATF entdeckt. Natürlich sind sie alle hinüber.«
»Was für eine Waffe ist das?«
»Eine Calico.«
»Hoffentlich ist die jetzt nicht irgendwo auf der Straße unterwegs«, sagte ich besorgt.
Eine Calico war eine besonders gemeine Maschinenpistole, die einer Uzi ziemlich ähnlich sah und oben ein großes Magazin angebracht hatte. Eine Neun-Millimeter, die hundert Schuss abfeuern konnte.
»Das müssen Sie alles der Polizei melden, dem ATF«, erklärte ich ihm.
»Einiges davon habe ich bereits gemeldet.«
»Nicht nur einiges. Alles, Kenneth.«
»Verstehe«, sagte er. »Und ich werde es auch tun. Doch ich möchte wissen, ob sie es ist, Dr. Scarpetta. Bitte verstehen Sie doch, dass ich im Augenblick wenig Sinn für andere Dinge habe. Ich will Ihnen gestehen, dass ich auch in dem Haus angerufen habe, wo sie gewohnt hat. Seit über einer Woche hat keine ihrer

Mitbewohnerinnen sie mehr gesehen. Das letzte Mal, dass sie in ihrer Wohnung übernachtet hat, war am Freitag vor dem Feuer, am Tag zuvor, mit anderen Worten. Die junge Dame, mit der ich gesprochen habe, hat gesagt, Claire habe zerstreut und niedergeschlagen gewirkt, als sie einander in der Küche kurz begegnet waren. Sie habe kein Wort davon gesagt, dass sie die Stadt verlassen wollte.«

»Ich sehe, Sie sind ein rühriger Ermittler«, sagte ich.

»Wären Sie das an meiner Stelle nicht auch?«

»Doch.«

Unsere Blicke trafen sich, und ich sah seine Qual. Winzige Schweißtropfen zogen sich an seinem Haaransatz entlang, und er sprach, als habe er einen trockenen Mund.

»Um noch mal auf die Fotos zurückzukommen«, sagte ich, »warum genau sind diese Aufnahmen gemacht worden? Fotomodell für wen? Wissen Sie das?«

»Irgendetwas, das mit dem Ort zu tun hatte, wie ich mich vage erinnere«, sagte er und blickte starr an mir vorbei aus dem Fenster. »Ich glaube, sie hat gesagt, es wäre so ein Ding von der Handelskammer, irgendwas, um für den Badeort zu werben.«

»Und aus welchem Grund hat sie Ihnen die alle geschenkt?«

Ich sah weiter langsam die Fotos durch.

»Nur weil sie Sie mochte? Vielleicht wollte sie Sie ja beeindrucken?«

Er lachte bitter.

»Ich wollte, das wären die einzigen Gründe gewesen«, erwiderte er. »Sie wusste, dass ich Beziehungen hatte, Leute in der Filmindustrie kannte und so weiter. Ich möchte, dass Sie diese Fotos nicht aus der Hand geben.«

»Dann hat sie sich also erhofft, dass Sie ihr bei ihrer Karriere helfen würden«, sagte ich und blickte zu ihm empor.

»Natürlich.«

»Und haben Sie?«

»Dr. Scarpetta, es ist eine schlichte Tatsache, dass ich mir zweimal überlegen muss, wen oder was ich fördere«, sagte er aufrichtig. »Und es hätte sich nicht sehr gut gemacht, wenn ich Fotos von meiner jungen, weißen Geliebten herumgereicht hätte, weil ich mir davon erhoffte, ihr bei ihrer Karriere förderlich zu sein. Ich neige dazu, meine Beziehungen so privat wie möglich zu halten.«

Empörung leuchtete aus seinen Augen, als er nach seinem Kaffeebecher griff.

»Ich bin es nicht, der mein Privatleben an die große Glocke hängt. Habe ich nie getan. Und vielleicht sollte ich hinzufügen, dass Sie nicht alles glauben dürfen, was Sie lesen.«

»Das tue ich sowieso nie«, sagte ich. »Ich habe damit so meine eigenen Erfahrungen, Kenneth. Ehrlich gesagt, ich bin weniger an Ihrem Privatleben interessiert als daran, zu erfahren, warum Sie es vorgezogen haben, diese Fotos mir zu geben statt der Ermittlungsbehörde in Fauquier County oder dem ATF.«

Er blickte mich unverwandt an und erwiderte dann: »Wegen der Identifizierung, wie ich schon sagte. Doch außerdem traue ich Ihnen, und das ist der ausschlaggebende Grund. Ungeachtet unserer Differenzen weiß ich doch, dass Sie niemanden aufs Kreuz legen oder zu Unrecht beschuldigen würden.«

»Ich verstehe.«

Ich fühlte mich augenblicklich unbehaglicher und hatte ehrlich gesagt nur den einen Wunsch, dass er sich entschließen würde zu gehen, sodass ich ihn nicht dazu auffordern musste.

»Verstehen Sie, es wäre doch wesentlich bequemer, mir die Schuld an allem zu geben. Und es laufen jede Menge Leute in der Gegend herum, die es seit Jahren auf mich abgesehen haben, Leute, die mich liebend gern ruiniert oder eingesperrt oder tot sehen würden.«

»Von den Ermittlungsbeamten, mit denen ich zusammenarbeite, denkt niemand so«, sagte ich.

»Es sind nicht Sie oder Marino oder das ATF, die mir Sorgen bereiten«, erwiderte er rasch. »Es sind Gruppierungen, die politische Macht haben. Weiße Rassisten, Miliztypen, die insgeheim gemeinsame Sache mit Leuten machen, die Sie kennen. Glauben Sie mir.«

Er starrte ins Leere, und seine Kiefernmuskeln traten hervor.

»Ich habe schlechte Karten«, fuhr er fort. »Wenn nicht jemand bis ins Letzte aufklärt, was da passiert ist, sind meine Tage gezählt. Das weiß ich. Und jemand, der unschuldige, hilflose Pferde abschlachten kann, ist zu allem imstande.«

Sein Mund zitterte, und helle Tränen standen in seinen Augen. »Sie lebend zu verbrennen!«, rief er aus. »Was für ein Monster ist denn zu so etwas fähig!«

»Ein ganz schreckliches Monster«, sagte ich. »Und wie es aussieht, gibt es gegenwärtig viele solcher schrecklichen Monster auf der Welt. Können Sie mir etwas über das Fohlen sagen? Dasjenige, das ich am Brandort gesehen habe? Ich vermutete, eins Ihrer Pferde sei irgendwie entkommen. Stimmt das?«

»Windsong«, bestätigte er, wie ich erwartet hatte, und trocknete sich die Augen mit seiner Serviette. »Der wunderhübsche kleine Bursche. Er ist jetzt ein Jährling und bei mir auf der Farm geboren worden, beide Elternteile waren sehr wertvolle Rennpferde. Sie sind in dem Feuer umgekommen.« Seine Stimme klang erneut gepresst. »Wie Windsong herausgekommen ist – ich habe keine Ahnung. Es ist einfach nur merkwürdig.«

»Es sei denn, Claire – wenn es Claire ist – hätte ihn herausgeholt und dann keine Gelegenheit mehr gehabt, ihn wieder in den Stall zurückzubringen?«, schlug ich vor. »Vielleicht hatte sie Windsong ja bei einem ihrer Besuche auf Ihrer Farm kennen gelernt?«

Sparkes holte tief Luft und rieb sich die Augen. »Nein, ich glaube, Windsong war da noch gar nicht geboren. In der Tat, ich erinnere mich, dass Wind, seine Mutter, in der Zeit, als Claire mich besuchte, trächtig war.«

»Dann könnte Claire ja vielleicht angenommen haben, dass Windsong Winds Fohlen war.«

»Das könnte sie sich zusammengereimt haben, ja.«

»Wo ist Windsong jetzt?«, fragte ich.

»Glücklicherweise hat man ihn eingefangen, und jetzt befindet er sich auf der Hootowl-Farm, wo er in besten Händen ist.«

Die Pferde waren ein Thema, das ihn ungeheuer mitnahm, und ich glaubte nicht, dass er Theater spielte. Ungeachtet seiner Fähigkeiten als Figur des öffentlichen Lebens konnte Sparkes kein *so* guter Schauspieler sein. Er war am Rande seiner Selbstbeherrschung und musste ungeheuer kämpfen, um nicht gänzlich die Fassung zu verlieren. Er schob seinen Stuhl zurück und stand von meinem Tisch auf.

»Eine Sache sollte ich Ihnen noch sagen«, sagte er, während ich ihn zur Tür begleitete. »Wenn Claire noch am Leben wäre, hätte sie, glaube ich, versucht, irgendwie Kontakt zu mir aufzunehmen. Und sei es auch nur brieflich. Vorausgesetzt, sie hat von dem Brand erfahren, und wie sollte sie nicht davon erfahren haben? Sie war sehr feinfühlig und gut, ganz gleich, welche Schwierigkeiten sie sonst gehabt haben mag.«

»Wann war das, als Sie sie zum letzten Mal gesehen haben?« Ich öffnete die Haustür.

Sparkes blickte mir in die Augen, und einmal mehr empfand ich die Intensität seiner Persönlichkeit ebenso nötigend wie verstört. Ich konnte mich dem Gedanken nicht verschließen, dass er mich immer noch etwas einschüchterte.

»Ich denke, vor ungefähr einem Jahr.«

Sein silberner Cherokee stand in der Einfahrt, und ich wartete, bis er eingestiegen war, ehe ich die Tür schloss. Ich fragte mich unwillkürlich, was meine Nachbarn wohl gedacht haben mochten, falls sie ihn auf meinem Grundstück erkannt hatten. Bei anderer Gelegenheit hätte ich vielleicht darüber gelacht, doch heute konnte ich seinem Besuch keinen erheiternden Aspekt abgewinnen. Warum er persönlich gekommen war, statt mir die Fotos durch einen Boten zu schicken, war die erste Frage, die sich mir aufdrängte.

Er hatte jedoch keinerlei unangemessene Neugier an den Tag gelegt, was den Fall anging. Er hatte nicht versucht, seine Macht und seinen Einfluss geltend zu machen, um mich zu manipulieren. Er hatte nicht versucht, mich in meinen Ansichten oder in meinen Empfindungen seine Person betreffend zu beeinflussen, jedenfalls hatte ich davon nichts bemerkt.

11

Ich wärmte meinen Kaffee auf und kehrte in mein Arbeitszimmer zurück. Eine Weile saß ich in meinem ergonomisch korrekten Stuhl und sah mir immer wieder die Aufnahmen von Claire Rawley an. Wenn sie vorsätzlich ermordet wurde, warum dann gerade an einem Ort, wo sie eigentlich nicht hätte sein dürfen? Selbst wenn dies auf das Konto von Sparkes' Feinden ging: War es nicht sehr merkwürdig, dass sie genau in dem Moment zuschlugen, als sie zufällig und ungebeten in seinem Haus erschien? Und schließlich: Würde selbst der abgebrühteste Rassist Pferde lebendig verbrennen, nur um ihren Besitzer zu bestrafen?

Es gab keine Antworten auf diese Fragen, und ich machte mich wieder an die ATF-Fälle. Stunde um Stunde überflog ich Seite um Seite, während mir immer wieder der Blick verschwamm. Da gab es Kirchenbrände, Feuer in Wohn- und Geschäftshäusern und in einer Reihe von Bowlingbahnen, bei denen der Brandherd sich immer auf derselben Bahn befunden hatte. Wohnungen, Schnapsbrennereien, chemische Werke und Raffinerien waren durch Brände zerstört worden, und jedes Mal waren die Umstände verdächtig gewesen, selbst wenn sich Brandstiftung nicht nachweisen ließ.

Was die Mordfälle betraf, so waren sie weitaus seltener und in der Regel von einem relativ unerfahrenen Einbrecher oder auch einer Ehefrau verübt worden, die sich nicht klargemacht hatten, dass man aller Wahrscheinlichkeit nach die Mordkommission einschalten würde, wenn etwa eine ganze Familie verschwunden war und in dem Loch hinter dem Haus, wo der Müll verbrannt wurde, plötzlich Knochenreste auftauchten. Außerdem atmen Menschen, die bereits tot sind, nun mal kein Kohlenmonoxid ein und haben auch keine Kugeln im Leib, die dann auf dem Röntgenbild auftauchen. Bis zehn Uhr an jenem Abend war ich jedoch auf zwei Todesfälle gestoßen, die meine Aufmerksamkeit erregten. Einer war im letzten März passiert, der andere sechs Monate zuvor. Der jüngere Fall hatte sich in Baltimore zugetragen. Das Opfer war ein fünfundzwanzigjähriger Mann namens Austin Hart gewesen, ein Medizinstudent im vierten Jahr an der Johns-Hopkins-Universität, der bei einem Wohnhausbrand nicht weit vom Campus umgekommen war. Er war zu dem Zeitpunkt als Einziger im Haus gewesen, weil gerade Universitätsferien waren.

Dem kurzen Polizeibericht zufolge war das Feuer an einem Sonntagabend ausgebrochen und bereits voll entwickelt, als die Feuerwehr eintraf. Hart war so schlimm verbrannt, dass er nur anhand auffälliger Ähnlichkeiten mit Aufnahmen seiner Zahnwurzeln sowie prä- und postmortaler Röntgenaufnahmen identifiziert werden konnte. Der Brandherd war ein Badezimmer im ersten Stock gewesen, und es waren weder ein Kurzschluss noch irgendwelche Brandbeschleuniger entdeckt worden.

Das ATF war auf Bitten der Brandermittlung von Baltimore hinzugezogen worden. Ich fand es interessant, dass Teun McGovern aus Philadelphia geholt worden war, um ihre Fachkenntnisse zur Verfügung zu stellen, und dass nach Wochen des mühseligen Sichtens von Überresten, der Zeugenbefragungen und Untersuchungen in Labors des ATF in Rockville alles auf Brandstiftung hingedeutet hatte, sodass es sich bei dem Todesfall nur um Mord handeln konnte. Keins von beiden hatte sich jedoch nachweisen lassen, und die Modellberechnung hatte nicht mal ansatzweise zu erklären vermocht, wie ein derart intensives Feuer in einem winzigen Kachelbad hatte ausbrechen können, das lediglich aus einem Porzellanwaschbecken und einem Klo, einem Rollo und einer von einem Plastikvorhang umgebenen Badewanne bestanden hatte.

Das Feuer davor hatte sich im Oktober in Venice Beach, Kalifornien, ereignet, wiederum nachts, und zwar in einem Haus unmittelbar am Strand, nicht mehr als zehn Blocks von dem legendären Sportzentrum Muscle Beach entfernt. Marlene Farber war eine dreiundzwanzigjährige Schauspielerin gewesen, deren Karriere hauptsächlich aus kleinen Rollen in Soap Operas und Sitcoms bestanden hatte, während sie den Hauptteil ihres Einkommens mit Fernsehwerbespots bestritt. Die Einzelheiten des Brandes, der ihr zedernholzverkleidetes Haus bis auf die Grundmauern zerstört hatte, waren genauso schemenhaft und unerklärlich geblieben wie im Fall von Austin Hart.

Als ich las, dass man davon ausging, das Feuer sei im Badezimmer ihres geräumigen Hauses ausgebrochen, spürte ich das Adrenalin in meinen Adern. Das Opfer war so übel verbrannt gewesen, dass es auf weiße, kalzinierte Fragmente reduziert war. Man verglich die Röntgenbilder ihrer Überreste mit denen einer Vorsorgeuntersuchung, die zwei Jahre zurücklag. Sie wurde im Grunde genommen anhand einer Rippe identifiziert. Brandbeschleuniger wurden ebenso wenig gefunden wie sonst irgendeine Erklärung dafür, wie in dem Badezimmer ein Feuer hatte ausbrechen können, dessen zweieinhalb Meter hohe Flammen das zweite Obergeschoss in Brand gesetzt hatten. Eine Toilettenschüssel, eine Wanne, ein Waschbecken und eine Ablage mit Kosmetika waren natürlich nicht ausreichend gewesen. Und ebenso wenig war dem nationalen Wetterdienst zufolge innerhalb der letzten achtundvierzig Stunden im Umkreis von hundert Meilen ein Blitz eingeschlagen.

Ich brütete über einem Glas Pinot noir vor mich hin, als Marino mich kurz vor ein Uhr nachts anrief.

»Sie sind noch wach?«, fragte er.

»Spielt das eine Rolle?«

Ich musste lächeln, denn das fragte er jedes Mal, wenn er zu unschicklicher Zeit anrief.

»Sparkes besaß vier Mac tens, Maschinenpistolen mit Schalldämpfern, die er angeblich für ungefähr sechzehnhundert Dollar das Stück gekauft hat. Er hatte eine Sprengfalle, die er für elfhundert gekauft hat, und eine MP40. Und, hören Sie gut zu, neunzig Granathülsen.«

»Ich höre«, sagte ich.

»Er behauptet, er hätte sich nun mal für den Scheiß aus dem Zweiten Weltkrieg interessiert und ihn einfach gesammelt, wie es kam, wie auch seine Bourbonfässer, die aus einer Brennerei in

Kentucky stammen, die vor fünf Jahren Pleite gegangen ist. Was den Bourbon angeht, so kommt er mit 'nem blauen Auge davon, weil sich angesichts dessen, was da gerade passiert ist, kein Mensch dafür interessiert. Was die Waffen angeht, so sind die alle registriert, und die Steuern hat er auch bezahlt. In diesem Punkt hat er also eine weiße Weste, doch dieser behämmerte Ermittler in Warrenton hat das dumpfe Gefühl, dass es Sparkes' geheimes Ding wäre, Waffen an Anti-Castro-Gruppen in Südflorida zu verkaufen.«

»Und worauf stützt er diese Annahme?«

»Scheiße, das ist eine gute Frage, doch diese Ermittlungsbeamten in Warrenton sind dahinter her wie ein Hund hinter dem Briefträger. Die haben die Theorie, dass das Mädchen, das verbrannt ist, etwas gewusst hätte, und Sparkes hätte keine andere Wahl gehabt, als sie sich vom Hals zu schaffen, selbst um den Preis, dass er alles abfackeln musste, was er besitzt, seine Pferde inbegriffen.«

»Wenn er mit Waffen handeln würde«, sagte ich ungeduldig, »dann hätte er doch wohl einiges mehr im Angebot gehabt als ein paar alte Maschinengewehre und eine Hand voll unscharfe Handgranaten.«

»Die sind hinter ihm her, Doc. Aber wegen seiner Stellung kann das 'ne Weile dauern.«

»Was ist denn mit der fehlenden Calico?«

»Woher zum Teufel wissen Sie das?«

»Es wird eine vermisst, wenn ich richtig informiert bin, nicht wahr?«

»Das behauptet er, doch wie können Sie ...«

»Er hat mich heute besucht.«

Eine lange Pause trat ein.

»Wovon sprechen Sie?«, fragte er, und er klang völlig perplex. »Hat Sie wo besucht?«

»Bei mir zu Hause. Uneingeladen. Er hatte Fotos von Claire Rawley dabei.«

Marino schwieg diesmal so lange, dass ich mich fragte, ob wir unterbrochen worden waren.

»Nehmen Sie's mir nicht übel«, sagte er schließlich, »aber könnte es nicht sein, dass Sie sich da in irgendwas reinziehen lassen, immerhin ist er …«

»Nein«, schnitt ich ihm das Wort ab.

»Und, können Sie denn aus dem, was Sie gesehen haben, irgendwelche Schlüsse ziehen?«, fragte er einlenkend.

»Nur den, dass seine angebliche frühere Freundin außergewöhnlich schön war. Das Haar stimmt mit dem des Opfers überein und Größe und Gewicht schätzungsweise ebenfalls. Sie trug eine Armbanduhr, die der zu ähneln scheint, die ich gefunden habe, und sie ist von ihren Mitbewohnerinnen seit dem Tag vor dem Brand nicht mehr gesehen worden. Ein Anfang, doch zweifellos nicht genug, um darauf aufzubauen.«

»Und das Einzige, was das Police Department von Wilmington von der Universität erfahren konnte, ist, dass es eine Claire Rawley gibt. Sie hat dort mit Unterbrechungen studiert, doch seit letztem Herbst nicht mehr.«

»Was in etwa dem Zeitpunkt entspräche, da Sparkes mit ihr Schluss gemacht hat.«

»Wenn das stimmt, was er gesagt hat«, wandte Marino ein.

»Was ist denn mit ihren Eltern?«

»Die Universität sagt uns sonst nichts über sie. Typisch. Wir müssen uns eine gerichtliche Anordnung besorgen. Und Sie wissen doch, wie das dann läuft. Ich hab schon gedacht, ob nicht besser Sie mit dem Dekan oder irgendjemanden versuchen sollten zu sprechen, damit die ein bisschen zugänglicher werden. Mit Ärzten reden die Leute nun mal lieber als mit Bullen.«

»Was ist mit dem Besitzer des Mercedes? Ist vermutlich immer noch nicht aufgetaucht?«

»Die Polizei von Wilmington überwacht sein Haus«, antwortete Marino. »Er soll Arzt sein. Mit eigener Praxis im Haus. Die haben durch die Fenster reingespäht, durch den Briefkastenschlitz geschnüffelt, um herauszufinden, ob da drin einer am Verwesen ist. Doch bislang nichts. Es ist, als hätte er sich in Luft aufgelöst, und wir haben keine Handhabe, um seine Tür aufzubrechen.«

»Wie alt ist er?«

»Zweiundvierzig. Haar und Augen braun, eins achtzig groß, Gewicht etwa achtzig Kilo.«

»Na, aber irgendwer muss doch wissen, wo er ist, oder wenigstens, wann er zuletzt gesehen wurde. Man verlässt doch nicht einfach so seine Praxis, und kein Mensch bekommt davon etwas mit.«

»Sieht aber bisher ganz so aus. Es waren Leute gekommen, die einen Termin bei ihm hatten. Es hatte ihnen niemand abgesagt. Das ist ein ganz Unauffälliger. Die Nachbarn haben ihn oder sein Auto seit wenigstens einer Woche nicht mehr gesehen. Keiner hat bemerkt, wie er weggefahren ist, ob nun in Begleitung oder allein. Wie es jetzt aussieht, hat jedoch eine alte Dame, die neben ihm wohnt, am Morgen des fünften Juni mit ihm gesprochen – dem Donnerstag vor dem Brand. Beide haben gleichzeitig ihre Zeitungen hereingeholt und einander zugewinkt und Guten Morgen gesagt. Wie sie es darstellt, hatte er es eilig und war nicht so freundlich wie gewöhnlich. Augenblicklich ist das alles, was wir haben.«

»Ich wüsste gern, ob Claire Rawley vielleicht seine Patientin war.«

»Ich hoffe bloß, dass er noch am Leben ist«, sagte Marino.

»Ja«, sagte ich nachdrücklich. »Das hoffe ich auch.«

Ein Medical Examiner ist eigentlich kein Ermittlungsbeamter im Polizeidienst, sondern jemand, der objektiv Beweise präsentiert, ein intellektueller Detektiv, dessen Zeugen tot sind. Doch es gab Zeiten, da kümmerte ich mich noch nicht so um Vorschriften oder Definitionen.

Die Gerechtigkeit war mir wichtiger als die Gesetzbücher, und zwar insbesondere dann, wenn ich glaubte, dass den Tatsachen keine Beachtung geschenkt wurde. Es steckte wenig mehr dahinter als eine Ahnung, als ich am Sonntagmorgen beim Frühstück beschloss, Hughey Dorr zu besuchen, den Hufschmied, der Sparkes' Pferde zwei Tage vor dem Feuer beschlagen hatte.

Die Glocken der Grace Baptist und der First Presbyterian Church läuteten, als ich meine Kaffeetasse ausspülte. Ich durchsuchte meine Notizen nach der Telefonnummer, die mir einer der ATF-Brandermittler gegeben hatte. Der Hufschmied war nicht zu Hause, als ich anrief, wohl aber seine Frau, und ich stellte mich vor.

»Er ist in Crozier«, sagte sie. »Wird den ganzen Tag am Red Feather Point zu tun haben. Das ist nur ein Stückchen von der Lee Road entfernt, am Nordufer des Flusses. Sie können es gar nicht verfehlen.«

Ich wusste jedoch, dass ich es nur allzu leicht verfehlen konnte. Sie sprach von einer Gegend Virginias, die praktisch nur aus Pferdefarmen bestand, und ehrlich gesagt, die meisten davon sahen in meinen Augen völlig gleich aus. Ich bat sie, mir ein paar Anhaltspunkte zu geben.

»Ja, also, es ist genau gegenüber vom Staatsgefängnis, auf der anderen Seite des Flusses. Wo die Häftlinge auf den Rinderfarmen arbeiten und so«, setzte sie hinzu. »Also wissen Sie wahrscheinlich, wo das ist.«

Leider ja. Ich war dort gewesen, wenn Häftlinge sich in ihrer Zelle aufgehängt oder gegenseitig umgebracht hatten. Ich bekam eine Telefonnummer und rief vorsichtshalber auf der Farm an, um sicherzugehen, dass es in Ordnung war, wenn ich kam. Wie es privilegierte Pferdeleute so an sich hatten, schienen sie nicht im Geringsten an meinem Anliegen interessiert, sondern erklärten bloß, dass ich den Hufschmied in der Scheune finden würde, die grün sei. Ich kehrte in mein Schlafzimmer zurück, um ein weißes Polohemd, Jeans und Schnürstiefel anzuziehen, und rief Marino an.

»Sie können mitkommen, aber ich mache das auch gern allein«, erklärte ich.

Ein Baseballspiel lief laut in seinem Fernseher, und das Telefon machte ein dumpfes Geräusch, als er es irgendwo absetzte. Ich konnte ihn atmen hören.

»Mist«, sagte er.

»Ich weiß«, stimmte ich zu. »Ich bin auch müde.«

»Geben Sie mir eine halbe Stunde.«

»Ich hole Sie ab, dann können Sie sich ein bisschen mehr Zeit lassen«, bot ich an.

»Ja, das ist gut.«
Er wohnte südlich der James in einem Viertel mit baumbestandenen Grundstücken unmittelbar neben dem von kleinen und großen Geschäftsstraßen durchschnittenen Korridor, der Midlothian Turnpike genannt wurde und wo man Handfeuerwaffen oder Motorräder oder Bulletburger kaufen oder sich eine Autowäsche ohne Bürsten mit oder ohne Wachs gönnen konnte. Marinos aluminiumverkleidetes Häuschen stand an der Ruthers Road, um die Ecke von Bon Air Cleaners und Ukrop's. Er hatte im Vorgarten eine große amerikanische Flagge gehisst, das ganze Grundstück war mit Maschendraht eingezäunt, und in einem Carport stand sein Camper.
Das Sonnenlicht brach sich funkelnd an unbeleucheten Weihnachtslichterketten, die sich um sämtliche Ecken und Kanten von Marinos Behausung zogen. Die vielfarbigen Glühbirnen steckten in Büschen und wanden sich durchs Geäst der Bäume. Es mussten Tausende sein.
»Ich finde immer noch, dass Sie diese Lichter nicht dran lassen sollten«, sagte ich einmal mehr, als er die Tür aufmachte.
»Ja, ja. Dann nimmt man sie ab und hängt sie an Thanksgiving wieder auf«, sagte er wie jedes Mal. »Haben Sie überhaupt eine Ahnung, wie lange das dauern würde, schon weil jedes Jahr welche dazukommen?«
Seine Besessenheit war mittlerweile so weit gediehen, dass er einen getrennten Sicherungskasten für seine Weihnachtsdekoration hatte, zu der, wenn alles strahlte und funkelte, auch ein Santa Claus mit achtspännigem Rentierschlitten gehörte, außerdem fidele Schneemänner, Zuckerstangen, Spielzeug und in der Mitte des Vorgartens ein Elvis, dessen gefühlvolle Weihnachtslieder aus Lautsprechern drangen. Marinos Dekoration war mittlerweile eine solche Lichterpracht, dass ihr Strahlen meilenweit sichtbar war und sein Haus es bis in Richmonds alternativen Stadtführer *Tacky Tour* gebracht hatte. Ich konnte es immer noch nicht fassen, dass ein derart ungeselliger Mensch sich nicht an den endlosen Autoschlangen und den Witze reißenden Betrunkenen vor seinem Haus störte.

»Ich versuche immer noch dahinter zu kommen, was eigentlich in Sie gefahren ist«, sagte ich, als er in meinen Wagen stieg. »Noch vor zwei Jahren hätten Sie so etwas niemals fertig gebracht. Und dann, aus heiterem Himmel, machen Sie aus Ihrem Privatgrundstück einen Rummelplatz. Ich mache mir Sorgen. Von der Brandgefahr mal ganz zu schweigen. Ich weiß, ich habe Ihnen bereits gesagt, was ich davon halte, aber ich kann mir doch nicht verkneifen ...«

»Vielleicht kann ich's mir ja auch nicht verkneifen.«

Er legte den Sicherheitsgurt an und holte eine Zigarette heraus. »Wie würden Sie denn reagieren, wenn ich anfinge, mein Haus auf diese Weise zu schmücken, und das ganze Jahr über die Lichterketten hängen ließe?«

»Genauso wie ich reagieren würde, wenn Sie sich einen Camper kaufen würden und ein zerlegbares Schwimmbecken und anfingen, jeden Tag Bojangles-Brötchen zu essen. Ich würde denken, Sie hätten nicht mehr alle Tassen im Schrank.«

»Und Recht hätten Sie«, sagte ich.

»Sehen Sie mal ...«

Er spielte mit der unangezündeten Zigarette.

»Vielleicht habe ich ja einen Punkt in meinem Leben erreicht, wo es heißt, Nägel mit Köpfen zu machen«, sagte er. »Mir doch scheißegal, was die Leute denken. Ich lebe ja nun nur ein Mal, und, verdammt, wer weiß denn, wie lange ich's überhaupt noch mache.«

»Marino, jetzt werden Sie aber langsam morbide.«

»Man nennt es Realität.«

»Und die Realität besteht darin, dass Sie, wenn Sie sterben, auf einem meiner Tische landen. Das sollte Ihnen doch wohl Ansporn genug sein, so lange zu machen wie möglich.«

Er verstummte und starrte aus seinem Fenster, während ich der Route 6 durch Goochland County folgte, die durch dichte Wälder führte. Meilenweit begegnete einem kein anderes Auto. Der Morgen war klar, doch es kündigte sich bereits eine feuchte Wärme an, und ich fuhr mittlerweile an bescheidenen Häusern mit Blechdächern und schmucken Veranden und Vogeltränken im

Vorgarten vorbei. Grüne Äpfel bogen knorrige Äste bis zum Boden hinab, und Sonnenblumen ließen wie im Gebet die schweren Köpfe hängen.

»Wenn Sie die Wahrheit hören wollen, Doc«, fing Marino wieder an. »Das ist wie 'ne Vorahnung oder so was. Ich hab das Gefühl, dass mir die Zeit ausgeht. Ich denke über mein Leben nach und muss sagen, ich hab doch so ziemlich getan, was ich tun konnte. Selbst wenn ich nichts anderes gemacht habe, wird es doch immer noch genug gewesen sein, verstehen Sie? Also sehe ich vor meinem inneren Auge diese Mauer, und hinter der Mauer erwartet mich nichts. Mein Weg ist zu Ende. Ich bin hier raus. Fragt sich bloß noch, wie und wann. Also mache ich mehr oder minder das, wozu ich Lust habe, verdammt. Warum auch nicht, oder?«

Ich wusste nicht, was ich sagen sollte, und die Vorstellung von seinem grellbunten Haus zur Weihnachtszeit trieb mir die Tränen in die Augen. Ich war froh, dass ich eine Sonnenbrille aufhatte.

»Machen Sie keine sich selbst erfüllende Prophezeiung daraus, Marino«, sagte ich leise, »manchmal kann man über etwas auch zu viel nachdenken und sich damit so verrückt machen, dass es am Ende tatsächlich eintritt.«

»Wie Sparkes«, sagte er.

»Ich sehe wirklich nicht, was das jetzt mit Sparkes zu tun hat.«

»Vielleicht hat er ja auch über irgendwas zu viel nachgedacht und es dadurch heraufbeschworen. Stellen Sie sich vor, Sie sind ein Schwarzer, den viele Leute wegen seiner Tüchtigkeit hassen, und Sie machen sich so viel Sorgen wegen der Arschlöcher, die Ihnen wegnehmen wollen, was Ihnen gehört, dass Sie es am Ende selbst in Brand stecken. Und Ihre Pferde und Ihre weiße Freundin gleich mit. Sodass Sie schließlich mit nichts dastehen. Mein Gott, das Geld von der Versicherung wird ihm nicht ersetzen, was er verloren hat. Ausgeschlossen. Um es genau zu sagen: Sparkes ist sowieso der Angeschmierte, egal wie man es wendet. Entweder hat er alles verloren, was er im Leben geliebt hat, oder er stirbt im Gefängnis.«

»Wenn wir nur über Brandstiftung reden würden, wäre ich eher geneigt, zu denken, dass er die Brandfackel war«, sagte ich. »Aber es geht schließlich auch um eine junge Frau, die ermordet worden ist, und darum, dass all seine Pferde getötet worden sind. Und das passt für mich nicht ins Bild.«

»Hört sich wieder ganz nach O. J. Simpson an, wenn Sie mich fragen. Reicher, mächtiger Schwarzer. Seiner früheren Freundin wird die Kehle durchgeschnitten. Stören Sie die Parallelen denn überhaupt nicht? Hören Sie, ich muss mal eine rauchen. Ich blas den Rauch aus dem Fenster.«

»Wenn Kenneth Sparkes seine frühere Freundin ermordet hat, warum hat er das nicht irgendwo getan, wo man ihn damit nicht in Verbindung gebracht hätte?«, wandte ich ein. »Warum den ganzen übrigen Besitz gleich mit zerstören und dafür sorgen, dass alle Zeichen auf einen selbst deuten?«

»Weiß nicht, Doc. Vielleicht ist das Ganze außer Kontrolle geraten, sodass er Scheiße gebaut hat. Vielleicht hat er ja gar nicht vorgehabt, sie zu erledigen und seine Bude abzufackeln.«

»Ich kann an diesem Brand nichts finden, das auf eine impulsive Handlung hindeuten würde«, sagte ich. »Ich glaube, da hat irgendwer ganz genau gewusst, was er tat.«

»Entweder das, oder er ist leichtsinnig geworden.«

Die schmale Straße war gesprenkelt von Sonnen- und Schattenflecken, und die Vögel auf den Telefondrähten erinnerten mich an Musiknoten. Als ich beim North Pole Restaurant mit seinem Polarbären ankam, fühlte ich mich an die Mittagessen nach den Gerichtsverhandlungen in Goochland erinnert, an Detectives und Gerichtsmediziner, die inzwischen in Pension gegangen waren. An die lange zurückliegenden Mordfälle hatte ich nur noch eine undeutliche Erinnerung, weil ich inzwischen so viele Morde im Kopf hatte, und der Gedanke daran und die Kollegen, die ich vermisste, stimmten mich einen Augenblick traurig. Red Feather Point war das Ende einer langen Schotterstraße, die zu einem eindrucksvollen Farmhaus führte, das den James River überblickte. Staub wirbelte hinter meinem Wagen auf, als ich mich zwischen weißen Zäunen hindurchschlängelte. Auf sanften, grünen Weiden lagen verstreute Heureste.

Das dreistöckige weiße Holzhaus hatte das unvollkommene, windschiefe Aussehen eines Hauses, das nicht aus diesem Jahrhundert stammte, und die von wildem Wein überwachsenen Silos waren ebenfalls aus längst vergangenen Zeiten übrig geblieben. In der Ferne zogen Pferde über eine Weide, und die rote Reitbahn war leer, als wir parkten. Marino und ich betraten eine große, grüne Scheune und folgten dem Geräusch klingenden Stahls, das von Hammerschlägen herrührte. Edle Pferde reckten die prächtigen Hälse aus ihren Boxen, und ich konnte nicht widerstehen und streichelte die samtweichen Nüstern von Jagdpferden, Arabern und anderen Vollblütern. Ich blieb stehen, um ein paar zärtliche Worte an ein Fohlen und seine Mutter zu richten, während beide mich aus riesigen, braunen Augen anstarrten. Marino hielt hingegen Abstand und wedelte Fliegen weg.

»Nichts gegen ihren Anblick«, bemerkte er. »Doch seit mich mal eins gebissen hat, hüte ich mich vor ihnen.«

In den Sattel- und Futterkammern herrschte Stille. Rechen und aufgerollte Schläuche hingen an Holzwänden. Die Türöffnungen waren mit Decken verhängt, und ich begegnete niemandem außer einer Frau in Reitkleidung und Helm, die einen englischen Sattel über dem Arm trug.

»Guten Morgen«, sagte ich, als das ferne Gehämmer verstummte. »Ich bin auf der Suche nach dem Hufschmied. Ich bin Dr. Scarpetta«, setzte ich hinzu. »Ich habe vorhin angerufen.«

»Er ist dahinten.«

Sie wies in die Richtung, ohne ihren Schritt zu verlangsamen.

»Und wo Sie schon da sind – Black Lace fühlt sich nicht mehr so heiß an«, setzte sie hinzu, und mir ging auf, dass sie mich für eine Tierärztin hielt.

Marino und ich bogen um eine Ecke und stießen auf Dorr. Er saß auf einem Schemel und hatte sich den rechten Vorderhuf einer großen weißen Stute zwischen die Knie geklemmt. Er war kahl, hatte kräftige Schultern und Arme und trug den Lederschurz eines Hufschmieds, der ausah wie das ausgeleierte Maul eines alten Schraubstocks. Er war schweißbedeckt und schmutzig und zog gerade Nägel aus einem Aluminiumhufeisen.

»Halli, hallo«, sagte er zu uns, und das Pferd legte die Ohren zurück.
»Guten Tag, Mr. Dorr. Ich bin Dr. Scarpetta, und das ist Captain Pete Marino. Ihre Frau hat mir gesagt, dass ich Sie hier finden würde.«
Er blinzelte zu uns hinauf. »Die Leute nennen mich Hughey, so heiße ich nämlich. Sind Sie Tierärztin?«
»Nein, nein, ich bin Gerichtsmedizinerin. Captain Marino und ich haben mit dem Warrenton-Fall zu tun.«
Seine Augen verdunkelten sich, als er das alte Hufeisen beiseite warf. Er holte ein gebogenes Messer aus einer Tasche seines Schurzes und begann, den Huf zurechtzustutzen, bis marmorweißes Horn darunter sichtbar wurde. Ein eingeklemmtes Steinchen sprühte einen Funken.
»Der das gemacht hat, gehört erschossen«, sagte er, griff sich eine Kneifzange aus einer anderen Tasche und stutzte die Hufwand rundherum zurecht.
»Wir tun, was wir können, um herauszufinden, was da passiert ist«, ließ Marino ihn wissen.
»Meine Aufgabe besteht darin, die Frau zu identifizieren, die in dem Feuer umgekommen ist«, erklärte ich, »und dahinter zu kommen, was genau ihr zugestoßen ist.«
»Da wäre als Erstes die Frage«, sagte Marino, »warum diese Dame im Haus war.«
»Ich habe davon gehört. Seltsam«, antwortete Dorr.
Jetzt benutzte er eine Raspel, und die Stute zog gereizt die Lippen zurück.
»Keine Ahnung, warum da jemand im Haus gewesen sein soll«, meinte er.
»Soweit ich weiß, sind Sie gerade ein paar Tage zuvor auf seiner Farm gewesen?«, fuhr Marino fort und kritzelte etwas auf seinen Notizblock.
»Das Feuer war Samstagabend«, sagte Dorr.
Er begann, die Unterseite des Hufes mit einer Drahtbürste zu reinigen.
»Ich war am Donnerstag den größten Teil des Tages dort. Es war

das Gleiche zu tun wie immer. Ich habe acht von seinen Pferden beschlagen und geschaut, dass keines die Krankheit der weißen Linie hat, bei der Bakterien ins Innere des Hufes dringen. Hab sie mit Formaldehyd bepinselt – damit werden Sie sich ja vermutlich auskennen«, sagte er an mich gewandt.
Er ließ das rechte Bein runter und nahm das linke hoch, die Stute zuckte ein wenig zusammen und schlug mit dem Schweif. Dorr gab ihr einen Klaps auf die Nase.
»Das ist nur ein Denkzettel«, erklärte er uns. »Sie ist heute schlecht gelaunt. Die sind genau wie die kleinen Kinder, müssen andauernd ausprobieren, wie weit sie gehen können. Man denkt, sie lieben einen, dabei wollen sie nichts als Futter.«
Die Stute rollte mit den Augen und zeigte die Zähne, als der Hufschmied wieder Hufnägel herauszog. Er arbeitete in einem verblüffenden Tempo, das auch nicht nachließ, während er sprach.
»Waren Sie jemals da, als Sparkes eine junge Frau zu Besuch hatte?«, fragte ich. »Sie war groß und sehr schön und hatte langes blondes Haar.«
»Nö. Normalerweise haben wir uns, wenn ich kam, mit den Pferden beschäftigt. Er ging mir zur Hand, so gut er konnte. Er war völlig vernarrt in sie.«
Er nahm wieder das Hufmesser in die Hand.
»Dies ganze Gerede, was für ein Schürzenjäger er sein soll«, fuhr Dorr fort. »Ich hab davon nichts bemerkt. Er schien eher so'n einsamer Typ zu sein, was mich anfangs überrascht hat, weil er ja ein ziemlich großes Tier ist.«
»Wie lange arbeiten Sie denn schon für ihn?«, fragte Marino und veränderte seine Haltung, wie um deutlich zu machen, dass jetzt er an der Reihe war.
»Bald sechs Jahre«, sagte Dorr und griff nach der Raspel. »So zweimal im Monat.«
»Hat er denn, als Sie ihn am Donnerstag getroffen haben, erwähnt, dass er eine Auslandreise vorhätte?«
»Aber sicher. Deswegen bin ich ja an dem Tag gekommen. Er wollte tags darauf nach London, und weil sein Pferdepfleger ge-

kündigt hatte, hätte mich später niemand in Empfang nehmen können.«
»Es hat den Anschein, dass das Opfer einen alten, blauen Mercedes fuhr. Haben Sie je ein solches Auto auf seiner Farm gesehen?«
Dorr rückte mit seinem niedrigen Holzschemel ein Stück zurück und zog die Beschlägekiste zu sich heran. Er hob ein Hinterbein hoch.
»Ich kann mich nicht erinnern, je so einen Wagen gesehen zu haben.«
Wieder warf er ein Hufeisen beiseite.
»Nein, wirklich. Kann nicht behaupten, dass ich mich an die Frau erinnere, die Sie gerade beschrieben haben. Na, na – *ruuuhig!*«
Er beruhigte das Pferd, indem er ihm die Hand auf die Hinterbacke legte.
»Sie hat's in den Füßen«, teilte er uns mit.
»Wie heißt sie denn?«
»Molly Brown.«
»Sie klingen nicht, als ob Sie hier aus der Gegend wären«, sagte ich.
»Geboren und aufgewachsen in South Florida.«
»Ich auch. Miami«, sagte ich.
»Na, das liegt ja so weit südlich, dass es schon zu Südamerika gehört.«

12

Ein Beagle war hereingetrottet und schnüffelte auf der Suche nach Hufspänen auf dem mit Heu bestreuten Boden herum. Molly Brown hob geziert ihr anderes Hinterbein auf die Beschlägekiste, als wollte sie sich in einem Schönheitssalon eine Maniküre angedeihen lassen.

»Hughey«, sagte ich, »gewisse Umstände im Zusammenhang mit diesem Brand werfen viele, viele Fragen auf. Es gibt eine Leiche, obwohl niemand in Sparkes' Haus hätte sein sollen. Für die Frau, die gestorben ist, bin ich zuständig, und ich möchte alles in meiner Macht Stehende tun, um herauszufinden, weshalb sie dort war und warum sie nicht ins Freie gerannt ist, als das Feuer ausbrach. Sie sind möglicherweise der Letzte gewesen, der die Farm vor dem Brand besucht hat, und ich bitte Sie, Ihr Gedächtnis noch einmal daraufhin zu durchforschen, ob Ihnen an jenem Tag nicht vielleicht irgendetwas – egal, was – aufgefallen ist, das Ihnen ungewöhnlich vorkam.«

»Genau«, sagte Marino. »Haben Sie zum Beispiel den Eindruck gehabt, Sparkes könnte ein privates, persönliches Telefongespräch geführt haben? Hatten Sie das Gefühl, dass er Gesellschaft erwartete? Haben Sie ihn jemals den Namen Claire Rawley erwähnen hören?«

Dorr stand auf und tätschelte erneut das Hinterteil der Stute, während ich mich instinktiv aus der Reichweite ihrer kraftvollen Hinterhand entfernte. Der Beagle bellte mich an, als wäre ich plötzlich eine völlig Fremde.

»Komm mal her, du kleiner Kerl.«

Ich beugte mich nieder und streckte die Hand aus.

»Dr. Scarpetta, ich merke Ihnen an, dass Sie Molly Brown vertrauen, und sie merkt es ebenfalls. Sie hingegen« – er nickte in Marinos Richtung – »haben Angst vor Pferden, und das spüren die. Ich wollt's Ihnen nur sagen.«

Dorr ging davon, und wir folgten ihm. Marino drückte sich an der Wand entlang, während er hinter einem Pferd herging, das mindestens 1 Meter 50 hoch war. Der Hufschmied bog um die Ecke des Pferdestalls, hinter der er seinen Laster geparkt hatte. Es war ein roter Pick-up, der hinten drauf mit einer propangetriebenen Schmiedeesse ausgerüstet war. Er drehte an einem Knauf, und eine blaue Flamme puffte empor.

»Da sie keine so tollen Hufe hat, muss ich Klammern an die Eisen machen, damit sie passen. So was wie orthopädische Schuhe für Menschen«, bemerkte er, während er ein Aluminiumhufeisen mit der Zange aufnahm und ins Feuer hielt.

»Ich zähle bis fünfzig, es sei denn, die Esse ist schon aufgewärmt«, fuhr er fort, während mir der Geruch von erhitztem Metall in die Nase stieg. »Sonst bis dreißig. Aluminium verfärbt sich nicht, also erwärme ich es nur ein bisschen, um es biegsam zu machen.«

Er trug das Hufeisen zum Amboss und schlug Löcher hinein. Dann formte er Klammern und schlug sie flach. Um die scharfen Kanten zu beseitigen, benutzte er eine Schleifmaschine, die sich anhörte wie eine laute Stryker-Säge. Dorr schien sich uns mit Hilfe seines Handwerks eine Weile vom Leib zu halten, Zeit zum Nachdenken zu gewinnen oder vielleicht zu überlegen, wie er unseren Fragen ausweichen konnte. Ich hegte nicht den geringsten Zweifel, dass er hundertprozentig hinter Kenneth Sparkes stand.

»Zuallermindest«, sagte ich zu ihm, »hat die Familie dieser Frau ein Recht darauf, Bescheid zu wissen. Ich muss sie über ihren Tod informieren, und das kann ich nicht, ehe ich nicht mit Sicherheit weiß, wer sie ist. Und man wird mich fragen, was ihr zugestoßen ist. Ich muss es wissen.«

Er hatte dazu jedoch nichts zu sagen, und wir folgten ihm wieder zu Molly Brown zurück. Sie hatte Pferdeäpfel fallen gelassen und war hineingetreten, und er kehrte den Mist ärgerlich mit einem abgenutzten Besen beiseite. Der Beagle wanderte weiter umher.

»Wissen Sie, die beste Verteidigung des Pferdes ist Flucht«, sagte Dorr, als er endlich wieder den Mund aufmachte. Er hatte sich

das eine Vorderbein erneut zwischen die Knie geklemmt. »Sein einziges Interesse ist abzuhauen, ob wir nun glauben, dass es uns liebt, oder nicht.«
Er trieb Nägel durch das Eisen und bog die Spitzen um, wenn sie durch die Außenwand des Hufs drangen.
»Die Menschen sind auch nicht viel anders, wenn man sie in die Enge treibt«, setzte er hinzu.
»Ich hoffe, Sie fühlen sich nicht von mir in die Enge getrieben«, sagte ich, während ich den Beagle hinter den Ohren kraulte.
Dorr bog die spitzen Enden der Hufnägel mit einer Clincherzange um und feilte sie glatt. Wieder nahm er sich Zeit, ehe er mir antwortete.
»*Ruuuhig*«, sagte er zu Molly Brown, und ein schwerer Geruch von Pferdemist und Metall hing in der Luft. »Was ich damit sagen will, ist«, fuhr er fort, während er mit dem Schmiedehammer klopfte, »wenn Sie beide hier reinspaziert kommen und glauben, ich würde Ihnen so ohne weiteres vertrauen, ist das ungefähr dasselbe, als wenn Sie sich einbildeten, Sie könnten dies Pferd hier beschlagen.«
»Ich kann verstehen, dass Sie das so empfinden«, sagte ich.
»Nicht im Traum käme ich auf den Gedanken, das Pferd da beschlagen zu wollen«, sagte Marino.
»Die können einen mit den Zähnen hochheben und durch die Gegend werfen. Die steigen hoch, keilen aus, hauen einem den Schweif in die Augen. Besser, man lässt erst gar keinen Zweifel aufkommen, wer das Sagen hat, oder die fahren mit einem Schlitten.«
Dorr richtete sich auf und rieb sich das Kreuz. Er kehrte zu seiner Esse zurück, um ein weiteres Eisen zu erwärmen.
»Hören Sie, Hughey«, sagte Marino, während wir ihm folgten. »Ich bitte Sie um Ihre Hilfe, weil ich das Gefühl habe, dass Sie das wollen. Das Schicksal der Pferde hat sie nicht kalt gelassen. Da wird es Ihnen doch kaum egal sein, dass jemand gestorben ist.«
Der Hufschmied wühlte in einem Fach in der Seite seines Pickups. Er zog ein neues Eisen heraus und griff es mit der Zange.

»Das Einzige, was ich tun kann, ist, Ihnen meine persönliche Theorie mitzuteilen.«
Er hielt das Hufeisen in die Flamme der Esse.
»Ich bin ganz Ohr«, sagte Marino.
»Ich glaube, dass das ein professioneller Coup war und dass die Frau da mitgemacht hat, aber aus irgendeinem Grund nicht rechtzeitig rausgekommen ist.«
»Damit sagen Sie, dass sie eine Brandstifterin war.«
»Vielleicht waren es mehrere. Nur dass sie das kurze Ende von der Wurst erwischt hat.«
»Und weshalb glauben Sie das?«
Dorr klemmte das warme Hufeisen in einen Schraubstock.
»Ach wissen Sie, Mr. Sparkes' Lebensstil passt 'ner Menge Leute nicht, besonders diesen Nazitypen«, antwortete er.
»Mir leuchtet immer noch nicht ein, weshalb Sie glauben, dass die Frau etwas damit zu tun hatte«, sagte Marino.
Dorr schwieg, während er seinen Rücken streckte. Er ließ den Kopf kreisen, und in seinem Hals knackte es.
»Vielleicht wussten die, die das gemacht haben, ja nicht, dass er verreisen wollte. Sie brauchten ein Mädchen, um ihn dazu zu bringen, die Tür aufzumachen – vielleicht war es ja sogar eine, mit der er früher mal was gehabt hatte.«
Marino und ich ließen ihn reden.
»Er ist nicht der Typ, der irgendwem, den er mal gekannt hat, die Tür weist. Im Gegenteil, meiner Meinung nach war er immer viel zu locker und nett, als gut für ihn war.«
Schleifen und Hämmern untermalten den Zorn des Hufschmieds, und das Hufeisen schien ein leise warnendes Zischen von sich zu geben, als Dorr es in einen Wassereimer tauchte. Er sagte nichts, als er zu Molly Brown zurückkehrte und sich wieder auf den Schemel setzte. Er begann, das neue Hufeisen anzupassen, indem er eine Kante abfeilte und den Hammer hervorholte. Die Stute war zwar unruhig, schien aber vor allem gelangweilt.
»Dann kann ich Ihnen auch gleich noch was anderes erzählen, das für mein Gefühl zu meiner Theorie passt«, sagte er und ar-

beitete dabei weiter. »Während ich am Donnerstag auf seiner Farm war, kreiste immer so ein verdammter Hubschrauber über uns. Immer derselbe. Die sprühen da in der Gegend aber nichts von oben, sodass Mr. Sparkes und ich uns nicht erklären konnten, ob der sich verflogen oder sonst ein Problem hatte und nach einem Landeplatz Ausschau hielt. So etwa eine viertel Stunde brummte der da herum, und dann verschwand er in Richtung Norden.«

»Welche Farbe hatte er?«, fragte ich. Ich musste an den Hubschrauber denken, der über dem Schauplatz der Brandkatastrophe gekreist war, als ich mich dort aufhielt.

»Weiß. Sah aus wie 'ne weiße Libelle.«

»Vielleicht so'n kleiner Kolbengetriebener?«, fragte Marino.

»Ich kenne mich zwar mit Hubschraubern nicht so aus, doch ja, klein war er. Ein Zweisitzer, tippe ich mal, ohne aufgemalte Nummer. Das kommt einem jetzt doch irgendwie merkwürdig vor, was? Als ob da einer ein bisschen Luftaufklärung betrieben hätte, oder?«

Die Augen des Beagles waren halb geschlossen, und sein Kopf ruhte auf meinem Schuh.

»Und Sie haben diesen Hubschrauber noch nie zuvor in der Nähe seiner Farm gesehen?«, fragte Marino, und ich merkte ihm an, dass auch er sich an den weißen Hubschrauber erinnerte, jedoch nicht sonderlich interessiert wirken wollte.

»Nein, Sir. In Warrenton sind Hubschrauber nicht beliebt. Sie erschrecken die Pferde.«

»Hier gibt's aber doch vielleicht einen Sportflughafen, eine Flugshow, ein paar private Rollfelder in der Gegend«, hakte Marino nach.

Dorr stand wieder auf.

»Ich hab es Ihnen so gut wie möglich erklärt«, sagte er, zerrte ein Halstuch aus einer Gesäßtasche und tupfte sich das Gesicht ab. »Ich hab Ihnen alles gesagt, was ich weiß. Verdammt, mir tut jeder Knochen weh.«

»Eine letzte Frage«, sagte Marino. »Sparkes ist ein wichtiger, viel beschäftigter Mann. Er muss doch ab und zu Hubschrauber benutzt haben. Um zum Flughafen zu kommen, beispielsweise, wo seine Farm doch ziemlich weit draußen liegt.«

»Klar, es sind schon mal welche bei ihm auf der Farm gelandet.« Er bedachte Marino mit einem zögernden Blick, aus dem Argwohn sprach.

»War da irgendeiner dabei wie der weiße, den Sie gesehen haben?«, fragte Marino dann.

»Ich hab Ihnen doch gerade gesagt, dass ich den noch nie zuvor gesehen habe.«

Dorr starrte uns an, während Molly Brown an ihrem Halfter ruckte und lange verfärbte Zähne entblößte.

»Und noch was will ich Ihnen sagen. Wenn Sie darauf aus sein sollten, Mr. Sparkes was anzuhängen, dann bleiben Sie mir künftig bloß von der Pelle.«

»Wir wollen überhaupt keinem was anhängen«, sagte Marino und wurde nun ebenfalls pampig. »Wir suchen nur die Wahrheit. Die spricht für sich selbst, wie man so schön sagt.«

»Das wär ja zur Abwechslung nicht schlecht«, erwiderte Dorr.

Tief beunruhigt fuhr ich nach Hause und versuchte Klarheit darüber zu gewinnen, wie das, was wir gerade erfahren hatten, zu dem passte, was wir bisher wussten. Marino sagte nur wenig, und je näher wir Richmond kamen, desto düsterer wurde seine Stimmung. Als wir in seine Einfahrt einbogen, piepte sein Pager.

»Der Hubschrauber passt irgendwie überhaupt nicht ins Bild«, sagte er, als ich hinter seinem Truck parkte. »Und womöglich hat er ja auch überhaupt nichts mit der ganzen Sache zu tun.«

Die Möglichkeit bestand ja schließlich auch.

»Was zum Teufel ist jetzt wieder los?«

Er hielt seinen Pager hoch und las das Display.

»Scheiße. Sieht ganz so aus, als wär irgendwas passiert. Vielleicht kommen Sie besser mit rein.«

Es kam nicht oft vor, dass ich Marinos Haus betrat, und wenn ich mich recht erinnerte, war es zum letzten Mal während der Weihnachtsfeiertage gewesen, als ich mit einem selbst gebackenen Brot und einem Behälter mit meinem Spezialeintopf vorbeigeschaut hatte. Selbstverständlich hingen überall seine exotischen Dekorationen, und selbst das Innere seines Hauses war mit Lichterketten behängt und wurde von einem überladenen Weihnachtsbaum erdrückt. Ich erinnerte mich an eine elektrische Eisenbahn, die surrend auf ihren Schienen im Kreis herumfuhr und unaufhörlich eine schneebepuderte, weihnachtliche Stadt umrundete. Marino hatte mir hochprozentigen Eierlikör mit echtem Virginia Lightning gemacht, und ich hätte, ehrlich gesagt, nicht nach Haus fahren dürfen.

Jetzt wirkte das Haus mit der dicken Auslegeware im Wohnzimmer und Marinos Lieblingssessel in der Zimmermitte trübselig und kahl. Immer noch drängten sich auf dem Kaminsims diverse Bowlingtrophäen, die er im Lauf der Jahre gewonnen hatte. Und wirklich war der Breitbildfernseher noch sein schönstes Möbelstück. Ich begleitete ihn in die Küche und ließ den Blick über den fettigen Herd, den überquellenden Mülleimer und das randvolle Spülbecken schweifen. Ich drehte den Heißwasserhahn auf, ließ das Wasser auf einen Schwamm laufen und begann zu putzen, während er eine Nummer wählte.

»Das brauchen Sie nicht«, flüsterte er mir zu.

»Irgendwer muss es ja tun.«

»Yo«, sagte er in den Hörer. »Hier Marino. Was ist denn los?«

Seine Stirn runzelte sich und sein rotes Gesicht färbte sich dunkler, während er lange mit angespannter Miene zuhörte. Ich machte mich an das reichlich vorhandene, schmutzige Geschirr.

»Wie gründlich wird das denn überprüft?«, fragte Marino. »Nein, ich meine, vergewissern die sich, ob jemand auch wirklich auf seinem Platz sitzt? Ach ja, tun sie? Und wir wissen genau, dass sie es diesmal auch getan haben? Klar. Keiner erinnert sich. Die ganze beknackte Welt ist voller Leute, die sich einen Scheiß an irgendwas erinnern. Erinnern sich nicht und haben auch nichts gesehen, stimmt's?«

Sorgfältig spülte ich die Gläser und setzte sie zum Abtropfen auf ein Geschirrtuch.

»Ich stimme zu, dass diese Gepäcksache bedenklich ist«, fuhr er fort.

Ich hatte Marinos Geschirrspülmittel aufgebraucht und musste mir mit einem Stück eingetrockneter Seife behelfen, die ich unter dem Spülbecken fand.

»Wo wir schon dabei sind«, sagte er jetzt, »versucht doch mal, was über einen weißen Hubschrauber rauszufinden, der über Sparkes' Farm rumgeflogen ist.« Er machte eine Pause und sagte dann: »Eventuell vorher und mit Sicherheit hinterher, weil ich ihn mit eigenen Augen gesehen habe, als wir am Schauplatz waren.«

Marino hörte noch eine Weile zu, während ich mit dem Besteck anfing, und zu meiner Verwunderung fragte er dann: »Ehe ich auflege – möchtest du vielleicht deiner Tante Guten Tag sagen?«

Meine Hände standen still, und ich starrte ihn an.

»Hier.«

Er reichte mir den Hörer.

»Tante Kay?«

Lucy schien ebenso überrascht wie ich.

»Was machst du denn in Marinos Haus?«, fragte sie.

»Putzen.«

»Bitte?«

»Ist alles in Ordnung?«, fragte ich sie.

»Marino wird es dir erzählen. Ich werd mich mal um den weißen Vogel kümmern. Er muss doch irgendwo aufgetankt haben. Vielleicht steht er ja bei FSS in Leeburg auf dem Flugplan, doch das bezweifle ich. Ich muss Schluss machen.«

Ich legte auf und war plötzlich wütend, weil ich mich überfahren fühlte, wusste jedoch nicht genau, wieso.

»Ich glaube, Sparkes steckt ernsthaft in Schwierigkeiten, Doc«, sagte Marino.

»Was ist denn passiert?«

»Es hat sich herausgestellt, dass er am Tag vor dem Brand, am Freitag, für einen Flug um 9 Uhr 30 auf dem Dulles aufgekreuzt ist. Er hat Gepäck eingecheckt, es aber am Zielflughafen, in London, niemals abgeholt. Was heißt, dass er möglicherweise eingecheckt, dem Flugbegleiter am Gate sein Ticket gegeben hat, dann schnurstracks umgekehrt ist und den Flughafen verlassen hat.«

»Die zählen auf internationalen Flügen aber die Passagiere

durch«, wandte ich ein. »Sein Fehlen im Flugzeug wäre bemerkt worden.«

»Mag sein. Doch er hätte es nie so weit gebracht, wenn er nicht clever wäre.«

»Marino …«

»Warten Sie. Lassen Sie mich erst mal zu Ende berichten. Sparkes behauptet, die Flughafenpolizei habe ihn bereits erwartet, als er am nächsten Morgen um neun Uhr fünfundvierzig in Heathrow landete – am Samstag. Und wir sprechen von der englischen Zeit, was bedeutet, dass es hier bei uns vier Uhr fünfundvierzig war. Man habe ihn über den Brand informiert, und er habe auf der Stelle kehrtgemacht und einen Flug der United zurück nach Washington genommen, ohne sich um sein Gepäck zu kümmern.«

»Ich würde sagen, wenn einer aufgeregt genug ist, kann er sich so verhalten«, sagte ich.

Marino schwieg und blickte mich fest an, während ich die Seife auf das Spülbecken legte und mir die Hände abtrocknete.

»Doc, Sie müssen aufhören, ständig Partei für ihn zu ergreifen«, sagte er.

»Das tue ich nicht. Ich versuche nur, objektiver zu sein, als manche Leute es meiner Meinung nach sind. Und die Flughafenpolizei von Heathrow wird sich doch gewiss daran erinnern, ihm die Nachricht überbracht zu haben, als er das Flugzeug verließ?«

»Bis jetzt nicht. Und wir können uns irgendwie nicht erklären, wie die Flughafenpolizei überhaupt von dem Brand gewusst haben soll. Selbstverständlich hat Sparkes für alles eine Erklärung. Er behauptet, die Flughafenpolizei treffe immer besondere Vorkehrungen, wenn er unterwegs sei, und erwarte ihn sowieso am Gate. Offenbar hätte die Nachricht von dem Brand bereits den Weg in die Londoner Frühnachrichten gefunden, und der Geschäftsmann, mit dem Sparkes angeblich verabredet war, hätte die British Airways angerufen und darum gebeten, Sparkes die Nachricht zu überbringen, sowie er gelandet wäre.«

»Und hat schon jemand mit diesem Geschäftsmann geredet?«

»Bislang noch nicht. Vergessen Sie nicht, das ist Sparkes' Geschichte. Und ich sage es Ihnen nur sehr ungern, Doc, aber glauben Sie bloß nicht, dass die Leute nicht für ihn lügen würden. Wenn er hinter dem Ganzen steckt, dann garantiere ich Ihnen, dass er das bis ins Kleinste geplant hat. Und lassen Sie mich noch hinzusetzen, dass der Brand, als er am Dulles Airport ankam, um den Flug nach London zu nehmen, bereits in vollem Gange und die Frau bereits tot war. Wer will da mit Sicherheit sagen, dass er sie nicht umgebracht und dann irgendeinen Timer benutzt hat, um das Feuer auszulösen, nachdem er die Farm verlassen hatte?«

»Niemand«, stimmte ich zu, »aber es kann auch niemand das Gegenteil beweisen. Und es sieht auch nicht so aus, als könnten wir je darüber Gewissheit erlangen, es sei denn, bei den forensischen Untersuchungen taucht irgendwelches Material auf, irgendetwas, das auf Sprengstoff und einen Zündmechanismus schließen lässt.«

»Heutzutage kann man doch fast alles im Haushalt als Timer benutzen. Wecker, Videorecorder, Computer, Digitaluhren.«

»Das stimmt zwar. Doch irgendwas muss eine schwache Explosion auslösen, etwas wie Sprengkapseln, Funken, eine Sicherung, Feuer«, sagte ich. »Wenn Sie sonst nichts mehr zu putzen haben«, sagte ich ironisch, »gehe ich jetzt lieber.«

»Nun seien Sie doch nicht sauer auf mich«, sagte Marino. »Schließlich ist diese ganze Angelegenheit ja nicht meine Schuld.«

Ich blieb an seiner Haustür stehen und sah ihn an. Dünne graue Haarsträhnen klebten an seinem schwitzenden Schädel. Wahrscheinlich hatte er überall im Schlafzimmer schmutzige Kleidungsstücke herumliegen, und kein Mensch hätte jemals genug für ihn putzen und aufräumen können, in hundert Jahren nicht. Ich erinnerte mich an Doris, seine Frau, und konnte mir vorstellen, wie sie in fügsamer Unterwürfigkeit ausgeharrt hatte, bis zu jenem Tag, als sie plötzlich ging und sich in einen anderen Mann verliebte.

Es war, als hätte man Marino eine Transfusion der falschen Blutgruppe verpasst. Wie gut auch immer seine Absichten sein mochten oder wie brillant seine Arbeit, er stand in einem furchtbaren Konflikt mit seiner Umgebung. Und sie brachte ihn langsam um.

»Tun Sie mir bloß einen Gefallen«, sagte ich, die Hand an der Tür.

Er wischte sich mit dem Hemdärmel übers Gesicht und holte seine Zigaretten heraus.

»Verleiten Sie Lucy nicht zu vorschnellen Schlüssen«, sagte ich. »Sie wissen genauso gut wie ich, dass das Problem die örtliche Ermittlungsbehörde und die Lokalpolitik sind. Marino, ich glaube nicht, dass wir uns dem, worum es hier geht, auch nur angenähert haben, also lassen Sie uns auch bitte noch niemanden kreuzigen.«

»Ich bin erstaunt«, sagte er. »Nach allem, was dieser Scheißkerl getan hat, um Sie aus dem Amt zu drängen. Und jetzt ist er auf einmal ein Heiliger?«

»Ich habe nicht gesagt, dass er ein Heiliger ist. Offen gesagt, ich kenne gar keine Heiligen.«

»Sparkes-der-Mann-der-die-Frauen-liebt«, fuhr Marino fort. »Wenn ich es nicht besser wüsste, würde ich mich fragen, ob Sie nicht ein Auge auf ihn geworfen haben.«

»Dafür ist mir jegliche Antwort zu schade.«

Ich trat hinaus auf die Veranda und fühlte mich versucht, ihm die Tür vor der Nase zuzuknallen.

»Klar. Das, was alle sagen, wenn sie schuldig sind.«

Er trat hinter mir hinaus.

»Glauben Sie bloß nicht, dass ich nicht merke, wenn Sie und Wesley Probleme miteinander haben …«

Ich drehte mich zu ihm um und zielte mit dem Zeigefinger auf ihn wie mit einer Pistole.

»Kein Wort mehr«, sagte ich warnend. »Halten Sie sich aus meinen Angelegenheiten raus, und wagen Sie es nicht, meine Professionalität in Zweifel zu ziehen, Marino. Ausgerechnet Sie sollten es besser wissen, verdammt noch mal.«

Ich ging die Stufen hinunter und stieg in meinen Wagen. Langsam und mit offensichtlicher Geübtheit setzte ich rückwärts aus der Einfahrt raus. Ich sah ihn nicht an, als ich losfuhr.

13

Der Montagmorgen brach mit einem Unwetter an. Prasselnder Regen und heftige Winde peitschten durch die Stadt. Ich fuhr mit schnell laufenden Scheibenwischern zum Dienst und hatte wegen der beschlagenen Scheiben die Klimaanlage eingeschaltet. Als ich mein Fenster runterließ, um eine Marke in den Mautautomaten zu werfen, wurde der Ärmel meines Kostüms klatschnass, und ausgerechnet an diesem Tag mussten die Leichenwagen zweier Bestattungsunternehmen gleichzeitig in der Tiefgarage parken, sodass ich den Wagen draußen abstellen musste. Die fünfzehn Sekunden, die ich brauchte, um über den Parkplatz zu hasten und die rückwärtige Tür zu meinem Gebäude aufzuschließen, waren die reinste Strafe. Ich war völlig durchnässt. Wasser troff mir aus dem Haar, und meine Schuhe quietschten, als ich die Tiefgarage durchquerte.

Ich prüfte das Eingangsbuch im Besprechungszimmer, um festzustellen, was während der Nacht reingekommen war. Ein Kleinkind war im Bett seiner Eltern gestorben. Eine ältere Frau hatte sich anscheinend mit einer Überdosis Tabletten umgebracht, und natürlich hatte es in einem der sozialen Wohnungsbauprojekte am Rande des inzwischen halbwegs gesitteten und gesünderen Innenstadtbereiches wieder eine Schießerei wegen Drogen gegeben. In den letzten Jahren war die Stadt als eine der gewalttätigsten in den Vereinigten Staaten eingestuft worden: Nicht weniger als einhundertsechzig Tötungsdelikte im Jahr kamen auf eine Einwohnerzahl von weniger als einer Viertelmillion.

Man gab der Polizei die Schuld. Selbst mir, wenn die Statistiken, die meine Dienststelle herausgab, den Politikern nicht passten oder die Verurteilungen sich hinauszögerten. Der Aberwitz des Ganzen empörte mich immer wieder aufs Neue, denn es schien den Mächtigen nicht in den Sinn zu kommen, dass es so etwas wie vorbeugende Medizin gibt, und die ist letztlich der einzige Weg, eine tödliche Krankheit aufzuhalten. Es ist doch sicher besser, gegen Kinderlähmung zu impfen, als sich damit auseinander zu setzen, wenn es zu spät ist. Ich schloss das Eingangsbuch und verließ das Besprechungszimmer. Mit nassen Schuhen lief ich den menschenleeren Flur hinunter.

Ich bog in den Umkleideraum ein, weil mir bereits kalt wurde. Eilends entledigte ich mich meines klebrigen Kostüms und der Bluse und kämpfte mich in meine Arbeitskleidung, die immer umso widerspenstiger wurde, je hastiger ich war. Ich zog meinen Laborkittel an, trocknete mein Haar mit einem Handtuch und fuhr mir mit den Fingern hindurch, damit es mir nicht in die Augen hing. Das Gesicht, das mir aus dem Spiegel entgegenstarrte, sah sorgenvoll und müde aus. Ich hatte in letzter Zeit weder anständig gegessen noch geschlafen und war weniger diszipliniert im Umgang mit Kaffee und Alkohol. Das alles zeigte sich nun um meine Augen herum. Zu einem guten Teil war das auf meine hilflose Wut und die Angst zurückzuführen, die Carrie ausgelöst hatte und die mich ständig begleitete. Wir hatten zwar keine Ahnung, wo sie war, doch in meiner Vorstellung war sie überall.

Ich ging ins Pausenzimmer, wo Fielding, der grundsätzlich keinen Kaffee trank, sich gerade Kräutertee machte. Sein Gesundheitsfanatismus war meinem Wohlbefinden auch nicht eben zuträglich. Ich hatte schon seit über einer Woche keinen Sport mehr getrieben.

»Ich wünsche einen schönen guten Morgen, Dr. Scarpetta«, sagte er wohl gelaunt.

»Schön wär's«, erwiderte ich und griff nach dem Kaffeetopf. »Wie es aussieht, hält sich die Zahl der Fälle heute im Rahmen. Ich überlasse alles Ihnen, auch die Personalbesprechung. Ich habe eine Menge zu tun.«

Fielding, heute in gelbem Hemd mit umgeschlagenen Manschetten, lebhaft gemusterter Krawatte und sportlicher Bügelfaltenhose, wirkte frisch und munter. Er war tadellos rasiert und roch gut. Sogar seine Schuhe glänzten, weil er es, anders als ich, niemals zuließ, dass die jeweiligen Lebensumstände Einfluss darauf gewannen, wie sehr er sich pflegte oder nicht.

»Ich begreife einfach nicht, wie Sie das schaffen«, sagte ich und musterte ihn von Kopf bis Fuß. »Jack, sind Sie denn überhaupt nicht anfällig für so normale Dinge wie Depressionen, Stress, Sucht nach Schokolade, Zigaretten, Scotch?«

»Ich neige dazu, mein Ausdauertraining zu übertreiben, wenn ich erledigt bin«, sagte er, während er seinen Tee trank und mich durch den Dampf hindurch beäugte. »Dann hole ich mir Verletzungen.«

Er überlegte einen Augenblick.

»Was ich mir am ehesten vorzuwerfen habe – jetzt, wo Sie mich fragen –, ist, dass ich meine Frau und meine Kinder vernachlässige, Ausreden erfinde, um nicht zu Hause sein zu müssen. Ich bin ein gefühlloser Scheißkerl, und dafür werde ich ziemlich häufig gehasst. Sodass also auch ich meine selbstzerstörerische Ader habe. Doch ich verspreche Ihnen eins«, sagte er dann, »wenn Sie sich die Zeit nehmen würden zum Walking, Radfahren, zu ein paar Kniebeugen oder auch Liegestützen, ich schwöre Ihnen, Sie würden sich wundern.«

Im Hinausgehen setzte er noch hinzu: »Die natürlichen Morphine des Körpers, habe ich Recht?«

»Danke«, rief ich ihm nach und hatte meine Frage bereits bereut.

Ich hatte mich kaum an meinen Schreibtisch gesetzt, als Rose erschien. Mit ihrem hoch gesteckten Haar und dem eleganten marineblauen Kostüm war sie fit für eine leitende Position.

»Ich habe gar nicht gewusst, dass Sie da sind«, sagte sie und legte diktierte Protokolle auf einen Stapel. »Das ATF hat gerade angerufen. McGovern.«

»Ja?«, fragte ich interessiert. »Wissen Sie, worum es geht?«

»Sie sagt, sie wäre übers Wochenende in D.C. gewesen und müsste Sie sehen.«

»Wann und weshalb?«

Ich fing an, Briefe zu unterschreiben.

»Sie müsste eigentlich bald hier sein«, sagte Rose.

Ich blickte überrascht auf.

»Sie hat vom Auto aus angerufen und mich gebeten, Ihnen zu sagen, dass sie fast bei Kings Dominion sei und in zwanzig, dreißig Minuten hier sein müsste.«

»Dann muss es wichtig sein«, murmelte ich und öffnete einen Papordner mit Diapositiven.

Ich schwang auf meinem Stuhl herum, hob den Plastikschoner von meinem Mikroskop und schaltete den Illuminator an.

»Sie brauchen nicht gleich alles stehen und liegen zu lassen«, sagte die stets fürsorgliche Rose. »Sie hat ja schließlich keinen Termin vereinbart oder auch nur gefragt, ob Sie sie unterbringen können.«

Ich legte ein Präparat auf den Objektträger und spähte durch das Okular auf ein Stück Pankreasgewebe, auf rosafarbene, zusammengeschrumpfte Zellen, die gläsern beziehungsweise narbig aussahen.

»Seine Blutvergiftung hat sich als Fehlanzeige erwiesen«, sagte ich zu Rose, als ich ein weiteres Präparat auf den Objektträger legte. »Bis auf das Aceton«, setzte ich hinzu. »Nebenprodukt eines entgleisten Zuckerstoffwechsels. Und die Nieren selbst zeigen Löcher an den kleinen Ausführungsgängen. Was bedeutet, dass sie, statt zylindrisch und rosa durchsichtig, wulstig und vergrößert sind.«

»Wieder Sonny Quinn«, sagte Rose trübselig.

»Darüber hinaus haben wir eine Krankengeschichte – nach Obst riechende Atemluft, Gewichtsverlust, Durst, häufiges Wasserlassen – verzeichnet. Nichts, das Insulin nicht hätte heilen können. Was nicht heißen soll, dass ich nicht an Gebete glaube, auch wenn die Familie den Reportern das Gegenteil erzählt hat.«

Sonny Quinn war der elfjährige Sohn eines Paares, das zu den Christian Scientists gehörte. Er war vor acht Wochen gestorben, und obwohl nie irgendein Zweifel an seiner Todesursache bestanden hatte, jedenfalls nicht in meinem Kopf, hatte ich nichts für abgeschlossen erklärt, ehe nicht weitere Untersuchungen und Tests durchgeführt worden waren. Kurz, der Junge war gestorben, weil er keine angemessene ärztliche Behandlung erhalten hatte. Seine Eltern hatten heftig gegen die Autopsie protestiert. Sie waren ins Fernsehen gegangen und hatten mich der religiösen Verfolgung und der Verstümmelung der Leiche ihres Kindes bezichtigt.

Rose, die immer wieder hatte miterleben müssen, welche Empfindungen dieser Fall in mir auslöste, fragte: »Wollen Sie sie anrufen?«

»Wollen ist nicht der richtige Ausdruck. Also – ja.«

Sie blätterte in Sonny Quinns dicker Fallakte und kritzelte eine Telefonnummer auf ein Blatt Papier.

»Viel Glück«, sagte sie, als sie ins Nebenzimmer hinüberging.

Ich wählte und machte mich auf einen grauenhaften Anruf gefasst.

»Mrs. Quinn?«, fragte ich, als eine Frau antwortete.

»Ja.«

»Kay Scarpetta. Ich habe die Ergebnisse von Sonnys ...«

»Haben Sie uns noch nicht genug wehgetan?«

»Ich dachte, Sie würden vielleicht wissen wollen, warum Ihr Sohn gestorben ist ...«

»Sie brauchen mir nichts über meinen Sohn zu erzählen«, sagte sie bissig.

Mit hämmerndem Herzen hörte ich, wir ihr jemand den Hörer aus der Hand nahm.

»Quinn hier«, sagte der Mann, der den Schild der religiösen Freiheit vor sich hertrug, mit dem Ergebnis, dass sein Sohn tot war.

»Sonnys Todesursache war eine akute Lungenentzündung infolge akuter diabetischer Ketoacidose, diese wiederum infolge eines akuten Schubs von Diabetes mellitus. Es tut mir Leid, dass ich Ihnen wehtun musste, Mr. Quinn.«

»Das ist alles ein Missverständnis. Ein Irrtum.«

»Es gibt kein Missverständnis, Mr. Quinn. Keinen Irrtum«, sagte ich, und es gelang mir gerade noch, den Zorn in meiner Stimme zu dämpfen. »Ich kann Ihnen nur empfehlen, Ihre anderen Kinder sofort in ärztliche Behandlung zu geben, wenn sie dieselben Symptome zeigen wie Sonny. Dann brauchen Sie auch nicht wieder durchzumachen, was Sie diesmal durchgemacht haben ...«

»Ich lasse mir doch nicht von irgendeinem Medical Examiner sagen, wie ich meine Kinder großzuziehen habe«, sagte er eisig. »Meine Dame, ich sehe Sie vor Gericht.«

Da kannst du sicher sein, dachte ich, denn ich wusste, dass er und seine Frau mit einer Anklage wegen Kindesmisshandlung und mangelnder Sorgfaltspflicht zu rechnen hatten.

»Verschonen Sie uns mit weiteren Anrufen«, sagte Mr. Quinn und hängte einfach ein.

Ich legte bedrückt den Hörer auf und sah, als ich den Blick hob, unmittelbar vor meiner Tür Teun McGovern im Flur stehen. Ihre Miene sagte mir, dass sie jedes einzelne Wort mitbekommen hatte.

»Kommen Sie herein, Teun«, sagte ich.

»Und ich hatte mir eingebildet, nur ich hätte einen harten Job.« Ihr Blick war auf mich gerichtet, als sie sich einen Stuhl nahm und sich unmittelbar mir gegenüber setzte. »Ich weiß zwar, dass Sie so was ständig machen müssen, aber ich habe es wohl nie wirklich miterlebt. Nicht dass ich nicht die ganze Zeit mit Familien reden müsste, aber Gott sei Dank ist es nicht meine Aufgabe, ihnen in allen Einzelheiten zu erzählen, was das Einatmen von Rauch in der Luftröhre oder der Lunge ihrer Liebsten bewirkt hat.«

»Das ist der schlimmste Teil des Jobs überhaupt«, sagte ich, und das niederdrückende Gefühl wollte nicht weichen.

»Vermutlich sind Sie der Bote, den man am liebsten umbringen würde.«

»Nicht immer«, sagte ich und wusste bereits, in der Einsamkeit meines schutzlosen Innern würden die anklagenden, erbitterten Worte der Quinns bis ans Ende meiner Tage nachhallen.

Es gab mittlerweile so viele Stimmen, Schreie und Gebete, die von Zorn und Schmerz erfüllt waren und manchmal Anklage gegen mich erhoben, weil ich es gewagt hatte, an die Wunden zu rühren, und weil ich ihnen Gehör schenkte. Ich wollte mit McGovern nicht darüber reden. Ich wollte sie nicht näher an mich heranlassen.

»Ich habe noch einen Anruf zu erledigen«, sagte ich. »Wenn Sie uns also Kaffee holen möchten? Oder bleiben Sie einfach eine Minute sitzen. Es wird Sie sicher interessieren, was ich herausfinde.«

Ich rief die University of North Carolina in Wilmington an, und obwohl es noch nicht ganz neun Uhr war, war die Registratur besetzt. Der Beamte war geradezu übertrieben höflich, aber nicht im Geringsten hilfsbereit.
»Ich habe volles Verständnis für Ihren Anruf, und glauben Sie mir, wir würden Ihnen furchtbar gern helfen«, sagte er. »Aber nicht ohne gerichtliche Anordnung. Wir können doch nicht einfach beschließen, die persönlichen Daten eines unserer Studenten preiszugeben. Und schon gar nicht telefonisch.«
»Mr. Shedd, wir sprechen von einem Mord«, erinnerte ich ihn und merkte, wie mir langsam der Geduldsfaden riss.
»Ich verstehe«, sagte er wieder.
Das ging eine Weile so weiter und führte zu keinem Ergebnis. Schließlich gab ich es auf und beendete das Gespräch. Ich war entmutigt, als ich meine Aufmerksamkeit wieder McGovern zuwandte.
»Die wollen nur ihren Arsch nicht hinhalten müssen, falls die Familie ihnen hinterher aufs Dach steigt.« McGovern sagte mir damit nichts Neues. »Die erwarten von uns, dass wir ihnen keine andere Wahl lassen, also werden wir wohl dafür sorgen.«
»Genau«, sagte ich stumpf. »Was führt Sie denn hierher?«
»Ich komme wegen der Laborergebnisse. Einige habe ich bereits vorliegen. Ich hatte Freitagabend angerufen«, sagte sie.
»Das wäre mir neu.«
Ich war verstimmt. Falls die Spurensicherung McGovern vor mir angerufen hatte, würde ich denen ernsthaft die Leviten lesen müssen. Ich nahm den Hörer und rief Mary Chan an, eine junge Gerichtsmedizinerin, die noch neu im Labor war.
»Guten Morgen«, sagte ich. »Ich höre, Sie haben irgendwelche Berichte für mich?«
»Ich wollte sie gerade runterbringen.«
»Sind es dieselben, die Sie an das ATF geschickt haben?«
»Ja, die. Ich kann sie faxen oder sie Ihnen persönlich bringen.«
Ich gab ihr meine Faxnummer im Büro und ließ mir meinen Ärger nicht anmerken. Eine Bemerkung konnte ich mir jedoch nicht verkneifen.

»Mary, für die Zukunft merken Sie sich am besten, dass Sie über meine Fälle zuallererst *mich* informieren, ehe Sie Laborresultate an Dritte weitergeben.«

»Es tut mir Leid«, sagte sie, und ihre Stimme ließ keinen Zweifel daran. »Die Ermittlungsbeamtin hat um fünf angerufen, als ich schon mit einem Bein aus der Tür war.«

Die Berichte lagen zwei Minuten später vor mir auf dem Tisch, und McGovern öffnete ihre ramponierte Aktenmappe, um ihre Kopien herauszuholen. Sie beobachtete mich, während ich las. Der erste Bericht war eine Analyse der metallähnlichen Späne, die ich in der Schnittwunde der Toten im linken Schläfenbereich entdeckt hatte. Der elektronenmikroskopischen und der Röntgenuntersuchung zufolge handelte es sich zweifelsfrei um Magnesium.

Was die geschmolzenen Reste aus dem Haar des Opfers betraf, so waren die Resultate ebenfalls unerklärlich. Die Spektrometeruntersuchung zeigte die charakteristischen Muster für Kunststoffe oder Silikon.

»Ein bisschen merkwürdig, finden Sie nicht?«, fragte McGovern mich.

»Fangen wir mal mit dem Magnesium an«, sagte ich. »Was mir dazu einfällt, ist Seewasser. Darin ist reichlich Magnesium. Oder Bergbau. Oder die betreffende Person war ein Industriechemiker oder arbeitete in einem Forschungslabor. Wie steht's mit Zündstoffen?«

»Wenn Kaliumchlorid vorkäme, dann ja. Das könnte Zündpulver sein«, antwortete sie. »Oder Bleiazid, Knallquecksilber, Salpetersäure, Schwefelsäure, Ammoniumnitrat und so weiter und so weiter. Und ich muss auch hinzufügen, dass Pepper auf solche hochexplosiven Stoffe angesprungen wäre.«

»Und Magnesium?«, fragte ich.

»Pyrotechnik oder Feuerwerk«, sagte sie. »Um das strahlend weiße Licht zu bekommen. Oder Leuchtkugeln.« Sie zuckte die Achseln. »Wenn man dafür auch lieber Aluminiumpuder nimmt, weil es sich besser hält, es sei denn, die Magnesiumpartikel sind mit irgendwas beschichtet, sagen wir mit Leinöl.«

»Leuchtkugeln«, überlegte ich laut. »Man zündet Leuchtkugeln an, deponiert sie an strategisch günstigen Stellen und geht weg? Das könnte einem doch immerhin ein paar Minuten einbringen.«

»Mit dem geeigneten Brennstoff schon.«

»Doch das erklärt noch nicht, weshalb es in ihrer Wunde unverbrannte Späne davon gibt, was die Vermutung nahe legt, dass sie von dem scharfen Instrument stammen, mit dem sie geschnitten wurde.«

»Bei der Messerherstellung verwendet man aber kein Magnesium«, bemerkte McGovern.

»Nein, nichts dergleichen. Es ist zu weich. Wie steht's denn mit der Luftfahrtindustrie, weil es so leicht ist?«

»Ja, ganz sicher. Aber wenn so was im Spiel gewesen wäre, dann hätte es Legierungen gegeben, auf die man bei den Untersuchungen gestoßen wäre.«

»Stimmt. Also gehen wir mal weiter zum Silikon, was überhaupt keinen Sinn zu ergeben scheint. Es sei denn, sie hätte Silikonbrustimplantate bekommen, ehe die verboten wurden, was eindeutig nicht der Fall war.«

»Was ich darüber hinaus weiß, ist, dass Silikongummi in Elektroisolierungen, hydraulischen Flüssigkeiten und Wasser abstoßenden Beschichtungen vorkommt. Nichts davon kommt hier in Frage, außer es hat irgendetwas in der Art im Badezimmer gegeben, vielleicht in der Wanne. Etwas Rosafarbenes – ich weiß nicht, was.«

»Ist bekannt, ob Sparkes einen Badezimmervorleger gehabt hat – irgendwas Gummiartiges, Rosafarbenes?«, fragte ich.

»Wir haben gerade erst angefangen, systematisch das ganze Haus mit ihm durchzugehen«, sagte sie. »Doch er behauptet, die Ausstattung des Badezimmers sei überwiegend schwarz und weiß gewesen. Der Marmorfußboden und die Wände waren schwarz. Waschbecken, Schränkchen und Badewanne weiß. Die Tür der Dusche war ein europäisches Fabrikat und nicht aus gehärtetem Glas, was erklärt, warum sie nicht in eine Milliarde Glasbällchen zerplatzt ist, als die Temperatur 200 Grad überstieg.«

»Was auch erklärt, wieso es gewissermaßen über dem Körper geschmolzen ist.«

»Hm, ihn nahezu eingeschweißt hat.«

»Nicht ganz«, sagte ich.

»Die Tür hatte Messingangeln und keinen Rahmen. Was wir gefunden haben, stimmt damit überein. Sodass das Gedächtnis unseres freundlichen Medientycoons wenigstens in dieser Hinsicht wahrheitsgetreu arbeitet.«

»Und in anderer?«

»Das weiß nur Gott, Kay.«

Sie knöpfte ihre Kostümjacke auf, als wäre es ihr plötzlich eingefallen, sich zu entspannen, während sie paradoxerweise auf die Uhr sah.

»Wir haben es mit einem sehr gewieften Mann zu tun«, sagte sie. »So viel wissen wir alle.«

»Und der Hubschrauber? Was halten Sie davon, Teun? Ich nehme doch an, Sie haben von dem kleinen weißen Schweizer oder Robinson gehört, oder was immer das war, das der Hufschmied am Tag vor dem Brand gesehen hat? Vielleicht war es ja derselbe, den Sie und ich zwei Tage später gesehen haben?«

»Das ist bislang nur eine Theorie«, sagte sie. »Und eine sehr vage obendrein, da geben Sie mir doch Recht?«

Ihr Blick war durchdringend.

»Vielleicht hat er ja das Feuer gelegt und musste dann rasch zum Flughafen«, fuhr sie fort. »Also unternimmt der Hubschrauber am Tag zuvor einen Erkundungsflug über der Farm, weil der Pilot weiß, dass er im Dunkeln landen und wieder abfliegen wird. Können Sie mir so weit folgen?«

Ich nickte.

»Der Freitag vergeht. Sparkes ermordet das Mädchen und fackelt sein Wohnhaus ab. Er rennt auf die Weide hinaus und erreicht den Hubschrauber, der ihn irgendwo in der Nähe von Dulles absetzt, wo er seinen Cherokee stehen hat. Er erreicht den Flughafen und regelt diese Geschichte mit den Quittungen und vielleicht auch mit dem Gepäck. Dann macht er sich dünn, bis es an der Zeit ist, auf der Hootowl-Farm aufzutauchen.«

»Und dass der Hubschrauber am Montag, als wir am Tatort waren, wieder aufgekreuzt ist, wie passt das ins Bild?«
»Pyros erleben nun mal gern mit, was sie Schönes anrichten«, sagte sie. »Herrgott noch mal, soweit wir wissen, saß Sparkes selbst da oben drin und hat zugeguckt, wie wir uns den Arsch abgearbeitet haben. Ist doch krank, so was, wenn nicht noch was Schlimmeres. Der hat sich vorgestellt, dass wir das Ding für einen Pressehubschrauber halten würden, was wir ja auch getan haben.«
»Bis jetzt ist das alles reine Spekulation«, sagte ich und hatte es langsam satt.
Ich begann, mich der nimmer endenden Papierflut auf meinem Schreibtisch zu widmen. McGovern musterte mich erneut. Dann stand sie auf und schloss die Tür.
»Na schön, ich glaube, es ist an der Zeit, dass wir uns mal ein bisschen unterhalten«, sagte sie. »Ich glaube nicht, dass Sie mich mögen. Und vielleicht können wir ja was dagegen tun, wenn Sie das in aller Offenheit zugeben.«
»Ich bin mir nicht sicher, was ich von Ihnen halte, wenn Sie es wissen wollen.«
Ich starrte sie an.
»Das Wichtigste ist doch, dass wir alle unseren Job machen, sonst verlieren wir die Perspektive. Immerhin geht es hier um einen Menschen, der ermordet worden ist«, setzte ich hinzu.
»Jetzt nerven Sie mich aber gewaltig«, sagte sie.
»Das liegt nicht in meiner Absicht, kann ich Ihnen versichern.«
»Als ob es mir egal wäre, dass jemand ermordet worden ist – wollen Sie das andeuten? Sie glauben, dass ich es im Leben so weit gebracht habe, weil es mir scheißegal ist, wer irgendwo ein Feuer gelegt hat und warum?«
Sie schob die Ärmel hoch, als machte sie sich zum Kampf bereit.
»Teun«, sagte ich, »ich habe hierfür keine Zeit, denn ich halte es nicht für konstruktiv.«
»Es geht um Lucy. Sie glauben, dass ich Ihren Platz einnehmen will oder weiß der Himmel was. Darum geht es doch die ganze Zeit, Kay, oder etwa nicht?«

Jetzt machte sie mich auch wütend.

»Sie und ich haben doch vorher schon zusammengearbeitet, stimmt's?«, fuhr sie fort. »Wir haben bislang nie ein nennenswertes Problem miteinander gehabt. Also muss man sich doch fragen, was sich verändert hat. Ich glaube, die Antwort liegt auf der Hand. Der Unterschied zu früher ist, dass Ihre Nichte in diesem Augenblick, da wir uns unterhalten, ihre neue Wohnung in Philadelphia bezieht, um künftig in meiner Außenstelle zu arbeiten, unter meiner Anleitung. Meiner. Nicht Ihrer. Und das gefällt Ihnen nicht. Und soll ich Ihnen noch was sagen? Wenn ich an Ihrer Stelle wäre, würde mir das vielleicht auch nicht gefallen.«

»Das ist weder der richtige Zeitpunkt noch der richtige Ort für diese Diskussion«, sagte ich in bestimmtem Ton.

»Na prima.«

Sie stand auf und hängte sich ihre Jacke über den Arm.

»Dann gehen wir eben woanders hin«, verkündete sie. »Ich habe die Absicht, diese Sache zu regeln, ehe ich wieder nach Norden fahre.«

Für einen Augenblick war ich matt gesetzt, obwohl ich mich hinter dem Bollwerk meines Schreibtisches verschanzt hatte, dieser Festung von Aktenordnern, der schützenden, mühseligen Pflichtlektüre von Zeitschriftenartikeln, der ungezählten Nachrichten und Briefe, die mich niemals aus ihren Klauen ließen. Ich nahm meine Brille ab und massierte mein Gesicht. Wenn ich McGovern nur verschwommen sah, war es einfacher für mich.

»Ich lade Sie zum Essen ein«, sagte ich, »wenn Sie bereit sind, hier noch drei Stunden auszuharren. Unterdessen« – ich stand auf – »muss ich dringend einen Topf Knochen zum Kochen bringen. Sie können mitkommen, wenn Sie einen starken Magen haben.«

»Damit können Sie mich nicht verschrecken.« McGovern schien erfreut.

McGovern war nicht der Typ, der geduldig auf jemanden wartete, und so hielt sie es, nachdem ich den Brenner im Leichenraum angestellt hatte, gerade so lange aus, bis der Dampf aufstieg.

Dann machte sie sich auf den Weg zur Richmonder Außenstelle des ATF. Überraschenderweise kehrte sie binnen einer Stunde wieder zurück. Außer Atem und angespannt kam sie herein. Ich rührte gerade vorsichtig in den vor sich hin köchelnden Knochen.

»Wir haben wieder einen«, sagte sie hastig.

»Wieder einen was?« fragte ich.

Ich legte den langen Plastiklöffel auf einer Arbeitsplatte ab.

»Noch so einen merkwürdigen Brand. Diesmal in Lehigh County, ungefähr eine Stunde von Philadelphia entfernt«, sagte sie. »Begleiten Sie mich?«

Ich überschlug, was passieren konnte, wenn ich alles liegen und stehen ließ und mit ihr fuhr. Auf jeden Fall missfiel mir die Vorstellung, fünf Stunden allein mit ihr in einem Auto zu sitzen.

»Diesmal ist es ein Wohnhaus«, fuhr sie fort. »Das Feuer ist gestern frühmorgens ausgebrochen, und man hat eine Leiche gefunden. Eine Frau. Im Badezimmer.«

»Oh nein«, stöhnte ich.

»Sicher ist, dass das Feuer vertuschen sollte, dass sie ermordet wurde«, sagte sie und erklärte, weshalb der Fall möglicherweise mit dem in Warrenton zusammenhing.

Als man die Leiche entdeckt hatte, hatte die Staatspolizei von Pennsylvania unverzüglich Unterstützung beim ATF angefordert. Dann hatten die ATF-Brandermittler am Tatort Daten in ihre Laptops eingegeben, und ESA hatte fast sofort einen Treffer gelandet. Bis gestern Abend hatte der Lehigh-Fall enorm an Bedeutung gewonnen, das FBI hatte angeboten, einige seiner Beamten und Benton zu schicken, und die Staatspolizei hatte angenommen.

»Das Haus ist auf einer Felsplatte erbaut worden«, erläuterte McGovern, als wir auf die I-95 North fuhren. »Also gibt's Gott sei Dank kein Kellergeschoss, mit dem wir uns herumschlagen müssen. Unsere Jungs sind heute seit drei Uhr früh dort, und das Merkwürdige ist, dass das Feuer diesmal keineswegs wie gewünscht ganze Arbeit geleistet hat. Der erste Stock, ein Gästezimmer unmittelbar darüber im zweiten und das Wohnzimmer im Erdgeschoss sind allerdings ziemlich verbrannt, wobei die Decke im Badezimmer besonders stark beschädigt ist. Und der Zementfußboden in der Garage ist aufgeplatzt.«

Das passierte, wenn eine rasche, intensive Hitzeentwicklung die im Zement eingeschlossene Feuchtigkeit zum Kochen brachte.

»Die Garage befand sich wo?«, fragte ich, während ich mir vorzustellen versuchte, was sie beschrieb.

»Auf derselben Seite des Hauses wie die Wohnräume. Es war wieder ein schnelles, heißes Feuer. Der Brandschaden ist jedoch nicht total, da ist eine Menge nur oberflächlich Verkohltes. Was den Rest des Hauses betrifft, so haben wir es hauptsächlich mit Rauch- und Wasserschäden zu tun. Was nicht übereinstimmt mit dem Werk desjenigen, der Sparkes' Farm angezündet hat. Bis auf einen wichtigen Punkt: Bis jetzt sieht es nicht so aus, als wäre ein Brandbeschleuniger benutzt worden, und es gab keine ausreichende Menge Brennbares im Bad, die die Höhe der Flammen erklären könnte.«

»Befand sich die Leiche in der Badewanne?«, fragte ich.

»Ja. Wenn ich dran denke, sträuben sich mir die Nackenhaare.«

»Das glaub ich Ihnen. Und in welchem Zustand ist die Leiche?«

McGovern fuhr mit ihrem Dienstwagen, einem Ford Explorer, mit einer Geschwindigkeit von konstant zehn Meilen über dem Tempolimit, als ich ihr die zentrale Frage stellte.

»Nicht so verbrannt, dass der Medical Examiner nicht hätte feststellen können, dass man ihr die Kehle durchgeschnitten hat.«

»Dann ist sie also schon autopsiert worden?«

»Ehrlich gesagt, ich weiß nicht, wie viel bisher gemacht worden ist. Doch sie bleibt, wo sie ist. Das ist Ihr Feld. Meins besteht darin, den Tatort nach verwertbaren Spuren abzusuchen.«

»Dann brauche ich also diesmal nicht wieder Schutt zu schaufeln?«

McGovern lachte und stellte den CD-Spieler an. Mit Mozart hatte ich nicht gerechnet.

»Sie können buddeln, so viel Sie wollen«, sagte sie mit einem Lächeln, das die Atmosphäre beträchtlich entspannte. »Sie machen das übrigens gar nicht schlecht für jemanden, der wahrscheinlich nur dann rennt, wenn ihm jemand auf den Fersen ist, und der nichts zu wälzen hat außer intellektueller Probleme.«

»Man braucht nur genügend Leichen zu öffnen und zu bewegen, und Hantelübungen erübrigen sich«, sagte ich, was allerdings eine starke Übertreibung war.

»Zeigen Sie mal Ihre Hände.«

Ich tat es, und sie warf einen Blick darauf, während sie die Spur wechselte.

»Du meine Güte. Offenbar hatte ich bisher keine Vorstellung davon, was Sägen und Skalpelle und Heckenscheren für den Muskeltonus bewirken können«, war ihr Kommentar.

»*Heckenscheren?*«

»Na, Sie wissen schon, dies Gerät, womit man den Brustkorb öffnet.«

»Rippenschere, bitte.«

»Na gut, aber ich habe in manchen Leichenschauhäusern schon Heckenscheren gesehen und auch Stricknadeln, um in Schusswunden nach Kugeln zu stochern.«

»Nicht in meinem. Jedenfalls nicht in dem, was ich jetzt habe. Obwohl ich zugebe, dass man früher lernen musste zu improvisieren«, räumte ich ein, während weiter Mozart ertönte.

»Jeder hat so seine Berufsgeheimnisse, von denen er lieber nicht möchte, dass sie vor Gericht zur Sprache kommen«, gestand McGovern ein. »Etwa das beschlagnahmte Glas Branntweinkirschen, dass man in einer geheimen Schreibtischschublade verstaut hat. Oder Cops, die sich vom Tatort Souvenirs mitnehmen wie Marihuanapfeifen oder exotische Waffen. Oder Medical Examiners, die sich nicht von künstlichen Hüften und Teilen von zertrümmerten Schädeln trennen können, die eigentlich mit der Leiche beerdigt werden sollten.«

»Ich will gar nicht leugnen, dass der eine oder andere meiner Kollegen sich nicht immer korrekt verhält«, sagte ich. »Aber unerlaubt Körperteile an sich zu bringen, fällt meiner Meinung nach nicht in dieselbe Kategorie wie ein Glas Früchte in Alkohol.«

»Sie sind schrecklich tugendhaft, Kay, oder?«, stellte McGovern fest. »Anders als der Rest von uns, vertun Sie sich nie oder machen irgendwas falsch. Bestimmt passiert es nie, dass Sie sich überfressen oder betrinken. Und ehrlich gesagt, das ist auch der Grund, warum wir armen Würstchen uns in Ihrer Gegenwart so fürchten – weil wir Angst haben müssen, dass uns Ihr missbilligender Blick trifft.«

»Liebe Güte, was für ein grässliches Bild!« rief ich. »Ich hoffe nicht, dass man mich wirklich so sieht.«

Sie sagte nichts.

»Ich selbst sehe mich bestimmt nicht so«, sagte ich. »Im Gegenteil, Teun. Vielleicht bin ich einfach reservierter, weil ich es muss. Vielleicht bin ich verschlossener, weil ich es von jeher gewesen bin, und, nein, ich habe auch keinerlei Hang dazu, meine Sünden öffentlich zu bekennen. Allerdings fälle ich auch nicht ständig Urteile über meine Mitmenschen. Und Sie dürfen mir glauben, dass ich mit mir selbst viel kritischer bin, als ich es Ihnen gegenüber jemals wäre.«

»Da habe ich einen ganz anderen Eindruck. Mir scheint, Sie prüfen mich ständig auf Herz und Nieren, um sich zu vergewissern, ob ich die geeignete Ausbilderin für Lucy bin und keinen verderblichen Einfluss auf sie habe.«

Auf diese Anschuldigung wusste ich keine Antwort, denn es stimmte.

»Ich weiß nicht einmal, wo sie ist«, ging mir plötzlich auf.

»Das kann ich Ihnen sagen. Sie ist in Philly. Pendelt munter hin und her zwischen der Außenstelle und ihrer neuen Wohnung.«

Eine Weile spielte nur die Musik, und während die Umgehungsstraße uns um Baltimore führte, musste ich an den Medizinstudenten denken, der ebenfalls in einem Feuer umgekommen war, wo Verdacht auf Brandstiftung bestanden hatte.

»Teun«, sagte ich, »wie viele Kinder haben Sie?«

»Eins. Einen Sohn.«

Ich merkte, dass das für sie kein erfreuliches Thema war.

»Wie alt ist er?«

»Joe ist sechsundzwanzig.«

»Wohnt er in Ihrer Nähe?«

Ich starrte aus dem Fenster auf reflektierende Verkehrsschilder. Sie zeigten Ausfahrten zu Straßen von Baltimore an, die ich einmal sehr gut gekannt hatte, als ich an der Johns Hopkins University Medizin studierte.

»Offen gestanden, ich weiß nicht, wo er wohnt«, sagte sie. »Wir haben uns niemals nahe gestanden. Ich bin mir nicht sicher, ob Joe überhaupt jemals irgendjemandem nahe gestanden hat. Und ich bin mir auch nicht sicher, ob das überhaupt jemand wollen kann.«

Ich wollte nicht bohren, aber sie wollte reden.

»Ich wusste, dass mit ihm irgendetwas nicht stimmte, als er sich im zarten Alter von zehn Jahren an die Hausbar machte. Er ging an Gin und Wodka und füllte dann Wasser in die Flaschen, weil er dachte, er könnte uns damit täuschen. Mit sechzehn war er ein hemmungsloser Alkoholiker und immer wieder in Behandlung. Mal gab es Anzeigen wegen Trunkenheitsdelikten, mal wegen Störung der öffentlichen Ordnung, dann wegen Diebstählen. So kam eins zum anderen. Mit neunzehn ging er von zu Hause weg, flippte in der Gegend herum und brach schließlich jeglichen Kontakt ab. Ehrlich gesagt, ich glaube, dass er sich irgendwo als Penner rumtreibt.«

»Da haben Sie ein schweres Leben gehabt«, sagte ich.

14

Es war fast sieben, als McGovern mich im Sheraton Hotel am Society Hill absetzte. Die Atlanta Braves waren gerade dort abgestiegen. Groupies, alte und junge, ausstaffiert mit Baseballjacken und -kappen, strichen durch Flure und Bars und hielten große Fotos ihrer Idole hoch, um Autogramme von ihnen zu erhaschen. Man hatte den Sicherheitsdienst gerufen. Ein verzweifelter Mann hielt mich an, als ich durch die Drehtür kam.

»Haben Sie sie gesehen?«, fragte er mich, während seine Blicke wild hin und her zuckten.

»Wen denn?«, fragte ich zurück.

»Die Braves!«,

»Wie sehen die denn aus?«, fragte ich.

Ich stellte mich in die Schlange, um einzuchecken, und wollte nur noch eins: ein langes, heißes Bad. Wir hatten südlich von Philadelphia zwei Stunden im Stau gestanden. Fünf Autos und ein Transporter waren ineinander geknallt, und Glassplitter und verbogenes Metall lagen über sechs Spuren verstreut. Danach war es zu spät gewesen, um bis zum Leichenschauhaus von Lehigh County weiterzufahren. Das würde bis morgen warten müssen. Ich nahm den Fahrstuhl zum vierten Stock und öffnete das elektronische Türschloss mit Hilfe meiner Plastikkarte. Ich zog die Vorhänge auf und blickte auf den Delaware River und die Masten der *Moshulu* hinaus, die an Penn's Landing vertäut lag. Da stand ich plötzlich mit meiner wasserdichten Tasche, meinem Aluminiumkoffer und der Handtasche in Philadelphia.

Das Nachrichtenlämpchen am Telefon blinkte. Bentons Stimme teilte mir mit, dass er im selben Hotel wohnen werde und käme, so schnell es der New Yorker Verkehr erlaube. Ich könne etwa um neun Uhr mit ihm rechnen. Lucy hatte mir ihre neue Telefonnummer hinterlassen. Sie wusste nicht, ob sie mich treffen können würde oder nicht. Marino hatte Neuigkeiten, die er mir mitteilen würde, wenn ich anriefe, und Fielding meldete, dass die

Quinns heute in den frühen Abendnachrichten im Fernsehen erklärt hatten, dass sie meine Behörde und mich verklagen würden, weil ich den Verfassungsgrundsatz der Trennung von Kirche und Staat verletzt und nicht wieder gutzumachenden seelischen Schaden angerichtet hätte.
Ich setzte mich auf die Bettkante und zog mir die Schuhe aus. Meine Strumpfhose hatte eine Laufmasche, und ich knüllte sie zusammen und warf sie in den Papierkorb. Die Kleider schnitten mir in den Leib, weil ich sie zu lange getragen hatte, und ich bildete mir ein, dass der Gestank von kochenden menschlichen Knochen in meinem Haar hinge.
»Scheiße!« rief ich halblaut. »Was ist das bloß für ein verfluchtes Leben?«
Ich riss mir Kostüm, Bluse und Slip vom Leib und warf sie, so wie sie waren, aufs Bett. Ich vergewisserte mich, dass der Riegel vorgelegt war, und fing an, Wasser in die Wanne laufen zu lassen, so heiß, wie ich es gerade noch ertragen konnte. Das Geplätscher wirkte beruhigend, und ich gab ein schäumendes Badegel dazu, das wie sonnengereifte Himbeeren roch. Die Aussicht, Benton zu sehen, verwirrte mich. Wie hatte alles bloß so weit kommen können? Liebhaber, Kollegen, Freunde, was immer wir angeblich waren, es hatte sich zu einem zarten Gebilde verwoben, flüchtig und wandelbar wie ein Bild im Sand. Unsere Beziehung war ein Muster aus zarten Farben, kompliziert, spröde und leicht durcheinander zu bringen. Er rief an, als ich mich gerade abtrocknete.
»Tut mir Leid, dass es so spät geworden ist«, sagte er.
»Wie geht's dir?«, fragte ich.
»Hast du Lust in die Bar zu gehen?«
»Nicht, wenn die Braves dort sind. Krawall kann ich jetzt nicht gebrauchen.«
»Die Braves?«, fragte er.
»Warum kommst du nicht in mein Zimmer? Es gibt 'ne Minibar.«
»Bin in zwei Minuten da.«
Er stand in seiner typischen Uniform aus dunklem Anzug und

weißem Hemd vor mir. Beide zeigten Spuren eines harten Arbeitstages, und er brauchte eine Rasur. Er nahm mich in die Arme, und eine lange Weile standen wir so, ohne zu sprechen.

»Du duftest nach Obst«, sagte er in mein Haar.

»Wir sollten doch eigentlich in Hilton Head sein«, murmelte ich. »Was hat uns denn plötzlich nach Philadelphia verschlagen?«

»Es ist alles so ein verdammter Mist«, sagte er.

Benton löste sich sanft von mir und zog sein Jackett aus. Er legte es über mein Bett und öffnete die Minibar.

»Das Übliche?« fragte er.

»Nur ein bisschen Evian.«

»Also, ich brauche was Stärkeres.«

Er schraubte den Verschluss von einem Johnny-Walker-Fläschchen.

»Genauer gesagt genehmige ich mir einen Doppelten und, verdammt noch mal, mit Eis«, verkündete er.

Er reichte mir das Evian, und ich beobachtete, wie er sich den Schreibtischstuhl nahm und sich setzte. Ich stopfte mir Kissen in den Rücken und machte es mir bequem, während wir einander aus der Entfernung musterten.

»Was gibt's denn für Ärger?« fragte ich. »Mal abgesehen davon, dass es sowieso nur Ärger gibt.«

»Das Übliche, was es immer gibt, wenn ATF und *Bureau* auf denselben Fall losgelassen werden«, sagte er und nippte an seinem Drink. »Dann freue ich mich immer, dass ich im Ruhestand bin.«

»Viel Ruhe kann ich da nicht entdecken«, sagte ich ironisch.

»Das kannst du laut sagen. Als wenn Carrie mir nicht genug Kopfzerbrechen bereiten würde. Dann rufen sie mich auch noch zu diesem Mord. Ehrlich, Kay, das ATF hat seine eigenen Profiler, und ich finde, das *Bureau* sollte seine Nase hier überhaupt nicht reinstecken.«

»Erzähl mir was Neues, Benton. Deswegen verstehe ich auch gar nicht, wie die ihre Einmischung rechtfertigen wollen, es sei denn, sie behaupten, der Mord an der Frau sei ein terroristischer Akt.«

»Es geht um eine eventuelle Verbindung zum Warrenton-Mord«, erklärte er. »Wie du weißt. Und da braucht so ein Dienststellenleiter den Ermittlungsbeamten doch bloß telefonisch zu versichern, dass das *Bureau* zu jeder Unterstützung bereit sei. Und schon heißt es, sie haben das *Bureau* hinzugezogen, und hier bin ich nun. Irgendwann heute waren zwei FBI-Beamte vor Ort, und schon sind alle angepisst.«

»Dabei stehen wir doch angeblich alle auf derselben Seite«, sagte ich, und dies ewige Thema machte mich wieder wütend.

»Anscheinend hat einer der beiden von der FBI-Außenstelle in Philly eine Neun-Millimeter-Patrone am Tatort versteckt, um zu testen, ob Pepper das Ding aufspürt.«

Benton ließ den Scotch langsam in seinem Glas kreisen.

»Das hat er natürlich nicht, weil man ihm noch gar nicht den Befehl gegeben hatte, mit der Suche überhaupt loszulegen«, fuhr er fort. »Und der Agent meinte, das sei doch komisch, und murmelte was davon, dass man dem Hersteller die Hundenase zurückschicken sollte.«

»Was ist das denn für ein Vollidiot?«, fragte ich aufgebracht. »Er kann noch von Glück sagen, dass der Hundeführer ihm nicht die Hölle heiß gemacht hat.«

»So sieht's also aus«, fuhr er mit einem Seufzer fort. »Immer derselbe Mist. Früher hatten die FBI-Leute noch Besseres zu tun. Spreizten sich nicht ständig vor der Kamera und rissen keine Ermittlungen an sich, für die sie nicht qualifiziert waren. Es ist mir peinlich. Es ist mir mehr als peinlich, ich bin stinksauer, denn diese unbeleckten Idioten da draußen ruinieren nicht nur ihren eigenen Ruf, sondern meinen gleich mit, nachdem ich fünfundzwanzig Jahre dafür gearbeitet habe ... Na ja. Ich weiß auch nicht mehr, was ich tun soll, Kay.«

Unsere Blicke begegneten sich, während er trank.

»Mach einfach weiter einen guten Job, Benton«, sagte ich leise. »So abgegriffen es klingt, aber es ist doch das Einzige, was wir tun können. Nicht fürs *Bureau,* nicht für das ATF oder die Staatspolizei von Pennsylvania. Sondern für die Opfer und die möglichen Opfer. Sie sind es, die zählen.«

Er trank sein Glas aus und stellte es auf den Schreibtisch. Die Lichter von Penn's Landing draußen vor meinem Fenster hatten etwas Festliches, und Camden, New Jersey, funkelte auf der anderen Seite des Flusses.

»Ich glaube nicht, dass Carrie noch in New York ist«, sagte er dann und starrte in die Nacht hinaus.

»Ein tröstlicher Gedanke.«

»Ich habe keinerlei Hinweise dafür, außer dass niemand sie gesehen hat und es auch sonst keine Anzeichen gibt, dass sie in der Stadt ist. Wie kommt sie beispielsweise an Geld? Oft ist das der Anfang einer Spur. Raub, gestohlene Kreditkarten. Im Moment sieht es nicht so aus, als ob sie da draußen so was machte. Was selbstverständlich nicht heißt, dass sie es nicht doch tut. Aber sie hat einen Plan, und ich bin mir sicher, dass sie den durchzieht.«

Tiefe Schatten umspielten sein scharfes Profil, und immer noch starrte er auf den Fluss hinaus. Benton war niedergeschlagen. Er klang erschöpft und mutlos, und ich stand auf und ging zu ihm.

»Wir sollten schlafen gehen«, sagte ich und massierte ihm die Schultern. »Wir sind beide müde, und dann sieht alles immer noch schlimmer aus, habe ich nicht Recht?«

Er lächelte ein wenig und schloss die Augen, während ich seine Schläfen bearbeitete und seinen Nacken küsste.

»Wie viel nimmst du dafür die Stunde?«, murmelte er.

»Du kannst mich nicht bezahlen«, sagte ich.

Wir schliefen nicht zusammen, weil die Zimmer klein waren und wir beide Ruhe brauchten. Ich legte wert auf meine Dusche am Morgen und er auf seine, und das war der Unterschied zwischen einer noch jungen Beziehung und einer partnerschaftlichen. Es hatte einmal eine Zeit gegeben, da hatten wir ganze Nächte durchwacht, so sehr verzehrten wir uns nach einander, denn wir arbeiteten zusammen, er war verheiratet, und wir durften unserem Verlangen nicht nachgeben. Ich vermisste es manchmal, mich so lebendig zu fühlen. Oft, wenn wir jetzt zusammen waren, fühlte mein Herz sich stumpf an oder ich verspürte so eine Wehmut, und dann kam ich mir auf einmal alt vor.

Der Himmel war grau, der Asphalt nass von der Straßenreinigung, als Benton und ich kurz nach sieben auf der Walnut Street durch die Innenstadt fuhren. Dampf stieg aus Gullys und Straßenschächten auf, der Morgen war feucht und kühl. Die Obdachlosen schliefen auf Bürgersteigen oder unter schmutzigen Decken in Parks; gegenüber dem Polizeipräsidium, unter einem Schild mit der Aufschrift *Abfälle abladen verboten*, lag ein Mann, der aussah wie tot. Ich fuhr, während Benton seine Akten durchsah. Auf einem gelben Schreibblock machte er sich Notizen und dachte über Dinge nach, von denen ich nichts wusste. Ich bog in die Interstate 76 West ein; Rücklichter reihten sich wie rote Glasperlen bis zum Horizont, während in unserem Rücken die Sonne strahlte.

»Warum wählt wohl jemand ein Badezimmer, um Feuer zu legen?«, fragte ich. »Warum nicht eine andere Stelle des Hauses?«

»Offensichtlich hat das Badezimmer für ihn irgendeine Bedeutung, falls es hier um Serienmorde gehen sollte«, meinte er und blätterte eine Seite weiter. »Vielleicht hat es für den Täter einen symbolischen Wert. Vielleicht bietet es irgendeinen anderen Vorteil. Falls wir es wirklich immer mit demselben Täter zu tun haben und der Brandherd im Badezimmer das gemeinsame Merkmal aller Brände ist, gehe ich eher von einer symbolischen Bedeutung aus. Ich nehme an, dass das Badezimmer in seinen Augen etwas repräsentiert, gewissermaßen den Brandherd seiner Verbrechen. Zum Beispiel könnte ihm als Kind in einem Badezimmer irgendetwas zugestoßen sein. Sexueller Missbrauch, Kindesmisshandlung oder dass er dort Zeuge irgendeiner anderen traumatisierenden Tat wurde, etwas anderes schrecklich Traumatisches miterlebt hat.«

»Wie schade, dass wir Gefangenen-Akten nicht daraufhin auswerten können.«

»Das Problem ist, dass du dann mit der Hälfte der gesamten Gefängnisbevölkerung dastehst. Die meisten dieser Menschen haben irgendeine Form von Missbrauch erfahren und fügen dann anderen dasselbe zu.«

»Sie fügen anderen Schlimmeres zu«, sagte ich. »Sie sind immerhin nicht ermordet worden.«

»In gewissem Sinne schon. Wenn du als Kind geschlagen und vergewaltigt wirst, ist das ein Seelenmord, auch wenn dein Körper weiterlebt. Nicht dass man damit tatsächlich Psychopathie erklären könnte. Keine Erklärung, die ich kenne, tut das – es sei denn die, dass es das Böse gibt und dass der Mensch eine Wahl hat.«

»Genau das glaube ich.«

Er sah mich von der Seite an und sagte: »Ich weiß.«

»Was ist mit Carries Kindheit? Was wissen wir darüber, weshalb sie ihre Wahl so und nicht anders getroffen hat?«, fragte ich.

»Sie war nie bereit, sich darüber ausfragen zu lassen«, erinnerte er mich. »In ihren psychiatrischen Gutachten steht nicht viel, gerade mal das, was ihr Verhalten im jeweiligen Augenblick bestimmte. Heute verrückt, morgen wieder nicht. Dissoziierend. Deprimiert und unansprechbar. Oder aber die Musterpatientin. Diese pathologischen Kriminellen haben mehr bürgerliche Recht als wir, Kay. Und Gefängnisse und kriminalpsychiatrische Anstalten halten oft in einer Weise die Hand über ihre Insassen, dass man denken könnte, wir wären die Bösen.«

Der Morgen wurde heller, der Himmel war mit horizontalen violetten und weißen Bändern gestreift.

Wir fuhren durch Farmland und immer wieder zwischen rosafarbenen Granitklippen hindurch, zerrissen von Dynamit, mit dessen Hilfe man die Straße hineingesprengt hatte. Von Teichen stieg Dunst auf und erinnerte mich an Kochtöpfe mit siedendem Wasser, und wenn wir an hohen Schornsteinen mit Rauchfahnen vorbeikamen, dachte ich an Feuer. Die Berge in der Ferne glichen einem Schatten, und Wassertürme sprenkelten den Horizont wie leuchtende Ballons.

Man brauchte eine Stunde bis zum Lehigh Valley Hospital, einem wuchernden, noch im Bau befindlichen Betonkomplex, mit einem Hubschrauber-Landeplatz und einer eins a Unfallabteilung. Ich parkte auf dem Besucherparkplatz, und Dr. Abraham Gerde begrüßte uns im Innern der hellen, neuen Eingangshalle.

»Kay«, sagte er herzlich und schüttelte mir die Hand. »Wer hätte je gedacht, dass Sie mich hier eines Tages besuchen würden? Und Sie sind bestimmt Benton? Wir haben hier eine gute Cafeteria, falls Sie erst einen Kaffee oder etwas zu essen möchten?«

Benton und ich lehnten höflich ab. Gerde war ein junger Kriminalpathologe mit dunklem Haar und verblüffend blauen Augen. Er hatte drei Jahre zuvor als eine seiner Ausbildungsstationen auch meine Abteilung durchlaufen. Er war noch so neu in seinem Beruf, dass seine Autorität sich noch nicht herumgesprochen hatte und sein Zeugnis als Sachverständiger vor Gericht selten eingefordert wurde. Er war jedoch bescheiden und gewissenhaft, und diese Eigenschaften waren für mich weitaus wertvoller als Erfahrung, besonders in diesem Moment. Wenn Gerde sich nicht geändert hatte, war es unwahrscheinlich, dass er die Leiche angerührt hatte, nachdem er erfahren hatte, dass ich kam.

»Sagen Sie mir, wo wir in der Sache stehen«, sagte ich, als wir einen breiten, blitzblanken grauen Flur hinuntergingen.

»Ich hatte sie wiegen und vermessen lassen und führte gerade die äußere Untersuchung durch, als der Untersuchungsrichter anrief. Sowie ich wusste, dass man das ATF hinzugezogen hatte und Sie auf dem Weg hierher waren, hab ich alles gelassen, wie es war.«

Lehigh County hatte einen gewählten Untersuchungsrichter, der darüber zu entscheiden hatte, welche Fälle autopsiert werden sollten, und danach über die Todesart befand. Zum Glück für Gerde war der Richter ein ehemaliger Polizeibeamter, der sich in die Arbeit der Kriminalpathologen nicht einmischte und sich gewöhnlich deren Entscheidungen unterwarf. Auf andere Staaten oder auch andere Countys in Pennsylvania traf das jedoch nicht zu. Dort fanden Autopsien zuweilen auf den Einbalsamierungstischen von Beerdigungsunternehmen statt, und manche Richter waren in erster Linie Politiker, die weder eine Eintritts- von einer Austrittswunde unterscheiden konnten noch sich groß drum scherten.

Unsere Schritte hallten im Treppenhaus wider. Unten angekommen, stieß Gerde eine Doppeltür auf, und wir befanden uns in einem Lagerhaus, das mit Umzugskartons voll gestapelt war und in dem es von Leuten mit Schutzhelmen wimmelte. Wir marschierten hindurch in einen anderen Teil des Gebäudes und folgten einem weiteren Flur zum Leichenschauhaus. Es war klein, hatte einen rosafarbenen Fliesenboden und zwei feste Stahltische. Gerde öffnete einen Wandschrank und reichte uns sterile Einmal-OP-Mäntel, Plastikschürzen und Überschuhe. Wir zogen alles über unsere Kleidung und Schuhe, setzten Masken auf und stülpten uns Latexhandschuhe über.

Die Tote war als Kellie Shephard, eine zweiunddreißigjährige Schwarze, identifiziert worden, die als Krankenschwester an eben dem Krankenhaus gearbeitet hatte, in dem sie nun bei den Toten lag. Sie befand sich in einem schwarzen Sack auf einem Sektionswagen im Innern eines kleinen begehbaren Kühlschranks, der an diesem Tag keine anderen Gäste hatte als leuchtend orangefarbene Pakete mit chirurgischen Präparaten und tot geborene Säuglinge, die auf ihre Einäscherung warteten. Wir rollten die Tote in den Autopsiesaal und öffneten den Reißverschluss des Beutels.

»Haben Sie sie schon geröntgt?«, fragte ich Gerde.

»Ja, und wir haben ihre Fingerabdrücke genommen. Der Zahnarzt hat gestern ihr Zahnschema aufgenommen, und wir haben sie mit den prämortalen Schemata verglichen.«

Gerde und ich öffneten den Sack, wickelten die Leiche aus blutigen Tüchern und setzten sie dem unerbittlichen Gleißen der OP-Lampen aus. Sie war steif und kalt, die blinden Augen halb geschlossen, in einem mörderisch entstellten Gesicht. Gerde hatte sie noch nicht gewaschen, und ihre Haut war überkrustet von schwärzlich-rotem Blut, das Haar steif davon wie ein Topfkratzer. Ihre Wunden waren so zahlreich und zeugten von solcher Gewalt, dass das Opfer von einer Aura der Zerstörungswut umgeben schien. Ich konnte die Raserei und den Hass des Mörders förmlich spüren und begann, mir ihren erbitterten Kampf mit ihm vorzustellen.

Finger und Handflächen beider Hände waren bis auf die Knochen zerschnitten worden, als sie, um sich zu schützen, nach der Messerklinge zu greifen versucht hatte. Sie hatte tiefe Schnitte auf der Außenseite ihrer Unterarme und Handgelenke und Schnittwunden an den Beinen, die höchstwahrscheinlich daher stammten, dass sie, auf dem Boden liegend, die Messerstiche mit Tritten abzuwehren versucht hatte. Stichwunden bildeten wilde Muster auf Brüsten, Bauch und Schultern und an Gesäß und Rücken.

Viele Wunden waren groß und unregelmäßig und rührten daher, dass das Messer sich unter den Bewegungen des Opfers gedreht hatte oder die Schneide herausgezogen worden war. Die Merkmalskonfiguration der einzelnen Wunden ließ auf eine einseitig geschliffene Klinge schließen, dessen Heft quadratische Hautabschürfungen zurückgelassen hatte. Ein eher oberflächlicher Schnitt verlief von ihrem rechten Unterkiefer zur Wange hinauf, und ihre Kehle war durch einen Schnitt bloßgelegt worden, der unter dem rechten Ohr begann und dann bis unter die Mittellinie des Halses abwärts verlief.

»Das deutet darauf hin, dass ihr die Kehle von hinten durchgeschnitten worden ist«, sagte ich, während Benton schweigend zusah und sich Notizen machte. »Kopf zurückgebogen, Kehle bloßgelegt.«

»Ich nehme an, die Kehle war sein großes Finale«, sagte Gerde.

»Hätte er ihr gleich zu Anfang eine solche Verletzung zugefügt, wäre sie zu rasch verblutet, um sich noch irgendwie wehren zu können. Sie haben Recht. Vermutlich hat er ihr die Kehle zuletzt durchgeschnitten, vielleicht als sie mit dem Gesicht auf dem Boden lag. Was ist mit der Kleidung?«

»Ich hole sie«, sagte Gerde. »Wissen Sie, wir kriegen hier die seltsamsten Fälle. Diese ganzen scheußlichen Autounfälle, wo ein Typ am Steuer einen Herzinfarkt bekommen hat, mit dem Wagen durch die Luft fliegt und noch drei oder vier weitere Menschen mit in den Tod reißt. Vor gar nicht langer Zeit hatten wir einen Internet-Mörder. Und die Ehemänner dieser Gegend erschießen ihre Frauen nicht einfach – sie erdrosseln, erschlagen und enthaupten sie.«

Er sprach ununterbrochen, während er eine entfernte Ecke des Raumes ansteuerte, wo Kleidungsstücke an Kleiderbügeln über einem flachen Becken zum Trocknen hingen. Die einzelnen Teile waren durch Plastikfolie voneinander getrennt, damit Spuren und Körperflüssigkeiten von dem einen nicht zufällig auf das andere übertragen wurden. Ich bedeckte gerade den zweiten Autopsietisch mit einem sterilen Tuch, als Teun McGovern von einem Assistenten des Leichenschauhauses hereingeführt wurde.

»Ich dachte, ich schau lieber mal vorbei, ehe ich zum Tatort hinausfahre«, sagte sie.

Sie trug Drillichanzug und Stiefel und hielt einen braunen Umschlag in der Hand. McGovern machte sich nicht die Mühe, Kittel oder Handschuhe anzuziehen, während sie den Blick langsam über das Opfer des Gemetzels wandern ließ.

»Herr im Himmel«, sagte sie.

Ich half Gerde, einen Pyjama auf dem Tisch auszubreiten, den ich gerade abgedeckt hatte. Ober- und Unterteil rochen nach schmutzigem Rauch und waren so rußig und blutgetränkt, dass ich ihre Farbe nicht zu erkennen vermochte. Der Baumwollstoff war vorn und hinten zerschnitten und durchbohrt.

»Das hatte sie an, als sie reinkam?«, vergewisserte ich mich.

»Ja«, sagte Gerde. »Alles zugeknöpft. Und ich frage mich, ob ein Teil des Blutes nicht seins ist. Bei einem derartigen Kampf wäre es nicht weiter überraschend, wenn auch er einen Schnitt abbekommen hätte.«

Ich lächelte ihm zu. »Sie haben Ihr Handwerk offenbar gründlich gelernt.«

»Bei einer Dame in Richmond«, antwortete er.

»Auf den ersten Blick könnte man meinen, eine häusliche Auseinandersetzung.« Es war Benton, der sprach. »Sie zu Hause, schon im Schlafanzug, vielleicht spätabends. Ein klassischer Fall von Overkill, wie man ihn häufig bei Morden findet, wo die beiden Beteiligten in enger Beziehung zueinander standen. Was jedoch ein bisschen ungewöhnlich ist«, er trat näher an den Tisch heran, »ist ihr Gesicht. Bis auf diesen Schnitt hier«, er zeigte darauf, »scheint es keine Verletzung zu geben. Wenn der Angreifer eine persönliche Beziehung zu dem Opfer hat, richten sich jedoch seine Angriffe in aller Regel gegen das Gesicht, denn das Gesicht ist die Person.«

»Der Schnitt in ihrem Gesicht ist auch oberflächlicher als die anderen«, bemerkte ich und zog die Wunde behutsam mit meinen behandschuhten Fingern auseinander. »Am tiefsten ist er am Unterkiefer und wird dann zum Wangenknochen hin immer flacher.«

Ich trat zurück und sah mir noch mal den Pyjama an.

»Interessant, dass keine Knöpfe fehlen«, sagte ich, »und Risse sind auch keine da, wie man sie bei so einem Kampf erwarten könnte, wenn der Angreifer das Opfer packt und versucht, es unter Kontrolle zu bringen.«

»Ich glaube, *Kontrolle* ist hier das entscheidende Wort«, sagte Benton.

»Oder ihr Fehlen«, sagte McGovern.

»Genau«, stimmte Benton zu. »Hier handelt es sich um einen Blitzangriff. Irgendein Signal hat diesen Kerl zur Raserei getrieben. Ich glaube kaum, dass er von vornherein vorgehabt hat, ein derartiges Blutbad anzurichten, was auch das Feuer belegt, das ihm ja ebenfalls außer Kontrolle geraten ist.«

»Wie ich es sehe, hat der Kerl sich nicht mehr lange dort aufgehalten, nachdem er sie getötet hatte«, sagte McGovern. »Er hat das Haus auf dem Weg nach draußen angezündet, weil er glaubte, seine Untat auf diese Weise verbergen zu können. Doch Sie haben völlig Recht. Er hat gepfuscht. Und hinzu kommt, dass die Feuerwehr keine fünf Minuten gebraucht hat, nachdem um ein Uhr achtundfünfzig der Feueralarm losging. Der Schaden war also minimal.«

Kellie Shephard hatte Verbrennungen zweiten Grades an Rücken und Füßen, und das war alles.

»Wie steht's mit der Einbruchsicherung?«, fragte ich.

»War nicht eingeschaltet«, antwortete McGovern.

Sie öffnete den braunen Umschlag und begann, Aufnahmen vom Tatort auf einem Schreibtisch auszubreiten. Benton, Gerde und ich sahen sie uns in aller Ruhe an. Das Opfer in seinem blutigen Pyjama lag mit dem Gesicht nach unten in der Badezimmertür, einen Arm unter dem Körper, den anderen nach vorne gestreckt, als hätte sie nach irgendetwas gegriffen. Ihre Beine waren geschlossen und durchgestreckt, ihre Füße berührten fast das Toilettenbecken. Das rußige Wasser am Boden hatte es unmöglich gemacht, blutige Schleifspuren zu entdecken, falls welche vorhanden gewesen waren, aber Nahaufnahmen des Türrahmens und der Wand in seiner unmittelbaren Nähe wiesen eindeutige Messerkerben auf, die frisch wirkten.

»Der Brandherd«, sagte McGovern, »ist genau hier.«

Sie wies auf ein Foto vom Innern des in Brand gesteckten Badezimmers.

»Sehen Sie diese Ecke nahe der Wanne, wo es ein offenes Fenster mit einem Vorhang gibt?«, fragte sie. »In diesem Bereich liegen, wie Sie sehen, verbrannte Überreste von Holzmöbeln und Couchkissen.«

Sie tippte auf das Foto.

»Wir haben also eine offene Tür und ein offenes Fenster, oder eine offene Zugklappe und einen Schornstein, sozusagen. Genau wie bei einem Kamin«, fuhr sie fort. »Das Feuer beginnt hier auf dem Fliesenboden und greift auf die Vorhänge über. Doch die Flammen hatten diesmal nicht ganz die Kraft, um auch die Decke anzugreifen.«

»Wie erklären Sie sich das?«

»Dafür kann es eigentlich nur einen vernünftigen Grund geben«, antwortete sie. »Das verdammte Ding war nicht richtig gebaut. Ich meine, es ist ja nicht zu übersehen, dass der Mörder Möbel, Sofakissen und was weiß ich noch im Badezimmer aufgetürmt hat, um sein Feuer zu entfachen. Es ist jedoch niemals so in Gang gekommen, wie es nötig gewesen wäre. Das Entstehungsfeuer hat es nicht geschafft, das gestapelte Brennmaterial zu entzünden, weil die Flammen sich dem offenen Fenster zugeneigt haben. Er hat obendrein nicht gewartet, um das Ganze zu beobachten, sonst hätte er gemerkt, dass er gepfuscht hat. Diesmal hat sein Feuer nicht viel ausgerichtet, sondern hat nur wie eine Drachenzunge über die Leiche hinweggeleckt.«

Benton war stumm, und immer noch stand er reglos wie eine

Statue, während seine Blicke über die Fotos wanderten. Ich sah ihm an, dass es in seinem Kopf arbeitete, doch wie es seine Art war, war er sehr vorsichtig mit seinen Äußerungen. Er hatte mit McGovern noch nie zusammengearbeitet und kannte Dr. Abraham Gerde nicht.

»Das wird 'ne lange Geschichte werden«, sagte ich zu ihm.

»Ich fahr raus zum Tatort«, antwortete er.

Seine Miene war steinern, wie jedes Mal, wenn er das Böse wie einen kalten Lufthauch verspürte. Ich suchte seinen Blick und er meinen.

»Sie können mir nachfahren«, bot McGovern an.

»Danke.«

»Noch etwas«, sagte McGovern. »Die Hintertür war unverschlossen, und auf dem Rasen neben den Treppenstufen stand ein leeres Katzenklo.«

»Sie nehmen also an, dass sie rausgegangen ist, um das Katzenklo zu leeren, und dieser Kerl auf sie gewartet hat?«, fragte Gerde die beiden.

»Das ist nur eine Hypothese«, sagte McGovern.

»Ich weiß nicht«, sagte Benton.

»Dann wusste der Mörder also, dass sie eine Katze hatte?«, fragte ich zweifelnd. »Und dass sie die irgendwann in der Nacht rauslassen oder das Katzenklo sauber machen würde?«

»Wir wissen doch nicht, ob sie den Kasten nicht schon früher am Abend geleert und nur zum Lüften im Garten gelassen hat«, wandte Benton ein, während er sich den Kittel herunterriss. »Sie kann genauso gut aus irgendeinem anderen Grund spätnachts oder nach Mitternacht ihre Alarmanlage ausgeschaltet und die Tür aufgemacht haben.«

»Und die Katze?«, fragte ich. »Ist die wieder aufgetaucht?«

»Bis jetzt nicht«, sagte McGovern, und sie und Benton gingen hinaus.

»Ich fang mal mit dem Abtupfen an«, sagte ich zu Gerde.

Er griff nach einer Kamera und begann zu fotografieren, während ich das Licht einstellte. Ich untersuchte den Schnitt in ihrem Gesicht und las etliche Fasern auf sowie ein gewelltes, braunes Haar, zehn bis zwölf Zentimeter lang, von dem ich vermutete, dass es ihr eigenes war. Doch es gab noch andere Haare, rote, kurze, die erkennen ließen, dass sie erst kürzlich gefärbt worden waren, weil erst ein paar Millimeter an der Wurzel dunkel nachgewachsen waren. Natürlich fanden sich überall Katzenhaare, die wahrscheinlich am Blut kleben geblieben waren, als das Opfer am Boden lag.

»Vielleicht eine Perserkatze?«, fragte Gerde. »Langes, sehr feines Fell?«

»Nichts dagegen einzuwenden«, sagte ich.

15

Die Spurensicherung war eine gewaltige Arbeit und musste als Allererstes erledigt werden. Die Leute ahnen gar nicht, was sie da für einen mikroskopischen Schweinestall mit sich herumtragen, solange nicht jemand wie ich anfängt, Kleidung und Körper nach kaum sichtbarem Unrat abzusuchen. Ich fand Holzsplitter, wahrscheinlich von Boden und Wänden, und Katzenstreu, Schmutz, Stückchen von Insekten und Pflanzen und die erwartete Asche und sonstige Abfallprodukte des Feuers. Die aufschlussreichste Entdeckung machte ich jedoch in der klaffenden Wunde an ihrem Hals. Durch ein Vergrößerungsglas erspähte ich zwei blanke, metallische Tüpfelchen. Ich nahm sie mit der Spitze des kleinen Fingers hoch und legte sie behutsam auf ein sauberes, weißes Baumwolltuch.
Auf der Platte eines alten Metallschreibtischs stand ein Sektionsmikroskop. Ich stellte auf zwanzigfache Vergrößerung und justierte den Illuminator. Ich traute meinen Augen kaum, als ich die winzigen abgeflachten, gedrehten silbrigen Späne im hellen Lichtkreis erblickte.
»Dies ist ungeheuer wichtig«, begann ich hastig zu sprechen. »Ich packe sie in Watte in eine Beweismittelkapsel, und wir müssen gründlich überprüfen, ob sich nicht noch weitere Rückstände dieser Art in anderen Wunden finden. Sie glitzern silbrig, sodass man sie schon mit bloßem Auge erkennen kann.«
»Von der Waffe übertragen?«
Gerde war ebenfalls aufgeregt und kam nun herüber, um einen Blick darauf zu werfen.
»Die Späne waren tief in die Wunde an ihrem Hals eingebettet. Also würde ich schon sagen, dass es sich um einen Fremdkörper handelt, der an der Waffe war, vergleichbar dem, was ich im Warrenton-Fall gefunden habe«, antwortete ich ihm.
»Und weiß man schon, was das ist?«
»Eine Magnesiumlegierung«, antwortete ich. »Und wir dürfen

auf keinen Fall auch nur ein Wort darüber verlauten lassen. Wir wollen nicht, dass das an die Presse durchsickert. Ich werde nur Benton und McGovern Bescheid sagen.«

»Ganz richtig«, sagte er nachdrücklich.

Es gab siebenundzwanzig Wunden, und nachdem wir sie alle peinlich genau untersucht hatten, waren keine weiteren Stückchen des glänzenden Metalls aufgetaucht, und das verblüffte mich doch ein bisschen, da ich angenommen hatte, dem Opfer sei die Kehle als Letztes durchgeschnitten worden. Wenn das der Fall war, warum war die Legierung dann nicht auch in eine der früheren Wunden geraten? All die, wo das Messer bis zum Heft eingedrungen und von Muskel- und Sehnengewebe beim Herausziehen der Klinge wieder sauber gewischt worden war?

»Nicht unmöglich, aber nicht einleuchtend«, sagte ich zu Gerde, als ich den Schnitt an der Kehle zu vermessen begann. »Sechzehn Komma sechs Zentimeter lang«, sagte ich und trug das in ein Leichenblatt ein. »Flach rings um das rechte Ohr, dann tief durch Halsmuskel und Luftröhre hindurch, dann wieder flach weiter oben an der gegenüberliegenden Seite des Halses. Passt zu einem Messer, das von einem linkshändigen Angreifer von hinten über den Hals gezogen wird.«

Es war beinah zwei Uhr, als wir die Leiche endlich zu waschen begannen. Minutenlang war das Wasser, das durch die stählerne Tischplatte lief, leuchtend rot. Ich wusch hartnäckiges Blut mit einem großen weichen Schwamm ab, und die Wunden klafften noch tiefer und wirkten entstellender, nachdem ihre straffe braune Haut gesäubert war. Sie war eine schöne Frau gewesen, mit hohen Wangenknochen und einem Teint, so makellos und glatt wie poliertes Holz. Sie war eins dreiundsiebzig groß, schlank und athletisch gebaut. Ihre Fingernägel waren nicht lackiert, und sie hatte keinen Schmuck getragen, als man sie fand. Als wir sie öffneten, war ihre durchlöcherte Brusthöhle mit fast einem Liter Blut angefüllt, das aus den großen Blutgefäßen, die vom Herzen zur Lunge führen, geflossen war. Nachdem ihr diese Verletzungen zugefügt worden waren, musste sie binnen weniger Minuten gestorben sein, und so schätzte ich, dass diese

Angriffe in einer späteren Phase des Kampfes erfolgt waren, als sie bereits schwächer und langsamer geworden war. Der Einstichwinkel der Wunden ließ vermuten, dass sie sich nur geringfügig bewegt hatte, als sie auf dem Boden lag und von oben auf sie eingestochen wurde. Dann hatte sie es geschafft, sich herumzuwälzen, vielleicht in einem letzten Aufbäumen, um sich zu schützen, und ich nahm an, dass ihr in diesem Augenblick die Kehle durchgeschnitten worden war.

»Irgendjemand müsste eigentlich schrecklich viel Blut an sich gehabt haben«, bemerkte ich, als ich die Schnitte an den Händen zu vermessen begann.

»Das kann man wohl sagen.«

»Er hat sich irgendwo säubern müssen. In einem solchen Zustand erscheint man doch nicht in der Lobby eines Motels.«

»Es sei denn, er wohnt in der Gegend.«

»Oder ist in seinen Wagen gestiegen, in der Hoffnung, nicht in eine Verkehrskontrolle zu geraten.«

»Sie hat ein bisschen bräunliche Flüssigkeit im Magen.«

»Also hatte sie schon seit einer Weile nichts mehr gegessen, mindestens seit dem Abendessen«, sagte ich. »Wir müssen wohl herausfinden, ob ihr Bett noch gemacht war oder nicht.«

Langsam zeichnete sich das Bild einer Frau ab, die schlafend im Bett gelegen hatte, als entweder spät in der Nacht zum Sonntag oder aber gleich nach Mitternacht etwas passierte. Aus irgendeinem Grund stand sie auf, schaltete den Alarm ab und schloss die Hintertür auf. Gerde und ich benutzten chirurgische Klammern, als wir kurz nach vier Uhr den y-förmigen Schnitt schlossen, mit dem wir den Körper der Länge nach geöffnet hatten. Ich säuberte mich im kleinen Umkleideraum des Leichenschauhauses. Eine Puppe, mit deren Hilfe man vor Gericht gewaltsame Tode demonstrierte, lag zerzaust und unbekleidet auf dem Boden der Dusche.

Abgesehen von Jugendlichen, die alte Bauernhäuser anzündeten, kamen Brandstiftungen in Lehigh selten vor. Gewalt war in dem ordentlichen Mittelstandsviertel namens Wescosville, in dem Kellie Shephard gewohnt hatte, ebenfalls ein Fremdwort.

Die schwerwiegendsten Verbrechen hier waren so genannte Blitzeinbrüche: Der Dieb erspähte durchs Fenster eines Hauses eine Hand- oder Brieftasche, schlug die Scheibe ein, griff die Beute und rannte weg. Da es in Lehigh kein Polizeirevier gab, war der Dieb längst über alle Berge, bis die State Troopers auf das Heulen der Alarmanlage reagierten.
Ich holte meinen Drillichanzug und meine Stahlkappenstiefel aus meiner wasserdichten Tasche und zog mich in Gesellschaft der Puppe um. Gerde war so nett, mich zum Tatort zu bringen, und ich staunte über die üppigen Kiefern und die Blumengärten am Straßenrand. Mal hier, mal da sah man eine gepflegte, unauffällige Kirche. Wir bogen in den Hanover Drive mit großzügigen, zweigeschossigen Häusern in moderner Klinker-und-Holz-Bauweise ein, wo Basketballkörbe, Fahrräder und ähnliches auf Kinder schließen ließen.
»Haben Sie eine Vorstellung von der Preiskategorie?« fragte ich, während ich weiter im Vorbeifahren die Häuser betrachtete.
»Zwei- bis dreihunderttausend«, sagte er. »Hier wohnen eine Menge Ingenieure, Krankenschwestern, Börsianer und Büroangestellte. Außerdem ist die I-78 die Hauptarterie von Lehigh Valley, und man kann in anderthalb Stunden in einem Stück nach New York sausen. Sodass manche Leute auch pendeln.«
»Und was gibt's noch in der Gegend?«
»Nur zehn oder fünfzehn Minuten entfernt sind eine ganze Reihe Gewerbeparks. Coca-Cola, Air Products, Nestlé-Lagerhäuser, Perrier. Alles vertreten. Und Weideland.«
»Aber sie hat im Krankenhaus gearbeitet.«
»Richtig. Von da bis hierhin ist es eine Fahrt von höchstens zehn Minuten, wie Sie ja gerade gesehen haben.«
»Können Sie sich erinnern, ihr je begegnet zu sein?«
Gerde dachte ein Weilchen nach. Dünner Rauch stieg hinter den Bäumen am Ende der Straße empor.
»Ich bin mir ziemlich sicher, dass ich sie irgendwann in der Cafeteria gesehen habe«, antwortete er. »Jemand mit diesem Aussehen ist ja schwer zu übersehen. Sie könnte mit anderen Schwestern zusammen an einem Tisch gesessen haben, ich kann mich

nicht wirklich erinnern. Aber ich glaube nicht, dass wir je ein Wort gewechselt haben.«

Kellie Shephards Haus war ein weiß abgesetztes, gelbes Gebäude mit Schindeldach, und wenn das Feuer auch leicht einzudämmen gewesen sein mochte, waren doch die Wasserschäden und die Zerstörungen, die Äxte angerichtet hatten, mit denen man riesige Löcher ins Dach gehackt hatte, um das Feuer rauszulassen, verheerend. Übrig geblieben war eine traurige, rußgeschwärzte Fassade mit einem eingesackten Dach und zerbrochenen Fenstern, die wie trübsinnige, leblose Augen aussahen. Die Rabatten mit Wildblumen waren zertrampelt, der sauber geschnittene Rasen hatte sich in Schlamm verwandelt, und ein Camry neueren Baujahrs, der in der Einfahrt parkte, war von Ascheflocken bedeckt. Die Feuerwehr und die ATF-Ermittler arbeiteten im Innern des Hauses, während zwei FBI-Beamte in Flakjacken um das Grundstück schlichen.

Ich fand McGovern im Garten hinter dem Haus. Sie sprach gerade mit einer sichtlich erregten jungen Frau in abgeschnittenen Jeans, Sandalen und T-Shirt.

»Und das war wann? Kurz vor sechs?«, sagte McGovern gerade zu ihr.

»Genau. Ich war gerade dabei, das Abendessen vorzubereiten, und da habe ich sie in ihre Einfahrt einbiegen und genau dort parken sehen, wo ihr Auto jetzt steht«, berichtete die Frau aufgeregt. »Sie ist reingegangen, und ungefähr eine halbe Stunde später ist sie wieder rausgekommen und hat angefangen, Unkraut zu rupfen. Sie hat gern im Garten gearbeitet, den Rasen selbst gemäht und so weiter.«

McGovern blickte mir entgegen, als ich näher kam.

»Das ist Mrs. Harvey«, sagte sie zu mir. »Sie wohnt nebenan.«

»Hallo«, sagte ich zu Mrs. Harvey, aus deren Augen Erregung leuchtete, die an Furcht grenzte.

»Dr. Scarpetta ist Gerichtsmedizinerin«, erklärte McGovern.

»Oh«, sagte Mrs. Harvey.

»Haben Sie Kellie dann später am Abend noch einmal gesehen?«

Die Frau schüttelte den Kopf.

»Sie ist reingegangen«, sagte sie, »nehme ich an, und das war's dann. Ich weiß, dass ihre Arbeit sehr anstrengend war und sie gewöhnlich nicht spät ins Bett ging.«
»Und war sie mit jemandem zusammen?«
»Ach, da gab's genug«, sagte Mrs. Harvey. »Hier und da ein Arzt, verschiedene Leute vom Krankenhaus. Ich erinnere mich, dass sie letztes Jahr was mit einem Mann hatte, der Patient von ihr gewesen war. Hat aber nie sehr lang gehalten. Sie war zu schön, das ist das Problem. Die Männer wollten alle das eine, aber sie hatte andere Vorstellungen. Das weiß ich, weil sie immer mal wieder 'ne Bemerkung fallen ließ.«
»Aber in letzter Zeit gab es niemanden?«, fragte McGovern.
Mrs. Harvey musste nachdenken.
»Nur ihre Freundinnen«, antwortete sie dann. »Sie hatte ein paar Freundinnen, die sie von der Arbeit kannte, und die kamen manchmal vorbei, oder sie sind gemeinsam irgendwohin gegangen. Aber ich kann mich nicht erinnern, dass vorgestern Abend jemand da gewesen wäre. Ich meine, das heißt nicht, dass ich das unbedingt wüsste. Es könnte ja auch jemand gekommen sein, ohne dass ich was mitbekommen habe.«
»Ist die Katze gefunden worden?«
McGovern antwortete nicht.
»Diese verdammte Katze«, sagte Mrs. Harvey. »Pumpkin. Ich sag nur eins: verwöhnt, verwöhnt, verwöhnt.«
Sie lächelte, und ihre Augen füllten sich mit Tränen.
»Sie war ihr Kind«, sagte Mrs. Harvey.
»Eine reine Wohnungskatze?«
»Ach, absolut. Kellie hat ihren Kater niemals rausgelassen, sie hat ihn gehalten wie eine Treibhaustomate.«
»Sein Katzenklo wurde hinter dem Haus gefunden«, erklärte McGovern ihr. »Hat Kellie das manchmal geleert und die ganze Nacht draußen gelassen? Oder hatte sie die Angewohnheit, es abends auszuleeren? Also nach Einbruch der Dunkelheit rauszugehen, das heißt, die Hintertür aufzuschließen und die Alarmanlage abzuschalten?«
Mrs. Harvey schien verwirrt, und ich hatte den Verdacht, dass

sie keine Ahnung hatte, dass ihre Nachbarin ermordet worden war.

»Na ja«, sagte sie, »ich erinnere mich zwar, dass ich gesehen habe, wie sie das Katzenklo ausgeleert hat, aber immer in einen Müllbeutel, den sie dann in die Tonne geschmissen hat. Sie hätte also keinen Grund gehabt, das abends zu tun. Ich vermute, sie hat es geleert und zum Lüften draußen gelassen, verstehen Sie? Oder vielleicht hatte sie auch keine Zeit mehr, es mit dem Schlauch abzuspritzen, und wollte das am nächsten Morgen machen. Aber wie auch immer, der Kater konnte auch die normale Toilette benutzen. Es hätte ihm also nicht viel ausgemacht, wenn er eine Nacht ohne sein Klo hätte auskommen müssen.«

Ihr Blick folgte einem Polizeiauto, das langsam vorbeifuhr.

»Bisher hat noch niemand gesagt, wie es zu dem Feuer gekommen ist«, fuhr Mrs. Harvey fort. »Weiß man das schon?«

»Wir arbeiten daran«, sagte McGovern.

»Ihr Tod war doch nicht … na ja, es ging doch schnell, oder?«

Sie blinzelte in die untergehende Sonne und biss sich auf die Unterlippe. »Ich möchte mir nicht vorstellen müssen, dass sie gelitten hat.«

»Die meisten Menschen, die bei einem Brand umkommen, müssen nicht leiden«, antwortete ich und wich ihrer Frage mit beruhigenden Worten aus. »Normalerweise sorgt das Kohlenmonoxid dafür, dass sie bewusstlos werden.«

»Ach, Gott sei Dank«, sagte sie.

»Ich bin im Haus«, sagte McGovern zu mir.

»Mrs. Harvey«, sagte ich, »haben Sie Kellie gut gekannt?«

»Wir waren seit fünf Jahren Nachbarinnen. Wir haben nicht viel miteinander unternommen, aber selbstverständlich kannte ich sie.«

»Ich frage mich nämlich, ob Sie vielleicht irgendwelche neueren Aufnahmen von ihr haben oder jemand kennen, der welche haben könnte?«

»Kann sein, dass ich welche habe.«

»Sie könnten mir bei der Identifizierung weiterhelfen«, sagte ich dann, obwohl ich ein anderes Motiv hatte.

Ich wollte mit eigenen Augen sehen, wie die lebende Kellie Shephard ausgesehen hatte.
»Und wenn Sie mir sonst noch irgendetwas über sie erzählen könnten, wäre mir das eine große Hilfe«, fuhr ich fort. »Hat sie zum Beispiel Familie in der Gegend?«
»Nein, nein«, sagte Mrs. Harvey und starrte das zerstörte Haus ihrer Nachbarin an. »Sie war überall und nirgends zu Hause. Ihr Vater war beim Militär, wissen Sie, und ich glaube, er und ihre Mom leben jetzt irgendwo in North Carolina. Kellie war 'ne Frau von Welt, weil sie so viel rumgekommen ist. Ich hab ihr immer wieder gesagt, ich wünschte, ich wäre auch so stark und schlau wie sie. Die hat sich nichts bieten lassen. Einmal war auf meiner Terrasse eine Schlange. Ich hab sie gerufen und war völlig hysterisch. Da ist sie rübergekommen, hat die Schlange in den Garten gescheucht und mit einer Schaufel getötet. Ich nehm mal an, sie musste so werden, weil die Männer sie einfach nicht in Ruhe ließen. Ich hab ihr immer gesagt, sie hätte das Zeug zum Filmstar, und dann hat sie geantwortet: *Aber Sandra, ich kann doch nicht spielen.* Und dann hab ich gesagt: *Aber die meisten andern doch auch nicht!*«
»Sie hat sich nicht die Butter vom Brot nehmen lassen«, sagte ich.
»Darauf können Sie Gift nehmen. Deshalb hat sie sich auch die Alarmanlage einbauen lassen. Und dass sie sich nicht die Butter vom Brot hat nehmen lassen, das trifft Kellie am besten. Wenn Sie mitkommen wollen – ich sehe mal, was ich wegen der Fotos tun kann.«
»Wenn es Ihnen nichts ausmacht«, sagte ich. »Das ist sehr nett von Ihnen.«
Wir kürzten den Weg durch eine Hecke ab, und ich folgte ihr die Stufen rauf in ihre große, helle Küche. Es war offensichtlich, dass Mrs. Harvey gerne kochte; davon zeugten die wohlgefüllte Speisekammer und die reiche Auswahl an Küchengeräten. Von Deckenhaken hingen Töpfe und Pfannen herab, und auf dem Herd kochte etwas vor sich hin, das verführerisch nach Rindfleisch und Zwiebeln duftete, ein Bœuf Stroganoff vielleicht oder ein Ragout.

»Wenn Sie sich solange da drüben ans Fenster setzen wollen – ich laufe mal eben hoch auf den Boden und sehe nach, was ich habe«, sagte sie.
Ich setzte mich auf einen Stuhl am Küchentisch und schaute aus dem Fenster zu Kellie Shephards Haus hinüber. Ich konnte die Leute hinter zerbrochenen Fenstern hin- und hergehen sehen, und irgendjemand hatte Lampen aufgestellt, weil die Sonne tief stand und sich bereits rot gefärbt hatte. Ich fragte mich, wie oft ihre Nachbarin sie wohl kommen und gehen sehen hatte.
Fest stand, Mrs. Harvey hatte das Leben dieser Frau, die exotisch genug war, um ein Filmstar zu sein, mit Neugier verfolgt, und ich fragte mich, ob sich irgendwer bei Kellie Shephard hätte ins Haus stehlen können, ohne dass ihrer Nachbarin ein fremdes Auto oder ein fremdes Gesicht aufgefallen wäre. Doch ich musste vorsichtig sein mit meinen Fragen, weil nicht öffentlich bekannt war, dass Kellie Shephard ermordet worden war.
»Also, das ist ja unglaublich«, rief Mrs. Harvey mir zu, als sie in die Küche zurückkehrte. »Ich hab ja was viel Besseres für Sie. Da war nämlich letzte Woche ein Fernsehteam im Krankenhaus und hat einen Dokumentarfilm über die Unfallklinik gedreht. Sie haben ihn in den Abendnachrichten gebracht, und weil Kellie darin vorkam, habe ich ihn aufgenommen. Warum bin ich bloß nicht früher drauf gekommen – aber in meinem Kopf geht im Moment einiges durcheinander. Das verstehen Sie sicher.«
Sie hielt eine Videokassette in der Hand. Ich begleitete sie ins Wohnzimmer, wo sie die Kassette in den Recorder schob. Ich saß in einem blauen Schaukelstuhl inmitten eines blauen Ozeans von einem Teppichboden, während sie den Film zurückspulte und die Wiedergabetaste drückte. Die ersten Einstellungen zeigten einen Hubschrauber, der mit einem Notfall hereingeschwebt kam. Erst da ging mir auf, dass Kellie eigentlich eine ausgebildete Unfallsanitäterin war und keine einfache Stationsschwester.
Der Film zeigte, wie Kellie in einem Overall gemeinsam mit anderen Mitgliedern des Teams, das gerade alarmiert worden war, einen Flur hinunterhastete.
»Entschuldigen Sie, entschuldigen Sie«, sagte sie auf dem Video-

band, während sie und ihr Team Leuten auszuweichen versuchten, die ihnen im Weg standen.
Mit ihren blitzenden Zähnen war sie ein spektakuläres Beispiel dafür, welcher Glanzleistungen die menschlichen Erbanlagen fähig sind, und die Kamera strich verliebt über jeden Zentimeter ihrer feinen Züge und ihrer vollkommenen Figur. Es war nicht schwer, sich vorzustellen, dass die Patienten sich total in sie verknallten.
Als Nächstes zeigte der Film sie in der Cafeteria. Gerade war ein nahezu aussichtsloser Einsatz erfolgreich beendet worden.
»Es ist ein ständiges Wettrennen mit der Zeit«, erklärte Kellie Shephard jetzt dem Reporter. »Schon eine Minute kann Menschenleben kosten. Sie glauben gar nicht, was das jedes Mal für einen Stress auslöst!«
Während dieses eher banale Interview fortgeführt wurde, wechselte die Kamera die Perspektive.
»Ich kann gar nicht glauben, dass ich das aufgenommen habe, doch es kommt schließlich nicht alle Tage vor, dass jemand im Fernsehen auftritt, den ich kenne«, sagte Mrs. Harvey gerade.
Zuerst bekam ich es gar nicht richtig mit.
»Halten Sie das Band an!«, sagte ich. »Zurückspulen. Ja, genau da. Anhalten.«
Die Einstellung zeigte jemanden, der im Hintergrund saß und aß.
»Nein«, sagte ich halblaut. »Das kann nicht sein.«
Carrie Grethen trug Jeans und ein gebatiktes Shirt und aß an einem Tisch mit Krankenhausangestellten, die mit sich selbst beschäftigt waren, ein Sandwich. Ich hatte sie erst nicht erkannt, weil sie das Haar bis über die Ohren trug und es hennarot gefärbt hatte, während es bei unserer letzten Begegnung kurz und weiß gebleicht gewesen war. Ihre Augen waren es schließlich, die mich ansaugten wie das Schwarze Loch. Sie starrte, während sie kaute, mit diesem strahlend-kalten, bösartigen Blick, den ich kannte, direkt in die Kamera.
Ich fuhr aus dem Stuhl hoch, ging schnurstracks auf den Videorecorder zu und ließ das Band herausschnellen.

»Ich muss das mitnehmen«, sagte ich, und meine Stimme klang nahezu panisch. »Ich verspreche Ihnen, Sie bekommen es zurück.«
»Na gut. Aber vergessen Sie's nicht. Das ist meine einzige Aufnahme.« Sandra Harvey stand ebenfalls auf. »Ihnen fehlt doch nichts? Sie sehen aus, als ob Sie ein Gespenst gesehen hätten.«
»Ich muss los. Nochmals vielen Dank«, sagte ich.
Ich rannte zum Nachbarhaus und nahm die Stufen an der Hintertür im Laufschritt. Drinnen stand zentimeterhoch das kalte Wasser, und es tropfte vom Dach herab. Beamte machten Aufnahmen und unterhielten sich.
»Teun!«, rief ich.
Vorsichtig drang ich weiter ins Innere des Hauses vor, stieg über Löcher im Boden hinweg und musste aufpassen, dass ich nicht stolperte. Am Rande bekam ich mit, wie ein Beamter das verbrannte Gerippe einer Katze in einen Plastiksack fallen ließ.
»Teun!«, rief ich wieder.
Ich hörte, wie jemand sich mit sicherem Schritt näherte, über hinabgefallene Dachziegel und eingestürzte Mauerteile hinwegstieg. Dann stand sie ganz dicht vor mir und stützte mich mit der Hand.
»Hehe – Vorsicht ...«, fing sie an.
»Wir müssen Lucy finden«, sagte ich.
»Was ist denn los?«
Sie geleitete mich behutsam nach draußen.
»Wo ist sie?«
»In der Innenstadt ist ein Großfeuer ausgebrochen. Ein Lebensmittelgeschäft, wahrscheinlich Brandstiftung. Kay, was zum Teufel ist denn ...«
Wir standen draußen auf dem Rasen, und ich umklammerte die Videokassette, als wäre sie meine letzte Hoffnung.
»Teun, bitte.« Ich hielt ihrem fragenden Blick stand. »Bringen Sie mich nach Philadelphia.«
»Los, kommen Sie«, sagte sie.

16

In rasendem Tempo schaffte McGovern die Rückfahrt nach Philadelphia in fünfundvierzig Minuten. Sie hatte ihre Außenstelle über Funktelefon kontaktiert und auf einer speziellen Frequenz mit ihr gesprochen. Sie war zwar bei ihren Mitteilungen sehr vorsichtig gewesen, hatte jedoch klargemacht, dass jeder verfügbare Beamte sich auf den Weg zu machen und nach Carrie Ausschau zu halten hätte. Während sie dies Gespräch führte, erreichte ich Marino über mein Handy und forderte ihn auf, sofort ein Flugzeug zu nehmen.

»Sie ist hier«, sagte ich.

»Ach du Scheiße. Wissen Benton und Lucy Bescheid?«

»Ich bin auf der Suche nach ihnen.«

»Bin schon unterwegs«, sagte er.

Ich glaubte ebenso wenig wie McGovern, dass Carrie sich immer noch in Lehigh County aufhielt. Es zog sie dahin, wo sie den meisten Schaden anrichten konnte, und ich war überzeugt, dass sie irgendwie von Lucys Umzug nach Philadelphia erfahren hatte. Im Übrigen hätte sie Lucy nur nachspionieren müssen. Was ich außerdem glaubte, was ich mir jedoch nicht recht zu erklären wusste, war, dass der Mord in Warrenton und jetzt dieser hier darauf angelegt gewesen waren, diejenigen zu ködern, die Carrie in der Vergangenheit besiegt hatten.

»Aber das in Warrenton ist doch passiert, ehe sie aus Kirby ausgebrochen war«, gab McGovern zu bedenken, während sie in die Chestnut Street einbog.

»Ich weiß«, sagte ich. Vor Angst spürte ich meinen Puls fast nicht mehr. »Ich verstehe das ja auch alles nicht, außer dass sie irgendwie darin verwickelt ist. Es ist doch kein Zufall, dass sie auf dem Videoclip zu sehen war, Teun. Sie wusste, dass wir nach Kellie Shephards Ermordung alles unter die Lupe nehmen würden, was wir finden konnten. Carrie wusste verdammt genau, dass wir uns das Band ansehen würden.«

Der Brand war in einer schäbigen Geschäftsstraße ausgebrochen, in einem Viertel, das im Westen an die University of Pennsylvania angrenzte. Die Dunkelheit war hereingebrochen, und die zuckenden Blaulichter waren meilenweit zu sehen. Polizeiwagen hatten zwei Blocks der Straße abgesperrt. Es waren mindestens acht Löschwagen und vier Drehleiterfahrzeuge angerückt, und in mehr als siebzig Fuß Höhe beschossen Feuerwehrleute das rauchende Dach mit Wasserkanonen. Die Nacht war vom Gedröhn der Dieselmaschinen erfüllt, der Strahl von Löschwasser trommelte über Holz und ließ Glas zersplittern. Pralle Schläuche schlängelten sich über die Straße, und Wasser stand bis an die Radkappen geparkter Autos, die demnächst weggeschwemmt werden würden.

Fotografen und Fernsehteams streiften auf den Bürgersteigen umher und waren schlagartig alarmiert, als McGovern und ich aus ihrem Wagen stiegen.

»Ist das ATF hier im Einsatz?«, fragte eine Fernsehreporterin.

»Wir wollen uns bloß mal umsehen«, antwortete McGovern, während wir einfach weitergingen.

»Dann besteht also Verdacht auf Brandstiftung, wie bei den anderen Lebensmittelgeschäften?«

Das Mikrofon folgte uns, während wir mit spritzenden Stiefeln auf den Eingang zueilten.

»Die Untersuchung läuft noch«, sagte McGovern. »Und Sie dürfen hier nicht so nah ran, Ma'am.«

Die Reporterin blieb neben der Kühlerhaube eines Löschwagens zurück, während McGovern und ich näher auf den Laden zugingen. Die Flammen hatten auf das Friseurgeschäft im Nachbarhaus übergegriffen, wo Feuerwehrleute mit Äxten und Einreißhaken rechteckige Löcher ins Dach hackten. Beamte in den Flakjacken des ATF befragten potentielle Zeugen, und Ermittlungsbeamte in beschichteten Jacken und Helmen betraten einen Keller und kamen wieder heraus. Ich hörte etwas von Kippschaltern und Zähler und Stromklau. Schwarzer Rauch waberte, und es schien in dem ganzen Raum nur eine Stelle zu geben, die hartnäckig weiterglühte und Feuer spuckte.

»Vielleicht ist sie im Haus«, sagte McGovern mir ins Ohr.
Ich folgte ihr weiter hinein. Die Schaufensterscheibe war großflächig herausgebrochen, und Teile des Inventars wurden zum Teil mit dem Strom des kalten Wassers hinausgeschwemmt. Thunfischdosen, geschwärzte Bananen, Damenbinden, Kartoffelchips-Beutel und Flaschen mit Salatdressing schwammen vorbei. Ein Feuerwehrmann barg eine Dose Kaffee und warf sie kopfschüttelnd in sein Feuerwehrauto. Die starken Lichtkegel von Taschenlampen tasteten das rauchige, schwarze Innere des zerstörten Ladens ab, fielen auf verbogene Eisenregale und nackte Drähte, die in wirrem Durcheinander von Stahlträgern hingen.
»Ist Lucy Farinelli hier drin?«, rief McGovern hinein.
»Als ich sie zuletzt gesehen habe, stand sie hinterm Haus und sprach mit dem Inhaber des Ladens«, rief eine Männerstimme zurück.
»Seid vorsichtig da drinnen«, sagte McGovern laut.
»Na ja, wir haben insofern ein echtes Problem, als wir den Saft nicht abdrehen können. Muss eine unterirdische Zuleitung sein. Wenn Sie da mal einen Blick drauf werfen könnten?«
»Bin gleich da.«
»Damit beschäftigt sich meine Nichte also«, sagte ich, als McGovern und ich wieder auf die Straße hinauswateten. Verdorbene Lebensmittel und Konserven schwammen vorbei.
»An guten Tagen. Ich glaube, sie hat die Dienstnummer 718. Mal sehen, ob ich sie aufstöbern kann.«
McGovern hielt das Funkgerät an die Lippen und funkte Lucy an.
»Was liegt an?«, kam die Stimme meiner Nichte zurück.
»Sind Sie gerade sehr beschäftigt?«
»Bin gleich fertig.«
»Können Sie mal zu uns nach vorn kommen?«
»Komme sofort.«
Meine Erleichterung war offensichtlich, und McGovern lächelte mir unter zuckenden Lichtern und Wasserbögen zu. Die Feuerwehrmänner waren schwarz von Ruß und Schweiß. Ich beobachtete sie, wie sie sich langsam in ihren Stiefeln vorwärts bewegten, Schläuche auf der Schulter schleppten und dann einen

grünen Saft tranken, den sie sich in Plastikkrügen anrührten. Auf einem Lastwagen waren helle Lampen aufgestellt worden, und im gleißenden Licht wirkte die Szene verwirrend surreal. Feuerverrückte Schaulustige oder *Whackers,* wie die ATF-Beamten sie nannten, waren aus dem Dunkel aufgetaucht und machten Aufnahmen mit Einwegkameras, sogar ein fliegender Händler war darunter, der Räucherstäbchen und nachgemachte Markenuhren verhökerte.

Als Lucy zu uns stieß, war der Rauch dünner und weiß geworden, was auf eine Menge Dampf schließen ließ. Das Wasser gelangte offenbar an die Quelle der Flammen.

»Gut«, bemerkte McGovern, die das ebenfalls beobachtete. »Ich glaube, wir sind fast dran.«

»Ratten, die Kabel zernagt haben«, waren Lucys erste Worte. »Das ist die Theorie des Inhabers.«

Sie blickte mich befremdet an.

»Was führt dich denn hierher?«, fragte sie.

»Es sieht so aus, als wäre Carrie in den Brandstiftungs-Mordfall in Lehigh verwickelt«, antwortete McGovern an meiner Stelle. »Und es ist möglich, dass sie sich immer noch in der Gegend rumtreibt, vielleicht sogar hier in Philadelphia.«

»Was?« Lucy sah uns fassungslos an. »Wie denn? Was ist denn dann mit Warrenton?«

»Ich weiß«, sagte ich. »Es scheint unerklärlich. Aber es gibt eindeutige Parallelen.«

»Dann ist der letzte Mord ja vielleicht eine Nachahmungstat«, meinte meine Nichte. »Sie hat davon gelesen und führt uns an der Nase herum.«

Ich dachte wieder an die Metallspäne und an den Brandherd. Über diese Art von Details war nichts an die Presse gelangt. Wie auch niemals bekannt geworden war, dass Claire Rawley mit einem scharfen Schneideinstrument, etwa einem Messer, getötet worden war, und noch eine weitere Ähnlichkeit beschäftigte mich. Sowohl Rawley als auch Shephard waren schöne Frauen gewesen.

»Wir haben einen Haufen Beamte auf den Straßen«, sagte McGovern zu Lucy. »Für Sie kommt es darauf an, ständig auf

der Hut zu sein, klar? Und Kay« – sie sah mich an –, »für Sie scheint mir das hier nicht gerade der geeignete Aufenthaltsort zu sein.«
Ich antwortete nicht, sondern sagte stattdessen zu Lucy: »Hast du was von Benton gehört?«
»Nein.«
»Ich begreife das einfach nicht«, murmelte ich. »Wo steckt er bloß?«
»Wann hattet ihr zuletzt miteinander Kontakt?«, fragte Lucy.
»Heute früh im Leichenschauhaus. Er sagte, er führe zum Tatort, als er ging. Und dort ist er dann wie lange geblieben – eine Stunde?«, fragte ich McGovern.
»Höchstens. Und Sie glauben nicht, dass er nach New York oder vielleicht nach Richmond zurückgekehrt ist?«
»Das hätte er mir bestimmt mitgeteilt. Ich werde ihn weiter anpiepen. Vielleicht weiß Marino ja was, wenn er nachher kommt«, setzte ich hinzu. Die Luft war von einem feinen Sprühnebel erfüllt, der sich von den aus allen Poren spritzenden Schläuchen auf uns niedersenkte.
Es war fast Mitternacht, als Marino in mein Hotelzimmer trat, und auch er wusste nichts.
»Ich finde nicht, dass Sie sich allein hier aufhalten sollten«, platzte er dann heraus, und er wirkte beunruhigt und aufgelöst.
»Dann sagen Sie mir mal, wo ich mich sicherer fühlen könnte. Ich weiß nicht, was los ist. Benton hat keinerlei Nachricht hinterlassen. Er reagiert nicht auf seinen Pager.«
»Sie haben sich doch wohl nicht gestritten oder so was?«
»Herrgott noch mal«, sagte ich genervt.
»Sie haben mich schließlich gefragt, und ich will doch nur helfen.«
»Ich weiß.«
Ich holte tief Luft und versuchte mich zu beruhigen.
»Was ist mit Lucy?«
Er setzte sich auf meine Bettkante.
»In der Nähe der Universität ist ein ziemlich großes Feuer ausgebrochen. Sie ist wahrscheinlich immer noch dort«, antwortete ich.

»Brandstiftung?«
»Ich bin mir nicht sicher, ob sie das schon wissen.«
Wir schwiegen einen Augenblick, und meine Anspannung wuchs.
»Hören Sie«, sagte ich, »wir können hier bleiben und auf wer weiß was warten. Oder wir können uns auf den Weg machen. Ich kann nicht schlafen.«
Ich begann auf und ab zu gehen.
»Ich setze mich hier nicht die ganze Nacht hin und ringe die Hände, weil Carrie auf der Lauer liegen könnte, verdammt noch mal.«
Meine Augen füllten sich mit Tränen.
»Benton ist irgendwo da draußen. Vielleicht an der Brandstelle mit Lucy. Was weiß ich.«
Ich wandte ihm den Rücken zu und starrte auf den Hafen hinaus. Der Atem zitterte in meiner Brust, und meine Hände waren so kalt, dass die Fingernägel sich blau verfärbt hatten.
Marino stand auf, und ich wusste, dass er mich beobachtete.
»Na, kommen Sie schon«, sagte er. »Sehen wir mal nach, was da abgeht.«

Als wir den Brandort auf der Walnut Street erreichten, hatte das Treiben dort erheblich abgenommen. Die meisten Feuerwehrwagen waren weggefahren, und die paar Feuerwehrmänner, die noch arbeiteten, rollten gerade erschöpft die Schläuche auf. Dampfiger Rauch trieb aus dem Laden, doch ich konnte keine Flammen sehen, und aus dem Innern hallten Stimmen und Schritte, während starke Taschenlampenstrahlen die Dunkelheit durchschnitten und sich in Glasscherben fingen. Immer noch schwammen alle möglichen Waren und Trümmer an mir vorbei, als ich platschend auf den Eingang zuging, und als ich ihn erreichte, hörte ich McGoverns Stimme. Sie sagte gerade etwas von einem Medical Examiner.
»Schafft ihn sofort her«, schrie sie. »Und passt auf dort drüben, ja? Wir wissen ja nicht, wo das überall hingeflogen ist, und ich will nicht, dass wir auf irgendwas drauftreten.«

»Hat irgendwer einen Fotoapparat dabei?«
»Ja, also ich habe hier eine Armbanduhr, rostfreier Stahl, Herrenuhr. Deckglas zersprungen. Und wir haben ein Paar Handschellen.«
»Was erzählen Sie da?«
»Sie haben richtig gehört. Handschellen, Marke Smith & Wesson, das Originalprodukt. Zugeschnappt und abgeschlossen, als hätte sie jemand um die Handgelenke gehabt. Die sind doch tatsächlich *doppelt* gesichert.«
»Sie wollen mich wohl auf den Arm nehmen.«
Ich kämpfte mich ins Innere des Ladens durch. Große Tropfen von kaltem Wasser klatschten mir auf den Helm und rannen mir den Hals hinab. Ich erkannte zwar Lucys Stimme, konnte jedoch nicht verstehen, was sie sagte. Sie klang beinah hysterisch, und auf einmal gab es eine Menge Gespritze und hektische Bewegung.
»Halt! Halt!«, befahl McGovern. »Lucy! Jemand soll sie hier rausbringen!«
»Nein!«, schrie Lucy.
»Nun kommen Sie schon«, sagte McGovern. »Ich habe Ihren Arm. Nun mal schön ruhig, okay?«
»Nein!«, schrie Lucy. »NEIN! NEIN! NEIN!«
Dann folgten ein lautes Aufklatschen und ein überraschter Aufschrei.
»Mein Gott. Alles in Ordnung mit Ihnen?«, sagte McGovern.
Ich stand etwa in der Mitte des Ladens, als ich sah, wie McGovern Lucy beim Aufstehen half. Meine Nichte war hysterisch, und ihre Hand blutete, doch das schien sie nicht weiter zu kümmern. Mein Herz krampfte sich zusammen, und mein Blut schien kalt zu werden wie das Wasser, durch das ich auf sie zuwatete.
»Zeig mal her«, sagte ich, als ich behutsam Lucys Hand nahm und meine Taschenlampe darauf richtete.
Sie zitterte am ganzen Leib.
»Wann hast du die letzte Tetanusspritze bekommen?« fragte ich.
»Tante Kay«, wimmerte sie. »Tante Kay.«

Lucy schlang die Arme um meinen Hals, und wir wären ums Haar beide gestürzt. Sie weinte so heftig, dass sie nicht sprechen konnte, und ihre Arme zogen sich wie ein Schraubstock zusammen.

»Was ist denn passiert?«, wollte ich von McGovern wissen.

»Sie beide müssen hier raus«, sagte sie.

»Sagen Sie mir, was passiert ist!«

Ich würde mich nicht vom Fleck rühren, ehe sie mir nicht sagte, was los war. Wieder zögerte sie.

»Wir haben menschliche Überreste gefunden. Ein Opfer des Brandes. Kay, bitte.«

Sie nahm meinen Arm, und ich riss ihn weg.

»Wir müssen hier raus«, sagte sie.

Ich entfernte mich von ihr, den Blick auf die dunkle Ecke gerichtet, wo Ermittlungsbeamte miteinander sprachen und spritzend umherwateten, dem tastenden Lichtstrahl ihrer Lampen folgend.

»Hier sind noch mehr Knochen«, sagte jemand. »Quatsch, vergiss es. Ist nur verbranntes Holz.«

»Na, das Stück hier ist mit Sicherheit keins.«

»Mist. Wo bleibt bloß der Medical Examiner, verfluchte Scheiße?«

»Ich übernehme das jetzt mal«, sagte ich zu McGovern, als wäre dies mein Tatort. »Bringen Sie Lucy raus und wickeln Sie ihr ein sauberes Handtuch um die Hand. Ich kümmere mich dann gleich um sie. Lucy«, sagte ich zu meiner Nichte. »Gleich geht's dir wieder besser.«

Ich löste ihre Arme von meinem Hals und fing selbst zu zittern an. Irgendwie wusste ich Bescheid.

»Kay, gehen Sie nicht da rüber«, McGovern hob die Stimme. »Nicht!«

Doch mittlerweile war mir klar, dass es sein musste, und abrupt ließ ich die beiden stehen und watete los, spritzend und beinah strauchelnd, da mir die Knie weich wurden. Bei meinem Anblick verstummten die Beamten, und im ersten Augenblick wusste ich nicht, was ich vor mir hatte, als ich dem Strahl ihrer Taschenlampen folgte und mein Blick auf etwas Verkohltes fiel, das mit durchweichtem Papier und Isoliermaterial vermischt war, etwas, das sich auf herabgefallenem Putz und geschwärzten Holzteilen befand.

Dann erkannte ich die Form eines Gürtels und dessen Schnalle und den herausragenden Oberschenkelknochen, der wie ein dicker, verbrannter Stock aussah. Das Herz schlug mir im Hals, als das undefinierbare Etwas zu den verbrannten Überresten eines Körpers wurde. Sie waren mit einem geschwärzten Kopf verbunden, der kein Gesicht hatte, nur hier und da ein wenig rußiges, silbergraues Haar.

»Zeigen Sie mir die Uhr«, sagte ich und starrte die Beamten mit wildem Blick an. Es war eine Herrenuhr, eine rostfreie Breitling aus Stahl, eine Aerospace.

»Nein«, murmelte ich, während ich im Wasser niederkniete. »Bitte nicht.«

Ich bedeckte das Gesicht mit den Händen. Mein Gehirn setzte aus. Mir wurde schwarz vor Augen, und ich begann zu schwanken. Eine Hand stützte mich. Galle kroch mir die Kehle empor.

»Kommen Sie, Doc«, sagte eine männliche Stimme sanft, während Hände mir aufhalfen.

»Nicht er«, schrie ich. »Oh Gott, mach, dass es nicht wahr ist, nicht er, bitte, bitte, bitte.«

Ich schien mich nicht auf den Füßen halten zu können, und zwei Beamte mussten mir nach draußen helfen, während ich die Bruchstücke zusammenzuklauben versuchte, die von mir übrig geblieben waren. Ich sagte kein einziges Wort, während ich zur Straße zurückgeführt wurde, und mein Gang war seltsam hölzern, als ich auf McGoverns Explorer zuging. Sie saß mit Lucy auf der Rückbank und hielt ein blutdurchtränktes Handtuch um deren linke Hand.

»Ich brauche einen Verbandskasten«, hörte ich mich zu McGovern sagen.

»Vielleicht sollten wir sie besser ins Krankenhaus bringen«, tönte ihre Stimme zurück, während sie mich durchdringend ansah. Furcht und Mitleid leuchteten aus ihren Augen.

»Geben Sie ihn mir«, sagte ich.
McGovern langte hinter sich, über die Lehne der Rückbank, und griff nach dem Verbandskasten. Sie legte ihn auf den Sitz und öffnete die Verschlüsse. Lucy stand unter Schock. Sie zitterte heftig, und ihr Gesicht war weiß.
»Sie braucht eine Decke«, sagte ich.
Ich entfernte das Handtuch und wusch ihre Hand mit keimfreiem Wasser. Ein dicker Hautlappen an ihrem Daumen war nahezu abgetrennt, und ich betupfte ihn ausgiebig mit Betadin. Der Jodgeruch stach mir in die Nasenlöcher, während alles, was ich gerade gesehen hatte, zu einem Alptraum wurde. Es war nicht wahr.
»Sie muss genäht werden«, sagte McGovern.
Es war nicht wirklich geschehen. Es war nur ein Traum.
»Wir sollten ins Krankenhaus fahren, damit das genäht werden kann.«
Ich hatte jedoch bereits eine sterile Binde und den Benzolleim herausgeholt, weil ich wusste, dass Stiche bei einer Wunde wie dieser keinen Sinn haben würden. Die Tränen strömten mir über das Gesicht, als ich mein Werk mit einer dicken Lage Gaze krönte. Als ich den Kopf hob und aus dem Fenster blickte, ging mir auf, dass Marino an meiner Tür stand. Sein Gesicht war vor Schmerz und Zorn verzerrt. Er sah aus, als würde er sich gleich übergeben. Ich stieg aus.
»Lucy, du musst jetzt mitkommen«, sagte ich und nahm sie beim Arm. Ich hatte schon immer besser funktioniert, wenn ich mich um jemand anderen kümmern konnte. »Komm.«
Blaulichter zuckten uns über die Gesichter, und die Nacht und die Menschen, die sie umgaben, wirkten zusammenhanglos und seltsam. Marino fuhr mit uns los, als der Van der Gerichtsmediziner eintraf. Man würde Röntgenaufnahmen, Zahnschemata, vielleicht sogar eine DNS-Analyse heranziehen, um die Identifizierung zu bestätigen. Der ganze Prozess würde höchstwahrscheinlich eine Weile in Anspruch nehmen, doch das spielte keine Rolle. Ich wusste bereits Bescheid. Benton war tot.

17

Soweit man den Gang der Ereignisse zu diesem Zeitpunkt überhaupt rekonstruieren konnte, war Benton in seinen grauenhaften Tod gelockt worden. Wir hatten keine Ahnung, wieso er den kleinen Lebensmittelladen auf der Walnut Street betreten hatte, oder ob man ihn vielleicht irgendwo anders entführt und dann gezwungen hatte, in diesem Laden in dem schäbigen Stadtviertel eine Leiter unters Dach hinaufzuklettern. Wir glaubten, dass man ihm irgendwann Handschellen angelegt hatte, und im weiteren Verlauf der Spurensicherung war außerdem ein Draht aufgetaucht, der zu einer Acht gedreht worden war und höchstwahrscheinlich seine Füße gefesselt hatte, die dann weggebrannt waren.

Seine Autoschlüssel und seine Brieftasche waren gefunden worden, nicht aber seine Neun-Millimeter-Sig-Sauer und sein goldener Siegelring. Er hatte Kleidung in seinem Hotel hinterlassen und ebenso seinen Aktenkoffer, den man mir aushändigte, nachdem er untersucht worden war. Die Nacht verbrachte ich in Teun McGoverns Haus. Sie hatte Beamte auf dem Grundstück postiert, weil Carrie sich immer noch irgendwo herumtrieb und es nur eine Frage der Zeit war, wann sie wieder in Aktion treten würde.

Sie würde ihr Werk fortsetzen, und es war nur noch die Frage, was sie als Nächstes vorhatte und ob sie es erfolgreich zu Ende bringen würde.

McGovern hatte versucht, zu mir durchzudringen. Mehrmals hatte sie in der vergangenen Nacht Tee oder Essen in mein Zimmer gebracht, dessen Fenster mit seinen blauen Vorhängen auf die alten Backsteinmauern und Messinglaternen der Reihenhäuser von Society Hill hinausging. Sie war jedoch klug genug, keinerlei Druck auszuüben, und ich war zu kaputt, um irgendetwas anderes zu tun, als zu schlafen. Immer wieder wachte ich auf, fühlte mich elend und erinnerte mich schlagartig, weshalb.

An meine Träume erinnerte ich mich hingegen nicht. Ich weinte, bis mir die Augen fast zugeschwollen waren. Am späten Donnerstagmorgen duschte ich lange und betrat dann McGoverns Küche. Sie trug einen preußischblauen Hosenanzug, trank Kaffee und las die Zeitung.

»Guten Morgen«, sagte sie, überrascht und erfreut, dass ich mich hinter meiner verschlossenen Tür hervorgewagt hatte. »Wie fühlen Sie sich?«

»Sagen Sie mir, was es Neues gibt«, sagte ich.

Ich setzte mich auf den Stuhl ihr gegenüber. Sie stellte ihre Kaffeetasse auf den Tisch und schob ihren Stuhl zurück.

»Ich hole Ihnen erst mal Kaffee«, sagte sie.

»Sagen Sie mir, was jetzt geschieht«, wiederholte ich. »Ich will es wissen, Teun. Haben Sie schon irgendetwas herausgefunden? Im Leichenschauhaus, meine ich?«

Für einen Augenblick wusste sie nicht, was sie antworten sollte, und starrte aus dem Fenster auf einen alten Magnolienbaum, der voller welker, brauner Blüten war.

»Sie arbeiten noch an ihm«, sagte sie schließlich. »Doch bisher lässt einiges darauf schließen, dass man ihm die Kehle durchgeschnitten hat. An den Gesichtsknochen hat man Schnitte gefunden. Hier und hier.« Sie wies auf den linken Unterkiefer und die Stelle zwischen den Augen.

»Es gab keinen Ruß oder irgendwelche Verbrennungen in seiner Luftröhre und kein Kohlenmonoxid. Er war also schon tot, als der Laden angezündet wurde«, sagte sie. »Es tut mir Leid, Kay … Ja, also ich weiß nicht, was ich sagen soll.«

»Wie soll das denn möglich sein, dass niemand gesehen hat, wie er das Haus betreten hat?«, fragte ich, als hätte ich gar nicht begriffen, welch grauenhafte Mitteilungen sie mir gerade gemacht hatte. »Jemand hat ihn womöglich mit vorgehaltener Waffe gezwungen hineinzugehen, und kein Mensch hat irgendwas gesehen?«

»Der Laden hat um fünf Uhr zugemacht«, antwortete sie. »Es gibt keinerlei Anzeichen für ein gewaltsames Eindringen, und die Alarmanlage war aus irgendeinem Grund nicht eingeschaltet, sodass sie auch nicht losging. Wir haben in letzter Zeit mit solchen Läden, die wegen der Versicherungssumme angezündet worden sind, viel Ärger gehabt. Auf die eine oder andere Weise hatte immer irgendeine pakistanische Familie die Hand im Spiel.«

Sie trank einen Schluck Kaffee.

»Derselbe Modus operandi«, fuhr sie fort. »Geringes Inventar, das Feuer bricht kurz nach Ladenschluss aus, und kein Mensch in der Nachbarschaft hat irgendwas gesehen.«

»Das hier hat doch nichts mit Versicherungsbetrug zu tun!«, sagte ich in plötzlich aufwallendem Zorn.

»Selbstverständlich nicht«, antwortete sie ruhig. »Oder jedenfalls nicht direkt. Doch wenn Sie meine Theorie hören wollen, sage ich Ihnen, was ich denke.«

»Bitte.«

»Ich meine, sie könnte mit dem Ladeninhaber konspiriert haben, um ihm sein Geschäft abzufackeln. Er könnte sie sogar dafür bezahlt haben, weil er nicht wissen konnte, was sie eigentlich vorhatte. Das hätte allerdings einiger Planung bedurft.«

»Sie hat doch jahrelang nichts anderes zu tun gehabt, als zu planen.«

Die Brust schnürte sich mir wieder zusammen, und Tränen bildeten einen Kloß in meiner Kehle und stiegen mir in die Augen.

»Ich fahre jetzt nach Hause«, eröffnete ich ihr. »Ich muss etwas unternehmen. Ich kann nicht hier bleiben.«

»Ich glaube, es ist besser für Sie, wenn Sie …«, versuchte sie einzuwenden.

»Ich muss herausfinden, was sie als Nächstes tun wird«, sagte ich, als wäre das möglich. »Ich muss herausfinden, wie sie tut, was sie tut. Hinter dem Ganzen steckt irgendein übergreifender Plan, irgendein Schema. Hat man irgendwelche Metallspäne gefunden?«

»Viel war nicht übrig. Er war im Lagerraum, am Brandherd. Da oben war das Brenngut wohl beträchtlich, aber wir wissen nicht, was das war, außer dass eine ganze Menge Styroporchips herumschwammen. Und das Zeug brennt wirklich wie Zunder. Keinerlei Brandbeschleuniger bis jetzt.«

»Teun, die Metallspäne von dem Shephard-Fall. Lassen Sie uns die nach Richmond mitnehmen, damit wir sie mit den vorherigen vergleichen können. Ihre Beamten können sie Marino doch gegen Quittung überlassen.«
Sie sah mich an mit einer Mischung aus Skepsis, Müdigkeit und Trauer.
»Sie müssen das doch erst mal verarbeiten, Kay«, sagte sie. »Überlassen Sie alles andere uns.«
»Ich verarbeite es ja bereits, Teun.«
Ich stand auf und blickte auf sie hinab.
»Auf die einzige Weise, die mir zu Gebote steht«, sagte ich. »Bitte.«
»Sie sollten diesen Fall wirklich nicht weiter bearbeiten. Und Lucy stecke ich mindestens für eine Woche in den Innendienst.«
»Sie werden mir diesen Fall nicht aus der Hand nehmen«, erklärte ich ihr. »Nie im Leben.«
»Sie sind nicht in der Lage, objektiv zu sein.«
»Und was würden Sie tun, wenn Sie ich wären?«, wollte ich wissen. »Würden Sie nach Hause gehen und die Hände in den Schoß legen?«
»Ich bin aber nicht Sie.«
»Antworten Sie mir«, sagte ich.
»Niemand würde mich davon abhalten können, den Fall zu bearbeiten. Ich wäre besessen davon. Ich würde mich genauso verhalten wie Sie«, sagte sie und stand ebenfalls auf. »Ich werde tun, was ich kann, um Ihnen zu helfen.«
»Danke«, sagte ich. »Dem Himmel sei Dank, dass es Sie gibt, Teun.«
Sie musterte mich eine Weile, an die Küchentheke gelehnt, die Hände in den Hosentaschen.
»Kay, geben Sie nicht sich selbst die Schuld«, sagte sie.
»Ich gebe Carrie die Schuld«, erwiderte ich, und Tränen der Bitterkeit stürzten aus meinen Augen. »Ihr und keinem Menschen sonst.«

18

Ein paar Stunden später fuhr Marino Lucy und mich nach Richmond zurück. Es war die schlimmste Autofahrt, die ich je erlebt hatte. Zutiefst niedergedrückt starrten wir drei wortlos aus dem Fenster. Es schien nicht wahr zu sein, und jedes Mal, wenn die Wahrheit wieder zuschlug, traf sie mich wie eine schwere Faust. Lebhafte Bilder von Benton traten mir vor die Augen. Ich wusste nicht, ob ich darin eine Gnade oder eine noch größere Tragödie sehen sollte, dass wir unsere letzte gemeinsame Nacht nicht im selben Bett verbracht hatten.

Einerseits war ich mir nicht sicher, ob ich die frischen Erinnerungen an seine Berührung, seinen Atem, das Gefühl, ihn in den Armen gehalten zu haben, hätte ertragen können. Andererseits wollte ich ihn in meinen Armen spüren und sehnte mich danach, mit ihm zu schlafen. Meine Gedanken überschlugen sich und stürzten in dunkle Abgründe, um sich dann wieder in ganz konkreten Fragen zu verfangen wie der, was mit seinem Eigentum in meinem Haus, auch seiner Kleidung, geschehen sollte.

Seine Überreste würden nach Richmond geschickt werden müssen, und all meinem Wissen über den Tod zum Trotz hatten wir beide unserem eigenen Ende niemals viel Aufmerksamkeit gewidmet, auch solchen Fragen nicht, wie unsere Trauerfeier aussehen sollte oder wo wir beerdigt werden wollten. Wir hatten schlicht keine Lust gehabt, über unseren eigenen Tod nachzudenken, und folglich hatten wir es auch nicht getan.

Die Interstate 95 South verschwamm vor meinen Augen, es schien, als ob dieser Highway durch stehen gebliebene Zeit in die Ewigkeit führte. Wenn meine Augen sich mit Tränen füllten, wandte ich mich zum Fenster und verbarg mein Gesicht. Lucy saß stumm auf dem Rücksitz, und ihr Zorn, ihr Kummer und ihre Angst waren greifbar wie eine Mauer aus Beton.

»Ich quittiere den Polizeidienst«, sagte sie schließlich, als wir durch Fredericksburg fuhren. »Mir reicht's. Ich werde mir was anderes suchen. Vielleicht irgendwas mit Computern.«

»Einen Scheiß wirst du«, antwortete Marino und schaute ihr im Rückspiegel ins Gesicht. »Das ist doch genau das, was das Miststück will. Dass du aufgibst. Eine Versagerin bist, die nur Scheiße gebaut hat.«

»Ich bin eine Versagerin und habe nur Scheiße gebaut.«

»Was redest du da für einen elenden Mist«, sagte er.

»Sie hat ihn meinetwegen umgebracht«, fuhr sie in demselben teilnahmslosen, leiernden Tonfall fort.

»Sie hat ihn umgebracht, weil sie es wollte. Und wir können entweder hier sitzen und uns in unserem Selbstmitleid suhlen, oder wir können uns überlegen, was wir unternehmen wollen, ehe sie den nächsten von uns erledigt.«

Meine Nichte ließ sich jedoch nicht trösten. Indirekt hatte sie uns alle Carrie vor langer Zeit ausgeliefert.

»Carrie will doch gerade, dass du dir die Schuld gibst«, sagte ich zu ihr.

Lucy antwortete nicht, und ich wandte mich um, um sie anzusehen. Sie hatte ihren schmutzigen Drillichanzug und Stiefel an, und ihr Haar war zerzaust. Sie roch immer noch nach Feuer, weil sie nicht geduscht hatte. Sie hatte, soweit ich wusste, weder gegessen noch geschlafen. Ihr Augen wirkten flach und hart. Ihr kaltes Funkeln zeugte von der Entscheidung, die sie getroffen hatte, und ich hatte diesen Blick bislang immer nur dann gesehen, wenn Hoffnungslosigkeit und Feindseligkeit sich in selbstzerstörerischer Weise gegen sie selbst gekehrt hatten. Ein Teil von ihr wollte sterben oder war vielleicht bereits gestorben.

Wir erreichten mein Haus um halb sechs, und die schräg stehenden Sonnenstrahlen waren heiß und hell, der Himmel dunstig, doch wolkenlos. Ich nahm die Zeitungen von den Treppenstufen mit ins Haus, und die Schlagzeile des Tages bewirkte, dass ich mich erneut hundeelend fühlte. Obwohl Bentons Identifizierung nur eine vorläufige war, nahm man als gesichert an, dass er unter höchst verdächtigen Umständen bei einem Brand umgekommen war, während er das FBI bei seiner landesweiten Jagd nach der flüchtigen Mörderin Carrie Grethen unterstützte. Die Ermittlungsbeamten hatten sich nicht dazu äußern wollen, weshalb Benton sich in dem kleinen Lebensmittelgeschäft aufgehalten hatte, das abgebrannt war, und ob man ihn womöglich dorthin gelockt hatte.

»Was wollen Sie hiermit machen?«, fragte Marino.

Er hatte den Kofferraum geöffnet, worin die drei großen braunen Tüten lagen, die die persönlichen Dinge aus Bentons Hotelzimmer enthielten. Ich konnte mich nicht gleich entscheiden.

»Wollen Sie, dass ich sie in Ihr Büro lege?«, fragte er. »Ich kann sie auch durchsehen, wenn Sie das möchten, Doc.«

»Nein, nein, lassen Sie sie einfach hier.«

Steifes Papier knisterte, als er die Tüten ins Haus und den Flur hinunter trug. Seine Schritte waren schwerfällig und langsam, und als er wieder zurückkehrte, stand ich immer noch in der offenen Tür.

»Ich melde mich später wieder«, sagte er. »Und lassen Sie ja diese Tür nicht offen, haben Sie gehört? Die Alarmanlage bleibt eingeschaltet, und Sie und Lucy bleiben besser im Haus.«

»Ich glaube, da können Sie ganz unbesorgt sein.«

Lucy hatte ihr Gepäck in ihrem Zimmer in der Nähe der Küche fallen lassen und starrte durch das Fenster dem davonfahrenden Marino hinterher. Ich trat hinter sie und legte ihr sanft die Hände auf die Schultern.

»Gib nicht auf«, sagte ich und lehnte die Stirn an ihren Nacken. Sie wandte sich nicht um, und ich spürte, wie sie vor Kummer erschauderte.

»Wir stecken beide in dieser Sache drin, Lucy«, fuhr ich ruhig fort. »Wir sind doch die Einzigen, die noch übrig sind. Nur noch du und ich. Benton hätte gewollt, dass wir das gemeinsam durchstehen. Er hätte nicht gewollt, dass du aufgibst. Was soll ich denn dann tun, hm? Du kannst doch nicht aufgeben und mich im Stich lassen.«

Sie begann zu schluchzen.

»Ich brauche dich.« Ich konnte kaum sprechen. »Mehr als je zuvor.«

Sie wandte sich um und klammerte sich an mich auf eine Weise, wie sie es früher immer getan hatte, als verängstigtes Kind, das sich danach sehnte, dass jemand sich seiner annahm. Ihre Tränen benetzten meinen Hals, und eine Weile standen wir so mitten in einem Zimmer, das immer noch mit Computerzubehör und Schulbüchern voll gestopft war und dessen Wände mit den Heldenbildern ihrer Jugend gepflastert waren.

»Es ist meine Schuld, Tante Kay. Es ist alles meine Schuld. Ich habe ihn umgebracht!«, schrie es aus ihr heraus.

»Nein«, sagte ich und hielt sie an mich gedrückt, während meine Tränen flossen.

»Wie sollst du mir je verzeihen können? Ich habe ihn dir weggenommen!«

»Das stimmt doch gar nicht. Du hast doch überhaupt nichts getan, Lucy.«

»Ich kann damit nicht leben.«

»Du kannst, und du wirst es tun. Wir müssen einander dabei helfen, damit zu leben.«

»Ich habe ihn auch geliebt. Er hat so viel für mich getan. Mir eine Chance beim *Bureau* gegeben. Mich unterstützt. In allem.«

»Wir werden damit fertig werden.«

Sie löste sich von mir, sackte auf der Bettkante zusammen und wischte sich das Gesicht mit dem Zipfel ihres rußbeschmierten blauen Hemdes ab. Sie stützte die Ellenbogen auf die Knie, senkte den Kopf und starrte auf ihre eigenen Tränen, die wie Regen auf den Hartholzboden tropften.

»Du musst mir glauben, was ich dir jetzt sage«, sagte sie mit leiser, harter Stimme. »Ich bin mir nicht sicher, dass ich weitermachen kann, Tante Kay. Jeder Mensch hat so einen Punkt, wo Schluss ist.« Ihr Atem ging stoßweise. »Wo er nicht weiterkann. Ich wünschte, sie hätte mich an seiner Stelle getötet. Vielleicht hätte sie mir damit einen Gefallen getan.«

Ich betrachtete sie mit wachsender Entschlossenheit, wie sie sich unter meinen Augen den Tod herbeiwünschte.

»Wenn ich nicht mehr weiterkann, Tante Kay, dann musst du das verstehen und dir keine Vorwürfe machen oder so was«,

murmelte sie und wischte sich das Gesicht mit dem Hemdsärmel ab.
Ich ging zu ihr und hob ihr Kinn empor. Sie war heiß und roch nach Rauch, ihr Atem und ihr Körper rochen schlecht.
»Jetzt hörst du mir mal zu«, sagte ich mit einem Nachdruck, der ihr in der Vergangenheit Angst eingejagt hätte. »Du schlägst dir diese verdammte Vorstellung auf der Stelle aus dem Kopf. Du bist froh, dass du nicht sterben musstest, und du begehst auch keinen Selbstmord, falls es das ist, was du andeuten wolltest, und ich glaube, das wolltest du. Weißt du eigentlich, worum es beim Selbstmord geht, Lucy? Es geht um Zorn, um Vergeltung. Es ist der engültige Tritt gegens Schienbein. Willst du Benton das antun? Willst du Marino das antun? Willst du mir das antun?«
Ich hielt ihr Gesicht mit den Händen, bis sie mich ansah.
»Willst du zulassen, dass dies wertlose Stück Dreck Carrie dir das antut?«, fragte ich in eindringlichem Ton. »Wo ist denn der Kampfgeist, den ich an dir kenne?«
»Ich weiß nicht«, flüsterte sie mit einem Seufzer.
»Doch, das weißt du«, sagte ich. »Wage ja nicht, mein Leben zu ruinieren, Lucy. Es hat schon genug gelitten. Wage es nicht, mich dazu zu zwingen, den Rest meiner Tage mit dem nimmer endenden Echo eines Pistolenschusses in meinem Kopf zu verbringen. Ich hätte nicht gedacht, dass du ein Feigling bist.«
»Ich bin kein Feigling.«
Sie sah mir fest in die Augen.
»Morgen schlagen wir zurück«, sagte ich.
Sie nickte und schluckte schwer.
»Geh jetzt duschen«, sagte ich.
Ich wartete, bis ich das Wasser im Bad laufen hörte, und ging in die Küche. Wir mussten essen, obwohl ich mir sicher war, dass wir beide keine Lust dazu haben würden. Ich taute Hühnerbrüste auf und kochte sie mit allem, was ich an frischen Gemüsen finden konnte, in Brühe. Ich ging verschwenderisch mit Rosmarin, Lorbeer und Sherry um, ließ jedoch alles Scharfe, sogar den Pfeffer, weg, weil wir beide eher etwas Beruhigendes brauchten.

Marino rief zweimal an, während wir aßen, um sich zu vergewissern, dass es uns gut ging.
»Sie können gern rumkommen«, sagte ich zu ihm. »Ich habe eine Suppe gekocht, die allerdings nach Ihren Maßstäben eher dünn ausgefallen ist.«
»Mir fehlt nichts«, sagte er, und ich wusste, dass er das nur so sagte.
»Ich habe reichlich Platz, falls Sie Lust haben, über Nacht zu bleiben. Ich hätte Sie das schon früher fragen sollen.«
»Nein, Doc. Ich habe noch zu tun.«
»Ich gehe gleich morgen früh ins Büro«, sagte ich.
»Ich begreife nicht, wie Sie das fertig bringen«, antwortete er in missbilligendem Ton, als wäre es irgendwie unangebracht, in dieser Situation an Arbeit zu denken.
»Ich habe einen Plan. Und den werde ich ausführen, komme, was wolle«, sagte ich.
»Ich hasse es, wenn Sie anfangen, irgendwas zu planen.«
Ich legte auf und räumte die leeren Suppenteller vom Küchentisch, und je mehr ich über das nachdachte, was ich vorhatte, desto besessener wurde ich.
»Würde es dir Schwierigkeiten machen, einen Hubschrauber zu besorgen?«, fragte ich meine Nichte.
»Was?« Sie sah mich erstaunt an.
»Du hast richtig gehört.«
»Darf ich fragen, wofür? Ich kann den nämlich nicht einfach bestellen wie ein Taxi.«
»Ruf Teun an«, sagte ich. »Sag ihr, dass ich die Sache jetzt in die Hand nehme und jede erdenkliche Unterstützung brauche. Sag ihr, wenn alles so läuft, wie ich es mir erhoffe, brauche ich sie und ein Team in Wilmington, North Carolina. Ich weiß nur noch nicht, wann. Vielleicht umgehend. Doch ich brauche freie Hand. Sie soll mir vertrauen.«
Lucy stand auf und ging zum Spülbecken, um sich noch ein Glas Wasser zu holen.
»Das ist doch Wahnsinn.«
»Kannst du nun einen Hubschrauber besorgen oder nicht?«

»Wenn ich die Erlaubnis kriege, ja. Die Grenzpatrouille hat welche. Da kriegen wir sie normalerweise her. Ich kann wahrscheinlich einen aus D.C. herholen.«

»Gut«, sagte ich. »Besorg ihn, so schnell du kannst. Morgen früh fahr ich zum Labor und lasse mir bestätigen, was ich bereits zu wissen glaube. Vielleicht fliegen wir dann nach New York.«

»Warum?«

Ihre Miene war neugierig, aber skeptisch.

»Wir werden auf Ward's Island landen und Kirby einen Besuch abstatten; ich habe vor, mich da mal gründlich umzusehen.«

Marino rief gegen zehn erneut an, und ich versicherte ihm, dass es Lucy den Umständen entsprechend gut gehe und wir uns in meinem Haus mit seiner ausgeklügelten Alarmanlage, der Lichtanlage und den Waffen bestens aufgehoben fühlten. Er sprach undeutlich und mit schwerer Zunge, was mir verriet, dass er getrunken hatte. Das Fernsehgerät war auf volle Lautstärke gestellt.

»Ich brauche Sie um acht im Labor«, sagte ich.

»Ich weiß, ich weiß.«

»Es ist sehr wichtig, Marino.«

»Das habe ich mir fast schon gedacht, Doc.«

»Sehen Sie zu, dass Sie ein bisschen Schlaf kriegen«, sagte ich.

»Gleichfalls.«

Ich konnte jedoch nicht schlafen, sondern saß an meinem Schreibtisch und ging diejenigen Fälle von ESA durch, bei denen jemand unter verdächtigen Umständen in einem Feuer umgekommen war. Ich studierte den Fall von Venice Beach und dann den von Baltimore und suchte angestrengt nach eventuellen Gemeinsamkeiten der Fälle und Opfer, die über den Brandherd und die Tatsache hinausgingen, dass zwar der Verdacht auf Brandstiftung bestanden hatte, die Ermittlung jedoch die Beweise schuldig geblieben war. Als Erstes rief ich das Polizeipräsidium von Baltimore an und traf auf einen Beamten, der gesprächswillig schien.

»Den hat John Montgomery bearbeitet«, sagte er, und ich hörte, dass er rauchte.

»Wissen Sie darüber irgendetwas?«, fragte ich.

»Am besten sprechen Sie mit ihm selbst. Und er wird wahrscheinlich irgendeine Beglaubigung wollen, dass Sie auch wirklich diejenige sind, die Sie angeben zu sein.«

»Er kann mich morgen früh im Büro anrufen, um das zu überprüfen.« Ich gab ihm die Nummer. »Ich dürfte kaum später als um acht dort sein. Wie sieht's denn mit einer E-Mail-Adresse aus? Könnte ich Detective Montgomery nicht ein paar Zeilen schicken?«

»Kann ich Ihnen geben.«

Ich hörte, wie er eine Schublade öffnete, dann gab er mir die gewünschte Anschrift.

»Ich glaube, ich hab schon mal von Ihnen gehört«, sagte der Beamte nachdenklich. »Wenn Sie die Gerichtsmedizinerin sind, die ich meine. Das ist 'ne Dame, und obendrein 'ne gut aussehende, nach allem, was ich im Fernsehen gesehen habe. Hm. Waren Sie schon mal hier oben in Baltimore?«

»Ich habe in Ihrer schönen Stadt Medizin studiert.«

»Na, dann weiß ich jedenfalls, dass Sie was drauf haben.«

»Austin Hart, der junge Mann, der bei dem Brand umgekommen ist, war ebenfalls Student in Johns Hopkins«, sagte ich hoffnungsvoll.

»Und 'n Homo dazu. Ich persönlich glaube, dass es da um einen Racheakt ging.«

»Was ich brauche, ist ein Foto von ihm und alles über sein Leben, seine Gewohnheiten, seine Hobbys.« Ich versuchte, mir die momentane Gesprächigkeit des Beamten zunutze zu machen.

»Oh, ja.« Er rauchte. »Einer von diesen hübschen Kerlen. Ich habe gehört, dass er als Fotomodell gearbeitet hat, um sich das Medizinstudium zu finanzieren. Werbung für Calvin-Klein-Unterwäsche, solches Zeug. War wahrscheinlich ein eifersüchtiger Liebhaber. Wenn Sie demnächst mal nach Baltimore kommen, Doc, dann versuchen Sie unbedingt, sich die Camden Yards anzusehen. Sie wissen doch, das neue Stadion.«

»Unbedingt«, anwortete ich, während ich aufgeregt zu verarbeiten versuchte, was er gerade gesagt hatte.

»Ich kann Ihnen Karten besorgen, wenn Sie möchten.«
»Das wäre sehr nett von Ihnen. Ich werde mich mit Detective Montgomery in Verbindung setzen, und fürs Erste vielen Dank für Ihre Hilfe.«
Ich legte auf, ehe er mich nach meiner Lieblingsbaseballmannschaft fragen konnte, und schickte Montgomery sofort eine E-Mail, worin ich ihm kurz meine Wünsche skizzierte, obwohl ich das Gefühl hatte, bereits genug in der Hand zu haben. Als Nächstes probierte ich es bei der Pacific Division des Polizeipräsidiums von Los Angeles, die für Venice Beach zuständig war, und ich hatte Glück. Der Beamte, der den Fall Marlene Farber bearbeitet hatte, hatte Nachtschicht und war gerade hereingekommen. Sein Name war Stuckey, und er schien keinen großen Wert mehr auf irgendeinen Identitätsnachweis zu legen, nachdem ich mich vorgestellt hatte.
»Ich wäre froh, wenn den jemand für mich lösen würde«, sagte er rundheraus. »Sechs Monate Arbeit, und immer noch nichts. Nicht ein Hinweis, der sich als brauchbar erwiesen hätte.«
»Was können Sie mir über Marlene Farber erzählen?«, fragte ich.
»Sie ist manchmal in dieser Arztserie aufgetreten, in *General Hospital*. Und in *Northern Exposure*. Das haben Sie wohl gesehen?«
»Ich seh nicht viel fern. Die Nachrichten, das ist so ungefähr alles.«
»Und wo noch? Ach ja, richtig, in *Ellen*. Keine großen Rollen, doch wer weiß, wie weit sie es noch gebracht hätte. Das hübscheste Ding, das man sich vorstellen kann. War mit irgendeinem Regisseur liiert, und wir sind uns ziemlich sicher, dass er mit der Geschichte nichts zu tun hatte. Das Einzige, was den Typ wirklich interessiert hat, war Koks und mit sämtlichen jungen Stars zu vögeln, denen er Rollen besorgt hat. Nachdem ich den Fall übernommen hatte, habe ich mir einen Haufen Videobänder angesehen, wissen Sie, von Shows, in denen sie aufgetreten war. Sie war nicht schlecht. Es ist ein Jammer.«
»War an dem Brandort irgendetwas ungewöhnlich?«, fragte ich.

»An dem war alles ungewöhnlich. Ich habe keine Ahnung, wie ein solches Feuer im Badezimmer im ersten Stock ausgebrochen sein soll, und das ATF ist auch nicht dahinter gekommen. Da gab's nichts Brennbares außer Klopapier und Handtüchern. Außerdem keinerlei Anzeichen für ein gewaltsames Eindringen, und die Alarmanlage hat nicht gemuckst.«
»Detective Stuckey, hat man ihre Überreste zufällig in der Badewanne gefunden?«
»Das ist auch so was Abartiges, es sei denn, sie hätte Selbstmord begangen. Vielleicht Feuer gelegt und sich die Pulsadern aufgeschnitten oder so was. 'ne ganze Menge Leute schneiden sich die Pulsadern in der Badewanne auf.«
»Irgendwelche nennenswerten Spuren?«
»Ma'am, sie war Kalk. Sah aus, als käme sie aus dem Krematorium. Vom Rumpf war gerade so viel übrig, dass man sie mit Hilfe von Röntgenaufnahmen identifizieren konnte, doch darüber hinaus haben wir es mit ein paar Zähnen, Knochenteilen und ein bisschen Haar zu tun.«
»Hat sie zufällig auch als Modell gearbeitet?«, fragte ich dann.
»Das auch, Fernsehwerbung und Zeitschriftenwerbung. Sie hat ziemlich gut verdient. Hat einen schwarzen Viper gefahren und in einem verdammt hübschen Haus direkt am Meer gewohnt.«
»Wäre es wohl möglich, dass Sie mir per E-Mail Fotos und Untersuchungsberichte schicken?«
»Geben Sie mir Ihre Anschrift, und ich will sehen, was ich tun kann.«
»Ich brauche sie aber schnell, Detective Stuckey«, sagte ich.

Ich legte auf, und meine Gedanken überschlugen sich. Jedes der Opfer war von auffallender körperlicher Schönheit gewesen und hatte mit Werbefotografie oder Fernsehen zu tun gehabt. Es war ein gemeinsamer Nenner, den man nicht außer Acht lassen durfte, und ich war davon überzeugt, dass Marlene Farber, Austin Hart, Claire Rawley und Kellie Shephard aus einem Grund ausgesucht worden waren, der für den Mörder von Wichtigkeit war. Das war der Knackpunkt des Ganzen. Das Muster entsprach dem eines Serientäters wie Bundy, der sich Frauen mit langem, glattem Haar ausgesucht hatte. Sie alle ähnelten seiner Freundin, die ihm den Laufpass gegeben hatte. Was nicht ins Bild passte, war Carrie Grethen. Erstens war sie in Kirby eingesperrt gewesen, als die ersten drei Morde passierten, und zweitens war ihr Modus operandi bislang ein gänzlich anderer gewesen.

Ich stand vor einem Rätsel. Carrie war nicht da und war es doch. Ich döste eine Weile in meinem Sessel vor mich hin, und um sechs Uhr fuhr ich ruckartig hoch. Mein Nacken brannte von der ungewohnten Stellung, und mein Rücken war steif und schmerzte. Langsam stand ich auf und reckte mich, und ich wusste, was ich zu tun hatte, war mir jedoch nicht sicher, ob ich dazu imstande wäre. Der bloße Gedanke erfüllte mich mit Entsetzen, und mein Herz pochte wild. Ich spürte meinen Puls wie eine Faust gegen eine Tür schlagen, während ich auf die braunen Papiertüten starrte, die Marino vor einem Bücherregal voller juristischer Fachzeitschriften abgestellt hatte. Sie waren mit Klebeband verschlossen und beschriftet. Ich nahm sie vom Boden hoch und folgte dem Flur zu Bentons Zimmer.

Wenn wir normalerweise auch in meinem Bett geschlafen hatten, so war der zweite Flügel des Hauses doch seiner gewesen. Hier hatte er gearbeitet und die notwendigen persönlichen Dinge untergebracht, denn mit zunehmendem Alter hatten wir beide die Erfahrung gemacht, dass unserer Beziehung nichts so förderlich war wie Raum. Unsere Rückzugsmöglichkeiten hatten bewirkt, dass unsere Schlachten weniger blutig verliefen. Und dass wir einander tagsüber aus dem Weg gehen konnten, hatte die Nächte umso einladender erscheinen lassen. Seine Tür stand weit offen, so wie er sie zurückgelassen hatte. Das Licht war aus, die Vorhänge waren zugezogen. Die Schatten nahmen schärfere Umrisse an, als ich einen Augenblick wie gelähmt dastand und hineinstarrte. Ich musste allen Mut zusammennehmen, um die Deckenlampe anzuschalten.

Sein Bett mit der knallblauen Steppdecke und den dazu passenden Betttüchern war ordentlich gemacht, weil Benton stets peinlich Ordnung gehalten hatte, ganz gleich, wie eilig er es haben mochte. Er hatte es nie so weit kommen lassen, dass ich ihm das Bett bezog oder mich um seine Wäsche kümmerte, und das hatte seinen Grund nicht zuletzt in seiner Selbstständigkeit und einem ausgeprägten Hang zur Unabhängigkeit gehabt, der ihn nie richtig verließ, nicht einmal im Zusammenleben mit mir. Er musste alles so machen, wie er es für richtig hielt. In der Hinsicht waren wir einander so ähnlich gewesen, dass man sich nur wundern konnte, wie wir je zueinander gefunden hatten. Ich nahm seine Haarbürste von der Kommode, weil ich wusste, dass sie sich als nützlich erweisen konnte, falls es zu einem DNS-Vergleich kommen sollte, weil sich keine andere Identifizierungsmöglichkeit ergab. Ich trat an den kleinen Kirschholznachttisch, um mir die Bücher und die dicken Aktenordner anzusehen, die darauf gestapelt lagen.

Er hatte gerade *Unterwegs nach Cold Mountain* gelesen, und die abgerissene Klappe eines Briefumschlags war als Lesezeichen zwischen die Seiten gesteckt. Er hatte es noch nicht zur Hälfte gelesen. Selbstverständlich lagen da auch die Seiten der letzten Fassung eines Handbuchs zur Verbrechensklassifizierung, das er herausgab, und der Anblick seiner Handschrift war niederschmetternd. Zärtlich blätterte ich die Manuskriptseiten um und führte den Finger über die kaum lesbaren Worte. Wieder überwältigten mich die Tränen. Dann stellte ich die Tüten auf das Bett und riss sie auf.

Die Polizei hatte hastig seinen Kleiderschrank und seine Schubladen durchgesehen, und so waren die Sachen, die sie in die Tüten gepackt hatten, nicht etwa ordentlich zusammengelegt, sondern eher gebündelt und gerollt. Ich strich ein weißes Baumwollhemd nach dem anderen glatt, auffällig gemusterte Krawatten und zwei Paar Hosenträger. Er hatte zwei leichte Anzüge dabeigehabt, und beide waren zerknittert wie Krepppapier. Da waren noch elegante Schuhe für den Abend, ein Laufdress und Socken und Slips, doch was mir dann endgültig den Rest gab, war sein Waschbeutel. Methodische Hände hatten ihn durchwühlt, und der Schraubverschluss einer Flasche Givenchy III war nicht ganz zugedreht, sodass etwas Eau de Cologne ausgelaufen war. Ich spürte seine glatt rasierten Wangen. Plötzlich sah ich ihn hinter seinem Schreibtisch in seinem ehemaligen Büro in der FBI Academy sitzen. Sein blendendes Aussehen, sein tadellos gebügelter Anzug und sein Geruch waren mir schlagartig gegenwärtig. So hatte ich ihn damals erlebt, als ich mich bereits in ihn verliebt hatte und es nur noch nicht wusste. Säuberlich faltete ich seine Kleidung zusammen und legte sie auf einen Stapel. Mit nervösen Fingern riss ich eine weitere Tüte auf. Ich legte den ledernen, schwarzen Aktenkoffer aufs Bett und ließ die Schlösser aufschnappen.

Was mir sofort ins Auge sprang, war das Fehlen seiner Pistole, eines Colt Mustang .380, den er sich manchmal ans Fußgelenk geschnallt hatte, und ich fand es bedeutungsvoll, dass er die Pistole in der Nacht seines Todes mitgenommen hatte. Seine Neun-Millimeter trug er zwar ständig im Schulterhalfter, doch der Colt war eine zusätzliche Sicherheitsmaßnahme, wenn er eine Situation als bedrohlich empfand. Dies ungewöhnliche Verhalten sagte mir, dass Benton, nachdem er den Schauplatz des Brandes in Lehigh verlassen hatte, in irgendeiner Mission unterwegs gewesen war. Ich hatte den Verdacht, dass er sich mit irgendjemandem hatte treffen wollen, und ich konnte nicht begreifen, warum er das niemandem mitgeteilt hatte, es sei denn, er wäre nachlässig geworden, und das bezweifelte ich.

Ich holte seinen braunen Terminkalender heraus und blätterte ihn in der Hoffnung durch, auf irgendeinen aktuellen Termin zu stoßen. Da waren ein Friseurtermin, ein Zahnarzttermin und bevorstehende Reisetermine vermerkt, doch für den Tag seines Todes gab es keinerlei Eintragung, außer dem Geburtstag seiner Tochter Michelle Mitte nächster Woche. Ich stellte mir vor, dass sie und ihre Schwestern jetzt bei ihrer Mutter Connie, Bentons früherer Frau, wären. Mir graute bei dem Gedanken, dass der gemeinsame Kummer uns irgendwann zusammenführen würde, was immer sie auch von mir denken mochten.

Er hatte Kommentare und Fragen zu Carries Täterprofil hineingekritzelt, dem Profil des Monsters, das bald danach seinen Tod verschuldet hatte. Es lag eine unvorstellbare Ironie in der Vorstellung, wie er Carries Verhalten zu sezieren versucht hatte, in der Hoffnung, ihr bei ihren möglichen Untaten zuvorzukommen. Bestimmt war ihm niemals der Gedanke gekommen, dass sie, während er seine Gedanken auf sie konzentrierte, wahrscheinlich über ihn nachdachte. Sie hatte Lehigh County und das Videoband geplant und tourte zurzeit vermutlich als Mitglied eines Filmteams durch die Gegend.

Mein Blick blieb an ein paar handschriftlichen Notizen hängen: *Täter-Opfer-Beziehung/Fixierung* und *Identitätsverschmelzung/Erotomanie* und *Opfer wird als überlegen wahrgenommen.* Auf die Rückseite des Blattes hatte er gekritzelt: *Leben verläuft nach Muster. Wie passt Carries Opferhaltung dazu? Kirby. Welcher Zugang zu Claire Rawley? Allem Anschein nach gar keiner. Zusammenhanglos. Lässt das auf anderen Täter schließen? Komplizen? Gault. Bonnie und Clyde. Ihr ursprünglicher MO könnte hier durchschlagen. Carrie nicht allein. Frau/Mann 28–45? Weißer Hubschrauber?*

Es überlief mich kalt, als mir klar wurde, was Benton gedacht hatte, während er in der Leichenhalle stand, sich Notizen machte und Gerde und mich bei der Arbeit beobachtete. Benton war in dem Augenblick klar geworden, was plötzlich auf der Hand zu liegen schien. Carrie war nicht die einzige Beteiligte in dieser Geschichte. Sie hatte sich auf irgendeine Weise mit einem bösartigen Partner zusammengetan, vielleicht während sie in Kirby einsaß. Völlig außer Frage stand für mich, dass diese Zusammenarbeit ihrer Flucht vorangegangen war, und ich überlegte, ob sie wohl während der fünf Jahre, die sie dort verbrachte, einen anderen psychopathischen Patienten kennen gelernt haben konnte, der dann irgendwann entlassen worden war. Vielleicht hatte sie ja mit ihm ebenso ungeniert und dreist korrespondiert, wie sie es mit den Medien und mir getan hatte.

Aufschlussreich war auch, dass Bentons Aktenkoffer in seinem Hotelzimmer gefunden worden war, denn ich wusste, dass er ihn zuvor im Leichenschauhaus noch bei sich gehabt hatte. Offensichtlich war er in sein Hotelzimmer zurückgekehrt, nachdem er den Schauplatz des Brandes in Lehigh County verlassen hatte.

Wohin er danach gegangen war und warum, blieb ein Rätsel. Ich las weiter in seinen Notizen über den Mord an Kellie Shephard. Benton hatte die Stichwörter *Overkill, übermotiviert* und *unorganisiert* hervorgehoben. Außerdem stand dort: *Kontrolle verloren* und *Reaktion des Opfers nicht nach Plan. Ritueller Ablauf durchkreuzt. War so nicht beabsichtigt gewesen. Wut. Wird bald erneut töten.*

Ich machte den Aktenkoffer wieder zu und ließ ihn auf dem Bett liegen. Tief bekümmert verließ ich Bentons Zimmer, machte das Licht aus und schloss die Tür. Ich wusste, wenn ich es beim nächsten Mal betreten würde, dann in der Absicht, Bentons Schrank und Schubladen auszuräumen und der Tatsache ins Auge zu blicken, dass ich künftig mit seiner Abwesenheit würde leben müssen, die sich auf Schritt und Tritt bemerkbar machen würde. Leise betrat ich Lucys Zimmer und fand sie schlafend, die Pistole auf dem Tisch neben dem Bett. Meine ruhelosen Wanderungen führten mich in die Diele, wo ich die Alarmanlage gerade so lange ausschaltete, um hastig nach den Zeitungen greifen zu können, die unter dem Vordach auf der Treppe lagen. Ich ging in die Küche, um Kaffee zu kochen. Um halb acht war ich fertig zum Aufbruch, und Lucy hatte sich immer noch nicht gerührt. Wieder betrat ich lautlos ihr Zimmer, und das Sonnenlicht umfloss mittlerweile das Rollo und tauchte ihr Gesicht in ein weiches Licht.

»Lucy?« Sacht berührte ich ihre Schulter.

Sie fuhr ruckartig aus dem Schlaf auf.

»Ich muss gleich los«, sagte ich.

»Ich muss auch aufstehen.«

Sie warf die Bettdecke zurück.

»Möchtest du eine Tasse Kaffee mit mir trinken?«

»Ja, gern.«

Sie setzte die Füße auf den Boden.

»Du solltest etwas essen«, sagte ich.

Sie hatte in Laufshorts und T-Shirt geschlafen und folgte mir lautlos wie eine Katze.

»Ein paar Haferflocken?«, fragte ich sie, während ich einen Becher aus dem Schrank holte.

Sie sagte nichts, sondern beobachtete mich bloß, während ich die Dose mit den selbst gerösteten Getreideflocken öffnete, die Benton fast jeden Morgen mit Banane oder Beeren gegessen hatte. Schon ihr Duft bewirkte, dass mich erneut der Kummer überwältigte, schon schnürte sich mir die Kehle zu, und mein Magen krampfte sich zusammen. Einen langen Augenblick stand ich hilflos, unfähig, auch nur den Löffel herauszunehmen oder die Hand nach einem Napf auszustrecken. Ich war wie gelähmt.

»Lass nur, Tante Kay«, sagte Lucy, die genau wusste, was in mir vorging. »Ich habe sowieso keinen Hunger.«

Meine Hände zitterten, als ich den Schnappverschluss der Dose wieder zumachte.

»Ich weiß gar nicht, wie du weiter in diesem Haus bleiben sollst«, sagte sie.

Sie goss sich selbst Kaffee ein.

»Es ist mein Zuhause, Lucy.«

Ich öffnete den Kühlschrank und reichte ihr die Milchtüte.

»Wo ist denn sein Auto?«, fragte sie und goss sich Milch in den Kaffee.

»Am Flughafen von Hilton Head, nehme ich an. Er ist von dort direkt nach New York geflogen.«

»Und was willst du damit machen?«

»Weiß ich nicht.«

Ich wurde langsam ungehalten.

»Sein Auto steht derzeit ziemlich weit unten auf meiner Liste. Ich habe ja schon seine ganzen Sachen im Haus.«

Ich holte tief Luft.

»Ich kann nicht sämtliche Entscheidungen gleichzeitig treffen«, sagte ich.

»Du solltest die Sachen noch heute bis aufs letzte Stück aus dem Haus schaffen.«

Lucy lehnte sich gegen die Küchentheke, trank Kaffee und beobachtete mich mit dem immer gleichen ausdruckslosen Blick.

»Wirklich«, fuhr sie in einem Ton fort, der keinerlei Emotion verriet.

»Ich werde nichts davon anrühren, ehe nicht sein Leichnam nach Haus geschafft worden ist.«

»Ich kann dir helfen, wenn du möchtest.«

Wieder trank sie einen Schluck Kaffee. Ich fing an, mich ernsthaft über sie zu ärgern.

»Ich möchte das auf meine Weise machen, Lucy«, sagte ich, und der Schmerz schien in jede einzelne Zelle meines Körpers auszustrahlen. »Ausnahmsweise werde ich einmal nicht die Tür hinter mir zuknallen und davonlaufen. Ich habe das fast mein ganzes Leben lang getan, schon damals, als mein Vater starb. Dann ging Tony weg, und Mark wurde getötet, und ich bekam immer mehr Übung darin, jeder Beziehung den Rücken zuzukehren wie einem alten Haus. Wegzugehen, als hätte ich nie darin gelebt. Und weißt du was? Es funktioniert nicht.«

Sie starrte auf ihre nackten Füße nieder.

»Hast du schon mit Janet gesprochen?«, fragte ich.

»Sie weiß Bescheid. Jetzt regt sie sich furchtbar auf, weil ich sie nicht sehen will. Ich will überhaupt niemanden sehen.«

»Je schneller du rennst, desto weniger kommst du vom Fleck«, sagte ich. »Wenn du sonst nichts von mir gelernt hast, Lucy, dann lerne wenigstens dies und warte damit nicht, bis dein halbes Leben schon vorbei ist.«

»Ich habe vieles von dir gelernt«, sagte meine Nichte. Die Fenster fingen das Morgenlicht ein, und meine Küche wurde hell. »Mehr, als du denkst.«

Einen Augenblick starrte sie in den leeren Flur, der in das große Zimmer führte.

»Ich habe ständig das Gefühl, dass er gleich reinkommt«, murmelte sie.

»Ich weiß«, sagte ich. »Ich auch.«

»Ich rufe jetzt Teun an. Sowie ich etwas weiß, piepe ich dich an«, sagte sie.

Die Leute, die auf dem Weg zur Arbeit in östlicher Richtung fuhren, blinzelten in das gleißende Sonnenlicht, das einen wolkenlosen, heißen Tag versprach. Der Verkehrsstrom auf der

Ninth Street trug mich am Capitol Square mit seiner schmiedeeisernen Einfassung und den im ursprünglichen Stil erhaltenen, weißen Häusern und Monumenten vorbei zu Stonewall Jackson und George Washington. Ich dachte an Kenneth Sparkes, an seinen politischen Einfluss. Ich erinnerte mich wieder an die Mischung aus Angst und Faszination, die ich empfunden hatte, als er mit immer neuen Forderungen und Beschwerden anrief. Er tat mir jetzt schrecklich Leid.

Alles, was in allerletzter Zeit geschehen war, hatte seinen Namen nicht vom Verdacht befreien können, und zwar aus dem einfachen Grund, dass einige von uns zwar mittlerweile wussten, dass wir es höchstwahrscheinlich mit einem Serientäter zu tun hatten, aber nicht befugt waren, derlei Informationen an die Presse weiterzugeben. Ich verspürte das verzweifelte Verlangen, mit ihm zu sprechen, ihm die Last von der Seele zu nehmen, als könnte ich dadurch meine eigene loswerden. Niedergeschlagenheit umklammerte meine Brust wie eine kalte, eiserne Hand, und als ich von der Jackson Street in die Tiefgarage meines Dienstgebäudes einbog, versetzte mir der Anblick eines Leichenwagens, aus dem gerade eine in einen schwarzen Sack gehüllte Leiche ausgeladen wurde, einen Schock, wie ich ihn bislang noch nicht erlebt hatte.

Ich versuchte, die Vorstellung beiseite zu schieben, dass auch Benton so eingehüllt sein könnte oder in einem kalten Raum aus Edelstahl läge, wenn die Kühlraumtür geschlossen wurde. Es war schrecklich, all das zu wissen, was ich wusste. Der Tod war nichts Abstraktes, und ich vermochte mir jeden einzelnen Schritt, jedes Geräusch und jeden Geruch an diesem Ort zu vergegenwärtigen, wo es keine liebevolle Berührung gab, sondern nur eine klinische Objektivität, die wiederum der Aufklärung eines Verbrechens dienen sollte. Ich stieg aus dem Wagen, als Marino neben mir hielt.

»Was dagegen, wenn ich meinen Wagen hier reinstelle?«, fragte er, obwohl er wusste, dass die Tiefgarage nicht für Polizeibeamte bestimmt war.

Marino und die Vorschriften waren ein nimmer endendes Kapitel.

»Nur zu«, antwortete ich. »Einer der Transporter ist in der Werkstatt. Glaube ich wenigstens. Und Sie werden sowieso nicht lange hier bleiben.«
»Wie zum Teufel wollen Sie das wissen?«
Er schloss seinen Wagen ab und schnipste die Zigarettenasche zu Boden. Er war wieder der alte, rüde Marino, und ich empfand das als ungeheuer beruhigend.
»Gehen Sie erst in Ihr Büro?«, fragte er, während wir einer Rampe folgten, von der die Türen zum Leichenschauhaus abgingen.
»Nein, direkt nach oben.«
»Dann kann ich Ihnen sagen, was wahrscheinlich schon auf Ihrem Schreibtisch liegt«, sagte er. »Wir haben eine positive I.D. für Claire Rawley bekommen. Von dem Haar an ihrer Bürste.«
Das überraschte mich zwar nicht, aber die Bestätigung bewirkte, dass ich einmal mehr an diesem Morgen sehr traurig wurde.
»Danke«, sagte ich, »dann wissen wir wenigstens Bescheid.«

19

Die Labors der Spurensicherung lagen im dritten Stock, und mein erster Gang führte zum Scanning electron microscope oder SEM, dem elektronischen Rastermikroskop, das ein Präparat wie etwa die Metallspäne vom Shephard-Fall einem Elektronenstrahl aussetzte. Die Elemente, aus denen eine solche Probe bestand, sandten bei der Untersuchung Elektronen aus, deren Bilder auf einen Videobildschirm projiziert wurden.
Mit einem Wort, das SEM erkannte nahezu alle der einhundertunddrei Elemente, ob es sich nun um Kohlenstoff, Kupfer oder Zink handelte, und wegen der mikroskopischen Tiefenschärfe, der hohen Auflösung und der enormen Vergrößerung ließen sich Spuren wie etwa Pulverrückstände oder die Härchen eines Marihuanablattes auf eine erstaunliche, ja unheimliche Weise im Detail betrachten.
Das Zeiss SEM hatte seinen exponierten Platz in einem fensterlosen Raum mit blaugrünen und beigefarbenen Wandschränken und Regalen, Arbeitsplatten und Becken. Weil das ungeheuer kostpielige Instrument sehr sensibel auf mechanische Schwingungen, Magnetfelder und elektrische sowie thermische Störungen reagierte, wurde sein Umfeld peinlicher Kontrolle unterworfen.
Ventilation und Klimaanlage waren unabhängig vom übrigen Gebäude, und auch fotografisch sicheres, indirektes Licht, das keine elektrischen Störungen verursachte, wurde von speziellen Glühfadenlampen an die Decke projiziert, um den Raum nur schwach durch Reflektion zu beleuchten. Die Böden und Wände bestanden aus dickem, mit Stahlträgern verstärktem Beton, die gegen durch Menschenkraft verursachte Erschütterungen, auch durch die des Verkehrs auf der Schnellstraße, unempfindlich waren.
Mary Chan war grazil und hellhäutig, eine erstklassige Mikroskopikerin, die inmitten ihrer komplizierten Geräte gerade telefonierte. Mit den Armaturenbrettern, Energie-Einheiten, der

Elektronenröhre und den optischen Zusatzeinrichtungen, Röntgenstrahlen-Analysegerät und der Vakuumkammer, die an eine Stahlflasche mit komprimiertem Stickstoff angeschlossen war, sah das SEM wie eine Konsole aus dem Space Shuttle aus. Chans Laborkittel war bis zum Kinn zugeknöpft, und ihre freundliche Geste bedeutete mir, dass sie gleich fertig sei.

»Messen Sie ihr noch mal die Temperatur, und versuchen Sie es mit Tapioka. Wenn sie das nicht bei sich behält, rufen Sie mich zurück, okay?«, sagte Chan gerade zu jemandem. »Ich muss jetzt Schluss machen.«

»Meine Tochter«, sagte sie entschuldigend zu mir. »Eine Magenverstimmung, wahrscheinlich von zu viel Eis gestern Abend. Sie hat sich über das Chunkey Monkey hergemacht, als ich nicht hingesehen habe.«

Ihr Lächeln war tapfer, aber müde, und ich argwöhnte, dass sie den größten Teil der Nacht auf gewesen war.

»Mann, das Zeug ist aber auch so was von gut«, sagte Marino und überreichte ihr unser verpacktes Beweismaterial.

»Noch mal Metallspäne«, erklärte ich ihr. »Ich hasse es, Sie damit zu überfallen, Mary, aber wenn Sie es sich sofort ansehen könnten – es ist dringend.«

»Ein anderer Fall oder derselbe?«

»Der Brand in Lehigh County, Pennsylvania«, antwortete ich.

»Im Ernst?« Sie wirkte überrascht, als sie das Packpapier mit einem Skalpell aufzuschlitzen begann. »Herrje«, sagte sie, »das hört sich nach einer ziemlich scheußlichen Geschichte an, jedenfalls nach allem, was ich in den Nachrichten gesehen habe. Und dann auch noch der Typ vom FBI. Sonderbar, höchst sonderbar.«

Es gab keinen Grund, weshalb sie von meiner Beziehung zu Benton hätte wissen sollen.

»Wenn man sich die letzten beiden Fälle und den von Warrenton so ansieht, fragt man sich doch, ob da nicht irgendein kranker Pyromane unterwegs ist.«

»Das versuchen wir gerade herauszufinden«, sagte ich.

Chan nahm den Deckel von der kleinen metallenen Beweiskapsel ab und entfernte mit einer Pinzette die schneeweiße

Baumwolllage, unter der die beiden winzigen hellen Späne lagen. Sie stieß sich mit ihrem Drehstuhl zu dem Arbeitstisch in ihrem Rücken und machte sich daran, ein Stück doppelseitiges, schwarzes Karbonklebeband auf einem winzigen Aluminiumzapfen zu befestigen. Darauf legte sie denjenigen der beiden Späne, der die größere Oberfläche aufwies. Er war vielleicht halb so groß wie eine normale Wimper. Sie schaltete ein Stereomikroskop ein, legte den Span auf den Objektträger und justierte den Leuchtschirm für die Untersuchung bei geringer Vergrößerung, ehe sie das SEM einschaltete. »Ich sehe zwei unterschiedliche Oberflächen«, sagte sie, während sie die Schärfe einstellte. »Die eine richtig glänzend, die andere eher stumpfgrau.«

»Das ist der Unterschied zur Warrenton-Probe«, sagte ich. »Da waren beide Oberflächen doch glänzend, stimmt's?«

»Genau. Ich vermute mal, dass eine der beiden Oberflächen von diesen hier dem Sauerstoff der Luft ausgesetzt war. Aus welchem Grund auch immer.«

»Darf ich mal?«, fragte ich.

Sie glitt aus dem Weg, und ich spähte durch das Okular. Bei vierfacher Vergrößerung sah der Metallspan aus wie ein Band aus zerknitterter Aluminiumfolie, und ich konnte gerade noch die feine Riefelung erkennen, die durch das Instrument hervorgerufen worden war, mit dem man das Metall abgeschabt hatte, was immer das gewesen sein mochte. Mary machte eine Reihe Polaroidfotos und rollte auf ihrem Stuhl wieder zur SEM-Konsole zurück. Sie drückte auf einen Knopf, um die Kammer zu belüften oder das Vakuum auszugleichen.

»Das wird jetzt ein paar Minuten dauern«, sagte sie zu uns. »Sie können hier warten oder eine Weile weggehen.«

»Ich gehe einen Kaffee trinken«, sagte Marino, der sich noch nie für irgendwelche hoch komplizierten Geräte hatte erwärmen können und höchstwahrscheinlich rauchen wollte.

Chan öffnete ein Ventil, um die Kammer mit Stickstoff zu füllen, um jegliche Kontaminierung wie etwa Feuchtigkeit draußen zu halten. Als Nächstes drückte sie auf einen Knopf an der Konsole und legte unser Präparat auf den Objektträger eines Elektronenmikroskops.

»Jetzt müssen wir es auf einen Vakuumwert von zehn hoch minus sechs Millibar bringen. Das ist das Vakuum, das man braucht, um den Elektronenstrahl anzuschalten. Dauert gewöhnlich zwei, drei Minuten. Aber ich pumpe es lieber ein bisschen weiter, um ein wirklich gutes Vakuum zu kriegen«, erklärte sie und griff nach ihrem Kaffee. »Ich finde, die Meldungen im Fernsehen sind sehr verwirrend«, sagte sie dann. »Viele versteckte Andeutungen.«

»Das wäre ja ganz was Neues«, bemerkte ich ironisch.

»Das können Sie wohl sagen. Jedes Mal, wenn ich in der Presse Berichte über meine Zeugenaussage lese, frage ich mich, ob vielleicht jemand anders im Zeugenstand war. Ich meine, erst ziehen sie Sparkes da rein, und, ehrlich gesagt, ich hab selbst schon zu glauben begonnen, dass er womöglich sein eigenes Haus angezündet und irgendein Mädchen verbrannt hat. Wahrscheinlich wegen des Geldes und um sie loszuwerden, weil sie irgendwas wusste. Dann, siehe da, gibt es zwei weitere Brände in Pennsylvania, und noch zwei Leute werden umgebracht, und nun geben sie einem zu verstehen, dass zwischen allen drei Fällen ein Zusammenhang besteht? Und wie soll Sparkes da reinpassen?«

Sie streckte die Hand wieder nach ihrem Kaffee aus.

»Entschuldigen Sie, Dr. Scarpetta. Ich habe Sie nicht mal gefragt, ob Sie auch Kaffee möchten.«

»Nein, danke.«

Ich beobachtete, wie das grüne Licht sich mit der Veränderung des Vakuumwertes über das Messgerät hinwegbewegte.

»Außerdem finde ich es merkwürdig, dass diese Geisteskranke aus der Klapse in New York abhaut – wie hieß die noch? Carrie irgendwas? – und der Profiler vom FBI, der Typ, der die Ermittlungen leitet, plötzlich tot ist. Ich glaub, wir können«, sagte sie.

Sie schaltete den Elektronenstrahl und den Monitor ein. Die Vergrößerung stand auf fünfhundertfach, sie verringerte sie, und auf dem Bildschirm baute sich ein Bild des Kathodenstrahls auf. Zuerst sah es aus wie eine Welle, dann begann es, flach zu

werden. Sie drückte weitere Tasten, nahm die Vergrößerung erneut zurück, diesmal auf zwanzig, und wir bekamen langsam ein Bild von den Signalen, die das Präparat aussandte.
»Ich verändere jetzt den Strahl, um ein bisschen mehr Energie zu bekommen.«
Sie stellte Knöpfe und Skalen ein, während sie arbeitete.
»Sieht wie unser Metallspan aus, fast wie ein gekräuseltes Band«, verkündete sie.
Die Struktur war einfach eine vergrößerte Version dessen, was wir Augenblicke zuvor unter dem optischen Mikroskop gesehen hatten, und da das Bild nicht sonderlich hell war, konnte man auf ein Element mit einer niedrigeren Atomzahl schließen. Sie regulierte die Abtastgeschwindigkeit des Livebildes und nahm etwas vom Rauschen weg, das sich auf dem Bildschirm wie ein Schneesturm ausnahm.
»Hier kann man deutlich das Glänzende im Unterschied zum Grauen erkennen«, sagte sie.
»Und Sie meinen, dass das mit Oxydation zu erklären ist«, sagte ich und holte mir einen Stuhl heran.
»Tja, man hat zwei Oberflächen desselben Materials. Ich wage die Vermutung, dass die glänzende Seite erst kürzlich abgehobelt worden ist und die andere nicht.«
»Das leuchtet mir ein.«
Das kräuselige Material sah aus wie ein im Raum schwebender Granatsplitter.
»Wir hatten da letztes Jahr einen Fall«, sagte Chan, als sie den Einzelbildauslöser drückte, um Aufnahmen für mich zu machen. »Ein junger Kerl, der in einer Maschinenhalle von einem Rohr erschlagen worden war. Und an der Kopfhaut hatte er einen Metallspan von der Werkbank. Der war direkt in die Wunde geraten. So, jetzt wechseln wir mal das Reflexionsmuster, um zu sehen, welche Röntgenstrahlen wir erfassen können.«
Der Videobildschirm wurde grau, und es lief eine digitale Sekundenanzeige. Mary bediente wieder andere Tasten an ihrem Schaltbrett, und plötzlich erschien ein leuchtend orangefarbenes Spektrum auf dem Bildschirm, das sich gegen einen knallblauen

Hintergrund abhob. Sie bewegte den Cursor und erweiterte, was wie ein psychedelischer Stalagmit aussah.
»Mal sehen, ob es da noch andere Metalle gibt.« Sie veränderte die Einstellungen. »Nix«, sagte sie. »Das ist sehr reines Zeug. Ich denke, wir haben es wieder mit demselben Tatverdächtigen zu tun. Rufen wir mal Magnesium auf und sehen nach, ob sich da irgendwelche Linien überschneiden.«
Sie legte die Spektrallinie für Magnesium über diejenige unserer Probe, und sie waren gleich. Sie rief eine Tafel mit Elementen auf den Bildschirm, und das Rechteck für Magnesium war rot erleuchtet. Wir hatten unser Element bestätigt bekommen, und obwohl ich nichts anderes erwartet hatte, konnte ich es doch immer noch kaum fassen.
»Haben Sie eine Erklärung dafür, weshalb reines Magnesium in eine Wunde geraten sein könnte?«, fragte ich Chan gerade, als Marino zurückkehrte.
»Nun, ich habe Ihnen ja meine Geschichte mit dem Rohr erzählt«, antwortete sie.
»Was denn für ein Rohr?«, fragte Marino.
»Das Einzige, was ich mir vorstellen könnte, ist eine Metall verarbeitende Werkstatt«, fuhr Chan fort. »Ich würde allerdings annehmen, dass dort üblicherweise kein Magnesium verarbeitet wird. Ich meine, ich wüsste nicht, zu welchem Zweck.«
»Danke, Mary. Wir müssen jetzt noch eine Tür weiterziehen, doch ich bitte sie noch um den Span vom Warrenton-Fall, damit ich ihn im Schusswaffenlabor vorzeigen kann.«
Sie warf einen Blick auf die Uhr, als das Telefon läutete, und ich konnte nur ahnen, was für ein Berg Arbeit auf sie wartete.
»Wird sofort erledigt«, sagte sie entgegenkommend.

Die Labors der Abteilungen Schusswaffen und Werkzeugspuren lagen auf demselben Flur und hatten auch häufig mit denselben Gegenständen zu tun, da die Riefelungen an Patronenhülsen und Kugeln im Grunde von Schusswaffen hervorgerufene Werkzeugspuren waren. Verglichen mit dem alten Gebäude war der Raum, den diese Labors im neuen einnahmen, ein Stadion,

und das sagte auf traurige Weise etwas über den kontinuierlichen Verfall der Gesellschaft jenseits unserer Mauern.
Es war nichts Ungewöhnliches, dass Schulkinder Handfeuerwaffen in ihren Schließfächern aufbewahrten oder sie in den Duschräumen vorzeigten und im Schulbus mitführten, und es war durchaus keine Seltenheit, dass Gewalttäter elf oder zwölf Jahre alt waren. Schusswaffen waren immer noch das bevorzugte Instrument, um sich selbst, den Ehepartner oder selbst den Nachbarn mit seinem ewig kläffenden Hund umzubringen. Beängstigender waren allerdings die Frustrierten und die Wahnsinnigen, die irgendwo in der Öffentlichkeit losballerten, was auch die Erklärung dafür war, weshalb mein Büro und die Eingangshalle durch kugelsicheres Glas geschützt waren.
Rich Sinclairs Arbeitsbereich war mit Teppichboden ausgelegt und gut beleuchtet, und seine Fenster boten einen Ausblick auf das Coliseum, das mich immer schon an einen metallenen Pilz erinnert hatte, der sich gleich in die Luft erheben würde. Sinclair testete gerade das Abzugsgewicht einer Taurus-Pistole, und Marino und ich betraten den Raum beim Geräusch des Hahns, der gegen den Schlagbolzen klickte. Ich war nicht gerade zum Plaudern aufgelegt und bemühte mich nur, nicht unhöflich zu wirken, als ich Sinclair kurz und bündig erklärte, was ich brauchte und dass es furchtbar eilte.
»Das sind die Metallspäne von Warrenton«, sagte ich und öffnete die Beweiskapsel. »Und diese hier stammen von der Leiche beim Brand von Lehigh.«
Ich öffnete die nächste Beweiskapsel.
»Beide haben Riefelungen, die im SEM deutlich zu sehen sind«, erklärte ich.
Worauf es ankam, war festzustellen, ob die Riefelungen oder Werkzeugspuren übereinstimmten, was darauf schließen ließe, dass bei allen bislang entdeckten Magnesiumspänen dasselbe Instrument benutzt worden war. Die Metallbänder waren sehr zerbrechlich und dünn, und Sinclair verwendete einen Kunststoffspatel, um sie aus der Kapsel zu heben. Sie waren nicht sehr kooperativ und neigten dazu umherzuhüpfen, als wollten sie aus-

reißen, während er sie mit List und Tücke von ihrem Baumwollbett zu komplimentieren versuchte. Er benutzte schwarze Pappvierecke, um die Späne zurechtzulegen, die von Warrenton auf das eine, die von Lehigh auf das andere. Beide legte er auf die Objektträger des Vergleichsmikroskops.
»Oh ja«, sagte Sinclair übergangslos. »Da haben wir was Gutes.« Er rückte die Späne mit dem Spatel zurecht, drückte sie ein wenig flach und stellte die Vergrößerung auf 40 hoch.
»Könnte irgend'ne Art von Klinge gewesen sein«, sagte er. »Die Riefelungen rühren wahrscheinlich vom letzten Schliff her und sehen unter dem Mikroskop aus wie Fehler, weil kein Schliff je vollkommen glatt ist. Ich meine, der Fabrikant wird zufrieden sein, aber der steht ja auch nicht hier, wo wir stehen, und sieht das hier. Da, da ist noch eine bessere Stelle, glaube ich.«
Er trat zur Seite, sodass wir einen Blick darauf werfen konnten. Marino beugte sich als Erster über die Okulare.
»Sieht aus wie Skispuren im Schnee«, lautete sein Kommentar. »Und das ist von der Klinge, stimmt's? Oder von was auch immer?«
»Ja, Unebenheiten oder Werkzeugspuren, die von was auch immer herrühren, mit dem dies Metall bearbeitet wurde. Sehen Sie die Übereinstimmung, wenn man einen Span neben den anderen legt?«
Marino sah sie nicht.
»Hier, Doc, schaun Sie mal.« Sinclair trat zur Seite.
Was ich durch das Mikroskop erblickte, reichte fürs Gericht, da die Riefelungen des Warrenton-Spans in dem einen Feld genau den Riefelungen des Spans in dem anderen Feld entsprachen. Eindeutig hatte man mit demselben Werkzeug in beiden Mordfällen etwas aus Magnesium Bestehendes abgehobelt. Die Frage war, was für ein Werkzeug das gewesen sein mochte, und weil diese Späne so dünn waren, musste man sich eine wie auch immer geartete, scharfe Klinge darunter vorstellen. Sinclair machte mehrere Polaroidfotos für mich und steckte sie in Klarsichthüllen.
»Okay, und was kommt jetzt?«, fragte Marino, während er mir durch das Zentrum des Schusswaffenlabors folgte, vorbei an

Wissenschaftlern, die damit beschäftigt waren, unter Schutzhauben blutige Kleidungsstücke zu bearbeiten, während andere auf einer großen u-förmigen Arbeitsplatte einen Philips-Akkuschrauber und eine Machete untersuchten.

»Jetzt gehe ich einkaufen«, sagte ich.

Ich verlangsamte meinen Schritt beim Sprechen nicht, sondern wurde immer hektischer, weil ich wusste, mir fehlte nicht mehr viel, zu rekonstruieren, was Carrie oder ihr Komplize oder jemand anderes getan hatte.

»Was soll das heißen – *einkaufen*?«

Durch die Wände konnte ich das gedämpfte Knallen von Testschüssen im Schießstand hören.

»Warum sehen Sie nicht nach Lucy?«, sagte ich. »Und ich stoße dann später zu euch.«

»Mir gefällt das nicht, dass Sie mir jetzt wieder mit diesem *Später*-Scheiß kommen«, sagte Marino, als die Fahrstuhltüren sich öffneten. »Das heißt doch nur, dass Sie allein in der Gegend rumrennen und Ihre Nase in die Dinge stecken, in die Sie sie besser nicht reinstecken sollten. Und es ist jetzt nicht der Augenblick, in dem Sie ohne Begleitung auf der Straße rumlaufen sollen. Wir haben keine Ahnung, wo Carrie steckt.«

»Das stimmt, die haben wir nicht«, sagte ich, »aber ich hege die Hoffnung, dass sich das ändern wird.«

Wir erreichten das Erdgeschoss, und ich steuerte zielstrebig auf die Tür zu, die zur Tiefgarage führte. Ich schloss meinen Wagen auf. Marino wirkte dermaßen frustriert, dass ich einen bevorstehenden Wutausbruch witterte.

»Wollen Sie mir jetzt sagen, wo zum Teufel Sie hinfahren?«, fuhr er mich an, und seine Stimme überschlug sich beinah.

»In ein Sportgeschäft«, sagte ich und ließ den Wagen an. »Das größte, das ich finden kann.«

Es war Jumbo Sports südlich des James River, nahe dem Viertel, wo Marino wohnte, was auch der einzige Grund war, dass ich mich an diesen Laden erinnerte, denn es fiel mir selten ein, nach Basketbällen, Frisbeescheiben, Hanteln und Golfschlägern in irgendwelchen Läden zu suchen.

Ich nahm den Powhite Parkway und fuhr zwei Mautstellen weiter raus auf den Midlothian Turnpike in Richtung Downtown. Das Sportgeschäft war groß und befand sich in einem roten Klinkerbau. An den Außenwänden waren weiß gerahmte Sportlerfiguren angebracht. Der Parkplatz war für diese Tageszeit unerwartet voll, und ich fragte mich, wie viele durchtrainierte Menschen hier wohl ihre Mittagspausen verbrachten.

Ich hatte keine Ahnung, wo ich suchen musste, und studierte erst mal die Hinweisschilder über den endlosen Gängen. Da gab es Boxhandschuhe im Sonderangebot und Fitnessgeräte, die mir für ungeahnte Foltermethoden ausgedacht schienen. Endlose Kleiderständer mit Bekleidung für jegliche Sportart in grellen Farben, und ich fragte mich, was wohl aus dem zivilisierten Weiß geworden war, das ich bei den immer noch sehr geschätzten Gelegenheiten trug, wenn ich Zeit zum Tennisspielen fand. Ich folgerte, dass Messer sich beim Camping- und Jagdzubehör befinden mussten, einem großzügigen Bereich an der rückwärtigen Seite des Geschäfts. Ich fand Pfeile und Bogen, Zielscheiben, Zelte, Kanus, Kochgeschirre und Tarnkleidung, und zu dieser Stunde war ich die einzige Frau, die sich dafür zu interessieren schien. Zunächst war niemand geneigt, mich zu bedienen, während ich mich geduldig über eine Auslage von Messern beugte.

Ein sonnengebräunter Mann suchte ein Luftgewehr zum zehnten Geburtstag seines Sohnes, während ein älterer Mann im weißen Anzug sich nach einem Erste-Hilfe-Set gegen Schlangenbisse und einem Insektenschutzmittel erkundigte. Als ich mit meiner Geduld am Ende war, schaltete ich mich ein.

»Entschuldigen Sie«, sagte ich.

Der Verkäufer, der das Alter eines Collegestudenten hatte, schien mich nicht gleich zu hören.

»In jedem Fall sollten Sie sich bei Ihrem Arzt erkundigen, bevor Sie ein Mittel gegen Schlangenbisse benutzen«, sagte er zu dem älteren Mann in Weiß.

»Wie zum Teufel stellen Sie sich das denn vor, wenn ich irgendwo im Wald bin und mich gerade eine Mokassinschlange gebissen hat?«

»Ich meinte, dass Sie sich erkundigen sollen, ehe Sie in den Wald aufbrechen, Sir.«
Ich konnte ihre unterentwickelte Logik nicht länger mit anhören. »Solche Notbestecke gegen Schlangenbisse sind nicht nur nutzlos, sondern sogar schädlich«, sagte ich. »Das Abbinden der Wunde, einen Schnitt machen, das Gift raussaugen und all das macht die Sache nur schlimmer. Wenn Sie gebissen werden«, sagte ich zu dem Mann in Weiß, »dann können Sie nur eins tun: den gebissenen Körperteil ruhig stellen, schädliche erste Hilfe vermeiden und in ein Krankenhaus fahren.«
Die beiden Männer waren sprachlos.
»Dann hat es also gar keinen Sinn, irgendwas mitzunehmen?«, fragte der Mann in Weiß. »Sie meinen, ich soll gar nichts kaufen?«
»Nichts als ein paar gute Stiefel und einen Wanderstock, mit dem Sie herumstochern können«, antwortete ich. »Halten Sie sich fern von hohem Gras und stecken Sie die Hände nicht in Spalten oder Löcher. Da das Gift über das Lymphsystem durch den Körper transportiert wird, sind breite Druckverbände nützlich und ein längliches Stück Holz, um das Glied absolut ruhig zu stellen.«
»Sind Sie vielleicht Ärztin?«, fragte der Verkäufer.
»Ich hab schon mit Schlangenbissen zu tun gehabt.«
Ich behielt für mich, dass die Opfer in diesen Fällen nicht überlebt hatten.
»Ich hätte gern gewusst, ob Sie Messerschärfer haben?«, fragte ich den Verkäufer.
»Für die Küche oder für Camping?«
»Fangen wir mal mit Camping an.«
Er wies auf eine Wand, wo eine große Auswahl von Wetzsteinen und anderen Arten von Schärfinstrumenten an Haken aufgehängt waren. Manche waren aus Metall, andere aus Keramik. Sämtliche Hersteller waren markenbewusst genug, um die Bestandteile ihres Produkts nicht zu verraten. Ich sah mir noch eine ganze Reihe dieser Instrumente an, und dann fiel mein Blick auf ein kleines Päckchen in der untersten Reihe. Unter durchsichtigem Plastik befand sich der schlichte rechteckige

Klotz eines silbergrauen Metalls. Er nannte sich *Feuerstarter* und bestand aus Magnesium. Meine Erregung wuchs, als ich die Gebrauchsanleitung las. Um ein Feuer anzuzünden, brauchte man nur mit einem Messer über die Oberfläche des Magnesiums zu schaben, bis man ein Häufchen Späne vom Umfang eines Vierteldollars hatte. Streichhölzer waren nicht notwendig, denn zum *Feuerstarter* gehörte ein eigener Anzünder.

Ich eilte durch den Laden zurück, ein halbes Dutzend der Magnesiumanzünder in der Hand, und verlief mich in meiner Hast erst in der einen, dann in der anderen Abteilung. Ich schlängelte mich durch Bowlingkugeln und -schuhe und Baseballhandschuhe und landete schließlich in der Schwimmsportabteilung, wo mein Blick schlagartig von einer Auslage neonfarbiger Badekappen gefangen genommen wurde. Eine davon war schreiend pinkfarben. Ich dachte an die Rückstände, die wir in Claire Rawleys Haar gefunden hatten. Von Anbeginn an hatte ich geglaubt, dass sie irgendetwas auf dem Kopf gehabt hatte, als sie ermordet wurde, oder wenigstens, als das Feuer sie erreichte.

Eine Duschhaube hatte ich nur flüchtig erwogen, denn ihr dünnes Kunststoffmaterial hätte die Hitze keine fünf Sekunden überdauert. Was mir jedoch nie in den Sinn gekommen war, war eine Schwimmkappe, und als ich hastig ganze Regale davon durchstöberte, entdeckte ich, dass sie sämtlich aus Lycra, Latex oder Silikon waren.

Die pinkfarbene war aus Silikon, das, wie ich wusste, bei extremen Temperaturen weitaus widerstandsfähiger war als die anderen Materialien. Ich kaufte einen ganzen Schwung. Ich fuhr zu meinem Büro zurück und konnte von Glück sagen, dass ich keinen Strafzettel bekam, weil ich ohne Rücksicht auf die Fahrspur jeden überholte. Bilder bedrängten mich, die zu schmerzlich und zu grauenhaft waren, als dass ich sie ertragen konnte. Ausnahmsweise einmal hoffte ich, dass sich meine Theorie als falsch erweisen würde. Ich raste zu den Labors zurück, weil ich Gewissheit haben musste.

»Oh Benton«, murmelte ich, als wäre er in meiner Nähe. »Bitte mach, dass es nicht so ist.«

20

Es war halb zwei, als ich wieder in der Tiefgarage war und aus dem Wagen stieg. Rasch ging ich zum Aufzug, gab den Nummerncode ein und fuhr wieder in den dritten Stock hinauf. Ich suchte nach Jerri Garmon, die ganz zu Anfang die pinkfarbenen Überreste analysiert und mir mitgeteilt hatte, dass es sich um Silikon handelte.
Ich streckte den Kopf durch diverse Türrahmen, bis ich sie in einem Raum entdeckte, worin die neuesten Geräte untergebracht waren, die man für die Analyse organischer Substanzen, vom Heroin bis zum Farbbinder, benötigte. Sie injizierte gerade mithilfe einer Spritze eine Probe in die beheizte Kammer des Gaschromatografen und bemerkte mich erst, als ich sprach.
»Jerri«, sagte ich außer Atem. »Ich störe Sie wirklich ungern, doch ich habe hier etwas, das Sie sich bestimmt gern mal ansehen wollen.«
Ich hielt die pinkfarbene Schwimmkappe empor. Ihr Blick war völlig verständnislos.
»Silikon«, sagte ich.
Ihre Augen leuchteten auf.
»Wow! Eine Schwimmkappe? Mein lieber Mann – wer hätte das gedacht?«, sagte sie. »Das zeigt einem mal wieder, dass es heutzutage viel zu viel gibt, worüber man eigentlich auf dem Laufenden sein müsste.«
»Können wir die verbrennen?«, fragte ich.
»Das hier muss sowieso erst mal 'ne Weile laufen. Kommen Sie. Sie haben mich ganz neugierig gemacht.«
Die gegenwärtigen Labore der Spurensicherung, wo Beweisstücke bearbeitet wurden, ehe sie durch so komplizierte Geräte wie SEM und Massenspektrometer geschickt wurden, waren zwar geräumig, drohten aber schon wieder aus allen Nähten zu platzen. Unmengen luftdichter Aluminiumfarbdosen, die dazu dienten, Brandüberreste und entflammbare Rückstände aufzube-

wahren, standen zu Pyramiden gestapelt auf Regalbrettern, man sah große Schraubgläser mit blauem Trockengranulat und Petrischalen, Bechergläser, Kohleröhrchen und die üblichen braunen Beweismitteltüten. Der Test, den ich im Sinn hatte, war einfach und ging rasch.

Der isolierte Erhitzer stand in einer Ecke und sah eher wie ein kleiner beigefarbener Krematoriumsofen aus, von der Größe einer Hotelminibar, um genau zu sein, und er ließ sich bis auf tausenddreihundertsiebzig Grad Celsius erhitzen. Sie schaltete ihn ein, und eine Mess-Skala begann sehr bald das Aufheizen des Ofens anzuzeigen. Jerri schob die Kappe in einem weißen Porzellannapf, der einer Müslischüssel nicht unähnlich war, hinein und öffnete eine Schublade, um einen dicken Asbesthandschuh herauszunehmen, der sie bis zum Ellenbogen schützen würde. Sie stand mit einer Zange in der Hand, während die Temperatur langsam auf vierzig Grad stieg. Bei hundertzwanzig warf sie einen prüfenden Blick auf unsere Kappe. Sie zeigte nicht die mindeste Einwirkung.

»Bei dieser Temperatur würden Latex und Lycra bereits höllisch rauchen und zu schmelzen beginnen«, ließ Jerri mich wissen. »Doch dies Zeug hier wird noch nicht mal klebrig, und die Farbe ist unverändert.«

Die Silikonkappe rauchte auch bis zweihundertsechzig Grad nicht. Bei vierhundert wurde sie an den Rändern grau, wurde klebrig und begann zu schmelzen. Bei fünfhundert Grad stand sie in Flammen, und Jerri musste sich einen dickeren Handschuh suchen.

»Das ist schon erstaunlich«, meinte sie.

»Jetzt sieht man auch, weshalb Silikon zum Isolieren benutzt wird«, sagte ich ebenso erstaunt.

»Kommen Sie besser nicht zu nah heran.«

»Keine Sorge.«

Ich entfernte mich weit aus der Gefahrenzone, als sie den Napf mit der Zange heranzog und unser flammendes Experiment in ihrer asbestgeschützten Hand hielt. Die Luftzufuhr schürte das Feuer noch zusätzlich, und bis sie es unter eine Abzugshaube gesetzt und den Rauchabzug eingeschaltet hatte, brannte die äußere Oberfläche der Kappe wie wild und zwang Jerri, einen Deckel draufzulegen.

Schließlich waren die Flammen erstickt, und sie hob den Deckel wieder ab, um zu sehen, was übrig geblieben war. Mein Herz pochte, als ich die papierascheähnlichen Rückstände, aber auch solche Stellen erblickte, wo das Silikon erhalten und immer noch sichtbar pinkfarben war. Die Schwimmkappe war bei dem Brand also nicht etwa schmierig geworden oder hatte sich gar verflüssigt. Sie war einfach zerfallen, bis entweder kühlende Temperaturen oder Sauerstoffmangel oder vielleicht sogar eine Ladung Wasser diesem Prozess ein Ende gemacht hatten. Das Endprodukt unseres Experiments deckte sich völlig mit dem, was ich in Claire Rawleys langem, blondem Haar gefunden hatte.

Das Bild ihres Leichnams in der Badewanne mit einer pinkfarbenen Schwimmkappe auf dem Kopf war Grauen erregend, und was es bedeutete, ging fast über meinen Verstand. Als es im Badezimmer zum Flashover gekommen war, war die Tür der Dusche umgestürzt. Teile des Glases und die Wände der Wanne hatten den Körper geschützt, als die Flammen vom Brandherd bis an die Decke emporschlugen. Die Temperatur in der Wanne war niemals über etwa fünfhundert Grad angestiegen, und ein kleines verräterisches Stückchen der Silikonschwimmkappe war aus dem ebenso schlichten wie kuriosen Grunde erhalten geblieben, dass die Duschtür alt war und aus einer dicken, soliden Glasscheibe bestand.

Auf der Heimfahrt hielt der Stoßverkehr mich auf und schien umso aggressiver zu werden, je eiliger ich es hatte. Mehrere Male hätte ich fast nach dem Telefon gegriffen, weil es mich verzweifelt danach drängte, Benton anzurufen und ihm mitzuteilen, was ich entdeckt hatte. Dann sah ich wieder Wasser und Trümmer in der hinteren Ecke eines ausgebrannten Lebensmittelgeschäfts in Philadelphia. Ich hatte vor Augen, was von der rostfreien Stahlarmbanduhr übrig geblieben war, die ich ihm zu Weihnachten geschenkt hatte. Ich sah, was von ihm selbst übrig geblieben war. Ich stellte mir vor, wie der Draht seine Fußgelenke gefesselt hatte und mit dem Schlüssel gesicherte Handschellen die Handgelenke. Ich wusste jetzt, was geschehen war und warum. Benton war wie die anderen getötet worden, nur dass es in seinem Fall aus Gehässigkeit, aus Rachsucht geschehen war, um die teuflische Lust zu befriedigen, die es für Carrie bedeutet haben musste, ihn zu ihrer Trophäe zu machen.

Tränenblind bog ich in meine Auffahrt. Ich rannte, und primitive Laute entrangen sich meiner Kehle, als ich die Haustür hinter mir zuwarf.

Lucy tauchte aus der Küche auf. Sie trug khakifarbene Armeehosen und ein schwarzes T-Shirt und hielt eine Flasche Salatsauce in der Hand.

»Tante Kay!«, rief sie und lief auf mich zu. »Was ist denn, Tante Kay? Wo ist denn Marino? Mein Gott, es ist ihm doch nichts passiert?«

»Es ist nicht wegen Marino«, sagte ich mit erstickter Stimme.

Sie legte den Arm um mich und führte mich zur Couch im Wohnzimmer.

»Benton«, sagte ich, »genau wie die anderen.« Ich wimmerte. »Wie Claire Rawley. Eine Schwimmkappe, um das Haar fern zu halten. Die Badewanne. Wie in der Chirurgie.«

»Was?« Lucy war verwirrt.

»Die wollten ihr Gesicht!«

Ich sprang von der Couch auf.

»Begreifst du denn nicht?«, schrie ich sie an. »Die Kerben in den Schläfenknochen, an den Unterkieferknochen. Wie beim Skalpieren, nur schlimmer! Der legt kein Feuer, um den Mord zu vertuschen! Der verbrennt alles, weil wir nicht wissen sollen, was er mit ihnen gemacht hat! Der stiehlt ihnen die Schönheit, alles was schön an ihnen ist, indem er ihnen die Gesichter wegnimmt!«

Lucys starrte mich vor Entsetzen mit halb geöffnetem Mund an. Dann stotterte sie: »Aber … Carrie? Solche Sachen macht sie jetzt?«

»Oh nein«, sagte ich. »Sie macht das nicht alles allein.«

Ich ging auf und ab und rang die Hände.

»Es ist wie bei Gault«, sagte ich. »Sie sieht gern zu. Vielleicht hilft sie auch. Vielleicht hat sie bei Kellie Shephard alles vermasselt, oder Kellie hat sich einfach gegen sie gewehrt, weil Carrie eine Frau war. Dann ist es zu einem Kampf gekommen, bis Carries Partner eingegriffen und Kellie schließlich die Kehle durchgeschnitten hat, weshalb wir auch die Magnesiumspäne gefunden haben. Von seinem Messer, nicht von Carries. Er ist die Brandfackel, nicht Carrie. Und er hat Kellies Gesicht nicht genommen, weil es während des Kampfes einen Schnitt davongetragen hatte und ruiniert worden war.«

»Du glaubst doch wohl nicht, dass sie das ... auch ... mit ...?«, fragte Lucy stockend, die Hände im Schoß zu Fäusten geballt.

»Auch mit Benton gemacht haben?« Meine Stimme wurde noch lauter. »Ob ich glaube, dass sie auch ihm das Gesicht weggenommen haben?«

Ich trat gegen die holzgetäfelte Wand und lehnte mich dann dagegen. Ich erstarrte innerlich, und mein Hirn fühlte sich dunkel und leblos an.

»Carrie wusste, er konnte sich alles ausmalen, was sie womöglich mit ihm anstellen würde«, sagte ich langsam und leise. »Dass sie jede Minute genießen würde, die er gefesselt dort saß. Während sie ihn mit dem Messer bedrohte. Ja. Ich glaube, dass sie dasselbe mit ihm gemacht haben. Genau gesagt, ich weiß es.« Der letzte Gedanke ließ sich fast nicht zu Ende denken.

»Ich hoffe nur, er war bereits tot.«

»Bestimmt war er das, Tante Kay.«

Lucy weinte ebenfalls, als sie zu mir kam und mir die Arme um den Hals legte.

»Die hätten doch nicht riskiert, dass ihn irgendjemand schreien hörte«, sagte sie.

Innerhalb einer Stunde setzte ich Teun McGovern über die jüngste Entwicklung ins Bild, und sie stimmte mir zu, dass es für uns darauf ankam herauszufinden, wer Carries Partner war und wie sie ihn kennen gelernt haben konnte. McGovern war zorniger, als sie sich anmerken ließ, als ich ihr klarmachte, was mein

Verdacht war und was ich wusste. Kirby war unter Umständen unsere einzige Rettung, und sie pflichtete mir bei, dass ich aufgrund meiner beruflichen Position die besseren Aussichten hätte, diesen Besuch zum Erfolg zu machen. Sie war Polizistin, ich war Ärztin.

Die Grenzpatrouille hatte einen Bell JetRanger zum HeloAir überstellt, dem Hubschrauberflugplatz in der Nähe des Richmond International Airport. Lucy wollte auf der Stelle los und die Nacht hindurch fliegen. Ich erklärte ihr jedoch, dass das überhaupt nicht in Frage käme, allein deshalb, weil wir, in New York angekommen, keinen Platz zum Übernachten gehabt hätten und ganz gewiss nicht auf Ward's Island schlafen konnten. Ich musste zudem Gelegenheit haben, Kirby in der Frühe darüber zu informieren, dass wir kamen. Ich würde daraus keine Anfrage, sondern eine Mitteilung machen. Marino fand zwar, dass er uns begleiten sollte, aber ich wollte nichts davon wissen.

»Keine Cops«, sagte ich, als er gegen zehn Uhr bei uns hereinschaute.

»Sie sind wohl total durchgeknallt«, sagte er darauf.

»Könnten Sie mir verübeln, wenn es so wäre?«

Er starrte auf abgetragene Laufschuhe nieder, die nie die Chance bekommen hatten, ihrer ursprünglichen Bestimmung auf dieser Welt gerecht zu werden.

»Lucy ist auch Polizistin«, sagte er.

»Was mich betrifft, ist sie meine Pilotin.«

»Hm.«

»Ich muss das auf meine Weise durchziehen, Marino.«

»Mensch, Doc, ich weiß nicht, was ich sagen soll. Ich weiß gar nicht, wie Sie mit all dem fertig werden.«

Sein Gesicht war tief rot, und als er aufblickte und mich ansah, waren seine Augen blutunterlaufen und schmerzerfüllt.

»Ich will mit, weil ich diese Schweinebande finden will«, sagte er. »Die haben ihn in die Falle gelockt. Das wissen Sie doch, oder? Das *Bureau* hat eine Aufzeichnung, dass am Donnerstagnachmittag um Viertel nach drei irgendein Kerl angerufen hat. Er hat gesagt, er hätte einen Tipp für den Shephard-Fall und wollte nur mit Benton Wesley persönlich reden. Sie haben ihn mit den üblichen Gummifloskeln abzuspeisen versucht – *Das wollen sie alle, das kennen wir schon*. Die sind da bekanntlich sehr eigen. Die wollen immer wissen, mit wem sie es zu tun haben. Doch dieser Informant bekam, was er wollte. Er sagte, ich zitiere: *Sagen Sie ihm, es ginge um so eine Irre, die ich im Lehigh County Hospital gesehen habe. Sie saß einen Tisch von Kellie Shephard entfernt.*«

»Verflucht noch mal!«, rief ich, während der Zorn in meinen Schläfen raste.

»Soweit wir also wissen, ruft Benton die Nummer an, die dies Arschloch hinterlassen hat. Sie gehört, wie sich rausstellt, zu einer Telefonzelle in der Nähe des Lebensmittelladens, der abgebrannt ist«, fuhr er fort. »Ich vermute nun, dass Benton sich dann mit dem Kerl getroffen hat – Carries Psycho-Partner. Er hat keine Ahnung, mit wem er da redet, und dann – zack!«

Ich fuhr zusammen.

»Benton hat eine Kanone, vielleicht auch ein Messer an der Kehle. Sie legen ihm Handschellen an, die sie zusätzlich mit dem Schlüssel sichern. Und warum das? Benton gehört schließlich zur Polizei und weiß, dass nicht jeder x-beliebige Hansel über die Doppelsicherung Bescheid weiß. Normalerweise lassen die Cops Handschellen einfach nur zuschnappen, wenn sie jemanden hoppnehmen. Der Häftling windet sich, die Handschellen ziehen sich zu. Und wenn er es schafft, eine Haarnadel oder etwas in der Art aufzutreiben, um die Sperrklinke zu überlisten, dann kann er sich die Dinger womöglich selbst aufmachen. Aber bei der Doppelsicherung auf keinen Fall. Da kommt er ohne Schlüssel oder etwas, das genau wie der Schlüssel ist, nicht raus. Und das dürfte Benton klar gewesen sein, als es passierte. Ein großes böses Signal, dass er es mit jemandem zu tun hatte, der verdammt genau wusste, was er tat.«

»Genug davon«, sagte ich zu Marino. »Gehen Sie nach Hause. Bitte.«

Ich spürte den Anfang einer Migräne. Ich merkte es immer, wenn mein ganzer Nacken und mein Kopf zu schmerzen begannen und ich ein flaues Gefühl im Magen hatte. Ich begleitete Marino zur Tür. Ich wusste, ich hatte ihn verletzt. Er platzte vor Kummer und wusste nicht, wie er ihn loswerden sollte, weil er sich nicht darauf verstand, seine Gefühle zu zeigen. Ich war mir nicht einmal sicher, dass er wusste, was er fühlte.

»Er ist gar nicht weg, wissen Sie«, sagte er, als ich die Tür aufmachte. »Ich glaube es nicht. Ich habe es nicht selbst gesehen, und ich glaube es nicht.«

»Sie werden ihn bald nach Hause lassen«, sagte ich. Grillen zirpten im Dunkel, und Motten schwärmten im Schimmer der Lampe über meinem Eingang. »Benton ist tot«, sagte ich mit überraschender Festigkeit. »Nehmen Sie ihm nichts, indem Sie seinen Tod leugnen.«

»Er wird demnächst wieder aufkreuzen.« Marinos Stimme klang höher als gewöhnlich. »Warten Sie's nur ab. Ich kenne den Hund doch. Der geht so leicht nicht unter.«

Doch Benton war so leicht untergegangen. Wie oft passierte das – Versace auf dem Heimweg von einem Café, die Zeitung unter dem Arm, oder Lady Diana, die ihren Sicherheitsgurt nicht angelegt hatte. Ich schloss die Tür, nachdem Marino losgefahren war. Ich schaltete die Alarmanlage ein, was mittlerweile ein Reflex war, der mir manchmal Schwierigkeiten bereitete, wenn ich vergaß, dass ich mein Haus gesichert hatte und eine Schiebetür zum Garten öffnete. Lucy lag im dunklen Zimmer auf der Couch ausgestreckt und sah fern. Ich setzte mich neben sie und legte ihr die Hand auf die Schulter.

Wir sprachen nicht, während ein Dokumentarfilm über Gangster in den frühen Tagen von Las Vegas weiterlief. Ich strich ihr übers Haar, und ihre Haut fühlte sich fiebrig an. Ich fragte mich, was in ihrem Innern vorgehen mochte. Auch das machte mir große Sorgen. Lucys Gedanken waren anders. Sie waren entschieden ihre eigenen, und kein Stein der Weisen, keine Psychotherapie oder irgendeine Institution konnte sie deuten. Eins hatte ich aber immerhin schon vom Anfang ihres Lebens an begriffen: Am meisten zählte, was sie nicht sagte, und Lucy sprach nicht mehr von Janet.

»Lass uns schlafen gehen, sodass wir morgen zeitig loskommen, Madame Pilot«, sagte ich.
»Ich glaube, ich schlafe einfach hier.« Sie richtete die Fernbedienung aus und stellte leiser.
»Vollständig angezogen?«
Sie zuckte die Achseln.
»Wenn wir so um neun am HeloAir sein könnten, rufe ich Kirby von dort an.«
»Und wenn die nun sagen, dass du nicht kommen sollst?«
»Ich werde ihnen sagen, ich sei bereits unterwegs. New York City ist zur Zeit republikanisch. Wenn nötig, rufe ich meinen Freund Senator Lord zu Hilfe, und der schickt dann den Gesundheitsbeauftragten und den Bürgermeister auf den Kriegspfad, und ich kann mir nicht vorstellen, dass Kirby das möchte. Da ist es doch einfacher, uns landen zu lassen, findest du nicht auch?«
»Die haben doch wohl keine Bodenabwehrraketen, wie?«
»Doch, und die heißen Patienten«, sagte ich, und zum ersten Mal seit Tagen lachten wir.
Weshalb ich so gut schlief, wie ich schlief, konnte ich mir auch nicht erklären, doch als mein Wecker um sechs Uhr klingelte, drehte ich mich auf die andere Seite. Mir wurde klar, dass ich seit kurz vor Mitternacht durchgeschlafen hatte, und das waren Anzeichen für eine Heilung, eine Erneuerung, die ich verzweifelt nötig hatte. Die Niedergeschlagenheit war nur noch ein Schleier, der beinahe durchsichtig war, und ich fing an, Hoffnung zu schöpfen. Ich tat jetzt das, was Benton von mir erwartet hätte, allerdings nicht um seinen Mord zu rächen, denn so etwas hätte er nicht gewollt.
Sein Wunsch wäre es gewesen, Schaden von Marino, Lucy und mir abzuwenden. Er hätte gewollt, dass ich das Leben anderer Menschen schützte, die ich gar nicht kannte, anderer argloser Menschen, die in Krankenhäusern oder als Models arbeiteten und in jenem Sekundenbruchteil zu einem schrecklichen Tod verurteilt wurden, den ein Monster brauchte, um seine bösartigen Blicke, die vor Neid brannten, auf sie zu richten.
Lucy ging eine Runde laufen, als die Sonne aufging, und wenn

es mich auch nervös machte, dass sie allein draußen war, wusste ich doch, dass sie ihre Pistole in der Rückentasche hatte, und schließlich konnte keine von uns ihr Leben wegen Carrie einfach anhalten. Sie schien allerdings die besseren Karten zu haben. Wenn wir weitermachten wie gewohnt, würden wir vielleicht sterben. Wenn wir aus Angst unser Leben aufgaben, würden wir immer noch sterben, nur auf eine Weise, die in Wirklichkeit noch schlimmer war.

»Ich nehme an, alles war ruhig draußen?«, fragte ich, als Lucy zurückkehrte und zu mir in die Küche kam.

Ich stellte Kaffee auf den Küchentisch, wo Lucy saß. Schweiß rann ihr über Schultern und Gesicht, und ich warf ihr ein Geschirrtuch zu. Sie zog Schuhe und Socken aus, und das Bild Bentons sprang mich an, der oft genau dort gesessen und dasselbe getan hatte. Er hatte mir nach dem Laufen gern noch einen kleinen Besuch abgestattet und ein bisschen in der Küche herumgetrödelt, um auszukühlen, ehe er duschte und sich in seinen piekfeinen Anzug und seine Nachdenklichkeit hüllte.

»Ein paar Leute, die in Windsor Farms ihre Hunde ausführten«, sagte sie. »Keine Menschenseele in der unmittelbaren Nachbarschaft. Ich hab den Typ vom Wachschutz gefragt, ob noch irgendwas los gewesen sei, weitere Taxis oder Pizzalieferanten, die zu dir wollten. Ob irgendwelche merkwürdigen Anrufe gekommen wären oder unerwartete Besucher reinzufahren versucht hätten. Er hat verneint.«

»Freut mich zu hören.«

»Das ist doch alles Pipifax. Ich glaube nicht, dass sie das gewesen ist.«

»Wer denn dann?« Ich war überrascht.

»Tut mir ja Leid, dass ich das sagen muss, aber es laufen nun mal noch andere Leute rum, die dir nicht sonderlich gewogen sind.«

»Ein nicht unbeträchtlicher Anteil der Gefängnisbevölkerung.«

»Und Leute, die nicht im Gefängnis sind, oder wenigstens noch nicht. Wie diese Christian Scientists, mit deren Kind du zu tun hattest. Könnten die nicht auf die Idee gekommen sein, dich zu schikanieren? Indem sie Taxis schicken und einen Schuttcontai-

ner oder frühmorgens im Leichenschauhaus anrufen und den Hörer auflegen, wenn der arme Chuck drangeht? Das fehlte dir noch, ein Assistent, den es so gruselt, dass er nicht mehr allein in deinem Gebäude sein will. Oder schlimmer noch, der Typ kündigt. Pipifax«, sagte sie wieder, »kleinkarierter, gehässiger Pipifax, den irgendein vernageltes, kleinkariertes Hirn ersonnen hat.«
An so etwas hatte ich bislang nicht im Entferntesten gedacht.
»Kriegt er denn immer noch diese Anrufe, und dann legt jemand auf?«
Sie musterte mich, während sie ihren Kaffee trank, und durch das Fenster, in Höhe des Spülbeckens, sah man die Sonne wie eine Mandarine an einem dämmerig blauen Horizont.
»Das lässt sich ja leicht herausfinden«, sagte ich.
Ich nahm den Hörer hoch und wählte die Nummer der Leichenhalle. Chuck antwortete umgehend.
»Leichenhalle«, sagte er nervös.
Es war noch nicht einmal sieben, und ich vermutete, dass er allein war.
»Scarpetta«,sagte ich.
»Oh!« Er war hörbar erleichtert. »Guten Morgen.«
»Chuck – was ist denn mit diesen Anrufen? Kriegen Sie die immer noch?«
»Ja, Ma'am.«
»Der andere sagt kein Wort? Man hört nicht mal jemand atmen?«
»Manchmal denke ich, ich höre Verkehrslärm im Hintergrund, wie wenn jemand irgendwo aus der Telefonzelle anruft.«
»Ich habe eine Idee.«
»Ja?«
»Wenn es das nächste Mal passiert, möchte ich, dass Sie sagen: *Guten Morgen, Mr. und Mrs. Quinn.*«
»Was?« Chuck war verblüfft.
»Tun Sie's einfach«, sagte ich. »Ich hab so eine Ahnung, dass die Anrufe dann aufhören.«
Lucy lachte, als ich auflegte.
»Touché«, sagte sie.

21

Nach dem Frühstück wanderte ich zwischen Schlafzimmer und Arbeitszimmer hin und her und beratschlagte mit mir, was ich auf unseren Flug mitnehmen sollte. Meinen Aluminiumkoffer natürlich – er war mir inzwischen zu einem ständigen Begleiter geworden. Außerdem packte ich eine zusätzliche Hose und ein Hemd ein und meine Toilettentasche für die Übernachtung. Mein achtunddreißiger Colt kam in die Handtasche. Wenn ich auch daran gewöhnt war, einen Revolver zu tragen, war es mir doch nie eingefallen, ihn mit nach New York zu nehmen, wo sie einen kurzerhand ins Gefängnis steckten, wenn man damit erwischt wurde. Als Lucy und ich im Auto saßen, erzählte ich es ihr.

»Das nennt man situative Ethik«, sagte sie. »Lieber bin ich verhaftet als tot.«

»So sehe ich es auch«, sagte ich, die einmal eine gesetzestreue Bürgerin gewesen war.

HeloAir war ein Hubschraubercharterdienst am westlichen Rand des Flughafens von Richmond, wo einige der Fortune-500-Firmen aus der Gegend ihre Terminals für firmeneigene King Airs, Lear Jets und Sikorskys hatten. Der Bell JetRanger stand im Hangar, und während Lucy sich dorthin begab, fand ich einen Piloten, der mich freundlicherweise das Telefon in seinem Büro benutzen ließ. Ich kramte in meiner Brieftasche nach einer AT&T-Telefonkarte und wählte die Nummer der Verwaltung des Zentrums für Forensische Psychiatrie in Kirby.

Die Anstaltsleiterin war eine Psychiaterin namens Lydia Ensor, die sehr argwöhnisch auf meinen Anruf reagierte. Ich versuchte ihr etwas eingehender zu erklären, wer ich war, doch sie unterbrach mich.

»Ich weiß genau, wer Sie sind«, sagte sie mit breitem Midwestern-Akzent. »Ich bin mir der gegenwärtigen Situation durchaus bewusst und werde so kooperativ sein wie möglich. Mir ist aber nicht klar, was genau sie wollen, Dr. Scarpetta. Sie sind doch die Leitende Gerichtsmedizinerin von Virginia? Richtig?«

»Richtig. Und beratende Kriminalpathologin im Dienst von ATF und FBI.«

»Die natürlich auch schon Kontakt zu mir aufgenommen haben.« Sie schien aufrichtig verblüfft. »Es geht Ihnen also um Informationen, die einen Ihrer Fälle betreffen? Jemanden, der tot ist?«

»Dr. Ensor, ich versuche gerade, eine Reihe von Fällen miteinander zu verbinden«, antwortete ich. »Ich habe Anlass zu vermuten, dass Carrie Grethen entweder direkt oder indirekt in alle Fälle verwickelt ist – und das möglicherweise schon, als sie noch in Kirby war.«

»Ausgeschlossen.«

»Dann kennen Sie diese Frau nicht«, sagte ich in entschiedenem Ton. »Ich hingegen habe meine halbe Laufbahn Fälle gewaltsamer Tode bearbeitet, die auf ihre Kappe gehen, seit den Jahren, als sie und Temple Gault Virginia unsicher machten, bis hin zu der Zeit in New York, als Gault getötet wurde. Und jetzt das hier. Möglicherweise fünf weitere Morde, vielleicht mehr.«

»Ich kenne Miss Grethens Geschichte nur zu gut«, sagte Dr. Ensor. Sie klang nicht feindselig, sondern eher ein wenig defensiv. »Ich kann Ihnen versichern, dass sie in Kirby genauso behandelt worden ist wie alle anderen Patienten der höchsten Sicherheitsstufe …«

»In den psychiatrischen Gutachten über sie findet sich kaum etwas Brauchbares«, unterbrach ich sie.

»Wie können Sie denn ihre medizinische Akte kennen?«

»Ich gehöre zum ATF National Response Team, das mit der Aufklärung dieser seltsamen Morde in Tateinheit mit Brandstiftung beauftragt ist«, erwiderte ich, auf jedes Wort bedacht. »Und wie ich schon sagte, arbeite ich mit dem FBI zusammen. Sämtliche Fälle, von denen hier die Rede ist, fallen in meine Zuständigkeit, da ich Polizeiberaterin auf Bundesebene bin. Es ist allerdings nicht meine Aufgabe, jemanden zu verhaften oder eine Institution wie Ihre durch den Schmutz zu ziehen. Ich muss nur dafür sorgen, dass den Toten Gerechtigkeit widerfährt und den Hinterbliebenen so viel Seelenfrieden wie möglich verschafft wird. Um das tun zu können, muss ich Antworten auf bestimmte Fragen finden. Und vor allem geht es mir darum, alles in meiner Macht Stehende zu tun, um zu verhindern, dass noch mehr Menschen sterben müssen. Carrie wird wieder töten. Vielleicht hat sie es schon getan.«

Die Anstaltsleiterin schwieg einen Augenblick. Ich schaute aus dem Fenster und sah, dass der dunkelblaue Hubschrauber gerade von seinem Stellplatz auf das Rollfeld gezogen wurde.

»Dr. Scarpetta, was können wir für Sie tun?«, fragte Dr. Ensor schließlich, und ihre Stimme klang nun angespannt und beunruhigt.

»Hatte Carrie eine Betreuerin, zum Beispiel eine Sozialarbeiterin? Einen juristischen Berater? Irgendjemanden, mit dem sie wirklich geredet hat?«

»Sie hat in der Tat ziemlich viel Zeit mit einem Kriminalpsychologen verbracht, aber der gehört nicht zu unserem Stab. Er ist vor allem dazu da, Gutachten zu verfassen und Empfehlungen ans Gericht auszusprechen.«

»Dann hat sie ihn wahrscheinlich manipuliert«, sagte ich und beobachtete, wie Lucy die Kufen des Hubschraubers emporkletterte und mit ihrer Vorfluginspektion begann. »Wen gibt es sonst noch? Jemanden, zu dem sie ein engeres Verhältnis hatte?«

»Das müsste dann ihre Anwältin sein, ihre Rechtsberaterin. Wenn Sie mit der sprechen möchten, das lässt sich einrichten.«

»Ich fliege jetzt gleich ab«, sagte ich. »Wir müssten in ungefähr drei Stunden landen. Haben Sie einen Landeplatz für Hubschrauber?«

»Ich kann mich nicht erinnern, dass hier je einer gelandet wäre. Es gibt aber eine ganze Reihe Parks in der Nähe. Ich hole Sie da gern ab.«

»Das wird nicht nötig sein, denke ich. Ich glaube eher, dass wir ganz in der Nähe landen werden.«

»Dann werde ich nach Ihnen Ausschau halten und Sie zur Rechtsberatung bringen oder wo auch immer sie hinmüssen.«

»Ich würde mir gern Carrie Grethens Station ansehen, die Orte, an denen sie sich sonst noch aufgehalten hat.«

»Ich stehe zu Ihrer Verfügung.«

»Das ist sehr freundlich von Ihnen«, sagte ich.

Lucy öffnete die Wartungsklappen, um Flüssigkeitsstände, Kabel und die übrigen Punkte der Checkliste zu überprüfen, ehe wir in die Luft starteten. Ihre Bewegungen waren flink, jeder Handgriff saß, und als sie auf den Rumpf kletterte, um den Hauptrotor zu inspizieren, fragte ich mich, wie viele Hubschrauberunfälle wohl auf schlechte Wartung zurückzuführen waren. Erst als ich auf den Sitz des Kopiloten geklettert war, bemerkte ich das AR-15-Sturmgewehr in einem Ständer hinter ihr, und gleichzeitig fiel mir auf, dass die Steuerelemente auf meiner Seite nicht entfernt worden waren. Passagiere durften keinen Zugang zu Pitch und Stick haben, und die Pedale für den Heckmotor mussten abgeklemmt sein, damit Unkundige sie nicht zufällig betätigten.

»Was hat das denn zu bedeuten?«, fragte ich Lucy, als ich meinen Vier-Punkt-Sicherheitsgurt anlegte.

»Wir haben einen langen Flug vor uns.«

Sie zog den Gashebel mehrmals voll auf, um sicher zu sein, dass der Griff nicht klemmmte und auf Null zurückging.

»Das ist mir schon klar«, sagte ich.

»Ein Überlandflug ist eine gute Gelegenheit, es mal selbst zu versuchen.«

Sie zog den Collective und bewegte den Stick in großen Kreuzen hin und her.

»Wer soll was selbst versuchen?«, fragte ich mit wachsender Beunruhigung.

»Du, zu fliegen. Du brauchst praktisch nichts anderes zu tun, als die Höhe und Geschwindigkeit zu kontrollieren und den Vogel waagerecht zu halten.«

»Kommt überhaupt nicht in Frage.«

Sie drückte den Anlasser, und die Turbine begann zu surren.

»Und ob.«

Die Rotorblätter setzten sich in Bewegung, und das röhrende Geräusch des Windes wurde lauter.

»Wenn du mit mir fliegen willst«, sagte meine Nichte, die Pilotin und geprüfte Fluglehrerin, über den Lärm hinweg, »dann hätte ich gern die Gewissheit, dass du dich gegebenenfalls nützlich machen kannst, falls es ein Problem gibt, okay?«
Ich sagte nichts mehr, während sie den Gasgriff aufdrehte und die Drehzahl erhöhte. Sie betätigte einige Schalter und testete die Warnlampen, dann schaltete sie das Funkgerät ein, und wir setzten die Kopfhörer auf. Lucy hob uns von der Plattform empor, als hätten wir die Schwerkraft überwunden. Sie steuerte uns in den Wind und beschleunigte den Hubschrauber vorwärts, bis er aus eigener Kraft zu steigen schien. Wir erhoben uns über die Baumwipfel hinaus, die Sonne stand hoch im Osten. Als wir den Tower und die Stadt hinter uns gelassen hatten, begann Lucy mit der ersten Flugstunde.
Ich kannte zwar die meisten Steuerelemente schon und wusste, wozu sie gut waren, aber ich hatte so gut wie keine Ahnung davon, was sie bewirkten und wie sie zusammenspielten. So wusste ich beispielsweise nicht, dass der Hubschrauber, wenn man den Collective zieht und Gas gibt, nach rechts giert, was bedeutet, dass man das linke Fußpedal zur Heckrotorsteuerung bedienen muss, um dem Drehmoment des Hauptrotors entgegenzuwirken und so das Fluggerät in Trimm hält. Und wenn es aufgrund des Zugs am Collective steigt, nimmt die Geschwindigkeit ab, was bedeutet, dass man das Cyclic nach vorne drücken muss. Und so weiter. Es war wie Schlagzeugspielen, jedenfalls soweit ich wusste, nur dass ich hier nach begriffsstutzigen Vögeln, nach Türmen, Antennen und Flugzeugen Ausschau halten musste.
Lucy war sehr geduldig, und die Zeit verging buchstäblich im Fluge, da wir mit hundertzehn Knoten vorankamen. Als wir uns aus nördlicher Richtung Washington näherten, konnte ich den Hubschrauber schon relativ ruhig halten, während ich gleichzeitig den Kreiselkompass ausrichtete, sodass er mit dem magnetischen übereinstimmte. Unsere Flugrichtung war 050 Grad, und wenn ich auch immer nur eine Sache gleichzeitig überblickte – etwa das Global Positioning System, kurz GPS genannt –, fand Lucy doch, dass ich mich gut anstellte und uns auf Kurs hielt.

»Wir haben ein kleines Flugzeug in Richtung drei Uhr«, teilte sie mir über Funk mit. »Siehst du's?«
»Ja.«
»Dann musst du sagen: *Tally-ho*. Und es befindet sich überm Horizont. Das kannst du doch erkennen, oder?«
»Tally-ho.«
»Lucy lachte. Nein. Tally-ho heißt nicht verstanden, sondern: Ich sehe es. Und wenn etwas über dem Horizont ist, ist es auch über uns. Das ist wichtig, denn wenn wir beide auf Horizonthöhe sind und der, den wir anschauen, sich außerdem nicht zu bewegen scheint, heißt das, er fliegt auf unserer Höhe und bewegt sich entweder von uns weg oder geradewegs auf uns zu. Ist doch vielleicht nicht ganz dumm, aufzupassen und rauszufinden, was von beiden, stimmt's?«
Der Unterricht ging weiter, bis die Skyline von New York in Sicht kam. Jetzt nahm Lucy die Steuerung wieder selbst in die Hand. Sie flog uns niedrig an der Freiheitsstatue und an Ellis Island vorbei. Hier waren vor langer Zeit meine italienischen Vorfahren eingetroffen, um in einer verheißungsvollen Welt der Möglichkeiten mit sozusagen nichts einen neuen Anfang zu wagen. Die City schloss sich um uns. Riesig ragten die Gebäude des Bankenviertels auf, während wir in einer Höhe von fünfhundert Fuß dahinflogen und der Schatten unseres Hubschraubers unter uns übers Wasser glitt. Es war ein heißer, klarer Tag. Hubschrauber mit Ausflugsgästen drehten ihre Runden. In anderen saßen Geschäftsleute, die alles hatten, nur keine Zeit.
Lucy war mit dem Funkgerät beschäftigt. Die Anflugkontrolle schien uns nicht zur Kenntnis nehmen zu wollen, weil der Luftverkehr so dicht war und die Controller sich für Flugobjekte, die auf einer Höhe von siebenhundert Fuß flogen, nicht besonders interessierten. Auf dieser Höhe beschränkten sich die Vorschriften für den Flugverkehr in dieser Stadt mehr oder minder auf »sehen und ausweichen«. Wir folgten dem East River über die Brooklyn-, die Manhattan- und die Williamsburg-Bridge, überflogen mit einer Geschwindigkeit von neunzig Knoten dahinkriechende Müllkähne, Tanker und weiße Ausflugsschiffe, die ihre Runden

drehten. Als wir an den abbröckelnden Wohnhäusern und alten Krankenhäusern von Roosevelt Island vorbeikamen, teilte Lucy La Guardia mit, was wir vorhatten. Mittlerweile lag Ward's Island unmittelbar vor uns. Es schien passend, dass der Fluss an der südwestlichen Spitze der Insel Hell Gate, Tor zur Hölle, hieß.

Was ich über Ward's Island wusste, rührte von meinem anhaltenden Interesse an Medizingeschichte her. Wie überhaupt viele der New Yorker Inseln, war Ward's Island früher ein Verbannungsort für Sträflinge, Seuchen- und Geisteskranke gewesen. Die Geschichte von Ward's Island war dabei besonders unglücklich verlaufen, wie ich mich erinnerte, denn um die Mitte des neunzehnten Jahrhunderts hatte es auf dieser Insel, wo sich die Quarantänestationen für Typhuskranke befanden und sich jüdische Flüchtlinge aus Russland in Lagern drängten, weder Heizmöglichkeiten noch fließend Wasser gegeben. Um die Jahrhundertwende war das Irrenhaus der Stadt auf die Insel verlegt worden. Gewiss hatten sich dort die Bedingungen inzwischen verbessert, auch wenn die Bewohner womöglich noch um einiges verrückter waren. Jetzt hatten die Patienten klimatisierte Räume, Anwälte und Hobbys. Sie hatten Anspruch auf ärztliche Versorgung, psychotherapeutische Behandlung, Gesprächsgruppen und Freizeitsport.

Unser Einflug in den kontrollierten Luftraum über Ward's Island war täuschend friedlich. Niedrig überflogen wir grüne Parks und die Schatten alter Bäume. Dann ragten die hässlichen Backsteingebäude des Manhattan Psychiatric Center, des Kinderpsychiatriezentrums und Kirbys direkt vor uns auf. Der Triborogh Bridge Parkway verlief mitten über die Insel, und irgendwo sichteten wir einen kleinen Zirkus mit fröhlich gestreiften Zelten, Ponys und Einradfahrern, der hier völlig fehl am Platz schien. Nur wenige Zuschauer hatten sich eingefunden, unter ihnen auch Kinder, die Zuckerwatte aßen, und ich fragte mich, warum sie nicht in der Schule waren. Ein wenig weiter nördlich kamen eine Kläranlage und die Akademie der New Yorker Feuerwehr ins Blickfeld, auf deren Parkplatz ein langer Löschzug Wendemanöver übte.

Die forensische Psychiatrie hatte zwölf Stockwerke, vor deren blinden Fenstern Stahl-Maschendraht und die Kästen der Klimaanlagen hingen. Stacheldrahtrollen auf den Umzäunungen wölbten sich den Spazierwegen und Freizeitanlagen entgegen, um eine Flucht zu verhindern, wie sie Carrie offenbar so mühelos gelungen war. Der Fluss hier war etwa anderthalb Kilometer breit, unruhig und unheimlich, die Strömung stark, und ich hielt es nicht für wahrscheinlich, dass ihn irgendjemand schwimmend zu durchqueren vermochte. Es gab jedoch eine Fußgängerbrücke, wie man mir gesagt hatte. Sie war in der blaugrünen Farbe oxidierten Kupfers gestrichen und lag fast eineinhalb Kilometer südlich von Kirby. Ich bat Lucy, über sie hinwegzufliegen, und beobachtete aus der Luft, wie Leute zwischen Ward's Island und den East-River-Wohnsiedlungen von Harlem sie in beide Richtungen überquerten.

»Ich sehe nicht, wie sie am helllichten Tage da rübergekommen sein soll«, sagte ich zu Lucy. »Nicht, ohne von irgendjemandem gesehen zu werden. Doch selbst wenn sie das geschafft hätte, was dann? Kurze Zeit später war doch überall Polizei, vor allem auf der anderen Seite der Brücke. Und wie ist sie nach Lehigh County gekommen?«

Wir kreisten langsam in fünfhundert Fuß Höhe. Unter uns waren die Überreste einer Fähre zu erkennen, die früher einmal zwischen Queens und Manhattan verkehrt haben musste, und die Ruinen eines Piers, der nur noch als ein Haufen verrottenden, geteerten Holzes von einem kleinen, offenen Feld auf der Westseite von Kirby in wenig einladendes Gewässer hinausragte. Das Feld sah aus, als eignete es sich für eine Landung, vorausgesetzt, wir hielten uns eher ans Flussufer als an die eingezäunten Spazierwege und Bänke der Klinik.

Während Lucy den Luftraum über uns zu überprüfen begann, blickte ich auf die Leute am Boden nieder. Alle trugen Zivilkleidung; manche räkelten sich in der Sonne oder lagen ausgestreckt auf dem Rasen, andere saßen auf den Bänken oder schlenderten langsam die Spazierwege mit ihren verrosteten Abfalltonnen entlang. Selbst aus fünfhundert Fuß Höhe konnte ich den elenden Aufzug und den seltsamen Gang der nicht mehr behandelbaren Kranken erkennen. Sie starrten reglos zu uns hinauf, als wir die Gegend nach Hindernissen wie Stromleitungen, Spanndrähten und weichem, unebenem Boden absuchten. Eine Überprüfung des Luftraums unter uns bestätigte, dass wir unbesorgt landen konnten. Unterdessen hatten noch mehr Leute die Gebäude verlassen oder schauten heraus und standen in Türöffnungen, um zu beobachten, was dort von oben auf sie zukam.

»Wir hätten es vielleicht doch besser in einem der Parks versuchen sollen«, sagte ich. »Hoffentlich lösen wir keinen Aufstand aus.«

Lucy setzte zur Landung an. Gestrüpp und hohes Gras wogten heftig hin und her, was einen Fasan und seine Brut aufscheuchte, die verschreckt am Ufer entlangeilten und zwischen Binsensträuchern entschwanden. Es war nicht leicht, sich derart unschuldige und verletzliche Lebewesen so dicht bei dieser Ansammlung verstörter Menschenseelen vorzustellen. Mir fiel auf einmal Carries Brief wieder ein, der seltsame Absender One Pheasant Place – Fasanenplatz 1. Was hatte sie mir damit sagen wollen? Dass auch sie die Fasane gesehen hatte? Und wenn, warum war das wichtig?

Weich setzte der Hubschrauber auf, und Lucy stellte den Handgashebel auf Leerlauf. Die zwei Minuten bis zum Abstellen des Motors zogen sich endlos hin. Die Rotorblätter drehten sich, während die digitale Sekundenanzeige vorrückte und Patienten und Anstaltspersonal stehen geblieben waren und zu uns herüberstarrten. Manche standen vollkommen reglos, den glasigen Blick unentwegt auf den Boden gerichtet, während andere selbstvergessen am Zaun zupften oder mit ruckhaften Bewegungen umhergingen, den Blick auf der Erde. Ein alter Mann, der sich gerade eine Zigarette drehte, winkte, eine Frau mit Lockenwicklern murmelte vor sich hin, und ein junger Mann mit Kopfhörern verfiel auf dem Fußweg in ein ausgelassenes rhythmisches Gehampel, uns zuliebe, wie es schien.

Lucy nahm das Gas ganz raus, bremste den Hauptrotor und stellte die Turbine ab. Als die Rotorblätter gänzlich zum Stillstand gekommen waren und wir ausstiegen, löste sich eine Frau mit kurz geschnittenem dunklem Haar aus der Menge. Sie trug ein elegantes Fischgrätenkostüm und hatte trotz der Hitze die Jacke nicht abgelegt. Ich wusste auf Anhieb, dass mir Dr. Lydia Ensor entgegenkam, und sie wiederum schien sicher zu sein, dass ich diejenige war, mit der sie gesprochen hatte, denn sie schüttelte mir als Erste die Hand, als sie sich vorstellte.

»Ich muss sagen, Sie haben für einiges Aufsehen gesorgt«, sagte sie mit einem leichten Lächeln.

»Und dafür möchte ich mich gleich entschuldigen«, antwortete ich.

»Kein Problem.«

»Ich bleibe beim Hubschrauber«, sagte Lucy.

»Bist du sicher?«, fragte ich.

»Ganz sicher«, erwiderte sie, und ihr Blick streifte die wenig Vertrauen erweckende Menge.

»Die meisten hier sind Freigänger aus dem psychiatrischen Zentrum gleich da drüben.« Dr. Ensor zeigte auf ein hohes Gebäude in der Nähe.

»Und vom Odyssey House.«

Sie wies mit dem Kopf auf ein weitaus kleineres Gebäude hinter Kirby, zu dem ein Garten und ein aufgesprungener asphaltierter Tennisplatz mit einem ausgebeulten, zerrissenen Netz gehörten.

»Drogen, Drogen und nochmals Drogen«, setzte sie hinzu. »Sie gehen rein zur Beratung, und wir haben sie schon dabei erwischt, wie sie sich beim Rausgehen ihren Joint drehten.«

»Ich warte hier auf dich«, sagte Lucy. »Oder ich lasse auftanken und komme dann wieder zurück.«

»Es wäre mir lieber, du würdest warten«, sagte ich.

Dr. Ensor und ich gingen den kurzen Weg nach Kirby rüber, gefolgt von Blicken, in denen ein unaussprechlicher, unauslotbarer Hass oder Schmerz lagen. Ein Mann mit einem verfilzten Bart schrie uns zu, dass er mitfliegen wolle, und deutete in Richtung Himmel, schlug mit den Armen wie mit Flügeln und hüpfte dabei auf einem Bein. Verwüstete Gesichter schienen einer anderen Welt zugekehrt, blickten gänzlich ausdruckslos oder waren von einer bitteren Verachtung erfüllt, die nur daher rühren konnte, dass diese Menschen aus ihrer Welt heraus auf andere blickten, die nicht durch Drogen oder Wahn versklavt waren. Wir waren die Privilegierten. Wir waren die Lebenden. Wir waren Gott in den Augen derer, die keine anderen Fähigkeiten besaßen, als sich selbst und andere zu zerstören; wir hingegen gingen, wenn der Tag zu Ende war, einfach nach Hause.

Der Eingang des Psychiatriezentrums Kirby bot den für eine staatliche Einrichtung üblichen Anblick, und seine Wände waren in demselben stumpfen Blaugrün gestrichen wie die Fußgängerbrücke über den Fluss. Dr. Ensor führte mich um eine Ecke und drückte auf einen Knopf an der Wand.

»Kommen Sie zur Sprechanlage«, erklang eine schroffe Stimme, die sich anhörte wie die des Zauberers von Oz.

Vertraut mit den Prozeduren, ging sie einfach weiter zur Sprechanlage.

»Dr. Ensor«, sagte sie.

»Ja, Ma'am.« Die Stimme wurde menschlich. »Kommen Sie rein.« Der Zugang ins Innere von Kirby war charakteristisch für eine Haftanstalt. Die Türen waren als Schleusen angelegt, und Schilder warnten vor dem Mitführen verbotener Dinge wie Waffen, Sprengstoffen, Munition, Alkohol oder Gegenständen aus Glas. So beharrlich Politiker, Vertreter der Gesundheitsfürsorge und die kriminalpsychiatrische Rechtshilfe auch dafür eintreten mochten – eine Klinik war das hier nicht. Die Patienten waren Häftlinge. Sie waren Gewalttäter, die in einer Anstalt mit scharfen Sicherheitsvorkehrungen untergebracht waren, weil sie vergewaltigt und geprügelt hatten. Sie hatten ihre Familien erschossen, ihre Mütter verbrannt, ihren Nachbarn ein Messer in den Bauch gerammt und ihre Liebhaber verstümmelt. Sie waren Ungeheuer, die zu Berühmtheiten geworden waren wie etwa Robert Chambers, der berüchtigte Yuppie-Mörder, oder Rakowitz, der seine Freundin ermordet und gekocht und Teile von ihr angeblich an die Stadtstreicher verfüttert hatte, oder eben Carrie Grethen, die schlimmer war als alle anderen.

Die blaugrün gestrichene, vergitterte Tür öffnete sich mit einem elektronischen Klicken, und die Sicherheitsbeamten in den blauen Uniformen behandelten Dr. Ensor äußerst zuvorkommend und mich ebenfalls, da ich offensichtlich ihr Gast war. Trotzdem ließ man uns einen Metalldetektor passieren, und unsere Handtaschen wurden sorgfältig durchsucht. Es war mir peinlich, als man mich darauf hinwies, dass man jeweils nur eine Dosis eines Medikaments mit hineinnehmen dürfe, während ich genügend Motrin, Immodium, Tums und Aspirin dabeihatte, um eine ganze Station zu versorgen.

»Ma'am, Ihnen geht's wohl gerade nicht so besonders«, sagte einer der Beamten gutmütig.

»Eins kommt zum anderen«, sagte ich und war nur froh, dass ich wenigstens meine Pistole in meinen Aluminiumkoffer eingeschlossen hatte, der jetzt sicher im Gepäckfach des Hubschraubers verwahrt war.

»Na schön, jedenfalls muss ich das so lange hier behalten, bis Sie wieder rauskommen. Es wartet hier auf Sie, okay? Vergessen Sie nur nicht, danach zu fragen.«

»Danke«, sagte ich, als hätte er mir gerade einen Gefallen getan. Man erlaubte uns, durch eine weitere Tür zu gehen, die mit dem Warnschild *Gitterstäbe nicht berühren* versehen war. Dann befanden wir uns auf kahlen, farblosen Fluren, bogen um Ecken und gingen an geschlossenen Türen vorbei, hinter denen irgendwelche Sitzungen stattfanden.

»Sie müssen wissen, dass die Pflichtverteidiger von der Legal Aid Society, der Gesellschaft für Rechtsbeistand, angestellt sind, einer ohne Gewinn arbeitenden, privaten Organisation, die einen Vertrag mit der Stadt New York hat. Das Personal, das sie hier beschäftigen, gehört natürlich zu ihrer Abteilung Kriminalpsychiatrie. Nicht zur Belegschaft von Kirby.«

Dr. Ensor legte Wert darauf, dass ich mir darüber im Klaren war.

»Obwohl sie natürlich nach ein paar Jahren auch zu meinen Leuten ein vertrautes Verhältnis haben«, fuhr sie fort, als wir mit klackenden Absätzen den gefliesten Flur hinunterschritten. »Die betreffende Anwältin, die sich von Anfang an um Miss

Grethen gekümmert hat, wird Ihnen höchstwahrscheinlich die kalte Schulter zeigen, was auch immer Sie für Fragen haben.«
Sie warf mir einen Blick zu.
»Ich habe darauf keinen Einfluss«, erklärte sie.
»Darüber bin ich mir völlig im Klaren«, antwortete ich. »Und wenn ein Straf- oder Pflichtverteidiger nicht auf Abwehr schalten würde, sowie ich aufkreuze, würde ich auch glauben, ich wär nicht mehr auf demselben Planeten.«
Das Mental Hygien Legal Aid, die kriminalpsychiatrische Rechtshilfe, lag irgendwo tief im Innern von Kirby, und das Einzige, was ich mit Sicherheit wusste, war, dass wir uns im Erdgeschoss befanden. Die Anstaltsleiterin hielt mir eine Holztür auf und führte mich in ein kleines Büro, das dermaßen von Papier überquoll, dass sich hunderte von Fallakten auf dem Boden stapelten. Die Anwältin hinter dem Schreibtisch war eine veritable Gruselgestalt in schlampiger Kleidung mit wirrem, schwarzem Kraushaar. Ihre Leibesfülle war beträchtlich, und ihren schweren Brüsten hätte ein BH wahrlich gut getan.
»Susan, das ist Dr. Kay Scarpetta, Chief Medical Examiner von Virginia«, sagte Dr. Ensor. »Sie ist wegen Carrie Grethen hier, wie Sie wissen. Dr. Scarpetta, das ist Susan Blaustein.«
»Richtig«, bestätigte Susan Blaustein, die weder geneigt war aufzustehen noch mir die Hand zu reichen, sondern weiter in einem dicken, juristischen Schriftsatz blätterte.
»Ich lasse Sie beide dann allein, Susan. Ich nehme doch an, dass Sie Dr. Scarpetta herumführen werden, sonst bitte ich jemanden vom Personal, das zu übernehmen«, sagte Dr. Ensor, und aus der Art, wie sie mich ansah, konnte ich schließen, dass mir einiges bevorstand.
»Kein Problem.«
Der Schutzengel der Schwerverbrecherinnen hatte einen so dicken Brooklyner Akzent, dass man ihn mit dem Messer schneiden konnte.
»Nehmen Sie Platz«, sagte sie, als die Anstaltsleiterin hinausging.
»Wann ist Carrie hierher verlegt worden?«, fragte ich.
»Vor fünf Jahren.«

Sie dachte nicht daran, von ihren Unterlagen aufzublicken.
»Ihre Geschichte ist Ihnen also geläufig, und Sie wissen von den Mordfällen, die in Virginia noch zur Verhandlung anstehen?«
»So ist es, ihre Geschichte ist mir geläufig.«
»Carrie ist vor zehn Tagen, am 10. Juni von hier geflohen«, fuhr ich fort. »Hat irgendjemand herausgefunden, wie das passiert sein könnte?«
Blaustein schlug die Seite um und griff nach einer Kaffeetasse.
»Sie hat sich nicht zum Abendessen eingefunden. Das war's«, erwiderte sie. »Ich war genauso entsetzt wie alle anderen, als sie verschwunden war.«
»Das glaube ich gern«, sagte ich.
Sie blätterte wieder um und hatte mich immer noch nicht angesehen. Langsam reichte es mir.
»Miss Blaustein«, sagte ich in einem härteren Tonfall und lehnte mich an ihre Schreibtischkante. »Bei allem Respekt vor Ihren Klienten – darf ich Ihnen mal etwas über meine eigenen erzählen? Über all die Männer, Frauen und Kinder, die von Carrie Grethen abgeschlachtet worden sind? Über den kleinen Jungen, der aus einem *7-Eleven* entführt wurde, wo er für seine Mutter eine Dose Champignonsuppe holen sollte? Er wurde in den Kopf geschossen, man hat ihm Stücke aus dem Fleisch geschnitten, um Bisswunden zu vertuschen. Sein geschundener Körper lehnte, nur mit einer Unterhose bekleidet, im eiskalten Regen an einem Müllcontainer.«
»Ich hab Ihnen doch gesagt – ich kenne die Fälle.« Sie arbeitete weiter.
»Ich schlage vor, Sie legen den Schriftsatz jetzt mal beiseite und widmen mir Ihre Aufmerksamkeit«, sagte ich in warnendem Ton. »Ich mag ja Gerichtsmedizinerin sein, aber ich bin auch Anwältin, und mit Ihren juristischen Mätzchen kommen Sie bei mir nicht durch. Sie vertreten nämlich zufällig eine Mörderin, die, während wir miteinander reden, frei herumläuft und Leute umbringt. Sie werden ein Problem haben, wenn ich am Ende herausfinde, dass Sie über Informationen verfügen, die geholfen hätten, auch nur ein einziges Menschenleben zu retten.«

Sie bedachte mich mit einem kalten, arroganten Blick, denn ihre einzige Macht im Leben bestand darin, Gescheiterte zu verteidigen und Menschen wie mich zu schikanieren.

»Lassen Sie mich Ihr Gedächtnis ein wenig auffrischen«, fuhr ich fort. »Seit Ihre Klientin aus Kirby ausgebrochen ist, hat sie im Abstand von wenigen Tagen vermutlich bereits Morde begangen oder war als Komplizin daran beteiligt. Bösartige Morde, die durch Brandstiftung vertuscht werden sollten. Ihnen voran gingen andere solche Morde, die, wie wir mittlerweile glauben, damit in Verbindung stehen, wobei sich Ihre Klientin zum Zeitpunkt dieser früheren Fälle noch hier in Haft befand.«

Susan Blaustein starrte mich schweigend an.

»Können Sie mir in dieser Sache weiterhelfen?«

»Alle meine Gespräche mit Carrie unterliegen der Schweigepflicht. Das werden Sie doch wohl wissen«, entgegnete sie daraufhin, doch ich merkte ihr an, dass sie neugierig war.

»Ist es möglich, dass sie Verbindung nach draußen hatte?«, fuhr ich fort. »Und wenn, wie und mit wem?«

»Wenn ich das wüsste.«

»Hat sie je von Temple Gault gesprochen?«

»Das ist vertraulich.«

»Dann hat sie es also getan«, sagte ich. »Selbstverständlich. Wie denn auch nicht? Wissen Sie, dass sie mir einen Brief geschrieben hat, Miss Blaustein, worin sie mich auffordert, sie zu besuchen und ihr Fotos von Gaults Autopsie mitzubringen?«

Sie antwortete nicht, doch ihr Blick wurde lebendig.

»Er ist in der Bowery von einem Zug mitgerissen worden. Lag über die Gleise verstreut.«

»Haben Sie seine Autopsie durchgeführt?«

»Nein.«

»Weshalb sollte Carrie dann Sie um die Fotos bitten, Dr. Scarpetta?«

»Weil sie wusste, dass ich sie besorgen konnte. Carrie wollte sie sehen, blutige Leichenteile und alles. Das war in der Woche vor ihrem Ausbruch. Ich frage mich nur, ob Sie wussten, dass sie solche Briefe herumgeschickt hat? Aus meiner Sicht ein eindeutiger Hinweis darauf, dass sie alles, was sie kurz darauf getan hat, bereits sorgfältig geplant hatte.«

»Nein.«

Blaustein zeigte mit dem Finger auf mich.

»Was sie beschäftigt hat, war der Gedanke, wie sie geleimt worden ist, weil das vernagelte FBI kein vorzeigbares Ergebnis zustande gebracht hat und die Morde unbedingt jemandem anhängen musste«, sagte sie anklagend.

»Ich sehe, Sie lesen Zeitung.«

Ihre Miene wurde wütend.

»Ich habe fünf Jahre lang mit Carrie gesprochen«, sagte sie. »Es war ja wohl nicht sie, die mit dem *Bureau* geschlafen hat, oder?«

»In gewisser Weise ja.« Ich dachte an Lucy. »Und ehrlich gesagt, Miss Blaustein, ich bin nicht hier, um Sie dazu zu bewegen, Ihre Meinung über Ihre Klientin zu ändern. Mein Ziel ist es, eine Reihe von Mordfällen aufzuklären und alles in meiner Macht Stehende zu tun, um weitere zu verhindern.«

Carries Pflichtverteidigerin begann wieder, in ihren Papieren zu wühlen.

»Ich habe den Eindruck, dass Carrie deshalb so lange hier geblieben ist, weil Sie jedes Mal, wenn ein Gutachten über ihre geistige Verfassung anstand, dargelegt haben, dass sie noch nicht wieder zurechnungsfähig sei«, fuhr ich fort. »Mit anderen Worten: Sie war auch nicht prozessfähig, nicht wahr? Mit anderen Worten: Sie war in einem Maße geistesgestört, dass sie sich nicht einmal klarzumachen vermochte, wessen man sie beschuldigte. Und doch muss sie sich ja wohl ihrer Situation irgendwie bewusst gewesen sein, oder wie hätte sie sich sonst diese ganze Geschichte, dass das FBI sie geleimt habe, aus den Fingern saugen können? Oder haben Sie sich das aus den Fingern gesogen?«

»Das Gespräch ist beendet«, verkündete Blaustein, und wenn sie Richterin gewesen wäre, hätte sie den Hammer niedersausen lassen.

»Carrie ist nichts weiter als eine Simulantin«, sagte ich. »Sie hat Theater gespielt, manipuliert. Lassen Sie mich mal raten. Sie war zutiefst deprimiert, konnte sich nicht im Geringsten an irgendetwas erinnern, das von Bedeutung war. Sie war wahrscheinlich auf Ativan gesetzt, was sie ebenso wahrscheinlich nicht sonderlich behindert hat. Sie hatte erwiesenermaßen die Energie, Briefe zu schreiben. Und was mag sie wohl sonst noch für Privilegien genossen haben? Telefonieren, fotokopieren?«

»Die Patienten haben bürgerliche Rechte«, sagte Blaustein gelassen. »Sie war sehr ruhig. Hat eine Menge Schach und Karten gespielt. Sie hat gern gelesen. Für die Zeit, in die die Gewalttaten fielen, sind mildernde Umstände geltend zu machen, und sie war für ihre Taten nicht verantwortlich. Im Übrigen hat sie sie aufrichtig bereut.«

»Carrie hat es schon immer verstanden, sich gut zu verkaufen«, sagte ich. »Sie war immer schon eine Meisterin darin, zu bekommen, was sie wollte, und ihr Ziel war es, lange genug hier zu bleiben, um ihren nächsten Schachzug vorzubereiten. Und nun hat sie ihn gemacht.«

Ich öffnete meine Handtasche und holte eine Kopie des Briefes heraus, den Carrie mir geschrieben hatte. Ich ließ ihn vor Blaustein auf den Schreibtisch fallen.

»Beachten Sie insbesondere die Postanschrift oben auf der Seite. *One Pheasant Place, Kirby, Frauentrakt*«, sagte ich. »Haben Sie eine Ahnung, was sie damit gemeint hat, oder soll ich Ihnen sagen, was ich vermute?«

»Keine Ahnung.« Mit verdutzter Miene las sie den Brief.

»Möglicherweise spielt One Pheasant Place auf die Adresse des Bezirksstaatsanwalts an, der sie am Ende unter Anklage gestellt hätte. Sie lautet ganz ähnlich.«

»Ich hab keine Ahnung, was sie sich dabei gedacht hat.«

»Reden wir mal von dem *Fasan*«, sagte ich als Nächstes. »Sie haben unmittelbar vor der Tür Fasane am Flussufer.«

»Das ist mir nicht aufgefallen.«

»Ich habe es bemerkt, weil wir dort auf der Wiese gelandet sind. Und es stimmt, man sieht sie nicht, wenn man nicht durch einen halben Morgen verfilztes Gras und Unkraut watet und bis zum Wasser vordringt, in der Nähe des alten Piers.«

Sie sagte zwar nichts, doch ich merkte ihr an, dass sie unruhig wurde.

»Meine Frage lautet also, wie Carrie oder überhaupt irgendjemand von den Anstaltsinsassen von Fasanen wissen konnte?«

Sie schwieg immer noch.

»Sie wissen es sehr genau, hab ich Recht?«, drängte ich sie.

»Eine Patientin der höchsten Sicherheitsstufe hätte niemals auf jener Wiese oder auch nur in ihrer Nähe sein dürfen, Miss Blaustein. Wenn Sie mit mir nicht darüber reden wollen, dann überlasse ich das eben der Polizei, denn Carries Ausbruch hat für die Sicherheitskräfte derzeit so ziemlich allerhöchste Priorität. Ja, ich bin davon überzeugt, Ihr nobler Bürgermeister wird gar nicht erbaut sein über die anhaltend schlechte Presse, die Carrie einer Stadt eingebrockt hat, die sich mit erfolgreicher Verbrechensbekämpfung einen Namen gemacht hat.«

»Ich weiß nicht, wie Carrie davon wissen konnte«, antwortete Blaustein schließlich. »Zum ersten Mal höre ich überhaupt von diesen Scheißfasanen. Vielleicht hat irgendjemand vom Personal sie ihr gegenüber erwähnt. Vielleicht einer der Lieferwagenfahrer von dem Laden, mit anderen Worten, jemand von draußen so wie Sie.«

»Was für ein Laden denn?«

»Das Programm Mitbürger Patient sieht unter anderem vor, dass die Patienten sich Gutscheine oder Geld für den Laden verdienen können. Überwiegend für Snacks. Einmal wöchentlich werden sie beliefert, und sie müssen dann mit ihrem eigenen Geld bezahlen.«

»Woher hat Carrie denn das Geld gehabt?«

Das wollte Blaustein nicht sagen.

»An welchem Tag hat der Laden geliefert?«

»Kommt drauf an. Meistens Anfang der Woche, montags, dienstags, gewöhnlich am späten Nachmittag.«

»Sie ist an einem Dienstag am späten Nachmittag geflohen«, sagte ich.

»Das stimmt.« Ihr Blick wurde härter.

»Und was ist mit dem Fahrer?«, fragte ich dann. »Hat sich jemand die Mühe gemacht zu überprüfen, ob er oder sie vielleicht irgendwas damit zu tun gehabt hat?«

»Der Fahrer war ein Mann«, sagte Blaustein emotionslos. »Keiner hat ihn auftreiben können. Er war der Ersatzmann für den eigentlichen Fahrer, der allem Anschein nach wegen Krankheit nicht zur Arbeit erschienen war.«

»*Ein Ersatzmann?* Na klar. Carrie hatte ja auch mehr im Sinn als nur Kartoffelchips!« Ich wurde lauter. »Lassen Sie mich raten. Der Fahrer trägt eine Uniform und fährt einen Lieferwagen. Carrie zieht sich ebenfalls eine solche Uniform an und marschiert mit ihrem Lieferwagenfahrer aus dem Haus. Steigt in den Wagen und draußen ist sie.«

»Reine Spekulation. Wir wissen nicht, wie sie rausgekommen ist.«

»Oh doch, ich glaube, das wissen Sie, Miss Blaustein. Und ich frage mich, ob Sie Carrie nicht auch mit Geld ausgeholfen haben, wo sie Ihnen doch so am Herzen lag.«

Sie stand auf und wies wieder mit dem Finger auf mich.

»Wenn Sie mich der Fluchthilfe bezichtigen wollen ...«

»Auf irgendeine Weise haben Sie ihr geholfen«, schnitt ich ihr das Wort ab.

Beim Gedanken an Carrie, die frei herumlief, und an Benton kämpfte ich mit den Tränen.

»Sie Ungeheuer«, sagte ich und fixierte sie mit zornglühendem Blick. »Wenn Sie doch nur einmal einen Tag mit den Opfern zubringen müssten. Nur einen einzigen gottverdammten Tag Ihre Hände in ihr Blut tauchen und ihre Wunden berühren müssten. Einen Tag mit den unschuldigen Menschen verbringen müssten, die von den Carries dieser Welt zu ihrem Vergnügen abgeschlachtet werden. Ich glaube, eine Menge Leute wird ganz und gar nicht erbaut sein, von Carries Privilegien, ihrer ungeklärten Einkommensquelle zu hören«, sagte ich. »Eine ganze Menge, nicht nur ich.«

Ein Klopfen an der Tür unterbrach uns, und Dr. Ensor betrat das Zimmer.

»Ich dachte, ich führe Sie vielleicht besser selbst rum«, sagte sie zu mir. »Susan scheint beschäftigt zu sein. Sind Sie beiden fertig?«

»So ziemlich.«
»Na fein«, sagte sie mit einem frostigen Lächeln.
Ich hatte das Gefühl, dass die Anstaltsleiterin sich vollkommen darüber im Klaren war, wie sehr Susan Blaustein Macht und Vertrauen missbraucht und die allgemeinen Anstandsregeln verletzt hatte. Letztlich hatte Blaustein die Klinik im selben Maße manipuliert wie Carrie.
»Danke«, sagte ich zur Anstaltsleiterin.
Ich wandte Carries Verteidigerin den Rücken zu und ging.
»*Fahr zur Hölle*«, dachte ich.
Wieder folgte ich Dr. Ensor, diesmal zu einem großen Fahrstuhl mit Edelstahltüren. Er verband öde, beigegestrichene Flure miteinander, an deren Ende sich schwere, rote Türen befanden, die sich nur mit Hilfe eines Nummerncodes öffnen ließen. Alles wurde von der hauseigenen Videoanlage überwacht. Offenbar hatte Carrie sich im so genannten Tierpflegeprogramm engagiert, was tägliche Besuche im elften Stockwerk mit sich brachte. In einem kleinen Raum mit Aussicht auf Stacheldrahtverhaue wurden Tiere in Käfigen gehalten.
In der Menagerie herrschte Dämmerlicht, es roch würzig nach Tieren und Sägespänen, und man hörte das Getrippel von Pfötchen. Es gab Wellensittiche, Meerschweinchen und einen russischen Zwerghamster. Auf einem Tisch stand ein Kasten mit Humuserde, aus der dichte zarte Triebe sprossen.
»Wir pflanzen unser eigenes Vogelfutter«, erklärte Dr. Ensor. »Die Patientinnen werden angehalten, es zu ziehen und zu verkaufen. Von Massenproduktion kann natürlich keine Rede sein. Das meiste geht für unsere eigenen Vögel drauf, und wie sie an manchen Käfigen sehen können, die auf dem Boden stehen, füttern die Patienten ihre Tiere am liebsten mit Käsestangen und Kartoffelchips.«
»Carrie war also jeden Tag hier oben?«, fragte ich.
»So sagte man mir, als ich jetzt allem nachgegangen bin, was sie gemacht hat, solange sie hier war.« Sie schwieg einen Augenblick und ließ den Blick über die Käfige wandern, in denen Tierchen mit rosa Nasen schnüffelten und scharrten.

»Offensichtlich war ich nicht über alles im Bilde. Beispielsweise gab es während der sechs Monate, die Carrie das Tierpflegeprogramm leitete, eine ungewöhnlich hohe Zahl von Todesfällen und unerklärlichen Ausbrüchen bei den Tieren. Ein Wellensittich hier, ein Hamster da. Die Patienten kamen herein und fanden ihre Schützlinge tot im Käfig, oder die Tür eines Vogelbauers stand offen, und der Vogel blieb unauffindbar.«

Sie trat wieder auf den Flur hinaus, die Lippen fest zusammengepresst.

»Schade, dass Sie nicht hier waren, als diese Dinge passierten«, sagte sie ironisch. »Vielleicht hätten Sie mir ja sagen können, woran sie gestorben sind. Oder durch wen.«

Ein Stück weiter den Flur hinunter gab es noch eine Tür. Sie führte in einen kleinen, schwach beleuchteten Raum. Auf einem schlichten Holztisch standen ein einziger relativ moderner Computer und ein Drucker. Außerdem bemerkte ich eine Telefonbuchse an der Wand. Ich hatte eine dunkle Ahnung, noch ehe Dr. Ensor den Mund aufgemacht hatte.

»Und hier hat Carrie wohl den größten Teil ihrer Freizeit verbracht«, sagte sie. »Wie Sie zweifellos wissen, verfügt sie über weit reichende Computerkenntnisse. Sie hatte ein Talent, andere Patientinnen zum Lernen zu ermuntern, und der PC war ihre Idee. Sie regte an, uns Spender für gebrauchte Geräte zu suchen, und so haben wir inzwischen auf jedem Stockwerk einen Computer und einen Drucker.«

Ich trat an den Tisch und setzte mich vor den PC. Mit einem Tastendruck schaltete ich den Bildschirmschoner ab und sah an den Icons, welche Programme zur Verfügung standen.

»Wurden die Patientinnen, wenn sie hier arbeiteten, überwacht?«, fragte ich.

»Nein, man führte sie herein, und dann wurde die Tür abgeschlossen. Eine Stunde später begleitete man sie zurück auf ihre Station.« Sie wurde nachdenklich. »Ich wäre die Erste zuzugeben, wie überrascht ich war, wie viele Patientinnen Text- und, in manchen Fällen, Tabellenverarbeitung gelernt haben.«

Ich loggte mich in AOL ein und wurde aufgefordert, Benutzer-

namen und Passwort einzugeben. Die Anstaltsleiterin sah mir zu.
»Sie hatte absolut keinen Zugang zum Internet«, sagte sie.
»Wie wollen wir das wissen?«
»Die Computer sind nicht angeschlossen.«
»Aber sie haben Modems«, sagte ich. »Oder jedenfalls dieser hier. Er hat einfach nur deshalb keinen Zugang, weil kein Telefonkabel in der Buchse steckt.«
Ich wies auf die winzige Steckdose in der Wand und drehte mich zu Dr. Ensor um.
»Könnte vielleicht irgendwo mal ein Telefonkabel verschwunden sein?«, fragte ich. »Vielleicht aus einem der Büros? Zum Beispiel aus Susan Blausteins?«
Die Anstaltsleiterin blickte weg, und auf ihrer Miene erschienen Zorn und Kummer, als sie verstand, worauf ich hinauswollte.
»Mein Gott«, murmelte sie.
»Sie könnte so was natürlich auch von draußen bekommen haben. Vielleicht von demjenigen, der ihr die Snacks geliefert hat?«
»Ich weiß es nicht.«
»Es gibt leider eine ganze Menge Dinge, die wir nicht wissen, Dr. Ensor. Wir wissen zum Beispiel nicht, was zum Teufel Carrie nun wirklich gemacht hat, wenn sie hier drin war. Sie könnte Chatrooms aufgesucht haben, Newsgroups kontaktiert, Brieffreunde gefunden haben. Es ist Ihnen sicher bekannt, wie viele Verbrechen mit Hilfe des Internet begangen werden? Pädophilie, Vergewaltigung, Mord, Kinderpornographie.«
»Deshalb wurde dies ja auch eingehend überwacht«, sagte sie, »oder hätte überwacht werden sollen.«
»Carrie könnte ihren Ausbruch auf diesem Wege geplant haben. Seit wann, sagten Sie, hatte sie Zugang zu einem Computer?«
»Seit etwa einem Jahr. Nach langen Jahren tadelloser Führung.«
»*Tadelloser Führung*«, wiederholte ich.
Ich dachte an die Fälle in Baltimore, Venice Beach und kürzlich in Warrenton. Ich fragte mich, ob Carrie sich möglicherweise über E-Mail, eine Website oder einen Chatroom mit ihrem Komplizen in Verbindung gesetzt hatte. Sollte es möglich sein,

dass sie während ihrer Haft Computerverbrechen begangen hatte? Hatte sie womöglich hinter den Kulissen gearbeitet und einen Psychopathen beraten und ermutigt, der menschliche Gesichter stahl?

»Ist im vergangenen Jahr irgendjemand aus Kirby entlassen worden, der Brandstifter war? Vor allem jemand, der schon mal getötet hat? Jemand, den Carrie kennen gelernt haben könnte? Vielleicht eine aus ihrem Unterricht?«, fragte ich sicherheitshalber.

Dr. Ensor knipste das Deckenlicht aus, und wir traten wieder auf den Flur.

»Es fällt mir niemand ein«, sagte sie. »Niemand von der Sorte, die Sie suchen. Ich möchte hinzufügen, dass beim Unterricht immer ein Sicherheitsbeamter anwesend war.«

»Und männliche und weibliche Patienten sind auch während der Freizeit nicht zusammengekommen?«

»Nein. Nie. Männer und Frauen sind völlig getrennt.«

Wenn ich auch nicht mit Sicherheit wusste, dass Carrie einen männlichen Komplizen hatte, so vermutete ich es doch, und mir fiel wieder ein, was Benton ganz zum Schluss von einem männlichen Weißen zwischen achtundzwanzig und fünfundvierzig geschrieben hatte. Die Sicherheitsbeamten, einfache unbewaffnete Wärter, mochten ja dafür gesorgt haben, dass die Ordnung während des Unterrichts aufrechterhalten blieb. Aber ich bezweifelte ernsthaft, dass sie gemerkt hätten, falls Carrie über das Internet mit der Außenwelt Kontakt aufgenommen hätte. Wir stiegen wieder in den Fahrstuhl und verließen ihn diesmal im dritten Stock.

»Die Frauenstation«, erklärte Dr. Ensor. »Wir haben derzeit sechsundzwanzig weibliche Patienten von insgesamt einhundertundsiebzig. Dies ist das Besuchszimmer.«

Sie zeigte durch eine Glasscheibe auf einen großen, offenen Raum mit bequemen Sesseln und Fernsehapparaten. Augenblicklich hielt sich niemand darin auf.

»Hat sie denn je Besuch gehabt?«, fragte ich, während wir weitergingen.

»Nicht von draußen, kein einziges Mal. Um mehr Mitleid zu erregen, nehme ich an.« Sie lächelte bitter. »Der eigentliche Aufenthaltsraum der Frauen ist dort.« Sie wies auf einen anderen Raum, in dem eine ganze Reihe Einzelbetten standen.
»Sie hat dort drüben am Fenster geschlafen«, sagte Dr. Ensor.
Ich holte Carries Brief aus meiner Handtasche und las ihn erneut. Beim fünften Absatz hielt ich inne:

LUCY-BOO in TV-Kanal Vier. Flieg durchs Fenster. Komm mit wir.
Hey, Scheißbulle, steh früh auf. Ich lach und sing. Selbes Ding.
LUCY LUCY LUCY und wir!

Plötzlich fiel mir das Videoband von Kellie Shephard ein und die Schauspielerin in Venice Beach, die kleine Rollen in Fernsehfilmen gespielt hatte. Ich dachte an Fototermine und Produktionsteams, und meine Überzeugung wuchs, dass da ein Zusammenhang bestand. Doch was hatte Lucy damit zu tun? Warum sollte Carrie Lucy im Fernsehen gesehen haben? Oder ging es einfach nur darum, dass sie irgendwoher wusste, dass Lucy fliegen konnte, Hubschrauber fliegen konnte?
Hinter einer Ecke wurde Lärm laut, und dann erschien eine Gruppe Patientinnen, die vom Sport zurückkehrten, gefolgt von weiblichen Aufsichtskräften. Sie waren verschwitzt und laut, hatten verzerrte Gesichter. Eine von ihnen wurde in einer so genannten aggressionsvorbeugenden Maßnahme eskortiert. Das *preventive aggressive device*, kurz PAD, war der politische korrekte Ausdruck für eine Fesselung, bei der Hand- und Fußgelenke an einen dicken Lederriemen gebunden waren, der um die Taille lief. Sie war eine junge Weiße, deren Augen sich wild verdrehten, als sie versuchte, ihren Blick auf mich zu richten, während der Mund sich zu einem kläglichen Lächeln verzog. Mit ihrem gebleichten Haar und dem bleichen androgynen Körper hätte sie Carrie sein können, und für einen Augenblick dachte ich es tatsächlich. Mich überlief es kalt, als ihre Pupillen zu wirbeln und mich anzusaugen schienen, während die Patientin-

nen an uns vorbeidrängten und es darauf anlegten, mich anzurempeln.
»Sind Sie Anwältin?« Eine dicke Schwarze spie die Worte geradezu aus, während sie einen hasserfüllten Blick auf mich warf.
»Ja«, sagte ich und erwiderte ihren Blick, ohne eine Miene zu verziehen, denn ich hatte schon vor langer Zeit gelernt, mich von Menschen, die hassen, nicht einschüchtern zu lassen.
»Kommen Sie.« Die Anstaltsleiterin zog mich weiter. »Ich hatte ganz vergessen, dass sie um diese Zeit raufkommen. Tut mir Leid.«
Ich war jedoch froh über den Zwischenfall. In gewissem Sinne hatte ich Carrie ins Auge geblickt und war ihr nicht ausgewichen.
»Erzählen Sie mir doch bitte genau, was an dem Abend passiert ist, als sie verschwand«, sagte ich.
Dr. Ensor tippte wieder einen Nummerncode ein und stieß ein weiteres Paar hellroter Türen auf.
»Soweit es sich rekonstruieren lässt«, antwortete sie, »ist Carrie mit den anderen Patientinnen zu einer solchen Sportstunde rausgegangen. Dann wurden ihre Snacks geliefert, und beim Abendessen war sie verschwunden.«
Wir fuhren mit dem Fahrstuhl nach unten. Sie blickte auf die Uhr.
»Wir haben sofort die Suche eingeleitet und die Polizei verständigt. Keine Spur von ihr, und das hat mir seither keine Ruhe gelassen«, fuhr sie fort. »Wie konnte sie am helllichten Tage die Insel verlassen, ohne dass sie irgendwer gesehen hat? Wir hatten Polizisten, wir hatten Hunde, wir hatten Hubschrauber ...«
Ich unterbrach sie und blieb mitten auf dem Flur im Erdgeschoss stehen.
»Hubschrauber?«, sagte ich. »Mehr als einen?«
»O ja.«
»Sie haben sie gesehen?«
»Sie waren ja kaum zu übersehen«, antwortete sie. »Sie kreisten und schwebten doch stundenlang über uns, die ganze Klinik war in Aufruhr.«

»Beschreiben Sie die Hubschrauber bitte«, sagte ich, während mein Herz zu hämmern begann.

»Du liebe Güte«, sagte sie. »Erst drei Polizeihubschrauber, und dann sind die Medien über die Insel hergefallen wie die Hornissen.«

»War einer der Hubschrauber zufällig klein und weiß? Wie eine Libelle?«

Sie blickte überrascht.

»Ich erinnere mich, so einen gesehen zu haben«, sagte sie. »Ich dachte, das sei so ein Pilot, den das ganze Treiben neugierig gemacht hatte.«

22

Lucy und ich verließen in einem heißen Wind und bei niedrigem Luftdruck, der den Bell JetRanger träge machte, Ward's Island. Wir folgten dem East River und flogen durch den Luftraum B weiter bis La Guardia, wo wir gerade lange genug am Boden blieben, um aufzutanken und Käsekräcker und Mineralwasser aus dem Automaten zu kaufen. Außerdem rief ich die Universität von Wilmington an. Diesmal wurde ich mit der Leiterin der Medizinischen Studentenberatung verbunden. Ich nahm das als gutes Zeichen.

»Ich kann ja verstehen, dass Sie sich absichern wollen«, sagte ich in der geschlossenen Telefonzelle innerhalb des Eincheck-Terminals. »Aber bedenken Sie – seit Claire Rawleys Tod sind zwei weitere Menschen ermordet worden.«

Ein langes Schweigen trat ein.

Dann sagte Dr. Chris Booth: »Können Sie herkommen?«

»Das hatte ich vor«, erklärte ich.

»Also gut.«

Als Nächstes rief ich Teun McGovern an, um sie aufzuklären.

»Ich glaube, Carrie ist in demselben weißen Schweizer von der Insel geflohen, den wir über Kenneth Sparkes' Farm gesehen haben«, sagte ich.

»Kann sie denn fliegen?« McGovern klang verwirrt.

»Nein, nein. Das kann ich mir nicht vorstellen.«

»Ah.«

»Mit wem auch immer sie zusammen ist«, sagte ich. »Er ist der Pilot. Wer immer ihr zur Flucht verholfen hat und alles. Die ersten beiden Fälle, Baltimore und Venice Beach, waren nur Aufwärmübungen. Von denen hätten wir unter Umständen nie erfahren, Teun. Ich glaube, Carrie hat gewartet, bis sie uns mit reinzog. Sie hat bis Warrenton gewartet.«

»Dann glauben Sie also, dass Sparkes die eigentliche Zielscheibe war«, stellte sie nachdenklich fest.

»Um unsere Aufmerksamkeit zu erregen. Um sicherzustellen, dass wir kommen würden – ja«, sagte ich.

»Und wie passt Claire Rawley dann ins Bild?«

»Um das herauszufinden, will ich ja nach Wilmington, Teun. Ich glaube, dass sie irgendwie der Schlüssel zu allem ist. Sie ist die Verbindung zu ihm. Wer immer er ist. Und ich glaube außerdem, dass Carrie weiß, dass ich das denken werde, und dass sie mich erwartet.«

»Sie glauben, dass sie dort ist.«

»O ja. Ich wette darauf. Sie hat damit gerechnet, dass Benton nach Philadelphia kommen würde, und er war da. Und nun rechnet sie damit, dass Lucy und ich nach Wilmington kommen. Sie weiß, wie wir denken, wie wir arbeiten, sie weiß mindestens so viel über uns wie wir über sie.«

»Sie wollen damit sagen, dass Sie die Nächste auf ihrer Abschussliste sind.«

Bei dem Gedanken verspürte ich eine Faust im Magen.

»So ist es.«

»Dann dürfen wir nichts riskieren, Kay. Wir werden dort sein, wenn Sie landen. Die Universität muss doch einen Sportplatz haben. Wir leiten das sehr diskret in die Wege. Wann immer Sie landen, um zu tanken oder was auch immer, piepen Sie mich an, damit wir einander auf dem Laufenden halten können.«

»Sie können ihr doch nicht verraten, dass Sie da sind«, sagte ich. »Dann klappt das nicht.«

»Verlassen Sie sich auf mich. Sie wird es nicht erfahren«, sagte McGovern.

Wir verließen La Guardia mit fünfundsiebzig Gallonen Treibstoff und der Aussicht auf einen unerträglich langen Flug. Drei Stunden in einem Hubschrauber waren für mich mehr als genug. Das Gewicht der Kopfhörer, der Lärm und die Vibration ließen meine Schädeldecke brennen und rüttelten meine Gelenke los. Von vier Stunden Flug bekam ich meist ziemliche Kopfschmerzen. Wir hatten jedoch Glück. Der Rückenwind war großzügig, und obwohl unsere Fluggeschwindigkeit einhundert-

zehn Knoten anzeigte, stand unsere Grundgeschwindigkeit auf dem GPS tatsächlich bei einhundertzwanzig.
Lucy ließ mich wieder die Steuerung übernehmen, und ich flog jetzt immer gleichmäßiger, je mehr ich lernte, nicht zu übersteuern und dagegenzuhalten. Wenn Thermik und Winde uns durchschüttelten wie eine zornige Mutter, überließ ich mich ihnen einfach. Wenn man versuchte, Böen und Aufwinde zu überlisten, wurde es nur schlimmer, eine Einsicht, die ich anfangs nur widerwillig akzeptierte. Ich machte die Dinge gern besser. Ich lernte auch, nach Vögeln Ausschau zu halten, und ab und zu entdeckte ich ein Flugzeug zur gleichen Zeit wie Lucy.
Die Stunden vergingen immer eintöniger, und der Flug schien kein Ende nehmen zu wollen, während wir uns die Küstenlinie raufarbeiteten. Wir flogen über den Delaware River und weiter hinauf zur Eastern Shore. In der Nähe von Salisbury, Maryland, tankten wir auf, machten uns frisch und tranken eine Cola, dann ging es weiter, hinein nach North Carolina, wo Schweinezuchten mit ihren lang gezogenen Aluminiumställen und ihren blutig roten Entsorgungsbecken die Landschaft verunstalteten. Es war fast zwei, als wir in den Luftraum von Wilmington einflogen. Meine Nerven waren zum Zerreißen gespannt, als ich mir vorstellte, was uns am Boden erwarten mochte.
»Gehen wir mal auf sechshundert Fuß runter«, sagte Lucy. »Und drosseln die Geschwindigkeit.«
»Du willst, dass ich das mache«, vergewisserte ich mich.
»Der Vogel gehört dir.«
Es gelang mir nicht besonders gut, aber ich schaffte es.
»Ich vermute mal, dass die Universität nicht am Wasser liegt und wahrscheinlich aus einer Ansammlung von Backsteingebäuden besteht.«
»Danke, Sherlock.«
Wo immer ich hinschaute, sah ich Wasser, Wohnviertel, Wasserwerke und andere Industrieanlagen. Der Ozean lag in östlicher Richtung, glitzernd und kabbelig, unbekümmert darum, dass sich dunkle Wolken am Horizont zusammenbrauten. Ein Un-

wetter war im Anzug, es schien keine Eile zu haben, drohte jedoch schlimm zu werden.

»Du lieber Gott, hier möchte ich nicht runtergehen müssen«, sagte ich in mein Mikrofon, und prompt kam eine Ansammlung georgianischer Backsteingebäude in Sicht.

»Ich weiß nicht.« Lucy blickte sich um. »Wenn sie hier ist, wo denn, Tante Kay?«

»Da, wo sie uns vermutet.« Ich klang wie die Ruhe selbst.

Lucy übernahm.

»Ich habe die Steuerung übernommen«, sagte sie. »Ich weiß nicht, ob ich hoffen soll, dass du Recht hast, oder nicht.«

»Du hoffst es«, antwortete ich ihr. »Du hoffst es tatsächlich so sehr, dass ich es mit der Angst zu tun kriege, Lucy.«

»Ich hab uns nicht hierher gebracht.«

Carrie hatte versucht, Lucy zu ruinieren. Carrie hatte Benton ermordet.

»Ich weiß, wer uns hierher gebracht hat«, sagte ich. »Sie.«

Die Universität lag dicht unter uns, und wir sichteten den Sportplatz, auf dem McGovern wartete. Einige Männer und Frauen spielten gerade Fußball, aber neben den Tennisplätzen gab es eine freie Fläche, und da würde Lucy landen. Sie umkreiste die Stelle zweimal, einmal hoch und einmal niedrig, und keine von uns beiden konnte irgendwelche Hindernisse entdecken, abgesehen von ein paar vereinzelten Bäumen. Entlang des Spielfelds parkten etliche Autos, und als wir auf dem Rasen aufsetzten, bemerkte ich, dass eines davon ein dunkelblauer Explorer war. Die Fahrerseite war besetzt. Dann erkannte ich, dass das inneruniversitäre Fußballmatch unter den Augen einer Teun McGovern im Fußballdress stattfand. Sie hatte eine Pfeife um den Hals, und ihre Mannschaften waren gemischtgeschlechtlich und äußerst fit.

Ich blickte mich um, als ob Carrie das alles beobachten würde, doch der Himmel war leer, und nichts ließ darauf schließen, dass sie in der Nähe war. Sowie wir am Boden waren, kam der Explorer über das Gras gefahren und hielt in sicherer Entfernung von unseren Rotorblättern. Am Steuer saß eine mir unbekannte

Frau, und ich traute meinen Augen kaum, als ich Marino auf dem Beifahrersitz erblickte.

»Ich glaube es nicht«, sagte ich zu Lucy.

»Wie zum Teufel ist der denn hierher gekommen?« Auch sie staunte.

Marino starrte uns durch die Windschutzscheibe an, während wir unsere zwei Minuten absaßen, bis der Motor abgestellt werden konnte. Er lächelte nicht und seine Miene war alles andere als freundlich, als ich mich hinten ins Auto setzte, während Lucy die Hauptrotorblätter festband. McGovern und ihre Fußballspieler setzten ihr inszeniertes Match fort und schenkten uns keinerlei Beachtung. Mir fielen jedoch die Sporttaschen unter den Bänken am Rande des Spielfelds auf, und ich zweifelte nicht, was darin war. Es schien, als erwarteten wir eine anrückende Armee, einen Hinterhalt der feindlichen Truppen, und ich konnte nicht umhin, mich zu fragen, wie Carrie es bloß geschafft hatte, dass wir uns einmal mehr zum Affen machten.

»Ich habe nicht damit gerechnet, Sie hier anzutreffen«, bemerkte ich zu Marino.

»Glauben Sie, USAirways fliegt irgendwohin, ohne einen erst mal in Charlotte rauszuschmeißen«, klagte er. »Ich habe wahrscheinlich genauso lange hierher gebraucht wie Sie.«

»Ich bin Ginny Correll.« Unsere Fahrerin wandte sich um und schüttelte mir die Hand.

Sie war mindestens vierzig, eine äußerst attraktive Blondine in einem züchtigen blassgrünen Kostüm, und wenn ich es nicht besser gewusst hätte, hätte ich wohl angenommen, dass sie zum Lehrkörper der Universität gehörte. Doch das Auto war mit einem Scanner und einem Funkgerät ausgerüstet, und ganz kurz sah ich die Pistole im Schulterhalfter unter ihrer Jacke aufblitzen. Sie wartete, bis Lucy in den Explorer gestiegen war, dann wendete sie. Das Fußballspiel ging weiter.

»Die Lage ist folgende«, begann Correll zu erklären. »Wir wussten nicht, ob die Verdächtige oder die Verdächtigen Sie vielleicht schon erwarteten, Ihnen folgten oder was auch immer, also haben wir uns darauf vorbereitet.«

»Das ist nicht zu übersehen«, sagte ich.
»Die anderen werden das Spielfeld in etwa zwei Minuten verlassen, und das Entscheidende ist, dass wir über die ganze Stadt unsere Leute verteilt haben. Einige sind als Studenten verkleidet, andere halten sich in der Innenstadt auf, überprüfen die Hotels und Kneipen und Ähnliches. Wir hingegen fahren jetzt zur Medizinischen Studentenberatung, wo die stellvertretende Leiterin uns erwartet. Sie war Claire Rawleys Therapeutin und hat alle Unterlagen über sie.«
»Gut«, sagte ich.
»Nur damit Sie's wissen, Doc«, sagte Marino. »Ein Polizeibeamter vom Campus glaubt, Carrie gestern im Haus der Studentenschaft gesehen zu haben.«
»Im Hawk's Nest, genau gesagt«, sagte Correll. »Das ist die Cafeteria.«
»Kurzes, rot gefärbtes Haar, merkwürdige Augen. Sie hatte sich gerade ein Sandwich gekauft und war ihm aufgefallen, weil sie ihn so bohrend angestarrt hat, als sie an seinem Tisch vorbeiging. Als wir anfingen, ihr Foto herumzureichen, hat er gemeint, dass sie's gewesen sein könnte. Beschwören kann er es allerdings nicht.«
»Einen Cop anstarren, das sähe ihr ähnlich«, sagte Lucy. »Leute auf den Arm nehmen ist nun mal ihr Lieblingssport.«
»Andererseits ist es nichts Ungewöhnliches, dass die Kids auf dem College etwas merkwürdig aussehen«, sagte ich.
»Wir überprüfen die Pfandleihen in der Stadt, um herauszufinden, ob jemand, auf den Carries Beschreibung passt, eine Waffe gekauft hat, und wir suchen nach gestohlenen Wagen«, sagte Marino. »Angenommen, sie und ihr Kumpan haben in New York oder Philadelphia Autos gestohlen, dann werden sie mit diesen Nummernschildern wohl kaum hier auftauchen.«
Der Campus war eine Ansammlung schmucker Häuser in einem leicht abgewandelten georgianischen Stil, die zwischen Palmen, Magnolien, Indischem Flieder, Karibischen Kiefern und Georgia-Tannen verstreut standen. Die Gardenien standen in Blüte, und als wir aus dem Wagen stiegen, hing ihr Duft in der feuchtheißen Luft und stieg mir zu Kopf.

Ich liebte die Düfte des Südens, und für einen kurzen Augenblick schien es ausgeschlossen, dass hier irgendetwas Hässliches passieren könnte. Es war Sommersemester, und der Campus war nicht übermäßig bevölkert. Die Parkplätze waren halb voll und die meisten Fahrradständer leer. Viele der Wagen auf der College Road hatten Surfbretter aufs Dach geschnallt.

Das Beratungszentrum befand sich im ersten Stock der Westside Hall, und das Wartezimmer für Studenten mit gesundheitlichen Problemen war malvenfarbig und blau gestrichen und lichtdurchflutet. Tausend-Teile-Puzzles von ländlichen Szenerien lagen in unterschiedlichen Stadien der Vollendung auf Tischchen und boten denen, die einen Termin hatten, eine willkommene Ablenkung. Eine Empfangssekretärin erwartete uns bereits und führte uns vorbei an allen möglichen Behandlungszimmern einen Flur hinunter. Dr. Chris Booth war eine Frau, die, so schätzte ich, auf die sechzig zuging, eine tatkräftig wirkende Person mit freundlichen, klugen Augen und offenbar jemand, der die Sonne liebte. Sie hatte eine wettergegerbte tiefbraune und von Falten durchzogene Haut, die ihr Charakter verlieh. Ihr kurzes Haar war weiß und ihr Körper schmächtig, aber vital.

Die Psychologin hatte ein Eckbüro, das auf die Kunstfakultät und immergrüne Virginische Eichen blickte. Die persönliche Handschrift von Amtszimmern hatte mich schon immer fasziniert. Dr. Booths Wirkungsstätte war beruhigend und ohne jeden provokativen Reiz, doch raffiniert, was das Arrangement der Sitzgelegenheiten betraf, die auf ganz unterschiedliche Charaktere zugeschnitten waren. Es gab einen tütenförmigen Rohrgeflechtsessel für den Patienten, der tief in die Kissen versinken und sich bereitwillig helfen lassen wollte, einen Schaukelstuhl aus Rohr und ein steifes Plaudersofa. Die vorherrschende Farbe war ein sanftes Grün, das durch Bilder von Segelbooten und von Elefantenohrfarnen in Tontöpfen aufgelockert wurde.

»Guten Tag«, sagte Dr. Booth lächelnd und wies auf die Sitzgelegenheiten. »Ich freue mich sehr, Sie kennen zu lernen.«

»Und ich freue mich, Sie kennen zu lernen«, erwiderte ich.
Ich setzte mich in den Schaukelstuhl, während Ginny sich auf das Plaudersofa hockte. Marino blickte sich mit verlegener Miene um und ließ sich vorsichtig im Tütensessel nieder. Er hatte einige Mühe, nicht darin zu versinken. Dr. Booth saß auf ihrem Bürostuhl, mit dem Rücken zu ihrem makellos sauberen Schreibtisch, auf dem sich nichts befand als eine Dose Pepsi light. Lucy blieb an der Tür stehen.
»Ich hatte schon gehofft, dass mich jemand aufsuchen würde«, fing Dr. Booth an, als hätte sie dies Treffen veranlasst. »Doch ich wusste ehrlich nicht, an wen ich mich wenden sollte oder ob ich das überhaupt tun sollte.«
Sie bedachte jeden Einzelnen von uns mit dem Blick ihrer strahlend grauen Augen.
»Claire war ein ganz besonderer Mensch – natürlich sagen das alle von den Toten.«
»Alle nicht«, entgegnete Marino zynisch.
Dr. Booth lächelte traurig. »Ich will damit nur sagen, dass ich über die Jahre hier viele Studenten beraten habe und Claire mir sehr am Herzen lag. Ich hatte große Hoffnungen in sie gesetzt. Die Nachricht von ihrem Tod hat mich zutiefst erschüttert.«
Sie schwieg und starrte aus dem Fenster.
»Ich habe sie etwa zwei Wochen vor ihrem Tod zum letzten Mal gesehen und versuche seitdem verzweifelt, mich an etwas zu erinnern, worin der Schlüssel zu diesem schrecklichen Ereignis liegen könnte.«
»Wenn Sie sagen, Sie hätten sie getroffen«, sagte ich, »meinen Sie dann, hier – zu einer Sitzung?«
Sie nickte. »Wir haben eine Stunde miteinander geredet.«
Lucy wurde zusehends unruhiger.
»Ehe Sie mir davon erzählen«, sagte ich, »könnten Sie uns wohl möglichst ausführlich schildern, was ihr Hintergrund war?«
»Natürlich. Und ich kann Ihnen auch die Daten und die genaue Uhrzeit der Sitzungen geben, die sie bei mir hatte, falls Sie die auch benötigen. Mit Unterbrechungen war sie über einen Zeitraum von drei Jahren bei mir in Behandlung.«

»Mit Unterbrechungen?«, fragte Marino und rutschte in dem tiefen Sessel ein Stück nach vorn, nur um gleich wieder in seine Kissen zurückzukippen.

»Claire hat sich ihre Ausbildung selbst finanziert. Sie hat als Kellnerin im Blockade Runner in Wrightsville Beach gearbeitet. Sie hat immer gearbeitet, das Geld für ein Semester gespart, studiert und wieder aufgehört, um Geld zu verdienen. Wenn sie nicht studiert hat, habe ich sie nicht zu sehen bekommen, und in dieser Zeit haben ihre Schwierigkeiten begonnen. Das ist meine Überzeugung.«

»Ich überlasse das jetzt mal euch«, sagte Lucy unvermittelt. »Ich möchte, dass jemand beim Hubschrauber ist.«

Lucy ging hinaus und schloss die Tür hinter sich. Ich verspürte eine Aufwallung von Angst. Ich konnte ja nicht wissen, ob sie nicht allein durch die Straßen laufen und nach Carrie Ausschau halten würde.

Marino warf mir einen flüchtigen Blick zu, und ich sah ihm an, dass er dasselbe dachte. Unsere begleitende Beamtin Ginny saß steif auf dem Plaudersofa, hielt sich zurück, wie es sich gehörte, und war dabei ganz Ohr.

»Vor etwa einem Jahr«, fuhr Dr. Booth fort, »lernte Claire Kenneth Sparkes kennen, und ich bin mir bewusst, dass Sie über diese Dinge bereits im Bilde sind. Sie war eine ehrgeizige Surferin, und er hatte ein Haus am Strand von Wrightsville. Kurz gesagt, sie hatten eine kurze, ungeheuer intensive Affäre, die er dann beendete.«

»Zu der Zeit war sie an der Uni eingeschrieben«, sagte ich.

»Ja. Im zweiten Semester. Im Sommer trennten sie sich, und sie kehrte bis zum Winter nicht an die Uni zurück. Erst im Februar kam sie wieder zu mir, nachdem ihr Englischprofessor bemerkt hatte, dass sie während des Unterrichts immer einschlief und nach Alkohol roch. Besorgt ging er zum Dekan, und man gestand ihr eine Bewährungsfrist zu, mit der Auflage, dass sie wieder in meine Beratung käme. Das hing damals alles mit Sparkes zusammen, fürchte ich. Claire war ein Adoptivkind gewesen und ihre familiäre Situation sehr unglücklich. Mit sechzehn ging sie von zu Hause weg, kam nach Wrightsville und nahm jeden Job, den sie kriegen konnte, an, um sich durchzuschlagen.«

»Wo sind ihre Eltern jetzt?«, fragte Marino.

»Ihre leiblichen? Wir kennen sie nicht.«

»Nein. Die sie adoptiert haben.«

»In Chicago. Sie hatten keinen Kontakt mehr zu ihr gehabt, seit sie von zu Hause weggegangen war. Sie wissen aber, dass sie tot ist. Ich habe mit ihnen gesprochen.«

»Dr. Booth«, sagte ich, »haben Sie eine Idee, warum Claire zu Sparkes' Haus nach Warrenton gefahren sein könnte?«

»Sie war unfähig, mit Zurückweisungen umzugehen. Ich kann nur mutmaßen, dass sie ihn treffen wollte, in der Hoffnung, das würde irgendwas ändern. Ich weiß, dass sie im Frühjahr aufgehört hat, ihn anzurufen, weil er sich schließlich eine neue Geheimnummer zugelegt hatte. Die einzige Möglichkeit für sie, Kontakt aufzunehmen, war also, einfach dort aufzukreuzen, vermute ich.«

»In einem alten Mercedes, der einem Psychotherapeuten namens Newton Joyce gehörte?«, fragte Marino und setzte sich erneut in seinem Sessel zurecht.

Dr. Booth war verblüfft. »Also davon habe ich bisher nichts gewusst«, sagte sie. »Sie hat Newtons Wagen gefahren?«

»Sie kennen ihn?«

»Nun ja, ich kenne ihn von früher. Claire hatte begonnen, zu ihm in Behandlung zu gehen, weil sie meinte, die männliche Perspektive täte ihr gut. Das war innerhalb der letzten zwei Monate. Ich hätte ihn mit Sicherheit nicht ausgesucht.«

»Warum nicht?«, fragte Marino.

Dr. Booth dachte über ihre Antwort nach, ihr Gesicht angespannt vor Zorn.

»Das ist alles höchst unschön«, sagte sie schließlich. »Was vielleicht erlärt, warum ich so zögerlich war, über Claire zu sprechen, als Sie mich zum ersten Mal angerufen haben. Newton ist ein verwöhnter, reicher Junge, der niemals arbeiten musste, sich jedoch entschloss, Psychotherapeut zu werden, weil es ihm ein Machtgefühl gibt, nehme ich an.«

»Er scheint sich in Luft aufgelöst zu haben«, sagte Marino.
»Daran ist nichts Ungewöhnliches«, erwiderte sie trocken. »Er kommt und geht, wie es ihm passt, manchmal ist er auf Monate oder gar Jahre verschwunden. Ich bin mittlerweile zweiunddreißig Jahre hier an der Universität, und ich weiß noch, wie er als Junge war. Er konnte die Leute mit seinem Charme um den Finger wickeln und sie zu allem und jedem beschwatzen, dabei drehte sich alles nur um ihn. Und ich war äußerst besorgt, als Claire zu ihm zu gehen begann. Drücken wir es mal so aus: Man kann ihm nicht gerade vorwerfen, irgendwelche moralischen Grundsätze zu haben. Er macht seine eigenen Regeln. Er ist jedoch nie erwischt worden.«
»Wobei?«, fragte ich. »Wobei erwischt worden?«
»Dass er in einer gänzlich inakzeptablen Weise Macht über seine Patienten ausübt.«
»Durch sexuelle Beziehungen?«, fragte ich.
»Darüber habe ich nie etwas gehört. Es war mehr ein mentales Ding, es ging dabei um Dominanz, und es war nicht zu übersehen, dass er Claire gänzlich dominierte. Sie war von einem Tag auf den anderen völlig abhängig von ihm – einfach so.« Sie schnippte mit den Fingern. »Von ihrer ersten Sitzung an. Sie kam hier rein und sprach die ganze Zeit nur von ihm, wie besessen. Deshalb ist es ja auch so merkwürdig, dass sie Sparkes besuchen gefahren ist. Ich habe ernsthaft geglaubt, sie hätte die Geschichte überwunden und wär verrückt nach Newton. Ich bin aufrichtig davon überzeugt, sie hätte alles getan, was Newton von ihr verlangte.«
»Kann es sein, dass er sie angestiftet hat, Sparkes zu besuchen? Aus therapeutischen Gründen vielleicht, etwa, um die Sache ein für alle Mal zu überwinden?«, sagte ich.
Dr. Booth lächelte ironisch.
»Er mag ihr vielleicht vorgeschlagen haben, ihn zu besuchen, aber sicher nicht, um ihr zu helfen«, erwiderte sie. »Ich muss leider sagen, wenn es Newtons Idee war, dann ging es höchstwahrscheinlich um Manipulation.«
»Mich würde mal interessieren, wie sich die beiden überhaupt

kennen gelernt haben«, sagte Marino und setzte sich mit einem Ruck in seinem Sessel auf. »Wahrscheinlich hat ihn ihr jemand empfohlen.«

»Oh, nein«, entgegnete sie. »Sie sind sich bei einem Fototermin begegnet.«

»Wie meinen Sie das?«, fragte ich, und das Blut stockte mir in den Adern.

»Er war ziemlich vernarrt in alles, was mit Hollywood zu tun hat, und hat es immerhin geschafft, dass er jetzt mit irgendwelchen Produktionsteams zusammenarbeitet, die Filme drehen und Werbeaufnahmen machen. Sie wissen vielleicht, dass das Screen Gems Studio hier in der Stadt ist, und Claires Nebenfach war Film. Es war ihr Traum, Schauspielerin zu werden. Weiß der Himmel, schön genug war sie ja. Nach allem, was sie mir erzählt hat, hatte sie gerade irgendeinen Job am Strand, als Fotomodell, für eine Surfzeitschrift, glaube ich. Und er war beim Aufnahmeteam als Fotograf. Offensichtlich versteht er sich darauf.«

»Sie sagen, er sei immer schon gekommen und gegangen«, sagte Marino. »Vielleicht hat er ja noch andere Wohnungen?«

»Mehr weiß ich wirklich nicht über ihn«, antwortete sie.

Binnen einer Stunde hatte das Wilmington Police Department einen richterlichen Durchsuchungsbefehl für Newton Joyce' Grundstück. Es lag im historischen Viertel, einige Blocks vom Wasser entfernt. Sein weißes Fachwerkhaus war einstöckig und hatte ein tiefgezogenes Giebeldach, das die vordere Veranda überdeckte. Es stand am Ende einer ruhigen Straße mit weiteren, renovierungsbedürftigen Häusern mit großen Veranden und Vordächern aus dem neunzehnten Jahrhundert.

Riesige Magnolienbäume überschatteten seinen Garten. Nur stellenweise drang Sonnenlicht hindurch, und die Luft war erfüllt von Insekten. Mittlerweile war McGovern zu uns gestoßen, und wir warteten auf der windschiefen hinteren Veranda, während ein Detective mit dem Schlagstock eine Türscheibe einschlug. Dann langte er hinein und entriegelte die Tür.

Marino, McGovern und Detective Scroggins gingen mit schussbereiten Waffen voran. Ich folgte ihnen auf den Fersen, unbewaffnet und unangenehm berührt von der schaurigen Atmosphäre dieses Hauses, das Joyce sein Zuhause nannte. Wir betraten ein kleines Wohnzimmer, das dazu hergerichtet war, Patienten zu empfangen. Darin standen ein ziemlich scheußliches, altes, rotes viktorianisches Samtsofa, ein Beistelltisch mit Marmorplatte und einer Milchglaslampe in der Mitte sowie ein niedriger Tisch mit Zeitschriften, die viele Monate alt waren. Eine Tür führte in sein Büro, das noch eigenartiger war.

Die Wände aus einfachem Fichtenholz waren nahezu vollständig mit gerahmten Fotografien bedeckt, auf denen, wie ich annahm, Models und Schauspieler in diversen Posen zu sehen waren. Davon gab es buchstäblich hunderte, und ich nahm an, dass Joyce sie selbst aufgenommen hatte. Ich konnte mir nicht vorstellen, dass ein Patient inmitten so vieler schöner Körper und Gesichter seine Probleme auspacken würde. Auf Joyce' Schreibtisch befanden sich ein Adressregister, ein Terminkalender, diverse Unterlagen und ein Telefon. Während Scroggins die Nachrichten vom Anrufbeantworter abzuspielen begann, sah ich mich weiter um. In den Bücherregalen standen abgegriffene Leinen- und Lederausgaben von Klassikern, die zu staubig waren, als dass sie in den letzten Jahren jemand in die Hand genommen haben konnte. Es gab eine rissige braune Ledercouch, wahrscheinlich für seine Patienten, und daneben ein Tischchen, auf dem ein einziges Wasserglas stand. Es war fast leer und am Rand mit blassem pfirsichfarbenem Lippenstift verschmiert. Gegenüber der Couch stand ein mit kompliziertem Schnitzwerk versehener Mahagonilehnsessel, der an einen Thron erinnerte. Ich hörte, wie Marino und McGovern andere Räume durchsuchten, während die Stimmen aus Joyce' Anrufbeantworter kamen. Sämtliche Nachrichten waren nach dem fünften Juni, dem Tag vor Claires Tod, aufgesprochen worden. Patienten hatten wegen ihrer Termine angerufen. Ein Reisebüro hatte einen Flug nach Paris für zwei Personen bestätigt.

»Was haben Sie noch gesagt, wie dies Zeug zum Feueranzünden aussah?«, fragte Detective Scroggins, als er eine weitere Schreibtischschublade aufzog.

»Ein Block aus silbrigem Metall«, antwortete ich ihm. »Sie erkennen es sofort, wenn Sie's sehen.«
»Nichts dergleichen hier drin. Doch der Kerl hat es eindeutig mit Gummibändern. Müssen Tausende sein. Sieht so aus, als hätte er damit diese komischen kleinen Bälle gebastelt.«
Er hielt eine perfekt geformte Kugel hoch, die ausschließlich aus Gummibändern bestand.
»Wie zum Teufel hat er die Dinger bloß gemacht?«, überlegte Scroggins staunend. »Glauben Sie, er hat mit einem Gummi angefangen und die anderen alle drum herum gewickelt? Wie bei 'ner Golfballfüllung?«
Ich hatte keine Ahnung.
»Was ist das denn für'n Typ?«, fuhr Scroggins fort. »Hat der hier gesessen und Bällchen gedreht, während er mit seinen Patienten redete?«
»Inzwischen«, antwortete ich, »überrascht mich gar nichts mehr.«
»Was für'n Spinner. Bis jetzt habe ich dreizehn, vierzehn ... ehm, neunzehn Bälle gefunden.«
Er nahm sie heraus und reihte sie auf der Schreibtischplatte auf. Und dann rief mich Marino aus den hinteren Räumen des Hauses.
»Doc, ich glaube, Sie kommen besser her.«
Ich folgte seinen und McGoverns Geräuschen und durchquerte eine kleine Küche mit alten Geräten, an denen die Patina von Generationen klebte. Im Spülbecken stapelte sich Geschirr in kaltem, schmierigem Wasser. Der Abfalleimer quoll über und verbreitete einen grässlichen Gestank. Newton Joyce war noch schlampiger als Marino, und weder hätte ich so was überhaupt für möglich gehalten, noch vertrug es sich mit der Akkuratesse der Gummibandbälle oder der minutiösen Planung der Verbrechen, die ich ihm unterstellte. Doch anders als kriminologische Abhandlungen und verkitschte Hollywood-Darstellungen einen glauben machen wollten, waren die Menschen nun mal nicht so frei von Widersprüchen wie eine exakte Wissenschaft. Was Marino und McGovern in der Garage entdeckt hatten, war dafür der schlagende Beweis.

Die Garage war durch eine Tür mit der Küche verbunden. Das Vorhängeschloss, mit dem sie versperrt gewesen war, hatte Marino fachmännisch mithilfe eines Bolzenschneiders entfernt, der aus McGoverns Explorer stammte. Jenseits der Tür lag eine Art Werkraum, aus dem kein Weg nach draußen führte, weil er mit Hilfe von Schlackesteinen zugemauert worden war. Die Wände waren weiß gestrichen. An einer der Wände reihten sich mehrere Hundert-Liter-Fässer mit Flugbenzin. Dann gab es noch einen Gefrierschrank aus Edelstahl, dessen Tür rätselhafterweise ebenfalls mit einem Vorhängeschloss verschlossen war. Der Zementboden war sehr sauber, und in einer Ecke standen fünf Kamerakoffer aus Aluminium und Styroporkühlboxen unterschiedlicher Größe. In der Mitte des Raumes stand ein großer filzbedeckter Sperrholztisch. Hier lagen die Instrumente von Joyce' Verbrechen.

Ein halbes Dutzend Messer waren schnurgerade in exakt gleichen Abständen aufgereiht. Alle steckten in Lederetuis, und in einer kleinen Rotholzschachtel lagen Schleifsteine.

»Gott verdamm mich«, sagte Marino an mich gewandt und zeigte auf die Messer. »Soll ich Ihnen mal sagen, was das für welche sind, Doc? Die mit dem Horngriff sind R.-W.-Loveless-Jagdmesser, hergestellt von Beretta. Für Sammler, nummeriert, kosten um die sechshundert Eier pro Stück.«

Er starrte sie begierig an, berührte sie jedoch nicht.

»Die niedlichen Dinger aus blauem Stahl sind Chris Reeves, mindestens vierhundert das Teil, und die Enden der Griffe lassen sich abschrauben, falls man Streichhölzer darin aufbewahren will«, fuhr er fort.

Ich hörte in der Ferne eine Tür, und Scroggins erschien mit Lucy. Der Detective wurde angesichts der Messer von demselben ehrfürchtigen Staunen ergriffen wie Marino, und dann nahmen die beiden und McGovern ihre Suche wieder auf, öffneten Schubladen von Werkzeugkästen und brachen zwei Schränke auf, die weitere erschreckende Anzeichen dafür enthielten, dass wir unseren Killer gefunden hatten. In einem Plastikbeutel lagen acht Schwimmkappen aus Silikon, alle in grellem Pink. Jede einzelne lag in einem Plastikbeutel mit Reißverschluss, und die Preisschilder besagten, dass Joyce sechzehn Dollar pro Stück bezahlt hatte. Was die Feueranzünder betraf, so befanden sich fünf Stück in einer Plastiktüte aus dem Supermarkt.

Joyce hatte auch einen Computer in seiner Zementhöhle stehen, und wir überließen es Lucy, sich Zugang zu seinen Dateien zu verschaffen. Sie saß auf einem Klappstuhl und begann die Tastatur zu bearbeiten, während Marino den Bolzenschneider zum Gefrierschrank hinübertrug. Es war gespenstischerweise genau dasselbe Modell, das ich zu Hause hatte.

»Das hier ist zu einfach«, sagte Lucy. »Er hat seine E-Mail auf eine Diskette runtergeladen. Kein Passwort, nichts. Zeug, was er verschickt oder erhalten hat. Über achtzehn Monate hinweg. Wir haben hier einen Benutzernamen VKIRBY. *Von Kirby*, nehme ich an. Wer könnte dieser Brieffreund wohl sein?«, setzte sie sarkastisch hinzu.

Ich trat näher und blickte ihr über die Schulter. Sie scrollte sich durch die kurzen Briefe von Carrie an Newton, dessen Benutzername grauenhafterweise *Skinner* war. Am zehnten Mai hatte er geschrieben:

Hab sie gefunden. Eine Verbindung, zum Sterben schön. Wie hört sich Medientycoon an? Bin ich nicht gut?

Und am nächsten Tag hatte Carrie zurückgeschrieben:

Ja, GUT. Ich will die beiden. Dann flieg mich hier raus, Vogelmann. Du kannst es mir später beibringen. Ich möchte in ihre leeren Augen blicken und es sehen.

»Mein Gott«, murmelte ich. »Sie wollte, dass er in Virginia mordet, und zwar auf eine Weise, dass ich garantiert hinzugezogen würde.«

Lucy ließ weitere Briefe durchlaufen, und wie sie auf die Pfeiltaste einhämmerte, verriet ihre Ungeduld und ihre Wut.

»Also hat er bei einem Shooting Claire Rawley getroffen, die sich als der geeignete Köder herausstellte. Der perfekte Köder wegen ihrer früheren Beziehung zu Sparkes«, fuhr ich fort. »Joyce und Claire fahren zu seiner Farm, aber er ist nicht da. Sparkes kommt davon. Joyce ermordet und verstümmelt Claire und brennt das Haus nieder.« Ich verstummte und las weitere alte Briefe. »Und nun sind wir hier.«

»Wir sind hier, weil sie es will«, sagte Lucy. »Wir sollten das alles finden.«

Sie schlug hart auf die Taste.

»Begreifst du denn nicht?«

Sie drehte sich um und sah mich an.

»Sie hat uns hierhin gelockt, damit wir das alles sehen«, sagte sie.

Der Bolzenschneider schnappte auf einmal laut durch Stahl, und die Gefrierschranktür öffnete sich mit einem saugenden Geräusch.

»Herrgott im Himmel noch mal, Scheiße«, brüllte Marino. »Verdammmte Scheiße!«

23

Auf dem obersten Gitterrost standen zwei kahle Modepuppenköpfe, einer männlich, einer weiblich, deren ausdruckslose Gesichter mit gefrorenem Blut geschwärzt waren. Sie hatten den Gesichtern, die Joyce seinen Opfern gestohlen hatte, als Formen gedient. Er hatte sie über die Mannequingesichter gelegt und dann hartfrieren lassen, um seinen Trophäen Gestalt zu verleihen. Joyce hatte jedes seiner maskenartigen Horrorstücke in eine dreifache Schicht aus Gefrierbeuteln gepackt, die wie Beweismittel etikettiert waren: Fallnummern, Orts- und Zeitangaben.
Das jüngste Schildchen war zuoberst, und mechanisch hob ich es an. Mein Herz schlug einen Augenblick so hart, dass mir schwarz vor Augen wurde. Ich begann zu schwanken und nahm nichts mehr wahr, bis ich in McGoverns Armen landete. Sie führte mich zu dem Stuhl am Schreibtisch, auf dem Lucy zuvor gesessen hatte.
»Kann ihr mal jemand ein Glas Wasser bringen?«, sagte McGovern. »Ist ja gut, Kay, ist ja gut.«
Ich richtete den Blick auf den Gefrierschrank mit seiner weit geöffneten Tür und den Stapeln von Plastikbeuteln, die ihren menschlichen Inhalt erahnen ließen. Marino tigerte in der Garage auf und ab und raufte sich das schüttere Haar. Die Farbe seines Gesichts schien einen Schlaganfall anzukündigen, und Lucy war verschwunden.
»Wo ist Lucy?«, fragte ich mit trockenem Mund.
»Sie holt den Erste-Hilfe-Koffer«, sagte McGovern mit sanfter Stimme. »Bleiben Sie einfach nur ruhig sitzen, versuchen Sie, sich zu entspannen, und dann schaffen wir Sie hier raus. Sie brauchen das nicht alles zu sehen.«
Es war jedoch bereits geschehen. Ich hatte das leere Gesicht gesehen, den verunstalteten Mund und die Nase, die keinen Rücken mehr hatte. Ich hatte die orangefarbene Haut gesehen, auf der Eiskristalle glitzerten. Das Datum auf dem Etikett des

Gefrierbeutels war der 17. Juni, der Ort Philadelphia, und das war mir ins Hirn gedrungen, während ich gleichzeitig hinsah, und dann war es zu spät gewesen, oder vielleicht hätte ich ja sowieso hingesehen, weil ich Bescheid wissen musste.

»Sie sind hier gewesen«, sagte ich.

Ich erhob mich mühsam, und mir wurde wieder schwindlig.

»Sie sind lange genug hier gewesen, um das zu hinterlassen. Damit wir es finden«, sagte ich.

»Verdammter Scheißkerl!«, schrie Marino. »GOTTVERFLUCHTES SCHWEIN VON EINEM DRECKIGEN SCHEISSKERL!« Er rieb sich die Augen mit den Fäusten, während er weiter wie ein Rasender auf und ab lief. Lucy kam die Stufen herunter. Sie war blass, ihr Blick glasig. Meine Nichte schien in Trance.

»McGovern an Correll«, sagte McGovern in ihr tragbares Funkgerät.

»Correll«, antwortete deren Stimme.

»Ihr könnt jetzt anrücken.«

»Verstanden.«

»Ich rufe unsere Spurensicherung«, sagte Detective Scroggins. Auch er war wie vor den Kopf geschlagen, aber nicht auf dieselbe Weise wie wir. Für ihn war das hier nichts Persönliches. Er hatte noch nie von Benton Wesley gehört. Scroggins sah sorgfältig die Beutel im Gefrierschrank durch, und seine Lippen bewegten sich, als er zählte.

»Großer Gott«, sagte er fassungslos. »Hier liegen siebenundzwanzig von den Dingern.«

»Zeit- und Ortsangabe?«, sagte ich und mobilisierte meine ganzen Kräfte, um zu ihm hinüberzugehen.

Wir sahen uns das Innere des Gefrierschranks gemeinsam an.

»London 1981. Liverpool 1983. Dublin 1984. Und dann – eins, zwei, drei, vier, fünf, sechs, sieben, acht, neun, zehn, elf. Insgesamt elf aus Irland, das ganze Jahr 1987 hindurch. Sieht so aus, als hätte er da richtig losgelegt«, sagte Scroggins, der immer mehr aufdrehte, so wie man es von Menschen kennt, die dabei sind, hysterisch zu werden.

Wir machten weiter, und die Tatorte von Joyce' Morden begannen mit Belfast in Nordirland und setzten sich dann in der Republik mit neun Morden in Dublin und benachbarten Orten wie Ballboden, Santry und Howth fort. Dazu kam noch ein Mord in Galway. Dann hatte Joyce seinen Raubzug in den Vereinigten Staaten begonnen, hauptsächlich im äußersten Westen, in entlegenen Gebieten Utahs, Nevadas, Montanas und Washingtons, und einmal hatte er in Natches, Mississippi, zugeschlagen, und das erklärte einiges, insbesondere wenn ich mir ins Gedächtnis rief, was Carrie in ihrem Brief geschrieben hatte. Sie hatte eine merkwürdige Anspielung auf zersägte Knochen gemacht.

»Die Torsos«, sagte ich, während mich die Erkenntnis durchzuckte wie ein Blitzstrahl. »Die ungelösten Verstümmelungsfälle in Irland. Und dann war er acht Jahre lang ruhig, weil er im entlegensten Westen gemordet hat und die Leichen niemals gefunden oder jedenfalls niemals zentral erfasst wurden. Sodass wir nichts von ihnen wussten. Er hat niemals aufgehört, und dann ist er nach Virginia gekommen, wo er sich endgültig meine Aufmerksamkeit gesichert und mich fast zur Verzweiflung getrieben hat.«

Es war im Jahr 1995 gewesen, als zwei Torsos aufgetaucht waren; der erste nahe Virginia Beach, der nächste in Norfolk. Im darauf folgenden Jahr waren es noch zwei mehr geworden, diesmal im Westteil des Staates, der eine in Lynchburg, der andere in Blacksburg ganz in der Nähe vom Campus der Technischen Hochschule. Im Jahr 1997 schien Joyce dann verstummt zu sein, und ich vermutete, dass er sich zu der Zeit mit Carrie zusammengetan hatte.

Die Verstümmelungen erregten inzwischen ungeheures Aufsehen, denn bislang waren nur zwei der gliedlosen, kopflosen Leichen mithilfe von Röntgenbildern identifiziert worden, die mit früheren Röntgenaufnahmen Vermisster übereinstimmten, beide Male von Collegestudenten. Es waren meine Fälle gewesen, ich hatte ihretwegen einen gewaltigen Lärm geschlagen, und das FBI war hinzugezogen worden.

Jetzt erkannte ich, dass Joyce' ursprüngliche Absicht nicht nur darin bestanden hatte, die Identifizierung unmöglich zu machen, sondern, und das war der wichtigere Gesichtspunkt, zugleich, die Verstümmelung der Leichen zu verbergen. Wir sollten nicht wissen, dass er den Opfern ihre Schönheit nahm, sie als Personen gesichtslos zu machen versuchte, indem er sich mit dem Messer über ihre Gesichter hermachte und sie seiner Tiefkühlkollektion einverleibte. Vielleicht hatte er ja befürchtet, dass zusätzliche Verstümmelungen die Jagd nach ihm allzu sehr ausweiten würden, also hatte er seinen Modus operandi geändert und war dazu übergegangen, Feuer zu legen, oder vielleicht hatte auch Carrie ihn dazu angeregt. Ich konnte nur annehmen, dass die beiden irgendwie im Internet zueinander gefunden hatten.

»Ich kann es einfach nicht glauben«, sagte Marino nun.

Er hatte sich ein wenig beruhigt und sich überwunden, Joyce' Päckchen selbst durchzusehen.

»Wie hat er die bloß hierher geschafft?«, fragte er. »Den weiten Weg von England und Irland? Von Venice Beach und Salt Lake City?«

»Trockeneis«, sagte ich einfach nur und blickte auf die Kamerakoffer und Styroporboxen. »Wenn er sie gut eingepackt hat, konnte er sie durch die Gepäckkontrolle bekommen, ohne dass irgendjemand etwas gemerkt hat.«

Die weitere Durchsuchung von Joyce' Haus förderte noch mehr belastendes Material zu Tage. Der Durchsuchungsbefehl hatte Magnesiumfeueranzünder, Messer und Leichenteile aufgelistet, und das gab der Polizei das Recht, Schubladen zu durchwühlen und sogar Wände rauszureißen, wenn es ihr gefiel. Während ein Gerichtsmediziner aus der Stadt den Gefrierschrank leerte, um seinen Inhalt ins Leichenschauhaus zu transportieren, wurden Schränke durchsucht und ein Safe aufgebohrt. Darin befanden sich ausländische Währungen und unzählige Fotos von Hunderten von Personen, die das Glück gehabt hatten, nicht als Leichen zu enden.

Es gab außerdem Fotos von Joyce selbst, so nahmen wir an, der auf dem Pilotensitz seines Schweizer saß oder mit verschränkten Armen davor stand. Ich starrte sein Bild an und ließ es auf mich

wirken. Er war ein kleiner, zierlicher, braunhaariger Mann, der sogar gut ausgesehen hätte, wenn er nicht durch schreckliche Pockennarben entstellt gewesen wäre.
Seine Haut war bis zum Halsansatz und bis in den geöffneten Hemdkragen hinein von Narben übersät, und ich mochte mir gar nicht ausmalen, welche Scham der Heranwachsende empfunden haben und welchem Spott er seitens seiner Altersgenossen ausgesetzt gewesen sein musste. Ich hatte als Jugendliche selbst junge Männer wie ihn gekannt, die entweder von Geburt oder durch Krankheit entstellt waren und denen die normalen Vergnügungen ihres Alters ebenso verwehrt geblieben waren wie die Erfahrung der Liebe.
So hatte er anderen geraubt, was er selbst nicht besaß. Er hatte zerstört, wie er selbst zerstört worden war. Brandherd seiner Verbrechen war sein eigenes unglückliches Schicksal gewesen, sein elendes Ich.
Es tat mir nicht Leid für ihn. Wie ich auch nicht glaubte, dass er und Carrie noch hier in der Stadt oder auch nur in der Gegend waren. Sie hatten bekommen, was sie hatten haben wollen, jedenfalls fürs Erste. In die Falle, die ich gestellt hatte, war ich selbst gegangen. Ich sollte Benton finden, und ich hatte ihn gefunden.
Das Schlusswort, dessen war ich sicher, war, was Carrie am Ende mir zufügen würde, doch im Augenblick war ich zu zerschlagen, um mir deshalb Sorgen zu machen. Ich fühlte mich wie tot. Ich zog mich auf eine alte, verwitterte Marmorbank im wuchernden Grün von Joyce' verwilderten Garten zurück. Hostien, Begonien und Fici kämpften mit Pampasgras um das Sonnenlicht, und ich entdeckte Lucy am Rande des gesprenkelten Schattens, den die immergrünen Eichen warfen, dort, wo Hibiskusbüsche ungehemmt mit ihren roten und gelben Blüten protzten.
»Lass uns nach Hause fliegen, Lucy.«
Ich saß neben meiner Nichte auf kaltem, hartem Stein, den ich mit Friedhöfen verband.
»Ich hoffe nur, dass er tot war, ehe sie das mit ihm gemacht haben«, sagte sie ein zweites Mal.

Ich wollte darüber nicht nachdenken.
»Ich hoffe bloß, dass er nicht gelitten hat.«
»Sie will doch nur, dass wir uns mit solchen Fragen herumquälen«, sagte ich, während Zorn den Nebel meiner Ungläubigkeit durchdrang. »Sie hat uns doch wirklich genug genommen, oder nicht? Wir wollen ihr nicht noch mehr geben, Lucy.«
Sie hatte keine Antwort für mich.
»Das ATF und die Polizei werden hier vor Ort weiterarbeiten«, fuhr ich fort und hielt dabei ihre Hand. »Lass uns nach Hause zurückkehren, und dann gehen wir von da aus vor.«
»Wie denn?«
»Das weiß ich selbst noch nicht.« Ich war so aufrichtig, wie ich konnte.
Wir standen gemeinsam auf und gingen am Haus vorbei nach vorn, wo McGovern gerade mit einem Beamten sprach, der an ihrem Wagen stand. Als sie uns beide erblickte, wurde ihr Blick weich und mitfühlend.
»Wenn Sie uns zum Hubschrauber zurückfahren«, sagte Lucy mit einer Festigkeit, die sie nicht empfand, »dann fliege ich ihn nach Richmond zurück, und die Grenzpatrouille kann ihn sich dort abholen. Wenn Sie einverstanden sind, meine ich.«
»Ich weiß nicht recht, ob Sie jetzt fliegen sollten.« Auf einmal war McGovern wieder Lucys Ausbilderin.
»Glauben Sie mir – ich bin okay«, antwortete Lucy, und ihre Stimme wurde härter. »Außerdem, wer soll ihn denn sonst fliegen? Und wir können ihn doch nicht neben einem Fußballplatz stehen lassen.«
McGovern blickte Lucy unschlüssig an. Sie entriegelte den Explorer.
»Na schön«, sagte sie dann. »Steigen Sie ein.«
»Ich erstelle einen Flugplan«, sagte Lucy, als sie neben ihr saß. »Dann können Sie kontrollieren, wo wir gerade sind, falls Sie das beruhigt.«
»Tut es«, sagte McGovern und ließ den Motor an.
McGovern schaltete das Funkgerät ein und rief einen der Beamten im Haus. »Holen Sie mal Marino ran«, sagte sie.

Nach einem Weilchen ertönte Marinos Stimme.
»Ich höre«, sagte er.
»Die Reisegesellschaft hebt ab. Kommen Sie mit?«
»Ich bleibe lieber unten«, kam seine Antwort. »Werde mich hier noch 'n bisschen nützlich machen.«
»Verstehe. Wir wissen das zu schätzen.«
»Sagen Sie ihnen, sie sollen vorsichtig fliegen«, sagte Marino.
Ein Campuspolizist auf Fahrradstreife hielt neben dem Hubschrauber Wache, als wir eintrafen, und auf den Tennisplätzen daneben herrschte munteres Treiben, während einige junge Männer in Tornähe auf dem Fußballfeld trainierten. Der Himmel war blau, die Bäume regten sich kaum, als wäre nichts Böses geschehen. Lucy führte die Vorfluginspektion durch, während McGovern und ich im Wagen warteten.
»Was haben Sie jetzt vor?«, fragte ich sie.
»Die Medien mit Bildern und überhaupt sämtlichen Informationen zu bombardieren, die beitragen können, dass sie da draußen jemand wieder erkennt«, antwortete sie. »Die müssen ja essen. Die müssen schlafen. Und er wird Flugbenzin brauchen. Irgendwann muss es ihm ja ausgehen.«
»Es ist doch unerklärlich, dass man ihn nicht schon früher entdeckt hat, wo er doch ständig tanken, landen, fliegen und was weiß ich alles musste.«
»Wie's aussieht, hatte er jede Menge Sprit in seiner Garage. Mal abgesehen davon, dass es eine Unmenge kleiner Flugplätze gibt, wo er auftanken kann«, sagte sie. »Überall gibt es die. Im unkontrollierten Luftraum braucht er auch keinen Kontakt mit irgendeinem Tower aufzunehmen, und selten sind Schweizer auch nicht gerade. Außerdem« – sie sah mich an – »*ist* er ja gesichtet worden. Wir selbst haben ihn gesehen, und der Hufschmied und die Anstaltsleiterin von Kirby ebenfalls. Wir wussten nur nicht, wen wir da vor Augen hatten.«
»Mag sein.«
Meine Stimmung wurde mit jedem Augenblick gedrückter. Ich wollte nicht nach Hause. Ich wollte überhaupt nirgendwohin. Es war, als wäre alles grau geworden. Mir war kalt, und ich fühlte

mich allein und konnte diese Empfindungen nicht abschütteln. In meinem Kopf mahlte die Mühle der Fragen und Antworten, der logischen Folgerungen und der verzweifelten Schreie. Immer wenn sie aufhörte sich zu drehen, sah ich ihn. Ich sah ihn in schwelendem Schutt. Ich sah sein Gesicht unter schwerem Plastik.

»... Kay?«

Ich merkte, dass McGovern mit mir sprach.

»Ich wüsste gern, wie Sie sich fühlen. Wirklich.« Ihr Blick war auf mich gerichtet.

Ich spürte, wie mein Atem zitterte, als ich tief Luft holte, und meine Stimme klang heiser, als ich sagte: »Ich werde das schon schaffen, Teun. Darüber hinaus weiß ich nicht, wie ich mich fühle. Ich weiß nicht mal, was ich eigentlich tue. Aber ich weiß, was ich getan habe. Ich habe alles vermasselt. Carrie hat mich wie eine Karte ausgespielt, und Benton ist tot. Sie und Newton Joyce laufen immer noch frei herum und bereiten ihr nächstes Verbrechen vor. Oder haben es bereits verübt. Meine ganzen Bemühungen waren für die Katz. Ich habe nicht das Geringste ausrichten können, Teun.«

Tränen stiegen mir in die Augen, und ich sah eine verschwommene Lucy, die gerade nachsah, ob der Tankdeckel auch fest saß. Dann begann sie, die Hauptrotorblätter loszumachen. McGovern reichte mir ein Kleenex. Sanft drückte sie meinen Arm.

»Sie waren großartig, Kay. Schon weil wir ohne das, was Sie herausgefunden haben, keinen so weit gehenden Durchsuchungsbefehl bekommen hätten. Wir hätten gar keinen bekommen, und wo stünden wir jetzt? Wir haben sie zwar noch nicht geschnappt, aber wenigstens wissen wir, *wen* wir suchen. Und wir werden sie finden.«

»Wir haben gefunden, was sie uns finden lassen wollten«, erklärte ich.

Lucy hatte ihre Inspektion beendet und sah zu mir herüber.

»Ich gehe jetzt wohl besser«, sagte ich zu McGovern. »Danke für alles.«

Ich nahm ihre Hand und drückte sie.

»Passen Sie auf Lucy auf«, sagte ich.
»Ich finde, sie kann schon ganz gut auf sich selbst aufpassen.«
Ich stieg aus und drehte mich noch einmal um, um ihr zuzuwinken. Ich öffnete die Tür des Kopiloten, kletterte auf den Sitz und legte die Gurte an. Lucy zog ihre Checkliste aus einer Tasche in der Tür und hakte sie Position für Position ab. Mein Herz wollte nicht normal schlagen, und mein Atem ging flach.
Wir hoben ab und drehten unsere Nase in den Wind. Lucy gab mir einen Kartenausschnitt und sagte, ich müsse ihr beim Navigieren helfen. Sie ging in einen Schwebeflug und nahm Kontakt mit der Flugsicherung auf.
»Wilmington Tower, hier spricht Hubschrauber zwo-eins-neun Sierra Bravo, bitte kommen.«
»Sprechen Sie, Helikopter zwo-eins-neun.«
»Erbitten Freigabe von Universitätssportplatz zu Ihrem Platz direkt für ISO Aero.«
»Freigabe von Ihrer Position für Flug. Bleiben Sie in Verbindung und rufen Sie den Tower bei Erreichen der Platzrunde. Melden Sie die Landung bei ISO.«
»Zwo SB, wird gemacht. Ende.«
Dann gab Lucy an mich durch: »Wir werden einem drei-drei-null Kurs folgen. Deine Aufgabe nach dem Auftanken wird also sein, den Kreiselkompass stabil zu halten und mit der Karte zu helfen.«
Sie stieg auf fünfhundert Fuß, und der Tower nahm erneut Kontakt auf.
»Helikopter zwo-eins-neun Sierra Bravo«, kam die Stimme über Funk. »Nicht identifiziertes Flugobjekt auf sechs Uhr näher kommend. Höhe 300 Fuß.«
»Zwo SB hält Ausschau. Kein Spaß!«
»Nicht identifiziertes Flugzeug zwei Meilen südöstlich vom Flughafen, identifizieren Sie sich«, funkte der Tower an alle, die es hören konnten.
Keine Antwort.
»Nicht identifiziertes Flugzeug zwei Meilen südöstlich von Flughafen, identifizieren Sie sich«, wiederholte der Tower.
Schweigen.

Lucy sah das Flugzeug zuerst, unmittelbar hinter uns und unterhalb des Horizonts, was bedeutete, dass seine Flughöhe niedriger war als unsere.

»Wilmington Tower«, sagte sie über Funk. »Helikopter zwo-eins-neun Sierra Bravo. Habe niedrig fliegendes Flugzeug in Sicht. Werde Abstand beibehalten.

Irgendwas stimmt da nicht«, bemerkte Lucy anschließend zu mir und wandte sich um, um erneut hinter uns zu blicken.

24

Zuerst war es nur ein dunkler Fleck, der uns verfolgte, direkt auf unserer Linie, und er kam näher. Dann wurde er weiß. Dann verwandelte er sich in einen Schweizer, von dessen Kuppel das Sonnenlicht reflektierte. Mein Herz tat vor Angst einen Sprung.

»Lucy!«, rief ich.

»Ich habe ihn im Blick«, sagte sie, und ihr Zorn wallte auf. »Scheiße. Ich glaub's nicht.«

Sie zog den Collective, und wir begannen steil an Höhe zu gewinnen. Der Schweizer behielt seine Höhe bei und bewegte sich rascher vorwärts als wir, denn während wir stiegen, sank unsere Geschwindigkeit auf siebzig Knoten. Lucy drückte den Stick nach vorne, während der Schweizer näher herankam und an die Steuerbordseite herankurvte, auf der Lucy saß. Lucy schaltete das Mikrofon ein.

»Tower. Unidentifiziertes Flugobjekt macht aggressive Flugbewegungen«, sagte sie. »Führe Ausweichmanöver durch. Kontaktieren Sie die örtlichen Polizeikräfte, vermute in unidentifiziertem Flugobjekt bewaffnete, gefährliche Ausbrecherin. Werde bebaute Gebiete meiden, werde Ausweichbewegungen in Richtung Wasser durchführen.«

»Roger, Helikopter. Benachrichtige lokale Polizeikräfte.«

Dann schaltete der Tower auf die Notruffrequenz.

»Achtung, an alle Flugzeuge. Hier spricht Wilmington Tower auf Notruffrequenz. Der Flugverkehrsraum ist jetzt für einfliegende Flugzeuge gesperrt. Jeglicher Verkehr am Boden stopp. Ich wiederhole: Flugverkehrsraum für einfliegende Flugzeuge gesperrt. Jeglicher Verkehr am Boden stopp. Alle Flugzeuge auf dieser Frequenz sofort umschalten auf Anflugkontrolle Wilmington auf V 135,75 oder U 343,9. Ich wiederhole: Alle Flugzeuge auf dieser Frequenz sofort umschalten auf Anflugkontrolle Wilmington auf V 135,75 oder U 343,9. Helikopter zwo-eins-neun SB, bleiben Sie auf dieser Frequenz.«

»Roger, zwo Sierra Bravo«, erwiderte Lucy.
Ich wusste, dass sie jetzt in Richtung Ozean flog. Wenn wir abstürzten, dann sollte das nicht in einer dicht besiedelten Gegend passieren, wo Menschen verletzt oder getötet werden konnten. Ich war mir außerdem sicher, dass Carrie Lucys Verhalten vorhergesehen hatte, weil Lucy ein anständiger Mensch war. Sie würde immer zuerst an die anderen denken. Sie drehte ostwärts ab. Der Schweizer folgte jeder unserer Bewegungen, behielt jedoch denselben Abstand bei, der etwa dreißig Meter betrug, so als wüssten unsere Verfolger, dass keine Eile bestand. In dem Augenblick begriff ich, dass Carrie uns wahrscheinlich die ganze Zeit schon beobachtet hatte.
»Ich kann nicht über neunzig Knoten gehen«, sagte Lucy, und unsere Anspannung stieg fieberhaft.
»Sie hat uns heute Morgen bei der Landung auf dem Sportplatz beobachtet«, sagte ich. »Sie weiß, dass wir noch nicht aufgetankt haben.«
Wir flogen in schrägem Winkel über den Strand und folgten ihm kurz. Die bunten Farbtupfer der Schwimmenden und Sonnenbadenden erstarrten und blickten zu den beiden Hubschraubern empor, die über sie hinweg aufs Meer hinausjagten. Eine halbe Meile vom Strand entfernt begann Lucy langsamer zu fliegen.
»Das Tempo können wir nicht halten«, erklärte sie mir, und es klang nach düsterer Prophezeiung. »Wir verlieren nur unsere Maschine. Die ganze Strecke zurückzufliegen, schaffen wir auf keinen Fall, und wir müssen Treibstoff sparen.«
Die Anzeige stand auf weniger als zwanzig Gallonen. Lucy riss uns in eine scharfe Einhundertachtzig-Grad-Kehre. Der Schweizer war vielleicht fünfzig Fuß unter uns und flog auf uns zu. Die Sonne machte es unmöglich zu erkennen, wer drin saß, doch das wusste ich ja. Ich hatte diesbezüglich keinerlei Zweifel, und als der Schweizer keine hundertfünfzig Meter mehr von uns entfernt war und auf Lucys Seite auftauchte, fühlte ich mehrere schnelle Feuerstöße, wie rasche Klapse, und wir kamen auf einmal vom Kurs ab. Lucy riss die Pistole aus dem Schulterhalfter.

»Sie schießen auf uns!«, rief sie mir zu.
Die Maschinenpistole fiel mir ein, die fehlende Calico aus Sparkes' Sammlung.
Lucy kämpfte mit ihrer Tür, sprengte sie ab, und sie trudelte durch die Luft, auf das Meer zu und verschwand. Lucy verlangsamte unsere Geschwindigkeit.
»Sie feuern!«, brüllte Lucy in das Funkgerät hinein. »Erwidere Feuer! Halten Sie sämtlichen Verkehr vom Abschnitt Wrightsville Beach fern!«
»Roger! Brauchen Sie Unterstützung?«
»Schicken Sie Rettungswagen in Richtung Wrightsville! Stellen Sie sich auf Unfälle ein!«
Als der Schweizer unmittelbar unter uns flog, sah ich das Mündungsfeuer aufblitzen. Die Spitze eines Laufs ragte gerade eben aus dem Fenster des Kopiloten hervor. Ich verspürte weitere rasche Feuerstöße.
»Ich glaube, sie haben die Kufen getroffen!« Lucy schrie die Worte fast und versuchte, ihre Pistole aus der offenen Tür heraus in Schussposition zu bringen und gleichzeitig zu fliegen. Obendrein war die Hand mit der Waffe die bandagierte.
Ich griff in die Handtasche und stellte mit Entsetzen fest, dass meine Achtunddreißiger ja noch in meinem Aluminiumkoffer war, der wohl verwahrt im Gepäckfach lag. Lucy reichte mir daraufhin ihre Pistole und griff nach dem AR-15-Sturmgewehr hinter ihr. Der Schweizer schwang herum, um uns landwärts zu verfolgen. Sie wussten, sie hatten uns in die Enge getrieben, da wir keine Menschenleben an Land gefährden wollten.
»Wir müssen wieder aufs Wasser raus!«, sagte Lucy. »Hier kann ich nicht auf sie schießen. Tritt deine Tür aus der Verriegelung. Heb sie aus den Angeln und schmeiß sie ab!«
Irgendwie schaffte ich das, und die Tür schoss vorbei, als brausende Luft mich zurückdrückte. Der Boden schien auf einmal näher zu sein. Lucy wendete ein zweites Mal, der Schweizer folgte ihr, und die Nadel unserer Benzinuhr sank und sank. So schien das eine Ewigkeit fortzugehen. Der Schweizer jagte uns aufs Meer hinaus, während wir zum Land zurückzukehren ver-

suchten, um landen zu können. Ich konnte nicht zu ihnen hinauf schießen, ohne unsere Rotorblätter zu treffen.

Dann, auf einer Höhe von elfhundert Fuß, als wir mit einhundert Knoten über dem Wasser flogen, wurde der Rumpf getroffen. Beide spürten wir die Stöße unmittelbar rechts hinter uns, auf Höhe der hinteren Tür.

»Ich drehe jetzt sofort um«, sagte Lucy zu mir. »Kannst du uns genau auf dieser Höhe halten?«

Ich war starr vor Schreck. Wir würden sterben.

»Ich werd's versuchen«, sagte ich und übernahm die Steuerung.

Wir flogen direkt auf den Schweizer zu. Er konnte nicht mehr als fünfzehn Meter von uns entfernt sein und befand sich vielleicht hundert Fuß unter uns, als Lucy den Verschluss zurückzog und eine Patrone einlegte.

»Schieb den Stick nach vorn! Jetzt!«, schrie sie mir zu, während sie den Gewehrlauf aus ihrer offenen Tür schob.

Wir verloren mit einer Geschwindigkeit von tausend Fuß pro Minute an Höhe, und ich war überzeugt, dass wir direkt in den Schweizer fliegen würden. Ich versuchte, ihm auszuweichen, doch Lucy hinderte mich daran.

»Direkt auf ihn zu!«, schrie sie. Ich konnte das Gewehrfeuer nicht hören, als wir direkt über den Schweizer hinweg flogen, so dicht, dass ich dachte, wir würden von seinen Rotorblättern verschlungen werden. Sie feuerte weiter, und ich sah Blitze, und dann hatte Lucy den Stick, riss ihn hart nach links und zog unseren Hubschrauber von dem Schweizer weg. Gleich darauf explodierte er zu einem Feuerball, der uns fast auf die Seite warf. Lucy hatte die Steuerung übernommen, weil ich auf Kollisionskurs war.

Ebenso plötzlich, wie die heftigen Schockwellen uns ergriffen hatten, waren sie auch wieder vorbei, und ich sah aus dem Augenwinkel flammende Trümmer, die auf den Atlantischen Ozean niederregneten. Wir flogen ruhig dahin und schlugen einen weiten Bogen. Ich starrte meine Nichte in fassungslosem Staunen an.

»Zur Hölle mit euch«, sagte sie kalt, während Feuer und Rumpfteile auf glitzerndes Wasser regneten.

Sie schaltete das Funkgerät ein und strahlte auf einmal eine große Ruhe aus.
»Tower«, sagte sie. »Flugzeug der flüchtigen Personen ist explodiert. Trümmer zwei Meilen vor Wrightsville Beach. Gesichtete Überlebende negativ. Überfliegen Absturzstelle und halten nach Lebenszeichen Ausschau.«
»Roger. Brauchen Sie Unterstützung?«, kam die hastig wiederholte Frage des Towers.
»Bisschen spät. Aber negativ. Kehre an Ihren Standort zurück, um unverzüglich aufzutanken.«
»Uh. Roger.« Der allmächtige Tower geriet ins Stottern. »Fliegen Sie direkt an. Örtliche Polizei erwartet Sie auf ISO Aero.«
Lucy kreiste noch zwei Mal, in einer Höhe von nur fünfzig Fuß, während Feuerwehr- und Polizeiautos mit zuckendem Blaulicht auf den Strand zugerast kamen. Von Panik ergriffene Schwimmer rannten aus dem Wasser; stolpernd und stürzend, mit den Armen rudernd, kämpften sie sich durch die Wellen, als wäre der weiße Hai hinter ihnen her. Trümmer schaukelten auf der Dünung. Leuchtend orangefarbene Schwimmwesten tanzten auf und ab, doch es steckte niemand drin.

EINE WOCHE SPÄTER, HILTON HEAD ISLAND

Der Morgen war bedeckt, der Himmel so grau wie die See, als die wenigen Menschen, die Benton Wesley geliebt hatten, sich an einer freien, noch unerschlossenen Stelle der Siedlung Sea Pines versammelten.

Wir parkten in der Nähe von Wohnanlagen und folgten einem Pfad, der zu einer Düne führte. Von dort aus stapften wir durch Schuppenmiere und Strandhafer. Der Strand war hier schmaler, der Sand weniger fest, und Treibholz erinnerte an die vielen Stürme.

Marino trug einen Nadelstreifenanzug, den er bereits durchzuschwitzen begann, und ein weißes Hemd mit dunkler Krawatte. Ich dachte, dass ich ihn wohl noch nie zuvor so gepflegt gekleidet gesehen hatte. Lucy war in Schwarz, doch ich wusste, dass ich sie erst später sehen würde, weil sie etwas sehr Wichtiges zu erledigen hatte.

McGovern war gekommen und Kenneth Sparkes ebenfalls, nicht weil sie ihn gekannt hätten, sondern weil sie mir mit ihrer Anwesenheit ein Geschenk machen wollten. Connie, Bentons frühere Frau, und ihre drei erwachsenen Töchter standen dicht beieinander in der Nähe des Wassers, und es war ein merkwürdiges Gefühl, sie jetzt anzusehen und nichts als Kummer zu empfinden. Wir hatten keinen Groll, keine Feindseligkeit oder Angst in uns zurückbehalten. Der Tod hatte das alles ebenso gründlich ausgelöscht, wie das Leben es angefacht hatte.

Andere waren gekommen, Männer aus Bentons glanzvoller Vergangenheit, pensionierte Beamte und der ehemalige Direktor der FBI Academy, derjenige, der vor vielen Jahren an Bentons Gefängnisbesuche und seine Forschungsarbeit auf dem Gebiet des Profiling geglaubt hatte. Bentons Erkenntnisse waren mittlerweile ein alter Hut, entwertet durch Fernsehen und Kino, doch einst waren sie ein Novum gewesen. Benton war einmal ein Pionier gewesen, derjenige, der einen Weg zum besseren

Verständnis von Menschen entwickelt hatte, die psychotisch oder gewissenlos und bösartig waren.

Ein Vertreter der Kirche war nicht gekommen, denn Benton hatte, seit ich ihn kannte, keine Kirche mehr von innen gesehen. Nur ein presbyterianischer Kaplan war da, bei dem sich unglückliche FBI-Beamte Trost und Rat holen konnten. Er hieß Judson Lloyd und war ein zerbrechlicher alter Mann, der gerade noch einen schwachen Kranz weißer Haare hatte. Reverend Lloyd trug einen Priesterkragen und hielt eine kleine, in schwarzes Leder gebundene Bibel in der Hand. Alles in allem waren es nicht einmal zwanzig Menschen, die sich an der Küste versammelt hatten.

Es gab weder Musik noch Blumen, keine Nachrufe oder Trauerreden, denn Benton hatte in seinem Testament unmissverständlich festgelegt, was zu geschehen hatte. Die Verantwortung für seine sterblichen Überreste hatte er mir überlassen: *Darauf verstehst du dich so gut, Kay. Ich weiß, dass meine Wünsche bei dir in bester Obhut sind.*

Er hatte keine Trauerfeier haben wollen. Kein Begräbnis mit militärischen Ehren, auf das er Anspruch hatte, keine vorwegfahrenden Polizeiwagen, keine Salutschüsse und keinen von der Flagge bedeckten Sarg. Sein schlichter Wunsch war gewesen, eingeäschert zu werden, und dass man seine Asche an jenem Ort verstreuen sollte, der ihm der liebste war, das zivilisierte *Land unserer unerfüllten Wünsche* von Hilton Head, wohin wir uns gemeinsam von der Welt zurückgezogen und für den flüchtigen Augenblick eines Traums vergessen hatten, wogegen wir kämpften.

Es würde mir ewig wehtun, dass er seine letzten Tage hier ohne mich verbracht hatte, und ich würde niemals über die grausame Ironie hinwegkommen, dass ich durch den blutigen Schlachtplan aufgehalten worden war, den Carrie ausgebrütet hatte. Er war der Anfang vom Ende gewesen, das Bentons Ende werden sollte. Es hätte nahe gelegen, mir zu wünschen, dass ich niemals in diesen Fall verwickelt worden wäre. Doch wenn nicht ich, würde jetzt jemand anders irgendwo auf der Welt an einem Begräbnis teilnehmen, wie andere es in der Vergangenheit getan hatten, und der Gewalt wäre kein Ende gesetzt worden. Ein leichter Regen setzte ein. Er berührte mein Gesicht wie kühle, traurige Hände.

»Benton hat uns an diesem Tag hier zusammengeführt, nicht um Auf Wiedersehen zu sagen«, begann Reverend Lloyd. »Er wollte, dass wir einander Kraft schenken und das fortsetzen, was er getan hat, das Gute stärken und das Böse verdammen, für die Opfer kämpfen und dabei selbst stark sein, die Schrecken allein ertragen, um die zarten Seelen anderer nicht zu beschädigen. Benton hat die Welt besser zurückgelassen, als er sie vorgefunden hat. Und uns als bessere Menschen zurückgelassen, als er uns vorgefunden hat. Geht hin, meine Freunde, und tut wie er.«

Er schlug eine Stelle des Neuen Testaments auf.

»Liebe Brüder, werdet nicht müde, Gutes zu tun, denn zu seiner Zeit werden wir ernten, wenn wir nicht verzagen«, las er.

Ich fühlte mich innerlich heiß und ausgezehrt und wurde meiner Tränen nicht Herr. Ich tupfte mir die Augen mit Papiertaschentüchern und starrte in den Sand nieder, der die Spitzen meiner schwarzen Wildlederschuhe bestäubte. Reverend Lloyd berührte seine Lippen mit der Fingerspitze und trug noch mehr Verse aus dem Brief an die Galater – oder war es Timotheus' Brief? – vor.

Ich vermochte dem Inhalt seiner Worte nicht recht zu folgen. Sie wurden zu einem unaufhörlichen Strom, wie Wasser, das durch ein Bachbett fließt, und ich kam nicht hinter ihre Bedeutung, während ich mich unablässig der Bilder erwehrte, die doch unweigerlich die Oberhand gewannen. Vor allem erinnerte ich mich an Benton in seiner roten Windjacke, wie er draußen am Fluss stand und aufs Wasser starrte, an jenem Tag, als ich ihn gekränkt hatte. Ich hätte alles in der Welt darum gegeben, jedes einzelne meiner unfreundlichen Worte zurücknehmen zu können. Doch er hatte Verständnis gehabt. Ich wusste das.

Ich erinnerte mich an sein scharf geschnittenes Profil und den gebieterischen Ausdruck, wenn er mit anderen Menschen als mir zusammen war. Vielleicht hatten sie ihn kalt gefunden, doch in Wahrheit hatte sich hinter der harten Schale ein liebevolles, zärtliches Wesen verborgen. Ich fragte mich, ob ich jetzt wohl anders empfinden würde, wenn wir geheiratet hätten. Ich fragte mich, ob mein Unabhängigkeitsdrang wohl einem unausrottbaren Unsicherheitsgefühl entsprungen war. Ich fragte mich, ob ich falsch gehandelt hatte.

»Wohl wissend, dass das Gesetz nicht für den Rechtschaffenen, sondern für den Gesetzlosen und den Ungehorsamen, für den Gottlosen und den Sünder, für den, der das Heilige nicht achtet, für Mörder von Vätern und Mörder von Müttern, für Totschläger gemacht worden ist«, predigte der Reverend.

Ich spürte, wie die Luft hinter mir in Bewegung geriet, während ich auf eine träge, trübsinnige See hinausblickte. Dann stand Sparkes neben mir, und unsere Arme streiften einander. Sein Blick war starr geradeaus gerichtet, sein Kinn stark und entschlossen, während er kerzengerade in seinem dunklen Anzug neben mir stand. Er wandte sich mir zu, und aus seinem Blick sprach große Anteilnahme. Ich nickte leicht.

»Unser Freund hat Frieden und Güte gewollt.« Reverend Lloyd hatte sich einem anderen Buch zugewandt. »Er wünschte sich die Harmonie, die die Opfer, für die er sich einsetzte, nie gekannt hatten. Er wollte frei sein von Empörung und Trauer, unbehelligt von Zorn und den traumlosen Nächten des Grauens.«

Ich hörte die Rotorblätter in der Ferne, das Puckern, das nun auf alle Zeiten mit meiner Nichte verbunden sein würde. Ich blickte auf, und die Sonne war hinter den Wolken – sie tanzte den Schleiertanz – kaum zu sehen. Niemals enthüllte sie ganz, was wir uns zu sehen ersehnten. Blau schien durch die Wolken, strahlend wie buntes Glas, und die Düne in unserem Rücken erhellte sich, als die Truppen des schlechten Wetters zu meutern begannen. Das Geräusch des Hubschraubers wurde lauter, und ich blickte zurück über Palmen und Pinien und entdeckte ihn, wie er mit leicht gesenkter Nase niedriger zu fliegen begann.

»Ich will deshalb, dass die Menschen überall beten, Hände erhebend, ohne Groll und Zweifel«, fuhr der Reverend fort.

Bentons Asche befand sich in der kleinen Messingurne, die ich im Arm hielt.

»Lasset uns beten.«

Lucy begann mit ihrem Anflug über die Bäume, und das Chopchop begann in den Ohren zu klopfen. Sparkes neigte sich mir zu und sagte etwas, und ich konnte ihn zwar nicht verstehen, aber die Nähe seines Gesichts tat mir wohl.

Reverend Lloyd predigte, doch niemand von uns vermochte dieser Petition an den Allmächtigen noch länger seine Aufmerksamkeit zu schenken. Lucy hielt den JetRanger in niedrigem Schwebeflug jenseits des Strandes, und Gischt flog auf, als der Luftstrom der Rotorblätter die Wasseroberfläche auffächelte.

Ich konnte ihre Augen durch die Kuppel hindurch auf mich gerichtet sehen, und ich überwand diesen Zustand widerstreitender Empfindungen, um meiner Pflicht zu genügen. Ich lief auf sie zu, in die aufgerührte, wirbelnde Luft hinein, während der Reverend die Hände schützend an sein spärliches Haar legte. Ich watete ins Wasser hinaus.

»Gott segne dich, Benton. Möge deine Seele in Frieden ruhen. Du fehlst mir, Benton.« Meine Worte verwehten ungehört.

Ich öffnete die Urne und blickte zu meiner Nichte empor. Benton war gegangen, und an ihr war es nun, ihre Lebensenergie einzusetzen, wie er es sich gewünscht hatte. Ich nickte Lucy zu, und sie machte mir das Zeichen der Ermutigung, hob den Daumen, und das erleichterte mein Herz und löste neue Tränenströme aus. Die Asche war wie Seide, und ich spürte die kalkigen Stückchen seiner Gebeine, als ich die Hand hineinsteckte und ihn umfing. Ich warf ihn in den Wind. Ich gab ihn der höheren Ordnung zurück, die er hätte schaffen wollen, wenn das möglich gewesen wäre.